逃刑传

民国武侠小说典藏文库·徐春羽卷

徐春羽◎著

中国文史出版社

"京味武侠"徐春羽（代序）

徐春羽，民国北派武侠作家，活跃在上个世纪三四十年代，作品常见诸京津两地的报纸杂志，尤其受到北京本地读者的喜爱。

1941 年出版的第 161 期《立言画刊》上有一则广告，内容是："武侠小说家徐春羽君著《铁观音》、还珠楼主著《边塞英雄谱》、白羽著《大泽龙蛇传》，三君均为第一流武侠小说家……"文中徐春羽排第一位，以次是还珠楼主和白羽。或许排名并非有意，但徐春羽的名气可见一斑。

六年后，北京有家叫《游艺报》的杂志刊登了一篇名为《本报作家介绍：徐春羽》的文章，里面有这样一段话："提起武侠小说家来，在十几年前，有'南有不肖生（向恺然），北有赵焕亭'之谚。曾几何时，向、赵二位的作品，我们已读不到了，而华北的武侠作家，却又分成了三派：一派是还珠楼主的'剑侠神仙派'，一派是郑证因先生、白羽先生的'江湖异闻派'，另一派就是徐春羽先生的'技击评话派'。现在还珠楼主在上海，白羽在天津，北平就仅有郑、徐两位了！于是这两位的文债，也就忙得不可开交。"

此时的徐春羽，不仅名气不减，而且居然自成一派，与还珠楼主、白羽和郑证因分庭抗礼，其小说显然相当受欢迎。笔者翻查民国旧报纸时曾经粗略统计了一下，1946—1948 两年时间里，徐春羽在四家北京本地小报上先后连载过八部武侠小说，在其他如《游艺报》《艺威画报》等杂志或画报这类刊物上也连载过武侠小说，前文提到的《游艺报》上那篇文章还写着这样一句话："打开报纸，若没有他（郑证因、徐春羽）两位的小说，真有'那个'之感。"

老北京的百姓看不到徐春羽的小说会觉得"那个"，武侠小说研究人员看到徐春羽的生平时却也有"那个"之感，因为名声如此响亮的徐春羽，竟仅在1991年出版的《民国通俗小说论稿》（作者张赣生）中有一点少得可怜的介绍：

"徐春羽（约1905—?），北京人。据说是旗人。他通医术，曾开业以中医应诊；四十年代至天津，自办《天津新小报》；五十年代初，曾在北京西直门一家百货商店当售货员。其余不详。"连标点符号在内不过八十余字。

除了台湾武侠研究专家叶洪生先生曾在《武侠小说谈艺录》（1994年出版）一书中对徐春羽略提两句外，再无关于其人其作的只言片语，更谈不上研究了。

近年，随着武侠小说逐渐为更多研究者所重视，关于民国武侠小说的研究也获得不少新进展，天津学者王振良撰写了《徐春羽家世生平初探》一文，内容系采访徐家后人与亲友，获得颇多第一手新资料。尽管因为年代久远，受访人年纪偏大，记忆减退，以及这样或那样的原因，徐春羽生平中仍留下不少空白，但较之以往已有很大改观，而张赣生先生留下的徐春羽简介也由此得到了修正和补充。

现在可以确定的是，徐春羽是江苏武进（即今江苏常州）人，并非北京人，也不在旗。他的出生时间是清光绪三十一年乙巳十月二十一日（1905年11月17日），属蛇。

关于徐春羽的生平，青少年时期是空白，据其妹徐帼英女士说，抗战前徐春羽在天津教育局工作，按时间推算差不多三十岁。在津期间，徐春羽还应邀主持周孝怀创办的《天津新小报》，并经常撰写评论。笔者据此推测，1935年6月有一位署名"春羽"的人在北京的《新北平报》副刊上开了一个评论专栏，写下了诸如《抽烟卷儿》《扯淡·说媒》《扯淡·牛皮税》等一批"豆腐块"大小的杂评，嬉笑调侃，京腔京味十足，此人或许就是徐春羽。同在1935年，北平《益世报》上刊登了一篇署名"春羽"的武侠小说连载，篇名是《英雄本色》，遗憾的是仅连载了几十期就不见了踪迹。目前没有发现更早的关于徐春羽写作武侠小说的资料，此

"春羽"若是徐本人，或许这篇无疾而终的连载可以视为他的武侠小说处女作。

抗战开始，华北沦陷长达八年，徐春羽在这一时期应该就居住在北京或天津，是否有正当职业尚不清楚，所能够知道的就是他写了几部武侠小说在北平的落水报纸上连载，并以此知名。另在《新民半月刊》杂志上发表过一部十一幕的历史旧剧剧本《林则徐》。

抗战胜利后，徐春羽似乎显得相当活跃，频频在京津各报刊上发表武侠小说，数量远超抗战期间，但半途而废者较多，也许是文债太多之故，也许本是玩票心态，终有为德不卒之憾，这一点后面还要谈到。

1949 年后，他似乎与过去的生活做了彻底的切割，小说和文章不写了，大半时间在家行医。他也曾经短暂地打过零工，一次是在西直门一家商店做售货员，结果被一位通俗作家耿小的（本名郁溪）偶然发现，然后就没了人影；另一次是在新成立的中国科学院待过一段时间，1952 年因故离开。

徐春羽的父亲做过伪满洲国"御医"。从能够找到的信息来看，做父亲的比做儿子的要多得多，也清楚得多。

徐父名思允，字裕斋（又作豫斋、愈斋），号苔雪，又号裕家，生于1876 年 2 月 13 日。青少年时期情况不详，1906 年（三十岁）入张之洞幕府，任两湖师范学堂文学教员。次年初，调充学部书记并在编译局任职。1911 年，徐思允被京师大学堂聘为法政科教员，主讲《大清会典》。据徐春羽之妹徐帼英所述，其父于 1912 年任北京政府铨叙局勋章科科长，后又外放任安徽省宿县县长等职。

1919 年，徐思允拜杨氏太极传人杨澄甫为师，习练太极拳，后又拜师李景林，学习武当剑法。徐思允的武功练得如何不得而知，以四十几岁的年纪学武，该是以健身、养生为目的。不过他所拜的均是当时的名家，与武术圈中人定有不少往来，其人文化水平在武术圈里大约也无人能比，杨澄甫门下陈微明曾撰《太极拳术》一书，就是请同门徐思允作的序。徐春羽小说中有不少武术功夫和江湖切口的描写与介绍，或许与其父的这段经历不无关系。

大约在二十世纪二十年代中后期，经周孝怀介绍，徐思允成为溥仪的随身医生。1931年溥仪出逃东北，徐思允也追随前往"新京"（今长春市），任伪满宫廷"御医"，并教授皇族子弟国文。

1945年苏军进入东北，徐思允随伪满皇后婉容等流亡至临江县大栗子沟（今吉林省临江市大栗子街道），婉容临终前，他就在其身边。他后来被苏军俘虏，送至伯力（今俄罗斯哈巴罗夫斯克），1949年获释回到长春，同年5月被接回北京，次年12月病逝。

徐思允国学功底很好，工诗，与陈衍、陈曾寿、郑孝胥、许宝蘅等人有长期的交游，彼此间屡有唱和。陈衍眼界很高，一般瞧不上什么人，而其《石遗室诗话》中收有徐诗数首，评价是"有古意无俗艳"，可谓相当不低。徐去世后，其儿女亲家许宝蘅（前清进士，曾任袁世凯秘书处秘书，解放后任中央文史馆馆员）整理其遗稿，编有《茗雪诗》二卷。

写诗之外，徐思允还会下围棋，水平应该不低。1935年，吴清源访问长春，与当时的日本名手木谷实在溥仪"御前"对局，连下三天，吴清源胜。对局结束的那天下午，溥仪要求吴让徐思允五子，再下一盘。他给吴的要求是使劲吃子，越多越好，结果徐思允死命求活，吴未能完成任务。徐可谓虽败犹荣，他的这段经历肯定让今天的围棋迷们羡慕得要死。

根据徐思允的经历再看他儿子徐春羽，其中隐有脉络可循。做父亲的偏重与社会上层人士——清末官宦和民国遗老往来，做儿子的则更钟情于市民阶层。从已知资料看，徐春羽确实颇为混得开，没有几把刷子肯定不行。

1947年，北京的《一四七画报》上刊登了一篇文章，报道徐春羽受聘于北洋大学北平部讲授国文，说一周要上十几个钟点的课，标题中称他为"教授"。虽然看起来像玩笑话，但徐春羽的旧学根底已可见一斑，这一点在他的武侠小说里也能看得出来。这一方面应得力于家学渊源，正应"有其父必有其子"那句俗话，另一方面则是徐春羽确有天赋。其表舅父巢章甫在《海天楼艺话》中说他"少即聪颖好弄，未尝力学，而自然通顺"。由此看来他可能上过私塾，也许进过西式学堂，但不是一个肯吃苦念书的老实学生。

徐春羽显然赋性聪慧跳脱，某消闲画刊上曾有文章介绍其人绝顶聪明，多才多艺，"刻骨治印、唱戏说书，无不能之，且尤擅'岐黄之术'"，据说他还精通随园食谱，喜欢邀人到家里，亲自下厨。

"岐黄之术"是徐春羽世代家传的本事。前文已言及其父给溥仪当"御医"十多年，水平可想而知。他自己在这方面也肯定下过功夫，所以造诣不浅。据当时的报纸报道，徐氏经常主动为人诊病，且不取分文，还联合北京的药铺搞过义诊。

唱戏是徐春羽的一大爱好，自二十世纪三十年代在天津期间就喜欢票戏。据说他工丑角，常请艺人到家中交流，也多次粉墨登台。天津报人沙大风、北京名报人景孤血与编剧家翁偶虹等人曾在北京长安戏院合演《群英会》，分派给徐春羽的角色是扮后部的蒋干。

评书则是他的又一大爱好。1947 年 3 月 1 日，他开始在北平广播电台播讲其小说《琥珀连环》，播出时间是每天下午二时至三时。目前尚不清楚他是否拜过师正式进入评书界，但他的说书水平已见诸当时的报刊。《戏世界》杂志曾刊出专文，称其"口才便给，笔下生花，舌底翻莲，寓庄于谐，寄警于讽，当非一般低级趣味所能比拟也"。

应当说，唱戏和评书这两大爱好对于徐春羽的武侠小说创作，显然有着非常直接的影响。

张赣生先生在《民国通俗小说论稿》中，以徐春羽《铁观音》第一回中一个小兵官出场的一段描写为例，指出："这个人物的衣着、神态，以及出场后那几句话的口气，活生生是戏曲舞台上的一个丑角，尤其是最后一段，小兵官冲红船里头喊：'哥儿们，先别斗了，出来瞧瞧吧！'随后四个兵上场，更活像戏台上的景象。徐氏无论是直接将自戏曲还是经评书间接将自戏曲，总之是戏曲味很浓。"

民国武侠作家中精通戏曲、喜欢戏曲的人很多，但这样直接把戏台场面搬入小说里的，倒也少见。评书特色的化用也是如此。北派作家如赵焕亭、朱贞木等人，有时也用一下"说书口吻"或者流露出一些"说书意识"，而没有人像徐春羽那样，大部分小说的叙事风格如同演说评书一般。他在很多小说开头，都爱用说书人的口吻讲一段引子，譬如《草泽群龙》

的开篇：

写刀枪架子的小说，不杀不砍，看的主儿说太瘟，大杀大砍，又说太乱。嘴损的主儿，还得说两句俏皮话儿："他写着不累，也不管打的主儿受得了受不了？"稍涉神怪，就说提倡迷信；偶写男女，就说妨碍风化。其实神仙传、述异记又何尝不是满纸荒唐，但是并没列入禁书。《红楼梦》《金瓶梅》不但粉红而且近于猩红，反被称为才子选当课本，这又应做如何解释？据在下想，小说一道先不管在学术上有无地位，最低限度总要能够帮助国家社会刑、政教法之不足，而使人人略有警惕去取。尽管文笔拙笨，立意总不应当离开本旨。不过看书同听戏一样，看马思远他就注意调情那一场，到了骑驴游街，他骂编戏的煞风景，那就是他生有劣根性，纵然每天您拿道德真经把他裹起来，他也要杀人放火抢男霸女，不挨刽子手那一刀他绝改不了。在下写的虽是武侠小说，宗旨仍在讽劝社会，敬忠教孝福善祸淫，连带着提倡一点儿尚武精神。至于有效无效，既属无法证明，更不敢乱下考语，只有抄袭药铺两句成语"修合无人见，存心有天知"，聊以解嘲吧。

再随便从《宝马神枪》中拎出一段报字号：

你这小子，也不用大话欺人，我要不告诉你名儿姓儿，你还觉乎谁怕了你。现在你把耳朵伸长着点儿，我告诉完了你，你死了也好明白，下辈子转世为人，也好找我报仇。你家小太爷姓黎，单名一个金字，江湖道儿上送你家小太爷外号叫插翅熊。至于我师父他老人家，早就嘱咐过我，不叫我在外头说出他老人家名姓，现在你既一定要问，我告诉你就告诉你，你可站稳了，省得吓破了你的苦胆。我师父他老人家住家在安徽凤阳府，双姓"闻人"，单名一个喜字，江湖人称神砂手就是他老人家。你问我的，我告诉你了，你要听着害怕，赶紧走道儿，我也不能跟你过不去，你要觉乎着非得找死不可，你也说个名儿姓儿，还是那句话，等我把你弄死之后，等你转世投生，也好找我报仇。

这样的内容，喜欢评书的读者当不陌生。类似这样的江湖声口，在徐春羽武侠小说中俯拾即是，其人物的外貌描写、语言也是演说江湖草莽类型评书中的常用套路和用语。值得一说的是，徐春羽使用的语言基本是轻快流利的京白，尤其带点老北京说话时常有那点"假招子"的劲头，这可算是他的独家特色。他虽然是江苏人，但对北京的热爱却是发自内心的，这从他的小说中经常可以体会到，其绝大部分武侠小说的开头，都要说上一段老北京的风土人情，内容也大多涉及北京，比如《屠沽英雄》的开头：

> 讲究吃喝，真得让北京。不怕住家在雍和宫，为吃两块臭豆腐，可以出趟顺治门，不是王致和的地道货，宁可不吃。住家在德胜门，为喝一包茶叶末，可以到趟大栅栏，不是东鸿记的好双熏，宁可不喝。再往细里一考究，什么字号鼻烟好？什么字号酱菜好？水葡萄得吃哪块地长的？旱香瓜得吃谁家园的？应时当令，年糕、月饼、粽子、花糕、腊八粥、关东糖、春饼烤肉煮饽饽，不怕从身上现往下扒，当二钱银子，也不能不应个景儿。因为"要谱儿"的爷们儿一多，做买卖的自然就得迎合主顾心理，除去将本图利之外，还得搭上一副脑子，没有特别另样的，干脆这买卖就不用打算长里做。所以，久住北京的主儿谁都知道，北京城里的买卖，没有一家没"绝活儿"的。

这是说的老北京人讲究吃喝的劲头。还有赞扬北京人性格的，比如《龙凤侠》开头说：

> "无风三尺土，有雨一街泥"，凡是久住这北京的哥们儿差不

离都有这么一点印象。可是事实适得其反，不怕在屋里四六句骂着狂风，在街上三七成蹚着烂泥，破口骂着天地时利，恨不得当时脱离这块黄天黑地，只要风一住，水一干，就算您给他买好了飞机票，请他到西湖去住洋楼儿，他准能跟您摇头表示不去。

其实并非出乎反乎说了不算，说真的，北京这个城圈里，除去这两样有点小包涵之外，其他好的地方太多，两下一比较，还是北京城强似他处。

第一中国是个礼教之邦，北京是建都之地，风俗淳朴，人情忠厚，虽说为了窝头有时候要切菜刀，但仍然没有离开"以直报怨"的美德。至于说到挖心思用脑子，上头说好话，底下使绊子，不能说是绝对一个没有，总在少数。

尤其讲究义气，路见不平，就能拍胸脯子加入战团，上刀山下油锅到死绝不含糊。轻财重脸，舍身任侠。"朋友谱"，"虚子论"，别瞧土地文章，那一腔子鲜血，满肚子热气，荆轲聂政不过如此。"为朋友两肋插刀"，的确可以夸一句是响当当硬绷绷好汉子！古称燕赵多慷慨悲歌之士，看来确是不假。

徐春羽概括的老北京人身上的特点，在其小说中的很多小人物如茶馆、酒肆的伙计、客人、公人、地痞、混混等身上，都能或多或少地有所发现。而市民社会中各色人等的言谈话语、举手投足，生活气息极为浓郁，非长期浸淫其间有亲身经历者不能道出。老北京逢年过节的庙会盛况与一些风俗习惯，都在徐春羽的武侠小说中有所展现。相比之下，赵焕亭、王度庐等人在小说中虽也都有对老北京风土人物的描写和追忆，但也仅限几部作品，不如徐书普遍，徐春羽的武侠小说或许可以称得上是真正的"京味武侠"。

近年来，对老北京文化感兴趣的人越来越多，徐氏武侠小说或许是座值得有心人深入挖掘的富矿亦未可知。

徐氏武侠小说的特点是非常鲜明的，缺点也是毋庸置疑的。

其一，小说评书味道浓郁是特色，但也多少是个缺点，因为评书属于口头文学，追求的是讲说加肢体动作带来的现场效果，一件小事经常会用大段的言语来铺叙、表白，有时还要穿插评论在其间，听者会觉得过瘾，可是一旦形诸文字，就难免有时显得啰唆和絮叨，如前面所举的《宝马神枪》中那段报字号。类似的段落如果看得太多，会令读者产生枯燥和乏味的感觉，影响到阅读效果。徐春羽的文字表现能力当然很强，但也无法克服这样的先天缺陷。

其二，前面已经提到，就是作品半途而废的不少，其中报纸连载最为突出。比如《红粉青莲》仅连载十余期就消失不见，《铁血千金》则连载到三十七期即告失踪，其他连载了百十期后又无影无踪的还有若干，这里面或许有报纸方面的原因，但徐春羽的创作态度也多少是有些问题的，甚至不排除存在读者提意见而告停刊的可能。无论如何，这些烂尾连载直接影响到作品的质量和读者的观感。单行本的情况略好，然而也存在类似问题。再加上解放前的兵荒马乱以及解放后的历次政治运动，尤其是五十年代初的禁止武侠小说出版与出租，都造成武侠小说的大量散佚和损毁。时至今日，包括徐春羽在内的不少武侠作家的作品，都很难证实小说的烂尾究竟是作者造成的，还是书的流散造成的，这自然也给后来的研究人员增加了很多困难。

本作品集的底本系由上海武侠小说收藏家卢军先生与著名还珠楼主专家周清霖先生提供，共计十二种，是目前能够见到的徐春羽武侠小说的全部民国版单行本了。这些作品绝大多数是解放后第一次出版，其中的《碧血鸳鸯》虽然曾由某出版社在1989年出版过一次，但版本问题很大。该书民国原刊本共有九集，是徐春羽武侠小说中最长的，但1989年版的内容仅大致相当于原刊本的第三至八集，第一、二、九集内容全部付之阙如，且原刊本第六集第三回《背城借一飞来异士，为国丧元气走豪雄》、第七集第四回《痛师占卜孙刚射雁，喜友偕行丁戚打虎》也均不见踪影。另外，该版的开头始自原刊本第三集第一回的三分之二处，前三分之一的三千多字内容全部消失，代之以似由什么人写的故事简介，最后一回则多了一千多字，作为全书的结束，其回目"救老侠火孤独显能，得国宝鸳鸯双殉情"也与原刊本完全两样。这些问题都已经通过这次整理得到全部解决，也算功德圆满，只是若干部徐氏小说因为前面提到的原因，明显没有结束，令人不无遗憾，但若换个角度想，这些书能够保留下来且再次公之于众，已属难得之至了。

今蒙本作品集出版者见重，嘱为序言，以方便读者，故撷拾近年搜集的资料与新的研究成果，勉力拉杂成篇，以不负出版方之雅爱。希识者一哂之余，有以教也！

中国武侠文学学会副秘书长　顾臻
2018 年 4 月 10 日写于琴雨箫风斋

目　录

1

第 一 集

引旧话燕市来怪汉
述往事天桥看神弓

在清朝光绪十几年的时候，北京那时候还不叫北平，齐化门外离城不远有个醉仙居黄酒馆儿，虽然地方不算很大，里面也有二三十号座位，除去卖黄酒之外，也卖些零星菜食，一赶到秋天螃蟹一上市，也预备些好大螃蟹，应个时令儿。馆子虽然不大，可是卖的全是些阔主顾，原因那时游玩的地方没有现在多，无非等到应时的庙会开放，才能去逛。醉仙居虽然远处郊外，可是前面临街，后边通河，在河岸上还有几个子弟唱着京音大鼓，坐在里头又可喝酒，说起来那个时候，就很是个乐儿。再者，那时天下承平无事，那些贝勒贝子，以及八旗的老哥们儿，仰沐天恩，吃着皇上主子的自在饭儿，任事没有，自然就会想到上这些地方来消磨岁月。所以这醉仙居自有这班阔爷台照顾，小买卖干得兀自不坏。

却说这年又值秋季，掌柜的常三从市上买了百十斤大螃蟹，叫先生写了一个"本居新添螃蟹"的黄纸条儿，贴在门口儿，又叫伙计们重新收拾收拾屋子，准备这一班爷台来光顾。果然到了下午两点来钟，这些主顾个个来到，霎时把二三十个座儿占满，有些后来的因为没了座儿，只好在外面长凳上暂时坐下。刀勺齐响，一会儿工夫螃蟹卖去大半，常掌柜一瞅，自是喜出望外。

正在大家欢谈畅饮的时候，忽听外面一片喊打的声音。常掌柜顾不得再照料柜务，慌忙跑到外边看时，只见一个姓玉的宗室，按住一个捡烂纸的在那里苦打，那捡烂纸的却没命地在那里苦苦哀告。常掌柜看了心里老大不忍，知道那些贵胄宗室，常常在外倚势胡为，既是在自己铺子里闹事，少不得硬着头皮去劝一劝。便走上去笑着向那宗室道："爷，您歇歇儿，干吗跟他生这么大气呀啊？有什么话您交给我，我必有法子办他。"

那宗室回过头来，向着常掌柜啐了一口道："呸！你也配来说话。开着个铺子，也不照管照管座位，不论什么人，只要给钱就卖。"说到这里，拿手一指那捡烂纸的道："你捡这东西，要多脏有多脏，坐在旁边这股臭汗味儿，就能把人熏个倒仰儿。这还不说，他坐在这里，他还不老实，他还摸索到我这里来啦。你瞧瞧，他手艺还真不错哪，我搁在紧贴身的靴页子，他还给吃了去呢，真不要脸，什么事不能干要干这个?!"说到这里，叭的一声，又在捡烂纸的嘴巴上打了一下。

常掌柜这时已然知道那个捡烂纸的是小绺了，便也过去帮着打了两下。那时早已惊动了地面儿官人，进来问明情由，就要把那捡烂纸的带走。那捡烂纸的这时不由得哭道："诸位老爷，我没偷他什么，我是在这里喝了两盅酒儿，刚一掏钱要走，他就把我按倒在这儿，打了我好些下儿，他的那一锭小锞子是我自己的，他要我钱不要紧，他要说我是贼，那就太冤枉我了。诸位老爷，银子我不要了，把我放了吧，我家里还有我娘等着我吃饭呢。"

大家听了便一齐走过来问道："你既说银子不是你偷的，就凭你一个捡烂纸的也配有这么大块银子？"遂又问那宗室道："爷既然说银子是他偷您的，您可以把银子的分量说一说，可以不可以？也省得让他在这里瞎说。"

那宗室听到这里，说也怪，登时脸上便不似先前那样威武逼人的样子，很不是意思地向那些人道："我天天出来都是随手拿钱，并没有称过分量，反正这锭银子是他偷我的。"

大家听了又向捡烂纸的道："那么你可晓得这锭银子是多大分量？"

那捡烂纸的道："我怎么不知道，那是一两零三钱一块儿，是我二年工夫攒下来化在一块儿的，我怎能便忘掉。"

他这样一说，登时大家倒都呆住了，明知是那宗室仗势欺人，穷极无赖，想讹人家这一锭银子，又不敢说出来，又不好找台阶儿。这时那常掌柜也看破这套戏法，因为是在自己铺子里，恐怕那宗室一时脸上抹不开，

4

便会闹出事来，当即赔笑向那宗室道："爷您不必跟他生气，您把银子带起来，把他交给我，总给您出这口气就得啦。"说到这里，用手一拉那捡烂纸的衣襟道："嘿，你跟我来。"

在常掌柜的意思，是要给那捡烂纸的一两银子，自己认个晦气也就算完啦，谁知那捡烂纸的把手一摆，说声："且慢。"那常掌柜早已一个仰八叉跌翻在地。只见那捡烂纸的双睛一竖，高喊一声道："胡奴，瞎了你的双眼！你也不打听打听，俺是何许人，你竟敢讹索到俺的头上，你可算得是胆量不小！可见你平素胡为，胆大包天，今天遇见了俺，也是你运气不佳。你来看！"说这话他便走到门外，一眼瞥见那拴马桩子，但见他单掌一削，说来不信，那房梁般粗细的石桩子早已去了半截。看他时仍然气色不改，仰天哈哈大笑道："胡奴，你的脑袋可能赶上石桩结实吗？来来，且吃俺一掌去！"

那宗室此时恨不得有个地缝钻下去才好，脸上便似六月连阴的天一样，黄一阵白一阵，煞是难看得紧。这时那常掌柜和地面儿官人都恐怕闹出事来，于自己不便，便不得不硬着头皮赔着笑脸，向前说道："朋友，杀人不过头点地，现在已然很够面儿啦，您高高手就完啦，从这里起，咱们交个朋友。来来来，咱们到后头雅座去喝一盅。"

那捡烂纸的听了用手一指众人道："我说你们这一班抱粗腿舔屁股的肮脏小辈，在他打人的时候，你们为什么不当和事佬儿呢？等到这时候，又什么朋友不朋友啦，真正是无耻之辈。"说到这里，又向那宗室道："胡奴，俺今天也不看在张三，也不看在李四，只看在俺吃了几盅酒，不要叫人说俺酒后无德，今天且饶过了你。倘若再是这样欺压良民，那时自有人来管教你。"说着又向众人一笑道："俺今天便取个巧，这笔酒账便扰了这胡奴。"又向那宗室道："你可听见吗？不愿意时，尽可说话。"

那宗室此时连正眼也不敢看他一眼，只连声应道："理当奉敬，理当奉敬。"那捡烂纸的只说了一声："叨扰，谢谢。"便拿起桌上那锭银子，背起那烂纸筐大步地走去。

这时大家眼睁睁地看着他走，谁敢道半个不字，直看到那捡烂纸的走过石桥，不见了影子，那宗室才一声喝喊道："好猴儿杂种，竟敢硬炸酱到咱们爷们儿头上来啦！"说到这里，站起身来往外便走，一边走一边说

5

道，"我追这猴儿杂种！"

大家一听，明是人家孩子脸上抹不开了，这叫作遮溜子要台阶儿。大家齐道："这倒是，他大概也不知道您是谁，这真得警诫警诫他，不然这皇帝脚跟儿底下，就不用再走人啦。您要是有用着我们的时候，我们可以给您跑跑，帮个忙儿。"

那宗室道："不用啦，不用啦，回头见。"那宗室说着也便去了。

这时大家才纷纷议论，有的说那宗室平常得罪人太多，今天是买出人来撅他的，有的说这是适逢其时的。又有一个人说，别的倒不要紧，我老瞧捡烂纸的有一锭银子，是邪事。又有一个人说，这才叫作真人不露相呢。你就瞧他那个胎骨子，他会有那么大劲头儿？得，这石头桩子也不能用啦，等着从底下打个眼，拴棚环子使吧。

这时常掌柜过来拦道："列位，把这篇揭过去，谈点儿新鲜的，还喝酒吧，螃蟹也蒸得啦，吃完喝完，也就差不多啦，城门现在可关得早啊。"

大家听到这里，知道掌柜的有些怕事，便压声不谈。一时，大家吃喝完毕，有的进城，有的不进城，便也慢慢散去。

再说第二日，醉仙居依然是座客满堂，那常掌柜因为有昨天出吵子的那个碴儿，便嘱咐几个精明伙计，对于酒座特别留神。又到三点来钟的时候，忽然从外面走进两个人来，前边一个有四十来岁，细腰扎背，穿一件灰色大褂，戴着一顶瓜皮帽，手里揉着两个核桃。后边一个有二十多岁，穿着一件青绸子大褂，光着脑袋没戴帽子，手里提着一个大画眉笼子。常掌柜跟伙计一瞅，认得是内大班的两位总班头，登时就是一愣，才要过去点头搭话，谁知他们两个用眼示意，叫他不用说话。这时常掌柜心里更是十五个吊桶打水，七上八下，当时叫伙计好生款待，不可怠慢，自己便也不敢离开方寸地紧守在一旁。

就在这个时候，忽然看见座客的眼神一齐外看，并且个个交头接耳说起悄悄话来，自己也往外看时，正是昨天那个捡烂纸的又复光临。这时两个总班头已然把长衣服甩去，依然坐在那里喝酒，可是眼睛已然注在外面捡烂纸的身上。常掌柜心里一想，今天简直八成儿有些个了不得，怎么会那么巧，就遇到一块儿了呢。再看那捡烂纸的，便像毫不觉得的一样，仍旧坐在那里大吃大喝，完全不睬。

偏偏这时候，从外面走进一个要饭的花子来，挨着座位寻小钱，不想走到捡烂纸的身旁，一个不留神，把烂纸筐碰翻，那些烂纸便一齐滚了出来。那捡烂纸的连理也不理，仍然吃他的螃蟹。偏是那花子骂道："什么猴儿崽子，把东西扔在当道，差点儿没把老爷子绊个跟头。"

那捡烂纸的回过头来道："对不住，实在疏神，没碰着您呀？"

叫花子道："碰着，碰着也得行啊。"说着便挨着捡烂纸的一个座位坐下。

那几个伙计赶紧过来说道："嘿，要零钱外头，怎么坐在这里啦？你瞧你这身儿，这股子味儿，别人还吃不吃啦？"

那花子听了微微一笑道："怎么着，你们这里卖饭，还分穿章打扮吗？我坐在这里，我给钱，你太势利眼了啊，你们掌柜的就这么吩咐你们的吗？"说着扬起手来就是一个嘴巴，打得那伙计捂着嘴不敢言语。

这时那捡烂纸的便再也忍耐不住，站起身来，向那花子道："我瞧你可也太难啦，出门原为找乐儿，瞥着一脑门子官司，这不是找着生气吗？依我劝，坐下喝酒，干吗生那么大的气？"

那花子道："我喝酒，我花钱，你管得着吗？"

捡烂纸的道："你真不知自爱。"

话犹未了，只一掌，那花子便倒在地下，却不住地嚷道："你打伤了我啦，小子，咱们是官司没完。"

这时那个穿灰色大褂的汉子便赶过来问道："伤了你什么地方了？"

那花子道："他踢伤我的腿啦，您找地方官人，我们打官司。"

捡烂纸的道："呸，你别不要脸啦，我拿手一推你，会碰了你的腿啦？你打官司，老爷没工夫陪你，我走啦。"

刚说到一个走字，只见那穿灰色大褂汉子，早一把把他揪住说："你别走，你走了事情难办哪。"

那个穿青的少年也过来道："他说你打了，你说你没打，全不能算，最好你们两人可以同我们到一趟衙门。"

那捡烂纸的一听，哈哈一阵畅笑，说道："世界上的事，总要讲理，他连碰俺两次，还说了许多不中听的话，俺都没有计较他，他又打了伙计，是俺看他十分惫懒，才扯了他一下，他便倒在地下，硬说俺踢伤了

7

他，你们便要叫俺和他去打官司。在前两年，打个官司倒也有些意思，现在没有那种工夫，对不住，失陪了。"说到这里，只见他双脚一蹬，平地跳起，左手一揪房椽，两脚一飘，早已上房。众人一起赶出看时，只见他一只脚站在瓦垄上喊道："如果你们要找俺时，可到槐抱椿树庵去，过了三天俺却不候了。"说罢只将身子一拧，早已不见踪影。

这时众人虽不敢喝彩，都不禁地暗叫了一声好身手。那穿灰色衣裳的向那年轻的道："二顺儿，你瞅见没有，我就知道有些不照嘛。差事也退了，有个什么法儿，回去好交代呀？"

这时那个花子也就不再趴在地下，站起来向那穿灰色衣裳的道："得啦，何头儿，都是您没事城墙上拉屎，假充这高眼，弄得八面儿不得劲儿，这是为什么许的？别的还不说，人家孩子这个嘴巴挨得冤不冤哪！"

那个何头儿道："小杨子儿，别说啦，总算咱们爷们儿不行就结啦，这不是他给咱们留下地名儿了吗，咱们明儿早晨再去一趟，这回要是弄不了他来，算我不是干这个的，从此我不吃六扇门儿，你瞧怎么样？"

小杨子儿跟那个二顺儿一齐道："好，就那么办啦，明儿还是我们两人捧您这一场。"遂向常掌柜的道："常爷，扰您买卖，咱们回头见。"

常掌柜的忙道："没什么没什么，您几位再喝盅？"

何头儿道："不喝了，回头见。"说着同那两个人去了。

这时酒馆的人你也谈论，我也谈论，都是这一回子事。

这个就说："这个总得和昨儿那档子是一回事。"

那个说："捡烂纸的准得是马贼，您瞧那腰腿。"

又有一个人道："这件事我差不离倒是知道点儿，您知道昨儿在这喝酒的那位呀，那是咱们宗人府玉秦语二爷，外号玉戛子的就是他，平常就是挖坟盗墓欺寡妇敬光棍，一个无恶不作的大坏人。昨天那锭银子，我眼瞅是人家从身上掏出来的，他硬要吃人家，这回可算碰在点儿上啦。昨天他挨完了打啊，他还是真追人家去了，追到半截碑儿，人家也没理他，他也就不再追人家了。谁知道他查人家没查清楚，人家倒是把他探了一个实实在在。就在昨儿晚上，也就是两点来钟的时候，那玉戛子正在要睡觉了，就听帘板儿一响，您猜怎么着，就是那个捡烂纸的就进来了。也不是白天那个打扮啦，青绢子包头，一身青绸子裤褂，脊梁上背着一把明晃晃的钢刀，一挑帘他就进去了。拿手一指玉戛子说：'好猴儿崽子，白天你溜溜儿追了老爷子一道儿，你当着没瞅见你哪？你讹完人家还要讹俺一头，你这小子的两只眼就该挖了去。今天要是不管教管教你，你明天还要反了呢。'正在这么个工夫，玉戛子他媳妇从她婆婆的屋里过来了。别瞧玉戛子人头儿那么不地道，还真说的是好人家的姑娘。您知道老爷陈玉亭陈半街呀，就是他的亲侄女，也不是谁给说的媒，会给了这小子啦。娶过来刚刚两个多月，身上穿的还是陪嫁的衣裳哪。她一进屋来，瞅见屋子里站着一个人，身上背着刀，自己爷们儿蹲在炕上一杳儿，像是刚从法场上赦回陪过绑似的。她刚想外往跑，那个穿青衣裳的就给她截住说道：'你这妇道，不用跑，也不用喊，俺不是坏人，你瞧你炕上蹲的那个人才是道地坏人呢。俺今天到这里，本打算替这里人除一祸害，今天看在你的分儿上，饶恕于他。饶可是饶了，俺必须要警诫他一下。'一回头向那玉戛子道：'你愿意死，你愿意活？'玉戛子平常讹起人来，一张嘴，两层皮，能说得死汉子翻了身，昨儿晚上，也不知怎么了，上牙打下牙，上嘴皮贴下嘴皮，两眼神都定啦，半天挣出一句话来道：'捡烂纸的，不不不，烂纸大爷，我愿意活、活哪。'那捡烂纸的道：'你瞧你这德行儿，俺真有些看不惯，就像你这块料儿，也要满街找便宜，真是有点儿不知自量。俺告诉你，俺今日来此，本打算把你一刀两断，上下搠你几个透明窟窿，现在看在你这媳妇身上，饶你不死。不过有一样，我要向你媳妇借件东西。'说到这里，向他媳妇笑了一笑，又回过头来，把眼向玉戛子一瞪道，'你说不肯时，俺便请你吃这一刀。'这时那玉戛子只要能保全性命，便没口地答应道：'随您便，您爱借什么就借什么，可要我出去吗？'那人听了把刀只向他一晃道：'狗杂种儿，休得满嘴胡言！'便又回头向他媳妇道：'大嫂子不用害怕，俺看你腕上戴的这副镯子，倒也沉重，约值个三五十两银子，请你把它摘下来，放在桌上，俺将它拿走，做个纪念。'又把刀向玉戛子一指道：'猴儿崽子，你可舍得吗？'那玉戛子虽然心痛镯子，可是性命要紧，便不敢说出半个不字，连连点头道：'舍得，舍得。'又向他媳妇道：'你快摘下来给他老人家得啦！'他媳妇一个妇道人家，哪里见过这种阵仗，早就让他把那争光夺眼的刀，闹得晕头转向，跑又不敢，不跑又不敢。现在听说要叫她把镯子摘下来，给一个一面不熟的人拿去，你想

9

人家自己陪嫁的东西，焉能舍得。刚说了一个不字，只见那人向前抢了一步，一把便把玉戛子的辫子揪在手里，那只手的一把刀，早已荡了过去。说时迟，那时快，玉戛子一根辫子，早已迎刀下来了半条。他却把刀在玉戛子脖子上擦了两擦说道：'猴儿崽子，我叫你们舍命不舍财！'仅见他说了两句，那玉戛子却一声也不言语，低头看时，那玉戛子两眼上翻，已是吓死过去。便放了玉戛子，转身向玉戛子的媳妇道：'俺因为你是个妇道，不肯伤害于你，你倒得命思财了，休走，且吃俺这一刀！'那玉戛子的媳妇才说了个不字，便见那人把自己丈夫辫子削了半条，此时见那人又奔自己而来，哪里还有魂在，双手不住地摆道：'别别，您别杀，我摘。'当时把镯子摘了下来，战战抖抖地送到桌子上。那人见了微微一笑，'大嫂子，不要怕，俺不过同你作耍，俺这时便去了，等他醒来，你就向他说，俺不是贼，也不是强盗，只因他在大街之上欺压良民，是俺一时不平，今晚特来警诫与他，叫他以后改过才是，倘若是再犯在俺的手里，那便定要取他狗命。俺走之后，你们不必大惊小怪，惊动官府，倘有风吹草动，俺便会再来。镯子、辫子俺暂时借去，不出半月，定然子母送回。'说到这里，拿手里刀，先挑了一挑帘子，见没有什么动静，才双手一抱道："受惊，再见！"只一纵身，早已踪迹不见。那玉戛子的媳妇，看见他已经去远，然后才敢慢慢走过去。这时玉戛子已然悠悠醒转，睁眼一瞅，那削辫子的人已然不在，才向他媳妇说道：'我早跟你说过，让你把镯子收起来，你偏偏不肯，现在让人家弄了走啦，心里也舒帖了吧?'他媳妇本来就受了一肚子委屈，一点儿安慰莫得着，倒受了他一顿数落，不由得痛哭起来。那玉戛子把眼一瞪道：'你还哭哪，我为你这副镯子，差点儿没让人家把脑袋给削了半个去，这阵子你又哭啦?!'他们两人一吵嚷，才惊动了上屋里玉戛子他们老太太，以为小两口儿又拌嘴了呢，就在上屋喊道：'大谱子，黑天半夜放着觉不睡，鸡吵鹅闹地嚷嚷什么，有什么明天白天不能说，非得今天晚上穷吵?!'那玉戛子您别瞧他那样戛，对于他们老太太倒是知道孝敬，听见老太太一嚷，赶紧答应道：'阿家（注，满人称呼母为阿家），没什么，我们不吵了，您歇着吧。'这时他们虽然不敢再高声喊叫，可是仍免不了暗中吱咕。玉戛子道：'你瞧，老太太也问下来了，明天你要是没了镯子，老太太要看见问你，你是怎么说?'他媳妇道：'没别

10

的法子，只好把那副穿珠花的镯子戴一戴吧，要是老太太问我，我就说金镯子太沉，戴着举动太不方便，才换了这副镯子。'玉戛子道：'算了吧，算了吧，一副金镯子就得好几十两，再要丢一副珠子的，可更受不了啦。依我说，你明天就愣不用戴，老太太要问下来，你就说是我说的，在家里不用戴那行子，也就完啦。可是有一样，我得等天亮了，去想个法子，告诉地面儿，让他们想法子给我找东西拿人，要不然更了不得啦，他要是拿高了兴，他还不天天来呀？他要是来上一个月，咱们这店家当儿也就全完啦。'倒是他媳妇看得破，说道：'得啦，丢点儿东西倒没什么要紧，只要人没受伤也就完啦，你瞧他来去连个声儿都没有，准得是个大暗贼，地面儿上官人未必能拿得了他。倘若拿他没成，他再一恨，再来上一个二回，恐怕更弄不出什么好儿来。你想他刚才拿刀能削你辫子，难道他就不能削你脑袋吗？你只当他是已然把你杀了，你还能去告他吗？'玉戛子道：'话虽如此，谁让他没有把我杀了呢？'"

那人说到这里，旁边又一个人道："这不用说啦，一定是玉戛子报了地面儿，今天才会有人来办这差事的吧。"

这时旁边又一个人道："你们所说的是有点儿影子，可是不很详细，那么您怎么能知道那么详细呢？难道说您也去偷着听来吗？"

先前那个人道："您挑得倒是不错，您哪知道我住家跟玉戛子媳妇娘家没多远，玉戛子媳妇受了这场惊，又说玉戛子还要去报官，恐怕把事越闹越大，所以一清早她就回家啦，打算请她爸爸去劝一劝。他们使唤的一个老妈子，常上我们家去串门子，这是她学说的，不然怎么会知今天的这个碴儿呢。"

那个人道："碴儿呢，是有这么一点儿，不过你们是只知其一，不知其二。今天办案的两个头儿，一个是伙计，我们都有点儿认识。那个穿灰色衣裳的，是内大班的领头，名字叫何玉龙，在里头当的好红差事。那穿青的叫陈泰，小名叫二顺儿。那个花子叫杨庆儿，都是他手底下的好伙计。我今天早上到鬼市儿去找点儿东西，就碰见那位何头儿了，我问他们上什么地方去，他说昨天晚上振贝子府出了大暗贼，不单是偷了东西，并且这个贼还露了面了。因为他下来时候，那振贝勒正在屋里盘算一样事情，还没睡呢，听见院子有了响动，正要叫人，谁知道他早已掀帘而进，

11

那振贝勒自然是吓了一跳。却见他不慌不忙地向贝勒爷请了一个安道，请爷的安。那振贝勒瞧他身上并没带着什么家伙，脸上又无恶意，还以为是门上没有留神，他从外面溜进来的哪，随即拿出身份向他说道：'你是什么人，黑夜之间，到我这里干什么来了？'只见他微微一笑向贝勒说道：'一来给您请安，二来有一件事跟您商量。束坝民人范瑞臣的女儿，听说您要给两钱把她弄到您家里来，这话呢，我想一定靠不住，拿您这样有身份的人，岂肯做出这强盗之事。不过我想这要不问个水落石出，一来于您名誉上不好听，要是弄到主子耳朵里，事情也不好办，因此小人才敢斗胆夜入爷府，惊动爷驾，特来禀明爷。这要真是爷办的，请爷非收回成命不可，爷要执意不听，那时休怪小人无礼。如果不是爷干的，可速差精明强干之人，调查此事内容，务要办个水落石出。话已讲完，请您安歇吧。'他说完这片话，单腿又是一安，向贝勒说了声惊扰，便要转身出去。恰是一抬头时，看见贝勒爷桌上放着一个翡翠烟壶儿，他便又转回身来，向贝勒爷道：'怎么，您也好闻烟吗？小人家里藏有好烟，请爷把烟壶暂借小人一用，三日之内，定当奉还。'说完也不等贝勒爷再行嘱咐，即取了桌上的烟壶，往怀里一揣，冲贝勒一点头，只一晃，帘板连响都没有响，早已踪迹不见。却听门外扑咚哎哟一声，早有一人摔倒地上。那贝勒还以为家里人看见了贼人，在门外埋伏好了，捉住了贼人呢，心里着实一喜，赶紧出门一看，敢情是自己的家人永安，摔在地上躺着，不由得又急又气，向那家人说道：'永安，你干什么来着，怎么会摔在地上了？快起来。'那永安看见了他家贝勒，心里才提起一点儿劲儿来，爬起来向贝勒爷请了一个安道：'爷受惊，刚才爷不是让奴才去泡茶吗？厨房里火封了，好容易开火才炊了这么一点儿水来。一进这院子，奴才就瞅见窗户上有两个人影，奴才走近窗根儿底下，才瞅出来不是咱们府里的人。奴才本打算出去叫人进来，可是又怕爷在屋里先受了惊，又赶上今天这条腿也不知怎么了，一个劲儿抽筋，再也抬不起来。好容易他说完了话，往外走，奴才才把心放下去一点儿，谁知道他又回来了。他拿爷的烟壶，奴才干着急，不敢拦他，奴才准知道这个翡翠烟壶是主子赏给爷的，这要丢了，主子要问下来，爷也担待不起呀。他还是真拿走了，奴才瞧他出来，刚要把他拦住，谁知道他就在窗根儿底下，一伸手就拿起一把明光瓦亮的刀，冲奴才一晃，奴才一害怕，才摔倒在地，惊了爷的驾。'贝勒一听，还真拿着刀哪，心里倒直念万幸，心说这幸亏我没拦他，我要是一拦他，他还不给我一刀啊。越想越害怕，这才叫永安到外面把大管事的赵泰叫进来，赶紧到内里去把两个总班叫来，就说我家里失了盗，那总班何头儿才带了两个伙计出来私访的。听说昨天玉戛子在醉仙居讹钱，遇见那捡烂纸的，疑心就是他一人所为，因此带了伙计到醉仙居安桩儿，偏偏他就来了。你刚才没瞅见吗，就是那提溜房椽子一甩，身子有多灵便。跟你说这句话吧，差一点儿的何头儿就追下去啦，这个他这一跑，可不容易找啦。"

这个人说到这里，先前那个人又说道："庆子，你别说啦，我说的时候，你问我听谁说的，现在你又说得像瞧见一样，那么你又是听谁说的呢？"

那人听了一呆道："兄弟真有你的，这里等着我呢，刚才没跟你提那永安吗，我跟他沾点儿亲戚，昨儿晚上让人家拿刀一吓，他就病了。今天早晨我去瞧他，他才告诉我的，我这才上这里来的，不然我怎么会今天又来了哪。永安还说要听我给他个信，那天也不早啦，我也该走了，咱们明天见。"说着他算完了酒账，哼哼着二黄调就走了。

大家见他走了，才各自谈起话来，有的说："这振贝勒实在是万恶，去年在什刹海抢人，就差一点儿没圈了高墙，今年又干出这营生来了，得，这下子又碰在点儿上啦。你们瞧着，今天不是没把人家拿着吗？今天晚上保不定出什么事。"

他还要往下说时，那常掌柜过来拦道："众位，说点儿旁的吧。天也不早啦，给众位换换酒，喝点儿进城吧，我这买卖从明天起也暂时先歇两天，过两天等平静平静再说，再请众位捧场。"大家听了，便再不提这件事，可是仍不住地小声吱咕。

正在这个时候，忽然从外边进来一个地方官人，向常掌柜的道："你辛苦，刚才何头儿叫人来给我信儿，说是有一个烂纸筐啊，让您给我拿到贝勒府去。"

常掌柜的道："不错，就在那边地下那儿，我们没敢动，您给拿走吧。"

那个人走过去，单手就想把它拿起，谁知那纸筐就像生了根一样，纹丝不动。那个人再加上一只手，依然是拿它不起，那常掌柜便也走了过来，帮助抬那纸筐，谁知仍然兀是不动。这时早惊动许多人围成了一个大圈子，那常掌柜又叫了几个伙计帮同动手，但休想动得它分毫。

正在这个时候，忽听后面有人扑哧一笑，那常掌柜的同众人齐回头看时，却是一个南边的糟老头子，便向他啐了一口道："你乐什么，这么大的岁数啦，还不躲开点儿，回头再招呼碰着你。"

那老头子听了微微一笑说道："老板，你不要动气，动气是办不了事的，你可是想把那篮子拿起来吗？等吾来替你拿。"

这时那常掌柜的正愁那纸筐没法子办呢，听见他要拿，心里不觉有气，便向他道："我们这些人拿不动，就凭你一个糟豆腐，就拿得了了？这么办，你不是要拿吗，我也不能拦住你，你要是拿起来，我给你十两银子，可是你拿不起来，再要碰了它，我们可不担这个责任。"

那老头子听了哈哈一笑道："吾要是拿不起，倒赠你二十两。"话说未了，只见他单手一指，口里也不知道念了两句什么，只一伸手，早见那纸筐应手而起，随即向地下一丢，向众人道："你们再去拿起来。"

那常掌柜听了，过来用手一拿，却已不像先前那样沉重，也便随手而起，不由得向那筐子恶狠狠地啐了一口道："真邪行，你不是也让我拿起来了吗，平白地让我出去十两银子，那不成。"

谁知那个老头儿听了微微一笑道："老板，你不要心痛银子，吾不过是说着向你作要的，吾哪里便想要你这几两银子。不过，吾有一件事要问你，请你告诉吾，你们要这烂纸筐子何用？"

掌柜一听那老头子不要银子，只问这筐子来历，便毫不思索地道："你既然问这件事，等我慢慢告诉你。"便把头天怎样有捡烂纸的在这里喝酒，怎么教训玉夏子，怎么今天有人来拿他，他是怎么跑的，一五一十说了个痛快。

那老头儿听了把头一点，微微又笑了一笑道："原来又是他闹到这里来了，他也就太爱多事了。今天吾既遇见，总要管一管才好。"便向那地方官人道："你拿篮子送到什么地方去？"

那地方官人道："就送到前边堆子上，您可想跟我一块儿去吗？"

老头儿听了道："你倒会猜人家心思，吾正要同你去，不知你可愿意领吾去吗？"

那地方官人道："老爷子，您要去，这有什么，就请您跟我去吧。"说着拿起那纸筐向常掌柜道了一声辛苦，随同那老头儿向堆子而去。

再说这时喝酒的人，更谈论得厉害了。这个就说，你瞧着老头子准得跟那个捡烂纸的是一档子。那个就说，不对，我瞧这个老头子，准得是番子，来办案的，大概还得会念两句邪魔外祟的符咒，不然你没瞧见他嘴一咕哝，那个纸筐就动了吗。你一言，我一语，越说声音越大。那常掌柜怕再惹出别的事情来，便向那些酒座儿说道："众位，这天不早啦，进城吧，明天请早来。"那些人听了知道是常掌柜的有些怕事，再往外一看，天果然也不早了，便又谈了几句旁的话，算清了酒账，溜达着进城去了。

再说那振贝勒，自从由内大班把何头儿找来吩咐他们拿人以后，自己便不敢再住那所客房，便连夜叫人把重要的东西收拾了一下，搬到内室，又到庆王府请了四个护院的来帮着自己家里的人护院，就在自己卧房旁边三间东房里，叫他们埋伏好了，然后才敢放心睡觉。第二天等了一天，也没有听见回信，天都快黑了，还不见何头儿们回来，心里委实放不下，好容易听见说是何头儿们回来，在外头候话哪，赶紧叫他们进来。及至一听那捡烂纸的跑了，益发放心不下了，遂一面叫何头儿速往椿树庵去拿人，一面吩咐家里这班护院的，今天夜晚加紧防备，全都不准睡觉，倘若是拿获贼人，每人有赏。这里安排已定，暂且不说。

单说那槐抱椿树庵，就在这太平湖老七爷府东南一点儿，是一座小庙，因为里边有一棵椿树长在槐树底下，其形就如同怀抱一样，所以附近的人叫它槐抱椿树庵。那庙除去大殿三间，东西仅有两间配殿，里头除去一个看庙的祥二以外，再没有第二个人。那祥二已有五十多岁，好喝两盅酒，又没媳妇，又没女儿，自己住在庙里，倒也清闲自在。

一天祥二起来晚一点儿，忽然听见对面那间屋里有响动，祥二还以为是有了溜门子小贼呢，赶紧到外面一看，那庙门依然关得很紧，到了这时，祥二倒真吓了一跳，心里说这必是狐仙老爷子跟我闹着玩呢，刚要祝告祝告，就听屋里有人说了话了："俺也没告诉房东，俺就搬进来了，求您多照应点儿吧。"说着从里边走出一个人来。祥二一看，原来是个捡烂纸的，白天在门口背了个纸筐子看了半天，晚上也不知从什么地方爬上来

15

了，横是打算绺点儿什么，现在让我看见了，他就说他是租房。

想到这里，不由得把眼一瞪道："你趁早别在这里胡说，好，你偷我这里来了，别走。"说着过去想要把那人揪住，谁知人家手只一晃，脚底下脚一扫，那祥二便一个仰八叉摔倒地上。

那祥二刚待要喊嚷救人，只见那捡烂纸的把手向他一摆说道："你不要喊，俺有话告诉你。"说着从手里拿出一锭银子向祥二手里一塞道，"这个权当房租，请你收下买盅酒吃。"

那祥二见了银子，又听说买酒吃，不由得哈哈一笑，从地下陡地爬起，向那捡烂纸的道："大哥，我昨天就看见你了。一间破房子很脏，闲着也是闲着，您只要愿意住，这算不了什么，您干吗还给钱哪。"他嘴里虽然是这样说着，可是那手便像不由自主似的，早把那银子拿到手里往怀里一揣，用手一拉那捡烂纸的道，"请走上我屋里来坐着。"他也不管人家愿意不愿意，就是一顿连拉带扯。

那捡烂纸的道："俺屋子还没收拾好，你何妨先到俺屋子里坐坐呢。"说着只把手一扯，那祥二早身不由己地随着走了进去，到屋子里一看，嗬，也不知什么工夫搬进来的，纸筐子之外，小坛子一个，小炉子一个，小铺盖卷一份，一间小屋子差不多都装满了。祥二心说，我的天哪，这要是把我搬了走，横是我也不能知道吧。正想到这里，忽听那捡烂纸的向他问道："真格的，俺还没请教你贵姓呢。"

祥二忙不迭地道："真是的，我只顾喜欢啦，也忘了问您贵姓了。我姓祥，是咱们镶黄旗的人，您哪？"

那捡烂纸的道："原来是祥大哥。俺姓石，是山东临清州石家集的人，因为到京里来找一个亲戚，不想那亲戚走了，俺带的几两银子也差不多快花完了，俺怕在这大京城里现了眼，可是别的本事也没有，因此才弄了一个纸筐捡点儿烂纸，所为是能顾全两顿饭吃。昨天在这里过，看见庙里像是有闲房，今天俺才搬到这里来的。"

祥二道："哦，敢情是这么回事。可是您怎么搬进来的呢，我的石大哥？"

那姓石的道："俺今天早晨从这里过，本来打算拍门，又恐怕有人在里头睡觉，吵了人家，因此找了个树枝，从外面门缝里拨了拨，幸而不甚紧，就被俺拨开了，俺才得进来。"

祥二听了说道："原来如此，不用说，一定是您进来之后，又把门给插上了。我刚才还有些疑心哪，我还想大哥是爬墙进来的哪。"

那祥二有银子，那嗓子眼儿便痒痒的，再也熬不住，不及再向那姓石的道得什么寒暄，便走到街外，心里不由得一阵好笑道，真是运气来了城墙都挡不住，这不是飞来风的事吗，就凭那样一间屋子，租三两多银子，两年也租不了那些钱哪，倒是乡下人心眼儿差事，也不打听打听现在房子都租什么价儿，就愣敢给钱，活该，这是我小子运气，只要他不走，慢慢地反正少不了油水。没别的，待会儿先到酒店把酒账还还，省得那曹老西儿他老瞧不起我，剩下的钱，再买几斤螃蟹，打点儿酒，回头这么一喝，这个乐子就得算是不小，是乐子总得乐呀。那祥二正想到这里，忽然觉得腿上十分疼痛，不由得哎哟一声，低头一瞅，原来是只顾盘算事情了，没有瞧见道儿，正踩在一条老瞎狗的身上。那老瞎狗本来双目不明，饮食为难的时候，心里就很不大高兴，又被祥二一脚正踩在它写梅花篆字的小手上，它是怎的不恨他？也不管祥二得银子高兴不高兴，便在那祥二腿肚下狠劲地咬了一口。那祥二一看是街坊家的那条老瞎狗，连骂都没敢骂一声，只好认作自己倒霉，这一口咬得还是真不轻，一则那时不过八月天，身上穿的都是单衣裳，二则那老瞎狗是实儿候，裤子也破了，腿也破了，自己要吃肉喝酒没成，倒请了老瞎狗一顿，疼得也走不动了，只好再一步一步往家里走吧。

好容易蹭到离庙门不远，就瞅见有几个人从西边往自己庙里走来。临近一看，原来是几家紧街坊，祥二都有些认识，便向他们答话道："众位真早啊，那里有公意儿是怎么着？"

其中一个姓瑞叫瑞明的道："您别说啦，这都是逆事儿。昨儿晚上，我们几家都进去人了，旁的不新鲜，这个偷东西的太新鲜，我家里丢了一个锅灰子的白炉子，大那子家里窗根儿底下隔着一个小水坛子也丢了，成三哥昨儿晚上给人家熬夜去了，今儿早上一回来，连他那床新被褥偷得连条炕席都没剩，玉大嫂子辛辛苦苦攒了十来两银子也让他给绺了去啦。"

那瑞子刚说到那银子，就瞧那祥二哎哟一声摔在地上背过气去，众人都吃了一惊，才待上前来扶持时，只见那祥二早已一股脑儿爬起，向众人

17

道："忽然一阵头晕，就昏倒在地，众位都吓了一跳吧。不要紧不要紧，这是个老病，时常就犯。那么现在几位意欲何往？"

众人道："我们打算到厅儿上去告诉一声儿，今天晚上多留点儿神。这不是别的，这个贼来路太凶，他是想要安家眷哪，不然怎么锅盘碗盏都要啊。"

祥二道："既然这么着，众位请您的，回头见。我刚让安四他们那条瞎狗咬了一下，得赶紧回家瞧瞧去。"向众人道了声回头见，即走入自己庙内。心里想道，这可悬哪，怎么他们所说丢的东西，跟这位石大哥的东西一样不差啊。想到这里，再一想那位石大哥的神气，跟他进来这一点儿意思，哎呀，不好，八成儿就是我们这位石大哥所为吧，这可要糟，房钱已然是接了人家的了，幸亏还好，我还没花他一个钱儿呢，我趁早还给他，让他搬走。可是话跟人家怎么说哪，这要是假装不知道，让人家街坊一打听出来，报告地面儿，这个窝贼销赃的罪名，可够我打两天的，这可怎么好哪。祥二正在犹疑之际，忽听庙门一阵响，祥二心说，了不得，这大概是几位报告了本地面儿，看我刚才一露神儿，透着有点儿形迹可疑，这可怎么好啊。心里想着，可是外头拍门的声音更紧了，便不能再行迟疑，赶紧出来把门开开。

一看并不是那班人儿，原来正是那条咬人瞎狗的主人安四，一见祥二忙道："没咬着您哪？这是怎么说的，我刚才听见瑞子告诉我，说是您让大雄儿给咬了，我赶紧找了包药给您拿来啦。"说着从手里递过一包面儿药，说您弄点儿凉水，把它给化开，您把它敷上，不出两个钟头准好。

祥二道："得啦，您这也不能怨那条狗，它任什么都瞧不见，那能赖它吗？再说咬得也不重，又累了您一趟，这是怎么说的哪，得啦，等我一半天再谢谢您恩吧。您坐一坐，我给您泡壶水去。"

安四道："不用了，回头见吧。"说着走出屋门。祥二一块石头刚刚落地，就是安四把手向那石大哥住的那间屋子一指道："您这屋现在谁住着哪？"

祥二道："这间房子没住人。"

安四说："这么着，我没进去过，今天我进去瞧瞧。"说着一迈腿就上了西边台阶。

祥二这时要拦也拦不住了，心说这可是要糟，这屋里还搁着一个人哪，这可怎么好啊。他心里想着，那安四早已走进屋中，祥二也硬着头皮跟着走了进来。

来到屋里一瞧，那位石大哥也不知什么时候出去了，祥二心里一块石头又落了下来。就听安四说道："这屋里比那里还显得宽绰哪，你不是在那屋里睡吗，怎么这屋里搁着被褥啊？"

祥二心里怦的一下，要不是有嗓子挡着，那颗心就从里头跳出来了，赶紧镇静一下说道："这也是我的被褥。因为前些日子天气热，东屋晚半天简直不能睡觉，所以我才在这屋里，也搁着一份铺盖，早半天睡东屋，晚半天睡西屋。"

安四说："我说哪，怎么会一个人来两份铺盖哪。"

正在这个工夫，外头门环子又是一阵乱响。祥二心说，这回可完了，不是瑞子，就是石大哥，反正谁来，这话也难说，没法子，开门再说吧。等到把门一开，敢情是一个小孩，祥二认得，是安四的小儿子大料儿。那大料儿一瞅祥二，赶紧请了一个安道："二大爷，我爸爸在您这里吧，家里饭得了，请他回去吃饭了。"

祥二一听道："在这里哪。安四哥，大料儿找你家去吃饭哪。"

安四听了从里面出来，同着大料儿向祥二道了一声回头见，便走向家中去了。祥二这汗就出多啦，心说，好劲，这是怎么说的哪，为了这几两银子，终日提心吊胆，趁早，等他待会儿回来，让他给我搬去，这是闹着玩的哪？想到这里，把门关上，往里一回头，就瞅那位石大哥从自己房里走了出来。祥二这一惊，差点儿没喊出声来。

倒是那石大哥沉得住气，向那祥二道："祥大哥，你上哪里去了？俺在这屋里刚收拾完东西，又找补了一觉，你吃饭了吗？"

祥二心里说道，这可是怪事，我刚从这屋里出来，就没瞅见他，一晃的工夫，他会从里头钻出来了，我没瞧见，那安四也没瞧见吗？那屋里又不是有什么高搭的床铺，他藏在底下了，难道说他是邪魔外祟，特意来找我为难？那不用等他搬，我先搬，可是他干吗又给我好些钱哪，这可真正使我纳闷。心里虽是这么想，嘴里更不敢得罪石大哥，急忙带着笑向石大哥道："可不是嘛，我刚上了趟街，打算买点儿什么，给您贺贺新居，没想到走到街上，让狗咬了我一口，我就又回来了。敢情您是在屋里睡觉哪，我愣会没瞅见，您瞧这不是新鲜吗，刚五十来岁，眼神就是这样不济，这要再待二年，那眼还要得啊。"

那祥二不过是为遮说自己的形迹，恐怕被石大哥看出破绽，心中起疑，谁知那石大哥，听他把话一说，不由哈哈笑道："祥大哥，你这就不对了，俺看你够个朋友，才搬到你这里来的，为的是多亲近亲近，谁知你倒攒两猜三起来。你刚才同着那个人进我屋子，难道俺没瞅见他吗？这么办，我再进屋子里，你还是看不见俺，不信，咱们试试看。"说着一迈步就进了西屋。

那祥二心说，我就不信，眼瞅见他进了屋子，就瞅不见啦？我倒得瞧瞧，遂也跟着进了屋子。说来不信，一个大活人登时不见。忽听头上一声喊道："祥大哥，俺在这里呢。"祥二抬头一看，敢情那位石大哥绷在屋门横眉子上头，就像壁虎一样。祥二这才恍然大悟，知道石大哥一定是高来高去的英雄啦，便不敢再怠慢，即向上一举手道："石大哥，您下来吧。我有眼不识英雄，您千万不要见怪。"

话还未了，那石大哥早已一飘而下，连个声儿都没有，笑着向祥二道："大哥，请你千万不要见疑，俺虽会些功夫，并无轨外举动。这次到京里来，原为访一个朋友，谁知那朋友早已搬走，俺看京城景致不坏，想在这里多盘桓两天，但是一时又找不出相当住的地方。昨天俺从此路过，看见这庙里倒还清静，俺便在夜里搬了进来，又恐怕大哥见俺行踪诡秘，一时见异，所以才说是拨门进来的。现在既已说明，请你千万放心，俺绝不会惹出事来招你烦恼。"

祥二这时，哪里还敢说什么，只是唯唯连声，答应而已。于是那石大哥便在那庙里，住了已经一个多月，彼此相安无事。

这天，祥二买了二斤好肥肉，装满两瓶子原封酒，又做了两样菜，预备过节，忽然石大哥从外边走了回来。祥二一看道："大哥，你的筐子呢？"

石大哥道："大哥，你先不要惊慌，听俺慢慢告诉你。俺今天在外面小露行迹，恐怕此处明日便不能再住了。"

祥二道："大哥为了什么事，何必这样慌忙呢？"

石大哥道："大哥就不必再问了，俺今天心里着实熬得很，大哥既然买了酒，我等且吃几杯再讲。"

那祥二果然把酒筛好，把菜摆妥，二人落座吃了几杯。石大哥向祥二道："大哥，你我相交日子虽然不多，但是非常投缘，本想多聚几日，无奈事不从心，俺明天便要告别了。不过在俺未走之先，还有一事，不得不告。"说着扒在祥二背上，便啾咕一阵。

那祥二脸上先是青一阵，黄一阵，皱眉一阵，苦脸一阵，后来又哈哈地笑了起来，忽然又一皱眉道："大哥，您说的话，是真办得到啊，可别临时着急呀。"

石大哥道："没错儿，你就看俺的吧。"

祥二道："既然是这样，酒我也不喝了，我先给您预备东西去，省得待会儿人家走在咱们头里。"

石大哥说："也好，你就赶快去买吧，俺先在这里喝着，反正他们来也得到擦黑。"

祥二点头出去，不大的工夫，东西已然买来，石大哥便领祥二，依着自己主意把东西完全装好，石大哥才向祥二道："大哥，我们总算好没好够，留着将来再见吧。不过，俺要走了，这话可不能不跟你说了，大哥，这里来。"进到自己屋子，用手一指那个炉子道，"这个炉子，是由太平街西口路北那个门里借来的，这个水坛子是从象来街西口路北那个门里搬来的，这份铺盖是从这庙后边夹道路西那个门里借来的，还有这家院子南屋里住着个老太太，俺使她二十来两银子。现在你赶紧把这些东西暂且藏在旁边，等到他们走后，俺好同着你挨门去还，快收快收。"

那祥二这时才知道，这些东西，果然是从几家街坊借来的，心里不由得好笑，便赶紧把这东西搬到大殿里面佛爷桌子底下。刚刚搬完，就听门环子拍得一阵大响，那祥二便向石大哥说了一声："来了，您预备。"遂来到门前，问声谁。门外答应道"我"，祥二一听是看街老刘的声音，赶紧把门打开。

门刚往左右一分，外头早已蹿进好几个人来，照着祥二当胸一把道："你还往哪里跑？官司你打了吧。"

祥二更不慌不忙地道："众位，什么事情？您先撒开。"

那揪他的人一听口音不对，赶紧松手，瞪了祥二一眼说："你姓什么，这庙里就是你一个人，还是有别人？快说。"

祥二道："我在这庙里好几年了，就是我一个人，街坊没有不知道的，就是地面儿厅上也都知道。"

那人道："既然你说没人，我们要进去找出人来，你可是提防着。"说着向旁边的人道："你们先把他拴上，有什么待会儿再说。哥们儿，小心点儿上啊。"

话还未了，十几个人早已一拥而进，只见院子正当中地下，放着两只粗碗，里面似乎还盛着满满两下子水，众人不知道干什么用的，便也不问，先进正殿四个人，余者都在外面，把住屋门口。进去了不大工夫，又跑了出来，向他头目说道："搜查无有，搜两厢。"东西屋又进去几个，不一时又跑了出来，西屋没人住，东屋有床有铺盖，可是没人。

只见那两个头目，向后头穿灰色大褂的说："他说的是这里吗？你们是听得没错啊？"

那个人道："没错，没错。"

那两个头目说："既然说的是这里，为什么到这里又没人影子呢，这可真正是怪。"说到这里向后头的一笑道，"是不是，我就说他没这胆子，天子脚跟底下，他敢不睁眼皮？那天晚上，也不是怎么爬进贝勒府去的，屋子里没一人，他自然就耀武扬威地充起英雄来了，其实据我瞧，什么英雄，简直狗熊。趁早儿回贝勒府，回知贝勒，省得大家担心。可是有一样……"说着向祥二一看道，"得把这小子带走。倒不是别的，回去好拿他向贝勒爷回话，不然他再说咱们没来。"

说时迟，那时快，只见一缕白光，从地下向房上飞起，跟着又是一道白光，也飞上房去，就好像两匹白练相似，照得众人眼花缭乱，倏地白光一断，从房上便跳下一个人来。众人急凝神看时，正是那闹酒馆，入贝勒府寻访不着的捡烂纸的人，才待要问时，只见他倒赶上一步，到了祥二跟前，叭的就是一个嘴巴道："好奴才，俺不过在这里借住几日，又未曾侵犯于你，俺先前还道你不知，谁知你倒眼快，会去报了官家来捉拿俺，你可是想得些赏号吗？好，且请你先领了俺赏去。"话未了，从腰中只一抖，哗啦一声响，一根亮银鞭便向祥二头上砸来。

这时那两个头目，早已将长衣裳脱去，伙计递过家伙，一个使单刀，一个使花枪，喊喝一声道："慢来，休走，吃我们一刀去！"那刀便架住了亮银鞭，一个早又把枪刺了过来。只听那人叫一声"来得好！"鞭往上一迎，荡开了刀，又往下一挫，早将花枪扫开，猛地将鞭向人群砸下。众人急待看清还手时，他早已凭空一跃而起，跳上房去。头前那个使刀的说声："上！"便也一个箭步往房上纵去，离房差不多还有个一尺来远，只见那人那嘴一张，就像一条白龙相似，直扑使刀的面前。那使刀的承受不住，早已滚了下来。

使枪的才待上房去追，只听那人哈哈笑道："奴下奴休得讨死，俺不愿杀你们这班笨猪狗，不得时，早叫你等阎老五座前销了账也。俺此时便走，叫那祥二留神，俺早晚来取他的狗头，失陪了！"说着只将身躯一扭，登时踪迹不见。

这时众人真个不敢再追，齐来看那使刀的受伤如何。这时那使刀的早已清醒，便向众人道："他逃了吗？"

众人答应道："他逃了。"

那使刀的道："不好，我们须赶紧回贝勒府，不然他要先到，那我们就苦了。"众人一听，全都恍然大悟，便即拴了祥二，一起回转贝勒府。

原来这班人正是贝勒府遣来拿人的，那使刀的名叫杨奎，使枪的名叫杨立，是兄弟二个，全在庆王府护院，能为本事都可以说得下去。今天是振贝勒特向庆王府借来托他们拿人的，他们也都自以为手下不错，便带了几名大班班头，找了地保指出地方。原想进门便拿人，谁知道弄了个大没脸，便都扫兴而返。

刚刚到了贝勒府门口，只见从里面跑出来好几个人道："杨爷，您来得正好，贝勒爷正要让我们找您去哪。"

杨奎道："难道又出了什么事了？"

那几个人道："谁说不是哪。您猜怎么着？那个主儿他又来了。"

杨立道："现在还在这里吗？"

那几个人道："不，已然走了半天了，贝勒爷十分着急，让我们请您几位赶紧回话哪。"

杨立道："哥几个进去瞧瞧吧。"

原来那贝勒自从派他们走后，心里着实放心不下，遂把管事的叫了进来，吩咐他们把家里的人都召齐，围住自己屋子，自己也不敢睡觉，点着明灯火烛，自己在屋里坐着拿本书一看，眼睛却不住地往帘子那边瞧，心里只盼派去的几个人回来，那时便知水落石出。谁知左盼不来，右盼不来，心里一烦，便把书丢在一旁，眼睛略微合上一合。正在这个时候，忽听帘板一响，还以为是他们回来了呢，抬头看时，只见帘板起处，那天那个汉子又走了进来。贝勒心说怪呀，外头那些人难道都睡着了，或者是转了弯儿又上旁边去了？怎么有人从房上下来，他们会全都不知道呢？嘴里才待要喊，只见那个人早已走近自己面前，脸上虽然还是有些笑，气色却不像往日好看。

这时自己要喊人也来不及了，只见把手向贝勒一指道："胡奴，好不识体面。俺那日听了人家说你霸占民间妇女，俺想你身居贵胄，岂肯如此自贱，夜间特来查你，你便应改过从善才是，怎么你倒不怕旁人动众，派了一班脓包，前去捉拿俺来了？哈哈，你也不知俺是何如人，就凭那帮酒囊饭袋，怎能够配拿俺？现在俺便来了，你又当如何？胡奴，听俺告诉你，想你父子身居显宦，应当如何利国便民，上不负国家之托，下无愧民间之仰，怎么闭贤塞路，贿赂公行，并敢抢掠民间妇女，擅捕安善无罪人民?! 胡奴，你不过倚仗你是皇亲贵胄，便敢恣意胡行，岂知世道不平行人铲，还有俺一班人在你们后面监察呢。今天俺假若让你擒获，那时胡奴你应当如何收拾于俺？不过天灵不佑，捉拿不住，俺现在倒来了，你既不能下手于俺，俺却容不得你。"说到这里，从腰里一掏，扫得一声响，那贝勒早已应声而倒。那汉子微微一笑道："胡奴如此鼠胆，还敢在外面胡作非为，真正可笑。"过去用手一提，又把那贝勒放在椅上，从腰里掏出那一件东西，用手一托道："爷您受惊，俺跟你闹着玩哪。这就是那天拿走你的那个烟壶，你装的烟还不算很好，俺给你装了些好烟，请爷闻下子。"说着把烟壶放在桌上，又向贝勒道："俺便告辞，请你以后，万万不可再胡作非为，倘若再有风吹草动，便俺不在这里，那胜似俺的，还不知多少，那时恐怕没有像俺这样好讲话。今天派出去拿俺之人，快快叫他们回来，他们就是再加上两位，大概也许拿俺不住，倘若一再逼俺，俺若一时大意，他等便须不能整着回来咧。"说到这里，向贝勒道了一声："爷受

24

惊，你歇吧。"用手一挑帘子，才待出去，却听书房后窗户外头，叫了一声道"好"，那汉子便不走前面，急到后窗，用手一扶，嗖的一声，早从后纱闭子蹿了出去。

只听外面哎呀一声，又扑咚一声，像是有人摔倒在地，外头登时一阵大乱，喊拿之声不绝。贝勒这时胆子也壮了起来，便一手拿牛角宫灯，也不叫人陪伴，自己走了出来。刚一掀帘子，往外一走，恰好外头慌慌张张一个人也往里走，当时躲避不及，撞个正着，两个仰八叉全都摔倒在地，灯也灭了。只见那人翻身爬起，先在贝勒身上结结实实打了两拳，嘴里还一边骂道："好贼，你来上没完啦，我看你还跑。"

贝勒本来一摔，心里就非常害怕，话都没有说得出来，又被人按在地上打了几拳，忽然听那人说话的口音，正是自己家里的大管事吉安，连忙喊道："不要打，吉安，是我。"

那吉安方才本是领了一班人在书房旁边围护着的，正在大家来回走溜的时候，忽然从里面跑出一个老妈子，见了吉安道："吉爷，可了不得啦，里头有人了！"

吉安一听，便忘了再保护贝勒，连忙招呼众人全都跑了进去。等到了里头一看，恁人没有，正要往前边来时，眼看着从贝勒爷屋上跳上一个人去，心里这一惊非同小可，急忙叫人赶紧捉拿，自己便跑到前头来保护贝勒。正走到贝勒爷窗户外头，就看灯影一晃，心说不好，急忙往屋里就跑，一看屋里的人也跑了出来，自己本打算退一步瞧瞧是谁，无奈走得太急，一时躲避不开，登时撞了一个对仰。心说，这可是活该，该当我露脸，贼却让我给撞了一个跟头，遂即一翻身把那人按在底下，着实地打了几拳，嘴里还骂着，所为是让屋里贝勒听见是自己拿的。谁知被打的一说话，才知道拿贝勒错当了贼，这一吓比刚才看见贼还要厉害，赶紧放手，把贝勒从地上挽了起来，嘴里却不住地说道："奴才一时浑蛋，认错了人，爷，没打着您什么地方吧？"

那贝勒到了这个时候，自己倒觉得好笑起来，向吉安道："该死的种子，你们都上什么地方去了？"

吉安道："实在奴才该死，刚才里头老妞们儿出来说，里院有了动静，奴才便把他们都带进去了。到了里头，也没瞧见什么，这才又带他们出来。刚走到爷的屋子后头，瞅见上面站着一个人，奴才赶紧叫他们去拿人，奴才跑来保护爷，谁知道倒让爷受惊。"

贝勒听了，知道他全是实话，也就不便再责备他，遂又向他说道："你到后头去瞧瞧他们怎么样了。"

及至到了后面一看，原来他们刚刚来到窗户外头，才要往房上看，却不防窗户一响，从里面蹿出一个人来，大家未曾防备，吃那个人碰倒了两个。吉安问明情由，便把他们也都叫到书房里。这时贝勒事后越想越怕，便不敢再说拿人的话，见了他们几人，知道他们只能给自己招事，保卫是谈不到，遂向吉安道："叫他们都快快散去，一夜辛苦，明天我自有赏。并且叫他们去几个人把杨立他们唤回，不要再惹出别事，你也出去吧，我也要到里边去睡觉了。"

吉安听了，连忙嗻嗻两声，带了众人出来。这时大家还不知道人家进屋子还烟壶的事，大家不由都有些纳罕，心说这可是怪事，这个主儿向来没有说出来不办的事情，今天为什么会来一个原令追回呢，这可真是怪事。可是心里虽然这样想，嘴里可是不敢说，恰好刚刚走到外头，瞧见杨立他们回来，心里自是痛快，赶紧把他们带到里面。

这时贝勒已然却要进去睡觉了，见了他们，知道他们绝对没有把人拿回，可是不能不问，因向杨立道："怎么样，那庙里是不是有这么个人？见着他没有？"

杨立等赶紧上前请安。杨立道："我们奉了爷的命，去到椿树庵捉拿贼人。到了那里，不错是有个人，黑夜之间，没有看清楚他是穿的什么，什么貌相，动手之际，他蹿房逃跑，我哥哥杨奎一追，他打下暗器，把我哥哥打伤，因为救人要紧，他便趁乱跑了。特此回来，向爷请罪。"

贝勒一听，微微一笑道："我已知道你们没能够将他拿获。"遂把方才那人如何到这里，如何还烟壶，如何外面有人叫好，如何他从窗户跑了出去，向大家一说。大家这才明白，知道人家已然走在自己的头里，便复又向贝勒请罪道受惊，贝勒道："现在事件已然完了，你们明天都各自回到自己事上去。不过我想你们这些人，平常都很有些个小名儿，为什么现在连这样一个人，都探不出一个所以然来？真正是名大过实。好，下去吧。"

这时众人一个个脸上青黄不定，只好退了出来。杨立道："你们先走一步，我再说一句话。"遂又走进屋里，向贝勒道："还有一个看庙的祥二，现在已然带来了，爷问他几句不问？"

贝勒道："正头乡主走了，问他干什么？真要是同他认识，你们惹得起他吗？快快把他放了，不要再多事。"

那杨立一壁往外走，心里越想越不是滋味儿，心说就凭我们弟兄，虽然不能说是北京城里头一份儿，可是提起来总大小有个名儿，弄得这么一个穷捡烂纸的，会把我们撅个对头弯，这才是没有的事。瞧贝勒爷这个神儿，简直心里有些看我们不起，不是这样说吗，倒得来一手给他们瞅瞅，准要是一枪一刀一拳一脚地动手，还不定谁行谁不行呢。

心里想着已然到了外面，便把自己这番意思，向大家一说，大家一听齐道："倒是应当跟那小子拼一下子，不过总得想个法子，不然打草惊蛇也弄不出什么主张来。"

杨立道："我现在倒有一个法子，准要是能把白二老爷约出来，我想一定手到擒来。"

二顺道："是不是洪桥的白老把？"

杨立道："是啊，怎样你也认得他吗？"

二顺笑道："怎么不认识，他跟我还沾着一点儿亲戚呢。"

杨立听了道："那好极了，咱们现在赶紧就去一趟，请他出来帮个忙儿。我想这档子算不了什么，走吧，咱们辛苦一趟。"

二顺道："您先慢着，您跟他认识吗？"

杨立道："见是见过，不很熟识，好在有你，我好办多了。"

二顺道："我先拦您高兴，我跟他可是沾点儿亲戚，不过，现在并不常往来。您可不知道，那家伙那个脾气秉性，要多狗有多狗，咱们就是这么一去，不但就是请他不出来，碰巧还许闹一鼻子灰。咱们总得想个法子，到那里一请，就把他请出来才好，不然打不成狐狸闹屁股臊，可是犯不上。"

杨立道："要照你这么一说，还能把他请出来吗？那这事就不用办了。"

二顺道："您先别着急，什么事总得慢慢商量。现在我倒有个主意，大伙可得多辛苦点儿。"

大家说："那算不了什么，只要能够出这一口气。"

二顺道："现在把我先给掐监入狱，派一个人先去白老那里去送信，就说我打了官司，托他给想个法子，狱里让他给疏通疏通，他自要来，我就有办法。"

大家说："那么一来，您不多受一份委屈吗？"

二顺一笑道："咱们这不是做的吗，就是为给他瞅，只要他一答应，还有什么罪可受。再则狱里大小咱们总有个认识，就是真打官司也逮不了苦子，何况还是假的。"

大家听了便都说："好，就这样照计而行。"

杨立道："且慢，还有一件事，非得弄好了不可。"大家道什么事，杨立道："这件事有点儿棱缝儿，办案的是我们，承办的是你们杨头儿，怎么会押起来的是你呢？这件事即便把他诳了来，他一瞅还不明白吗？要不然把我们也掐在一起，你们说怎么样？"

二顺道："这倒不用，就怕他不来，只要他来，我就有法子。"

杨立道："你不怕临时出毛病啊？"

二顺道："那怕什么，您就让人给他送信吧，我这就到部里等你们哥几个去。"

大家齐向二顺道了一声辛苦，便各自分手。

单说杨立等几个出了贝勒府，杨立便向小明子等道："你们把这姓祥的先放了回去，可是告诉地保，让他多多留神，千万别让他搬走，我总瞧这姓祥的跟这件事有连带。"

小明子答应把祥二带走，杨立又向众人道："谁到洪桥白老那里送信？"

杨奎道："我去怎么样？"

杨立道："不行，你在地面儿上差不多都认识你，咱们虽然没见过白老把，那白老把未必不知咱们哥们儿，一见面这话就不好说，最好是找一个脸生的，不要让他看出毛病来才好办事。"

杨奎道："让何头儿从队上找一个弟兄辛苦一趟，一则脸生，二则也像，你们瞧好不好？"

杨立道："这个对了，就请何头儿派一位弟兄吧。"

28

何头儿一听，立刻就派了一个姓德，名叫德明的小伙计，赶紧去一趟，并又吩咐了他几句话，叫他千万记住，不要鲁莽误事，那德明答应去了。杨立道："咱们都上天泰茶馆儿等他们得啦。"于是大家便都溜达着齐向天泰茶馆而来。

小明子到了洪桥，知道白老把是在一家羊肉铺当掌柜，但是忘了什么字号，正要找个人问一问，忽然迎面来了一个人，向小明子道："明子吗？少见啊。"

小明子一见认得这个人，是城里一个著名土蜘蛛，名字叫贵少臣，行三，差不多人家都叫他贵三。当时赶紧笑道："贵三老爷您好哇，真格的，我跟您打听一个人，您知道白老把住在什么地方？"

贵三一听，哈哈一笑道："你这小子，还在北京城里混哪，这么大的人物，都不知道住在什么地方。你顺着我手瞧，前面路南字号是内兴隆的那个羊肉床子，白老把就住在那里。你找他干什么呀？"

小明子道："我是受人之托，给他带封信。"

贵三道："咱们爷俩轻易见不着，今天好容易遇见了，走吧，咱们头里喝会子。"

小明子道："改日再扰你吧，今天把这封信给人送去之后，还有点儿别的事呢。"

贵三道："我可是实意让你呀，你既这么说着，改日有工夫再凑吧，我也不让你家里坐着去了，改日见吧。"说着一路揉着核桃叽里嘎啦地去了。

小明子这才往南边走来，到了门前，一道辛苦，对柜上的人一说找白老把，柜上的人道，白老把刚出去。小明子听了发急道："那么等什么时候才能回来呢？"

柜上人说道："这话说不定，也许一会儿就回来。你要是要紧事，请在这里等一等，我去找他一趟。"

小明子道："那又得累您跑一趟。真格的，您贵姓？"

柜上那人道："我姓马，您贵姓？"

小明子道："我姓明。马把儿，您就辛苦一趟吧。"

马把儿说："没什么，您等一等吧。"说着便跑了出去，不大工夫，马把儿从外面同着一个老头儿走了进来。

只听老头儿喊道："哪位姓明的找我？"

小明子一听，知道这便是白老把了，赶紧过去答话道："老把爷您好啊，我姓明，我在兵部当差。昨天有个朋友托我给您带来一封信。"说着从腰里把信掏了出来递给白老把。

白老把看完之后，向小明子道："原来是我们亲戚遭了官司，又累了您一趟，您先请吧，我随后就到。"

小明子答应，辞了白老把自去回复杨二顺不提。

当时白老把便向马把儿道："你知道我们那个表侄二顺儿呀，因为什么事不知道，打了官司了，现在找我去看一看。你多辛苦点儿，给照一照柜，我现在就去一趟。"

马把儿答应，白老把便走向兵部来，到了那里刚进去一说，里面人便说："不错，是有这个人，请您进来吧。"

白老把来到狱里一看，二顺是全副刑具，囚首垢面地坐在那里，一见白老把便哭了起来。白老把道："你先不用哭，有什么话你先跟我说，只要能办我必给你办。"

二顺听了心想有救，当时止住了哭道："老叔，您要问这件事，可是特别难于下手。我们管段里有位振贝勒。"

白老把忙道："就是那年在什刹海抢人的那个主儿吗？他怎么欺负你了，你告诉我，老叔自能与你出气。"

二顺一听，又凉了半截，心说这可是活糟心，登时眉毛一皱，计上心头，便向白老把道："可不是他还有谁呀？"心说我要不如此如此，这位老把式就得回去不管，那我们的面子也弄不回来了，现在我先涮他一水，等到事情办完，那时再说不晚。想到这里，遂向白老把道："可不是他嘛。因为前两天他又在东坝抢人家女儿，人家告了堂上，吩咐我们办他，我们一共四个人，到了他那里用良言相劝，他不肯到案打官司。我们打算凭胳膊把他拿住，谁知道他家里养活一个把式匠，也不知道姓什么叫什么，功夫的确太好，出来一照面，就把我们都给打了。回来一向堂官请罪，他们三人全都受了重伤，就是我没怎么样，就把我给押起来了。堂上有话，什么时候拿着犯人到案，什么时候放我出来。您想把我禁在这里头，我怎么去拿人，他们三位又病了，万分不得主意，所以才烦了一位弟兄，给您送了一个信，请您到这里来。您无论如何，总得救我才好。"

白老把听了微微一笑道："你这话我不能信，凭他一个堂堂的贝勒，堂上就会派你去拿他，他一个当贝勒的，又不是滚了马强盗，焉敢拘捕。即便他不跟你们到案，你们也应当回禀堂官，动折子参他，也不能说是要着落你们身上非要人不可。这其中定有隐情，你要跟我照实说了，我念在亲戚分儿上，替你出一点儿力，给你帮一帮忙，你要是跟我闹着鬼吹灯，可别说我抖手一走，从此不来管你。"说着又哈哈一笑。

二顺一听，心说趁早说实话，不然这场事才不大体面呢，便把经过一切的情形，一五一十地告诉白老把。白老把一边听一边拿手拈着自己胡子，又是皱眉又是点头，听二顺把话讲完，才向二顺道："这件事却不好办，我看人家道儿走得正，并不是什么偷鸡盗狗之辈，不要说是我现在这把年纪干不动，即便就是退个三十年，恐怕我也未必能办得到。"

二顺一听，八成儿要没指望，人家孩子这场做派才叫冤呢，赶紧向白老把磕头道："您要是不管，我们这一堆，全算完。"

这个时候，杨立弟兄、何头儿早在外头，听见白老把说破他们定的计，又听说要不管，便大家一齐走了进去，同声哀求白老把。白老把向大众一笑道："你们六扇门里边的人真难缠啊，有什么话不能跟我当面说，弄这个鬼吹灯，要是冲着你们哥几个的话，我就得甩手不管。"

小明子道："您就多冲我们贝勒爷了。"

这句话刚一出口，只见白老把眼睛一瞪，眉毛一挑，向小明子道："呸，什么贝勒，简直畜类。身居贵胄，依势欺人，幸亏有这样一个警诫他，不然的时候，一个女子的名节又送在他手里。我要不是因为我家在这北京住，不用等别人，我就先得杀他，给人民除患。倒是我听说这个管闲事的主儿，真是个朋友，我可以陪着你们找一找他，不过你们打算转过面子来，这件事可不大容易。"

大家一听，他敢情帮着那头儿说话，心里后悔，还不如不找他呢，反倒给那边添了力量，现在他亮了半天面子，还不能说是让他不管，只得赔着笑向白老把道："那么您说上什么地方去找呢？"

白老把道："我想城里城外最繁华莫过天桥，我们今天先往天桥走一趄，你们说怎么样？"

大家当然一齐表示同意，算是二顺这一场做作完全白扔了。当时大家便齐出了兵部，直奔天桥。

路上走着，白老把便向大家道："今天我们到了那里，如果真要是能见着他，你们可得听我的，千万不可莽撞，倘或要是把他惊动走了，那我可就不能管了。"大家说当然听您的分派。白老把说："我们不要大家都在一块儿，最好是大家散开，各玩意儿场子瞎溜，谁要见着谁就报个信，大伙再想法子圈他。"

大家齐声说好。二顺说我跟小明子在一块儿，何头儿说我跟杨大哥在一块儿，杨奎道我跟老把爷在一块儿。不一时到了天桥，于是大家便各自分头散去。

单说小明子和二顺两个人，在各场子绕了两个弯，忽然瞅见在天桥西大市靠南头有个场子，里面围的人很多很多。小明子往里一挤看时，原来是一个练弹弓的，心想拿人不见得，倒是开会子心倒不错，这个玩意儿倒有意思。遂把二顺衣裳一拉，两个人便都站进了圈子里，看正场面上站着一个三十多岁的小伙子，手里挽着一张花漆弓，丁字步在场子中间一站，向众人一抱拳道："列位，在下姓张，因为练弹弓有个几年了，众位的抬爱，赏给我一个弹弓张的外号。要是刚到没多少日子的人，当然不知道有我这么一个弹弓张，只要是在北京住过些年的，要是不知有我这么一个弹弓张的……"小明子听到这里，才把手向二顺一点，却又听那人说道，"众位您瞅，我站在这场子东头，西头摆上那个九音锣，我手上这九个弹弓子儿，我只要手一张，连环九声，有一个没响，不拘哪位进场子来把我的弓给我撅了，我要是颜色一变，算我欺生，从此回家再练。"

他说到这里，小明子把二顺拐了一拐，二顺点头会意，心说这完全是摔簧，未必能练得。再看时那已然把九音锣摆好，手里掐了九个弹弓子儿，骑马式往地下一站，左手搭弓，右手扣弹，只见他把手一张，那边便当的一声，手张了九张，那边便是九响，这时不由得齐喝了一声彩。

那人早把弹弓往桌上一放，双手一抱拳向众人道："众位，这个不算玩意儿，这不过是请请人。今天跟诸位跟前说句大话，我弹弓张今年三十八岁，这两手玩意儿，不敢说是没有人会，可是我敢说没有人能够像我这

32

么干净利落。往远了不知道，就说是靠近北京城这个地方，准敢说没有第二份儿，要是有人能够进来，照我这个样儿来下子，我弹弓张从此捐了不干这个了，不但不干，而且我还要……"

那弹弓张话犹未了，只见从圈子外头挤进一个老头儿来，年纪总在七十以上，须鬓全白，穿着一身蓝布衣裳，两只洒鞋，小辫围在头上，腰里掖着一根铜烟袋，笑嘻嘻地向前一抱拳向那弹弓张道："大把式请了。"

这时小明子向二顺耳边一啾咕道："这个不对路，你先在这里，我去叫他们来。"

二顺道："你可快一点儿。"

小明子挤出送信，二顺又听那老头儿说道："俺看你练的那张弓，倒是练过几天，不过学的时候，没有遇见好师父，除去有点儿功夫之外，并没有什么特色。俺在年轻时候，也喜欢这个行子，现在上了几岁年纪，恐怕眼没有什么准了，大把式莫怪，其实怨不得，你方才讲的话太大了，俺这般年纪，听了也就听了，不过俺有一个徒孙，听了大把式的话，心里有点儿不服气，他要和大把式讨教两着，不知道大把式可肯赏个脸，教给他一手两手吗？"

弹弓张听到这里，往前一跳，对着那老头儿道："既然你这么说，你总得会两下子，也不用讲岁数不岁数，今天当着众位，你只要能够照着我那个样儿打出去九个弹，我不但从此不练，还得拜你为师。"

老头儿听了哈哈笑道："想不到俺今天倒收了这么一个体面徒弟。"

话犹未了，只听圈子外面一个小孩声音喊道："师爷爷且慢，让您徒孙今天收一个徒弟吧。"大家往外一闪，蹦进一个小孩来，看年纪也不过十一二岁，穿一身花布裤褂，梳着一个小蜡扦，笑嘻嘻地在老头儿跟前一站。

老头笑着向弹弓张道："这个就是小徒孙，今天当着众人，俺说出一个名堂来，只要你能够照着他小孩子的样儿打下来，俺老头子今天便当着大众给你磕头，拜你为师，不但如此……"说着从腰里摸出一锭银子，约有十来两重，向地一搁道："并且把这个东西输给你。"

那弹弓张又要顾面子，又要看银子，便一口应允。老头儿道："我现在说出一个名字来，叫'三星绕月'，俺先扣上一个弹子儿，往天打去，不等它下来，俺第二个要上去比头一个矮一点儿，第三个弹子要比头一个高一点儿，俺再发第四个，要把第二个顶了起来，第二个顶起头一个，头一个再顶起第三个。有一个不中，或是弹子打碎掉下来，或者不是四个，算俺爷们儿练得不到家，不但拜你为师，还要把这一锭银子输给你，并且还给你一个便宜，让你先练，你只要能够照我说的练了下来，还算你是赢了。你要是不能练，再叫俺徒孙练一回给你瞧瞧。话已讲完，你先请吧。"

那弹弓张自从出世以来，他也不懂得什么栽跟头，没想到今天会让这样一个老头子撅了一个对头儿弯，心中说不出来的不痛快，可是一听那老头儿所说的一片，简直干脆，就叫练不下来，趁早也不用丢两个丑，莫若叫他先练，他练好了，自不必说，今天人是丢定了，倘若他净是能说不能练，那我对他不起，绝不能让他好好地走出我这个场子。想到这里，向老头儿一抱拳道："老把式这话我也听明白了，您说的我简直办不了，您就请练，只要准跟您所说的一样，我情愿趴在地下磕头，当着众位拜您为师。"

二顺的眼神已然完全注在场子里，忽然觉得膀肩头上有人拍了一下，急回头看时，正是小明子，跑得满头是汗，向二顺道："他们都来了，现在已然分派在四面，这里怎么样了？"

二顺道："正点子还没有露面，我觉得这里头倒是可以找出些棱缝儿来，你先瞧瞧。"

小明子便也挨着二顺站在圈子里往里看起来。但见这时那小孩子，早已把弓拿在手里，向大家笑了一笑说道："众位，俺随着俺师爷爷打算在江湖上闯闯，今天走到这里，没想到会露了脸了。可是话又说回来了，也许今天现眼，那时还得求众位给俺留个面子，给向俺这位大把式求一求，不要叫俺蹭破了脸皮，俺便知感激。"说着把自己手里拿的弓用力扯了两扯，然后丁字步一站，从地下拿起四个弹弓子儿，用中指跟二指掐着两个弹弓子儿，手掌里掐住两个弹弓子儿，把眼往空中一看，把左手一扬，右手往回一撒。只听叭的一声，一个弹子早已应声而起，可怪是这弹子便像懂得人意一般，离地有个四丈来高，便不再往上去，也不往下落，滴溜溜定在那里转个不休。众人刚喊一声好时，叭的一声，第二个弹子又起，离着头一个弹子不远，便也钉住，再听叭叭两声，又起来两个，恰连珠相似，十分好看。只见末一个弹子正顶在第三个弹子上，那第三个弹子便顶住第二个，第二个顶住第一个，那第一个便往上起去，弹子碰弹子四声响，旋了一旋，便落了下来。那小孩子用手一接，四个弹子全落手中，向大家面前一举道："众位，幸亏俺还未曾失手，弹子也没有碎，总算俺不该丢脸。"

大家不由得喝了一个震天价大彩，那老头子早走了过来，向弹弓张哈哈一笑道："献丑献丑，俺徒孙已练完了，请大把式也下场子走一趟，让俺们见识见识。"

这时弹弓张恨不得找个地缝钻了下去，但是当着众人说得明白，如何抵赖得过去，正在为难之际，忽听圈子外面有人喊道："张把式且慢拜师，待俺来替你转个面子。"随着声音从外面挤进一个人来，大家当时都移到这边。

二顺跟小明子一看，不约而同地道："嘿，快瞧，他还真来了。"二人当时会意，便把各人手使的家伙取了，暗暗藏在手里，再往四下一看，杨立、杨奎、何头儿、白老把，也都围拢来了，不用说方才纵进圈子的那个人，一定就是那位捡烂纸的石大哥了。

这时那老头儿一见那石大哥便叫道："俺当是谁，原来是石七弟。"小明子等一听，原来他们是一起的，心里老大吃了一惊。

又听那石七笑着向那老头子一抱拳道："原来是曹集曹一爷，幸会，幸会。今天怎样有这么雅兴，来到这里消遣？"

那老头子听了不由带着三分怒气道："姓石的，明人不做暗事，你在徐州府闯了那么大的事业，一声儿不语地跑到北京来好自在，却连累俺老头子带着小孩子满处去给你扫脚印。今天是天可怜见，会碰到了你，俺看你还是随俺回徐州去一趟的便宜多呢。"

那石七听了微微一笑道："曹一爷的话，俺也听明白了，你是想俺同你去打这场热闹官司，其实却也不难。真个一爷从老远带了一个赘手儿，跑到北京来，就这样平平常常回去了，岂不辜负此行，俺想一爷不妨带了令孙，先在城里玩个几天，听他几天好戏，吃他几天馆子，痛痛快快玩够了，然后再定规一个日子，找一个好宽绰地方，俺请教一爷两手儿。那时或输或赢，俺自当随一爷到府里去，打这趟官司。不然就这样一说，俺却去不得，一爷你说如何？"

那老头儿道："石七，你的话我已然听明白了，意思是还要跟俺老头子比试三招两招，好，就依你，五天后在坛后见吧，俺便先去了。"说到这里，向那小孩子道："六一儿，俺们走吧。"

那小孩子笑着向那老头儿道："爷爷，俺们还有收的那个徒弟呢。"

老头儿听了哈哈一笑道："俺不过为抛砖引玉，才玩两手，果然引出正头乡主来了，还收什么徒弟。"遂笑着向那弹弓张说："大把式，俺劝你以后多用功夫，少说大话，天下能人甚多，胜俺之辈，不知多少，恐怕像大把式这样的功夫，更是车载斗量。俺这两句话也是从经验而来，绝无半句虚诳。"说着又把地下那锭银子捡了起来，递给弹弓张道，"俺今天搅了你的场子，这锭银子就赔了你吧。"

弹弓张接得银子，一时倒没得话说，只苦笑了一笑。那老头子便拉了小孩子向石七说了一声准见，随即出场而去。

那石七见他们已去，也要往外走时，忽然一个醉汉从外边撞了进来，不歪不正，一只脚正踩在石七脚上。那石七一见那人，哈哈笑道："你倒真是地理鬼，便会找着俺的踪迹，俺今天却不耐烦，五天后在坛后头一齐见吧。"

那人一听，勃然大怒道："姓石的，我让你唱得好戏出儿，今天见面你还打算走吗，趁早跟我们辛苦一趟，你的便宜多着呢。"说到这里，把手向外头一招道："众位上啊。"早听呼噜一声，围上几个人来，不用说，头一个就是小明子，余外就是白老把、何头儿、杨奎、杨立、二顺几个人。原来石大哥刚一见面，依着杨奎就要过去，还是白老把再三相拦，让他们且看动静。后来看见老头子跟他一定约会，白老把打算过五天在坛后去找他们，杨立不愿意，就是今天已然见着他了，又是在白天，为什么不动手拿他，还要等他几天呢。因此大家一商议，叫小明子故意去撞他，他要不答应，借着打架为由，就可以把他弄走。谁知小明子撞了人家一下，人家毫不理会，便像懂得他们来意一样，不慌不忙地叫他们到五天后坛后见面。小明子一喊，大家把他围住。

白老把究竟是上了两岁年纪，见过的事情多，一见面就知道这个人的功夫不错，真要是动起手来，恐怕未必准是人家对手，自己偌大年纪，吃不了很大的磕碰，但或一旦有失，自己半辈子的名声，就算完全丢去，岂不可惜。想到这里，赶紧上前一抱拳道："朋友，多受辛苦，四海之内，把式都是一家，来吧，我们到前边小酒馆谈谈怎么样？"

那石大哥看见白老把向他抱拳，也赶忙还礼道："大把式多辛苦，俺是乡下人，没见过城里阵仗，老把式可别笑话。"

白老把道："没有没有，请吧。"

那石大哥刚要回言，一根铁尺当头早下，铛的一声响，那两个人里早倒了一个。原来杨立趁白老把和那石大哥讲话的工夫，冷不防从背后扯出铁尺，搂头砸下，实指望这一铁尺怎样也要把他打个一下。谁知那石大哥虽然嘴里和白老把说着话，究竟是有功夫的人，突闻一阵风声，从脑后砸来，当时要躲已来不及，只将头往上一迎，用左手一托杨立腰眼，那杨立铁尺便像打在钢铁上一样，铛的一声，早已砸了回来。杨立觉得手掌震得一疼，刚要说声不好，早被迎腰一掌撮了出去，身子两晃，一个立脚不住，便倒在地下。白老把看了，老大不快，心说你们既约我出来，又要自己动手，看不出一些路数来，真是该打。

再看那石大哥时，直像没事人一样，依然向着白老把笑容可掬地道："老把式，今天来意，俺已深知，此地人多语杂，不好讲话，可以请老把式五天后在坛后见面领教吗？"

白老把说："好，朋友，既然知道我的来意，就好办了。那么就依朋友的话，五天后再领教吧。"

那石大哥当即告辞而去。这时杨立仍然倒在地上，嘴里哼哼不止，脸上便白得和纸一样。白老把知道他是受了内伤，一时动不得，便赶紧叫二顺先到附近官厅去借一副铺板来，把杨立抬起放好，然后告诉大家先回自己店里再说。大家把杨立抬回，白老把从包袱里找出一服药，用黄酒给杨立冲下了，歇了不到顿饭的时候，那杨立觉得肚子一阵疼痛，仿佛要出大恭一般。大家把他扶起，到下面泄下许多紫血，两肋才觉得不那么疼得厉害了，大家才放心。

杨立向白老把道："这是哪一门功夫，怎么受伤会这么重？"

白老把道："你们哪里知道，我一见他的面，我就看出他的功夫不小，所以我才再三相拦，叫你不要动手，你们偏不信，总以为我是吓唬你们，如何，受上了吧？这是他手底下留情，不然有六条命也完了。他这功夫叫劈砂掌，在硬功夫里头，有一种紫砂掌，那就够厉害的，可是还是从着这劈砂掌里变出来的呢。这个人既会这种功夫，必不是没有来头的人，因为练这种功夫，都是童子功，若是没有狠劲，没有耐性，绝对学不了。我想要是拿这个人，似乎是难一点儿，最好是能够当面问他为什么到北京来，为什么要管那贝勒闲事，劝他离开此地，也就是了。不过还有一样，还得找着他住的地方，能在前五天和他见面，比什么都强。"

小明子道："我瞧他像是大暗贼，不然他不能那样打扮。真是大暗贼，他就不能就这么走，他必还得弄出几号事来。"

二顺道："我现在倒有一个主意。咱们头一天哪，他不是在椿树庵吗，现在咱们还上那里去找他，我老觉乎那个看庙的祥二，有点儿不地道。"

杨奎道："我也有点儿疑心他，可是瞧那天姓石的那个样儿，可又不像呢。"

二顺道："你别瞧那套，今天晚上咱们愣到椿树庵去一趟，倘然没在那里，咱们也伤损不着什么，再等五天后去到坛后找他。倘或他要是在那里，咱们就可以照着老把爷说的办法，先去跟他见一个面儿。"

杨奎道："那样也好，咱们先问问老把爷去不去。"

白老把不等问就说道："既然有这个去处，当然我们得先去一趟。那你们就都先不用走了，回头在我这里吃完了饭，就从此起身好了。"

当时由白老把叫铺子里人预备好酒饭，大家吃喝已毕，天就差不多到了将黑，大家收拾好自己应用的东西，才从白老把家中起身，一直勾奔椿树庵。及至到了那里，天已然大黑下来，大家又在太平湖方近绕了两个弯儿，又收拾好个人身上，再到椿树庵来。

离庙门已然不远，二顺道："众位先慢着，咱们是谁先上里头打个探子？要是他在这里，咱们再想法子拿他，要是不在这里，咱们就不必黑天半夜闹得人仰马翻了。"

何头儿道："这回我去一趟。"大家说也好，何头儿把衣襟掖了一掖，把铁尺带好，到了庙门根底下，拧腰一垫步，蹿上墙去，飘腿下地，一看东房有亮光，遂奔东房而来。蹑足潜踪来到窗根儿底下，用舌尖沾湿窗户纸，往里一看，果然不出大家所料，并且还有一样怪事，不但是祥二和石

38

大哥在这里，余外还有那姓曹的老头子跟那个小孩子也都坐在那里。屋里一铺炕，炕上摆着一个小桌子，炕中间上首坐的是曹老头子，左首是石大哥，右首是那小孩子，祥二却在地下搭了一个横凳。桌上摆着一盏油灯，摆着两个盘子，里面装的全是大块肥肉，原来几个人正在吃酒。

只听那老头子道："老七，你今天不该下那样重手，倘若把他打坏，岂不与我们主旨悖谬？再若把他打死，岂不更伤道德？"

又听那姓石的道："一爷，你哪里知道，那姓杨的跟一个姓何的，我们见了已然不是一面，俺累次容让他们，警告他们，他们完全不知，今天再不给他们一些厉害，他们也不知道世界上还有比他们强的人。今天用了也不过三成力，叫他稍吃苦楚。"

那老头子又道："话虽如此，究竟我们出来，为的是什么事？在你我办的事情以外，就不该多惹闲事。"

那姓石的道："俺以后谨遵一爷的命，不再惹事就是。"

又听祥二忽然把眼睛向窗外一望道："不好。"当时把何头儿吓了一跳，心说不好，难道他瞧见了我不成。又听那姓石的道："老二，你干吗这样大惊小怪呀？"

祥二道："不是，刚才买东西去的时候，他找给我的零钱，我因为一忙给忘了。"

姓石的道："那算得了什么，丢了就丢了。"

又听那老头子道："你们先不要为这一点儿银子呛呛，我看今天他们人里，站着那个老头子，比他们都有一手儿，倒要留神一二，不要走出几千里地，跑外头来丢人。"

那姓石的道："一爷，俺也看出那个老头子有功夫来了，不过那个人倒是比他们一般人都强得多，又和气又通世路，大约我们这回事，还得化在他的身上哩。"

又听那老头子道："那么五天后，我们到坛后还去不去呢？"

又听那姓石的道："一爷，那不过就是一句话。坛后，是哪个坛后，连问都没问，他们还出来办事，像这样人还不冤他们一下子。"

那老头子道："老七，这种事就是你的不是了，既然不去，就不该跟人家定约会儿，他们虽然跟俺们站在对面地位，可是他们当的是地面儿官人，你既闹出事来，他们焉能袖手旁观呢。我们还要本着来意做事，不要弄些旁的把正事耽误，最好能够明天叫祥老二去找他们，就说你又落在庙内，叫他们前来拿你，那时俺便出来，做一个两面调停人，把这事弄清楚，然后好去办我们的正事。老七你看如何？"

那姓石的道："一爷说得是，明天就烦老二跑一趟吧。俺酒已够了，老二拿馍来吃吧。"底下便再听不出话来了。

何头儿一想底下既没有可听的话，何不赶紧出去给他们送信，叫他们进来拿人呢。想到这里，赶紧下了台阶，溜到墙上，拧身上房，跳了出去。这时大家都有些等急了，看见何头儿，便异口同声问道，在这里吗？

何头儿把头一点，把大家一拉，悄悄地说道："在这里哪，不单是正点子，外带那个老头子跟那个孩子也在这里哪。"

杨立道："那咱们就动手拿人吧。"

白老把道："慢着，难道说你就没有让人家打怕，怎么又叫起阵来了呢？你也不想想，先前人家一个人，你们还让人家打了，现在人家三个人，难道说你倒打得了了？你先沉住了气，咱们慢慢想法子，然后再说动手的话。"

何头儿听到这里，向前搭话道："白爷说得对，方才我进去的时候，听见他们说了。"遂把他们所说的话，告诉了大家一遍。

白老把道："是不是？我看他们就不是专为那贝勒来的，你们瞧是不是。现在我们可以因计就计，可就省事多了。今天咱们也就不用进去了，等着明天祥二来报信的时候，就把他扣留下，把话跟他说明白了，就让他把这件事情给化了，也就是了。我想这件事情小，最要紧的是把他们来意问明，把那件事也给绊住，比什么都强。"

大家一听，只好也就是这样吧，当时大家又全都回到白老把家里，又商量了明天见面都跟他说什么，大家才各自回去。

次日，杨立、杨奎、二顺、小明子一早就都到了贝勒府，进门不久，何头儿也来了，还带了几个伙计。一直都等过了晌午，还不见白老把来。

杨立道："我们去请一趟吧。"

正在这个时候，忽然有人进来说，外头有个姓祥的来了，杨立向众人道："你们看已然来了，快派人去找白老把好商量办事。"遂又向那家人

40

道："你先把姓祥的叫了进来。"

一时祥二进来，向众人见了礼，大家准知道他所要说的是什么，谁知他一张嘴，就满不是那么一回事了："众位，您知道有位姓白的白把爷吗？我是他老人家派我来的，现在他老人家正在椿树庵里说话哪，让我来请众位到庙里去一趟。"

大家一听，都是一愣。杨立道："这话是真的吗？"

祥二道："那焉敢有假。"

大家说，那咱们就去吧。于是，大家收拾整齐，祥二带路，直奔椿树庵而去。

原来白老把在昨天大家走了之后，自己一想我姓白的活了六十多年没丢过人，难道说现在临老了倒要栽个跟头不成，看这几个人谈吐不明，必是远道朋友，前来北京，做什么事业的，这倒不可不防。我如不知，任他反上天去，我也可以不管，既已有我，岂能袖手不管？我不如今天晚上，趁大家不知道，我先到椿树庵去一趟，探问清楚，如果能办，伸手再办，如果能化，最好就化。想到这里，自己把衣服从新再收拾整齐，从墙上跳了出去，直奔椿树庵。心里只顾盘算，不防脚底下踩着一个东西，只听哎呀一声，原来不是什么东西，正是一个人。

不大工夫，来到庙外，也不跳墙进去再行偷听，只把门轻轻拍了一下，里面便有人答应问是谁，白老把一听，是祥二的声音，便赶紧答道："老二吗？曹一爷他们走了没呢？"

祥二一听猛劲把门开了，抬头一看，不认识，再打算关门，那如何能够。白老把也不向祥二说话，一直就奔东屋而来。那祥二怕是地面儿官人来办他们几个，便赶紧在后面喊道："曹一爷，外头有朋友找你，已然进来了。"

曹老头跟石七一听，就知不好，赶紧从炕上跳了下来。这时白老把早已从外面进来，曹老头一看，知道是白天在天桥碰见的那个人，便赶紧一抱拳道："老把式请进。"

白老把道："老英雄您还没睡，恕我来得鲁莽。"

曹老头道："没的话，都是老朋友。"祥二一听，果然是认得，赶紧把炉子挑开，重新泡茶。这时曹老头已然让白老把坐下，笑着问起白老把道："真格的，请教老把式贵姓？"

白老把道："承问，姓白，名字叫镇东。请问老把式？"

曹老头道："原来是白把式，失敬，失敬。俺姓曹，名字叫靖边，在山东人家送了一个匪号，叫老龙头神弓曹一，见笑，见笑。"说着又向那姓石的一指道："来来，俺再给你二位见见。这位姓石，行七，名字叫定方，练得好劈砂掌，擅使一条亮银镖，以保镖为业，江湖人送匪号，叫铁掌神行石七郎。"又把那小孩子叫了过来道："快给白爷爷行礼。"又向白老把道："这是俺孙子，曹梦龙，今年十一岁。这孩子命不好，在八岁的时候，父亲就没了，只跟着俺在外面瞎跑，也学了两手刀枪，曾打几下弹弓子，人家也送他一个匪号，叫小飞将军，可是这孩子不肯上进，比起俺那儿子就差得多了。"说着叹息不止。

白老把听到这里，陡地想起向曹老头问道："一爷，我向您打听一个人。从前孟州道上，有个吃镖行人称左臂花刀的曹继勋，您可认识？"

曹老头儿道："那正是死去的小儿。"

白老把道："如此说来就都不是外人了。想当年我在打磨厂顺兴镖店帮镖的时候，那时候大公子常住我们镖店，我后来听说不干了，谁知今天您一说，原来是故去了，实在可惜。请问一爷此次到北京来，是真来游玩，还是有别的事？"

曹老头儿尚未还言，那石七向前拦住道："姓白的，俺且问你，你今此来，是什么意思？倘若想拿我们去邀功，那姓石的对你不住，请你快到外面，约齐了你们的精兵能将，再来一刀一枪动手。你们若是能胜，自当随你们去官认罪，倘若胜不了我们的时候，那时休怪俺姓石的手下无情，俺要把你们一班助纣为虐的狗奴，全都排头杀去。话已讲完，请你就此走吧。"

白老把微微一笑，刚要答言，那曹老头儿早向前拦住石七道："石七，俺怎样嘱咐你来着，如何又向白老英雄无礼？"遂又向白老把道："白老英雄……"

白老把赶紧赔笑道："岂敢，岂敢，曹一爷有话请讲。"

曹老头儿道："如此俺便占个大，叫你一声老弟吧。这白老弟，你不知俺那石七老弟，就是这样暴躁脾性儿，什么话都不容人家说，请白老弟你不用见怪。方才老弟不是问俺几个到北京城里干吗吗？俺看老弟也是直爽人，俺便对你实说了吧。俺今此来，非为别故，只因俺那死去的儿子继勋，死得屈苦，俺特来替他报仇的。"

白老把一听就是一愣道："谁能把大公子伤害，这个人本事倒也不小。"

话还未完，只听曹老头儿把眼一瞪，用手向炕桌上只一掌，霎时桌子犄角应手而下。只听他一声喊道："老兄弟，你哪里知道，要真是为了正事，一刀一枪地动手，俺儿虽然死得再惨，总怨他学艺不精，自讨其死。老弟，你哪里知道，俺那儿却死在一个极不值当的女人手里。"说到这里，老泪纵横，竟放声哭了起来，那石七跟那个小孩子也陪着哭了个不亦乐乎。

白老把虽然不知道是为什么事，反正总知道曹继勋死得冤，英雄爱英雄，自己也跟他一块儿混过几天，见他们哭得痛苦，也不由得随着掉了几点泪。但是因为办正事要紧，便先止住自己难过，来劝曹老头儿跟石七："一爷，人死不能复生，可否把大公子受冤之事告诉小弟？倘能尽一臂之力，当得效劳。"

曹老头儿道："老兄弟，有你这一句话，俺便心领了。要提起俺儿被屈之事，实非一言所能说尽。你知道从前庆王府有个护院名叫单鞭病尉迟毛得亮吗？"

白老把道："那怎么不知道，现在还在庆王府里呢。"

曹老头儿道："俺儿便死在他的手内。"

白老把道："那毛得亮听说他还不至十分卑坏，武功也还说得下去，他却怎能够将大公子害死呢？"

曹老头儿道："老兄弟，你就知道毛得亮为人不知十分卑坏，你哪里知道他的心术却十分狠毒呢。俺儿死的那年，刚刚三十八岁，正在兴隆镖店保镖。庆王府有一支镖从北京送到淞江，那一支镖有二十万两，保这只镖的就是那毛得亮。那时他正在庆王府护院，看见这趟镖有些油水，他便红了眼，一定向王爷讨差，要保这只镖，那庆王也知道他武艺不错，便答应了他。按说他便应当到各镖局，找出几位有头脸的人，约在一起，保这一趟，谁知那毛得亮他依仗他武功不错，目中无人，便一个人也不约，匹

43

马单枪地带了几个伙计徒弟就走下去了。那时北京那些镖店便都要向他说理，还是兴隆镖店主人俞云龙给拦下众人，说他既是目中无人，出去必要碰钉子，我们何必跟他为难，倒要叫人家笑我们无有大量之才，那时大家方才没有向他为难。谁知果然不出俞云龙所料，出去不到第五天，就把一支镖给丢在沧州栾家寨了。沧州栾家寨，本是江湖朋友久占的地方，不要说是那毛得亮，就是有名镖局子保镖的哥们儿从那里过，也要特别加着小心，才能安稳过去。那毛得亮他也知道沧州难过，他却因为怕馁了自己的志气，便插着飞旗，连镖趟子都没有喊。在他的意思是能够悄悄地过去也就完了，其实那也得能够，再者老弟你知道江湖朋友最恨的是不喊镖趟，穿寨过山。那毛得亮镖刚走了还不到一半，栾家寨人就出来了，江湖上的朋友，凡是遇见不喊趟子的镖车，虽然生气保镖的傲慢，可是都不敢小看保镖的，因为他既这样大胆，武功必然不错，倘或劫不得，再失了风，那占江湖的名气，就说不起来了。所以这天劫毛得亮的一班人，都是栾家寨有头脸的人，把镖车截住之后，向毛得亮一问镖局字号、达官的名字。那毛得亮因为当着自己的徒弟，便越发要显出十二分的威风，不提什么镖局，也不肯通名，就说了一句不必问我的姓名、镖局，只要赢得了我手中鞭，便把镖银拿去。那栾家寨在江湖上是有名的难惹地方，今天一见毛得亮的镖车，不喊镖趟子，还以为是江湖上故意来斗气的，所以才出来问他镖局和姓名，只要他说出两个朋友来，也就让他过去了，谁知毛得亮一味蛮不讲理，大家才知道他是新上跳板的犊儿，又看见镖车有十几辆，知道很有些油水，便再也不同他废话，只喊了一声围字，便把镖车给围住了。那毛得亮武艺虽然说得下去，究竟双拳难敌四手，一边又要跟人家交手，一边还要看护镖车，况且那寨里出来的人个个了得，所以工夫不大，他自己便有些抵敌不住，再一看镖车，早已被人家赶车的人都给威逼到寨里去了。心中一急，手里鞭法便乱了，腿上大概还吃了人家一刀，他才跑了下去，所幸人家目的不在要伤他这个人，一看镖车已然劫上山去，便没有追他。他这时把镖一丢，才知道这碗饭不好吃，不过时间已然晚了，后悔已然来不及。按说他有师父有师兄弟，他应当去找一趟，托人出来向栾家寨要回这只镖才对，谁知他这人生就癖性，不肯下礼于人，可是自己又没有法子能回去交差，他一着急，你猜他想了个什么法子？他却在栾家寨不远地方，找到一个树林子，寻拙见上吊去了。也是这厮命不该绝，又有镖车从此经过。老弟，你道保镖的是谁，正是俺那孩儿继勋从南京保了一支镖从此路过，忽然看树上吊着一个人，俺儿还以为他是因穷自寻短见的呢，打算把他救下来，周济他几两银子，叫他走路。及至过去一看，他身上穿的那身衣服，地下放着那条竹节鞭，才知道他也是个吃把式饭的，赶紧叫人把他救了下来。好在吊上工夫不大，撅叫一阵，他便又醒转了。俺儿便问他的姓名，和他的营生儿，他这时也不再隐瞒，便把此事前后对俺儿一说，俺儿是有血性人，抱怨他两句之后，便单身一人到栾家寨去，替他要这只镖。老弟，你要知道，俺那孩儿，虽然岁数不大，在江湖上闯的日子不多，但是他自从保镖以来，完全听从镖局指挥，绝不倚仗自己能为本事，在外面闯祸招事，所以累次保镖，向来没有出过差错。这沧州栾家寨，虽然是江湖人啸聚所在，可是从来不在本地落案，那栾家寨的首领，名叫金眼龙神栾克武，使得一条好狼牙棒。俺儿也曾会过此人，知道他是个血性的朋友，所以才敢匹马单人地到栾家寨要镖。及至到了寨里一问，那栾克武并不知道劫镖这个事，一问手下人，才知道是自己的第三个儿子小龙神栾震所为。栾克武还十分不高兴，当把栾震叫来，骂他不该为栾家寨惹事，栾震说起毛得亮这只镖是怎样过寨，是自己怎样带人去问他，他是怎样不讲理，所以他才把镖车劫到寨内，现在这只镖还在这里纹丝没动。栾克武听了才知道毛得亮如此蛮横，这时俺儿也才知道毛得亮丢镖的原委。栾克武当时便告诉俺儿说，既是老弟你来要镖，想必跟那姓毛的相识，要以姓毛的如此胆大，眼中无人，这只镖我们便要留下，今天看在老弟面上，原镖放回，请老弟转告那姓毛的，叫他以后不要再吃这行，或者让他绕道走镖，不然再遇见，绝不让他安稳过去，这事就有劳老弟了。这时俺儿脸上不大得劲，但是事已如此，打退堂鼓不得，才谢了栾克武，押着镖车出来，见了毛得亮，把他丢镖的原委告诉他一遍，叫他以后格外小心，然后俺儿才各自押着镖车分途而去。临分手时候，还送给他兴隆镖店的镖旗一面，叫他沿途小心。按说毛得亮他应当如何感激俺儿救他，谁知他不但不知感激，反而恩将仇报，老弟你说他可是个人吗？那时俺儿回到北京，将镖交过，遂对镖店谈起这回事，大家一听是毛得亮，还抱怨俺儿不该多管闲事，像毛得亮那样眼空四海目中无人，就应当让他吃个苦头，然后也叫他知道世界上还有比他高的人。那时俺儿听了只置之一笑。过了有一个多月，忽然有人来到镖局找俺儿，俺儿出去一看，原来正是那毛得亮，他一见俺儿便道辛苦，随即请俺儿出去吃饭。那时俺儿因为自己实在救过他，以为吃他一顿饭也没有什么，所以才跟他去了。谁知一去之后，直到天黑也没有回来，店里的人只道是两个人喝多了，也没有理会。夜里已到三更了，外头有人叫门，及至把门打开看的时候，原来是几个人搭着一块木板，上面搭着一个人，已然昏迷不醒。大家都吃了一惊，赶紧把人抬在里面放好，问抬板的人从什么地方抬来，那人说起是从前门外一个下处抬来。及至把俺儿打开一看，已然是气息奄奄，好容易灌了一点儿姜汤，又捶叫了半天，俺儿才慢慢缓过一口气。原来毛得亮那厮，把俺儿请出去之后，说完道谢的话，就请俺儿去吃酒，俺儿看他意气诚恳，只好随他前去，又看他为人爽快，也就拿他当了热心朋友，便一时大意，多吃了几杯。老弟，俺却不怕你笑话，俺那孩儿，就是有一样不好，吃了酒以后，便要想到她们女人身上。那天俺儿吃了酒以后，便同着毛得亮出来一同闲逛，谁知俺儿无意，那厮有心，他便提到请俺儿，到那些地方闲走，谁知俺儿便因此着了他的毒手。原来毛得亮早已预备好人，尽等俺儿出门以后，再行动手。那天俺儿酒醉以后，便住在那下处，等到第二天，俺儿刚刚起床，外边就有人来叫他，俺儿出去一看，并不认得，才要问是找谁，那人早已动手就打。俺儿虽然不知他是毛得亮主使出来的，但是准知道他是有意前来寻衅的，便不敢怠慢，虽用了三成力把那人打倒，这一来可不好了，当时从外面蜂拥般进来百十来人，齐把俺儿围住，说他打死人命。俺儿才待向他们辩理，他们便一拥齐上，向俺儿动起手来。老弟，你是知道的，练武的就怕花练，何况俺儿更加上宿酒未醒呢，就被他们打坏了，等到地面儿官人得到了信跑来的时候，他们已然逃避得一个没有了。幸得官人里面，还有跟俺儿相识的，便找了板子，把俺儿搭了回来。先前大家还不知道是受了那姓毛的暗算，还以为是俺儿在外面得罪了人，人家特意出来报复的，后来听说俺儿出去之时，是毛得亮所约，才想起叫人去找毛得亮。谁知去的人回来说，姓毛的说他就不认得姓曹的，大家才知道不对，复派精明的伙计到闹事的地方一扫听，才知道是姓毛的支使出来的。可是大家都知道俺儿救过他的命，不知他倒为什么下此毒手，后来还是他手底下一个徒弟被他打骂轰走以后，投到镖店里来，才说起这回的事。原来那姓毛的，自从被俺儿救了以后，插上镖旗，果然一路无事，便把一支镖保了来回，回去见王爷交差的时候，也不知谁嘴快，便把他在沧州丢镖，俺儿替他要镖的话说了，那王爷当时便说了他两句，并叫他把俺儿叫进府去见一见。那姓毛的本来打算邀功，结果碰了钉子，心里本来不高兴，又听王爷说要把俺儿叫进府去，他准知道俺儿功夫比他强，要是一进王府，定会把他饭碗打掉，他气妒交加，便想出这样一条恶计来。谁道俺儿中他诡计之后，虽经调治无效，便这样把命丢了。"曹老头儿说到这里，复又将手向桌上一拍喊道，"老弟啊，俺那生龙活虎般的儿子，便被这样的一个人轻轻地把命要了，你想俺跟他姓毛的可算得有仇吗？"

白老把道："想不到那姓毛的会下此毒手，那么难道府里王爷就没有问他大公子的下落吗？"

曹老头道："怎么没有？问他，他便说俺儿保镖他去，现在不在京中，那王爷也就那样过去了。后来那厮也知道这件事办得太辣了，怕是有人来报复，他便在府里加紧用起黑功。又跑到武清李大亭家里，学了紫砂掌，日夜都在准备向人厮杀。俺那是在家中一得到这个信，就要到京里来找他，一则因为自己岁数太大，二来俺那孩儿太小，倘若一时胜那厮不得，俺这条老命，也许送在那厮之手，因此迟迟至今天，才找到俺这位石七兄弟，他练过劈砂掌，专能破那厮的紫砂掌，所以俺二人带了俺的孩子，进京来找那厮。谁知石七贤弟，走到齐化门外黄酒馆喝酒，不想遇见那个宗室，见他老实可欺，便想讹他一头。俺那石七贤弟，才夜到他家，警诫他一次，第二天又遇见振贝勒抢夺良民妇女，俺那石七贤弟又路见不平，夜入贝勒府，拿走烟壶，所为是警诫警诫他，谁知他倒一再地来搅扰俺等，若不是俺再三相劝，石七贤弟早已下手把他们打了。老弟啊，不是俺说，便像那姓何的姓杨的，少不得也要叫他们带些彩头回去。昨天在天桥，要不是看见有老弟你这样一个人在里头，俺等便早将他等做翻了。"

白老把道："那么要依一爷现在的办法，便应当怎样呢？"

曹老头子道："现在俺的意思，便想等众位能够再见面的时候，向众位说明这件事，叫俺石七弟，随着众位到贝勒府里去一趟，把这件事交割清楚，然后再去办我们那件事。现在既然老弟你来了，就省得我们再去找你。依俺相劝，这件事老弟你也管不了，趁早告诉众位弟兄，全都不要多管闲事，免得那时伤了和气。即以老弟你论，一不为求官，二不为求赏，出来管这闲事，倘若一旦失手，老弟你的大英名，就算完全丢了，就算是把俺弟兄拿到当官问罪，试问于老弟又有何益？老弟你想，俺这可是为朋友的话吗？"

白老把一想，这话果然说得不错，当即笑向曹老头道："一爷句句实话，我姓白的感激众位保全微名。今天现在已晚，等到明天叫祥二辛苦一趟，把他们弟兄找来，把这话说开，从此叫他们不要管这件闲事，也就是了。"

曹老头儿道："这可不是俺爱叮嘱你，你这话可靠得住吗？"

白老把道："一爷只管放心，我姓白的，不说话便罢，只要我说出来，便不准他们驳回，一爷只管放心好了。"说着又谈了些旁的闲话，然后才各自安歇。

等到次日，便叫祥二到贝勒府去送信，杨立、杨奎、何头儿等便随了祥二一直来到椿树庵，白老把引着向曹老头儿等介绍一过，然后又把曹石的来意，向众人说了一遍，并告诉众人不要再管这个闲事。这时众人本以白老把为主心骨，现在一听白老把都这样说，大家哪里还有异言，便由何头儿、杨奎带了石七去见振贝勒。那振贝勒此时也晓得是自己做错，便向石七告了错，告诉他以后绝不再行胡作非为，又叫人拿出来几十两银子，给石七当盘缠，石七也不推辞，便谢了振贝勒出来。又回到庙里，把振贝勒的话说了一遍，曹老头儿等都道这件事办得痛快，便花了几两银子，叫祥二买了许多酒肉，大家尽欢而散。临行之时，白老把问他们几时才走，可以还聚会一天不可以，曹老头儿道大概没有这种工夫了。白老把等倒以为后会无期，怏怏而别。

等到第二天，白老把忽然想起要问问曹老头儿住址，以便日后可以通个信。起了一个早，来到椿树庵，叫了半天门，里面也没有人答应，推了一推，门顶了个挺紧。跳进墙去一看，不但是曹石三个人不见，就是那祥二也把东西搬了个馨尽。白老把心里笑道，他们倒搬了一个快，复又跳出墙去。走在街上，忽然见许多人交头接耳的也不知说些什么。白老把找了熟人一问，原来是昨天夜里，庆王府进去了人，杀死护院的毛得亮，王爷

48

现在已然派九门提督上紧拿贼。白老把一听，知道曹老头儿已然得手，心里着实为他们庆幸，便找着杨立、杨奎，叫他们赶紧辞差，免得弄不清楚。二杨、何头儿便都告了长假，在天桥开了一个羊肉铺带饭馆儿，小明子、二顺等也都告假加入，铺子叫五元轩，生意却做得十分不坏。那庆王府虽然给限拿贼，谁知一连数月，依然石沉大海，那庆王也自索罢了。这件事直到现在，还有人拿它说古，这边是楔子，以后还有正文。

第一回

日暮苍黄王孙失路
风尘青眼公子延师

淡淡的斜阳一抹，照在几棵疏疏拉拉的树林上，显出一片晚秋的景象，在那片树林尽头处，一群小厮在那里跌扑玩耍，单有一个在旁边站着，用一双小眼不住地东望西望。

这时从那一群里边走出一个穿红的小厮来，向那个小孩道："喂，大柱官，你怎么不和俺们耍一会儿去？"

那小孩子听了只笑一笑道："俺不，俺爸爸说不定会来查俺空子咧，要是看见俺和你们一处耍子，又要敲俺一顿好的哩。"

那穿红的道："你大柱官又要拿二老当家支桩子，俺就不信二老当家便会像你大柱官说得那般厉害。那天俺到前村去给陈大娘送绳子，还碰见二老当家哩，见着俺说不了那般和蔼，却未见有你大柱官说得那样厉害。大柱官和我们大家耍一会儿吧，如果二老当家来的时候，就说俺等嬲着你耍的，那二老当家的，也就不会责备你大柱官了。"

那个小孩子意思，已然被他说得活动，又往前后望了一望，并没有一个人影儿，才笑着向那穿红的小厮道："俺便依你耍会子，可是俺爸爸来时，你须替俺担当一些哩。"

那小厮笑着把头不住地点道："有俺，有俺。"又向那一群小厮们喊道，"你们都这里来，俺已求好大柱官和俺们耍哩。"

那一群小厮听了，便都拥拢了来，那个穿红的小厮向那个小孩子道："大柱官，他们便都来了，只待大柱官吩咐怎样耍子哪。"

小孩子道："俺们今天还是玩一回打擂台耍子吧。"

大家齐声叫好，当时便推了那穿红的小孩子做台官，大家都做打擂的，便在树林子里就地画了一个小圈子，作为擂台，折了些树枝竹片，做兵器用。

这时那个穿红衣裳的小厮，早已把红汗褂脱去，露出一身贼亮贼亮的黑肉来。看他把腰带紧了一紧，又提了一提鞋子，煞是像个摆擂的，丁字步往圈子中间一站，向那几个小厮一抱拳，那几个小厮便齐喝了一声彩。又听他说道："众位请了，俺姓张，这张家镇有个小大圣张二秃的只俺便是，今天在这里摆着个擂台，并无别的意思，只是想多交几个朋友而已。俺想天下把式都是一家，俺知道天下英雄多的是，都愿意来到俺这圈子里比拼几下，胜得俺的，俺便拜他为师，若败给俺时，休怪刀枪无眼，手下无情。话已交代清楚，不拘哪位，请过来试一试。"

这时早有一个穿蓝衣裳的小儿，跳进圈里，也把手一抱道："台官请了，俺叫小二郎方天玉，特来领教。"说声请，早一掌向张二秃面门劈来。张二秃侧身才躲过，方天玉一脚又到，张二秃急纵身跳起，方天玉一脚踢空，用力太猛，身子往后一栽，张二秃趁势在背上只一掌，早已将方天玉撮出圈外，众小厮又是一阵叫好。

那张二秃在圈子里一站，高声喊道："方才这位朋友，功夫还实在不错，就是腿底下软一点儿，所以被俺一时侥幸，将他撮倒。还有哪位比他强个儿分的，再来动手比个高下。"

话犹未了，只听圈背后有人喊道："台官，休要张狂，待俺来。"顺着声音又跳进一个穿白的小厮来，梳着一个冲天小蜡扦，脸上是真红真白，便好似画儿上画的胖娃子一般，笑嘻嘻地向张二秃道："请了，俺叫神童子周大成，也来领教两招。"说声请，各立门户。张二秃用了个双风贯耳，兜着周大成两太阳穴打来，周大成只把身躯一缩，张二秃双拳使空。周大成跟进用双肋向张二秃两拳冲进，张二秃拧身坐腰，刚刚躲过，周大成又变成野马分鬃式，用单掌向张二秃胸部削来。张二秃用单掌一磕，周大成手已撤回，张二秃跟进去就是一个劈掌拦腰劈下。周大成拧身一撤，用左手拦张二秃右手，又用右手使一个叉花炮槌向张二秃脸上打来。张二秃一矮身，就势一个双跺子脚向周大成大腿踢来。周大成腰上一长力，双足一甩，让过张二秃，就势一拳向张二秃头上打下。张二秃缩头，周大成一拳走空，跟着双脚向张二秃腰上扫来。张二秃窝腰让过脚去，趁周大成两脚尚未站稳，就势一领，手一推，周大成身子一晃，跳出圈外，众小厮又是一阵喝彩。

张二秃虽然打倒周大成，已然浑身是汗，气已大喘，正待要交派两句，借势休息，圈子外头，早又跳了一个瘦小枯干的小厮进来，又腰一站，向张二秃微微一笑道："张台官连赢二位，功夫端的了得，俺兀自有些不揣力量，特来领教两招，请张台官下手留情。"

张二秃道："通上名来，也好动手。"

那小厮道："俺叫病诸葛尤锁头，请。"忽地双拳并举向张二秃面前递来。张二秃才待用手去分他时，他的双手早已撤回，向当胸打去。张二秃急闪时，尤锁头早又把双手撤回换了双脚向张二秃裆下踢来，张二秃便不再躲他，只用左手向尤锁头面门一晃，右手便当胸一拳。那尤锁头身体真个十分灵便，撤回双脚，用左手挡过张二秃当胸一拳，右手举起，才喊一声着，两个人里早倒了一个。原来正是尤锁头儿一只右脚被张二秃揪住用手一摆，尤锁头儿吃力不住，一跤摔倒，站起来脸一红，跑出圈去，大家又是一阵喝彩。

张二秃一看，这一班人里，几个有头有脸有本事的，都算是排头赢了，再有的几个，更不是自己对手，便站在圈子里微然一笑道："众位还有再来比拼几合的吗？如果要是没有人再来赐教，俺便要收撇了。"

说时，刚要翻身去拾掇圈子里的树枝竹片，却听背后喊道："且慢，待俺来陪你走两招。"

张二秃扭头一看，赶紧赔笑道："算了算了，俺们这个不过是玩耍一会儿，大柱官的拳头，俺是吃过的，俺愿认输就是。"

华大柱笑道："俺也只是与你作耍，请你过来试一试吧。"

张二秃见推脱不掉，便又把拾起的东西重复放下，把衣襟又披了一披，笑着向华大柱道："请大柱官手下留情。"说完一蹲身，把拳势一变，使出一套地躺拳来。那华大柱只笑了一笑，他使出一趟最精练的劈掌来。两个人走了也就二三十个回合，张二秃忽然把双脚一蹬，就地跳起，左手往华大柱面门一掌，右手一撑华大柱的腰，那只右脚便向大柱小肚子踢

52

来。好大柱，蹲身让过张二秃左掌，斜身窝腰躲过张二秃右手，双拳下砸往起一挑，恰好张二秃脚到，华大柱用了三成力，喊一声"来得好！"张二秃早已摔倒圈外。众小厮齐声喊道，这才是好俊功夫哩。

喊好之声未绝，忽听树林子里面一声喝喊道："好大柱，竟敢在外面胡闹，还不快快家去。"

众小厮全是一惊，急回头看时，只见树林边趈过一个少年来，却认得就是华大柱的爸爸华二当家。张二秃赶紧赔着笑道："二老当家，却恁地闲在，敢是从前村童老爹家下了棋来？"

那华二当家笑着道："不会，不会。在你们这群小哥未摆擂台之先，俺便来咧，在树林里看了半天打擂的了。张小哥端的好灵便拳脚，吃了摔翻了好几个呢。只是俺来问你，你们拳脚这般熟练，兀谁教授你们来？"

这时张二秃看着众小厮，众小厮也干巴眼看着张二秃，便像木雕泥塑般，一个个开口不得。倒是那华大柱，看见自己爸爸，虽然有气，却不像往常一般，脸上似乎总有一些笑容，看见自己爸爸问这班小厮谁教授的功夫，他们兀自不答，唯恐爸爸吃恼，一时又要动起真气，便赶紧笑着上前道："爸爸，要问是谁教给俺们的武功，便是那天在前村要饭的那先生教给俺们的咧。"

华二当家听到这里忙问道："现在什么地方住？"

这时张二秃见华二当家并不动怒，知道这事不甚要紧，便赶着插话道："二老当家，那要饭的先生，便住在前村陈大娘房子旁边，那个小四大王庙里。"

那华二当家道："你们便引俺去。"

张二秃咕嘟着嘴道："多半这时还不在家哩。"

那少年道："却往哪里去？"

张二秃道："他还要出去讨饭吃哩。"

那少年道："他教给你们功夫，你们便一些什么吃的都不预备，倒叫他自己到别处讨饭吃？"

张二秃道："二老当家，说的好风凉话哩，俺们这些人，不要说是家里拿不出，并且哪里敢回家提一个字？但是除了大柱官时常送些他吃食以外，俺们也时常偷些馍饼子送给他饱肚，只是那先生兀自好大饭量，他总是说声今天将就了，再也没有他说吃饱过。"

那华二当家听着笑了一笑，又长叹了一口气，愣呵呵地向那些小厮道："现时天已不早，多半也许回来了，你们且引俺去，不在时再折回来就是。"

张二秃道："恁地时，二老当家便随俺来。"

这时太阳已落下山脚，树林子里又圆圆地推出冰盘般大小的一颗月亮，那华二当家在一边走着，一边向着张二秃说道："你们怎的便知道他会武艺，却又怎生叫他教的你们？"

张二秃道："提这话时，请二老当家且休动气，俺便肯说。"

华二当家道："你尽管说，俺只不生气就是。"

张二秃道："除去大柱官之外，俺几个，差不多天天都在这村外树林子外玩耍，有时大柱官也到这里和俺凑热闹，有时俺几个便喜跌扑为戏，偏是斗大柱官不过，俺便想找一个先生教导两招，然后把大柱官打败，却叫这班兄弟服俺。恰巧那天到前村去找俺爸爸，就看见这位要饭的先生，他叫俺小哥，便向俺要钱。二老当家想，俺哪里有钱给他，他偏不肯放俺过去，只是在俺前后左右，拦挡着俺的去路。那时俺哪里知道，他是会武艺的，见他不放俺过去，俺便一时火起，猛地飞起一脚，向他踢去。"

华二当家笑道："这一脚怕把那泼乞丐踢个半死。"

张二秃道："二老当家莫取笑，俺这一脚踢去，像踢在石头柱子上一样，痛得俺连缩回来都有些吃力了。俺那时还不知道是先生闹的玄虚，俺还当真以为踢着石桩子、树根子，撤回脚来当胸就是一拳，谁知道一拳如同打在棉花絮上，俺便再也收脚不住，一跤摔倒。俺还是不服气，这次看准了他的脸上就是一拳，他却把身子一撤，俺的掌一空，人便从外倒了出去。他只在俺背脊上用了两个手指头一点，俺便浑身酸痛，再也动弹不得。他见俺变成这种样子，他便向俺笑了一笑，把俺放在这里，他径自走去。那时俺的身体虽然不能动，心里还是明白，便喊他转来，他又笑嘻嘻地转了过来，问俺叫他则甚，敢是给他银子。这时俺已然知道他是有功夫的人，哪里还敢向他倔强，只得笑说给他钱，只是叫他先把俺放开。谁知他却把头摇了一摇，笑着向俺道，现在还用你给？俺自己便会掏。说着他走过来，便摸索俺的口袋。说来可怜，俺不过打算哄他把俺放过，哪里真有钱给他用，谁知他一见没钱，当时把眼一瞪道，你这破小厮，敢来哄咱，且吃咱一拳。他说着一拳早到，可怜那时俺想跑都无力，只好闭了眼听他来打。谁知他却轻轻在背上敲了一掌，当时身上便像撒去定身法一样，腿也会动了。俺那时却又懵懂住，像那样武艺，还不该跪在地下拜他为师吗，谁知那时便再也想不起来，一心只想把他打坏，出出这口怨气。因为俺打不过大柱官，便一直跑到大柱官学里，扯了一个谎，说是大柱官家里有要紧事，请先生早放一半时学，先生许了，便同了大柱官出了学房。但是一想这话要是向大柱官说出真情时，大柱官一定要吃恼不管，或者还许嗔俺不该说谎骗先生，倒要敲俺一顿好的。有心不说，又怕大柱官不肯帮忙，便硬着头皮，一五一十地说了。哪知大柱官不但没有吃恼，反而喜出望外，便叫俺快引他去。俺还以为大柱官答应了打他呢，便兴冲冲地引了大柱官去。正好他还没有走，看见俺引了大柱官来，便向俺笑道，'你这泼小厮，腿上倒有功夫，站起来就跑了，现在却怎的又转来？敢是约了有钱的来，替你还账吗？好，快拿钱来，俺好蹑路。'那时我肚子气得都快破了，恨不得请大柱官赶快把他搠倒，好痛痛快快地敲他一顿。谁知大柱官听了这话，走向前，赔着笑向前深深一揖道：'先生休要和他动气，俺这里替他赔罪。'说着大柱官早磕下头去，口里却又不住说，先生请你收我做个徒弟吧。这时俺也恍然悟过味来，但是大柱官他已然来了，俺便也来个就坡下，跟着跪在地下，口口声声地叫起师父来。那时他便向俺哈哈笑了起来道，咱是泼乞丐，哪里能做你们师父？禁不起和大柱官再三求他，只是跪在地下不起，耗得怕不有一顿饭的工夫，两个磕膝盖，先前还觉得痛，后来兀自麻得连疼都不知道了。这好话也不知说了多少，他才微微地一笑道：'你这小泼皮，便愈懒得这样。咱来问你两个，倘若收了你们两个，你们可能供应我的吃穿吗？'那时俺和大柱官巴不得一时便收俺两个做徒弟，现在见他要应了，便异口同音地答应他办得来。他见俺们答应了，他才叫俺们起去。这便是他收俺们做徒弟起头。"

华二当家道："那么你们后来怎生供他饭食？"

张二秃道："这俺不敢说。"

华二当家道："你只管说，俺便不吃恼你。"

张二秃道："全是大柱官每天把学钱攒下，到晚来就去送给那先生，俺拢共也没花过一个钱。"

华二当家看了华大柱一眼，又把头点了一点道："你们两个是拜了先生的，他们这一班呢?"

张二秃道："他们后来也不是怎生知道了，便也求带他们去拜师，谁知先生再也不肯收，只是在我们每天练的时候，叫他们从旁边看看。有时大柱官也背着师父教他们两手儿。"

华二当家道："武艺是先生教的，打擂台难道也是先生教的?"

张二秃道："不是不是，那是上半年村里谢神请了说书先生说的三侠五义，俺和大柱官偷偷听了一次，见他说得热闹，便来学他一学。"

华二当家笑道："你们这群无赖子，是谁给你们起的绰号呢?"

张二秃道："只是二老当家里看青苗的吉三给俺们起的咧。"

华二当家笑道："这一群泼皮，端的气死人。"又向张二秃道："你们先生，他叫什么名字，可曾问过?"

张二秃道："俺便和大柱官问过多少次，先生只是向俺们笑，兀自不肯说，后来问急了，他便说以后你们只管叫我王先生好了。"

华二当家听了，把个头不住摇道："不妥不妥，你们快随俺来。"

于是张二秃在前，华二当家带领众小厮在后，一直奔前村走来，好在地方没多远，不一时早到。张二秃向华二当家道："二老当家且慢进去，待俺进去看看先生可曾回来。"

华二当家道："不消不消，你等只随俺进去。"张二秃不敢再说什么。

这小四大王庙，就是村里的一个小龙王庙，里面除去一间小殿之外，还有两间小土房，因为一向没有人住，里面已是剥落不堪。张二秃用手一指向华二当家道："二老当家，你老看，这里面那间屋子里，就是俺先生的住室。"

华二当家也不理他，只走了进去。原来那讨饭先生果然还没有回来，屋子里一般潮气喷人，除去一铺土炕之外，任什么都没有。华二当家看了看，才要出去，只听院里一阵脚步响，就听一个人说话道："敢又是姓张的泼小厮，咱是怎样嘱咐你? 叫你不要在咱不在家的时候，满屋子瞎窜，你偏要瞎窜，今天要不叫你这小子吃点儿苦头，你大概也不知道咱的厉害。"

56

张二秃一听赶紧向华二当家道："二老当家，你老听见了没有，俺的先生回来咧，这便怎样是好？"

华二当家道："莫慌，有俺在此不妨事。"说着迎了出去。

但见院子里站定一个人，虽然是浑身泥秽不堪，脸上却是神采奕奕。这时已是深秋天气，他身上还是穿的一件又油又破的夏布长衫，他见华二当家出来，赶紧把身子往后一退，用手一指道："什么人？"

华二当家道："俺便是这村子里的主人，那华大柱便是俺的儿子。儿子跟老师都学了这些天功夫，俺倒还未曾拜见先生，于礼上实在有些说不去，请先生莫怪。此地亦非谈话之所，请到寒舍一叙如何？"

那先生听了，向华二当家道："原来您就是这一村之主，咱在这里叨扰多天，还未曾给您请过安。这些小学生们都喜欢玩，咱便陪着他们玩了这么多天。俺倒时常劝他们不要抛弃了学业，请您不要以此见责。承您赏脸，本当到府给您请安，只是咱今天夜晚便要从此动身，要到苏州去看一个朋友哩。"

华二当家笑道："先前俺不知先生住在这里，竟屈尊这一向，实在是不过意。今天无论如何，务必请先生到家里随便谈几句，吃上一顿饭，大家热闹热闹，然后先生有事，自管请走，绝不敢强留。"

那先生还要让时，华二当家向众小厮一努嘴，众小厮便一拥齐上，有的推，有的拉，便把先生拥了出来。那先生道："你们且放手，咱便跟你们去如何？"众小厮这才放手，那先生便同华二当家慢慢地谈了起来。

华二当家道："俺这村离青州不远，名叫二十四里桃花镇华家村，这村里以姓华的占多数，只俺兄弟二人为长。俺哥子叫华光宇，俺叫华光文，本来都做个芝麻大的官，因为受不了那些肮脏气，好在家里有这二亩薄田，也还够吃，便把官一齐辞了。俺哥子看破世情，便念起佛来，现在只剩俺一个照料村中这些琐事，兀自有些不耐咧。请问先生尊姓？听尊驾说话，倒像是从京里来的。"

那先生听了，把头点了两点道："咱和你倒是同情的。俺只姓王，名奇，果然被您猜着，俺便是京里的人啊。华庄主，你若是看得起咱，请你不要问咱过去未来，日后自能使你明白，倘要看咱不起时，俺便要从此告辞，海角天涯，另寻知己。"

华二当家道："既是王先生这样说时，俺便不问就是。"

说着已然来到家里，华二当家叫家人取过衣裳送给王先生穿了，又吩咐做几味可口菜来。席间华二当家说起华大柱，意思打算请王先生再教下去，王先生道："令郎实有可造之材，就是张家那孩子，也大大是块料，只是咱不过会个三手五手，原为防身之用，哪里便能做人家先生？既是华庄主这样看得起咱，说不得，咱便暂时答应着，等他们练过一年半载，那时咱再指引他一条明路，去拜个好先生。"

华二当家听了，自是欢喜，便赶紧把华大柱叫了进来，又叫他去唤张二秃前来拜先生。华大柱看见华二当家十分喜欢，便向华二当家道："爸爸再向王老师说一声，可以叫方天玉他们几个也来拜师吗？因为他几个兀自想学得紧。"

华二当家听了笑向王先生道："王先生听见吗，可以让他们都来拜个师吗？"

王先生听了皱眉道："并不是咱多教怕累，只是咱看这一班人里，除去令郎和张家那小孩子之外，其余资质虽远不坏，只是性情过劣，恐怕未必能按步就规，学了武艺之后，反而能使他们走入歧途，那时便反为不美了。"

华二当家道："先生说得是，只是俺想他们这一班小孩子，生长乡间，习性使然，或则跟随先生经过陶染以后，也许便能换过性情，亦未可知。就请先生多分神吧。"

王先生听了把头点了一点道："怎地时，咱便再多做件错事。"

华大柱听了，知道王先生已是答应，欢喜不过，便不再等华二当家嘱咐，便跳着走了出去，去喊他们一班小朋友去了。

有分教：

> 顽皮赤子，尽作纠纷武士。
> 落魄王孙，乐充好好先生。

要知后事如何，且听下回分解。

第二回

悲际遇丑鬟偷学艺
喜同心披发急亲仇

孩子们都进来，雁一般地排在那里。这时华二当家早叫家人把大红烛点了，底下铺上红毯条，华大柱当先磕下头去，众小厮也挨着磕了。

王先生微微地笑道："今天咱把你们收了做徒弟，咱便是你们老师，我说的话，你们必须紧紧遵守。"众小厮齐答应了一声是，王先生又继续着说道，"咱这门里，有几样最要紧的事，你们务必记住。第一，忌淫，这是练武功最忌的一样事，因为破坏自己武功，其事还小，害人清白名节，其罪特大。第二，忌杀，练武功原为强炼身体，以备不虞，并不是为杀人害命，睚眦必报，杀一无罪之人，即多伤一份天德，况且，即使有罪，自有国家典刑在，也用不着咱们来多杀人。第三，忌窃掠，不义之财不可贪，窃取不可，明行抢掠更是自干法纪，弄得来害人伤家破产，弄不好自己便有性命之忧，贻羞亲师。第四，忌酒，酒能乱性，最易坏事，饮酒过量，不自觉悟，做出不伦之事，待到酒醒，追悔不及，练武功的人，最要紧的是要有涵养，横侮当前，应知引避，书上说大智如愚，深功自藏，武术一道，也是这个样子，至于当仁不让，见义勇为，排难解纷，更是余事。自今天起，你们便须守着咱们的规章，即便咱离开你们，也不得一时违背，倘若被咱查出，那时咱便要对你们不起，休说那时咱不顾师生之义。"众小厮又齐声答应是。王先生又道："你等的名字，有的可用，有的却要改。趁今天磕头的时候，咱便替你们改一改。华大柱原是小名字，因改叫一个梁字，也是大柱的意思，不知华庄主以为如何？"

华二当家道："先生改得好，俺一向只是嫌他俗，如今改得又响亮，又大方，大柱还不过去谢先生赏给你名字。"大柱过去磕头，站在一旁。

王先生又向张二秃道："你的名字，简直要不得，咱给你改个什么名字呢？有了，就着你这个身个儿起一个，就叫张兴霸吧。"张二秃也趴在地下，把头磕了。

王先生又叫过方天玉道："你的名字很好，可以不用改，只叫方天玉好了。不过，你的外号什么小二郎，这却万万要不得，这都快成鼓儿词上的名了。再者外号是要在江湖上闯出来的才算，私自起的不能算数。你们以后，都要把外号取消。"方天玉笑着答应退了下来。

周大成早走过去，王先生一看，先一皱眉道："大成，大成，何事不成，奈何。"大家也不知道王先生说的是什么，都有些愣愣呵呵地瞧着王先生，王先生定了一定神道："周大成，咱来问你，你是实心实意地学武功吗？"

周大成道："俺要不是实心来学，焉能在此久候？"

王先生道："你学了武艺之后，打算怎样呢？"

周大成道："俺学会武艺之后，便想效力国家，求个上进。"

王先生听了微微一笑道："好，但愿你能言行一致吧。你的名字大可以用，不必改了。"周大成谢过王先生也退在一边。

王先生一看，那边还有三个小厮，便叫道："你们都过来。"三个听了，便一起走了过来。王先生道："我看你们三个太小，练武一层还谈不到，你们还是好好去念两年书，等咱不走的时候，你们再来学吧。"王先生说完又向他们一笑。

那里头两个小一点儿的，答应了一声是便退了下去，那个稍大一点儿的，便向王先生道："王先生却怎地不公，俺尤锁头身量虽小，怎的便说俺练不出来？！"

王先生道："咱看你岁数太小，况且身体软弱，不宜学武，等你念过两年书，身体稍微健壮，然后再来从咱学武，那时也不算晚。"

王先生话还未了，张兴霸旁边插言道："先生，你莫小看他，他是天生的这样一副病容，其实他的武功在俺们这一班里除去俺和大柱官之外，别人兀自抵他不住哩。"

60

王先生听了点点头道："既然如是，咱便将你收下，只是你除这名字之外，可还有大名吗？"

尤锁头道："俺在学房念书时，先生替俺起了一个名字，叫介英，俺一时却说它不惯。"

王先生道："介英，介字不响亮，咱替你改个俊字，你就叫俊英吧。"尤俊英磕头谢过。

这时华二当家便叫人去把各小厮的家长请来，这里头有的是村里的小住户，也有是华家管田的庄稼人，大家听了华二当家来请，谁敢不去。当时大家便都来到华家，华二当家叫他们坐，他们哪里肯坐，还是华二当家再三让着几个小有头脸的，才都坐下，还有几个始终不肯坐下的，华二当家也就不便再让，只得由他们去。

大家异口同音地道："华庄主叫俺等有什么吩咐？"

华二当家道："今天俺请你们来，不为别的事，只因俺今天替俺大柱儿请了一个教武的先生，打算叫你们几个孩子，也跟在一起练，不知道你们自己愿意不？"

大家一听，这是求之不得的美事，哪敢说是不愿意，便又异口同音地道："俺等都愿意，只看他们喜爱学不。"

华二当家道："这倒无须过虑，他们早已答应了。"

大家道："既然他等答应愿学，俺等便是愿意，不过如此搅扰庄主，实在过意不去。"

华二当家道："既然大家都愿意，这些客气话，不要讲了。今天是拜先生的头一天，俺这里备了些酒肉，便请你们大家来同饮几杯。"

大家齐道："孩子们在这里搅扰，已是过意不去，俺等要是再来添事，益发对二老当家不住。况且俺等都是什么人，怎敢和二老当家坐在一起？"

华二当家道："今天俺只是为凑个热闹，你等只依俺坐下吃杯儿，俺便喜欢。况且俺大柱儿已和你们小孩子同拜过师，便是师兄弟，更不必谦让了。"众人还待让时，王先生道，"俺看你们都很爽快，却为什么这样婆子气，还是坐下的好。"

众人只得依实坐了，家人已然烫好了酒，端来大肉，先前大家还有些拘泥，后来看见华二当家有说有笑，便都把胆放大了，竟大吃大喝起来。

好一时，才吃罢了饭，大家便都告辞。

华二当家道："天已不早了，既然你们要回去时，可都把孩子们带回去，叫他们明天来。"

王先生道："就是明天，也不要老早来，总是挨点儿的时候再来。"

大家答应着便都谢了华二当家，和王先生告辞，带了孩子转去。王先生又和华二当家谈了几句话，然后才各自安歇。

从第二天起，王先生便教起这班孩子的武功来，因为各人体质不同，便一人教了一样特长的本领。一晃的工夫，已然到了夏天，天气是非常之热，从前教拳总是在华家后院里，这时因为天气一热，在那里练诸多不便，便向华二当家说好，搬到前村一个大树林底下去练。这时众小厮已然都学得有了几手功夫，兴致勃勃，都愿意到外边去练，也好叫村里的人看一看。于是便都把个人应用的东西收拾齐全，一齐来到前村树林里。这时太阳虽然落下山脚，那般余暑依然十分炎热，一溜十棵杨柳树，绿得便像要滴出水来一样。几个庄稼人扛着种庄稼用的东西，沿着那道小河光着脚赤着背，踏着步唱着山歌往村里走去。河里头有几只小船，已然都停泊在那里，船头个个冒起炊烟。往河边看去，远远的山脚下，稀稀落落的有几个骑牛的小厮，骑在牛背上，用力催那牛转去。王先生带了这一群小厮，来到柳林里面，找了个宽大平净的地方，叫他们把地下小石头先捡了，然后叫他们把长衣服也脱了。

王先生找了一块石头坐下，向众小厮道："你们先各人走一趟拳脚，然后再搭打架子动手，刀枪家伙放在最后。你们谁先练？"

张兴霸道："师父，我先练吧。"

王先生道："好，今天是头一天在外头练，千万格外留神，不要让街坊笑咱这教把式的饭桶。"

这时树林子外面，已然站了不少庄稼人。张兴霸道："知道了。"说着一转身，两手一背，双脚一蹬，打出一趟罗汉拳来。这罗汉拳在拳术里最为难练，情形就仿佛迷踪拳差不多，非得身体高大，气质雄壮，不能练到好处。这一班人里，就是张兴霸身体气质全相宜，王先生就把这一趟拳教给了他了，也加上他真肯十分用功，所以练的才有半年，可是精气神已然练得有些眉目了。这一趟拳足练了有一顿饭的工夫，归回原处一站，气不喘，脸不红，向王先生道："还求先生指教。"

王先生笑了一笑道："也还罢了，就是手眼身法步还差老到，你先歇一歇吧。"张兴霸退在一旁，王先生道，"你们谁再练一趟?"

方天玉道："师父，我练一趟吧。"

王先生道："好，你练吧。"

方天玉来在中间，就地就是一个扫堂腿，跟着便噼噼啪啪地踢了起来。这趟腿名字叫弹腿，专用的腿上功夫，方天玉打完，也往旁边一站。这时周大成早已拾掇整齐，也不等王先生说话，便跳到场子里去，前掌搓后掌，走出一趟八卦拳来，手眼身步，没有一样不精，没有一样不到，八卦推完，往旁边一站。

王先生心里十分喜欢，但是嘴里，却不愿稍加一点儿奖励，只微微点了点头道："也难为你。"

尤俊英道："老师，我还练吗?"

王先生道："你怎么就能不练?"

尤俊英笑着答应一声是，一步三晃地走到场子里，把两个小圆眼珠一转，右手猛地一起，左手便往眼角一横，身子忽地蹲了下去，忽地左腿一起，右腿一蜷，纵身一跳，起的足有七八尺高，掉下来便像棉花团相仿，一点儿声音都没有。左掌往右一推，右掌往左一拳，右腿往前一伸，把腰往后一挺，横着纵出去也有一两丈，煞地身体一蜷，双脚落地，平身往后一倒，躺在就地，两手一抱两脚，登时蜷在一团，脚东边一蹬，手西边一甩，从那边又滚了回来，来到王先生脚下，猛地拧身一纵，平地跃起，双脚一裹，一个旋风相似，滴溜溜一转，便蹲在那里，向王先生道："师父，你看俺可还堪造就吗?"

王先生笑道："难为你这肘架子，倒练得这样利落。不过，咱再告诉你一句，以后蹬腿出去的时候，要把双膝磕紧，不然从猴拳变到地躺拳的时候，那就容易被人家看出破绽来了。"尤俊英答应着走过一边。

王先生向华梁道："该你去练趟了。"

华梁道："师父，俺练哪一趟?"

王先生道："你练一趟太极拳吧。"

华梁答应着走到空地中间，八字部站好，左脚一实，左手运力，开始练了起来。只见他便如同一团棉花般，说他软，他却一松就起，说他硬，他却零若无物。头儿正着，胸儿合着，背儿拔着，肩儿沉着，肘儿坠着，膝儿护着，裳儿裹着，腿儿蜷着，腰儿直着，气不喘，脸不红，嘴不张，眼不定，脚不乱，手不颤，进步如猫，退步如抽丝，力到撼山，气喷裂帛，起如盘鹰，扶如狡兔，脚下壅土不起，头上树叶飘落，足练了有一个时刻，方才把拳收住，问王先生道："请老师看有什么可以有一点儿要得。"

王先生道："大致已然不差，只是行气的地方还差一点儿，大概再加功夫练，有个一年半载的工夫，总有可以长进一点儿了。今天我看已然晚了，可以把东西收拾起来，明天再练。"

华梁答应着刚要去收拾东西，张兴霸急急向前道："老师，夏天练武，只能趁着早晨和夜晚，早晨不是要去念那劳什子书，就是要去干那田里的事，哪能得闲。今天虽然快黑，可是月亮已然出来了，趁着月色，又凉爽，又清静，俺等正好大练，怎的老师倒要收拾东西转去？"

王先生笑道："咱看今天虽然头次拉出场子，总是还不至于现眼，你们既然一定要练，好，咱便再看你们个到底吧。"

王先生一句话还没说完，忽听背后有人说道："王先生便依他们再练一会儿吧。"

王先生回头看时，正是华二当家笑嘻嘻地走了进来。王先生笑道："华庄主什么时候来的？你看咱这练把式的，便丝毫没有觉得。"

华二当家也笑道："俺是方才听总管庄的老刘说王先生带了他们在这里练拳脚，俺才赶到这里来，谁知王先生却又要转来，俺今天看月色正好，无妨再叫他们多盘几趟，王先生以为如何？"

王先生道："俺恐怕他们太劳累了不好，所以才叫他们收拾东西回去，谁知他们倒兴致勃勃，不愿就回歇息，便是庄主不来，咱也要看他们个到底呢。便请庄主坐，咱来分派他们。"王先生说着便向张兴霸道："还是你先练。"

张兴霸道："老师，俺还是练趟拳脚，还是走一趟家伙？"

王先生道："拳方才已然练过，不必再练，家伙倒还使得，你去使来咱看。"

64

张兴霸答应着走到场子里，拿起一根齐眉棍，单手一推，用了一个架势，把棍推了出去，跟着一个左插花一个右插花练了起来。先前还得见是棍是人，后来只见一圈白光，趁着月色，忽然滚到东，忽然滚到西，便如一个白球相似。

华二当家看着喝了一声彩，便向王先生问道："这趟是什么棍？端的耍得精熟。"

王先生道："这叫左家棍，又叫老庄家棍，共有一百零八手，左边三十六，右边三十六，共成地煞之数，上十八，下十八，共成天罡之数。这趟棍如果练得纯熟，可以变化无穷，是兵刃里头，带杆子的家伙，兀自要让它一步哩。"

华二当家道："这要有个三五十个人，怕不都要让他搠倒。"

王先生道："那却未必。"

正说时，再看张兴霸早又向树林里边舞去，王先生才待叫他转来时，那张兴霸早已栽倒在地，却从树后转出一个女人来，哈哈一笑道："就凭这样棍法，还要讲什么天罡地煞，倒是看庄稼去吓吓老黑吧。"

王先生和华二当家急向那边看时，月光之下，看得清楚，原来是一个十几岁丑丫头。华二当家一看，不由怒道："小芳，你怎敢大胆到此？"

那女子笑道："二当家的便这样讲，难道不许俺偷看一眼？"

华二当家再待申斥时，那王先生早已走了过来道："华庄主怎的倒和她相识？"

华二当家道："说来惭愧，她是俺家粗使的一个婢子，却这般无家教，使老师耻笑。"

王先生道："庄主何必这样执谦？咱再请问庄主，她是不是庄主自幼买来，还是最近买来？她姓甚名谁？家住何处？庄主可否一一见告？"

那华二当家听了倒是一愣，忙向王先生道："她并非俺银钱所买，是三年前俺大哥从任上归来，半路中看见此婢卖身葬母，是俺大哥见她可怜，替她把母亲葬了，带到庄里来。俺老母看她十分怜傻，便把收留房内，伺候茶水。据俺大哥那时问她，就是距曹州府十几里地曹八集的人氏，她姓曹，小名方儿，俺母亲替她改名叫小芳，大概今年已有十二岁了。老师问她这样详细怎的？"

王先生道："这就是了，咱看她身体，像是怀有绝艺，因此咱才细问她的来历。"

华二当家方要问她有何绝艺，只因旁边站的张兴霸，手里举着两根木棍，向那小芳当头砸下。说时迟，那时快，王先生要拦来不及的当儿，只见小芳把手向上只一挡，双棍早飞，进步方才待要躲，王先生早已向前用手横住道："且慢动手，听咱一言。"

那小芳便把伸出的脚重复缩回，张兴霸早已跑了回去，向大家一伸舌头道："好结实的胳膊，俺倒吃她撞得不轻哩。"

王先生看了，不由勃然怒道："你这毛丫头便这恁地无理，休走，且吃咱一掌去。"

曹小芳便不慌忙用手接住，便真个一来一往地动起手来。这时大众不要说是诧异，就是那华二当家也觉得十分奇怪，知道也不过是个落难的民女，谁知道她倒有这般俊的武艺。

正在酣斗的时候，王先生陡地跳出圈外，陡的一声喝喊道："且慢！"

那小芳便也收住脚步，向王先生一笑道："教师难道怕了俺吗？"

王先生哈哈笑道："咱便怕了你，咱来问你，你这拳脚功夫，是几时学起，令师何人？却怎的便和咱宫……"王先生说到这里，一时失了嘴，收不转来，便道，"却怎的便和咱练的拳一路招数？"

那小芳听了笑道："王先生，俺这个拳脚，只是庄稼劈劈柴的架子，哪里便说得起师父徒弟？不怕吃庄主和众位少爷耻笑的话，俺这拳便是和王先生学的咧。"

华二当家斥道："小芳，休得胡道！快以实话相告。"

小芳笑道："说来庄主兀自不信，真便是和王先生学的，且听说与庄主听。自从去年，大柱官拜先生时候起，俺便天天在练拳脚的时候，暗暗地偷看，那时是在书房院子里，俺便在背地偷着学了几手，后来觉得益发有趣，便除去伺候老太太之外，闲了变练。直到今天，见把练艺的场子，挪到村外来，俺一时便出不来，好容易等到老太太睡了觉，俺才偷偷地跑到这里来。恰逢张家哥子练棍练得高兴，是俺一时大胆，把张家哥子一时撂倒，这便是以往实情。多半老太太这时也要醒了，俺还要去伺候老太太去了。"

66

说着才待转身走去，王先生向她拦住道："且慢走，咱还有话问你。你说你的功夫是偷着学咱的，这却不假，只是你方才打咱一掌，那分明是劈砂掌，咱却丝毫没有教过，你怎的倒这么纯熟，难道这也是偷着跟咱学的吗？讲。"

那小芳听到这里，忽地双膝跪倒，呜呜咽咽地哭了起来。华二当家和王先生倒老大地吃一惊，王先生脸上好不得劲，赶紧上前用手相搀道："有话且站起来说，为何便这般模样。既是老太太等你，你就快快前去，为什么便急得这个样子？"

华二当家道："小芳起来，快快随俺转去，这里也不是谈话所在。"

当时大家看见这个情势，知道是不能继续再听下去了，便一齐收拾了东西，随了王先生、华二当家走回庄去。这时看热闹的几个庄稼人，正看得兴高采烈，忽地见把场子收了，心里老大不快，但是谁也不敢问一声，只得背地里私自谈论。

单说里面有一个土混混，姓冯，名利，在乡里是无恶不作，欺软怕硬，敬光棍欺寡妇，坑蒙拐骗，到处害人。原是莱州府小冯庄的人，因为讹诈当地一个寡居，那寡居的哥子在县里当的好红差事，便把冯利捉到官里，当堂打了四十小板子，在县衙门枷号了三个月。官司完了，在那里住不下，才把家小搬在这华家村西村白龙岗住，依然是两个肩膀扛着一个口嘴，满处游荡，也有两家不成人的子弟，终日和他厮耍，他便借着这个由头，在外面欺诈拐骗。今天是从阎王堡一家姓秦的家吃了酒回来，走到这里，看见王先生和一班小厮在这里练拳，他便也挤在人群里看热闹。后来他看华二当家和王先生讲话，他虽然不曾和华二当家交往过，他的耳朵里，早已听说这华家村，有这样一个人物，他恨不得当时去把王先生打开让他来谈谈才好，后来又见出来一个小女孩，居然会跟王先生动起手来，他心里便有十二分爽快，又恨不得那小女孩把那王先生一拳打倒。后来王先生陡地跳出圈子外，向那小女孩说话时候，却说了一句"怎的便和咱宫"，说到这里便都不说了，心里便起了老大狐疑。看见大家分散，他便也跟着走了下来，一边走一边想道，好一个华二官人，却怎的便和一个江湖上，买草药使拳棒的走在一起？俺看那厮，哪里是教拳棒的，一定是名逃犯，在此隐藏身子，他适才说到一个宫字，难道他便是宫里的禁卫，惹了风波，逃了出来的？俺只想认识这华二官人，也曾几次想同他兜搭，无奈那厮眼空四海，却不来理俺。今天这件事，不落在俺的眼里，也就罢了，既然落在俺的眼里，这却是俺的运气到了，看他还似先前那样看待俺不。但是从什么地方下手呢？他又是个正经人，却又找不出他一个歪缝子。

冯利一壁走一壁想，不防闯到前边一个走路的身上，那人便骂道："瞎了眼的狗泼皮，怎的不睁开了眼走路，却来闯你老爹。"

冯利一听声音好生厮熟，便喊了一声道："敢是吉二老爹吗？俺是冯利。一来天黑，看路不清，二来心里盘算一点儿事情，没有看见老爹，可曾撞伤老爹？俺这里先道非礼了。"

那吉二听了道："俺道夜深人静，没有人敢从俺田地迈过，原来是冯老弟，俺年老眼钝，未曾看出是老弟，要看出时，天胆也不敢说一句错话。来来来，随俺进去吃杯茶吧。"

冯利忽地想起，吉二老爹时常夸说自家拳脚功夫如何精深，今天何妨进去谈谈，用言语激动他，叫他把那姓王的打倒，俺然后便由他做个进身之阶。想到这里，便又谦逊道："今天夜已深了，改日再来陪老爹说话。"

那吉二因为无故惹了他，唯恐他心中记恨，现在见他不肯进去，心里益发不安，便看着向冯利道："老弟这是你的不是了，来到哥哥这里，还要讲什么客套，管他夜深，且进去吃杯茶看。"说着便一手挽了冯利，往里就拖。

冯利也就依势走了进去，吉二拽了一张椅子，让冯利坐了，又要张罗去弄茶，倒是冯利把他拦住，他便笑着问冯利道："老弟，一向不见，却怎的这早晚从这里经过？"

冯利道："俺也只是穷忙，少来问候老爹，敢问老爹一向可好？"

吉二唉了一声道："休再提起，俺这二年，其实八字不好，便处处遇见小人，现在只是鬼混，哪里还谈到好不好，俺又有了这把年纪，还能活上几年？只好由天去吧。"

冯利道："老爹说哪里话来，不是老爹一向在华二官人家里吗？俺时常看见老爹教华小官人的拳脚哩，却怎的倒来瞒咱？其实老爹该罚。"

吉二听到这里，猛地把拳头一伸向那破窗棂上一敲，震下不少灰土，向冯利把眼一瞪道："姓冯的，俺好意将你让了进来，好意款待你，你却怎的来消遣你老爹？不是看在往常的分儿上，俺便着实敲你一顿，依俺良言趁早给你老爹滚了出去，不的时候，恼了你老爹，便将你踢个几段。"说着，一把揪了冯利胸脯，便像个小鸡子一般，往外便扯。冯利也不知道是哪一句得罪了他，看他这样怒气冲冲，也不敢再问，由着人家给撮了出去。只听当的一声，吉二早把柴门关了，又听他骂道："这个泼皮，混瞎了眼，却来捋虎须。"

冯利听了，只干巴着眼发愣，心下寻思道，好没来由，却跑到这里来受了一肚皮鸟气，真是说不得，怄气又不是他的对手，今天且转去再讲。心里想着，才待转身，却听那柴门呀的一声又开了，里面却露出一点儿灯光来，听得一个妇人骂道："这老杀才，便是这等性躁，一句话都说不清楚，这不是得罪人。"说着掌了灯走出门来，看见冯利还没有走，便扑哧一声笑道："你看可是，把人家冯家兄弟，便这样蹲在门口，这样热天，却叫人家受委屈，真是杀才。"说着向冯利道，"冯大兄弟，休得嗔怪，俺家那个杀才，就是这般不识好歹，请进来，随嫂子去吃杯茶再走。"说着便要过来揪冯利进去。

冯利平时也听人说过，吉二的浑家，是过山炮刘三把的女儿，端的能了事，吉二兀自有些怕她，今天一看，就知道一定是她了。便赶紧一退身道："原来是吉二婶子，今天晚了，改日再来讨茶吃吧。"

那妇人笑道："冯大兄弟，怎的便这样称呼，俺今年还小呢，万不敢当。好冯大兄弟的话，千万不要怪那老杀才，他真是一个不识好丑呆货，看在嫂子面上，还是进来吃杯茶，俺叫那老杀才替兄弟赔个不是，也就扯开了。"

冯利听到这里，忽然仔细一看，那妇人虽然有三十来岁，却扎括得俏俏式式，不由得心里一动道，俺何不如此如此。心里想到这里，便满脸堆着笑向那妇人道："二婶说哪里话，俺自是冒犯了老爹，不然却怎地吃恼，其实今天晚了，俺明日自当来赔无礼，既然是二婶这样说时，俺便再进去赔个无礼，还求二婶替俺说项。"

那妇人见冯利已然答应转去，心里自是高兴，便用眼向冯利一瞟，跟着又一笑道："俺才跟你怎生讲来，怎的又叫起俺二婶来，再这样时，俺便要吃恼了。"

冯利心里笑道，这个滥婆娘，却来撩拨俺，她倒兀自有些识货呢，按便依她，看她又如何。便赶紧改口道："嫂嫂，是俺错了。"

那妇人听了咯咯地笑了起来，便把手里的灯，向那冯利一举道："兄弟，你且拿了灯。"冯利便把灯接过来拿了。那妇人呀的一声，又把柴门关了，接过了冯利手里的灯，先不让冯利进去，却向里面喊道："你还不快来，那姓冯的已被俺请转来了。"

冯利听这话，似乎有些不是头，才待说什么时，那吉二早赤条条地从里面跳了出来，喊叫一声道："姓冯的，回来得好，不是俺老婆提起，吃你这厮走了，如今须去不得，且请受些委屈。"说时过来一搁，冯利站脚不住，早已跌了仰八叉。那吉二更不待慢，走过去连捆带绑地把冯利拴好，用手一提，往屋里便走，那妇人便拿了灯，也跟在后面。到了屋里，吉二把手一松，把冯利咚的一声，扔在地上。那妇人却笑道："你看你做事总是这样鲁莽，没的摔坏了俺的小兄弟，却使俺心疼。"

冯利听了，心里恨得痒痒的，一声也不发，且看他们怎生发落。谁知他们两个，把冯利拿了，便像没这回事的一样，兀自理也不理，两个人倒走在院子里去凉快去了。冯利这时好生纳罕，就是说了一句话，得罪了他，他也不该就这样对待俺，俺却又没有说些旁的话，却怎的把俺捆在此处，便不言不语？旁的不妨事，等到天明了，惊动了旁人，须不好看相。总怪俺早已走去，为何又走转来，弄得这时人不人，鬼不鬼，却怎么个好。好在此时，旁人还不知，待俺央求他几句，请他把俺放走，免得天明以后，弄得出乖露丑，也就是这个法子，还好一点儿。想到这里，便向外面尽力喊道："吉二爹，吉二婶，请你们进来，俺有话说哩。"嚷了半天，却不听见有人进来。

待了总有一顿饭的工夫，才听见有人走动的声音，又喊了两声，才听见那夫人笑道："啊呀，只顾贪睡，却忘了屋里还有贵客，幸而今天老杀才没有不人样，不然还真是笑话呢。"说着从外面掌了油灯走了进来，向冯利笑了一笑道："受屈了老兄弟，你喝水吗？待嫂子给你倒碗水来。"说着又要走了出去。

冯利这时好容易见着一个人，如何还肯放她走，便忙喊道："二婶子，

70

你先请转来，俺还一些不渴呢。"那妇人听了，便止住脚步，冯利央求道，"好二婶子，你先把俺放了绑，有什么话，只管说，俺姓冯的绝不敢违背。你不看被蚊子咬了俺好大疙瘩，好二婶子，慈心的二婶子，你放了俺吧。"

那妇人道："绑是他绑的，为了什么，俺也不明白，俺须做不得他的主。你且稍微候一候，待俺将他唤起来，有话总好商议，谁让都是好街坊呢。"

说着又走了出去，又耗了足有一个更次，才听见吉二说话的声音，就是太小，听不真切。又待了半天，才见吉二穿了一条裤衩子，赤着脚，光着背，从外边走了进来，向冯利恶狠狠地看了一眼，便一屁股坐在旁边一个破板凳上，手里拿了一把破蒲扇，噗啦噗啦扇个不停。冯利见他坐半天，始终没有开腔，心里十分忍耐不得，便笑着向吉二道："吉二老爹，你耍得俺也够了，现在请你把俺放了吧。"

吉二听了，哈哈一笑道："放你却易，俺只问你，你今天究竟为了什么，便闯在俺这里来？说得有理，俺便放你转去，如说错半字时，那时休怪俺不认识好街坊。"

冯利笑道："老爹又来和俺作耍，俺分明是老爹扯进来的，却倒转来问俺。"

话未了，只听叭的一声，冯利的脸上早吃了一下："泼猴孙，你便咬定老子叫你进来的，难道你不是人，便这等好讲话。"说着又是两个嘴巴，打得冯利脸上冒火，再开口不得。

这时那妇人便又从外面走了进来，忙拦住吉二道："你总是这般火性，有的没的就打人，待俺来替你问一问。"说着把吉二又推在板凳上坐了，便过来笑着道："大兄弟，俺是直性人，便不会遮遮掩掩，俺只来问你，你今天来意却是为了什么事？"

冯利摇头道："不敢说。"

那妇人道："怎的不敢说？"

冯利道："说时，又要吃老爹打。"

那夫人笑道："你且对俺讲来，有俺在此，他须不敢奈何你。"

冯利道："既有二婶担待，俺便知说了吧。"遂说起适才如何在树林子看见那个先生教拳，自己如何想结识那华二当家，怎的自己盘算，却撞着

71

了老爹，自己便又怎样激动老爹出去打倒那先生，俺好插进腿去，做个入幕之宾，谁知俺话还没有说得清，却吃老爹轰了出去，俺才待认个霉气，走了转去，谁知二婶又来叫俺，俺还只道是老爹想过味来，叫俺转去谈谈哩，又谁知道青红皂白未说，就将俺搁在这里，其实今天这苦头也吃得够了，好婶子，替俺说句好话，放俺转去吧，俺从今天起，知道老爹的厉害，再也不敢非礼了。

冯利话还没有说完，只见那吉二早已从那板凳上大吼一声，一跃而起，便奔了过来。那冯利一见，忙喊道："二婶，二婶，他又来了。"

那妇人向前拦阻时，怎当得起吉二的蛮力，险些推了一跤，只好闪在一旁。吉二向前喊道："俺的爹，你怎不早说，却叫俺做了这大错事。"说着不由分说上前便把绳子解了，又把冯利推在那边凳子上坐。不想那冯利是个麻了的人，如何坐得稳，早已一跤向后跌下去了。那吉二一路去扶他，一路骂那妇人道："狗贱妇，就知道在炕上哄汉子，全不知道操家事，如何不把凳子放稳了，却叫老兄弟摔了一跤。"说着连拉带扯把冯利从地上拖了起来，又向冯利道："老兄弟，恕俺老昏了，便恁般不懂得事，着实该抽嘴巴。"说着便真的往脸上叭叭打了两下。

冯利看了倒十分过意不去，赶紧上前劝道："吉二老爹，现在事已过去了，如此时，倒叫俺过意不去。"

吉二便应了一声："说得是，说得是。"又向那妇人道，"你还呆着怎的，还不快去倒茶来。"那妇人便答应了一声去了。吉二又笑着向冯利道："老兄弟，俺着实是老昏了，便这样糊涂，却又做出这样昏事来。老兄弟，俺便告诉你，你千万要恕过我才好。"

冯利笑道："没的话，没的话，总是俺不会讲话，惹老爹生气，还是求老爹原谅。"

吉二道："老弟你坐了，听俺告诉你，今天这里头经过的误会。"

冯利道："请老爹讲，俺是哪句话得罪了老爹，告诉俺，俺便改口。"

吉二道："老兄弟你如此讲时，俺便要羞愧死了，其实是俺误会了。老弟进门说的话，一些不错，俺先前实指哄着华家大柱官，讲些笑谈，扯点儿皮科，也是俺一时运气亨通，那大柱官便想起和俺学起拳脚来，那时俺实在混得不错，得大柱官天天给俺银子，俺夫妻混得十分温饱。偏是好

72

运不长，凭空地跑出那个泼乞丐，硬生生地把俺饭碗夺去，却弄得俺衣食不周，再想不出一条活路来。"

冯利听到这里，便插嘴道："既然是那姓王的夺去老爹的饭碗，凭着老爹这身功夫，便不会和他厮拼，却让他吃这碗太平宴？俺心里都着实不甘，老爹倒能如此包容，俺却有些纳罕哩。"

吉二道："老兄弟，这话如果在才见面的时候讲，俺少不得又用绳子把你捆起，安置一夜。如今话已讲开了，俺便把这话对你说了吧。那时俺虽一时失却一笔大宗收入，幸得大柱官还不肯忘旧，还时时来周济俺夫妻两个，俺种着华家的田，也就对付生活。但是俺越想心里越窄，越是大柱官来周济，俺心中越恨，设想倘要不是这姓王的乞丐来搅了俺的局面，大柱官岂不更要待俺好些，由是由妒生恨，便想找那姓王的报复，再来抢回俺的饭碗。谁知那姓王的着实有两手，俺还不曾到他的跟前，就被他将俺搁倒，那王先生倒再三安慰俺，叫俺不要找他怄气，他住不久就是要走的。谁知这时，也不知哪个嘴快的进去告诉华二当家，华二当家非常动怒，一定要把俺送到官里去挨板子，反是那王先生替俺说了多少好话，才没有到官里丢丑，但是种的田也被华二当家收回去了，从此也再不见大柱官的面儿，更莫要提到银子。华二当家又向俺道，从此你若再要多事，传到俺的耳朵里，便连身边住的这几间房子，俺也收回去，从此再不准进这村子里来。偏巧今天便遇见老弟你，俺本意请你进来谈谈，稍舒胸中闷郁之气，谁知老弟张口便提起那华家大柱官的事，俺还道你是华二官人使你出来查俺的绪漏，俺怕连这间劳什子草房都没的住，所以才把你老弟轰了出去，无非为的躲是非而已。其实俺特鲁莽了，老弟却不要见怪，以后俺弟兄交往处正多哩，只要用得着俺吉二时，俺便是死也不怕。"

冯利道："正要老爹如此不挂怀才好，但是俺还有话问老爹，既是老爹把俺放去，却为何又叫俺转来？"

吉二道："这话说起时，更使俺惭愧无地。这件事却不能不怪俺贱老婆，她见俺送出老弟，她便怪怨俺不该把老弟放走，倘要真个是华二当家使来消遣俺们，回去岂不是大大一个苦楚。那时俺见她说得有理，便向她要主意时，她便叫俺还将老弟撮转来，问出个青红皂白，俺便告诉她，俺须去不得，那时她便自告奋勇，把老弟诓了转来，才弄得这般模样。其实

73

全是俺一人糊涂，便使老弟吃苦，实在说不下去，老弟千万饶恕俺老昧吧。"

冯利道："话已说开，两下无事，老爹也便休再提起，说出去时，多吃人笑话。今天时光已然暗了，俺便要告辞转去，明天再来找老爹谈话。"

话说着，站起身来才待要走时，吉二早向前拦住道："且慢走。适才老弟说是找俺有事下问，现在还可以见教吗？"

冯利道："其实今天晚了，既然老爹不嫌絮烦时，俺便有几件事，须向老爹请教哩。那夺老爹饭碗子的泼乞丐，他是不是真姓王？他还有名字没有？"

冯利话未讲完，那吉二早把个头摇得像拨浪鼓一样，嘴里却又连连地说道："这件事不要说是俺姓吉的知道，就是去问那华二当家时，恐他也未必说得出。"

冯利道："却是为何？"

吉二道："说来老弟不信，那泼乞丐兀自有些怪异，自从结识华大官人，便整日地守在门里，若要他出门时，一步也难，所以他来了差不多一年，村子里看见过他的人，其实没有几个，更不要说起他的踪迹。连我也只见得他几回，却又没得多说几句话，就是他的名字，连俺也一些不知。端的这老兄弟打听这些则甚？"

冯利叹了一口气道："俺只当老爹知道底细，所以才问两句，谁知老爹也是一字不知，这就没奈何了。"

吉二发急道："俺虽然不知道底细，但是知道又有什么好处，便请快些说来，如果真有用俺去刺探时，待俺舍去老脸不要，俺也要替老弟你跑一跑。"

冯利道："老爹且慢急躁着，俺更有话想问。今天俺从前村树林子过时，便看见那姓王的在那里教拳，是他无意中却说一句什么宫里字样，俺又听他撇的一口好京腔，俺总疑心他的来路不正，以俺测想，他一定是京里什么小主子犯了罪名，跑到这里来藏身子。最好老爹能想个主意，去把那姓王的来路访明，俺便有主意使他开个财路，那时老爹又可回到华二当家那里，岂不胜似在这里苦度岁月？"冯利还要待往下说去时，只见外面一个人影一晃，赶紧收住声音问道："外面什么人？"只听外面应声道"是俺",原来正是那妇人。冯利道:"老爹何不请二婶也进来坐坐?"

吉二便向外面喊道:"你要进来便进来,为什么偏要这样躲躲避避,却使俺和俺老弟都吃了一惊。"

那妇人听了,便在外面答话:"没的扯臊,俺有什么短处,却要吃你骂杂儿,你自不晓事,得罪了人,却颠倒来叨念俺。想人家女子嫁了汉子,怎么也要混个丰衣足食,谁像俺嫁个破落户,饭都混不得两个饱,你倒当着外人说起俺的不是来了,你须不是死人,拍着良心也要想一想,俺到你吉家来,可曾享受过一天?"那妇人一路说着,便大声哭了起来。

吉二听了向冯利道:"老弟你听嘛,这贱妇便怎地急懒,如此地辱恼人,老弟你且坐了,待俺去问她两句。"说着便搁下蒲扇大踏步向外面走去。

冯利赶紧向前一把扯住道:"老爹气别怎地旺,且坐了讲俺的正经话。"一把捺住吉二,又向外面说道:"二婶,请到屋里来,俺却有话说哩,这样的哭喊,被街坊听见,黑天半夜,须不是好事。"

那妇人听了,便止住哭声,走了进来,依然是抽抽噎噎。冯利道:"二婶,切莫烦恼,听俺和老爹商量法子,总使二婶以后生活,不似从先便了。"

吉二听了便插嘴道:"老弟说得是,俺并不是有的什么外遇便忘了她,其实是俺混落魄了,难道她的苦楚,俺便真个不知道?"

吉二才待接下去说时,冯利猛地站起向吉二肩上一拍道:"老爹,这便有了。"

吉尔没防备,猛的间吓了一跳,向冯利道:"有了什么出路?快些讲来,俺等不及了。"

冯利道:"这话咱须先向老爹声明,老爹却不可着恼,俺才能说哩。"

吉二道:"俺不吃恼,你讲你讲。"

冯利道:"俺先告个罪,这条出路,就在俺二婶身上。"

冯利这句话还没说完,那妇人立起身来,重重地呸了一口道:"姓冯的,你闭了你那鸟嘴,没得叫俺骂你。"

冯利忙向吉二道:"老爹你听嘛,俺的话还没说完,二婶便吃恼了,叫俺如何讲得下去。"

吉二忙向那妇人道："你且听他把话讲完了，若有不是时，他也飞不出去，俺也不能放他过去哩。"遂又向冯利道，"你讲你讲，那妇人何用？"

冯利道："这话并不是这样讲法，须听俺把话说完，再定计较。"

吉二道："依你依你，你讲你讲。"

冯利道："俺想现在要是打算扳倒那姓王的，你先要去探听他的出处，打算探听他的出处，就先得混进华府。说到华府这一层，俺根本和他们就不相识，那话便同不说一样。老爹呢，现在已然恶了华二官人，也去不得，所以现在最好，能够使俺二婶混进华府，探听出那姓王的来踪去迹，那时俺自有办法，把那姓王的撵了走，使那姓华的把老爹依然请了回去。不知老爹和二婶以为如何？"

吉二听了点点头道："这样倒是个办法。但是有一件，俺娶她时，华二当家是知道的，如今俺既恶了那华二当家，也须连带得也去不得哩。"

那妇人听了，便也插嘴道："这话说得是，没的把俺送进去，讨个没脸，弄了一鼻子灰，再走出来，须不好看相。"

冯利道："老爹和二婶虑得也是，俺却还有一计在此，只要老爹和二婶能答应时，俺管保是百无一失。"

吉二道："都依你，你讲你讲。"

冯利道："俺想老爹虽然在此落得便宜房子住，其实也成不了大事，依着俺的意思，老爹不如把所有粗细家具拾掇拾掇，到俺村里去住几天，二婶便趁着这个时候，去见那华二当家，就说老爹把二婶一人搁在这里，几天不回，求华二当家把二婶收留下。那华二当家既是好义的汉子，他必能把二婶收留下，住在他家，那时二婶便可随时留心，访查那姓王的，倒是个什么根底。访查明白，再抓个工夫，去到俺家，送上一个信儿，那时俺等再商量一个万全之策，再下那姓王的毒手也不算晚。如果姓王的一除，那时华二当家怕不又要把老爹请了回去，俺便也托老爹洪福，也吃一碗饱饭。老爹和二婶，看俺这拙见，可还用得？"

吉二道："这样主意，果然打得不错，趁着天光不亮，俺便和你走去，少时就叫她去见华二当家。"说着，果然收拾起他那些东西，捆了两个包袱，吉二和冯利一人背了一个在身上。

冯利又向那妇人道："二婶此去，兀自要加小心，俺看那姓王的，兀自有些难惹哩。"

那妇人道:"你们只管放心前去,俺自理会得。"

冯利道:"如此便好。"说着便拉了吉二,大踏步地去了。

那妇人见他们去远,自把门关了,去收拾她的东西,便等天明去见那华二当家不提。

再说这华二当家家里,自王先生把大家领回之后,来到大厅里,那华二当家便吩咐庄家把东西拾掇了,又叫庄家打了水来,大家洗抹过了,然后华二当家才向王先生道:"今天先生端的特辛苦了。"

王先生笑道:"没的臊人,咱今天幸得留神,不的时候,便要真丢大人。真的说到这里,我还忘了大事呢,方才那个小女孩,当真是二当家的小丫鬟吗?"

华二当家道:"那如何不真。"

王先生道:"恁地时,咱便要得罪了。"说到这里,双目一睁,把从前那一团和蔼之气,完全收了,只向那小芳一声喝喊道:"何方小婢,敢来暗探咱家,快些前来答话!"

那小芳却不慌不忙地只微微地笑了一笑,向前一躬身道:"王先生,有话尽可好生讲,何必跟俺一个孤苦无告的一个孩子一般见识。"

王先生益发怒道:"哪里有这些话讲。咱只问你这毛丫头从什么地方来?怎的就敢来窥咱行踪?你的武艺,端的谁人所授?你须一字不落,爽利说知咱。咱若听得你说得光明磊落,便将你饶过,不的时候,须让你走不得。"

那小芳听了又微微笑向众人道:"众位可曾听见吗,今天王先生怎的便捉着咱不放松,咱却不知是哪里晦气。现在老太太八成已醒了,俺须不要砸掉饭碗哩。"

说着扭头才待离去,那华二当家这时也看出这事有些不对来,便一声喝喊道:"小芳,你敢恁般无礼,怎的不说清白便走?"

那小芳听得华二当家也不准她走,便愣呵呵地止住脚步,向华二当家陡地跪了下来,放声哭道:"要当家饶恕俺,俺才敢说哩。"

华二当家道:"你且起来,有话只管讲,有什么的地方,俺自当帮你。"

小芳听了，又向华二当家磕了一个头道："如此，就蒙成全了。"爬了起来，又向王先生道，"婢子一切多有冒犯，请先生万勿挂怀，还求先生格外援救。"擦了一擦眼泪，然后才向华二当家道："二当家，便真当婢子今年十二岁吗？"

　　华二当家道："你难道还瞒哄了岁数不成？"

　　小芳道："正是，俺便瞒了二当家，俺今年已然十五岁哩。"

　　华二当家道："俺怎的便看你不出？且往下讲。"

　　那小芳便不慌不忙地说出一片伤心话来。

　　却说离兖州八十里地方，有个小村落，地名曹八集，里面约莫着也有二三百户人家。单说里面有一家破落户，名字叫邱光端，原是安徽芜湖乡里人，只因遭了水灾，一时乡下存不了身，偏巧他有一个在这曹八集当总甲的大舅子，写信来找他，他便带了浑家江氏，跟一个八岁的大孩子名叫钟儿的一齐来到这集上找他大舅子江全。那江总甲本是一个土面的泼官，但是除去一张嘴能够说说道道外，肚里却十分不通，斗大的字儿，也认不得两升，所以要是遇见咬文弄字的事儿，便不得下手，因此觉得十分不利。忽而想起自己的妹夫邱光端来，文字虽然不十分高明，却比自己强得多了，他要是来了，自己便大大得了个臂助，便托人带了信把邱光端找了来。在一来的时候，端的得了他不少帮助，但是日子一长，反而觉得不如不请教他。你道为何？原来那邱光端，也是著名混混，怎肯为他所用，先前一来的时候，不过是因为家里存身不得，所以才肯不远道途来投奔，后来一看，这里头油水却不少，便不免暗中慢慢地揩一点儿油水。偏是那江总甲又是个视钱如命的人，看见了钱，便如同苍蝇看见了蜜糖，恨不得死在上面，哪里肯把许多油水分润给他，弄到了一号，也不过是分他个一成半成，由是两人便越弄越僵，势将破裂，只是面子上，一时又弄不开。偏巧这年又赶上旱灾，田里是颗粒不收，原来那些什么当总甲地方，便指着这旱涝不收的年月，捞摸几文，越是年成好，反而不能如意，因为田里收成好，完粮纳税，便都自到县里去缴纳，更不用他们三天一追，五天一问，所以他们便半分好处也寻不出。这年山东大旱，真可以说是赤地千里，颗粒无收，虽有些富户，存着成仓的粮食，都不肯拿出来周济乡民，却稳坐在自己家里吃，全不问外头是什么情景。那些中等人家，趁着有几个钱，便都有亲的投亲，有友的奔友，各自求生去了。只剩下那些贫苦的乡人们，走又走不了，活又活不了，走时又舍不得这破家烂业，不走时又是吃穿全无，任你再往县里跑几趟，兀自也跑不出一斗米来。况且那些当县官的，又都是铁打的心肠，一任你说得再苦些，他也觉得你是来欺骗他，打算要逃脱他的租税钱粮，不来说时，溜溜地也便走了，要是不识趣去请他拯济时，那就对你不起，连人都不用再打算走。不过乡里那些愚人，哪里懂得这些，看见那里旱了，眼见得下半年没有过活，便联了几个有一点儿头脸的，来到县里去哀求豁免来年钱粮。知县王良接了呈子，吩咐出来，让他们先回去三日听批。候了三天，县里批了出来，呈悉着该乡总甲详查，以凭核办，大家只好转来再等。

却说众人里面有个姓曹的，名字叫逢时，原是这乡里大户人家，祖上也做过好大官，也留下有三五顷田地，三五万家资，传到逢时的父亲曹正躬，便慢慢衰落下来。原来那正躬因为承受了祖上遗产，不知物力艰难，便把那钱看得容易，花得和水一般，偏是念了几年书，又中了书毒，专爱讲些博施济众、利己利人的鬼话，于是张家没米他也管，李家没柴他也管，大家看他是个书凯子，便插圈弄套地冤起他来，好在他是来者不拒，只要你说得有理，要钱尽你拿去，这样滥好人做了不到三五年，地也去了，钱也没了，一片见义勇为的热心，只落了败家子三个字的老话。但是正躬虽然听了这种论调，心里却毫不反悔，倒反而怪自己读书未多，德行不足感人，便益发刻苦地用功起来。年到四十一才生下逢时，逢时才七岁，正躬便死了。这时家里已然困穷万状，幸得正躬的夫人靳氏聪明贤惠，拼挡着把正躬葬了，便一心一意地教导起逢时来。那逢时却是顶聪明，教什么便会什么，在十三岁的时候，也曾下了两次考场，却奈文章有声，命运不至，便怎也考他不上。逢时虽然有些懊丧，靳氏倒劝他不要热心利禄，便说起从前他父亲作为，来叫他处处步着他父亲的足迹行，那逢时原是大聪明的人，也不是怎的听了这话之后，便会改了性情，也会成了一个书凯子。乡里人看了他这种样子，在从前他曹家生活，便全靠靳氏替人洗洗衣服，做些针线来维持家用，后来靳氏老了，便再洗做不动，于是便饥一顿饱一顿，再提不起精神来。一天，家里便硬断了炊，天多过了天午，早饭还没有吃，逢时却抱着一本汉书在那里批小字，便像忘了吃饭的一般。倒是靳氏上了年纪的人，禁不起饿，便坐在房里叫逢时，逢时忙搁下书本，走到房里。

靳氏道："逢时，你不饿吗？"

逢时道："俺还不饿哩，妈敢是饿了？"

靳氏道："俺便是饿了，家里却没有米。这里有一根玉簪子，还是你父亲在时，给我的纪念物儿，一向也没有戴，今天说不得了，先拿到集上秦六公那里，去押几斗米回来，便跟他说，家里一时周转不开，权押几斗米，待三五天拿银还要赎回来的。"

逢时道："妈，且慢着。想这个玉簪子，既是爸爸遗留的东西，岂可拿它换米，依孩儿想，俺那里还很有几部值价的书，不如去押给集上吕大户，俺再托人替俺舅舅捎一个信去，让俺舅舅替俺家捎几个钱来，那时俺便不再念这劳什子书，也找个生意做做。那时妈也不要再给人家洗衣裳了，妈有这般年纪，哪里还洗得动。"

靳氏听着笑了一笑道："你这话说得也是，不过你要知道，你那几本书，全是你父亲当年最爱的东西，直落得饭都吃不上，也没有说起卖书的话，你看着这书，便同看着你父亲一样，怎好把它押给旁人？俺叫你拿这玉簪去，你便去才是，不要再说旁的话，反使俺心中不快。"

逢时听了便赶紧接过那根玉簪，笑着向靳氏道："娘说得是，俺便去找秦六公。"说着拿了簪子出来，径向秦六公家里走去。

那秦六公论起还是正躬的远亲姑表兄弟，人却十分热心，正躬在时，两个人却很说得来，正躬去世之后，也曾时常周济逢时母子。自己在集上开了一座粮店，生意也还对付，老伴杨氏也十分贤惠，老夫妻只生下一个女儿，年纪也差不多和逢时大小。这天逢时拿了簪子，来见六公，六公看见他那褴褛的样子，心里十分难过，便让他到柜房里坐了。六公见他坐了半天，只是不则声，便抢先问他道："老侄今天从哪里来，便怎的这般闲在？"

逢时听见问他脸先红了，便忸忸怩怩地道："没什么事，今天是俺母亲叫俺来找六爹商量一点儿事。"

六公道："既是你母亲叫你来的，你却为什么半天不言语呢？现在有什么话，好快说吧。"

逢时道："俺母亲叫俺来找六爹，把这根簪子押几斗粮食，等过几天，钱到开了手，再还给六爹。"说着把那把玉簪子拿了出来递给秦六公。

六公且不去接他的簪子，却向他笑了一笑道："老侄这话，俺已听明大概，这就是你母亲太见外了。想当年你父亲在的时候，俺弟兄朝夕相聚，未曾分过内外，自从你父亲去世之后，俺一来恐怕误老侄学业，二来柜上也不比从先，几个老伙计都走掉了，新来的人，一时却又离不开身，所以才没有常到你家里去走动。但是你六婶有时也还上你家去呀，说到老侄家境现在景况，俺是——深知，俺是心有余而力不足，实在愧对你父亲当年待俺的好处。今天既是老侄来到这里，便应当向俺直说，俺自当尽力帮助，怎的老侄便掏出这物事来，岂不臊俺老皮，使俺益愧对俺那去世的表兄。待俺与你称上几斤面，先拿回去吃着，明天俺再给你送上几斗面去，今年已然快岁暮了，等到明年开春，俺再给你找个私馆，教上几个小学生，每日入个几文，慢慢地也就混上饭吃了。你母亲也那样高的年纪，也就该歇息了。"六公一路说着，便拿了秤要去称面。

逢时却上前一把拦住道："六爹，如果这样的时候，俺便要回去了。"

六公道："却是为何？"

逢时道："不是啊，想俺母亲今天叫俺前来，临行还吩咐，俺千万把簪子押给六爹，不的时候，俺母亲又要骂俺不听俺母亲的话了。"

六公笑道："这自是你母亲不过意，才叫你拿了这根簪子来。其实像俺和你父亲当年的交情，又何必斤斤于此。况且，你把簪子押在这里，明年你们不还钱的时候，难道俺便真个拿这根簪子折抵不成？再者这根簪子，俺想一定也是你们家里一种要紧的物事，倘要放在俺这里，一时不留意，有个损坏，那便叫俺怎样赔偿，那不是弄得反美不美吗？老侄，你便依俺，连簪子带面，都一起带回去，便把俺的话，对你母亲说，倘要你母亲一定不肯时，那时再拿簪子还押给俺，你看如何？老侄，这八成你不再推脱了吧。"

逢时笑道："六爹如此仗义，俺怎能不懂，只是俺便对不起母亲嘱咐的话。"

六公道："你只管回去拿俺的话对你母亲说，保你母亲不会生气。"说着便拿口袋称了五六斤面，交给逢时，逢时接过，辞了六公，把面背在肩上，走出店来。

还不到一箭之远，忽然从对面来了一个人，歪歪斜斜，径奔逢时而来，逢时见他来势慌忙，待打算躲过时已来不及，正撞在身上，肩上的面也撞落地上。逢时才待向那人理论时，那人却先骂道："你这撮鸟，便瞎了你的狗眼，青天白日，却来显魂。"

逢时忙还礼不迭道："其实怪俺鲁莽，便撞了老爹，老爹饶恕俺荒唐则个。"说着便拾起地上的口袋，背在肩上，方待走时，却不防把怀里的一根簪子掉在地下。逢时老大吃了一惊，急捡起看时，幸而是掉在土地，尚未曾摔坏，赶忙用手擦净了，复又揣在怀里，又待走时，那个汉子早已向前拦住，脸上做出一种狞笑来道："你这泼猢狲，倒弄得好玄虚，俺看你这种慌张的神气，便知道你不是什么正经物事，果然便闹出这大破绽。俺只问你那簪子是哪里偷摸来的，掏出来俺看一看，交给俺去还给人家，俺只看你这年纪一点点，便不请你到官里去做，你的便宜多多了。"

逢时初时因为自己碰了他，所以才肯和他下气，后来见他说些不三不四的话，其实心里十分着恼，便再不听他讲些什么，大踏步翻身便走。那个汉子便放下嘴脸来说："泼小厮，待在那里。"说着向前一扯，逢时一不介意，肩上的面便又落在地上。

逢时十分着恼，反过身来，立住脚步问道："你这人便敢恁地无礼，俺已经避了你，也就是了，却怎的偏来寻俺消遣？你须不是大虫，哪个俺怕你，你不让俺走，却要怎的？"

那汉子道："俺便不要你走，难道你便敢和老子说公理？"

这时已然围了许多看热闹的人，里面却有两个，认识那汉子，便叫道："卞二哥，他是什么曹小官，他分明是个偷东西的小绺。"

内中也有认得逢时的，便向前替他分辩道："卞二，你算胡言，曹小官俺是认得的，想当年那里曹老太爷在的时候，俺们集上也着实受过他老人家恩惠，俺等应当知道报答他老人家好处才是，怎的倒向曹小官为起难来？既是大家从前都有好处，依俺等之劝，卞二你说的话，便如同戏言一般，曹小官也要原谅你，俺等便替你两家扯个和儿。"

那人话还没说完，只听那卞二嘿嘿一阵冷笑道："我当是谁，原来朱二相公。依二相公之言，倒好像俺姓卞的故意和姓曹的为难。其实俺姓卞

82

的是懂得外场的人，没有什么说不过，但是俺是负有保这集上的责任，既是看见了真赃实犯，俺便不能不管，须知闹出事来时，俺要去挨顶门板子哩。"

那朱二相公见说他不听，便怒道："卞二，你怎的这样不识趣，俺直把好言对付你，你倒来冲撞俺，如今俺便问你，赃在何处？如要说不清时，俺自有法送你到县里去挨顶门板子。"那卞二只是笑，朱二相公道："你搜，你搜，却装倖则甚。"

卞二道："如此俺便斗胆了。"一路说着，走过去向逢时，只是一把早将逢时揪住。这时逢时已然明白他说的话，知道他拿自己当了小偷，心里也十分着恼，但是自己心里没病，哪里怕他，便任他去搜。那卞二便一手向胸前掏下，举着手向众人一扬说道："众位请看，这难道不是他的证？"众人看时，却是一根通明彻亮光华腻润的玉簪子，一时都闭了嘴不语。那卞二便似得了真证一般，手里举着那根簪子向众人喊道："众位街坊，这难道便算不得赃证？须知俺不敢屈枉害人，众位街坊这时可还有什么说的没有，俺便要请曹小官去到会上坐一坐哩。"

这时众人见已从逢时身上搜出这根簪子，一个个心里想着，以逢时现在穿的这身衣服，统共不值一吊钱，这根簪子，估摸也要值得十几两银子，如何心里不起疑呢，再听卞二这样说，谁也不敢再替逢时辩白，便像锯了嘴的葫芦一样，一个个作声不得。那卞二见众人都不出来阻挠，便拖起逢时便走。

那逢时见他拿了自己簪子，心里本来十二分着恼，又见他认定这根簪子便是贼证，更加几分不快，现在又见他居然动起手来扯自己，已是怒不可遏，便一手推开卞二，向卞二厉色喝道："你这厮，便怎地无礼，你怎的便道俺是偷人家的，趁着拿来还我好多着哩，不的时候，俺便要对你不起了。"

卞二嘿嘿一笑道："泼猢狲，你便敢来诈你卞二老爹，俺不但不给你，还要同你个好地方去呢。"说着又过来揪逢时。逢时究属力弱，竟被他揪得不得脱身。

正在这个时候，忽然从人圈子外面有一个人喊道："卞老二，你又弄身玄虚，却扯住曹小官怎的？"

卞二和众人看时，正是开粮店的秦六公。那卞二觉得自己占住了理，便再也听不下去，便向六公发话道："六公，你老趁早去歇着好哩。"

六公笑道："天下人还管天下事，何况还是一个集上，自当过问。卞二你切莫要拿会上不会上来吓人呢。"

卞二当着众人，一时抹不开脸来，便恼羞成怒道："秦六，俺不过看你上了几岁年纪，尊重你个老人，却怎的倒来讨野火？俺捉住小绺，俺自当问他，却与你有什么相干，要你来多嘴。依俺好言相劝，还是走去为是，不的时候，俺便要对你不起，也要你去到会上谈谈哩。"

那秦六公笑了一笑道："怎么，也打算约俺到会上坐坐吗？俺正求之不得哩。俺倒未曾见过，人家身上带了一点儿值钱的东西，便算是小绺。那曹小官的玉簪子，分明是从他家里来到俺这里来换米的，却怎的便硬栽人家是小绺，动不动把会上来吓人。俺姓秦的也活了快六十年，还不懂会上是怎样滋味，今天到要去看上一看哩。"

那卞二这时见煮熟鸭子，突地飞了，心里怎的不气，便不管好歹，一手扯了逢时，一手扯了六公，往圈外便拖。这时众人知道事闹僵了，便谁也不再多说一句，只好信着卞二闹去。

就在这个时候，突地圈子外头一挤，从外面进来一个人，也不问谁是谁非，对定卞二两手只一敲，喝道："泼赖皮，且请你先到会上坐坐去。"

那卞二却也听话，便应声倒在圈外。大家回头看时，倒有一大半人认得，正是秦六公米店里面烧火的长工苗二侉子，只见他气昂昂地向卞二跟前走去。那卞二被他这一摔，摔得晕头转向，再也爬不起来，嘴里仍是不干不净地骂着："秦六，你敢让你家里人打俺，好了，俺有地方向你说理去。"

秦六公这时见苗二侉子把卞二打倒，心里虽然痛快，却又有些担惊，才待上前搭话时，那苗二侉子更不待慢，抢一步拦住秦六公道："老东家，请你等一等，待俺来问他。"一边说着，一边用手向卞二一指道："陡，你这泼赖皮，终日在邻里不是害张三，就是坑李四，你须长着耳朵，也不扫听扫听，却来撩拨到老虎头上。俺老东家一向老实，也被你们欺负够了，今天俺便要替他出出气。你是好的，且立起来，和俺较较力量，你若胜得俺时，这家集便要你独霸，不的时候，趁早夹着你那肉球，滚得远远的，你便宜得多哩。"他说着一回头看着路旁栽着的一根石头桩子,他便双目一睁,用单掌向上削去,只听咔嚓一声,那大碗口粗细的桩子,凭空便折了半截下来。这时看热闹的人,都把舌头伸出来瞧着,再也喝不出彩来。那苗二侉子,向地下躺的卞二哈哈一笑道:"泼赖皮,你摸摸你的头,可赛得过这石头桩子?"说着又是一阵畅笑。

那卞二先时还骂,这时见不是路,哪里还敢骂一句,只咕嘟嘴翻着眼向苗二侉子看。苗二侉子道:"你把眼睛向俺看怎的,难道你有些不服?起来,无妨较量较量。"他说着过来一拉卞二的胳膊。

那卞二便杀猪般喊了起来,口里却不住地央求道:"真的,苗二叔便和俺一般见识,俺小时也受过曹老官人的好处,难道便真个好意思和曹小官下不去吗?俺这人就是欢喜和人作要,谁知苗二叔便认为真的,这却弄得老大没意思。算了吧,列位散散吧,俺还要到集上去找一找总甲去哩。"说着便想甩开苗二侉子的手。

谁知那苗二侉子早懂得他这一套,是他打算扯溜出去,便向他哈哈一笑道:"你这种猪不吃狗不啃的泼赖坏子,少在俺跟前打这样花呼哨,要知道俺姓苗的须不是才出茅庐的小孩子,任什么没见过,却来上你这鸟当。你要讲些实在的,不的时候,俺先请你吃两拳去。"说着便拿拳头在那卞二脸门上一晃。

那卞二便再熬绷不住,赶紧喊道:"苗二叔,且请放了手,俺便实说。"

那苗二侉子便真个把手一放,又把那卞二摔倒在地。苗二侉子道:"泼无赖,你讲你讲,俺须不怕你跑上天去。"

那卞二这时恨不得有个地洞,钻了进去,打又不是他的对手,跑又跑不了这块地方,又见苗二侉子那种雄赳赳的神气,着实有些可怕,说不得只好自认晦气,遇见瘟神一般,便一股脑儿爬了起来,向苗二侉子说着笑道:"其实是俺今天不是,不合路上讹诈曹小官,以后便再也不敢,望众位替俺说个人情,苗二叔也饶恕俺无知则个。"

那苗二侉子听了,便向众人道:"众位可听见吗,这厮便真要讹诈曹小官哩,这种人俺眼里再也容不得,休走,且吃俺一拳去。"

这时秦六公早已抢上一步,拦住苗二侉子道:"且慢动手,听俺有话讲。"

苗二侉子听了便把手向卞二一指道:"须不怕你这厮跑了。六公,你老讲。"

秦六公叹了一口气道:"今天这件事,实在是一件很不好听的事,卞二万不该在这集上讹诈,并且更不该讹诈曹小官,这会上用了这样人,将来还会出笑话。依俺的意思,现在就到会上去一遭,把这话说明,请总甲把卞二开去,如要不肯的时候,我们便联名提起诉状,到县里连总甲都告下来,你们看是如何?"

这些人里,倒有一大半和卞二讲不来,听了这话,都表示无可无不可,那秦六公便笑着向卞二道:"方才你叫俺同你去到会上,俺现在便真要随你到会上去,便请你辛苦一遭,随俺去一去,须知道路你最熟哩。"

这时卞二真是哑子吃黄连,说不出来的苦,又看见大家都向他做鬼脸,心里知道今天不到会上,绝下不了台,便又把胆子横起来,向秦六公嘿嘿冷笑道:"去便去,难道谁还怕事不成。"

秦六公道:"既待如是,俺便烦你随俺同去一遭。"说着便拉了看热闹的作证见。

才待要走时,那苗二侉子却向前拦住道:"六东家,哪里有工夫随他去捣乱。这鸟依俺看,今天权且饶了这厮,寄下他这层没趣,让他滚吧。"秦六公听苗二侉子这几句话,倒把自己说愣了,才要问他为什么这样白白地把他放了,只见苗二侉子向卞二屁股上只一脚,那卞二便跑出有十几步才摔倒在地,又听苗二侉子骂道:"你这贼种子,不快快滚,还真个等着陪你到会上去吗?"

那卞二听了,如同遇见大赦一样,再也不敢搭腔,爬起来,连土都顾不得挥,就一溜烟跑了。苗二侉子哈哈笑道:"这样的脓包,也想惹事,真是自找无趣。"又向众人道,"现在事情已然完了,大家都请回去吧。曹小官,待俺替你拿了米,一齐转去吧。"说着便真个扛了面袋,拖了逄时便走。

这时众人都已散去,只剩下秦六公,见苗二侉子拉了逄时便走,自己也便赶来,便叫住苗二侉子道:"苗二,切莫乱跑,俺有话对你讲。俺只问你,你自从来到俺的店里,也有二三年了,怎的俺便不知道你有这样绝艺?"

那苗二侉子笑道："这算得什么绝艺，等俺有工夫，再和六东家讲吧。"

秦六公便又问道："方才俺要同那卞二会上去，你怎的偏又不准俺去呢?"

苗二侉子道："那种泼皮，打他两下，骂他两句，出出气也就是了，如果追急了他，反倒弄出不好来。再者说，会上的人，和他们都是通气的，他又没有多大把柄在俺手里，倘要弄真了，不但办不了他，还要弄得呛脸，实在是不值得很。就是今天这种样子，还怕他心里对于俺们有些忘不下呢。"

秦六公笑道："看你不出，倒有这样细心。"

说着已然到了曹家门首，苗二侉子便把面交给逢时，便同六公回去，那逢时却连个谢字都不会说，只笑了一笑，便提了面走了进去。靳氏见逢时去了半天才回，便问他为什么这样迟慢，逢时便把方才之事一字不提，只说在秦六公家多说了几句闲话。那靳氏也不生疑，便把米洗了，放在锅里。逢时忽地想起还有一根簪子在身上，赶紧掏了出来，递给靳氏道："妈，这根簪子还是收起来吧。"

靳氏道："怎的这簪子会没有押给秦六公，这米是从哪里弄了来的?"

逢时笑道："米是从秦六爹家取来，只是六爹再三不肯收下，所以又拿了回来。"

靳氏听了，心中却是十分不悦，便向逢时道："想当年你父亲在时，从不肯无端扰人，那秦六公自从你父亲去世，也曾三番五次来周济我母子，今天却去拿这个簪子押米，已然十分不是事，若再把簪子拿回，那便益发不是话了，倒好像故意前去取巧一般，还是快去送给他家，如他再不肯收时，便把米也将去还他。"

逢时听了，不敢违拗母亲，便拿了簪子，才要往外走时，只听街门轻轻响了两声。逢时出去把门开了，原来正是秦六公的夫人杨氏，后面还跟了一个店里的伙计，扛着两个口袋。杨氏见了逢时笑着问道："曹小官，老太太在家里吗?"

逢时道："在家，在家。"

这时靳氏已然听见，便赶紧迎了出来，让到房里，才落了坐，杨氏便叫店里的伙计把两个口袋扛了进来。杨氏笑着向靳氏道："老表嫂，俺今天刚才听见翠妮她爸爸说，逢时到俺们店里去取米去了，说什么还拿了一根簪子，说是拿它当押头，这真是笑话了。想当年表哥在的时候，俺家也得了不少的好处，怎么现在老表嫂就把俺们看得这样不值钱呢。翠妮的爸爸，因为这件事，心里很不高兴，所以又叫俺送来一口袋米、一口袋面。"说着又从身上掏出一个布包袱放在桌上道，"还有几两散碎的银子，请老表嫂收下，垫着零用，翠妮她爸爸明天进城，还打算替逢时去想一个办法呢。"

靳氏道："这如何使得？自从逢时的父亲去世，就不时劳累你们夫妇二位，今天俺叫逢时拿着簪子去押米，就是因为过意不去，谁知他却没有依着俺的话办，米扛回来，簪子也拿回来了。俺正在抱怨他，叫他快把簪子给他六爹送去，偏巧老弟妹你就来了，正好就请把这簪子带回，俟等逢时他叔寄来钱再行偿还。至于这些面，也请老弟妹带回，万不敢受，况且一时也吃不了这许多，存着也糟践了。"

杨氏听了笑道："表嫂，这就是你的不是了，既然说到当年他们表弟兄情分上，哪有如此拒绝之理，再者你要不收，回去怎样对翠妮她爸爸去讲呢？好表嫂，你不要让我为难了吧。"靳氏仍然是十分推辞，杨氏却再三非送不可，靳氏无法，只得收了，当场谢过。忽地杨氏向靳氏笑道："真个的，还忘了一件大事呢。逢时今年多大了，已然定了亲事没有？"

靳氏道："他今年已然十五岁了。不怕弟妹笑，这个孩子，便染了他去世父亲的遗毒，一天只知道拿着书本子念，旁的任什么也不懂，怎能说得家小，再者像俺家这样徒守四壁空空，谁肯把女儿送到这里来受罪。"

杨氏道："如此说来，真是可惜。不过俺看逢时这个孩子，将来一定不会错的。天已不早了，俺就要告辞回去，等两日再来看老表嫂吧。"

靳氏道："俺也不强留弟妹在此受屈了，改一天再过去给弟妹去道谢。"

杨氏走到门口，忽地又向靳氏道："表嫂你方才那根簪子呢？"

靳氏就是一愣，便赶紧答应道："在屋里桌上，弟妹问它则甚？"

杨氏道："翠妮她爸爸，因为适才没有看清，打算再借去看一看，请表嫂拿出来俺带回去看一看，等到明天再给表嫂送回来。"

靳氏听到这里，已然把这事瞧料了，心里十分不悦，嘴里却又不好说出来，只得答应着从里面把那根簪子又取了出来，递给杨氏，杨氏接过笑了说着一声表嫂请回，便带了那伙计去了。

靳氏忙忙来到里面，只见逢时正在那里搬那米跟面，见了靳氏便笑着道："妈，你看今天秦六爹又花了不少钱哩。"

靳氏道："秦六爹倒是好人，对得过你死的父亲。至于那六婶子，却远不如你六爹慷慨好义了，到底是女人差一点儿。"

逢时道："妈，这话从什么地方说起？"

靳氏道："你不曾见吗，方才她在屋里，说得是如何冠冕堂皇，及至到了外面，她却又问起那个簪子，又说什么你秦六爹要看，你想这岂不是放心俺母子不下，她却又不肯担那不义气的名声吗？好在俺们这根簪子，早就打算押给他的，这样一来，倒使俺心中一快。不过总觉得她小看了俺。"

逢时道："既是这样，等今天晚上便给俺叔把信寄去，让他老人家赶快回家来一次，商量个主意，弄几个钱快快去还了他家。"

靳氏道："如此也好，只是你叔未必便能当时回来。"

做的饭也就刚刚吃完，忽听街门响，逢时出去把门开了，原来正是自己要找的叔叔，自是喜出望外，便赶紧行了一个礼，笑着问了一声："叔叔从什么地方来？"

他叔叔正己笑道："俺从县里来，逢时你大喜了。"说着哈哈地笑了起来。逢时全然不知所谓，只是愣呵呵望着正己。正己笑道："你呆望俺怎的，还不快告诉你妈。"

逢时才要叫靳氏，靳氏早已迎了出来，正己过去行了一个礼，跟着又向靳氏道："大嫂，你大喜了。"靳氏一时摸不着头脑，也愣在那里。正己笑道："嫂嫂还不知道吗？"

靳氏道："俺知道什么？"

正己道："俺因为县里事情太忙，所以一向也没有来，今天稍微轻松一些，便请了半天假，特来看看嫂嫂。方才从街里秦六公店旁过，秦六公便死命把俺拖进去坐，谁知他也不是怎的便看上了俺家逢时，却一定要把他家女儿翠妮给他做媳妇，托俺来向嫂嫂说，嫂嫂看这还不值得一喜吗？"

靳氏道："要说秦六公家翠妮，俺是看见过的，倒是配得过逢时，只是他家有钱，俺家衰落，俺想还是不应的为是。"

正己道："嫂嫂既然不愿意，却为何把定礼先给了人家？"

靳氏道："没的乱说，俺连听说还没听说，何曾把什么定礼给了人家？"

正己道："嫂嫂便这般脸硬不认，那根碧玉簪子，难道还算不得定礼吗？"靳氏听了，才知道方才杨氏来又要去簪子的意思，也不由好笑起来。正己道："可是吗，俺一说破，嫂嫂便也禁不住笑了吧。"

靳氏笑道："谁知道他们都闹的什么玄虚。"

正己道："不管人家闹的什么玄虚，俺家倒是愿意不愿意？"

靳氏道："就是愿意，家里柴也没有，米也没有，难道娶过媳妇来，叫人家喝清风？"

正己道："只要答应之后，那秦六公还说要替逢时去弄个小事呢，这一节倒可不必忧虑。"

靳氏道："既然如是，俺们明天到集上找张瞎子去合一合属相吧。"

正己道："这件事倒不劳嫂嫂打算，人家已然先俺们为之了。"

靳氏道："这话便奇了，他家连逢时今年多大都不清楚，他怎的便能合属相？"

正己道："嫂嫂再想一想，方才秦六嫂来时，可曾问过逢时的年数？"

靳氏想了一想笑道："端的被她问了去了。"

正己道："说正经的，俺看逢时也不小了，这件事兀自可以做得，待俺便去向六公说知，就说嫂嫂现在愿意了。"说着便真个站起要走。

靳氏拦住道："你总是这般性急，事事才要弄妥帖才好。"

正己道："俺便是改不了这粗鲁的脾性儿。要是看着不好，就可以一口拒绝人家，要是看着好，便应即刻就办，何必这样慢慢腾腾。"

靳氏笑道："真是好脾性儿，便这般暴躁。秦家的婚事，俺是答应了，就请你去向六公说，俺家境况他是深知的，他愿意给便算是一门子亲戚，他不要是给了以后，又嫌起俺家穷来，那时俺须不管一切，要向你接俺的儿媳妇哩。"

正己听靳氏应了，心里十分高兴，便把胸脯一拍道："既然嫂嫂答应了，俺便去说知六公，至于以后一切，都有俺一人担当。"说着便再也坐不住，便三步两步地跑了。好在是秦家先愿意的，当然没有什么不好办，于是这亲事便算定了，秦六公便在县里托了人，给逢时找了一个帮助文书的小事。

又过了一年，逢时家里境况已然不致愁吃愁穿，便把翠妮娶了过来，夫妻非常和睦。靳氏得到这样晚景，心里自是喜欢，无奈天生苦命，享福不到一年，便得了疯症死了，撇下逢时两个。把靳氏安葬以后，便都搬到秦六公店的后院住下，这时逢时已然置了一两倾田，依然又把家业整顿起来，无奈他的为人，天生是有骨气的，只知凭本领卖钱，从不懂趋炎附势，在县里三年，几次有人说他坏话，幸得县里太爷明白，知道他是好人，便不肯为难他，依然留他在县里。三年任满，太爷调升兖州府，打算把逢时带了同去，逢时却因为六公已老，店里无人掌管，不打算远去，便推脱了。太爷去了，新太爷接任，带了许多官亲，逢时知道不久便要裁到自己身上来，便先自辞了，回到集上，安心去经营生意，究竟是在外面练了几年，心里比当先已然开化许多，办起事来，也懂得长短进退，秦六公便把店里的事务完全交给逢时，逢时便也安稳做起生意来。这时他的叔叔正己，已然随前任到兖州任上，这曹家便剩了他这一支。转年来，便生了一个小女孩，生得十分好看，取名小芳，夫妇两个，钟爱非常，谁知三岁上出天花，硬把一个极好看的小姑娘，便变成了大麻子。说来也怪，这逢时的霉运跟着也便接踵而至。秦六公夫妇两个沾了瘟疫病，不到一个月，便双双下世，接着又是粮店失了火，烧去又有十分之七，剩下的一点儿，又让当地穷人一阵乱抢，便把一个好好的粮店，化作乌有。夫妇两个，带了孩子，便重又搬到自己从前那所房子里住了起来。逢时便和秦氏商量，打算到兖州去找叔叔，谁知托人带信回来时候说，兖州府盗匪劫牢反狱，兖州府已然被劾，进京面圣，正己也随同去了。逢时听了也无可奈何，偏巧又赶上这年旱荒不收，虽然有一片田地，却是颗粒未收，那租税自不必说，当然是没的可交，因此逢时便找了几家有头有脸的联名，写了一张呈子，请求豁免粮税。那知县却批了着该乡总甲详查，大家只好回去。

却说逢时回到家里，见了秦氏，说明递呈子的事，秦氏道："俺想这

91

事全是实在情形，知县定能替俺们做主，你且安心便了。"

正说话时，却听窗外有人说话道："姑奶奶，姑老爷回来了吗？"

秦氏一听，知道是苗二侉子的口音，便忙答道："苗二叔，小芳爸爸回来了。"

苗二侉子抱了小芳从外面走了进来，原来自从苗二侉子制服卞二以后，秦六公知道他本领非常，便不拿他当伙计一般看待，并叫女儿改口称呼他一声苗二叔。直到六公死后，苗二侉子便跟着秦氏一同搬到逢时家里来，也替逢时上街买买东西，替秦氏抱抱小芳，逢时夫妇便真个拿他当叔叔一般看承。苗二侉子抱着小芳走进房来，笑着向逢时问了一声道："姑老爷什么时候回来的，状子递上了没有？是怎么批下来的？"逢时便把呈子已经递上，以及知县怎样批的都说了一遍。苗二侉子一路听，一路把个头摇得像拨浪鼓一样道："不妥，不妥，如果真是这样批下来，这个钱粮不但免不了，而且还要闹出事故。"

逢时道："这话是怎生说法？"

苗二侉子道："俺们集上这块地旱潦，那知县也不是聋子，难道他便一点儿风都没有？还安派什么总甲详查，这分明是又想出要钱的新法子。"

逢时笑道："这话倒也不一定吧。"

苗二侉子笑道："但愿俺的言语不实。"正说时，门环忽地一阵响，苗二侉子忙把小芳递给逢时，便出去开门。及至把门开了，只见门前站着一人，好生面熟，陡地想起，正是那年自己拳打的泼皮卞二。苗二侉子急镇定心神问道："找什么人？"

那卞二眯细着眼睛笑道："哟，二爷，真是贵人多忘事，难道便忘怀了穷小子卞二吗？俺今天特来找曹大官的，烦劳通知一声，就说卞二来给曹大官请安，并借一步地说话。"说着又向苗二侉子深深一躬，满脸都堆着笑。

苗二侉子倒觉得好生过意不去，也便笑着向卞二道："你先等一等，俺先去告知曹大官。"说着便又赶紧跑了进去，对逢时一说，逢时听得是卞二，便好生头痛，就打算不去见他，倒是苗二侉子劝逢时出去见见他，逢时便随了苗二侉子一同走了出来。

那卞二一见逢时，便赶紧上前一躬到地，面上满堆笑容地说着："大官人恰好在家，请借一步说话。"

逢时看他全不是当年那种怠懒样子，便去掉了一半疑心，便也堆下笑来向卞二道："原来是卞二爷，一向不见，今天怎的会光临舍间？有话只管请讲。"

卞二道："方才俺从会上来，听说总甲们在开会，俺便去张了一张，却听他们说起今天大官人递的呈子事情。"

逢时不等他说完，便忙向他说道："这呈子便不是俺自己单独递的，乃这集上联名递的，俺不过附了一个名字在上头就是了。"

卞二道："大官人端的说得是，不过他们大家却认为是大官人撰的呈子，他们却很佩服大官人有胆有识哩。"

逢时道："这且休去管他，俺只问今天有什么事见教？"

卞二笑道："俺今此来，便是为了此事。只因大官人从县里回来，便有人到集上开了一个会，江总甲便问起这详查的办法，他的令亲邱光端便说出一条紧皮计来，这个计策端的歹毒得很。不是在大官人面前邀功，这件事兀自要留心他们放冷箭。俺从前也曾受过曹大官的恩惠，一向不曾报得，所以不敢不来奉告。"

逢时道："极感照顾，但不知他们是怎样计划，又何为紧皮计？"

卞二道："说起这计，着实歹毒得很。他们计议，本县荒旱，自不必说，全是实情，但是他们却不肯便这样据实报告，上去说句不怕大官耻笑的话，这些当总甲们的，巴不得年年旱荒才可以从中揸些油水，如果便这样详报上去，上头准可豁免钱粮，那当总甲的便要弄得卖妻典子。现在有了这个机会，便想从中大大地捞摸一笔，才定下这条紧皮计。先把本集上几个有头有脸的找将出来，把这回事情向他们说开，叫他们每家拿几文，便可以把翔实情形申报上去，那么地亩钱粮自可豁免。如若不然，便不把真情具报，只说他们有心取巧，希图逃避国家钱粮，即或上面不信，再行排查下来，往返之间，也就耽误不少日期，其间损失已然受了。因为这是皮里抽筋的办法，所以才说是紧皮计。"

逢时道："噢，原来如此。只是他们紧皮不紧皮，与俺什么相干，却来找俺则甚？"

卞二笑道："只因这件呈子是大官人起的，大官人递的，所以才找大官人商量，打算请大官人从中替画一策，是怎样向各方进行。"

卞二话犹未了，只听苗二侉子一声怒喊道："撮鸟，快闭了你那鸟嘴，滚得远远去，不的时候，俺又要请你吃俺两拳去。"

卞二是吃过苦头的，知道苗二侉子的厉害，便连忙赔着笑道："苗二爷且息怒，俺今此来，只是因为顾全乡里面子，其实全不与俺相干，既是苗二爷不愿听时，俺便退去便了，只是大官人还要防备一二。"说着扭身便走。

逢时向前拦住道："你且慢走，俺只问你，既是他等商量了这紧皮计，你却找俺怎的？"

卞二道："方才俺已言过，他等因为大官人起的呈子，况且这集上大官人又最是有名的，故此差俺前来，取大官人的意思，是不是愿意加入他们一起，又可以免去自己拿钱粮，又可以捞摸几文。"

卞二刚刚讲到这里，那苗二侉子再也忍耐不住，早向前向逢时喊道："大官，紧和这厮讲些什么，却不怕污了耳朵?!"

逢时忙向卞二道："你这话俺也听明白了，只是为顾俺，俺十分感激。今且回去，容俺且自盘算着，再着人来知会你们。"

卞二道："如此甚好，俺便告辞，一二日俺再来听信，只是大官人你要拿稳了主意。"

还要往下讲时，那苗二侉子早一迭连声地喊了起来道："姓卞的，你走也不走?!"卞二只得撤身走了，临行却恶狠狠地看了他一眼。

逢时同苗二侉子把门关了，那苗二侉子向逢时道："大官真是没来由，却和这种人谈话。"

逢时道："二叔总是这般性暴。他既是来找俺，落得探探他们的底蕴，也好做一准备，却吃二叔把他骂起来了，岂不大大误事?"

苗二侉子听了，跳起脚来道："俺的爹，却为什么不先告诉俺，待俺去赶他转来。"

逢时道："赶他则甚，俺已想出对他们的办法，且等他再来时再说。"

过了两天，那卞二果然又来了。苗二侉子见了他，却不似先前那副神气，便也不通知逢时，一径请卞二到里面去讲话。那卞二便先自毛了，一路往里边走，一路不住拿贼眼看苗二侉子，那心里便十五个吊桶打水，七上八下，实实地跳个不住。逢时这时已然听见，忙忙从里面跑了出来。卞二见了逢时，心里一块石头才落了地，忙赔着笑上前道："大官恰巧在家，前天说的事便怎样了？今天他们又在开会，叫俺来请大官去一遭哩。"

逢时道："这事俺已计较，你且回去，俺即时便去。"

卞二道："大官人真的爽快，俺便回去告知他们等大官来。"说着，卞二又复走去。

苗二侉子向逢时道："大官真的要去吗？"

逢时道："二叔，将耳朵来，俺有两句体己话儿。"

苗二侉子便真个把耳朵凑在逢时嘴边，只见逢时说一句他笑一笑，逢时说完，他却跳起来喊道："果然好计较，俺便去也。"说着，从屋里抓了一顶范阳毡帽顶在头上，大踏步向外面走了。

逢时见苗二侉子走了，便走进房里，向秦氏道："今天俺和二叔有些勾当，须到县里走一遭，恐怕今天不能便回，如一个人害怕时，可到隔壁把方二妈请来伴你。"

秦氏道："大官自去，俺自理会得。"逢时便穿了衣服走了，秦氏便在隔壁把方二妈请了过来。

那方二妈已有五十余岁，只身一人，只靠给人家做些针黹过活，人却非常热心，平常和秦氏很说得来，听见秦氏找，便忙忙走了过来。秦氏便说起逢时同苗二侉子进城，请她来做伴的话，方二妈一口应允，便回去拿了些活计走了过来，陪伴秦氏，自不消说，两餐饭都是在逢时家里吃的了。等到第二天已然过了午，逢时还不曾回来，秦氏便有些慌了，倒是方二妈再三劝慰说是不要紧，大官人非常聪明，又有苗二爷相陪，想来不至于出什么事，一定是县里碰见熟人留住了。

一直到第三天，依然不见逢时回来，秦氏再也忍不住，便先自呜呜哭了。恰好这时外面有人叫门，方二妈道："好了，回来了。"急忙出去把门开了，及至一看，原来是个皂隶模样的站在门口，见了方二妈道："你们这里是姓曹吗？"

方二妈道："正是曹逢时大官人家。小哥从哪里来，到此则甚？"

那人道："俺姓唐，在县里充当催差。昨天俺狱里收了个相公和一个庄家哥哥，可怜那相公原来是读书人，哪里吃过这样苦，身上又分文未带，一切花用全无，那案由又犯得大，一时间又不得出来，为此央告俺叫俺来通知他的家人，找一个人到狱里去看一看他。俺见他兀自可怜，所以特来送信，既然奶奶就是他家人，这却再好不过了，就请奶奶找个人弄几个钱去看看他们吧。"说着便要走去。

那方二妈见他说是逢时已然收了监，心里便也慌张起来，见他要走，便拦住他道："小哥且慢走，俺再问你一句，那曹大官人既是被押，可知他犯的案情？"

唐皂头却犹疑不肯直说，方二妈看了这个样子，便从里面取了两串大钱递给唐皂头道："唐小哥哥怎的热心，使俺们感激不置，这两串钱买双鞋子穿吧。"

那唐皂头见了两串大钱，便笑嘻嘻地说道："没的臊人，还赏钱则甚。"嘴里虽然这样说着，手儿伸了过来，一边笑说，"端的这相公官司，是有些冤枉，只是街上不便，可否借一步说话，容俺向奶奶说明内中原委，也好做一种准备。"

方二妈道："如此甚好，就请你进来吧。"

方二妈在前，唐皂头在后，二人一直走了进来。秦氏先前也以为是逢时回来了，后来见他们半日不进来，心里便十分着急，正要抱了小芳出去看看，却见方二妈同一个人走了进来。

方二妈走到房门口，便立住了向唐皂头道："唐小哥，你有话，便请讲吧。"

那唐皂头道："大概在前四五天，这里相公曾向县里太爷递一张呈子，说是今年荒旱，打算请求把钱粮免了。当天太爷看了呈子，便把各集镇总甲找到县里，商量计策，本集江总甲便说是这里相公一人所办，荒旱是有的，不过是一小部分，这里相公请求完全豁免，有意取巧，此例万不可开。县里太爷听了便向他们要主意，他们便请太爷批了一个着该乡总甲查核办理。这事情太爷便打算在里面做手脚，谁知前天县里又去了一个精壮汉子，自称姓苗，奉了这里相公所差，面见太爷。也不知却说了些什么犯恶的话，太爷便把他收了监，又派了班上几个弟兄，到集上把这里相公也弄到县里去了，一连两天，这件事也没有问一堂。俺想这件事，分明是县里太爷和集上总甲弄好的圈套，打算从中捞摸几文，又怕这里有头脸的人，不肯随他们胡作，所以才把相公监了起来。俺想奶奶趁此时间，速到外面，找出一个和这里相公说得进话的人，到县里去一遭，把这事向相公说开，叫他不要从众梗阻他们好事，这事情也就可以一天云雾散了。奶奶就快进行，俺出来已然很久，就要回去了。"

唐皂头把话说完，这时秦氏再也忍耐不住，便赶紧走了出来，向唐皂头道："这位官人休走，俺有一件事拜烦。"

方二妈见秦氏走了出来，便赶紧向唐皂头道："这就是这里大官夫人。"

唐皂头忙向前行了一个礼道："相公夫人，有何话请讲无妨。"

秦氏道："俺家官人之事，俺已听得明白，多累照顾，只是还有一件，俺家官人临去之时，身上并未带有盘缠，监里处处要用钱，俺这里有耳环一对，还有两件衣服，就请便带进监去，给俺家官人使用，劳神的地方，俟官人出来再图申谢。"

那唐皂头接过钱物自去不提。且说秦氏便托方二妈把一个远方的兄弟方顺找了来，托他到县里疏通一切。那县里倒打算开脱逢时，却怎奈那卞二记恨前仇，偏不肯就此罢手，那知县只好捏报上去。那时正值天下承平，督抚讳灾讳盗，见了呈子，便批了将为首之人从重惩办，其余概不追究。那逢时本是一个懦弱书生，只因一时热心，便遭了这样一个官司，心里怄气不过，在监里便害起病来。那秦氏一个女流，全无见识，只知把些银子去填海眼，全不见一些回音。

一日，天已然都到夜半，秦氏抱了小芳，坐在房里嘤嘤啼哭，那方二妈却再三相劝。秦氏道："方二妈，不是俺说一句丧气话，小芳爸爸多一半是不会出来了，只是撇下俺母女二人却怎过活？好方二妈，倘要小芳爸爸一旦有个长短，这块肉，便拜托二妈，替俺看大，俺便随小芳爸爸去了。"

秦氏说时，已然哽咽不能成声。方二妈也落泪道："大官奶奶，且慢伤心，吉人自有天相，大相官岂是受罪的人，大官奶奶且放宽心，等明天再托方顺进县去看相公一遭。"又说了好多安慰话，才把秦氏劝睡了，方二妈便也安歇。

秦氏连日劳累着急，今天哭了出来，反觉得心里十分痛快，倒在炕上便睡着了。直到次日天亮多时才醒，一看床里的小芳已然不在了，心里便说道，俺怎这般好睡，孩子起来多时，俺还不知道一点儿影子。秦氏只道是方二妈把小芳抱去，心里也就不大在意，及至来到外间屋里一看，方二妈依然好好地睡在那里，哪有小芳半个影子，不由陡地一惊，便大声喊了起来。那方二妈睡得正好，却被秦氏喊醒，急忙起来问道："大官奶奶天还早哩，怎的起来这样早？"

秦氏道："你可看见小芳？"

方二妈笑道："大官奶奶真是有些急昏了，那芳姑好好的，在大官奶奶床上，怎的倒来问俺？"

方二妈如此一说，秦氏知道果然她也未曾抱去，便不由大声地哭了起来。方二妈急问道："大官奶奶何事如此伤心？"

秦氏道："小芳不见了。"

方二妈道："俺却不信有这样事，想是大官奶奶睡忘了，没有看清，待俺去看来。"说着便又跑到里间屋去，只听她大声喊道："大官奶奶快来，看这是什么物事？"

秦氏急忙追进屋去，只见方二妈手里拿着一张条子，递给秦氏，秦氏接过看时，只见上面歪歪斜斜地写着几个字是："字奉大官奶奶知，相公已死于狱中，家中并无牵连，俺将芳姑抱去，免落他人之手，苗大义。"秦氏看完，知道逢时已死，正待一哭，忽然想起，便笑着向方二妈道："好了，小芳爸爸今天就可以出来了，你快到方顺家里把他找来，叫他去买些菜肉回来，也替小芳爸爸洗洗这场晦气。"

方二妈听了，心里十分高兴道："阿弥陀佛，这可好了。"心里一高兴，便把小芳这一场完全忘了，便兴致勃勃地去找方顺。恰好方顺正在，方二妈告诉他逢时今天要回来了，方顺听了把头一摇道："这话靠不住吧，俺昨天上县里去，还听得说曹大官的事，大概一时半时完不了，并且曹大官的病，也十分厉害，狱里又不准人进去看，恐怕这人是无望的了，怎么倒说曹大官今晚便可回来，这话是哪里听来的？"方二妈便把秦氏怎生看字条，怎生说逢时今天可以回来的话，说了一遍。方顺究竟是个男子，心里见识终高一些，听了便向方二妈道："那字条是什么人送来的呢？"

方二妈道："俺哪里知道。"方二妈又想起小芳来，心里陡地一惊道：

"这件事端的有些蹊跷，那小芳也不见了。"

方顺并不知道小芳失踪了，听了也是一惊，继而一想道："啊呀不好，快些回去看看，恐怕大官娘子又有什么变故呢。"说着拖了方二妈，跟跟跄跄跑了回去。

及至回去一看，可了不得啦，那秦氏早已悬在房柁上面，方二妈急上前去救时，身子依然冰凉，早气绝多时了。方二妈想念平常逢时夫妇两个人待人的好处，直落到这般结果，不由得痛哭起来，还是方顺上前劝住方二妈，又把当地总甲找了出来。那江总甲不过先前打算制住逢时，好施展他们鬼蜮伎俩，就便可以坑逢时几文，谁知事出意外，逢时固然弄得收了监，可是于他们却一点儿好处也没有落到，并且弄得人家家败人亡。他觉得十分促气，不过事已如此，也就没有办法了，当时便由江总甲呈报上去。知县此时倒不得不下乡来一遭，到了这里，也不过相验抬埋而已。逢时这一家人，便这样轻描淡写同归于尽了。

再说华家庄华大官人，看见世道不行，便托病告老还家，路上就遇见小芳，把她弄回来了。

那小芳对着王先生把话说完，那王先生听了把头点了一点道："噢，这就是了，你这武艺，想也是跟那姓苗的学了。"

小芳道："正是跟俺那苗二叔学的。"

王先生道："既然姓苗的他从家里把你背了出来，他为什么半道又把你撇了呢？"

小芳道："俺那二叔，也曾对俺说过，他也是隐姓避难，又没有家人眷属，带俺行路，极感不便，所以把功夫教会俺之后，他就说日内就把俺托付一位有德行的人家，他在暗地再来保护俺。恰好次日华大官人的车辆从曹家集外经过，也就教给俺一套言辞，俺照样说了，那华大官人便真个把俺收留下了。"

王先生又道："现时他还来看你吗？"

小芳道："半月前他也曾来过，他曾向俺说起俺的冤仇，说王先生能替俺报雪，并叫俺得了机会，向王先生把遭冤之事说明。今日幸得说明，望王先生替俺报父母之仇。"说着跪在地下，大哭不止。

王先生道："你快起来，俺只要能够帮助你，定当为力。"

王先生刚说了这一句，只听窗外喊道："小芳，王先生已然答应了你，你还不快快磕头谢谢。"

王先生急忙推开众人，一跃身形，急忙追了出去。只见半轮残月，皓然当空，哪里有个人影，便又忙着跳了下来，向小芳道："你听方才是不是姓苗的口音?"

小芳道："正是他的口音。"

王先生把头点了两点道："他人的功夫比咱强得多了。"这时小芳早又跪了下去，王先生急忙用手相搀道："快起，快起，咱却禁不住你这一拜。"

小芳道："王先生如果不答应收我做徒弟，咱便一辈子也不起来。"

华二当家笑向王先生道："王先生你看她说得这般可怜，就收她做个徒弟吧。"

王先生道："不是咱不肯收，只因咱收女徒弟多有不便。"

华二当家道："小芳今年才这样大，有何不便之处，王先生还是收了吧。"

王先生笑道："既是二当家这般说，俺便答应将她收下，只是老太太那里还没有问，要是怪罪下来，咱却吃罪不起。"

华二当家道："这件事先生尽管放心，俺保家母不问就是。"说着又向王先生贺过，王先生也答谢了。

这时天气已然有辰时，东方已然大亮，华二当家才要进去睡觉，只见家人进来回话说，外面有一个姓吉的女人，要来见二当家。华二当家一听，就是一愣，心说俺何曾认识什么姓吉的女人。那家人见他迟疑，便又说道："就是给庄主看青苗的吉二他的家里。"

华二当家益发不解道："她到这里来则甚? 你且把她叫进来。"

家人答应自去，不一时从外面带进一个妇人来。

这一来，有分教:

桃花镇上生几只插翅猛虎，华家村头斩三五阴险豺狼。

要知后事如何，且听下回分解。

第三回

许都头夜探桃花镇
王教师大闹华家村

话说华二当家见了吉二的妇人，便问她道："你来见俺则甚？"

吉二的妇人哭道："俺说知二当家。只因俺那当家的，昨天也不知听了谁人讲了坏话，睡到半夜三更，忽然把家里一些破物事，全都收拾齐全跑了，也不知走到什么地方去了，撇下小妇人实在无法过活，因此才投奔二当家。二当家念俺从前也曾伺候过二当家，把俺收留下，俺只要能吃一碗饱饭就足了。"说着复又痛哭不止。

华二当家见她哭得十分可怜，便答应把她收下，叫家人把她带到内宅去了，华二当家也便进去睡了。

自此以后，王先生天天便带着几个小孩子，在柳林里练拳。无事即短，一晃儿就到了中秋，华二当家备了几色酒菜，在厅里请王先生吃饭。正在吃酒之际，忽然王先生一声长叹，华二当家道："先生有什么心事吗，何故长叹？"

王先生道："咱也没有什么心事，不过咱因为出来日久，打算明天回去看看。"

华二当家不由一愣，原来王先生自从来到华家差不多一年多了，也没听他说过一回有家，今天忽然听见他要回去，便忙问道："敢是俺家中有人有什么开罪先生的，为什么先生要回去？"

王先生道："二当家这话从哪里说起，咱只是因为出来很久，打算回去看看，因为这两天才觉得心神不安。"

华二当家笑道："既是先生一定要回去，俺再问先生一句，先生家在什么地方？"

王先生听到这里，便叹了一口气道："二当家，咱来到你家，一年有余，承二当家未曾拿咱做外人看待，今天既然要走了，待咱把真名实姓告诉你吧。咱便是当今皇上第十七子。"

华二当家吓了一跳，赶紧跪倒在地，口称："小民未知大驾，实在该死。"

皇十七子笑道："华二当家请起请起，咱若不是看你人家可靠，也不敢投奔这里，一年多的光景，多有搅扰于你，等将来再报答你吧。"

皇十七子话刚说到这里，就听外面一阵乱嚷，华二当家才待派人出去询问时，只见几个家人，早从外面慌慌张张跑了进来，口里喊道："二当家，可了不得了，外面来了一个人，堵在俺家门口，破口大骂，说俺家窝藏国家盗宝犯人，叫当家的快快献出，如若不然，他便要进宅来搜了。"

华二当家道："什么国家盗宝犯人，等俺出去看来。"说着便同了那家人来到门口看时，果然有一个人，站在门口，正在高声喝喊。华二当家赶紧向前道："你是哪里来的？如何站在俺家门口，这样喧嚷？"

那人听了哈哈一笑道："噢，听你这样讲话，想来就是本庄庄主了。俺姓章名胜，是兖州府衙总班头，今天有你家吉得升报到县衙，说你家窝藏国家盗宝贼人，县里告到府里，府里差俺来捉拿盗宝之人。趁早将盗宝之人捆绑献出，俺也知道你是宦家之后，绝不肯连累于你，不的时节，俺便是入内搜查，倘若搜出贼人，那时你少不得也要跟俺走一趟。"

华二当家听了，全然摸不着一点儿头脑，遂向那人一指道："你这厮一派胡话，谁见什么盗宝之人，想是冒充官府，前来讹诈。依俺相劝，趁此远去的为是，否则俺便不客气，要将你送到官府问罪去了。"

那人听了哈哈一笑道："姓华的，你太不懂得面子，俺因为你也是这庄里有头脸的，才肯这样来通知你，怎的你倒不识好歹，却充起正经人来了？现在俺也不来问你，等到日后把你锁拿到官，你却不要后悔呀。"说着掉转身形，便自去了。

华二当家见他就是这样走了，心里倒打起老大啾咕来，急忙走到里面，再看王先生，已然不在厅里，连忙赶到王先生自己住的屋子来。刚刚走到院里，只听王先生屋里有一个女人说话的声音。华二当家便赶紧立住脚步，心里寻思道，看人不出，原来王先生有这样一手，但不知那女人是哪一个。再一听，那女人有气没力地说道："王先生你放俺走不放，你若再不放时，俺便要喊了。"华二当家一听，正是那吉二的女人声音，心里便有些挂火道，他方才还说他是什么皇几子，便会干出这样好事，总算俺等有目不识人，这样说来，方才人家说俺窝藏盗宝之人，也是事出有因了。这时再听，屋里有拉刀的声音，更不由得怒道，这就太惫懒了，青天白日，竟敢这样无礼。不过自己又不敢贸然进去，知道人家手里有刀，一句话不合，会把头耍下来。便站在院子里一声喊道："大柱在这院里没有？"

再听屋里是稀里哗啦一阵乱响，那吉二的女人，早已蓬头散发从里面跑了出来，见了华二当家，委委屈屈往地下一跪哭道："二当家您救命吧，那王先生他不是人，他对俺好没人样子，他拿刀……"

说时迟，那时快，拿妇人话没说得半截，华二当家要安慰未得安慰之际，忽听耳畔嗖的一声，一支袖箭早已钉在那妇人手背上，跟着噌的一声，王先生早已蹿到跟前，手拿金背刀，往下就剁。

华二当家赶紧向前拦住道："且慢，青天白日，岂可随便杀人？你究竟是谁，请你赶快说出，不的时节，俺便要喊人了。"

王先生看见华二当家拦住，赶紧把刀背了过去，向华二当家哈哈一笑道："咱先前一直拿你当人，谁知俺一片苦心，直换了你这厮一块烂肺，只恨咱先前没眼，也就是了。不过咱望你以后，老是这样，才能保得住你这场富贵。"说完又是一阵哈哈大笑。

华二当家越听这话越是前后不合，便忙问道："俺怎的待你不好，你今天把她按在屋里，做些什么勾当？"

王先生嘿嘿一笑道："姓华的，你休得在咱跟前打花胡哨，你们排好计策，想来算计咱，咱若不看在咱徒弟分儿上，连你带这婆娘，都请你们吃一刀去。"

华二当家道："分明是你把这妇人按在屋中强施无礼，怎么倒说俺插圈弄套呢？"

那王先生一愣道："二当家，你果然真不知道这妇人的来意吗？"

华二当家道："实在不知。"

王先生道："既然是真不知情，是咱错怪了你了，待咱来一审这妇人便知道了。"说着用五指只向那妇人手一插花，轻轻一捏，那妇人便杀猪般叫了起来。王先生一声喊道："泼贱妇，听了谁人指使，竟敢私自前来窥探？说出实话，便饶了你的狗命，牙缝里有半字虚言，咱便叫你登时命丧。"

那妇人见华二当家在旁，便哭哭啼啼地说道："王先生，自从你到华当家家里，谁也没有半毫待你菲薄，你今天竟敢乘人不在，调戏俺这有夫之妇，又敢在华当家面前，硬逼俺说偷到你的东西，今天放俺便罢，如若不然，就是俺死在你手，俺那华二当家也会替俺申冤雪恨。"

王先生听了脸上气得都冒出火来，叭的一声，那妇人脸上早着了一下，王先生骂道："狗泼贱妇，这等嘴硬，再让你吃些苦去。"说着左右开弓，一边又是一下，那妇人脸原来不禁打，才轻轻地挨了两下，便登时红肿起来。那妇人吃打不过，便把冯利怎生向吉二定计，怎生私投华府，怎生偷盗王先生东西，怎生出去报官，怎生今天又来窃取包袱，怎生被王先生拿获，一一说了。

华二当家如梦初醒，赶紧向王先生道："王先生，这便如何是好？"

王先生这时怒容全收，便哈哈笑道："二当家，请你放心，咱自不连累你，这妇人权交你代咱看管，咱便径去找那姓冯的小子，问他与咱有何仇恨，却来和咱过不去。"

华二当家听了，才待带妇人走去时，只听对面垂花门上一声喝喊道："胆大贼人，竟敢私盗皇家国宝，难道是吃了熊心豹胆？休走，且吃俺一钩去。"说着，从垂花门墙上，便跳下一个，左手钩一轧，右手钩便到，直向王先生脖颈上钩来。王先生手无寸铁，眼看兵器一到，便大喊一声道"不好了"，王先生正待要去还手之时，只听身后喊道："老师且休理会他，待俺来搠翻了他，给先生取个笑。"

王先生回头看时，正是自己得意徒儿张兴霸，手里托了一条烈炎叉，横搠过来。那人见来势太猛，忙撤回左手钩，右手抬起一晃，就势一滚，左手钩早到。张兴霸撤回叉头，翻手便是一叉杆。那人一推左手钩，支出叉杆，右手钩便往兴霸腿上刺来。兴霸用叉一立，使了一个夜叉探海式，腿向前一进步，横叉便碰，那人也用钩一磕，进步就是一腿。兴霸双足一跳，躲过扫堂腿，托叉当心便刺。那人急忙撤回钩来，一挂叉杆。打了足有一顿饭的时候，依然未分胜负。

王先生见兴霸一条叉使得神出鬼没，心里自是十分高兴，又恐怕兴霸力单，战久了吃亏，便提了金背大刀，大踏步抢进来。方待换下兴霸，只听背后又有人喊道："哪里来的强盗，竟敢到华家庄讨野火吃！休走，吃俺一棒去。"说时杆棒早到，向那人双腿便扫。那人真好功夫，只提双脚向上一跳，躲过杆棒，就势便是一钩。尤俊英横棒一挡，进步又是一棒，那人才躲过这一棒，那边张兴霸又是一叉刺了过去。那人让过叉，还手就一左手钩。尤俊英当头一棒又到，那人横右手钩架住杆棒，左手钩使一凤凰展翅，向尤俊英搠来。一人连战两个，全无惧色，王先生暗自夸赞好武艺。

就在这时候，只听垂花门外又有人喝喊，从外面又跳进三只猛虎，一个使鞭，一个使刀，一个使铜，齐声喊道："哪里来的贼强盗，敢来撒野！师兄且闪过，待俺等来。"说着便轰的一下，四面围了。那人见又来了三个，依然是毫不惧怯，让过一叉，还一钩，躲过一刀，还一钩，接过一鞭，还一钩，避过双铜，还一钩，精神倍出，面不二色。

正在酣战之际，忽听房上有人喊道："诸位师兄弟们，且慢动手，那是俺苗二叔。"原来喊的那人，正是小芳。大家听了小芳一说，知道那人便是苗二侉子，便都收住兵器，跳在圈子外面。

这时苗二侉子亦收住兵器，向华二当家道："华庄主还认识俺吗？"

华二当家这时已然知道他是苗二侉子，便笑道："那俺怎的不识。"

苗二侉子又向王先生道："适才鲁莽，幸恕无礼。"

王先生道："苗兄说话太客套了，你我都是重信义的，切不要如此谦执。"

当时华二当家把苗二侉子让进客屋坐了，又向王先生道："那个女人却怎的处分她？"

王先生还未说出话来，苗二侉子道："那个女人俺看了她也不是一天了，她既是如此不讲忠义，依俺看便把她杀了，也免得将来生在世上害人。"

华二当家笑道："苗兄说的虽是，只是杀了她，须惹人耻笑，说俺饶不过她一个妇人，依俺想把她轰出俺这华家庄也就是了。"

王先生和苗二侉子便异口同音地道："既是二当家如此仁厚，便把她放起走吧。"说着向那妇人一声喝道："狗泼贱，还不快滚，倘若再犯在咱的手内，咱叫你死无葬身之地。"那妇人听了连滚带爬地去了。

华二当家这才问苗二侉子道："苗兄从哪里来的?"

苗二侉子叹了一口气道："不瞒二当家说，自从俺把小芳送在贵府之后，差不多是没一天不到这里来的。只因今天俺在前边村子里头喝酒，忽然看见两个公家打扮模样的人，俺便装着酒醉打睡，听他们讲些什么。只听一个年轻的说，那姓冯的怎么还不来? 正说时从外面又进来一人，便向那两个打了招呼，那个年轻的便说道，冯利，你说的是不是就是这个华家村，还是有别处? 那个姓冯的道，正是这里。那个年轻的道，你这话有些靠不住，俺也曾打听过，那华家是安分良民，并无窝藏匪人的话。俺听到这里，便不由得吃了一惊。后来又听那姓冯的说，真赃实犯都在，还怕他赖上天去，现在俺倒有个计策在此，俺这里便请范伙计去到华家门前喊骂，把那姓华的和那姓王的都调了出来，然后烦都头亲自走一遭，到那里探个虚实，晚上再来下他的手还不迟。他们说到这里，声音变越来越小了，俺便打算到这里急急给二当家一个信。谁知俺绕道后头来的时候，他们已然到了，俺见二当家已然出去，便顾不得再来讲什么客套，俺便跑到后头去了。谁知刚刚来到后头，就看见王先生也从外面进来了，俺便扒在房上等那姓许的，谁知连个人影也没有看见。后来听二当家和王先生吵嚷，才知道屋里捉住奸细。俺知道事情没有什么要紧，才敢斗胆冒充官人，和几位小英雄作要，实在是鲁莽了，千万请二当家和王先生不要怪罪。"

华王二人一齐道："苗二爷，说哪里话，何必这样客套，以后见面的日子正多啦。倒是现在咱大家应当做一个准备，要说心病呢，是一些也没有，所怕的就是今天晚上，他们到了之后，不分皂白闹将起来，那时惊了家母，这件事倒要计划一下呢。"

王先生道："这话说得极是，只是怎样能保老太太安全呢?"

话言未了，只听小芳向前把手一拍道："这件事就交给俺去办吧，管保不使老太太吃一丝毫的惊怕。"

王先生道："如此甚好，只是你一个单薄些，最好就叫尤俊英随你去保护老太太，不过万万不要伤了他们人的性命，切记切记。"小芳和俊英应了，喜喜欢欢坐在一旁去了。

王先生向华二当家道："今天夜晚是来者不善，善者不来，俺想二当家又没有见过阵仗，最好也在老太太那边避一避，等咱和苗二爷带领着他们几个小弟兄在这里等候他们，谅他们也不会把咱弟兄怎样的为难。"华二当家见事已如此，便也不再谦虚，道声照顾，竟自往后面去了。王先生才向苗二侉子道："今天便劳苗二爷帮助则个。"

苗二侉子道："俺既来在这里，便是实心来出力的，就请先生分派吧。"

王先生道："俺想那些官人虽多，都是些酒囊饭袋之辈，他们来时，俺先用好言语打发他，如果他不识趣时，那时再动手不迟。不过大家都要手下留情，只要能把他们惊动回去，也就算了，万万不可以把他们打受重伤，那时或与二当家大大不便。"

苗二侉子道："那么咱们今天晚上还是睡着等他们来，还是坐着等他们呢？"

王先生道："自然还是睡了等他们，他们来时，起来也不晚，他们倘若不来，咱们也可以睡个觉儿。"

于是大家计议定了，各人把各人的兵器，全预备在手下，尽等晚半天拿人，有话即长，无话即短，一时天已然黑了上来。王先生吩咐家人，先把各处点的灯用盆扣好，如果听见里面，已然动起手来，便把盆儿掀起，把各处门户关好，不要声张，免得误事，切记切记。家人自答应着预备去了。

王先生又向苗二侉子道："苗二爷便带了华梁、方天玉，隐在东边里间，咱便带了周大成、张兴霸，隐在西边里间，如果听见外面有了响动，大家约齐了再往外走，切不要忙中生错。"

苗二侉子答道："俺自理会得。"便带了华梁、方天玉自去了，王先生也带了周张两个自去睡了。

这几个人里，要算方天玉最小，但是除去尤俊英之外，就要让他最机灵不过了，虽然躺在屋里，其实哪里睡得着，自己心里寻思，俺一向承蒙华家招待，始终未能得报，今日这倒是个机会，俺若等他们睡熟，把来的人一个一个拿住，神不知鬼不觉，等到天亮了后，再向二当家一说，也可以臊臊那姓苗的脾，免得他总是看不起俺们。想到这里，便偷偷地爬了起来，好在都是和衣而卧的，也用不着再穿衣服，又把自己兵器一条钢鞭拿在手里，又把自己身上衣服拾掇利落。就在这个时候，只听房前瓦檐一响，自己心里就是一惊，有心要把苗二傻子叫起来，又觉得不好意思，有心自己出去，又怕受人暗算，但是小孩子究竟有些想不开的地方，便提了鞭走到窗户那里。这时正是八月天气，上面的纱闭子，仍然在那里支着，天玉来到这里，脚下一用力，早已钩住窗户，双脚再一用力，便甩到了外头，才待沉气落下，就觉得自己身子，早被一个人托住，毫不自由，荡出有丈数来远近，才摔到地下。赶紧挺起身来再看，哪里有个人影儿，心里十分狐疑道，这才作怪，怎的方才便像有人托着俺一样哩，难道说是俺一时头晕不成，俺倒要去看个仔细。再提了鞭，蹑着脚步绕到前面，抬头一看，依然是一个人影也没有，便再往窗户跟前凑了一凑，只听里面依然呼声震耳，睡得正香。天玉又寻思道，难道俺遇见了鬼，怎的连个人影子都不见？正待转身，只听身后呼的风声，只道是刀到，赶紧低头撤身，纵了出去，抬头再看，哪里有个什么人，心里便有些害怕起来。提着鞭打算再回到屋里去，只听外面一阵锣声，跟着人声呐喊起来。

天玉借着这个机会，便向屋内喊道："苗二叔，快快起来，外边有人了。"听听屋里依然是一点儿动静没有，再叫两声，依然是听不见一点儿声息，心里不由纳罕起来，赶紧提了鞭进到屋里一看，更是吃惊不小，原来不但躺在炕上的苗二傻子不在，就连自己的那个师兄弟华梁也兀是不见了。再到那边屋看时，哪里还见王先生几个影子，自己就知道是走在人家后头了，只得拉着鞭往前边就跑。刚刚出了小院角门，就见前面一条黑影，直奔小院而来，赶紧隐住身躯，藏在身后，看看那人已然来在近前。这天正是八月十六，虽然天气有些阴霾，那月色依然光明，看那人手轧一把单刀，脚下跑得很快，细看知道不是自己家里人，这才纵身跳出，横鞭拦住去路。

那人出其不意，倒是大大地吃了一惊，急忙止步，把左手里刀向右手

108

一交，用手指点道："对面什么人，拦住俺的去路？"

天玉笑道："你倒说得好轻巧话儿，俺的家里，夤夜之中，跑出你这样一个人来，俺未问你，你怎的倒问起俺来了？你叫什么名字，到此则甚？说得有理时，饶你不死，不的时候，俺这鞭下来，便要你的狗命。"

那人道："你这话，想来你就是姓华的了，俺正要前来捉你，来得好，且吃俺一刀去。"说着一刀当头剁下。天玉一斜身，让过一刀，进步陡地一鞭往那人肚上砸来，那人纵身跳了过去，进步一刀，向天玉肋下扎来。天玉使个镫里藏身，来刀便空，横鞭一扫，那人用个叶底偷桃躲过，随身拿刀往上一挑，用了一个撩阴刀。天玉脚跟用力，身子往后一挺，用了一个铁板桥，躲过一刀，一盖鞭使了一个反劈华山的式子当头砸来。那人一个虎跳躲过，正待还招，不想天玉这次不等鞭下，便横鞭一扫，那人未曾防备，鞭已临身，再躲已然不及，肩上早着一下，三晃两晃，拖刀跑了下去。天玉也不舍，也提了鞭追了下来。猛地那人一回身喊道："看暗器！"天玉虽然追赶那人，心里早就留下神儿，见那人猛地一回头，把手向自己一扬，又听他喊看暗器，跟着就看一条白光，直奔自己而来，急忙闪身躲过，原来是那人把身上的衣服扔出来了。天玉心里又是好气又是好笑，提鞭再追，距离那人就远了，见那人已然转过前厅，竟往二当家住的这片房子跑来，天玉喊声不好，脚下便又加力追了过来。这时那人见天玉依然是紧紧追赶，便也脚下用力，到了角门一看，那门已是紧紧关闭，这时再想往别处跑，已是不及，只得纵身往院子里便跳。谁知里面早有一个人在墙头等候，那人刚一露头，里面便照他头上，抖手就是一棒，那人头一晕，翻身摔倒墙外。这时天玉已经赶到，便赶紧抡起手中鞭，向那人腿上便砸，见那人全不动弹，只道他已受了伤，便蹲下身去，解开他的绑腿带子，将他拴好。正待把他扛起，向前奔去，就在一低头的时候，不防墙上有人往下撒尿，正正流了天玉一脖子。

天玉不由勃然大怒，才待骂时，只见从墙上跳下一个人来，向他嘻嘻笑道："前面是师弟吗？怎的不跟着师父，却跑到这里来则甚？"

天玉一听，正是尤俊英，猛地醒悟，方才那人倒下，正是他打下来的，心里不由得佩服他的精干，但是恨他不该撒自己的一脖子尿，便向他瞪眼道："你不用明知故问，俺只问你，为什么撒俺一脸尿？"

尤俊英道："俺撒尿原为救你，你怎的倒埋怨起俺来了，你且顺着俺的手儿看。"

天玉顺他手看去时，只见地下捆的那人，手已然挣出绑绳，在手里扣着一支镖，像预备要打的样子，这才知道，若不是俊英撒尿，使他回过头去时，那镖便不免要挨上了。当下向俊英谢过，又把那人手上的一支镖，用鞭打下，然后才敢过去，把他复又捆好，扛在肩上，向俊英笑了一笑，往前边走去。

离前边大厅，已然没有多远，只见前面，又是一条黑影一晃，脚下待要收步，已是不及，那人脚程甚快，已到跟前，身形一长，手里的铁尺，早向自己的头打下。天玉一则是个小孩子，二则身上扛了一个人，力气自然就单了，见那铁尺打下，呼呼带风，就知道这兵器太重，赶紧把身上的人先扔在就地，两脚一转，撤步拧腰纵了出去。那人跟进一步，铁尺横腰打来，天玉坐腰躲避，提手中鞭才待还招，那人哪肯容他还手，铁尺早已照左肩头打来。天玉提鞭向上一迎，打算磕开铁尺，谁知咔嚓一声，鞭已折下一节，天玉虎口已然震裂，不敢再战，撤身就跑。

却喜那人并不追赶，先把地下那人放起，问道："小马呀，不是俺说你，你真是脓包了，怎的会输在这样小厮手里，岂不叫人笑俺四快班里无人。"

那人道："夏三，今天由得你说口，总算咱马龙认倒运就是了。"

夏三道："什么倒运不倒运，俺还要去接应许都头哩，只是你可还走得动吗？"

马龙道："走还走得动，只是俺这腿被那泼小厮打了好几下，恐怕不能再和人对手了，你能想个什么法儿，把俺送出去吗？"

夏三道："真是焦死人，偏找了你这样一个脓包来。别啰唆了，快随俺来。"夏三在前，马龙在后，直奔东边院墙而来。

转过院墙，便是庄门，才待把门开开时，只听墙上有人喊嚷道："什么人？往哪里去？"一道白光，从上面滚下一个人来。夏三猛古丁地着实吓了一跳，再一看，原来也是一个小孩子，手里托一杆烈炎叉，风车般响亮，竟向夏三拧来。夏三见他来势凶猛，便撤回一步，拿铁尺迎面一晃，打算等他往起托叉，好再下落铁尺。谁知他虚晃这招，人家是全不理会，托叉分心便扎。夏三急撤铁尺来磕叉杆，又已撤回，反手就是一叉杆。夏三急忙闪身躲过，叉头又对定肩头刺来。这迎面三叉，便把夏三打得晕头转向，才知道小孩子实在厉害，战久了绝对找不着便宜，况且小孩子都这样凶猛，那大人更不必说了，今天恐怕未必能占上风。想到这里，虚晃一尺，撤身便走。这回却苦了那马龙，腿上受伤，虽然要跑无力，二次又被这个小孩捆上。这个小孩把马龙捆好之后，往墙根底下一拉放好，复又跳上墙头，依然自去隐藏。

单说夏三提了铁尺，直奔大厅而来，只见大厅通亮，却是一个人影儿也不见，心里说道，怪呀，难道都吃他们拿住了不成？别人还可以，许都头绝计不能，要说把他们都拿住了，就看方才那个小孩神气也不像，这真是怪道了。正在略一沉思之际，只听背后一声喊道："泼无赖，哪里去，且赔俺鞭来。"顺着声音，一条半截鞭，早已从头上打了下来。夏三一看，正是方才被自己打走了的那个小孩子。原来天玉被夏三打了一铁尺之后，便想绕到前厅，来找张兴霸，谁知冤家路窄，张兴霸没有在这里，偏偏遇见了他，心里不由咬牙愤恨，便把断鞭一举，向夏三打来。夏三一则欺他年幼，二则知道他已然败在自己手内，便挥动铁尺，喊一声"来得好！"让过单鞭，迎面就是一尺。天玉闪身躲过，进手就是横腰一鞭，来势太猛，夏三要退不及，正打在腰上，就觉得腰一软，便再也不能恋战，虚晃一尺，转身就走。天玉一摇手里鞭喊道，哪里去，大踏步追上前去。刚刚下了台阶，那夏三也不知怎样，身上忽地一滑，平地跌了下去。

天玉还以为他是故作诱敌，便止步不前，亮手里鞭道："泼贼子，快起来，和俺再斗几合，休得闹这种鬼张智，俺许不上你的当哩。"

再看那夏三脸上一阵苦似一阵，并不来理会天玉说些什么，手里铁尺也扔了，脸上出的汗珠子，真有黄豆般大小。天玉看他神情，不像装作的样儿，便提了鞭，护住自己脸门，往前走来。走到临近一看，几乎笑将出来。原来那台阶底下，蹲着一个在那里嘻嘻地笑，原来正是那周大成。

当下天玉叫道："周师哥，可曾看见师父和苗二叔吗？"

大成道："怎的没见，现在都上二当家院里去了，你怎会到这里来的？"

天玉也不隐瞒，便把自己怎样追出人来，自己怎样拿住一个，怎样又被人家劫去，怎样又到这里来，怎的又碰见这人，一一说来。大成道："如此说来，方才你拿的那个人，大概也跑不了，俺等几个都是师父分派好了的，华师弟同苗二叔，把住东院小门，张师哥把住大门，俺在这里。方才那个人，既然是往前边去的，到了大门一定是过不去的，不过，拿住他们也是要放的，且躁躁他们脾再说。你且把这个人捆上再说好了。"

天玉道："端的你拿什么法子，把他制住的？"

大成道："对不起乡亲，你看他腿上钉着什么物事呢。"

天玉低头一看道："咦，师父让你等闲中不要用这种物事，你怎的偏偏要用这种物事呢？"原来是一支毒药袖箭，钉在夏三腿上。这箭是王先生自己配药做的，本来就尤俊英一个人有，后来也不知怎样被周大成把方子偷去，自己也配了十二支。王先生知道之后，很是动气，知道他已然配了，便也没有法想，只好随他去，但是却再三嘱咐他，不到十分吃紧的时候，不准随便乱发，要是不听，被查出之后，便把他轰出去，不承认他是自己徒弟。今天天玉看见大成药箭打了夏三，心里也有些不满意，不过口里却说不出来，只得向大成道："师父不叫你乱用这物事，你怎的偏偏用这物事，你现在还不快把解药拿出来替他敷上，等待什么，歇会儿师父看见，可肯答应你吗？"

大成听了，便真个掏出解药，替夏三贴上，待了有一碗茶的工夫，那夏三脸上颜色才变过来，却是依然不能还原。天玉向大成道："真个的，俺还忘了问你，你方才说什么拿了也白拿，这句话是怎生说起？"

大成笑道："这件事你既然不知道，少时自见，你且扛起他来，俺便和你去找张师哥一同去见师父。"

天玉听了，也不知是怎样一件事，便赶紧答应着，把夏三用腿带捆好，扛在肩上，然后再来到大门前头一看，不要说拿住人，就连张兴霸也兀自不见。大成连拍了几声掌，依然不见有人。大成向天玉道："差一点儿没有把事情耽误了。"说着拖了天玉便走。不一时，来到华二当家住的院子角门，大成向天玉一咬耳朵，天玉笑着答应，扛了夏三，站在墙下。这里大成走进去看时，只见里面灯烛辉煌，大家都团团地围坐在那里，上首坐着有三四个雄起起的汉子，自己并不认得。

刚要上前说话，那王先生早已看见阶下有个人影儿一晃，便厉声问道："什么人？"

大成赶紧答道："是我。"

王先生笑道："现在咱们事情已然完了，你们还在那里干什么，快去把天玉找来，替这几位上差赔个不是。"大成答应着走了出去。这里王先生道："许都头，方才华二当家依然把这次两下里误会解释开了，就烦都头回去，上复贵府台说明此事，如若必须咱姓王的出头了结这回事，却也无妨，只是不要拖累姓华的，咱便赴汤蹈火，在所不辞。就请都头回去美言一二吧。"说着打躬不止。

那许都头道："教师说哪里话，俺只恨那姓冯的，却来消遣俺，此番回去，定当惩治他一番。"

华二当家笑道："都头如此，足见疾恶如仇，不过俺想，此类小人，虽然天天在算计旁人，论到临头，依然是一点儿好处也得不到，不过落一个坏人头衔而已。即以此次说，虽然他极力诬陷俺，幸得许都头明白，现在总算都解释清楚了，依俺看像他们这路小人，总以不得罪他们为是，不知都头以为如何？"

那许都头道："人称二当家疏财仗义，果然半点儿不差。那姓冯的这样万恶，二当家倒如此大量，大德宽洪，真正不及。俺自当谨遵台命便是。"

这时大成依然未回，王先生叫张兴霸道："兴霸，你去看看大成和天玉怎的还不回来。"

兴霸答应，刚刚出了角门，只见大成已然慌慌张张跑来，一见兴霸道："师哥，你可曾看见天玉？"

兴霸道："这才怪哩，师父叫你去找天玉，你去了半天不回，师父才叫俺来找你，怎的你倒问起俺来了？"

大成道："俺已然跑了一周，并没有看见他，既然师父叫你来帮俺找时，你且随俺再去找一遭。"说着拖了兴霸便走。

兴霸笑道："这却好，买一个，饶一个，你上哪里去？且松开手，待俺自陪你去就是了。"

大成道："师哥不是把守的吗，怎的自己便跑到里面去，却不来知会俺一声，却叫俺在大厅上死等。"

兴霸笑道："说起来端的可笑。俺在大门墙上守得心烦，恰好来了两个，一个迎面三叉就打跑了，还有一个是带了伤的，被俺捆好，刚刚上得墙去，华师弟便来了，说是里面已然和好，叫俺去见师父。也是俺一时大意，忘了解开那个被捆的，被师父当着人好一场训斥。"

大成笑道："怪道方师弟说你也捉住一个呢。"

兴霸道："咦？你不是说你没有见着天玉吗，怎的凭空又钻出个天玉来呢？"

大成一时也知道自己说走了嘴，便当时笑了起来，向兴霸道："师哥方才不是被训斥吗，如今却更有一个要受训斥的人呢。"遂把自己怎样帮天玉拿着夏三，自己怎样叫天玉扛了夏三去见师父，好臊来人脸皮的话说了一遍。

兴霸一听，哎呀一声道："不好，我们快些回去吧，这样玩笑似乎闹大了吧。"说着拖了大成往回就走。

大成这时，也知道这件事办得荒唐一点儿，却没料得能出什么多大毛病，便赶紧同了兴霸又回到二当家住的院落。离这院子不远，只听里面一阵喊嚷之声，兴霸一听，用手一指大成道："如何？还不快走！"登时二人连蹿带跳纵进院来。只见地上躺着两个，一个就是天玉，肩上中了一弩箭，躺在地下，再一个就是那夏三也躺在地下。那王先生和苗二侉子，都已亮出兵器，华二当家已然跑进里面屋里，却隔着窗子往外看。再看那边也有三五个人扯出兵器，预备厮杀的样子。周大成心里明白，他见张兴霸将要往前走，他便用手扯了一扯，兴霸和他便站在廊下。

只听那许都头道："姓王的，你也忒煞气人。今天俺等来此，虽然不合听了那姓冯的片面之词，但是方才已经人家姓苗的从中替俺们和解了，怎的你却三番两次，叫这小孩们来臊俺的脾？虽然俺好欺负，俺手下人却不见得个个脓包呢。今天俺向你把话说开了，人家姓华的和姓苗的全是一等一色的好朋友，俺姓许的愿意拼着这个头骨结识他们，你姓王的却是惫懒汉子，俺眼里须容你不得。今天在姓华的家里，俺不愿和你厮拼，你若是有胆量的，和俺到村外山脚下一战，方是汉子。姓王的，你可敢去？"

这时华二当家却从屋里走出来，向前拦住道："许都头既然恁地原谅，须知道这件事，其实也怪不得王先生哩，想那方天玉既是一向未在一处，那么他是怎样冒犯贵差，王先生又如何应当知道？都头岂不是错误了。依俺华某看来，既是从好上说起，千万总以不要弄僵为止，请都头还是看在俺华某脸上，向贵同事说一声，请他把解药拿出，替俺把天玉治好，俺再叫天玉向贵同事磕头赔罪如何？"

许都头听了，向华当家道："既然华二当家是怎地讲时，俺便一总依你，只是那姓王的却装不得马虎，也要向俺同伴屈尊一下，滴个嘻哈呢。"

许都头说完，才刚向那同伴去说时，那同伴早已跳起，用二指一点许都头道："都头且住，听俺东方德一言。想俺等今日此来，虽然说受了那姓冯的蛊惑，然而却不是俺自己愿意来的，也是太爷发下签票，派俺等来的，要依着公事说，就应当见一个拿一个，见两个拿一双，拿到府里去，错不错，却不与俺们相干。现在都头因为姓华的懂得交朋友，知道面子，俺们才想起要交他这个朋友，所以才肯担起血海干系，来保华家平安无事。至于那姓王的，他究竟是什么样人，俺是全然不知，不过冲了姓华的面子，才不肯伤他，这也不过是看佛敬僧的意思。怎的他倒三番五次，以为俺等怕他，他才敢使出他的徒弟，一味向俺等无礼。现在把姓华的抛开，单对姓王的说，俺今天便要与他见个高低，他的徒弟，不错是俺打的，但是不能就这样把解药给他，须叫那姓王的和俺比拼个三五回合，倘若他胜得俺时，俺便替他救转徒弟，如若他败在俺的手里，俺那也把解药给他徒弟敷上，那就是姓华的面子，与他丝毫无干。不然就这样讲时，俺绝对不能救他徒弟，这件事还要求都头和华当家的海涵则个。"说着恶狠狠看了王先生一眼。

那许都头和华二当家，两个人倒木了一对在那里，谁知王先生这时，却扑哧一笑道："东方上差，咱很佩服你的胆量，既肯赏教，自当奉陪，只是拳棒无情，还要求上差多多留神。"说着自己向那东方德一点手，那东方德便也甩了大衣服，掣手里一对烂银锤纵了出去。

这时华二当家顾不了拦他们，先叫家人把天玉肩头弩箭取下，抬到里面床上，再看天玉的一张脸，已然跟白纸一样，便又找了一碗热水，放了白糖，叫天玉喝下。天玉已然神志不清，哪里还辨得出来，华二当家看了，不由长叹一声，把一碗糖水，拨开牙关，替他送下，自己却不住地在这间屋里踱来踱去。这时天气已然有丑末寅初的样子，忽听得窗户外面一响，华二当家急忙往外看时，只见一团黑影，直奔这屋而来。华二当家不由叫了一声不好，正犹疑间，只见来人已然掀帘入内，仔细看时，正是小芳，手里挽了一柄短剑，匆匆走入。一见华二当家道："怎的，二当家还在此处，那一伙人敢是都走了吗？"

二当家见她毫不知情，便问她道："你上哪里去了？"

小芳道："俺自在里面，照顾老太太，一直未曾离开，端的他们这班人往哪里去了，怎的俺苗二叔和师父也都不见？"

二当家便叹了一口气道："他们本来说和好了许久，谁知收科的时候，反倒引起大大误会，这时又向庄外厮拼去了。俺估摸今天事情端的不好歇手呢。"说着显出极端为难的神情。

小芳道："那么二当家在此则甚？"

二当家道："你这孩子，也特煞粗心了，难道你便没有看见这里炕上躺着一个？"

小芳往炕上看时，才看见天玉，不由呀了一声道："他怎样会倒卧在此，难道是有什么不舒齐吗？"

二当家一跺脚道："这件事还全坏在他手里。"便把他怎样自己把夏三拿来，怎样东方德拿箭伤他，怎样两下失和，才弄到现在的话，都说了一遍。小芳一听是药弩打伤天玉，不由气愤填膺，手里一按剑，提步就走。二当家急忙拦住道："你要往哪里去？"

小芳道："俺去找那什么德，和他比拼三五回合，替俺师哥报仇。"

华二当家道："你且莫鲁莽，天玉之所以被打，便是因为他不肯听信你师父教导，才落得弄成这样，你要是再贸然前去，倘或有个一差二错，岂不又添上一样事情？再说外面有你师父和苗二叔在那边，倘若他们不能取胜，你去了倒能取胜？依俺的话，你仍然到里面去，不然再出点儿差错，那时俺便对不住你苗二叔了。"

小芳听了，咕嘟着小嘴道："那么便这样看着俺方师哥死去？"

华二当家听了，猛地把手一拍道："有了，这件事便可完了。"

小芳道："二当家想起什么高招，便这等高兴？"

二当家道："俺先一直忘了，你那周师哥不是也使毒箭吗，难道他的解药，便不能解这连弩的毒吗？现在只要能够找着你周师哥，去向他寻些解药来，先把天玉救好，那时自有办法了，只是……"

小芳道："二当家不必为难，俺想周师哥的解药，未必都带在身上，且待俺到他屋里寻些来救方师哥。"

二当家道："好却好，只是你离此地，倘若他们再有人来惊扰，那便如何是好？"

小芳道："这却无妨。一则他们适才既说是不与二当家为难，想必不会前来打扰，即使他们来时，自有俺尤师兄在这里，亦必无妨。"

二当家道："真的俺便忘了他哩。"

小芳便提剑匆匆地往东院而来。刚刚进得院子，便听屋里，似乎有人说话的声音，登时心下一愣道，怪呀，这是谁在屋里谈天？俺倒要看一看。遂紧行几步，来在窗户底下，只听屋里一个哑嗓子的说道："据那姓冯的说，这证物就在这屋里，怎的会找不着呢。"

又听一个尖嗓子道："依俺看，这一定是那姓冯的弄玄虚，姓王的和姓华的端的比他人物多哩。"小芳听到这里，不由得点了一点头。

又听那个哑嗓子的道："任你灵似鬼，也要喝老娘洗脚汤，这端的不是老大赃证，还怕他姓王的赖上天去。"

小芳一听，不由吃了一惊，赶紧站起身来，到了屋门拦腰一横，口里喊声："哪里来的小贼，敢偷到华家庄，难道你没有耳朵？"屋里那两个人听见外面有人说话，噗的一声先把火种吹灭，这时屋里一黑，小芳只得往后退去。

只听那个哑嗓子的道："二哥，你从后窗户出去，待俺来赢前面。"这个说完，只听后窗响动，小芳究竟是个小孩子，便提剑纵上房去。及至到了后窗一看，哪里有个人影子，自己知道中计，喊声不好，再到前面去看时，屋里两个走得一个都不见，才待追去时，忽地一想，自己是为找解药而来，没的倒耽误了正事。想罢收回脚步，走进屋里，晃火把屋里油灯点着，然后再开柜找药。幸好里面放着正有一瓶，便赶紧揣到怀里，复把灯火吹灭，纵身忙奔西院。见了二当家，赶紧把药用凉水化好，一半替天玉敷上，一半灌在嘴里，不一时，只听哎呀一声，"痛死俺也"，已然清醒过来。华二当家心中大喜，便又送过一碗开水让天玉喝了。

又待了片时，那天玉已然能够坐起，看见二当家拿着药瓶子，只道是

117

二当家救的他，便爬起来给二当家磕头。二当家笑道："这件事你不要谢俺，你要谢须谢她哩。"说着拿手一指小芳，天玉忙忙谢过小芳，又问起怎生得到解药。

小芳道："哟，不是师哥提起，俺还忘了一桩大事哩。"遂把方才到东院取药所闻所见，说了一遍。

华二当家道："这却大大不好，端的与你师父有碍呢。"说罢搔首不止。

小芳道："待俺到庄外去看一遭，趁势告诉师父，把那哑嗓的拿下，然后再和他计较。"

华二当家道："这却不妥，倘若你去之后，再有别人前来，便当如何？"

小芳道："方师哥再有一顿饭工夫，也就可以复原了，屋里有他，屋上有尤师哥，谅来不至有碍事，待俺就去一遭。"说着转身提剑便又跑了出去。

这时庄门大开，远远便见一片光亮，如同白天一般，便赶紧脚上加力，纵进圈子。这时只见张兴霸正舞着托天叉和一个用双锤的厮拼。那个人约莫有三十来岁，短短身量，两柄锤使得神出鬼没。张兴霸看着不敌，自己正要摆剑跳过去，只见苗二侉子把双钩一拢，往前一纵身，向兴霸道："你且歇歇去，待俺和他走个三五招。"兴霸听了，果真虚晃一叉，跳了出去。苗二侉子接着过来厮杀。

那人一见嘴里便不干不净地骂道："小贼坏子杀不过，又换个老贼坏子来。今天你们一个也不要想活，且打发你这老贼坏子再说。"说着便一锤紧似一锤，打将过来。

小芳听这人说话，正和屋里那个哑嗓子一样，便不敢再躲在树后，只得一跃身子跳在先生面前，向王先生道："师父跟二叔快快千万不要放走这个人，他把师父的东西都偷出来了。"

王先生听了，只笑了一笑道："你不在里面去保护内宅，来到这里则甚。这里事不用你管，自有咱的办法，还不快快他去。"

小芳一听，也不知道王先生是不是已然听明白，便不敢再说，只得答应一声是，便又走出树林子，却不肯便回庄去，只隐在树林外面偷看。再看那人便似疯了的老虎一般，两柄锤雨点般落下来，那苗二侉子左边一钩，右边一钩，统不是个招数。猛地见那人提身一纵，离地有三五尺高，双锤当头砸下。小芳不由喊了一声不好，再看苗二侉子时，只把身体斜着一纵，早已蹿了出去。那人的两柄锤，使过了力，收不转来，不由就是一个前栽。苗二侉子挺起左手钩，背右手钩，横下一腿，那人早已趴在地下，正待爬起，却不防张兴霸过来照定腿上就是一脚，按住就捆。

这时那边早又纵出一个，提了一根齐眉棍，跑了过来，口里喊道："你们真是目无王法了，快快把人放过，饶你不死。"说着当头一棍，早向苗二侉子当头打下。苗二侉子斜身一闪，才待还手，那人棍又扫堂过来，纵身躲过，那人棍直捣胸脯。苗二侉子见他这根棍端的使得熟练，便也杀得性起，便把两只钩耍得和风车儿一般。

这时小芳看得有些呆了，就觉得身后有个人一拍她，急忙回头看时，正是自己师哥周大成，便低声问道："你看这厮端的骁勇，苗二叔兀自得不着一些便宜哩。"

大成道："你且看稳了，待俺来助苗二叔一臂之力。"说着从身上掏出袖箭，只把手一扬，小芳刚要喊使不得，那箭早已打了出去，恰好打个正着。那人哎呀一声，翻身扔棍跌倒。

大成刚要进一步去捆，只见那许都头跃身早出，握了一口滚风刀，向苗二侉子道："你等且慢动手，听俺姓许的说一句。本来今天俺等是奉命来办案子的，你等见俺前来，就应束手待缚，怎敢三番五次率众拘捕？方才已经说好，两下不得使用暗器，现在你们竟敢使出暗器伤人，来来来，待俺来和你们比拼三五合再说。倘若你们胜得俺时，俺便回去保你们没事，不的时候，对不起，便要屈尊你们列位了。"说着把手里刀一摆，十分神气。

苗二侉子才待向前答话，王先生抢前一步道："二弟退后，待咱来和他讲话。"苗二侉子果然退后，王先生提了那把金背刀，来到许都头面前，笑向许都头道："都头的话，咱方才也听明白了，今天实承都头高情，咱姓王的实在感激不过，但是都头说是奉了上峰命令，来捕咱王某到官，其实这话都头你却说晚了。既是奉命到此，就应点名拿人到官问罪，为何私入民宅，暗行窥探，岂不有损上差威名？既已解明误会，又将俺的小徒弟

119

用药弩打伤，一味逞强，眼里何曾还有别人？现在既已胜俺不过，就该履行前言，进庄救咱徒弟才是，怎的恼羞成怒，倒和咱放起对来，岂是汉子所为？依咱良言相劝，快随咱等进庄，救好咱的徒弟，从前既从误会起，回去还求向官面前美言，替咱择清这件事，咱往后还要高交都头这个朋友哩。请都头细细想想，咱这话可还有一半句用得不？"

这时却急了小芳，心说师父你这件事却办得不高明哩，你哪里知道你的要紧物事，都被人家拿了去哩。一时嘴里却又说不出，只得暗中叫苦。再看那许都头看了看地下躺着那个哑嗓的，便一跺脚呀了一声道："王教师，你的话俺便都听了，难道你徒弟两次拿毒器打人，便不应当问他一句吗？"

王先生笑道："先把这件大事料理好，那件小事，咱自会叫都头过得去。"遂叫张兴霸、华梁扛起那个哑嗓子的和那个被药箭打伤的，二番走进庄来。

小芳料着无事，便赶紧先跑了进去，把这事和二当家说明。这时尤俊英也在这屋里看守方天玉，天玉虽然服了药，究竟受了内伤，一时还不见复原，便歪在炕上养神。

小芳去刚刚把话说完，华二当家猛地神色一变，说道："这件事却大大不好。"

俊英、小芳刚要问是什么事，外面已然脚步杂沓，走了进来。小芳凝神一看，先前一共是七个人，现在连两个被捆的，只剩了五个，不由得咦了一声。

华二当家急忙出迎问道："端的怎样办了？"

王先生道："你们先不要问旁的事，咱只问你天玉此时怎样了？"

华二当家道："王先生真是有些急昏了，兀那不是天玉吗？"

王先生一见天玉已然站在自己面前，便同无事人一般，不由得诧异道："咦，这是闹的什么玄虚？你不是受了弩伤，怎的会好生生站在这里呢？"

华二当家笑着便把用解药救方天玉的话说了一遍。王先生听着点了点头，方待向许都头说明原委时，只听身后有人哎呀一声，接着又是扑咚一声。急忙回头看时，原来是方才那个被大成打坏的差人，从华梁身上滚了下来。这才猛地想起，他也是受了毒箭伤的，便赶紧向许都头道："咱这徒弟倒好了，只是这位便当如何呢？"

许都头用眼望着自己人里一看，不由跺脚道："俺这里并未曾带有解药，只好等等再讲吧。"

王先生道："受了药箭之伤，其势甚凶，岂可再行耽搁，既是都头这里没有解药，咱这里却有。"说着便转过脸来向大成道："你快把解药取来，替这位上差敷治。"

大成真格过来，把解药替那人上好，又把那个捆的也放了。王先生正待向许都头申说这件事儿，只听桌子底下有人说话："许头儿，俺被捆的工夫，兀自有些时了，请你说句好话儿，也把俺放开舒齐舒齐吧。"

大家不由都是一愣，王先生低头看时，正是先前被天玉扛来的那个夏三，因为先前大家一阵乱，竟自忘掉替他解开绳子，他自己便滚在桌子底下，打算自己把绳子弄开，谁知弄了半天，松都未松一点儿，一赌气便也不肯再动，只得由他。后来看见大家进来，绷不住便喊了出来。王先生见了，赶紧低下身去，替他解开，嘴里还不住说了些对不住的话，那夏三便臊眉耷眼地走到许都头那边去了。王先生看这事情差不多也就摆平复了，正要向许都头再说几句好话，把这一干人敷衍走，忽听四外喊声一片，人马杂乱，家人匆匆忙忙地从外面跑了进来道："二当家，王先生，大事不好了，外面官兵已然把庄子围了。"

说时迟，那时快，早已火杂杂地从外面拥进一班兵卒来，口里齐声嚷："休要放走姓王的！"当头一个手里拿着泼刀领着这班兵丁往里闯了进来，正是那取弩打天玉的东方德。许都头方要向前拦住，却因为人多声杂，喊了两声并没有人听见。

这时却恼了王先生，又听一声喊道："来得好，只咱便姓王，你们要来便来。"说时手下金背刀起处，前面一排的兵丁，早吃搠伤三五个，大家呐喊声便不似先前那凶猛，齐又退了下来。东方德大怒，挥了手里泼刀，便奔王先生砍来，王先生迎着就在大厅上厮斗起来。这时有几个兵丁，竟要往后院走去，苗二侉子便向前迎住，那边夏三、马龙等也便各自扯自己兵刃，加入里面，兴霸等众弟兄也不等王先生吩咐，也各自奋勇加入。这时只有一个华二当家和许都头愣在旁边。华二当家两次三番打算去拦住大家厮拼，怎奈看见刀枪滚滚，一时间得不着机会，只好趴在屋里炕上向外边看热闹。那许都头也是要拦住自己人，却因为那个东方德不放去谗言。原来许都头虽是都头，却没有那东方德在知府跟前说得响，但是自己又不便过去帮着动手，也只好站在旁边看着。再看东方德，已然不是王先生对手，气浮汗出，刀法全乱，那王先生一把刀便如疾风暴雨般砍将下来。正在酣战的时候，忽听王先生一声喊道："去吧！"两个里早倒了一个。

要知后事如何，且听下回分解。

第四回

哀王孙都头遭缧绁
念公子庄主探监牢

原来正是那个甘为戎首的东方德，被王先生一脚踢倒，兵丁们刚喊一声待要抢去时，早从背后抢出一个女孩子，宝剑起处，早又搠倒了三五个。那个小女孩子更不待慢，早上前一脚踏住，就地按住捆了起来。

许都头再耐不住，便喊一声："姓王的休走，且吃俺一刀去。"说着一刀早已砍下，王先生喊一声"来得好"，金背刀一迎，打算磕飞那口刀，许都头也是惯家，看见刀到，撤身抽刀，横里便向王先生腰间刺去。王先生闪身躲开，趁势一刀直取许都头项际，许都头坐腰一闪，进步就是一手撩阴刀。王先生立刀一分，站左腿，踢右腿，用个金鸡独立式，躲过撩阴刀，上右脚，金背刀分心就刺。许都头闪身刚刚躲过，金背刀早风一般向头上削来，坐身一躲，王先生就是一扫堂腿，许都头提身一跳，躲过扫堂腿双脚一甩，便是一鸳鸯脚。王先生长身一晃，用风摆荷叶架子躲过鸳鸯脚，捧刀就扎小肚子，许都头撤回头，金背刀便空。王先生就势横刀一挂，许都头立刀分开。如此往来三五十招，两人各不分胜负，心里互相爱慕起来。正在这个时候，只听那边嘭咚一声，许都头回头一看，正是夏三又被苗二侉子踢倒，心里一急，手里刀法就有些乱了。这时王先生精神发奋，便一刀紧似一刀，一刀快过一刀，许都头看着不敌。

正在这个时候，忽听兵丁们一阵欢呼，齐声喊道："高总爷快来吧，俺等有些吃不消了。"

又听一个洪钟般嗓音喊过："小子们休慌，俺高爷爷来帮你们。"一条枣阳槊，使得风车一般，从外面打了进来。

苗二侉子见他来势凶猛，便不顾旁人，直奔这个汉子而来。才一交手，苗二侉子就有些吃力不住，就知道今天事情非败不可，便喊一声："王大哥，华二当家，对不住，俺先走一步了。"说完手中钩一晃，撤身便走。那个大汉哪里肯舍，便一轧刀追了下去。

许都头见了，便大声喊道："高总爷穷寇莫追，由他去吧。"

那个汉子听了，便喊一声道："便宜这厮。"又向许都头那边看，见许都头敌不过王先生，便轧轧手中刀，径奔王先生而来。王先生一来战许都头的工夫大了，已然有些力尽，二来看见苗二侉子，心中也自是一慌，三来那个汉子也兀自不弱，所以战了不到二十回合，已然有些敌不及了，又看见一班兵士过去把华二当家拥了，便往里面闯去，心中更是一急，手里益发迟慢起来。那个汉子一根槊，像使风雨一般，王先生一时大意，竟被那汉子横槊把刀磕飞，自己才待转身，那汉子手脚是灵敏，早上前一步，摆双腿向王先生脚下一扫，王先生躲得稍迟，竟被扫倒，那边兵丁过来按住捆了。

那汉子才待往后面走，只听身后一声喊道："泼无赖，哪里走，且吃俺一叉去。"说着迎脖项就是一叉，那汉子坐身躲过，迎面就是一槊。张兴霸侧身躲过，进步就是一叉，分心就扎。那汉子闪身一让，兴霸跟进去掉叉杆就砸。那汉子喊一声"来得好"，甩槊一横，进步盖顶就砸。兴霸纵身一闪，槊已打空，就是这三手，那汉子兀自挑大拇指。又战了三五个照面，兴霸究竟力弱，被那汉子槊打太阳穴，扬脚一踢，被踢小胯，晃出三五步才摔到地下。那汉子才待举槊砸腿，后面嗖的一声响，袖箭早到。才把袖箭让开，脚底下就是一棒。那大汉跳脚刚刚躲过，第二棒已然紧跟自己腿上缠来，再要跳起，已是不易，急忙用力坐腰，饶是这样，还把自己扯得一晃。那大汉一怒，便把槊没头没脸地砸了下来。尤俊英看见来势太猛，而且自己身体太矮，一时周转不开，被枣阳槊打中左腿，摔倒在地，兵丁过来捆了。张兴霸这时也早被人捆上了，许都头这时也把华梁拿了。

那大汉便招呼许都头道："老许呀，你倒是往后头去呀。"

许都头道："总爷说得是，只是俺许宏想，作乱的姓王，拘捕的姓王，

124

那姓华的又没有一些劣迹，如何把他捕拿？况且姓华的在这地方，又不是无名之家，平素又没有丝毫不稳风闻，极为一方人民信仰，倘若把他拿去，一时问不出罪名来，那时却怎生担待得起？况且，他的哥子华大官人也是一个有名的硬官，皇上要用他，他还兀自不肯干哩，惹动他时，岂不是自找晦气？依俺劝时，只把姓王的拿了，其余的人，完全可以放去，不知总甲以为如何？"

那汉子道："这件事便依你，你把那姓王的看好，俺便去告诉差解，拿车子连夜解进府去。"

正说时，只听前面一阵喧嚷，又见先前拥着华二当家进去的那些兵丁全都又拥了出来，嘴里更不住喊道："厉害，厉害，留神小姑娘那口剑啊，袖箭也受不着了哇，跑哇。"一片声嚷，便跟水一般退了下来。

那大汉见了喝道："你等乌乱什么？"

众人道："高总爷呀，兀是厉害哩，里面有个小姑娘，手里拿一柄短剑，着实厉害，俺们弟兄被他放倒了怕有七八个哩，并且还有一个人在那里打袖箭，打得十分准，再厉害不过。"

那汉子喝道："休得胡说，快随俺来。"说着举起枣阳槊，径向后头而来。

刚刚来到边墙，只听噌的一声，便是一支袖箭，才撒身闪过，只听噌噌两声，又是两支袖箭，闪身躲过一支，横槊挡过一支。刚听得一声险时，一个剑锋早从胸际刺来，喊声不好，待要用槊去横时，已是不及，便急忙撒身，已经把衣裳划了一个寸长的口子。那汉子再低头看时，只见前面一个小女孩子，约莫有个十三四岁，手里拿着一柄短剑，便似风驰电掣般刺来。那汉子一则身子太高，往下三路迎招数不易，二来自己家伙沉笨，往下三路去也大是不便，偏是小芳一口剑，使得如腾龙一般，忽左，顾不了右，只累得气喘吁吁，眼花缭乱。正酣战间，猛见小芳把剑往上一递，直奔嗓际，心中不由大欢喜。原来小芳体短，取他下三路，他不好应付，现在一奔上三路，自己便可以占个上手，因是心中十分欢喜。看剑已来到，便喊了一声好，单臂用力，往上便磕。那小芳兀自精透，看见槊到，忽一低身，剑把下沉，使出朝天一炷香架势，那槊便磕个空，又加之自己用力太猛，竟有些收不住脚。就在这个时候，只听对面有人喊道：

125

"泼无赖，再吃俺一箭。"嗖的一声响，一支箭早中肩窝，那汉子就觉身子一麻，四肢无力，那根枣阳槊早已脱手而出，连晃两晃个，一跤摔倒在地。

周大成纵身过去，举链子锤便砸，只听里面喊了一声"使不得"，小芳早已用剑挡住。里面早跑出一人，一把把大成推开道："你这孩子，难道你不要命了吗？"

大成见是华二当家来到，方气吁吁地走开，嘴里却仍不住地叨念道："二当家说得好轻巧话儿，只见俺要杀他，却不见他把俺先生都锁拿了去。"

华二当家道："你这孩子家说话，总是没有成头。你要知道他们今天来为的是什么，他们不过是奉了上头差遣，前来捕风捉影，瞎乱一阵，他们就是把你们先生拿去，也绝不妨事，等到了堂上，你先生自有话讲，那时便可水落石出。你们何必这样鲁莽？本来俺住在这里，一点儿恶名无有，倘若因为杀了官府来人，那时问下罪来，如何得了？没罪也有罪了，岂不是自找苦头吃？你想俺说的话可是吗？"大成听了，一声儿不语，站在那里。华二当家道："还不快把解药取出来。"大成不敢违背，便将解药取出，又叫小芳去取些凉水来。

正在这个时候，只听人声错乱，正是许都头带了许多兵丁赶来，一见那汉子在地下躺着，一声儿不语，不由大大吃了一惊，便向华二当家道："这是怎么说？"

华二当家道："都头休要急躁，听俺慢慢说知你。"

许都头道："你讲，你讲。"

华二当家便把那个汉子如何来到里面，如何与小芳交手，大成如何用药箭打的他，说了一遍。那许都头一听被药箭所打，不由又是一愣，二当家也看出他这意思，便向许都头道："都头不要慌，俺已叫大成、小芳去取解药去了，这件事不妨。只是俺要问一句，俺那王先生呢？"

许都头道："俺告诉你，那工教师还有几个徒弟，一并解往州里去了，这却不是俺的主意，乃是那东方德要这样办的。俺也知道王教师是个血气汉子，只是俺却惹不起那东方德。现在且把这高总镇救醒，然后再作计较。"

华二当家吃惊道："怎么，这是哪个高总镇？"

许都头道："还有哪个高总镇，就是现任总镇高凤标高总爷。"

华二当家益发吃惊道："如此便怎么处？"

许都头道："华庄主，休得担惊，且把他救醒，再作计较，谅想不会有大妨碍的。"

这时小芳已经把冷水取到，大成忙将解药替高凤标敷好，不一时只听高凤标一声喊道："好小厮，胆敢用暗器伤人，待往哪里走，且吃俺一槊。"

许都头见他业已醒转，急忙向前扶他道："高总爷，醒来了吗？俺许宏在这里。"

高凤标一骨碌爬起来道："怎的，你还没有走？他们都往哪里去了？"

许都头道："他们都往州里去了。"

高凤标道："那姓王的可曾拿住，现在什么地方？"

许都头道："那姓王的已经拿住了，现在也解往州里去了。"

高凤标道："你可曾告诉东方德，叫他不要错待那姓王的，俺看那人相貌兀是不凡哩。"

许都头道："那姓王的不只是相貌不凡，就是武艺也端的是不弱哩……高总爷，俺许宏有一句要讲，不知……"

高凤标道："你有什么话，你尽可说，何必这样鬼鬼祟祟？你要说什么，你讲，你讲。"

许都头道："俺想那姓王的，既是国家要犯，那我们就不得不……"

话犹未了，只听高凤标喝道："什么国家要犯，不过被人诬害而已。还有一样，你大概还不知道这姓王的是什么人吧？"

许都头道："俺总也没听说他是什么要犯，只是奉了府里太爷谕，叫俺同弟兄们捉拿姓王的，说是机密案子，并不准走漏消息。至于他究竟为的是什么案情，连俺也说不清哩。高总爷既然如此说法，想来是知道的了。"

高凤标道："俺怎的不知，只怪俺记性不好。就是前天，州里府里，接了一张状子，有人密告，听说有一个姓冯的，还有一个姓齐的，告的就是这姓王的，听说里面还有一个是这姓华的家人哩。"华二当家想了一想，

127

自己家里用人，并没有这样一个姓冯的和姓齐的，但是这两个人是谁呢。又听那高凤标道："他们告姓王的私盗国宝，图谋不轨，州里府里，问他们有什么证物，他们便献出一袭龙袍、宝珠三粒，便一口咬定，这是绝大赃证。这时州里府里有一个师爷，名字叫什么尚策，忽然向州里府里耳边说了两句，州里府里忽地把那两个原告一链锁了，下在监里。你道那尚师爷说的是什么，原来那尚师爷说是什么宫里哄传被害的皇十七子，现在听说并没有遇害，已然逃出来了，当今主子已有密谕行到各州，如果有人能把皇十七子捕获，当时赏个二品官。现在这姓王的，说话既是北京口音，行为又是这样诡秘，况且又有龙袍宝珠，不是他还有哪个，所以才叫你们来拿他的。至于俺也是那州府怕你们势弱，才请俺来的。俺便把这姓王的消息说了，你要讲什么，你再讲来。"

许都头道："恁地时，便越发好说了。俺想他们既要得到皇十七子，还不就解到京里去吗，依俺看那皇十七子，不要还说正支正派，就是一个平凡的人民，如此英雄正直，俺也应当为他解脱解脱，交他这个朋友才是。"

高凤标道："听你这种口吻，便应如何区处？"

许都头道："俺看那皇十七子既是负屈在外，若是这样让府里把他解进州去，不只是对不起皇家厚意，就是对于这样一个英雄，失之交臂，并且把他送入虎口，使他白白送命，也要感觉对他不起哩。"

高凤标道："依你心意，还是要救他吗？这个事倒有些难办哩，如果他们还没有解走，那自有办法，现在已然都解走了，恐怕没有法想了。"

许都头道："只怕总爷此意不诚，如果真打算救他，便在下役身上。"

高凤标道："怎的不真不实，你且讲来。"

许都头道："如果总爷真的爱惜这汉子，下役自有区处。"

说着便在高凤标耳朵边上说了一阵，也不知都讲些什么，只见那高凤标一时皱眉，一时瞪眼，一时又咧着大嘴笑，用手拍着许都头肩膀道："果然好计较，俺便依你，俺便依你。"许都头又趴在耳朵边说了两句，只见他把眼一瞪，向身后几个兵丁道："这姓华的胆敢窝藏皇家要犯，并敢率众拘捕，真是目无王法，你们还不把他锁了。"

华二当家刚刚一愣，那几个兵丁已然跑了过来，倒剪两臂捆了。那周大成和曹小芳正待上前去救时，那许都头喊道："不要放走了这两个小厮。"嘴里虽然这样说着，眼睛却不住向小芳示意，叫他们逃跑。

小芳会意，便用手一肘大成喊道："俺等战你不过，俺去了。等到今天晚上再取你们首级吧。"说完用手一拉大成，大成也明白，便一纵身往上跳起，足有六七尺，双足一飘，二人早落圈外。

兵丁待要追时，早吃许都头拦住了，高凤标吩咐兵丁不要追赶，便同许都头押了华二当家一同往州里去。刚刚走到庄门，只听一片人声喊嚷，喧天震地的，高凤标着实吃了一惊，便叫许都头押后，自家提了枣阳槊跑在前面。到了临近一看，原来是一伙庄稼人，齐都拿了钉耙铁铲，也有几个扛着大刀长枪木棍，蜂拥一般，围在庄门口，一见高凤标，便齐声喊道："就是这鸟官，不要放他走了。"

高凤标横槊向前道："你等是什么意思？"

大家喊道："姓华的是俺们庄主，从来没有听得他有一些风声在外，你等怎的夜入他家，倚仗官势，锁拿他到官家去？须知俺等便容你不得，今日若将他留下，俺等便放你这狗官回去，如若不然，那时便要顾不得一切，就要动手了。你若是识相的，趁早走一步。"这人说完，接着又是一片喊打的声音。

高凤标虽然心地不甚明白，却也看出这里情景，便压下火去向众人道："你等只知道姓华的是你们乡里一个头脑，你们哪里知道现在有人告到官家，说他窝藏国家要犯，意欲图谋不轨，俺所以才带人来，并且现在已在这里找出真赃实犯，自应把他带到官家，前去审问。你等原系无知，激于一时义气，想来把他讨回，你等去想，王子犯法，与庶民同罪，岂能够徇你们一两个之请，就把一个国家要犯，这样轻轻放了？像这等狂妄无知，就该把你们尽数带走，今念你等无知，又系激于义愤，饶恕你们，还不快快退去。"

高凤标话尚未完，又听大家又一阵喊道："哪有如许闲话，既然他不肯放时，俺等便自抢罢了。"说着一阵喧嚷，早已抢了过来。

许都头这时再也忍耐不住，只得把华二当家交给兵丁，自己提了刀，来到前面。这时这些庄稼人，已然都围到跟前，高凤标也横槊狂喊。许都头早已跑向前面，向高凤标道："总爷且退，待俺来说退他们。"说着，把自己刀一举向众人喊道，"列位乡亲请了，俺叫许宏，便是这府里捕头。只因奉了太爷之命，说是有人告发姓华的窝藏国家要犯，私盗皇家国宝，大有图谋不轨之心，因此派俺捉拿姓华的到案。这件事是非未分，俺想姓华的到了太爷堂上，自有一番理查，查出不是实犯，自当释放回家。诸位乡亲一片热心，想救姓华的，如果真要是这样一来，反把罪名坐实了，那岂不是救不成人反害了自己，这聚众殴捕的罪名，列位可担得起吗？依俺良言相劝，趁早快些退去，免惹无妄之灾。至于姓华的究竟怎样办理，自有国家王法，列位不必操之过急，反倒激出他变，岂不是自寻苦恼。列位看这话，说的可是不？"

大家听了，便都喊了一声道："这个人倒还有理，俺等且去，等到明天，若仍然不把华庄主放出时，俺等再去到府衙鸣冤便了。"说着呼啦一声，大家散去。

高凤标向许都头一挑大拇指道："今天要不是你这几句话，恐怕事情不能就这样轻轻过去呢。"

许都头道："可见姓华的在乡里是一个人物哩。"

高凤标这才指挥兵丁押了华二当家一齐奔州衙赶来，不一时便到州衙。

那州官儿名叫杜清，听得把人犯拿到了，登时传话过堂。这时华二当家、王先生、方天玉、张兴霸、华梁，都已来在堂口，几个原办，许宏、东方德、马龙、夏斌、花胜、杨春，也都站在那里，州官上面一席，正是那总兵官儿高凤标。

许宏先上去回道："下役奉命带了东方德、马龙、夏斌、花胜、杨春，去到华家庄，捉拿私盗国宝贼人。下役到了那里，经眼线冯利、吉二……"华二当家这才明白原来是吉二，并不是什么姓齐的，又听许宏说道，"指点途径，下役等恐怕内中有诬告之嫌，便和众家兄弟计定，跳墙入内，各去私探。马龙愿去东院暗搜证物，夏斌愿去捕拿华纪文，下役带了东方德、杨春、花胜，直奔华家大厅，谁知大厅一个人也没有。正待往他处搜寻时，忽地锣声四起，灯火齐明。下役知道他有准备，正待集拢众弟兄时，身后已有响动，突地进来一个怯汉子，手使护手双钩，竟敢向俺拘捕。接着又进来几个小孩子，也各手拿兵器，后来又进来了一个年轻后生，手里拿了一柄金背刀，横冲直撞，端的骁勇。问及名姓，才知他就是那私盗国宝图谋不轨的要犯。那时俺等虽然极力厮斗，依然得不着一些便宜，后来下役忽然想出一个诱敌之计。"王先生听了，把牙咬得直价响，又听许都头道，"那时俺便假装杀他们不过，求他们说和，那姓王的还有一个在逃姓苗的都信以为真，便把华家头脑人华纪文请了出来和下役们厮见。原想稳住了把他拿来，谁知后来因为东方德一时忍不住气，便动手伤了他一个徒弟，姓王的便又和下役等厮斗起来。东方德和夏斌便上东院查证物，又去报告高总爷，才把他等锁拿到案，请大人查问。"

许宏说完，打了个阡儿，站在一旁。州官又叫东方德，东方德上前打了千儿，只听州官问道："你就是东方德？你怎查得证物，共有几件？当堂说来。"

东方德道："下役同夏斌到得华家东院，正待屋里搜寻东西时，忽听院子里有一个女孩子说话，是下役同夏斌使了一个诈语，跑了出来，又回到府里请兵。至于证物，就有一包，下役才浅，不知道这叫什么东西，请大人查看。"说着递上一个纸包。

州官儿接过，刚刚展开一看，便匆匆地向高凤标一拱手，吩咐退堂。众役不知道为了什么，只得全都押了下去。当时高凤标向州官道："你看见什么了，怎么说着好话，就吩咐退堂啊？"

州官道："高总爷大概还不知道这个犯人是个什么样人吧？"

高凤标道："聚众抗捕，还有什么好人，左不是些无赖汉士光棍而已，难道他还是什么出色的人物不成？"

州官把头点了一点道："不瞒您老说，简直是天字第一号的大人物哩。你道他是谁，他就是当今的皇十七子。"

高凤标也假装吃惊道："怎么？你老哥大概是有些糊涂了，那皇十七子不是早已死了多久吗，怎的又出了一个皇十七子呢？"

杜官儿道："这件事不过外边传说是犯了国法，其实前几日，主子还有密旨到州里，叫一体密拿，俺想这不是皇十七子还有谁。"

高凤标道："这话不是俺拦你老哥高兴，就是依老哥的话说，皇十七子果然没死，哪里能够便这样巧，就会走到这里来。我劝老哥万不可以因为升官换顶儿，便把人家弄到死地呀。这一点儿证据都没有，岂可一口硬

131

说他是皇十七子呢？还是审慎一些吧。"

杜官儿赔着笑道："您说得是，只是方才咱看见差役搜来证物，才敢断定他是皇十七子。"

高凤标道："真的，俺别忘了，方才那个差人交给你一包什么东西，快拿来俺看一看。"

杜官儿答应一声是，便把一个包儿，递给高凤标。高凤标接过来打开一看，只见里面包着一块方寸透红的玉玺儿，一端是二龙戏珠，下头有几个字，高凤标看了看便向杜官儿道："这几个弯弯曲曲的是什么字，念些什么？俺却不认得，烦老哥告诉俺吧。"

杜官儿道："这是六个字，皇十七子之宝。您看他要不是皇十七子，他从哪里来的这个物事儿？"

高凤标点点头道："这样看来，老哥猜的是八九不差了，只是现在究竟应当怎样处理呢？"

杜官儿道："这件事俺想干系太重，不可大意。最好先审过一堂，再送到府里去，然后再想如何处理，您看如何？"

高凤标道："好，依你，依你。只是还有一节，俺看这案子端的大得紧，倘若一经问实，皇十七子自然是免不了一死，就是其余被捕之人，恐怕也不能活。其他还可不说，像这里面那个姓华的，俺却看他兀自有些冤枉哩……"

杜官儿插嘴道："怎说他是冤枉？"杜官儿这时却向高凤标道："咱也曾听说那姓华的端的是条好汉子，只是这血重的干系，却怎生摘得他脱？"

高凤标道："只要老哥有意开脱他，这件事便在俺的身上。"

杜官儿道："那就便凭总爷计较吧。"

高凤标听了大喜，面向杜官儿作了一揖道："老哥如此成全好人，真不愧为民之父母。"

杜官儿却把头摇一摇道："您先不要过奖咱吧，咱看这案子不只是姓华的应当放，就是那姓……"说到这里，知道自己失了嘴，便不由心里一急，顿时红了半边脸，再也说不出一句话来。

高凤标看了不知他是什么意思，便替他向下接一句道："老哥说的是那姓华的一班小孩子，也该把他们放去，你道俺猜的可是吗？"

杜官儿被他这一扯，倒给了自己一个绝好的台阶儿，便赶紧接下去道："可不是。俺想那一班小孩子懂得什么，不过是被他们误拿了，这要是送到府里，一经审实，岂不是白白送了几条小命。只是又放不了他们，奈何。"

高凤标笑道："说你是个好官儿，你便益发地好起来了。这件事却不可以这样大做，倘若被他们看了出来，反为不美。现在只把姓华的出脱了便好。"

杜官儿道："既是如此，咱便再升堂问一问，便开脱了那姓华的吧。"说着，便一迭连声喊人坐堂。

头一个便先传华纪文。差人便吆喝喊堂威，喊道："带华纪文。"这时早有两个差役把华二当家带上，当堂把刑具撤开。华二当家这时早看见堂上是杜官儿，心里一块石头，便早平平地放了下来，便往那里一站。

只听杜官儿问道："你就是华纪文吗？那姓王的却是怎生在你家里搜出？快些讲。"

华二当家道："这件事，其实冤枉。俺哪里认得什么姓王的，只因昨夜俺已然睡了觉，听得院里有人厮斗，两下里俺全不认识，只道是强盗打抢争风。俺不合吆喝村众，前来防护，后来才知道是官役捕人，后来便硬说俺是窝藏巨匪，率众拘捕，把俺也提来官里，其实这件事委实冤枉。"

杜官儿点点头道："咱看你也是拖累在内，现在咱便开脱了你，你可能找一妥实人保吗？"

华二当家道："这倒能，只是要怎样的人才算妥实，还求示下。"

杜官儿刚要说话，只听外面一阵喊嚷，杜官儿急忙叫人出去看，不时人来回报说是华家村老百姓，齐来叩见大人，愿保华纪文无事。杜官儿道："你去吩咐他们，就说叫他们不要喧嚷，推出两个为首的人来问话。"

不一时从外面进来四个老头子，年纪都在五六十岁，见了杜官儿磕头行礼。杜官儿问道："你们姓什么叫什么？为什么聚集许多人，在这州衙门口喧嚷，从实讲。"

那个年老的道："小人名叫幽房，他叫里正，全是华家村的住户，只因今天听得里正报说庄主华纪文被州里去人逮捕到案，听说是因为窝藏国家要犯，图谋不轨。小人等想庄主华纪文，原是书香门第，世代为官，岂肯做出这样勾当，定是被人诬告，因此小人等便联合村里乡亲，叩请大人体察冤枉，把华纪文释放，小人等愿以全村八十二户人家性命，担保华纪文没有叛国之事。大人明察，公侯万代。"说着二人复又叩头不止。

杜官儿道："原来如此，难得你们这等义气，本州正要放华纪文转去，因为他还没有找着妥实人保，既是你等有这番意思，咱便依了你等意思，释放他回去，只是你等可愿担保他无有背叛之意吗？"

二人异口同音道："愿保，愿保。"

杜官儿道："如此具结下去。"

那二人刚喊一声谢大人时，早听堂下一人喊道："大人使不得。"

杜官儿一看，原来正是喊告的吉二和冯利。杜官儿不由得一愣道："什么事，竟敢在本州堂上这样喧嚷？"

吉二一推冯利，冯利便走向前面跪下回道："回老爷的话，那姓王的就是华纪文家里的教师，既把姓王的从他家里拿到当官，自应一同问罪，怎可听信他一面之词，便又把他放去。倘若放去之后，再出了别的岔子，应当谁来担承？小人等愿具甘结，华纪文绝非良善之辈，如果老爷纵虎归山，小人等就要受罪了。再者说，即或就是老爷认为他是情有可原，也应办文把他送到府里，任凭府里发落，岂可就这半途把他放去？还求老爷明鉴。"

杜官儿听了这席话，心想这厮真个利嘴，这事倒有些扎手了，正沉吟间，只听那边桌子啪地一响，又听高凤标喝道："哇！胆大狗才，竟敢扰乱公堂，实在可恶，杜官儿你也拿出些厉害来，岂可容他这样放肆？"

杜官儿便借着这个台阶儿，一迭连声地喝道："你这厮，真正目无法纪，本州问案，自有本州判断，岂能容你多嘴。来呀，把他与咱带了下去。"又向华二当家道，"华纪文，你便跟随他们取保去吧。"

华二当家又向杜官儿道："承大人雪此不白之冤，民人自是万分感激，只是民子华梁也被贵役们锁来，现在大人既放民人回去，再求问大人一声，可否把民子也一并释回？"

杜官儿正要再说一句时，只听原差东方德向前跪一步道："下役回大人话，这姓华的家中窝藏国犯，确是实情，既是他有了妥实保人，便是暂放他回去，尚无不可。至于那华梁，持械拒捕，殴伤原差，事实俱在，岂可容他这样蒙混。下役想此案，还是送府问讯为是，如果大人把他等完全释放，等到再想把他们捉回，恐怕那时就不容易了，还求大人明察。"

杜官儿故作惊异道："怎么，他一个小孩子，还能持械拒捕吗？这件事咱却有些不信。"

东方德道："大人不信，当堂便可试验，他如果是平等人家的儿女，他绝不能身穿夜行衣靠，身挎镖囊，还求大人明察。"

杜官儿道："如此说时，你便快去把那华梁带来咱看。"

东方德便向外一声喊："带华梁。"

杜官儿一看，华梁长得眉清目秀，十分有神，身上穿着一身深蓝色的夜行衣靠，十字襟，丝鸾带，脚下穿着青缎子快靴，丝鸾带上，果然挂着镖囊。杜官儿看到这里，不由把眉头一皱，手拍惊堂木问道："下面站的可是华梁？为何小小年纪，竟敢持械拒捕？讲。"

华梁道："什么叫持械拒捕，俺不懂得。他等既是奉命缉捕犯人，便应当用正式提捕公文，指名锁拿，他等为什么暗入民宅，私盗民物，难道也是秉承上司意旨办的吗？俺等因为保护自己家里什物，便不得不向他等动手。这件事大人可曾问过他们，昨夜入庄的时候，可曾打过什么招呼？民人等自知家里闹贼，不知是官，这件事还求大人明察。"

杜官儿却没有料到他会说出这篇大道理来，便向他点了点头道："虽然你这话说得有理，只是本州这里也不能判断你们这案子，你现在既是身佩镖囊，穿着夜行衣靠，咱便拿你当个夜行人办。来呀，把他押了下去。"杜官儿又向华二当家道："华纪文你可曾听见？按说便不能再放你走，只是咱们说的在先，现在也未必反悔，你就快快下去取保吧。"

这时华二当家，哪里还敢再说什么，只得退下堂口，随着里正官人，自去觅保去了。

再说杜官儿又向众人道："现在该带姓王的了。"遂把王先生、张兴霸、尤俊英、方天玉都一一问了，叫人办了文书，去送到府里，然后才散堂。

高凤标却仍然未走，见杜官儿进来，便笑着向杜官儿道："今天辛苦了。"

杜官儿也笑道："今天这件事，正是硬做了。"

135

高凤标道："这件事也只好是这样硬做，不然的时候，恐怕正要纠缠不清哩。"

杜官儿道："不过据咱看去，不出三日，一定要出大病，这府衙里恐怕未必便能处置得了吧。"

高凤标急问道："你怎么见得？"

杜官儿又道："方才咱看见人群里面，站着一个消瘦的汉子，站在里面，出神出像，保不定今天晚上就要出些毛病哩。"

高凤标道："好在这件案子，我们已然脱了干系，再出什么样子的毛病，也与我们没有干系了。"

杜官儿笑道："总还是不出事的好。"

高凤标谈到这里，便叫跟来的人备马，辞了杜官儿回去。

再说都头许宏，带了夏斌、马龙、东方德等，押解一干人犯直奔府衙而去，这时东方德却向许都头道："许头子，今天要不是俺跑到府衙送信，请调高总镇，只怕这件差事不会办到吧。这几个小子，真还有些扎手哩。"

许都头道："是啊，要不是你去报信，恐怕我们都要吃一些小不是呢。"

这时夏斌却不理会他们，只向马龙道："真是叫那王铁嘴说灵了，这一个月里，就没得着一点儿好气。围剿抱龙岗，一点儿功劳没得，反丢了一件趁手的家伙，昨天熬了一夜，连一个小贼都没有捉得，反吃人捆了一回，真正是走在倒运上了。"

马龙笑道："你这人说嘴打嘴，还不该现世现报吗。俺昨天被人家捆了，吃你好一顿奚落，谁知后来你也一样地吃人家捆了，以后我劝你笑人家还要留心自己的好。"

夏斌道："人家好心救了你，你倒奚落起俺来了，真是……"

一言未了，只听身后树林边有人吆喝："好热汤啊！"大家抬头一看，原来是一个瘦长的汉子，肩上担着两个水桶，手里摇着一把破蒲扇，从树林里走了出来。

这时马龙一个喊道："许头儿，我们可以喝一点儿汤再走吗？"

许宏才要答言，夏斌连忙摆手道："慢来慢来，你总这样急性子，一时怎就渴坏了，你且把差事押到府里，那时尽有你的酒喝，何必喝这汤。"

马龙噘着嘴道："你哪里知道，从昨天天将黑，一直到如今，水米还未打牙，我不管你们，俺只喝俺的，你尽可到府里去喝那领赏的酒，俺却不羡慕你。卖汤的，且舀一碗来。"

许都头道："你这一发起，俺这喉咙里，便兀自有些作怪，大青白日，难道还有什么不成，大家且都喝一碗走。"

这时大家走了一路，本来都有些渴了，现在听许都头一说，大家再也熬绷不住，便大家异口同音说道："好，大家都来一碗。"

偏是那汉子有些作怪，却扬着个脸儿，向大家道："俺这汤是要赶到前面的集，趁几个钱的，没的给你们老爷吃了，倒叫俺失了生意，俺须不卖，老爷们饶过则个。"

马龙头一个喊道："咥，你这泼大汉，端的无礼。老爷要喝汤，自有钱给你，你怎敢说不卖，快些舀来。"

那汉子却把眼睛看着许都头，一双手是动也不动。许都头早已看出那汉子有些蹊跷，便知道是那话儿来了，却假作不知，也向那汉子发怒道："你这厮只把眼睛看着俺怎的，还不快舀汤来，再这样慢腾腾的，老爷便打翻了你这桶，看你可能赶得集趁得钱不。"

那汉子一面弯了腰去舀汤，一面却嘴里咕噜着："什么官家，便这等强买强卖……"

许都头道："哪里有这样许多啰唆，你自将来老爷们吃，须叫你失不了本。"

那汉子便舀了一碗递给马龙。这时大家已然急了，便不耐烦那汉子，早一个个抢着舀了来喝。那东方德先前却不肯喝，后来见大家喝了都无事，便也跟着舀来喝了两碗。这时前面一桶，已然抢了个干净，便都又来抢后头那桶。那汉子见了，便抢一步来拦着，却不道已然走到人家后面，早已有几个把盖子揭开来用碗去舀，那汉子直把手拍道："老爷们便真的这样忍心，俺须是下了血本来的哩。"

众人吃得高兴，哪里听得他说，不一时，一桶早又去了半桶，那汉子气得把手一揣，蹲在路旁。说时迟那时快，只听马龙头一个喊道："啊呀，不好，俺想是中了暑，怎的便头……"话言未了，早已一脚滑下，身体一软，坐了下去。夏斌、东方德也便随着倒了下去。

这时那汉子只把手一拍道："倒也，倒也！"

早从树林子里蹿出一男一女两个小孩来，向那汉子道："老王，得了手吗？"

那汉子道："得手是已经得手，只是天已不早，须要快些把你们师父救下，不然路上一有行人，便有许多不便。"

那两个小孩子一听，便都齐奔囚车而去。刚刚到得囚车边上，正待拿手去解那绳索时，只听车下喝道："胆大小厮，竟敢欺负官人！"

欲知来者何人，请看第二集。

第 二 集

哀王孙都头遭缧绁
念公子庄主探监牢

"劫夺要犯，尔等有多大胆量？不要走，也随俺到官家去一趟吧！"

那两个小孩子同声喝道："泼贼！杀不尽的凶徒！怎敢欺俺老师！俺等正欲拿你替俺师父报仇！"说着两个人早已亮出兵器，齐奔许都头而来。

原来许都头早已把事瞧料，在大家吵嚷喝汤时候，自己便先藏车下了，后来见大家被那汉子麻倒，又见那两个小孩子扑向囚车而来，便才答话。谁知两个小孩子，一个用锤一个使剑，早向自己风车儿般舞了过来，那个汉子，便从汤担上扯出扁担前来助战。

许都头一声喊道："住手！且听俺一言！"

那两个孩子道："你说！你说！"

许都头道："你等此来，想是听了姓苗的支配，来救王先生的吧？"

两个小孩道："是便怎么样？"

许都头道："即是你等不来，俺也正想放他哩！你们来得正好，便帮着俺把他放了吧！"

那两个小孩道："你却不要骗俺。"

许都头道："骗你们两个小孩子则甚？你们看！"说着过去便把王先生的绳索扯断了。

王先生向许都头道："看都头这个意思，想是要放咱王某走路吗？"

许都头道："怎敢！小人也是因为这个饭碗子，家里又有老母幼子，一时撇不下，不的时候，俺便随从主子走了。现在趁着他们未醒，主子及早去吧，不然他们要是醒来，或是路上有了行人，便有许多不便了！"

王先生道："怎地时，岂不连累了都头？"

许都头道："小人自有主张！"

王先生道："如此倒累了你。还有一件，咱是承你放咱走了，咱的几个徒弟，求你也一并成全了吧！"

许都头摇一摇头道："这件事却不敢遵命。俺想州里既然肯已开脱，到了府里也不会便定偌大罪名，有俺许宏在，几位小英雄挫了一根寒毛，找俺姓许的问话。此时天已不早了，主子们快走吧！"

王先生听到这里，把脚一跺，向华梁等几个道："你等就暂受一时委屈吧，咱自会来救你们！"说着向许都头致了一声谢，便领了小芳、大成就走。

小芳忽地往那边一看，向王先生道："先生且先行，待俺将这贼骨头剁了！"

王先生急忙一把扯住道："你要杀谁？"

小芳把手向那边一指道："师父难道没有看见那个贼兔子姓冯的也倒在那里了吗？这件事就是那贼兔子闹坏的，平常也不知害了多少人，今天还不趁他熟睡，把他剁了，岂不省得他再害人？"说着，提剑便走。

王先生喝道："且慢！这件事须鲁莽不得。要知今天的事，咱等原无真赃实证，他便把咱等抓到官里去，也没有死的罪名，如果要半路把他等一杀，那时无罪也有罪了。况且，这许都头又答应替咱设法，开脱咱等罪名，你如果现在把他们一杀，不要说是咱等走不开，就是那许都头咱也有些对他不起哩！快快随咱走了吧！"

小芳仍是咕嘟着嘴，还是先前那个汉子喊道："王先生，曹姑娘，周四少，还不快走？那边有大队的人来了！"王先生听了，慌忙拉了小芳、大成，向许都头把头点了一点，和那汉子早穿进树林而去。

那许都头见他等去远了，却不去管那囚车上的人犯，便也走到那边，将身卧倒，假装和大家一样。

这时树林子外面，早已人声沓沓，听声临近，就听有一个人喊道："车在这里了。"跟着跳进一个人来，是个兵丁打扮，手里提了一条马鞭，似乎是在找什么人，陡地看见许都头等躺在地下，便不由喊了一声道：

"总爷快来！果然出了岔子了！"

又听外面有人应声道："什么事这样大惊小怪？"

那个兵丁道："总爷你……看……许都头……和这些都倒了！"

许都头这时已然看出是高凤标，便益发地不敢动一动，把个眼儿死并在一处，又从嘴边上漾出些唾沫来。

又听高凤标道："怎么这些人都失了事？你们快去看看差事丢了没有。"

兵丁答应着去看了回报道："旁人全在，只是走了姓王的。"

高凤标听了，把头点了一点，赶紧派人从旁处取些凉水来，从许都头起排着个儿灌了下去。不多时，只听东方德哎呀一声道："怎的这样好困？"把眼一揉忽地坐起道，"哎呀！不好。"抬头一看高凤标，便赶紧向前请安道："大人什么时候来的？"

高凤标却把手一指他道："你等怎的便弄成这种样子？现在正犯已然丢了，这便如何是好？"

东方德叩头道："大人，是俺等不合一时贪图口腹，竟至被贼人蒙害，望大人饶恕死罪！"

这时马龙、夏斌等也都醒了，听说把差事丢了，心中也自吃了一惊，便都跪下哀求高凤标设法，高凤标斥道："你等怎的便这样不中用，这一些事儿，竟闹得这般模样，看你等回去怎生交代！"大家都一齐向前请罪，高凤标道："向俺行礼则甚，还不快快整顿到府里去？"大家便答应一声，把囚车推去，高凤标把眼看着许都头，许都头便忙趔过身去，高凤标益发瞧料了。

不一时已到府衙，东方德先进去向知府说了，一时传出话来，二堂候审。这知府原是旗人，名叫克哩布，人却极其刁钻古怪。大家听了，便带了华梁等走进二堂。这时那知府坐在堂上，好不威风，先传许都头回话，许都头只得硬着头皮走了过去，先请了安，便把如何到华家庄，如何进庄拿人，如何差役被获，如何高总兵进庄捕获数人，怎样送到州里，怎样半路大家贪图吃汤，怎样受了暗算，怎样走脱凡人，怎样又遇见总兵救醒，说了一遍，复又请安请罪。

那知府听了，只微微一笑道："你说的俺都听清楚了，可是句句实言？"

许都头道："不敢蒙哄大人。"

那知府陡地把脸一变道："哇！胆大许宏！你有多大智量，敢在本府面前闹鬼？真是不知自爱。到底收了姓王的什么好处？竟敢私放国家要犯，还不快讲！"说着早把个惊堂木拍得震天响。

许都头不防那知府会问出这样话来，陡地吃了一惊，继而一想，这件事他又没有目睹眼见，须不要叫他用诈语诈了去，便复又向前请安道："大人说的话，小人担待不起，其实也有些不大清头，还求大人明白示下！"

那知府听了哈哈一笑道："谅来你也不肯说实话，东方德何在？"

东方德应声从屏风后面转出道："伺候大人。"

知府道："你向前和许宏对来！"

东方德笑向许都头道："都头这件事，俺便对都头不住了！依俺之见，都头还是实说的好，不的时候，难免大人要动怒了！"

许都头道："呸！东方德，俺昨天不是跟你在一起的，你拿人，俺也拿人，你入庄，俺也入庄，你被人灌倒，俺也被人灌倒，如今差事丢去，你怎的便在大人面前，道俺的坏话？哦！俺也瞧料了，你不过打算谋俺这都头，尽可明言，俺许某自愿交朋友，拿这都头结识了你，亦怎的便敢诬赖好人？要知俺是同你在一起的，俺若放走了犯人，那你也是同谋哩！回大人话，小人不知他说些什么，请大人问他！"

东方德听了哈哈一笑道："都头，这便是你的不是了！你道俺是跟你在一起的，这话倒一点儿不错，树林子里面，都头没有喝汤，俺也未敢喝汤，都头和姓曹的动手，再和姓王的讲话，俺都听得明明白白，难道姓王的不是都头放走，还是俺放走的吗？都头，你还是实说了好！"

那知府早把一筒签都丢在地下，向堂下众役喊道："这厮不说实话，快把他收了起来！"

许都头知道这事闹穿帮了，不认这笔账，也赖不过去，便坦然向那知府道："那姓王的便是俺放去的，因俺敬他是条汉子，现在既被查出，俺愿领受罪名便了！"

那知府这时却又收了怒容，换副笑脸，向许都头道："许宏，不是说你，你也太热心肠了。那姓王的既是与你相识，你便应当在未逮捕之先，悄悄送信，使他走掉，怎的反在逮捕以后，才想开脱他？你想他是国家密拿要犯，你就这样轻轻地把他放了，难道就没人问了不成？依咱劝你，你既是把他放了，他现在住在什么地方，你一定是清楚的。你可以说出他现在住在什么地方，咱便派人去拿，把他逮捕到案，那时便没有你的事，依然把你放了。至于那姓王的呢，咱只要看看到底是不是国家钦拿的要犯，咱自想法开脱他，也不使你落一个'卖友求荣'，你看咱这话说得可是吗？"

许都头一听心里着实好笑道：这都是俺使剩下的招儿了，他倒拿来骗俺，真是可笑！想到这里，便向那知府说道："大人待罪役，其实可感，只是俺和姓王的，不过激于一时义愤，放他逃去，至于他现在住什么地方，罪役委实不知，不敢胡乱蒙混！"

那知府听到这里，便又把那一番喜容，收得干干净净，嘿嘿一阵冷笑向许都头道："你这厮既是恁地不识抬举，咱便对你不住了！来呀！把许宏钉肘收监！"

两旁杂役答应一声，早把许都头带下去了。那知府又把华梁等都叫上来细问了一遍，也叫押了下去。散堂之后，便吩咐把东方德请了进来。

那知府叫他坐了，便向他道："今天这件事却亏了你，只是咱看主犯姓王的在逃，空拿着这几个小厮，有什么用处，这件事还须用一番心，总要把姓王的拿到，不知你可还有什么主意？"

东方德欠一欠身道："是！这件事端须考虑。在林内装醉的时候，也曾听见许都头和姓王的说话来，委实是素不相识，那姓王的究竟逃往何处，这件事倒真难根寻，就是问许都头时，恐怕他也未必真说，这件事总须另想一个办法才好！"

那知府道："咱看这件事，姓华的断不会不知情，趁姓华的未醒腔，今晚你便带人去往华家庄探听一回，倘若那姓王的复又逃回那里，便即速将姓王的和姓华的一并拿来，这件事情，就交代下去了。"

东方德道："还是大人高见，今晚下役便去。"

说着辞了走去，来到班房，向几个伙计一说。这几个伙计里头，夏斌、马龙平常便和东方德不对，今天一见许都头为他下在牢里，心里益发的不痛快，见他这种大模大样，越发觉得讨厌，便高仰脸睬也不睬他。

这内中有一个小伙计名叫耿幼峰，因为走路有些垫脚，人送外号叫耿歪子，平常见了许都头，恨不得替许都头铺床叠被，一口一个许大叔，叫得许都头有些不过意了。今天一见许都头被押入监，他便改了口道："俺就知道那许宏干不出好事来，终究会把人头要下来的，你们看怎么样？这是国家要犯，哪里可以随便就把他放掉的呢？说不定，里头许很捞摸了几文哩。"

一句话未完，只听叭的一声，又响又脆一个巴掌热火火地早打在脸上，只听得骂道："你这不要脸的歪坏子，平常许都头待你不错，怎你反复无情，硬生生给许爷安脏名儿，八成你又爬到高枝上去了吧？俺却看不惯这惫懒样子哩！"说着叭叭又是两巴掌。

耿歪子抬头一看，原来正是马龙，不由得捂着两腮道："马爷，有话尽可说，怎的便动起手打起来了？你吃的是皇家的饷，俺也吃的是皇家饷，须用不着你来替姓许的出鸟气。你是好汉子时，不会去把牢门劈开，把姓许的放出去，却来寻俺的薅恼怎的？"

马龙大怒，只随手一叉，早把耿歪子叉倒铺上，便真个叮叮当当地打了起来。夏斌虽然不满耿歪子，却怕马龙真格把他打成重伤，也自不便，看他已然着实挨了几下，便赶紧过来把马龙拉开道："自家弟兄有什么说不开，怎的便动起手来？没的闹急了，叫人家听见，端的什么意思？还不快点儿撒开？"说着连忙把马龙扯开。

恰好东方德正从外面进来，一见马龙夏斌，便把眉头一皱复一笑道："这件事还须你们哥儿两个帮俺一步哩！"

夏斌道："什么事情？"

东方德咳了一声道："还有什么事呢？适才大人吩咐下来，叫俺同众位兄弟再往华家庄去一遭，探一探姓王的是否仍在那里，叫俺等将他缉捕到案。俺想那姓王的，恐怕此时已然不在那姓华的家里了，此去也不过捕风捉影，徒劳往返而已，不过这是上官的命令，说不得，只好大家辛苦一趟吧！"

东方德话言未了，只听马龙喊道："东方德！要去你去，姓马的不去。你若有力量时，可以把俺撤了，或是把俺也押起来！"

东方德一听便是一愣，知道马龙向来为人过于耿直，却也不理会他，倒赶紧向他道："这件事是大人这样吩咐下来的，并非俺假传圣旨，这件事办下来时，也不是俺一人受赏，难道不是大家光彩，何必这样使气呢？"

马龙听了把眼一瞪道："什么鸟大人？俺吃这份粮，便管这份事，便受他指挥，俺若辞去这鸟事不干，他是什么撮鸟，敢来用俺！俺和他还不是一样人？什么叫大人？俺还是大人哩。从今天此时起，俺就不干了，你再休拿什么大人来吓俺，俺是不买这本账的。"说着从桌上抓起帽子就要走。

夏斌连忙站起拦住他道："老马，你总是这样暴躁，你且坐下再说！"

东方德借了这个台阶儿，也来相劝，不提防，马龙向他叱道："你躲俺远些，俺却看不过你这般勤样儿，留着到堂上见了你的大人使去吧，俺马老爷是有骨气的汉子，兀自有些看不惯。"说着又向夏斌道，"大哥，你愿吃这碗饭你吃，俺是不再吃这碗劳什子饭了，什么人的气都要受，什么人的话都要听，俺姓马的不愿意伺候小人，你只放俺去，不的时候，恐怕偶有舛错，那时更连大哥你这意思也埋没了，你还放俺去好！"

夏斌道："要走俺兄弟一路走！"说着便拉了马龙道，"走！俺和你去见大人去。"

东方德这里着实觉着不是意思，但是没有办法，只好随他们走去，但是今天晚上夜探华家庄，再要短了这两个，益发没有人办事了。正在筹思之际，忽听有人喊道："东方上差在屋里吗？"

东方德一听，不由喜出望外道："此人回来，俺无忧矣！"便赶紧搭腔道，"在屋里，请进请进！"

外面答应声中早走进一个灰扑扑的汉子，年纪约在三十上下，神采奕奕地从外面走了进来，向东方德道："俺方才听得看牢的石二哥说是你们许都头，因为什么放走王先生，只吃相公收在监里，上差便顶了许都头的缺了，真是可喜可贺，不枉你费了多日心机，居然把这个美差弄到手了，俺真是服了你了。现在有事没事？没事且和俺到章二娘家去吃三杯，章二娘家今天下得好大活蟹，走，走！"

东方德被他一阵胡噪，也不知如何应付才好了，只得撤开身子道："左二哥，你先不要扯，有话慢慢说。俺只问你，什么叫俺用多少心机？

怎么忽然又管俺叫起上差来？端的是怎样一件事？"

那汉子道："俺哪知道你这本账？这全是看牢的石二哥对俺这样说的，俺哪里懂什么上差下差，一总也是他叫俺这样说的哩！"

东方德听了点点头道："这就是了，只是俺今天有事，不能到章二娘家里去吃酒，如果要吃酒时，俺自去叫他们买来，也买些好大活蟹，便请你在这里吃三杯如何？"

那汉子道："哪怕不好，只是少个娘们儿，俺须吃不爽快哩！"

东方德道："怎的？女娘儿……左二哥……你若能帮俺一步时，俺便日日沽酒你吃，夜夜着小娘儿伴你哩！"

那汉子把拳头向桌上一捶道："东方小子，有话只管说，只要俺能办时，若不帮你俺便是个龟！"

东方德听了不由大喜，却先不向他纠缠，忙叫进一个兵丁来，到外面买上三斤好酒，称上五斤大蟹，那兵答应自去。这里东方德却一拉那汉子道："左二哥，请你到屋里来，俺有话讲。"两个人到了里间，东方德早向那汉子一揖道："左大哥，这件事必须帮助俺则个！"

那汉子道："你有话只敢说，何必这样吞吞吐吐？"

东方德道："如此说时，大哥已然答应了帮忙。"遂将知府怎样吩咐他今晚再探华家庄，马龙、夏斌如何不去，都一一告诉了那汉子。

那汉子道："俺还当着什么遮天大事，却原来就是这一点儿小事。且和你吃了酒，去见俺娘，只要俺娘肯放俺去时，俺自帮你便了！"

东方德见他应了，自是喜之不胜，便先谢过。这时酒已买来，东方德便和那汉子喝了起来。正在吃得正酣之际，忽见外面人影一晃，东方德忙问是谁，外面答应一声是我，耿歪子便从外面走了进来。东方德问他有什么事，耿歪子却笑了一笑道："回都头得知，事却没有什么事，只是马龙、夏斌两个，方才去见大人，要辞去差事，大人不准，马夏两个竟自不辞而别。适才禀过大人，大人十分着恼，便命俺和纪大屏接他两个的事，俺两个已然见过了大人，特来参见都头！"说着早已请下一安。

东方德才知道马夏二人果然辞了差事，不知怎的心中倒有些忐忑不安起来。这时那汉子却飞一杯过来道："东方德小子，且干一杯！"

东方德忙接过来饮了，刚要再问耿歪子一句什么话，只听外面一阵大乱，忙喊一声不好，急撤出身来往外走时，却不防和外面走来一人，撞在一起，登时两人全翻。东方德急忙爬起看时，正是那新补进的伙计纪大屏，气急败坏地向东方德道："不好……好了……牢里来了，两个探监的，把相公打……坏了，外头围了许多人，大概要不……好……都头快去……"

东方德一时摸不着头脑，只觉得有些怔怔的。这时那耿歪子已然缓过气来，复又向东方德道："都头还没有听清楚吗？适才相公查监，查到平字第十七号监，忽然听见里面有人说话，进来看时，里面有一个灰尘满面的汉子，趴在地下向那姓华的小官大哭之下，后面那人约莫有三十多岁，却嘴里不干不净地骂四六句子。那时相公问起他是哪里来的，什么人放他进来，他说是看牢的石二哥放他进来的，他就是那姓华的小官的父亲华纪文。相公轰他出去，那时恼了那汉子，回转身来，便向相公一拳，相公一时不备，却被那人掀翻在地。相公便喝令将那两人拿下，谁知这时外面却拥进了有三五百号人，口里呐喊着，打算拥进牢来。相公便命俺来请都头前去，都头要快些去，不的时候，便真个要闹出事来呢！"

东方德听到这里方算明白，便忙把耿歪子一推道："你看你这样慢腾腾的，却怎的这样没个紧慢！"

说着便又赶紧跳进屋去，一看那左二哥正喝得起劲，见了东方德把个杯子一扬道："小子，先来喝一杯！"

东方德道："且慢着！现在相公在监里出事，快去！快去！"

左二哥把杯子一推道："怎的，俺刚吃了你一口酒，怎的便有事来了？说不得，吃人的嘴短，且和你走一遭！"说着把杯子一推，用手一扶桌子，横身一纵，便到屋外。于是东方德在前，左二哥在后，一直径奔监牢而来。

离着监牢不远，只听里面喊声一阵夹着些铜锣声响，东方德急忙一扯左二哥，来到圈外，只见密密层层围得风雨不透。东方德急忙分开众人，挺身入内，但见知府官儿站在一旁，左右都是些兵丁，再往对面一看，只见华二当家气勃勃地站在那里，身后站着一个瘦长汉子，手里挽着一对护手钩，雄赳赳地往这里看着。

东方德先上前去向知府请安道受惊，知府看见东方德便似有了主心骨一样，便向他把手一摆道："东方德速速把这厮和姓华的拿着再说！"

东方德答应一声是，便把背上金背刀卸下，交在手里，然后用手一指道："对面来人，怎敢暗入监狱，私窥人犯，难道尔就不怕死吗？趁早留下姓名，束手就缚，俺家相公，或者饶你无知，恕你死罪，你若仍然不知自爱，抗敌官兵，怒恼你家都头，定当将你碎尸万段，使你死无葬身之地！话已说完，快快通名受死。"

谁知那汉子听了，却嘿嘿一阵冷笑道："哜！住了你这鸟嘴！俺昨天已然向你通过名姓，今天无妨再告诉你一次，俺姓苗，名正义，在这山东地面儿，人送外号叫侉侠官苗二侉子，只便是俺。你要是晓事的，今天便结个相识，放俺兄弟几个一条路走，不然动起手来，刀枪没有眼睛，伤了你，你却怨不及俺！"

东方德一听，心中说他真要是苗二侉子，那真是说不上来，只得跟他拼一下子再说。想到这里，便拿手里刀一指道："哜！苗正义，你既然称为侠客，便应当知道时务，怎的倒帮着匪人搅扰官家呢？依俺良言，趁早退去，俺在相公面前，替你说句好话，放你逃走，也就罢了。不的时候，相公如若见罪，那时俺便要对你不起了！"

话犹未完，只听知府一声怪叫，急忙回头看时，知府已直竖竖地躺在地上，东方德不由大大吃了一惊，急忙舍了苗二侉子，来扶那知府。却是作怪，那知府便像中了邪的一般，再也动转不得，紧闭着眼睛，铁青着脸，一哼也不哼，再往腿上看，却钉着一支小小短箭，才知道苗二侉子不是一个人，益发惴惴不安，只好硬着头皮吩咐跟随的兵丁，先把知府抬到里面去。二次提刀再找苗二侉子时，哪里还有踪影，知道苗二侉子已经趁乱走了，却不得不说一套漂亮的话儿，表示表示自己是个人物，遂把单刀一横道："你们看见那泼厮哪里去了？难道说吃了什么熊心豹胆，敢到这里讨野火……"

一言未了，只觉身后有人一拍自己肩膀道："在这里！"东方德陡地一惊，急忙撤身，并不看后面来的什么人，回手便是一刀。这一刀还是砍个正着，却怪那人并不应刀而倒，反将自己虎口震了一下，正待再换第二刀，只听对面那人笑道："东方小子，真有你的，这一手刀真狠，若不是俺皮糙肉厚，怕不来一个拦腰断吗？"说着又是一阵哈哈大笑。

东方德一听口音，哪里是什么苗二侉子，再一细看，原来正是自己约来的帮手小罗汉左奎左二哥，赤着个膀子，穿了一件汗衫儿，手里提了一对把儿短头儿大的八棱紫金锤，张着大嘴向东方德一味直笑。

东方德道："左二哥，你往哪里去了，怎的却在这里？"

左二哥笑道："你这小子把俺撂在这里，你却走了，俺又没拿兵器，只好先回家去一遭，一来拿了这锤，二来也告诉俺娘一声。俺娘听说是帮你拿反叛，倒不曾拦住俺。俺到这里却没有看见一个贼影儿，倒看见你在这里唱'大江东'，俺才应了你一声，你这小子就是一刀。你哪里知道，却正砍在俺的锤子上了呢！真是，你们那位知府呢？"

东方德猛地一听，啊呀一声不好，回头便跑，倒把左二哥又轻轻地扔在这里。东方德来到里面一看，内堂已然成了丧棚，知府的太太姨太太小姐少爷都守着那知府旁边，哭个不住。东方德不敢贸然向前，只得先向一个婆子说明，叫他去回禀知府太太。那知府太太正在急得无计可施，听得东方德便似得主心骨一样，急叫他快快上前查看，这时东方德先上前请了安，再到床上一看，只见那知府脸如白纸，出气短促，便真个像要死一般了。东方德只道是毒气发作，倒是毫不惊慌，便向知府太太道："大人是受了毒器之伤，幸下役有药在此，谅于性命无碍，请夫人放心吧！"说着从身上掏出解药，叫婆子取过凉水，一半敷好，一半服下。

真是好药，不一时，只听那知府一声喊道："快把他们拿住，哎呀！痛杀我了！"那知府太太看见知府已然醒了过来，方才化啼为笑，那姨太太们便也全挤了过来，你一言，我一语，唯恐那知府没有看见自己。

东方德只得硬着头皮向知府太太道："大人服药才醒，神志最怕扰乱，下役斗胆，请夫人们暂时少来和大人说话，不的时候，病后伤气，调治上便大大不便了！"

那知府太太听了，只得领了这一班姨太太们坐在一边。那知府看见东方德，便忙问方才的事情怎么样了，东方德先说了请罪的话，然后说出这一干人犯现已逃跑，静待今晚前去再探华家庄把他们个个拿回。知府点头，又吩咐他格外小心，东方德答应出来。

来到班房，一看耿歪子和纪大屏那里高谈阔论，只听耿歪子说道："兄弟，这也不是俺给人家吹大气，你瞧人家东方都头，那个样子，就比许都头透着精明，旁的不讲，就说人家办姓王的这件差事，够多漂亮，那许都头也是油蒙住了心，怎的便想起私放国家要犯，这一来不打紧，只怕这脑袋要搬家了！"

又听一个粗嗓说道："谁说不是呢？就说在松林子里喝汤，怎么大家眼看着东方都头一齐喝的，怎的他会没被迷倒呢？这件事据俺看这东方都头或者还许会点儿法术哩。"

又听耿歪子笑道："老纪！你说着说着就离了板了，那东方都头又不是法官，哪里会什么法术。这件事在当时不过是蒙住了，现在一想也就明白了。那卖汤的汉子挑的一担汤，不是有两桶吗？先前我们喝的那一桶，原是没放毒药的，等到后来大家一抢第二桶，那时那汉子不是假作着急，把个手用力地拍吗？安知不是在那个时候下的药呢？东方都头既是留心，必已看出破绽，却也假作不知倒卧在地，倒是许都头结果上了一当呢！"

只听那个粗嗓子笑道："对，对，你说得兀自有理，下回再遇见这个事，俺也喝前桶，不喝后头那桶了！"

东方德听了不由好笑，赶紧放重脚步，一掀帘子走了进来。耿歪子等忙起来让座，东方德却道："不消不消，兄弟们多歇一会儿，便随俺到华家庄走一遭。"

一言未了，只听帘外喊道："还有俺呢。"

要知后事如何，且听下回分解。

第五回

青云渡父子逃刑
黑风岗王孙避难

原来正是小罗汉左奎左二哥，用手一指东方德道："咦！你倒弄得好玄虚！把俺丢在那里，你却连影子都不见了，什么时候到华家庄去？俺还要回家去问俺娘一声哩！"

东方德道："左二哥不是方才已回家里去过，怎的又要回去？"

左奎把桌子陡地一拍喊道："咦！这才奇哩，俺回家自有俺的交代，须用不着你这样啰唆，俺就是一个妈，俺不去看她，谁去看她？俺妈已然偌大年纪，俺若再不趁这时候去看她，还要等她死了去哭她不成？你既嫌俺啰唆，俺只辞了你，便去看俺妈去了！"说着气勃勃地站起来就走。

东方德赶紧上前拦住赔着笑道："左二哥是这样脾气，一句话不等说完，便要作恼。俺不过说是如果家里没有什么事，便差一个人到家里去送一个信，二哥就在这里畅饮几杯，方才也没有吃好。"

左奎道："你这小子倒是好意，俺是非回去看看，放心不下哩！最好你也同俺走遭，更省得俺妈总是放心不下。"说着拖了东方德便走。

东方德道："左二哥不要拖，这成什么样子？俺自随你去就是了！"

于是左奎在前，东方德在后，出了府城。不一时，来到一个山脚下，只见一片芦苇，掩着几间茅屋，从塘边走过去，正是左奎家中。左奎这时看见房子，也不顾东方德，便紧走几步喊道："妈呀！俺回来了！"

只见从草房里走出一个老婆婆来，见了左奎便说道："奎呀，你往哪里去了？怎的这时才回？"

左奎赔着笑道："俺方才不是给妈说过了吗？府里那个东方小子，不是约俺去拿反叛吗，因此回来晚了。"

那婆婆道："哦，是的，你是向俺说过，不过俺却一时忘了。啊！奎呀，说了半天，这反叛到底姓什么叫什么，犯的什么事呀？"

左奎道："真是俺便忘记告诉妈，这个反叛就是那华家庄华二当家……"一言未了，只听扑咚一声，老婆婆早已摔倒在地，左二哥急忙上前搀起道："妈，你敢是走滑了？"

左老婆婆呸地就是一口，唾了左奎一脸，用手一指道："你这畜生，妈是怎么跟你说的？叫你在外面多交几个好朋友，怎的偏偏去交些无来由的狐朋狗友，倒拿活菩萨当反叛，像你们这样无法无天胡作非为，总有被天公报应的一天。自从你三岁时候，你父亲去世，做妈的好容易把你养到这样大，活到这般年岁，还不肯叫做妈的得个好死，俺还要你则甚？"说着又痛哭起来。

左奎急得脸黄，又不敢辩白一句，只得跪在地下央告，足有一顿饭工夫，左老太婆才止住了哭声，用手一指道："湿透了的地，尽在地下跪着则甚？难道你没有气够俺，还要多气俺些怎的！"

左奎赶紧站起，忙用手一搀左老婆婆道："妈，不要生气，儿子再也不管他人的事了。"

左老婆婆道："也不是俺不准你管闲事，只是不要被那班猪狗利用就好了！"

左奎这时再也不敢作一声，便跟锯了嘴的葫芦一般。天已然渐渐地黑了上来，左奎伺候老婆婆把饭用过，老婆婆坐在床沿上，左奎掇了个小杌子坐在一旁，母子两个只管瞎谈个不休。左奎忽地听见一个人喊道："老弟，这就是你的不是了！既是请不下假来，你也应当给俺一个信儿呀，怎的来了一个面儿不照呢？"

左奎一听，陡地一惊，赶紧站了起来，待要往外面去，望了望左老婆婆，复又坐了下去，三番两次，起坐不定。左老婆婆问道："奎呀，你为什么这样六神不安的呢？"

左奎只得硬着头皮道："妈呀，俺说了妈却不要生气，方才儿子从府里回来时候，府里那个东方小子，就是那回保俺出狱的那个东方小子，也跟俺来了，只是听妈说话，便把他忘了。这时想是他等不及却在那里喊起来了，儿子想出去告诉他一声，叫他回去，不知妈肯叫儿子去吗？"

左老婆婆啐的又是一口道："说你是畜生，简直硬不像个人，那东方上差对你有救命之恩，人家到了门口，你怎不快快请人家进来？真是惹人生气。"

左奎道："妈，你不要生气，儿子自去请他进来便了。"

赶紧来到芦塘对面，抬头一看，哪里还有什么东方德？却见两个人打着赤膊，扛着农具一路说笑而来。只听一个说道："你就是这种猴儿花的脾气，总喜欢没事瞎吵吵，人家刚在家里说两句话，你就是这样一路伶喊，也不怕被旁人听见，倒疑心怎样似的。"

又听又一个说道："你倒怨起俺来了，你要是早些出来，哪个愿意喊你？"两个人一路说着一路走过去了。

左奎才知道方才听见就是这两个人说话，哪里是什么东方德说话。又向芦塘那边喊了两声，依然不见有人搭腔，只得趑回，向左老婆婆一说，左老婆婆道："你这真是蠢材，一些事都被你弄糟。今天也就不提了，等到人家再有找着你的时，你千万答应帮助要紧。"左奎只得唯唯记在心里。

再说东方德，在芦塘外面，等了半天不见左奎出来，来到临近一听，正赶上左老婆婆骂左奎，并且听有帮着反叛拿菩萨的话，自己一想，三十六计，走为上策，不要闹上一鼻子灰，因此便偷偷溜掉。乃至回到府里一看，天色已然黄昏，左奎既然不能帮忙，只好再去找人。便到了班房，向自己几个得力伙计一说，耿歪子头一个向东方德道："都头，俺倒想起一个人来了。"

东方德急急问道："谁？"

耿歪子道："既是小罗汉不肯帮忙，都头何不去找吴七爷来帮一帮？"

东方德道："真的，怎便忘了他？只是他的手下，却远不如小罗汉手里来得了，现在也只好去找他。但是，现在他就跟没有准地的兔子一样，一时哪里去找他？"

耿歪子道："只要都头想找他，那却容易得很，只是小可便办得来！"

东方德道："恁地时，你就快去一遭，等你回来，也就可以动身了！"

耿歪子答应一声，抓了一顶帽子，拿了三五两银子，匆匆地径向翟寡妇家走来。这翟寡妇原是一个土娼，因为上了年纪，便在家里买了几个女孩子，做那皮肉生涯。当时耿歪子推门而入，只见里面静悄悄的，听不见一点儿人声，心里不由纳罕道："怪呀！难道都出去了不成？"便又走过穿堂，来到后面，还是听不见人声。这时屋里已然点灯，瞥见窗上人影一晃，心里不由一喜道："俺就知道是不会没有人的，且待俺听一听这厮可在这里。"

只听屋里一个女的说："你这两天，怎的连个面儿都不照了呢？"

只听一个男的说道："还讲什么照面不照面，只这两天俺手头便连五两头都拍不出，哪里还有闲心紧向这里跑！"

耿歪子一听，正是吴七的声音，便隔窗户喊一声道："吴七哥，好兴致啊！"

屋里吴七听见，急忙开门出来，见是耿歪子，却不由大笑道："歪子来得正好，这两天七老子恰有些不方便，先借给十两头，让俺到小二姐家再去搏一搏！"

耿歪子道："这却对不起，俺今天是找七哥借一步说话，身上并未曾带钱，须有些对七哥不住！"

吴七一听，把眼睛突地一瞪道："姓耿的，七老子向来没有和你开过口，今天头一次，就吃你老大钉子，你怎的便这样看七老子不起？既如此时，快快滚去，不要惹七老子动气，敬你一顿好皮槌！"说着便用手来叉耿歪子。

耿歪子忙赔笑道："七哥且慢动手，俺还有好讲。"

吴七道："你讲！你讲！"

耿歪子道："进一步讲话！"

吴七怒道："俺就恼你们这种藏头露尾的，有什么不可以明说？你只管讲！"

耿歪子只得笑着把东方德派他来请吴七夜探华家庄的话说了一遍。那吴七哈哈笑道："俺当是什么大事，原来叫俺夜探华家庄。回去对你们东方小子讲，这件事俺却去不得，你也快快滚吧，不的时候，俺便要敬你几拳了！"

耿歪子一时摸不着头脑，又恐他真是动起火来，要与自己难堪，正在逡巡之时，忽听屋里那个女娘儿娇滴滴地喊了一声七爷，吴七便赶紧走了进去，竟把耿歪子扔在院里。这时却听屋里，叽叽喳喳的声音，再听听那女娘儿竟自嘤嘤哭了，忽听吴七一声喊道："你不要哭，待俺先打发了这姓耿的再说！"

只见屋门一启，吴七已从里面大踏步走了出来，耿歪子刚说得一声不好，急忙撒步要走时，早吃吴七一把从脊骨抱住，口里却喊道："不要走，七老子有话讲。"

耿歪子被他捏得生痛，不由得喊道："七哥，且请你放下手来，有话尽可商量。"吴七把手一放，耿歪子站脚不住，仰面跌倒，躺在地下，眨着眼看着吴七。

吴七道："俺来问你，如果俺跟着你们到了华家庄，把姓王的拿来之后，你可有什么好处给俺？"

耿歪子道："那自有好处，俺家相公自会奏知皇上，给七哥大大一个官儿……"

话尤未了，被吴七兜头一口啐道："呸！还不闭了你那鸟嘴，谁要做什么劳什子官，一天便连顿饭都吃不静。俺只问事完之后，便能出多少银子给俺去搏一搏，且爽利说明白！"

耿歪子赶紧说道："有银子，有银子，这只在俺身上问。"

吴七听了把手向耿歪子指道："如此说时，你还不快领俺前去，却赖在地下怎的？"

耿歪子连忙爬了起来，领着吴七来到府里，这时东方德已然等得心急，见了耿歪子跟吴七，自是喜出望外，便急吩咐几个得力伙计，收拾整齐，一同奔华家庄而来。

不一时来到庄外，找了一个树林子，大家便商量怎样进庄，当下东方德向耿歪子道："这里面要以蹿纵跳跃说，当然要以你为最精，没有什么话说，今天这个探看虚实的事儿，你总要辛苦一趟了！"

耿歪子道："要说是爬低上高，俺却不能说是不会，只是要遇见一个扎手的，俺就没发使了，这件事还须都头再派一个人，随俺一同进去，似乎才能把牢。"

东方德道："既待如是，你便跟吴七哥一同进去吧！"

耿歪子听了，却把个头摇得像拨浪鼓一般道："不妥！不妥！他那个拳头俺是吃过的，一言不合，就可以和俺翻脸，那时俺须吃不住他那大碗般的皮槌。"

　　东方德才待还言，吴七喊道："歪小子，俺怎的把你打怕了？今天这是官家事，俺若损你一根毫毛时，俺便姓你那个耿，如何？"

　　东方德道："幼峰，你还有什么不放心吗？"

　　耿歪子道："恁地说时，俺便随七哥走遭。"当时二人把衣服换好，辞了众人，径向庄门而去。

　　这里东方德又吩咐纪大屏道："你带十个弟兄，藏在庄后松林之内，倘若王某人从此地逃去时，可用绊马索截拿，只是不要伤了他的性命。"纪大屏答应也带十个人走了。

　　东方德一看左右还有十几个伙计，便向他等道："你等可随俺跳进庄墙暗探虚实，只是各人都要小心！"东方德带了伙计，也便向庄门而来。

　　单说耿歪子和吴七两个，两个人来到庄门，一见庄门业已紧闭，二人取出飞抓，抓住墙头，跨腿上去，一见里面黑洞洞的看不见一点儿亮地，赶紧用飞抓由墙下地，蹑着脚儿转过正房。来到后面一看，只见大房旁边，有一面小小房屋，里面却有灯光，两个人击掌会意，齐奔小房而来。

　　只听里面有一个人说道："老五啊，你喝一盅。这两天真是累得脚丫子都朝天了，幸得庄主今天把事情办完了，你我还不该喝几盅吗？"

　　只听又一个人说道："话虽这样说，自从那天夜里乒乓打了起来，俺心里老是有些啾咕，要依俺语，你还是少喝的为是，倘若那班猴腮子又来，又要吃东家说话！"

　　又听一个道："俺听说今天大当家进省去了，大约这几天里还保不定要闹出什么事来呢！"

　　说到这里，地下的声音，便慢慢地低了。耿歪子急忙一拉吴七，绕过正房，来到东跨院。只见角门虚掩，里面隐隐露出灯光，二人连忙绕到房后，纵身上房。爬到前檐，只听屋里有人说话，一看正是那白天帮着华二当家探监的那个汉子，一个却正是那华二当家。

　　只听华二当家道："辛兄，你看俺好好一个人家，只被那无知小辈，便弄得这样七零八落，柱儿至今还押在府里，想他年不满十五，便受这图圄之罪，虽然俺家哥子，到省里去挽人说项，想来亦非易事，倘有三长两短，叫俺怎生得过！"

只听那汉子道："哥且慢着慌，且等大哥回来再讲，倘若狗官执意作对，且看俺给他一个厉害！"

又听华二当家道："那王先生既是半路被人救去，怎的此时不回？这件事须是俺连累了他！"

又听那汉子说道："王某人既是逃走，想必不致再落狗官之手，只是却须防备那狗官派人来到这里搅扰哩！"

又听二当家哈哈一笑道："这倒无须防备，俺想这州里府里，他们缉捕人犯，总要有个罪名，难道说坐在家里，便硬生生给人安上一个罪名不成？"

只听那个人笑道："这俺也不过防他们这一着，其实就让他们多来几个，又能怎样？不也是给俺多添一个磨刀的家伙而已！"

这时耿歪子方要去扯吴七，谁知吴七再也耐不得，早已跳将下来。耿歪子方叫得一声不好，不想这时吴七已喊了出来道："华二当家听了，俺吴七今天奉了府里太爷之命，前来捉拿私盗国宝的要犯，如若姓王的藏在这里，快快叫他出来受缚，若果他已然走了，就请二当家告俺一条去路，俺便自去寻他。"耿歪子听了好生纳罕，怎的他和华某人是个老交儿呢？

再看华二当家已然从里面走了出来道："俺道是谁，原来是大珠儿，你嘴里说些什么？安全没有听明白。"

耿歪子才知道他们果然是素识，那吴七刚要说明来由，这时却恼了屋里那个怯大汉，只见他一晃身形，从座上站了起来，一纵身已到院心。只见他向华二当家道："华老弟，你且退后，待俺来料理这厮。"也不待华二当家发话，便跳进当中，向吴七只一指道："哇！你这厮姓字名谁，深更半夜，私入民宅，究竟是个什么茬儿？快讲！"

吴七一看此人，一切都跟自己仿佛，便用手里单鞭一指道："你要问俺，姓吴，名宗武，人送外号野人熊的便是你家七老子。今天俺是奉了府里老爷之命，到此捉拿盗国宝的要犯。你是什么人，胆敢干预你七老子的事情，俺看你也是一条汉子，依俺相劝趁早退去，不要惹你七老子性起，

159

拿你当了垫当儿的！"

那个汉子听了哈哈一笑道："俺正要去找那狗官算账，你来得正好，合是俺辛飞走运，却碰你这送礼的。休走，吃俺一斧！"

话到斧到，吴七一闪身，躲过迎门一斧，喊一声"来得好！"抖手就是一鞭，向辛飞左腿缠去。辛飞纵身躲过，进步偏斧就往两肋砍来，吴七侧身闪过斧头，进步兜头又是一鞭。辛飞用斧子把一横，立斧便劈，吴七撤身，斧头便空，就势抖手一鞭向辛飞太阳穴砸来。辛飞往下坐腰低头，躲过鞭梢，才待举斧进招，只见从正面房上白晃晃一宗东西，直奔面门而来，喊叫一声不好，赶紧撤身一闪，只听哗啦一响，已然落在地下，用斧头一挑，原来是一把钥匙。跟着从房上纵落下一个人来，手拿铁尺，来取辛飞。辛飞独战吴七，尚且不能得利，再加上一个耿歪子，益发有些支架不住。

正在危急之际，只听当的一声，角门早已掉下一扇，从外面飞进一个大汉，手里拿了两柄八棱紫金锤，大喊一声："哪里来的鸟人敢来骚扰华家庄？知时务的，快快滚你娘的！不的时候，可来尝尝小罗汉的双锤！"说着铛的一声，锤碰锤火星乱进。

耿歪子一见喜出望外，点手喊道："左奎爷来得正好，快快帮俺捉拿这厮！"

只听左奎呼呼笑道："瞎了眼的撮鸟！你把小罗汉当作什等样人？想这华二当家乃是此方善士，万家生佛，虽是三尺婴孩，也知道他老人家是好人，怎的偏偏你们这班撮鸟，一天吃饱了饭，闲得没有事做，便这样无事生非，来此薅恼他老人家。今天依俺相劝，快快退出庄去，饶了你等不死，不然只俺这对锤一摆，只怕你等难逃公道！"

耿歪子正在想一句什么话，还未曾说得出来，只听吴七一声喊道："泼大汉，你是什么鸟人，便敢这样乌烟瘴气？歪子这个怯条子，待俺料理那厮！"

耿歪子刚要说使不得，只见吴七一鞭早向左奎当头砸下，左奎喊一声"来得好！"却不躲闪，看看鞭已临近，扬左手锤格住单鞭，右手锤早已抢进，向吴七左肋打来，吴七急忙撤鞭闪步，左奎左手锤又到。吴七喊一声不好，急忙坐腰矮身，刚刚把锤躲过，饶是还把头上的巾子扫去。

耿歪子撇了辛飞，摇动铁尺，来到二人当中，横尺一拦，口里喊道："二位且慢动手！"

两个便跳出圈子，左奎双锤并举，犹有余劲，吴七却提定单鞭，喘气不止。

耿歪子向左奎道："左二哥，从哪里来？东方都头想也快到了，有话尽可好说，怎的便动起手来？"

话言未了，只听角门边喊道："什么事？找俺东方德则甚？"说话之间，从外面跑进十几个人来，呼地便把院子围了。

左奎见了东方德，便哈哈笑道："东方德小子来得正好，俺正要问你话哩！今天这件事，如果能看俺的面子，不来骚扰华家庄，留着这个好儿，将来俺自知报答你小子这点儿好处，如果一定要拿华二当家，去贪图富贵，那时须由小子先将俺拿住，那时俺便许你们将华二当家拿去，小子你可曾听得明白？"

东方德暗着笑道："左二哥，这话不可这样讲。想当先俺也曾救过二哥困难，怎的此时便这样反复无常，岂不怕人笑骂？依俺相劝，今天帮俺把那姓王的拿住，回去见了府里太爷，自有嘉赏，不的时候，你可自去，两面全不管，免得伤了你我弟兄和气！"

左奎把眼一瞪道："呸！你且闭了你这鸟嘴，你要是打算认识俺这朋友时，你便不该来害好人，今既不肯听俺良言相劝，就不要再提起兄弟二字……"

话犹未完，只听角门外又有人喊道："东方都头，大事不好，方才有人私入府衙，劫去昨天所收人犯，并在太爷堂上，寄柬留刀，现在府里大乱，太爷命俺等来找都头等急速回去哩！"

东方德一听，真是吓得魂飞天外，慌忙地向众人等喊道："且休恋战，快随俺奔回府衙要紧！"说着也不顾华二当家及一干人等，径带了耿歪子、吴七飞奔而去。

这里辛飞向华二当家笑道："真个应了苗二哥的话，现在俺等便快快走了吧。"

华二当家道："辛兄且慢，待俺问一问这便是谁。"遂向左奎道，"兄台何人，怎的便来助俺华某？"

161

左奎把双锤往地下一摆道："华恩公便忘了小人。小人名叫左奎，恩公尚记得当年在七里堡和泼皮厮三拳打死镇街老虎刘小义的在德胜吗？那就是小人的父亲，俺妈曾对俺说过，当年小人父亲打死刘小义吃了官司，多蒙恩公搭救，那时俺父亲才得活命，一向使小人来报，只是不得机会。偏巧昨天东方德小子去求俺相帮他厮打，那时小人母亲才说起恩公有救命之恩，使俺前来送信让恩公快快躲开此地，谁知是俺来迟的反累恩公受惊，小人罪该万死。现在恩公意欲何往，俺愿保恩公前去，不知可使得吗？"

华二当家正待说两句客气话，旁边辛飞显出不耐道："二当家总是喜爱这样文绉绉的，俺看左兄也是豪爽之人，待俺替你说了吧！"说着向左奎道："左大哥，俺叫辛飞，俺哥哥名叫苗正义，适才是俺大哥定计，准知今晚府里必来二探华家庄，便吩咐俺在此等候，苗大哥带了两个师侄，还有王先生去到府里营救几家小侄子，约定事后在青云渡见面。现在事情已然完了，俺等便趁此走了吧！左大哥，你愿意去，便也一同走遭。"

华二当家急忙拦道："不可！不可！"

辛飞道："这有什么要紧，也值得急到这个样子，怎的不行？"

华二当家道："辛兄哪里知道，俺等现在已成无家可归之人，自以逃青云渡为宜，左兄家有老伯母，岂可随俺等瞎跑。依俺看时，左兄端须早些回去，那东方德既见左兄在此帮俺，难免不迁怒到老伯母身上，倘若那时果真出些差错，叫俺等何以为人？左兄还是早回为是，你我自有后会之期！"

左奎当即答道："如此说来就请恩公保重，俺便转去了。"说着提了双锤急急转身而去。

华二当家向辛飞道："想不到今天倒得了他的接济。"

辛飞道："二当家讲的是，那吴七一根鞭端的了得，若不是他时，俺也难得便宜。"

二当家道："这是大概已经差不多了，俺快去青云渡吧，不然苗二哥又要等急了。"于是辛飞在前，华二当家在后，边说边往门外走来。将将出得角门，只见眼前似乎有个人影一晃，华二当家陡地想起，便向辛飞道："辛兄快走两步，俺这里还有两个家人未曾发付哩。"

及至来到正庭耳房一看，不由咦了一声，原来那两个家人，已然一个不见。华二当家还要去寻时，倒被辛飞劝住，只得深一脚浅一脚走了出来。正走之间，忽然辛飞要小解，他让华二当家在林子外面等他，他却进去小解。华二当家在外面等了半天，不见他出来，这时天气已然都有些发亮了，远远已然听见有人走动，未免有些心急，没奈何只得跑进林子里面一看，不由得怪叫一声不好。原来那辛飞已然踪迹不见，这一惊吃得不小，心知里面已然出了事故，但是又不敢高声喊嚷，便想赶紧回到青云渡再作计较。

谁知里面早已转出一个人来截住去路，向华二当家一笑道："华二当家才来吗？俺已候驾多时了。在下叫纪大屏，便是这府里一名下走，只因适才府里闹出劫牢反狱的事来了，是俺奉了老爷之命，请二当家到府里谈几句话，就手请指示个道儿，便是方才跟二当家在一起的那位好汉，已被俺请到府里去了，就请二当家同俺走一遭吧！"

华二当家这时才知道是这样一件事，便笑着向纪大屏道："纪都头这话真是有些取笑了，想俺华某与府里爷们儿从不相识，怎的走了响马，要来找俺华某问主意，这岂不是天大笑话？便是俺那朋友，也是俺多年一个老相知，一向做生意，今日恰是路过此地，前来找俺说上几句话儿，谁知偏偏遇见都头，还望都头一并放却，华某感恩不浅！"

华二当家话犹未完，那纪大屏便嘿嘿一阵冷笑道："姓华的俺看你是个汉子，所以才向你讲些朋友话，你是识相的，就应痛痛快快随俺前去，怎的你倒这样支支吾吾？你休推睡里梦里，你们打算夜奔青云渡这些高策，俺已全都听见了，这时须由不得你说不去哩！"说着话竟从身上一抖，亮出一根锁链，便要来锁华二当家。华二当家撤身往树林里便跑，谁知脚下一绊，摔倒在地。

纪大屏哈哈一笑道："姓华的，你还想跑吗？"一纵身也跳进树林，方用脚一蹬华二当家背脊，喊一声伙计们快来时，只听后面答应一声："在这里！"斗大拳头一落，纪大屏早已一个跟头摔了下去。

这时华二当家早已趁势爬起，就着星光一看，那个打纪大屏救自己的汉子，正是那小罗汉左奎，连忙喊道："左兄怎的还没有回家，却又来救俺华某危困？"

左奎道："是俺听了恩公之言，正待回家探望俺的老母，谁知刚刚出了角门，就看见了三五条黑影，俺一时好奇心盛便追了下来，原来正是同他们伙伴商议半路截阻恩公。俺看他等藏在树林之内，俺便也躲在里面，谁知恩公果然从这里路过，俺那时便想出头，又恐怕惊走了这个泼厮，便隐在后面未动。这时那辛大哥摸黑进了树林，却被这厮们做了手脚摆倒，又见这厮们来欺恩公，是俺忍耐不住，便撩翻这厮。俺就恼的这种人，无礼无义，无上无下，就知道欺压良民，轧取油水，俺见了这种人，就恨不得把他剁成几段，方是心思。"说着又是两拳，纪大屏趴在地下，连大声都喊不出，只是吭哧不已。

华二当家连忙拦住道："左兄且看愚下薄面，饶了他吧！"

左奎脚儿一起，纪大屏早已滚出好几步，怔怔呵呵，才待拔步便跑，左奎用手指道："回来！这时须由不得你走哩！"纪大屏只好远远地站着。

华二当家道："左兄何必跟这狗一般的人生气，还是烦左兄进林内把俺辛兄找出，俺也好一同走路。"

左奎道："便宜了这厮，还不快滚回去报信去？"纪大屏抱头鼠窜而去。

华二当家才同左奎走进树林。左奎忽地叫一声苦，原来不只辛飞不见，便是那府里几名伙计，也都不见了影子。华二当家也自吃惊不小，正和左奎对咦一声的时候，忽听林外有人噗地一笑。左奎急忙纵身跳出，从腰间拔出双锤，铛的一声响亮，嘴里喊道："泼无赖，哪里走？快还俺人来！"

华二当家也便跟着走了出来，只见道旁放着一个手车子，上面睡定一人，左奎向前一声喊道："泼无赖，休要装样，且吃俺一锤。"说着一锤当头打下。

华二当家才喊得一声使不得时，左奎一锤早下，只听得扑咚一声，左奎早已跌翻在地，那车上的汉子，依然酣睡未醒。华二当家知道事有蹊跷，便赶紧上前，拦住左奎不得动手，再向车上一看，不由咦了一声道："原来是他！"便上前用手一摇道："苗二哥从哪里来？"

苗二侉子猛地一翻身道："真的好睡，怎的二当家在此，俺便连一点儿影子都不知道？"

华二当家道："苗二哥先莫取笑，待俺来替你见一个朋友。"说着便手向左奎一招道："这便是救俺小儿出狱的苗正义苗二哥。"又向苗二侉子一招道："这位左奎左二哥，今天救俺出险的，二位多多亲近才好。"

苗二侉子道："原来是左二哥，谢谢方才赏俺一锤。"

左奎这时好大不是意思，华二当家恐怕两人闹僵，便向苗二侉子道："苗二哥不要说些没正经，倒是把怎样到得这里，和俺讲一讲吧！"

苗二侉子笑着一说，华二当家和左奎都喊道痛快痛快。原来自那日王先生被获之后，苗二侉子便和华二当家商量，怎样救他出险，后来还是苗二侉子想出一条计策，便叫他们把看门的老王叫来，教给他怎样配好梅汤，怎样兜头去卖，怎样下药，布置妥帖，便使他到城外去等。又叫曹小芳、周大成两个人跟随前去，如果看见麻翻差役，便趁势打劫囚车。曹小芳、周大成领命去后，苗二侉子又向华二当家说，他家老太太已然上了年纪，禁不住惊吓，便想起自己有一家结义兄弟住在青云渡，便把老太太送在那里去住，就命辛飞他陪同华二当家前去探监，好分众人的神，分派既定，大家便都依计而行。头一个便是老王同了大成、小芳两个，假扮卖汤之人，果然一下便着，依着大成、小芳还要把一班小兄弟一齐救走，后来看见高凤标带着人马来到，才救了王先生去。苗二侉子便和王先生计议，先离开华家庄，就请华二当家和辛飞在华家村等候官人来寻事，王先生和苗二侉子便到府里去救一班小兄弟。这时府里几个有名的早已都上了华家庄，到了那里一点儿未费手脚，就把几个小兄弟连都头许宏一齐救出。苗二侉子又到府衙寄柬留刀警告知府，然后才推了预备的车子去到华家庄，接应华二当家。恰好来到这树林子外面，听见辛飞和华二当家讲话，便都把车停住，大家便四散偷听。后来看见辛飞被纪大屏绊倒，正待出去，又见左奎出头，救了华二当家，大家便到树林里面，把府里几个小伙计一齐捆住，推到道旁小沟里面。苗二侉子又叫他们都躲在远处，自己喊了一声却躺在车里装睡，以及怎样撂倒了左奎都说了一遍。

华二当家不由叫声痛快，却又问道："那么他们这班人，现在何地？"

左奎道："兀那不是？"手一指处，早见几条黑影，蹿上岗来。

原来正是王先生、许都头、华梁、张兴霸、尤俊英、方天玉、周大成、曹小芳，余外还有两个不相识的人，苗二侉子急替引荐道："这二位

165

也是许都头一起兄弟，一位夏斌，一位马龙。"又一个个依次见了。

华梁这时却抱住华二当家哭个不住，还是王先生向前拦住道："只因王某一人，却连累诸兄受苦，真是担当不起。今天虽承诸位将咱救出，那官家岂肯就此罢休，势必还要来寻薅恼，伤咱一人事小，再若拖累诸兄，于心怎甘？咱想就此辞别诸兄，另寻他处，度此残生！"说着一壁唏嘘，一壁便真个要下岗辞去。

这时华二当家早已向前一把扯住道："王爷且慢，听俺华某几句糊涂话儿。自从王爷驾临敝庄，也是俺心粗眼拙，未曾看出王爷大驾，便累王爷一向屈尊。又复失于察看，使无知家丁，惹起偌大纠纷，幸喜诸兄帮忙，王爷大驾未损秋毫。俺华某正想多伺王驾几天，借赎前失，怎的王爷便率然说出要走的话，难道是王爷见疑了吗？"

华二当家话犹未完，旁边走过辛飞，愣愣地向王先生道："俺也不懂什么叫王爷不王爷，俺想此时姓华的为你弄得家破人亡，月夜奔走，姓许的为你丢掉差事，就是俺和俺苗哥哥，为你也兀自不易，怎的你这时说走便走？自然喽，你自孤身一人，哪里住你不下，你却不想这些人便应该如何处置？俺是糊涂人，不懂得说话，只是俺心里有话，不让俺说来，又兀自有些难受！"

辛飞正在兴高采烈高谈阔论之际，忽听旁边哞的一声，有人哭了起来。大家听得一愣，回头看时，正是小罗汉左奎。辛飞上前问道："左二哥，难道是中了邪，怎的便好端端哭了起来？"

左奎道："俺本是奉了俺妈的话来救华恩公，如今华恩公虽已救得，只是俺妈却在这里再住不得，一时却又无法想，这却怎生去处？"说着又复哭了起来。

华二当家道："真是俺便忘却了这一着，这事端须想个好办法哩！"

苗二侉子道："这件事俺倒有个办法，方才华二当家不是谈及王爷的事情吗？第一现在王爷不可以走。在王爷的意思，自以躲开这里，免得连累华二当家，其实这却不然，就是王爷从此远去，难道官家便会轻放华二当家不成？这时华二当家为着王爷已然弄得倾家荡产，无路可走，就是俺等也愿跟从华二当家之后，和王爷在一起盘桓。依俺看，王爷此时，万不可走，又要找着一个能够藏身的所在，眼下便可无妨，最好大家此时已然见着华二当家，也就不必再去华家庄了，趁着天色未亮，急去左二哥家便连左老太太也一同请到青云渡，然后再作计较如何？"

王先生道："这件事承诸位成全，当然感激无量，不过却拖累诸兄了！"

辛飞喊道："什么拖累不拖累，大可不必放在口头，只是俺等怎样前去，却要快些，不的时候，天色一亮，路上便不好走了。"

苗二侉子道："你总是这般急性子，什么事总也要商量一下。啊呀，许都头跟马夏二位贵眷可是在城外？"

夏斌道："这事却不劳过问了，只在昨天俺二人辞差之后，便把家小都移出去了。"

苗二侉子道："如此甚好，便烦三位和辛兄弟送华二当家去青云渡，俺等便去迎接左老太太，少时便在辛兄家里会齐好了。"

大家答应，便各自收拾整齐，正待动身，只听许都头道一声："且慢行着！"大家便又踅转身来问是何事，许都头道，"大家为去青云渡心急，却忘了方才在林子里那几位，怎样开交。"

苗二侉子道："真是！俺便忘怀了，这倒兀自有些难办哩！"

辛飞在旁喊道："什么难办不难办，只把他们几刀砍了，丢在山沟里，岂不省了许多手脚？"

华二当家道："这却使不得，俺和他们原无仇怨，岂可任意伤人性命，这却万万不可！"

苗二侉子道："杀既杀不得，放又放不得，倘若这时俺把他等放去，那时他们来一个不体面在后梢跟着，那时俺们事体便全坏了。"

王先生道："咱倒有个办法。现在便把他们捆在这里，也不要杀他，也不要放他，这里是条大路，少时天只一亮，自有行人来放他，况且他们跑的一个，只道是在这里失的事，他自会到这里来找寻，于咱们事体也无碍，诸兄以为如何？"大家齐声道好，于是大家便分作两起走了。

这且不提，单说东方德带了伙计们，一口气跑回府衙，进去见那知府，刚要道受惊，那知府却微微一笑道："不消，你且坐了，咱还有话问你。"东方德谢了，便坐在一旁，知府从桌上拿起一张纸条，递给东方德道，"你且看了再说！"

东方德接过来一看，只见一张红纸条，上面写着两行字是"贼官儿你坐的鸟衙，遇事儿不审不察，怎坐得皇堂五马？怎对起玉带乌纱？今而后回头思价，读书客须托得国人皆曰可杀！"东方德看到末了，这汗早已像山水暴发，再也挽留不住便奔腾澎湃地流了下来，赶紧把自己缨帽摘下，跪在案前，连声请罪。

那知府笑一笑向他道："你且起来，这须不是磕头可以了事的，起来，起来！"便向旁边一个差拨道，"快去请高总爷来议事。"差拨去了，这里知府向东方德道："咱且到后面一谈。"

当时退了堂，东方德知府来到里面，知府向东方德道："舅老爷，你怎的这样不清楚？那华二的哥子是谁你可晓得？"

东方德道："左不是乡下有两个钱的大财主罢了，难道还能大过咱们爷们儿去？"

那知府恶狠狠地呸了一口道："咱这点儿小事由儿，简直要坏在你们身上！你可知道三上辞呈拿官当废纸的华二疯子？那就是他滴滴亲亲的亲哥子，你们怎生一查不查，就去闹到他的头上呢？真是该咱倒运就结了！"说着从桌上拿过一纸文书向东方德一递道，"这就是省里来的公事，要把这件完全提到省里，昨天夜里偏巧就出了那样一个乱子，你看这件事，叫咱们怎么办？"

东方德一听，哪里还有主意，于是一个低了头一个在房里来回踱。忽地帘板一响，差拨进来回话道："总爷到。"

那知府刚要说请的当儿，高凤标已然掀帘而进。高凤标看见东方德在这里，便先不理那知府，径向东方德道："东方都头可听见城里失事的话了吗？怎的身为都头办事便是这样荒疏，既是去捕拿余犯，这里也应当留几个人的才是，怎的会使出这样空城计来了呢？不知这次到了华家庄，可经探出什么样情迹？"

东方德便把怎样二人华家庄，怎样见着华二当家，怎的和姓辛的动手，怎的左奎帮助华二当家，怎的伙计报告城里失事，怎样率众赶回一字不漏细说了一遍。

高凤标一壁听一壁摇头，听到后来末了，便问道："你走之后，华家庄还有什么人在那里和他们厮斗？"

东方德道："一个都不曾有。"

高凤标听了呸的一口道："呀！亏得你还是都头呢！便这样一点儿计算都无有？吃着皇家的粮食，你问心对得起不？"说到这里，才回头向那知府道："你听咱问的他可是吗？"

那知府满肚子是气，却又不敢得罪他，只得连声应道："见教得是！"

高凤标却向那知府笑一笑道："你现在打算怎样办了？俺已经叫他们打好请处分的字了，您说咱冤不冤？连拿带丢，咱还没有走到州里呢，这里人就丢了，咱就是插上翅膀也飞不到府里来呀！您说这都怨谁？"

那知府听了，真是有些生气，只好勉强赔着笑脸道："事已至此，还说什么呢？总怨咱办事不力，用人不当，连累了老哥，真是过意不去。只是这都可以不谈，方才省里来了公事，要把这案全都调查重审，咱们这里现在连个人毛都没有了，可拿什么送呢？您说这事可怎么办？"

高凤标道："这件事情，还没有办出一点儿眉目，怎么省里就会知道了呢？就是知道，也不能随便把没判的案子，就往省里调。"知府便把华二当家是个什么样人又说了一遍，高凤标这才明白，却把个头不住摇道："难！难！省里既是来调人，本就不好办，这时况且一个人都没有，益发的不好办了，现在只有一个法子，趁着今天一天工夫，把昨晚失事的这些人，完全捉着然后再解进省去，任凭省里怎样发落，就是担些处分，总也可以轻一点儿。"说到这里向东方德道："都头你可知道他们现在跑到什么地方去了吗？"东方德把头摇了一摇，高凤标便冷笑了两声道，"咱谅你也不会知道！"说着向旁边差拨道："你到外面去把原告冯利、吉二，带来问话。"

差拨答应出去，一时从外面走进两个人来，头里走的是冯利，后面是吉二，两个人囚首垢面，狼狈不堪，害人未成，反倒害了自己。吉二在监里已然抱怨冯利多次，说他不该欺心害人，这时弄得一点儿便宜没有见到，倒坐了这些天的监，冯利只得装傻听不见。今天听得差拨来唤，只道是消息到了，两个都跟了差拨，来到后堂。这时那知府，一听高凤标任意摆布。

高凤标看见冯利却向他笑一笑道："冯利，你既是出首华纪文窝藏匪人，图谋不轨，那么你对于华家的亲属，想必知之甚熟了，他有几个什么样亲戚朋友，姓什么，叫什么，都住在什么所在，讲！"

冯利这时好比晴空挨了一个霹雳，不知话要从哪句说起，只把眼睛瞪着看着高凤标脸上。

高凤标陡的一声喝道："哦！你这狗材！把个眼睛瞪着俺怎的？难道你看俺像那姓华的亲友吗？讲！"两旁差拨也一迭连声喝"讲！"

冯利只得叩头道："小人……人……不……不……知道……他家的亲……友……"

高凤标把手向他一指道："呸！你既连他家至近亲友都不相识，你怎的便敢来告他这样谋叛的秘事呢？噢！你是使惯了刁了，俺眼里就看不得这个。来呀，把夹棒取了过来！"

差拨答应一声，早把夹棒摆在就地。冯利这时，真是哭都哭不出来，一面浑身乱抖，一面向高凤标磕头道："大老……爷……俺……实在不……知道……大老爷……要问……他……知……道……"说着把手向吉二一指，那吉二这时恨不得找一个地缝子就钻进去。

高凤标听了，嘿嘿冷笑两声道："这样的脓包，也要胡作非为，咱就看不惯你这乏样子来，且把他拖过一边，等俺问了这厮，再一起发付他！"又向吉二道："他既说你知道，你就快快说出来吧！"

吉二把头向砖地紧磕了好几下，真是咚咚地响，嘴里却不住地喊道："大……老爷……千万不要……听……听……这乏小子的话……俺就是……上了……他的当……嘿……俺哪里知道……什么……亲戚……朋友……"

高凤标叭地往桌子上一拍，恰巧这时一个差拨刚刚端过一碗茶来，拍个正着，霎时碗碎茶翻，高凤标勃然怒道："什么？你也不知道。既然如是，你两个便是挟嫌诬告了，咱今天要揍你这两个不要脸的东西！"说着向旁那个差拨只一努嘴，两个过去把冯利拖翻了，一个按住一个打，打得冯利便像杀猪一般喊了起来。

刚刚把冯利打完，正要拖吉二之时，只见帘外人影一晃，高凤标急向外面问是谁，外面一人应道："是下役纪大屏。"掀帘进来，向高凤标请安又向知府请安，然后才向东方德道："都头，那华纪文一干人都到青云渡去了！"

170

东方德一听，正亚似吃了一服凉药相似，忙问道："你从什么地方打探来？"

纪大屏这时这副得意的情形，简直描都描不上来，便把怎样跟着华二，怎样听见他们说话，怎样才知道他们是上青云渡，特地回来报告，说着摇头晃脑，便仿佛他已然把一干人都拿到了一样。

东方德这时和知府却又不禁地高起兴来，却不防这时高凤标笑着向他道："这却辛苦你了！咱再问你一句，那么他们跑到青云渡，住在什么人家呢？"

纪大屏一听，霎时把一副喜容，完全丢在九霄云外，只哼了一声道："这个下役未曾听明白。"

高凤标哈哈一笑道："幸亏你没有打听清楚，不的时候，这房子里还放得你吗？你既然听见他们说上青云渡，你就应当在后面跟定他们才是正理，你却跑回来作甚？难道怕回来晚了，误了报功不成！"这时纪大屏哪敢再说一句，只把个头儿低着，跟锯了嘴的葫芦一样。高凤标却回过头来向知府道："咱看这件事要怎样办法？"

知府道："您看怎么办，就怎么办。"

高凤标道："这话不是这样说法，这件事大主意您自己拿，咱却做不得主哩！"

知府道："咱只知道伸手拿签，派人拿贼，现在已然是碰在南墙上啦，一筹莫展，最好还是请总爷设法办事吧！"

高凤标道："既然如是，咱就要斗胆了。东方德，限你今晚到青云渡，探听清楚，华纪文等一干人都落在谁家，一共是多少人，里面有没有预备，打听明白快快回来，不得误事！"东方德答应一声，退在一旁。

高凤标又叫道："纪大屏，拿咱令箭，去到咱的营管里，把飞捕队调来，不得误事！"纪大屏接过令箭，退出去了。

高凤标又向知府道："这件事急不如快，最好是现在把他们捉来往省里一解，任凭省里去发落。不过却有一件，这件事究竟是非曲直是哪一方，倒不可不留心。倘若到了省里，问出是个诬告，那时便反美不美了，您看这话说得可是？"

那知府好容易盼着高凤标答应去拿人了，心里才把一块石头放了下来，现在听得这样一问，不由得又啾咕起来，便笑着向高凤标道："这件事你处得极是，不过，咱总想是有了人，比没有人强，你看……"

高凤标笑了一笑道："既是有人比没有人强，好，那就等今天晚上看着再说吧！"说到这里，向东方德一笑道，"都头，咋看你还是早点儿辛苦一趟吧！青云渡离这里也不近呢。"东方德听了答应一声是，悄悄踅出。

这时纪大屏已然把飞捕队调来，高凤标登时吩咐叫他们头目进来，纪大屏答应出去。不一时，外面一阵快靴声响，外面走进五个便衣士兵模样的汉子，齐向高凤标请安，又复向知府请安，然后才垂手站立静候分派。高凤标向为头一个道："康进，咱今天调你几人前来，并不是为了别的事情，就是前天在华家庄拿获的人犯，昨天一齐跑了，今天得了府里密告，说是跑到青云渡去了。咱和府里太爷商议，定今天夜里探望青云渡，把人犯拿回，是咱保了你们兄弟几个，帮着办这件差事，你今天便带了他们四个，随同这里纪班头一同前去。只是有一件，到了那里，须要看事行事，千万不可鲁莽，而最要紧的，不可叫他们有一个受伤。小队子就叫他们在这里，咱今天晚上也去看看哩。"康进一一答应，又向高凤标请了一个安，便同纪大屏退了下去。

高凤标向知府道："您只管放心吧！除非他们没有逃到青云渡去，那就费了手脚，只要他准是在青云渡，今天晚上定可办出一点儿眉目来，咱现在便跟你请假了，今天夜里见吧！"说着辞了知府，知府也不挽留，各自公干去了。

单说东方德垂头丧气来到班房，见着耿歪子和吴七一班伙计们，便唉了一声道："真是人不走运就结了，怎的这样逆事便都找到了俺的头上？"于是便把高凤标怎样发威，怎样奚落自己，又怎样派他去干这营生，一一说给大家听，大家听了，也是气得了不得。

耿歪子道："这件事可怪俺们太爷，自己的事，怎的倒受人家排揎起来了？要是依着俺，好就好，不好大家都豁着这个顶子不要，全来拼一下，谁又不比谁小三级，为什么便这等怕他？现在弄得喧宾夺主，不只是太爷脸上不好看，就是俺弟兄也就无光得很哩！"

耿歪子话犹未完，吴七在一旁喊道："耿老哥俺劝你不要说这些废话吧！现在商量怎样能把事情办下，才能转转面子，不要又被人家抢了上风，那面子上益发难看了！"

东方德道："这话着啊，真是大家帮个力儿，到青云渡把这案子整整地办下来，那时不怕姓高的再这样耀武扬威，眼里没人！俺想便趁此时，你我便假装行路商人，前往青云渡，只要访出一些首尾，必须伸手就办，倘若能够完全归案，俺拼着这个牢捕快，要结识这个姓高的，也好出出这肚皮受的鸟气！但不知道哪几位愿意和俺辛苦一趟？"

吴七头一个喊道："算着俺！"

耿歪子道："也算着俺！"

东方德再看屋里这些人，除去这两个人之外，也再无可约之人，于是便喊一声："好！二位帮俺一场吧！走！先上对面酒铺吃了饭再去吧！"

这时正是九月初旬，那偏南的天气，依然有些燥热，又加着有些毒花花的太阳照着，那烈炎酷威丝毫未减，那青云渡南岸一片苇塘，长得便像翡翠屏风一般。距离那苇塘，不过数箭地，却是一个土岗子，岗子上面有一家小酒店，店名"隔渡香"，里边是老夫妻两个，带着一个小厮，除去卖酒之外，还卖些煮水豆、咸鸡蛋、酱牛肉、白鸡、大饼蒸馍的一类食品，方圆十来里地方，就是这样的一个小去处，故此买卖兀自不坏。

这天老头儿王老好儿，清晨起来便和老婆儿把店座整理好，把幌子挑了出去，又叫小厮勤儿把几只小鸡轰在苇塘后面去。正在这个时候，忽见从苇塘后面转出三个人来，一个个灰尘满面，像是从外路来的商人模样，只听一个说道："老二呀，你看都是你，贪图省这几个钱，便对不起这两只腿，现在越走越迷向儿了，什么时候是个到？依俺看现在也不用忙了，先住在这里歇歇再走，你们看怎样？"

那两个一壁擦着汗，一壁说："也好，也可以就着打听道路。"说着便奔自己这边来了。

老好儿知道是生意，便赶紧笑着迎出道："几位掌柜，快进来歇歇吧！俺今天这里刚刚有出锅的老肥鸡，新炖的好肥牛肉，才蒸的好大馍，几位进来用一点儿吧！"

这时这三个人，业已走进店门，便在苇棚底下找了一个青泥台儿坐下，老好儿赶紧走了过来，赔着笑道："三位都吃些什么？"

中间那个汉子道："你这里可有好酒吗？"

老好儿一听，把手一拍道："你老可是问着了，俺这店名叫'隔渡香'，你老顺着俺的手儿看，这前面便是青云渡，你老看看离俺这里也没多远，其实离俺这店，还有一二里路远，每逢俺这里开瓮取酒，青云渡便知道俺这里又开瓮了，你老知道是什么缘故？那便是咱这里酒放香了。方近的人有两句话是，'不喝王家酒，枉在人间走。不喝隔渡香，枉生人世上。'你老是喝多少吧？还要些什么菜？"

那个汉子笑一笑道："俺只问你一句有酒没有，却惹你这没结没完了。既有这样好酒，快去多取一些来，拣那上好的肥牛肉，也切上三五斤来。"

老好儿答应去了，一时酒肉都到，三个汉子便自喝了起来。里面有个粗黑的汉子，吃得益发凶实，真是嘴到肉尽，手到杯干，口里却不住喊道："果然好酒，老头儿再将些来！"

老好儿又送过一瓮去，那汉子便从老好儿手里把瓮夺过，把个嘴对瓮口咕嘟嘟喝起来。老好儿在一旁伸出舌头道："总不见有客官这般海量，只是俺这酒后力却大，客官还是小饮的为是。"

那汉子听了，把眼一瞪啐道："呸，你这鸟人，管俺怎的？俺吃酒，自会付钱，要你啰唆则甚。"

那个汉子急忙拦道："老二呀，你既喜欢吃酒，你就放开量来喝，俺今天便请你吃个足便了！"说着向老好儿道，"掌柜的，你是不认得俺弟兄，这是俺的把弟，生平就是好喝一盅，请你不要见怪！真格的俺和掌柜的打听打听，这里去'象鼻子岭'还有多远？"

老好儿赔着笑道："原来你老不是本地人，你老顺着俺的手儿瞧，这前面便是青云渡，过去小河，便是山洼，从这山口，不要进庄子，一直往北去，可以看见一道山冈，地名叫作'黑风岗'，穿过岗去，顺大道往北，有一片树林子，从那里再往西一转，便是象鼻子岭了。"

那汉子道："承教，承教！再问掌柜的一句，这'青云渡'一片苇塘，四面是水，又没有船只，又没有桥梁，却从哪里过去？"

老好儿听了一笑，用手一扯那汉子衣裳道："客官，你要问过这'青云渡'吗？来来来，你老再顺着俺的手儿往西看。你老看那苇塘后面，不是有个矮坡吗？凡是打算到庄里头去的，每日分定三个时辰，由庄里拨出一只船来，便在这个坡边登船，除去这三个时辰，要想进庄，却大大的是件难事哩！"

那汉子听了道："请问每天哪三个时辰，可以进庄？"

老好儿道："每天准按辰、午、酉，三个时辰。"

那汉子道："除出这渡口之外，就没有别路可以过庄吗？"

老好儿道："道路却有，只是要往正南走十二里路，地名'红枫铺'，从那里再往西，也可以到'象鼻子岭'，只是比这里去，要远多了。"

那汉子道："要依掌柜的这样说时，这'青云渡'，方圆怕不有十五里地？"

老好儿道："不到十五里也差不多，这'青云渡'三面是水，一面却靠'黑风岗'。"

那汉子道："照掌柜这话说起来，这个地方也就偏僻得很了，难道就不怕有些匪人骚扰吗？"

老好儿听了哈哈一笑道："不瞒客官说，不要说是'青云渡'里面没有人敢去骚扰，就是连俺这小小一爿酒店，也没有一个人敢来讨野火吃的！"

那汉子道："如此说来，一定是地面儿官府查得严，所以不曾闹事？"

老好儿忽地把眼一瞪把嘴一撇道："什么官府，还不如豆腐哩！不瞒客官们说，俺这乡里人听说盗匪，倒还不怎样害怕，怕是提起官府，那真恨得牙根痒痒的。那盗匪来了，可以合起民众，向他厮拼，打得他跑，自然一些损失没有，就是打不过他，他也不过抢掠一阵而已，他走之后，大家依然可以种田吃饭，也没有什么大不了。如果要是官府来了，不就叫作罪该万死，今天来要粮，明天来要草，什么牛啊羊啊也一起牵着跑，一句话说得不是地方，老爷预备有监有板子，坐也坐得，打也打得，家里就是逼得卖媳妇，卖女儿，也要完粮纳税，任你旱涝不收，差一分钱粮，就可以叫你倾家败产，就是你磕头磕得出血，也不是他身上的血，他也不会疼，他依然是跟你要钱。所以俺们乡里人，不怕盗匪，就怕官府。"

老好儿正在说得有劲，只听老婆儿喊道："你看你就是这样喷壶似的嘴，什么官府不官府的说个没完，幸亏这三位也是做买卖的人，这要也是官府里的老爷们，俺看你便怎样打点这场祸事？锅里牛肉都快焦了，还在这里唠里唠叨地说上没完，还不快去瞧瞧去？"

老好儿登时一伸舌头道："客官们别见笑，俺见了她，比官府还厉害哩！"

那汉子笑道："俺看你说得真是爽快，不过俺等端须你这老朋友哩！"说着满满斟上一杯道，"来，老哥哥如不嫌弃俺们，便请吃了这杯再讲话！"

王老好儿一听，把个脖子一伸一吐舌头喊道："客官说得……俺……却不敢吃……"老好儿一壁笑着，一壁做着鬼脸。

那汉子知道他是怕的老婆儿，便也笑着向他道："只吃不妨，老嫂方面，俺自替你担待便了！"

老好儿笑着把杯子接过道："如此俺便喝了！"一壁回头看着院内老婆儿，一壁一扬脖早把一杯酒咕嘟喝下。

那汉子见了赞一声道："果然是好酒量！来，再喝一杯！"说着一杯早已斟上。那老好儿吃顺了嘴，也不等三让，端起来便喝了。三杯以后，那汉子便向老好儿道："适才听你说这'青云渡'一向不曾闹事，既不是官家查得严，却怎能如此相安？"

老好儿道："不瞒客官说，俺这'青云渡'却住着一家比官家厉害了的人物哩！"

那汉子道："什么大人物？便能这样镇得住人？"

老好儿道："提起这个主儿，在这方圆三十里地方，差不多没有不知道的。客官且说着，待俺去看一看灶上再说。"说着出去不多时候，托了一个油盘，里面装得满满一盘一大碗肥牛肉，一只小鸡子，还有两盘大馍，热腾腾地端了过来。

那汉子急忙和那两个用手接过，放在台上，老好儿才待走去，却被那汉子一把揪住，按他坐下道："你也坐下吃一些！"

老好儿一笑道："客官不要让俺吃了，俺方才扰了你老几杯酒，还吃俺那婆子说了好些闲话呢，现在俺要再吃了这些那还了得起？客官们自用吧！"

那汉子道："这位老嫂不信便管得老哥这般紧？来来来，且闹块肥鸡吃去！"说着早从碗里拣过一块鸡大腿来，老好儿便再也不客气，吃得更是干净。那汉子笑道："这边才是，来来来，再闹一块吧！"说着又是一块

176

布了过来。

老好儿忙个不迭道："够了，够了！待俺说说俺这里这个大人物给客官们听听！"

那汉子便止住布菜向老好儿道："你讲！你讲！"

老好儿道："提起这个人物，姓辛名远，号叫泽长，今年也就五十多岁，小时候也念过书，只是没有做官，为人却最和蔼不过，无论天塌大事，向例也没有粗了脖子红了筋的时候。这村里二百多户人家，无论出了什么大事，只要他老人家一来，就没有办不了的，至于冬舍棉夏舍单，周急济贫，那更算不了一回事……"

老好儿刚刚说到这里，那汉子却拦住他笑道："俺就问他是怎样一个人物？别的地方，不必细谈。"

老好儿道："客官恁这性急，说话总要从头说起。这位辛远辛员外，家里不单有钱，待人和蔼，并且他还有一身绝好的武艺哩！在当先俺们也不知道，只因前年正麦秋收场以后，大家都在歇工的时候，忽然也不是被哪个坏小子，把'白杨浦'的匪人大刀陈九公勾引来行抢。那时一村子的人，听说是大刀陈九来了，吓得简直连命都顾不得了，便商议逃跑之计，谁知他老人家不慌不忙地叼了一根旱烟袋，一步三晃地来到。大家问他老人家怎的不跑，他老人家微微一笑，便说出一片话来。这时大家正在忙得不可开交的时候，忽然看见他老人家这样不慌不忙，一时都揣测不透，这时他老人家却慢条斯理地笑着向大家问道，你们乱些什么？大家才知道他老人家还不知道有这样一件事，便惊惊慌慌地把大刀陈九公就要抢掠到这里来的话说了一遍。谁知他老人家听了这样一个信儿，反倒嘿嘿一笑道：'什么陈九公？俺怎不知江湖上有这样一号儿呢？那么众位乡亲打算跑到什么地方去呢？究竟那陈九公离此还有多远？还跑得开跑不开？'大家这时哪里还顾得谈些废话，便答应一声离这里不远，也就在庄外里把地了，跑得脱跑不脱，总还是跑了的好，你老人家也快跑吧。谁知他老人家却又把头一摇道：'俺看你们这跑，兀自有些不妥哩！还不如就在这庄里等他们来，他们的来意无非抢些银钱，俺想不如找出一个心细胆壮之人，推他为首，用善言退去那陈九公，俺看倒是个办法，却不知众位乡亲以为如何？'大家听这话说得有理，便比当先镇定好些，但是百忙中却找不出这样一个人来，有胆子的却不会说，会说的却又没有胆子，你推他，他推我，弄了一个乱七八糟。他老人家这时却自告奋勇，愿去做这说客，大家在惊恐无策时候，能够有了这样一个人，愿意出去抵挡一切，你想大家还有不愿意的吗？于是他老人家便又挑选了十来个精壮有胆子的大个儿，便迎着这陈九公而来，村里的人，便也全都远远地跟在后面。这时那陈九公带的人，怕不有二三百，早已遍山遍野地狂喊逼近村头。这时大家虽然在极力镇静着，可是看了人家那边阵仗儿，心里也差不多就快吓得掉了魂哩！再看他老人家依然是不慌不忙，好像没有看见那班人模样，嘴里叼着大烟袋吧嗒吧嗒抽个不住。说时迟那时快，眨眼之间，那班人就到了，当头一个正是大刀陈九公，骑着一匹劣马，手里提了一口背厚刃薄两耳三环青钢刀，带领一班长短的汉子，手里都明晃晃家伙，也有骑马的，也有步下的，呐一声喊，便要抢进渡口。这时众人都把眼儿看着他老人家，这一来更妙相了。原来他老人家这时倚着土坡，业已睡着了，大家这时跑又跑不脱，抵又抵不住，真是上天无路入地无门，正在焦急万分的时候，只听一声响，便似平地起了一个焦雷相似，再看他老人家一挺身站起，手里拿了那根竹烟袋，向贼众哈哈一笑道：'俺在此瞌睡片时，尔等便敢在此打搅，依俺的话相劝时，快快夹着尾巴滚回去，由今天起，不准你们脚踏俺这庄头一步，不的时候，留下尔等狗腿！'他老人家这两句话说得不要紧，差点儿没把陈九公从马上气下来，一摇手中青钢刀道：'那一老泼皮，趁早躲过此处，不然俺的马头一摆，可惜你这老命一条！'他老人家听了哈哈一笑道：'怎么讲？你的马头一摆，俺这狗命便算交待？好！俺今天倒要领教领教这马头怎样摆法！'说着反把身子扭了两扭，直竖竖地站在陈九公马头前面。陈九公一见勃然大怒，左手一台，唰的一声大刀早向他老人家头上砍来。大家狂呼一声使不得的当儿，说来不信，那陈九公一刀砍去，他老人家躲都未躲，只喊一声着，陈九公好端端地便从马上颠了下来。那陈九公好不厉害，就势一跃，早已站起，一偏手中刀，哗啷一声响，又向他老人家横腰砍来。只见他老人家侧身一闪，陈九公一刀便空，恰好这时陈九公那边一个喽兵往上一抢，削个正着，饶是躲得快撒得快，还把耳尖削下半个。陈九公益发大怒，便把手里刀左三右五砍了下来，只见他老人家，左边一扭，右边一扭，手里的烟袋，东边一下西边一下，专在那陈九公皮糙肉厚的地方敲敲点点，便如同走马灯一般。俺们这时，也不知从哪里来的横劲，也都敢帮着吆喝起来了，再看那陈九公，此时已不是先前模样，脸也紫了，气也粗了，两个眼睛瞪得同牛眼一样，刀是胡乱砍，脚是胡乱跳，嘴里还不干不净地骂骂咧咧。他老人家却依然是笑容满面，不慌不忙，手里一根竹烟袋，便似活龙一般，去得急，来得快，直把个杀人不眨眼的陈九公，斗得和三岁小孩一般。这时俺们这边的人，全是一片喝彩声，他们那边的人，却一个个按着兵器，眼睛东望西望，准备着开步跑的样子。就在这时，只听他老人家喊一声去吧，那陈九公端的听话，便也应声而倒。这时俺们大家正待向前，他老人家却把俺们喊住，却亲自走过去，把陈九公从地上扶起，嘴里却没口子道歉，又叫俺等快快去预备二千吊钱，三十担米来，他老人家却扯住陈九公东一句西一句攀谈起来了。一时钱米取到，他老人家便叫放在地下却向陈九公把手一招道：'陈老弟来来来，你我两人方才不过是逢场作戏，谁也不准记恨谁，俺想老弟的武艺，虽然不能说是到了登峰造极，然而也就很说得下去，倘若再能加以锻炼，怕不能做个武术名家。绿林中打家劫舍的勾当，岂是老弟你干的？岂不辱没了老弟这副天才。今天你我两个不打不成相识，俺便愿意交这样一个朋友，愿尽几句良言相劝，今天回去，便请将山寨散了，别觅途径，以留他日相见之地。如仍然认定迷途，不肯悔改，那便是自甘暴弃，倘若再遇见俺姓辛的，须不是这样对待老弟了！这些钱米，便请持回作散众之用，陈朋友，前途再见！'他老人家这一席话还未说完，俺等便都急了，便齐声喊道：'辛老当家使不得，放不得他们，他们这回吃出甜头，下回益发要了起劲了！辛老当家的，使不得呀！'他老人家却把眼睛一瞪道：'休得胡言，且退在后面，听俺讲话！'谁知那陈九公益发来可怪，他见了那些钱，正眼看都不看，手里挽了刀，纵身上马，把双拳向他老人家一拱道：'辛老哥，俺陈某一向悖于大义，今日听了训诲之辞，真是难乎为人，俺现在便回去焚山散众，力求上进，愿老朋友身体日益康健，容日再来致谢！'说着拨马头泼剌剌一声响，头也不回地去了，手下那班喽兵失去主脑，便也滚的滚爬的爬了。再看他老人家却又把那大烟袋叼起，一路吧嗒着一路点头道：'好汉子好汉子！'说来也怪，就是那天晚上，那陈九公果然把山烧了，自此便不曾闹过事。客官，你老说这还不算是人物吗?"

那汉子道:"端的算得人物,那么现在这位可还在吗?"

老好儿道:"怎的不在?现在便是俺这一方的主人翁哩!"

那汉子道:"你们这庄主既是恁地英雄,那所交的朋友,也一定是豪杰之士喽?"

老好儿道:"这却不然。这辛老庄主虽然能为出世,却从不肯滥交朋友,倒是俺们少庄主喜欢交些朋友,却不时地还要吃这辛老庄主叱骂哩!这大概是前两天的事吧,不知怎的辛少庄主出去惹了什么事故,辛老庄主大怒,便把少庄主大打了一顿,昨天夜晚便把少庄主和几个朋友一齐连夜轰出庄去,并告诉庄里人,不准往外说这话儿,俺看三位都是外路生意人,所以才敢乱说。真格的,饭也凉了,待俺吩咐他们再去热一热吧!"

那汉子道:"不消不消,俺等酒饭业已够了,掌柜的把账算了,俺等便要赶路了!"

老好儿一笑道:"三位请吧!这吃的只写在俺身上吧!"

那汉子也一笑道:"掌柜的就不用闹客套了,不收的时候,老嫂怪下来,便怎样交代?"

老好儿笑一笑道:"真的逼说到俺心里去,如此时俺便依实了!"老好儿把账算了,那汉子开付已毕,就待起身,老好儿道:"三位且慢,看来已到开渡时候,客官不见前面跑来几只乘船的吗?"

那汉子抬头一看,只见前面走来五个人,也全是商家打扮,身上却全背了一个大铺盖卷儿,热汗长流,尘土满面地向这酒店边走来。只见那头一个打着怯口向那王老儿道:"喂!乡亲,俺向你询询,俺打算从这里到'象鼻子岭',不知从啥地方可以过去?"

老好儿一听,向那汉子道:"你老看是如何?俺说得不错吧!"又向那五个人招呼道:"到'象鼻子岭',便从此渡过去,现在时候敢莫还有一会儿呢。俺这里面蒸的好大馍,才出锅的好肥牛肉,俺这'隔渡香'的酒,也是方开的甕,几位到里边歇歇腿,喝上两盅,敢好那船也就来了。"

那五个汉子里面,有一个焦黄肌瘦的一个汉子道:"你们饿了不曾?且上里面去喝一点儿水再走如何?"

那四个尚未回言,只听那芦苇边呀的一声,早从里面露出一个船头

180

来，那上面站定两个人，全是一色农家打扮，一面摇着橹一面喊道："有进庄的没有？早船要开了！"

先前那三个汉子，早已把手向船不住招道："有，有，有！"便向老好儿一点头，一径奔小船而去。那五个汉子也向老好儿一摆手道："俺们便上船了。"说着也奔小船去了。

这里老好儿啐一声道："早不来，晚不来，偏偏这时候摇出来，眼看煮熟了的鸭子会飞了！真是倒霉就结了！"叨叨念念，转回酒店，自去做他生理不表。

再说那只小船，离开渡口，一径往庄里摇去，两个人摇着橹却不住说道："你看俺家庄主，真也是太心细了，今天不知又是听了哪股儿风，一定又要什么查夜护庄，又要什么查船防警，俺看这都瞎小心，凭谁吃了熊心豹子胆，敢向俺这里来讨野火吃！"

那一个道："老二呀你这话就是这样多。俺们吃着人家，拿着人家，就听人家的不就完了，你这里唠叨不完，查船的来了，你可担得起！"

一言未了，只见从对面早又有一船摇出，向这边船一喊道："来船住了！"这一声不要紧，只见那八个汉子，不约而同地站起，都用手按定自己包裹，目瞪着前边那只来船。看着船已临近，早见那边船上站定一个梢长彪汉，手里托了一口五股烈炎叉，赤着上身，只穿了一件背心，腿上着了一条胯叉儿，脚下蹬着两只草鞋，头上绾了一个髻儿，斜鬓插着一朵野葵花，长得豹头、环眼、浓眉、阔口，一部络腮胡须，扎散得和钟判官一般，口里喊喝来船少往前进，自己却立定钢叉，直奔小船而来。看着离船还有丈数来远，只见他跺脚一纵，偌大的身体，便和小燕儿一般横纵了过来，叉响人到，小船却荡得三摇两晃。

只见他把叉一横向那几个汉子道："你们这几个从哪里来？打算到哪里去？讲！"

先前吃酒的那个汉子道："俺们从'阎王山'来，要往'象鼻子岭'去。"

彪汉又问道："到'象鼻子岭'是投亲？访友？还是另有勾当？"

那汉子道："一不投亲，二不访友，俺等做的是丝绸买卖，现在正要前去交易哩！"

那彪汉道："既是丝绸生理，待俺查看过，便放你等过去。"说着便要动手去扯那包裹。

只见那个汉子把手一拦道："俺既向你说过做的是丝绸生理，自是丝绸生理，难道还有什么信不过，却要你来看俺！"

那彪汉哈哈一笑道："俺偏要信你不过，你却待怎的！"说着不由声辩，便抢向那包裹，用手一抖，只听锵唧哗棱声响，早现出一堆兵器。那汉子急抢一步，用手向那彪汉就是一拳，彪汉一闪，那七个早已抢向包裹，各人都将兵器抢到手中。

那彪汉见失去包裹，喊一声："好人娘贼，胆敢到'青云渡'讨野火吃，你几个都叫什么名字？可敢通给你家祖宗知道？"

那个汉子把手里双钩一摆喊道："无知狗材，俺把你这瞎了眼的强盗，俺行不更名，坐不改姓，你可知道现任知府衙门总班头有个'花脸豹子'东方德？只俺便是！"又向那两个汉子把手一指道，"这是俺两家兄弟，一个是'铁狮子'吴广吴老七，一个是'小黄虫'耿幼峰。俺等奉了知府大人之命，到此办案，无知狗材，怎敢拦阻？还不快快把船顺了，让俺进去。不的时候，恼了俺的性子，便要把你捉去当乱民治罪，还不快去！"

谁知那彪汉听了更不理他，却把手向那五个一指道："难道你们几个就没有长着耳朵？也快点儿把你们'大名儿''小名儿''绰号儿'一总报上来，俺好打发你们走路！"

那个矮汉子把手里双棒当地一磕道："在下康进，这是俺兄弟陶仁、谷秀、袁翔、李猛，俺等都是奉了总镇之命，到此小有公干。船家休得鲁莽，更不得把俺等当了歹人，快快渡俺等过去，免得伤了和气。"

那彪汉听了哈哈一笑道："原来是几位贵上差，俺倒一时未曾看出，莫怪鲁莽！只是有一件，俺这庄里，一不欠粮，二不欠饷，更不曾窝藏匪人，并无一些犯王法之事，几位上差不知俺这'青云渡'向例不叫官人进去，今天若是就这样闯了进去，只怕免不得要伤和气。最好上差仍先把来意，向俺说知，俺再转告俺家庄主，那时自能请几位上差进去，方可无事。不然的时候，几位上差，只好请回，这'青云渡'须不能这样进去！"

这时那东方德却向康进把手一拱道："哥哥原来是'飞捕队'康队头，便请和俺捉了这厮再讲！"说着摆钩便上，于是便把手中双钩一摆，抢上去迎头就是一钩。那彪汉喊一声"来得好！"哗啷一响，叉头早入钩嘴，只一挑，东方德左手钩就出手了，才待用右手钩进招时，叉已到前胸。大含胸式刚刚躲过，横叉一杆，就到小腿，跳身躲过，不防扫堂一腿，摔倒船上。吴七一斧，挡住彪汉叉头，救了东方德性命，进步又是一斧，当刀劈下。好彪汉，见斧子临头，侧身一转躲过，扭腰上步就是当胸一叉。吴七折腰让过，翻腕子兜裆就是一斧，彪汉立叉一迎，磕开斧头，一叉刺向小肚，吴七闪躲不及，叉伤胸口，三晃两晃倒退三五步，坐在船上。

这时却急坏了耿歪子，出来三个人，被人家打倒两个，不过去似乎丢人，过去绝不是他人对手，忽地眼睛一转，心里想道，何不如此如此，遂向康进喊道："康哥上啊！"说了一声摆铁尺，上前就是一尺。康进这时也说不得了，便也向自己几个弟兄一招呼，于是康进金背刀，陶仁子母铲，谷秀七节鞭，袁翔双锤，李猛铜棍，站好方向一齐向那彪汉总攻起来。战了不到十个回合，那汉子把叉向陶仁胸前猛刺，陶仁用铲一横，叉杆一掉，意取腰际。陶仁喊声不好，只得向旁一闪。

那彪汉嗖的一声，从当中一跃而出，把叉一摆，向众人笑道："你们以多为胜，俺胜你们不过，失陪！"说着纵身一跳，浪花一晃，登时踪迹不见。康进等再回头去看那两个摇橹的时候，只听扑咚扑咚两声，又跳下两个。这时船上无人，那船便转起来了，众人方叫得一声不好时，只见那彪汉从水里露出头来，向大家一笑道："今日天气，倒有些燥热，俺请诸位洗个澡儿吧！"东方德抖手就是一镖，那彪汉往下一撤身，镖落水内。东方德正在一愣，只觉船身两摆，那彪汉却从后头一探头，两手一扳船尾喊一声："下来吧！"登时船翻人落。

那彪汉却撮口一声呼哨，早见从远远飞也似的来了两只船，船头一色站定四个彪汉，齐声喊道："牛三哥，得手了吗？"

那彪汉道："兀那水内不是？来！大家辛苦一下，把这几个牛子捆进庄去再讲！"

于是大家下水，把八人捆好，放在船头，也控了水，然后吩咐摇船。不一时已到对岸，那彪汉吩咐那摇橹的又找了几个村汉，把这八个人扛了进去。那彪汉先进去回了，这庄主便叫把这八个人抬了进来。这时八个人清醒白醒被人捆上，心里真说不出的懊丧，便都一齐低了头，一任人家摆弄。

这时忽听座上一人问道："你们这几个人是从哪里来？要到哪里去？为何身藏武器，私入'青云渡'？快快讲来！"

东方德破口骂道："俺把你们这一班杀不尽的贼寇，怎敢私图不轨？既把你家老爷捉住，任凭你等发落，问俺怎的？"

那庄主听了，却装出不知的样子惊问道："怎的？几位说的话，俺怎样一句不懂哩？来！"一声从外面走进那个彪汉，那老庄主便向他问道："牛老三，你等是怎样捉的这几个人？这几个人究竟是哪里来的？讲！"那彪汉便把怎样拿来这几个人的始末情由，细说了一遍。那老庄主哎呀一声道："原来全是上差，俺却不知，实在唐突得很！"说着便把绑的绳子解开，又连连施礼不迭。这时东方德倒弄得糊里糊涂的，只听那老庄主问道："几位上差，从哪里来？到俺这庄里来则甚？"

东方德这时也不敢隐瞒不说了，只得把自己怎样奉了知府堂命，到此来暗探虚实，想来捉拿华纪文并王先生的话，说了一遍。那老庄主听了一笑道："原来如此，但不知几位可知道那姓华的住在谁家？"

东方德道："这个倒未曾探听明白，便吃贵庄的人们暗算了！"

那老庄主又一笑道："奉命办案，便先要打探出下落来，然后才可进步探访，怎的这样海底摸锅，几位也太鲁莽了。那么现在，几位又打算怎样办呢？"

东方德脸一红道："俺想这事已如此，俺等便要就坡儿歪了，没有旁的说的，老庄主既是久住在此，对于本地住户，当然十分熟悉了，本庄是否有形迹可疑之人，能够窝藏华某，便请指示一条明路，俺等也好把事办了下来，回去之后，定当把老庄主这番好意，告知俺家大人，那时俺家大人，自当亲来致谢！就请老庄主指示一条明路吧！"

那老庄主哈哈一笑道："既是几位这样不嫌弃，俺便应据实相告。这位姓王的，此时已不在这'青云渡'，却在那'黑风岗'哩！这个隐藏的窝主，也住得离俺不远，只是诸位去了也是无益！"

东方德一听，兀自一愣，便惊问所以，那老庄主便说出一番话来。

要知后事如何，且看下回分解。

第六回

三寸纸惊走虎狼役
一封信恶化鹦鹉林

当时东方德惊问所以，那老庄主却一笑道："上差休得急躁，听俺慢慢地讲。只俺便是辛远，在这'青云渡'住了约莫也有二三十年了，从未曾听得这里有什么歹人，也向未闹过一回事。只是俺无德，却生了一个搅家祸害，年纪也有廿五六了，却不好正，只知吃酒，赌钱，打架，逞强。俺也曾狠狠打过他几次，全不知改，在外仅交些无赖朋友，时常逞凶闹事，街邻全都看在俺的分儿上，谁都不屑理睬他，故此他更放肆了。前两天忽然来了一个侉头侉脑姓苗的汉子找他说话，就在那天夜晚，那厮便一夜未回，及至第二日，却不知那厮从何处同了一干人来，也有男的，也有女的，老老少少，行踪诡秘，便要住在俺家。俺那时却深怕出了事故，便不敢收留他们，那时俺那不孝的畜生，还和俺好一顿厮跳，俺不曾睬他，只命他们一齐走去。那姓苗的侉子，便说起'黑风岗'有他一家朋友，可以投奔，当时便由姓苗的率领，同了一个姓王的，一个姓左的，一个姓许的，还有一个姓夏的，一个姓马的，都作一起走了，那畜生便把姓华的还同着几个小厮，都一齐带向前边他自己住的房子里去住了。这便是一往真实情形，还请诸位上差，恕俺家教不严，感化那小畜生！只求诸位上差，在府台大人面前，替为解说解说，俺就感激不尽了！"

东方德道："原来如此。俺说一句不知进退的话儿，既是少庄主还在庄上个，便请指示清楚，俺弟兄几个愿去把他拿回交官，也替老庄主除害，老庄主以为如何？"

辛远微微一笑道："这件事恐怕没有这样容易吧？"

东方德道："难道这人就不怕王法不成？"

辛远笑道："上差这话，只好这屋里说，到了外面，切不可这样大意！想这'青云渡'一不欠粮，二不短税，虽然上差是奉了官府知会来这里办案，俺想此时，他等既敢胡作非为，定有准备，凭诸位本事，恐怕未必能够得手，倘若一时拿不住这几个人，岂不与上差面子上都不好看……"

辛远还要再说下去，只听耳边有人喊道："姓辛的，休要长你们姓辛的威风，灭俺等锐气，俺姓吴的今天非要会会你们这个铁汉子，你快快对俺说了，他在哪个门里，俺等便去拿他，哪有工夫与你啰唆，就是俺等被他拿了，也与你这老儿无涉！"

辛远听了，微笑了笑，向那牛三道："牛老三你便把他们同过去吧！"说着也不再谦让，便向众人拱手道："诸位上差请吧！但愿手到成功，也替俺除一大害。"

东方德等只得走出，辛远送到门口，便说道："诸位上差，俺却不便远送了，不过此去还须留神，倘有用着俺的时候，便请来知照一声，自当略尽微劳，诸位上差们请吧！"东方德等打拱告辞，只听辛远在里边说道："可怜一班无知的小子，恐怕难讨公道，但是也要让他们受一受才好。"

东方德听了，心里好不啾咕，只是事已如此，岂有后退之理，只得跟着牛三一路走来。走了果然不多几步，迎面就是一个广亮大门，牛三回头向众人道："众位老爷自己叫门吧！俺要先走一步了。"说着头也不回，径自去了。

东方德无奈，只得向前轻轻叩动门环，只听里面有人喊道："什么人在此搅扰？"

东方德一听，就是一愣，赶紧搭话道："是俺！"门儿一启，东方德登时就呆在那里！原来开门的这人，彼此都认得，此人原是道台衙门一个差役，名字叫作王升，不知今日怎的到此。那王升见了东方德，也显出很诧异的神情，向他问道："你今天从哪里来？到此有何公干？"

东方德道："大哥且慢问我，俺却要问大哥怎的到此？"

王升笑道："你现在真可以称得起是'贵人多忘事'了，难道你就忘了我们大头子不就住在此地吗？"

东方德一听，急忙问道："你们大头子不是住在'岭西浦'，却怎么搬到此地来？"

王升拍手笑道："说你'贵人多忘事'你越发的记性不好了！这里不是'岭西浦'却是什么所在？"

东方德猛地想起，"青云渡"果然又名"岭西浦"，是自己一时忘记。便向王升道："那么此处可有姓华的？"

王升道："怎的没有，还是昨天我们大头子，从省城里头把姓华的请了来的，只是不知道你问他有什么意思？"

东方德道："难道这事你便一点儿影子不知？"

王升道："什么影子？俺都未曾听说。"

东方德道："你还说俺'贵人多忘事'，我看大哥，你忘的也就可观了。你们大头子，难道就没有向你们说吗？"

王升道："说什么？"

东方德道："这样看来，大哥果然是不知道了，待俺说了吧！"于是便把华纪文怎样隐藏王先生，冯利如何出首，知府大人如何派许宏夜探华家庄，怎样拿获王先生和一干众人，许宏怎样放走王先生，知府大人怎样派他二探华家庄，就在当日晚上，青云渡辛远的儿子，在庄头暗中他人诡计，被辛远拿获，俺等说明来历，是他指引俺等到这里来会这个姓辛的，又说姓华的也在此处，怎的大哥倒一些不知？

王升道："咳！你中了那老家伙之计了，此处哪里有什么姓辛的？这不是成心叫你到这里来找晦气吗！"

东方德道："恁地时，俺便再转去找这老家伙去！"

正在这个时候，只听康进喊道："东方大哥，总镇大人到了！"

东方德急忙回头看时，只见一拨小队子，拥护着一匹马，马上坐的正是高凤标，心里正在犹疑，他怎么也到此地，只听高凤标问康进道："咱派你们出去访案子拿人，却怎的都跑到这里来了？"

康进回道："是，下役到这里正是为访案拿人。"便把始末情由，怎的到此，重又说了一遍。

谁知高凤标不听则已，一听这话登时脸色一变道："怎么辛远家里就是你们几个去的吗？"

康进道："是!"

高凤标呸的一口啐道："你们哪里是什么出来访案拿人,简直是跟咱有些过不去。"说着从身边摸出一个纸条向地下一掷道,"你们去看!"

康进急忙拾起看时,只见上面写的是:"总督方谕高凤标知悉,顷据报有土匪数伙,侵入'岭西浦'农民辛远家,着即率队督捕,勿误!"

高凤标在马上叱道："咱差你们到'青云渡',你们却到'岭西浦'来惹事,这是什么意思?"

康进只得回道："回大人,'岭西浦'便是'青云渡',下役原不曾错,只是怎说下役等是匪人,这个却不可不问!"

高凤标道："你们既去辛远家里,怎的又来到此地,你们可知这里是谁住吗?"

东方德急忙问道："下役方才问过,知道这里是方宫保家大老爷的住宅。"

高凤标又啐了一口道："你们既知道怎的还往这里来找不自在呢?"

东方德道："下役们只为是错听了那姓辛的指引,正想退去,恰巧大人来到。"

高凤标正要带人走去,只见那王升跑出来喊道："大老爷请高老爷进去说话!"

高凤标一听,只得率众暂回,便命众人在外面等候,自己却随了王升到内宅里去。不一时,从里面气吁吁地走了出来,向众人叱道："还不快些回去哩!咱这饭碗多半要砸在你们手里了。咱说那个姓华的,不要随便撩拨他,你们却偏要撩拨他,如今弄到老虎头上去了,看你们却怎生应付?"

康进忍不住说道："这件事又不是俺等的主意,全是那知府一人所为,现在何妨全推在他一人身上,不就没有俺们事了吗?大人何必急得这种样子呢?"

高凤标道："亏你想得到,那知府官儿此时早已坏了,还等咱们去推脱吗?"说着从身上又掏出一张纸条,递给康进道,"知府已然坏在这个条儿上了!"

东方德一听登时心里便轰的一声,急就康进手里看时,只见上面写的

188

是："山东总督方，据农民辛远、华纪文等呈称，兖州知府克某，累次遣役勒索并假词陷害，民等无所逃死，特来叩求本督，为之开说。查辛远、华纪文等，确系安分良民，该知府竟以勒索不遂，欲图陷害，实属有玷官箴，着即暂停本职，来辕候质，其知府一缺，准由知府某暂行代理，此谕！"

东方德看完，那汗珠儿便像雨一般落了下来，硬着头皮向高凤标道："照这样说时，俺家大人确是受了冤了，这里面的事，大概也瞒不过大人，难道大人便没有替俺家大人分辩两句？"

高凤标道："什么？替你们大人声辩两句？连咱自己还装在里头，没有地方去声辩哩！"

于是高凤标垂头丧气，率着这八个人与小队子，直奔渡口而来，只见大小排着三五只小划子，东方德问高凤标道："这些船只，都是大人自己带来的吗？"

高凤标道："怪不得你们办不得事，便会这样糊涂。你试想想看，从府里到这'青云渡'，可有没有水路？"

东方德一想，可不是说差了，自己也觉得好笑。过渡下船以后，只见那开酒馆的王老好儿迎了出来，笑向东方德道："客官不是去象鼻子岭吗？却怎的这一时便即转来，想莫是忘了什么东西？啊呀呀！天气真还有些热，几位衣服料汗湿透了，且坐下吃杯茶再走吧！"说着又向东方德笑了一笑。

东方德心里虽然十分不自在，当着高凤标，却又说不出什么来，只好也笑了一笑，回去自办他们的交代，这且不提。

再说华二当家，自从携眷逃到"青云渡"，便去找自己哥子，把话说了，依着华大官人，当时就要进省去见总督，把那知府参了，倒是华二当家再三拦住说："这事也不能全怨那知府，要不是吉二和姓冯的去喊告，他们怎能随便动手呢？"

大官人道："话虽如此，却也不可不去警告他一下。"于是连夜进省，便把此事向方宫保说了。方宫保一来本有些疾恶的脾气，二来也怕华大官人是个海内知名之人，如果自己不睬他，或者倒弄出旁的笑话来，所以才行文到府，要把一干人证都解到省里来。

189

谁知人证还没有解来，就听说又把差事丢了，心里便益发长气，当时就要撤他的官儿，华大官人却在旁边再三解说："这件事舍弟究竟也有交友不慎之失，其错不尽在他，倘若声张起来，这事情反益发难得收场了。"

方宫保道："人无害虎心，虎有伤人意。恐怕他们不会就肯这样丢手，那时你这番好心，岂不瞎费了吗？"

华大官人道："这倒有个计较在此，就请宫保赏给一个说帖儿，带在身上，以便做个临时的法宝，只要他不来，一切全休，他若定要来寻薅恼，那时便怪不得俺对他不义！"

方宫保道："俺还有一个办法，方才你不是提起令弟等都住在'青云渡'辛远家吗，俺想那辛远虽然乡里有些小名，究竟镇压那官府不住，恰巧咱大哥就在附近'岭西浦'住家，最好把家眷也搬到一起去住，他们再来寻薅恼时，就地解决了他们，岂不更好了。"

华大官人笑道："那还有什么不好！只是益发搅扰不当。"

宫保道："都是自家人，何必这样客套，反使咱心里不安！"

华大官人于是谢了，拿了札子，辞了宫保，一径回到"青云渡"来。这时辛远已然知道这班人的来历，心里也自是敬服，便叫辛飞把王先生和许都头、夏斌、马龙，都送到"黑风岗"起。才把华二当家等安置好了，这时华大官人已回，便来见辛远等说明搬到方宫保家暂住，辛远知道挽留不住，便叫家人帮同把行李等物送将过去，华大官人却同华二当家来见方大老爷。那方大老爷知道是自己兄弟的好友，更没的话说，便收拾出房来，请他们住了。

少时辛远过来，见了华大官人，说起方才"隔渡香"酒店老王差小厮来报说："店里来了三个人，看样便像他们府里那一班人，叫俺等做一准备，特来告知大官人，怎样办法？"

大官人道："既是如此便应当想个办法才好！"

辛远微微一笑道："这件事不劳大官人挂怀，俺早已有了准备。"说着便附向华大官人耳边说了几句，华大官人笑了一笑便托他多劳，那辛远便自去了。直到辛远把东方德等指引到了方宫保家，那华大官人才叫王升把高凤标叫了进来，当面把宫保给的那个札子交给他，命他回去办理，那高凤标才领了一干差役退去，那"青云渡"这次丝毫也不曾受得损失。这时华大官人见众役已去，知道以后便会平安无事，便和华二当家把辛远请来相商，说起祸患已平，还是想把王先生请回来，一同回到华家庄去。

辛远道："既是两位官人有这番意思，俺便派家人前去把王先生请到这里一商如何？"

华二当家道："现在在这里也是闲着，何不踱到'黑风岗'，径去找他们，看看他们怎样的生活。"

辛远道："如果两位官人愿意去时，俺便命两个人跟同前去，以免途中出些舛错，实在是庄上俺离不开，倘能离开时，自应陪官人们走走。"

华二当家道："即此已叨扰万分，老当家再谦让时，愚兄弟益发百分讨愧了！"

辛远道："恁地时，俺便派两人，送官人们去吧！"说时便叫王升去到自己家里把金威、丁立两个叫来。不一时，两个来到，一个约在三十上下，一个只有十六七岁，一个威猛健壮，一个短小精干，进来往那里一站。辛远把手一指那个大汉道："这就是在渡口捉拿差役们的金威，来，见过华大官人，华二官人。"金威上前见过礼，华二当家见金威果然是条汉子，便向他说了两句致谢道劳的话。辛远又向那个年轻的一指道："这个名叫丁立，两位官人，莫看他虽然年纪不大，心里却极有智谋，这次应付那一班人们，全是他一人主张，两位官人看他可还有机变吗？"

华二当家道："果然好主张，难得他这一点点岁数，却怎生想来？"

辛远笑道："两位官人休要夸他，且看此去如何？再者还有一件事，要禀告两位官人。他虽然为人机警，却最好戏耍不过，尤论什么样要事，他总喜在里面捣鬼，两位官人还须留神。在路上如果他犯了毛病，只管斥责，却不要拘着面子，纵养他的坏毛病。"

华二当家笑道："老庄主就是这样说吧，哪里便会那样。"

辛远道："看来天气已是时候了，两位官人要去也该去了。"说着向金丁二人道，"俺叫你两个来，不为别事，只因华大官人和华二官人要向'黑风岗'去看个朋友，又怕路途上有些不静，所以差你两个陪同前去，路上却须要留神，不得大意，倘有差错，就不要再回来见俺！快备马去吧！"两个答应下去。

这时已是八月底九月初，天气已然有些转凉了，山下的秋风，吹着作响的白杨，隔空的皓日，照着通红的枫叶，华大官人和华二当家骑着牲口，马蹄踏踏，胸襟大快。

华二当家笑向华大官人道："若不经此一番折磨，怎能领受这番风光？"

大官人道："这种风光不领也罢，倘若不是宫保肯在其中为力，恐怕此时，不会便这样轻描淡写地就完事吧？以后端须留意，切不可认为有了后援便任意胡为，要知母亲这般岁数，却再吃不起这般惊吓哩！"

华二当家原是这几天饱受惊恐，一旦得以平安无事，心里不觉一快，才说那两句闲话，如今见哥子发了牢骚，再不便言语，一时倒弄得除去马蹄之声，再听不见一些声响，一气走了约有十来里地。

华大官人向华二当家道："你我只顾了走路，却苦了他们两个在后面跟随，且先找一个地方休息休息，吃些东西再走？"

华二当家一想，可不是后头还跟着两个人吗？遂点头道："是，是，俺便怎么会忘了！"回头看时，金丁两个依然在后跟随，却怪脸上连红都不红，汗都没有一颗，仍是谈笑自若。华二当家暗暗称奇，便慢慢地把马一勒道："你们两个可知这里是什么所在吗？"

金威急忙答道："知道，知道，这里名叫'象鼻子后岭'，前面那一段长林，名叫'鹦鹉林'。"

华二当家道："哪里可以打尖？"

金威道："前边'鹦鹉林'就是一个大镇甸，随便什么都有，华庄主若要打尖，便请到那里如何？"

华二当家道声好，撒开辔头，直奔"鹦鹉林"而来。来到临近一看，原来这个庄子，全在林子包围之中，东西一股大道，直通庄内，南北都是些买卖。金威过来牵了华二当家的马，丁立也接过了华大官人的马，这时从庄内早已跑出几个人来，手里全拿着明晃晃的家伙，直奔华大官人等而来。丁立、金威方叫得一声不好，才要从身上取兵器时，只听那几个人喊一声不相干，复又撤回兵器家伙跑了回去。

华大官人道："这倒好笑，怎么这样吓人？"

华二当家道："依俺看时，最好是不进庄才好！"

依着金威也就不进庄子，偏是那丁立喜事，便向华大官人怂恿道：

192

"大官人你看这件事，可不有些蹊跷？倒不可不到里面去看个仔细哩！"说着也不等华大官人发话，便一扯马环，冲进庄去，华二当家也只好在后面跟了进来。

及至到了里面一看，十家铺子，倒有九家上了门，再找不出一个可以吃饭的所在，并且有几个稍长汉子，手里提了马棒，在后面偷看着。又走过了几家，恰好有一个小茶馆儿，虽然是开着门，里面却一个人都无有。

丁立向华大官人道："大官人俺实在走不动了，且在这里歇息一会儿如何？"

大官人道："任凭你吧！"于是丁立揪住嚼环，大官人从上面跳了下来，金威也扶华二当家下马，一同走入茶馆。丁立喊道："里面有人吗？怎不走出来一个。"

一言未了，只听外面倒喊道："有一个在这里。"从外面走进一个身躯矮小满面泥垢的汉子，身上连衣服都穿不齐全，走进来往那里一站，向丁立道："大爷敢是要喝茶吗？那却要恕过无礼，俺这里却不卖茶了！"

丁立道："你这里既不卖茶，却为什么张着幌子开着门？敢是欺俺外路人吗？休走，且吃俺一拳去！"说着一拳飞起，只向那汉子头上打来。只听哎呀一声，那汉子早已蹲在就地，口里却不住央告道："大爷休得生气，且听俺说！"丁立把眼一瞪道："讲！"

那汉子道："不瞒大爷说，大爷要是前两天来，俺这里还卖茶哩！只是……"

丁立怒道："你怎样这等啰唆！快讲下去！"

那汉子道："只因前天……不是……大前天，是大前天，忽然俺这庄里出了塌天祸事。就是在这前边十来里路，地名'鹰愁涧'，先前原是好生生的，谁知在这前半月，忽然来了一伙强人，把那里居民轰了，便把那地方占据下来了，每天只是打家劫舍，做些没有本钱的勾当。那村上的人，倒有许多是俺庄上亲戚，便都跑到这里来避难，俺这庄子虽小，却关着亲戚分上，哪能说上不留，谁知祸事就在这上了。就在大前天晚半天，俺这庄子上有个捡柴的小厮，名叫秃六儿，那日他出走离俺这村子不远捡柴，忽然碰见两个彪形汉子，生得十分尴尬，秃六儿本打算跑，却吃那两个汉子拦住，便问起秃六儿是不是住在这个村里？千不该万不该，秃

193

六儿不该说出个是字来。当时那汉子哈哈一笑，便向那个汉子把眼一挤道，'这件事就全偏劳了他吧！'说着从身上掏出一张纸来，交给秃六儿道：'这张纸儿，就烦你拿了回去，给你们村里主脑人看，叫他三日之内，照书办事，如要违了俺的嘱咐，叫你们村里人把脖子伸长了，等俺来砍个样儿你们看。'千不该万不该，秃六儿那厮又不该把纸条拿了回来。大爷你道那纸条上写的是什么？说出来真要吓死人！"

丁立问道："那么，那张纸条上面写的都是什么？你可记得？"

那汉子道："怎的不记得，上面写的是，'鹰愁涧大寨主梅花龙字告尔等百姓得知，本寨现在缺粮，打算到你庄来借，只是因为看在乡里面子上，不愿领兵来杀，你等应明白好意，知时务者，限三天之内，快送大米三千斤、干柴二十担、羊十只、猪二十只到本寨里来。本寨体念上天好生之德，绝不妄杀一人，如三天不来，那时莫怪本寨主无情，必要领兵把你们村子全都洗过，那时不要后悔。本寨主梅。'下面画了一个十字。"

丁立听他念完，简直笑得肚子都有些痛了，便忍着笑问道："那么你们村子里既然接到了这个纸条，倒是怎样准备了呢？"

那汉子道："准备什么？大爷哪里知道，俺这村子一共也不到五十户人家，有钱的也不过十户八户，哪里能够应付得起？"

丁立道："就是没有东西，也应当预备一个人和他说一句话呀。"

那汉子道："谁说不是？俺村里见了字帖之后，大家全都着了慌，有的说趁他没来，大家先跑。有的说跑不得，他们既有这种打算，便不免有人在这村旁暗探，那时不但走不脱，还得要受他的害。有的说，不如把村里人齐集一处，找些兵器家伙，等他们来了，和他们厮拼，拼得过，自然是没话说，拼不好，那时就是死在他们手里，也就甘心瞑目了。于是每家选出一个人，准备和他们厮斗。今天已是第三天了，恐怕他们不久便要来，所以大爷们今天来是没有开店卖物什的。"

正说时，只见从远远跑来一人，那汉子一见，登时站起，只见跑来那人向那汉子道："孙老二呀！你怎样便这等没紧没慢，现在已是什么时候了？你还在这里唱大江东，江爷在这里等着你哩！"

那汉子道："俺以为时候还早，在这里陪这几位说两句话，也值得这样大惊小怪，你先走，俺随后就去。"

那人道："没的扯臊，你愿陪客人说话，说到天明也与俺无相干，你有本事你不会不去！"说着嘟嘟囔囔地去了。

那汉子见他去了骂道："什么狐假虎威，要没有你们，还许坏不了事哩！什么江爷，等会儿人家来了，一样也会屁滚尿流，现在还充什么好朋友！"说着向丁立一笑道，"大爷，俺话也讲完了，大爷同着这几位也该走了，不的时候，他们来了，再走恐怕就不容易走了。"

这时华二当家也听明白了，便向丁立道："这位乡亲说得是，俺等还是走吧！"

丁立道："二当家真是胆子小，这怕什么？这样好热闹不看，还去看什么？再说我们这时要走，一时也来不及了，倘若半路上遇见什么梅寨主，那时岂不是自找苦吃。依俺看还是在这里躲一时的好。"

华二当家正待再向丁立说什么时，只听前边一阵喧嚷，那汉子方喊一声不好，只见那一班人早已拥了进来。为头的一人，约莫也有四十多岁，秃着头，披了一件短衫，手里拿了一把鬼头刀，大踏步抢了进来，直奔那汉子。那汉子一见便吓得双膝一跪，口里喊道："江爷饶命！"

那汉子骂道："俺是你什么江爷，你眼里还有俺在吗？饶了你，便没了俺，不要废话，吃俺一刀去！"说时一刀早已当胸砍下，只听扑咚一声，两个里早倒了一个。原来丁立看那汉子要杀那孙老二，要拦已是不及，便在底下扫了他一跛脚，那汉子却不曾防备，便一下摔倒，刀也撒手扔出多远。

那汉子登时大怒向那孙老二道："好啊！怪不得你这么大样，原来你却和人家连了手！"说着又向跟来的人道，"你们便怎么这样脓包，看见俺被人家收拾了，你们连动也不动，还不快快上前把那厮们替俺捉住！"大家应声便都向华二当家等四人跟前走来。

华二当家见事已经闹到这步田地，走是一定走不脱的，现在见这些人走近跟前，便向金威道："你去镇住他们，叫他们不要动手，向他们说明我们的来路，就此上路好了。"

金威答应一声，便站了起来，迎着那些人大声喊道："你等且慢鲁莽，听俺有话说！"

那些人一则欺他们只有四个人，二则又听那汉子在地躺着不住地喊，哪里还听见金威说些什么，便都抢了过来。金威见说他们不住，心里也怒了，便想捉住两个为头的来镇吓镇吓他们。恰巧这时有个汉子，手里提了一条木棍，向金威当头就是一木棍，金威喊声"来得好!"头往旁边一偏，棍子便空了，进前一步，左手揪住他的棍子，往里只一带，右手一晃，抬腿一扫，那汉子吃不住，哎哟一声，倒退了十几步，摔倒在地上。这时又有一个汉子，手里拿了一把尖刀，抢进前就是一刀，当胸就刺，金威只一含胸，让刀扎空，飞起一脚，踢在那汉子手腕上，一把刀踢起来在空中转了半天才落下来，无巧不巧，刚刚落在被丁立打倒的那个汉子头旁，当啷一响，把那汉子吓得半死。

金威趁势哈哈一笑喊道："你们还有多少不怕死的? 只管前来凑个热闹!"这时大家早吃他这两手儿吓着，哪里还敢再动一动。

丁立看见面子已然赚足，便向前作好作歹，拦住金威，又向众人说了自己的来历，便要向众人告辞，谁知这时躺在地下的那个汉子，陡然爬起向丁立兜头就是一躬到地道："原来你老就是'青云渡'辛庄主那里的金丁二位，怪不得俺等便吃了亏。请问你老，辛庄主那里有一个江漂子，你老可知道?"

丁立道："怎的不识? 俺还管着他老人家叫大叔哩!"

那汉子道："这话可是不是外人，俺嫡嫡亲的哥哥，就是江漂子，你老看这可不是外人吧!"

金威是个直爽人，听那汉子一说，当时就觉得方才自己太鲁莽了，正待上前说两句外场的话儿赔个不是，只见丁立微微一笑道："噢! 你原来也姓江，你的哥哥既是江漂子，那么你一定就是河漂子了?"

那汉子听了脸上虽然有些不愿的样子，嘴里却不住说："你老真是爱打哈哈，俺名字叫摸鱼儿江通，还求你老多多照应。"

丁立道："不消客气。现在却有一件事要求你，俺等从早晨到此时，还未曾吃饭哩!"

江通道："这有何难，便请你老四位一同进庄用饭，只怕这庄里地方太小，照应不到，还求你老四位多多包涵!"

丁立笑着应声，便一拉华大官人和华二当家便向庄里走去。不一时来到庄里，江通让众人坐了，吩咐庄人把饭食预备好，这才向金丁二人道：

"俺和二位，虽然是初次相聚，然而也可以说是缘分，现在有一事相求，便请不要推辞才好！"

丁立把杯子一举道："你且讲来，再作商议。"

江通道："俺这庄上约莫也有五六十家，向来安分守己，都是些良善农民，并且又多是些以身为家，寒苦之至。不知怎的有人吹出风声，硬说俺这庄子十分阔绰，以致引了歹人们的注意。前天忽然接到了一封柬帖厄，上面写的是'鹰愁涧'寨子的什么梅花龙，要到俺这庄上来借饷借粮。你老想，本来俺这庄上，仅只勉强对付生活，哪里更禁得起这种事儿，俺想答应也是死，不答应也是死，便联合庄上几个年轻力壮的合力来保护这庄子。不瞒你老说，俺这个庄上要论起来要个刀片儿，还要算姓江的哩！今天就是厮拼的日子，俺正要排齐了本庄人，到庄外去等候这班强盗，忽然有人来说，现在俺庄上来了四个素不相识之人，俺便错疑是他们到了，谁知却是你老几位。现在不说旁人，只求看在俺哥子面上，请几位助俺一助，把这些强盗打发回去，保全一村大小性命，谅来你老几位是绝不致有推辞的了！"

说着当席便是一跪。庄上那些人看了，便也跟着向前跪倒，全都齐呼救命！

华二当家才待申说这番过庄不能久待的话儿，只见丁立早已向前伸手搀起江通道："俺只当什么要紧事，却是这样一段小事，请起！请起！这事包在俺身上！"江通听得这样说，赶紧谢了起来，这时大家都已站起，齐把眼睛看着丁立。这时丁立却向华二当家笑道："华二当家，这件事你老说是管好？是不管好？"

华二当家一听，就是一愣，知道辛远说的话儿应了，这个家伙要在这里开玩笑，便向他一正色道："临出来的时候，辛庄主怎样嘱咐你的？叫你路上不可乱来，你怎的又管起闲事来了，依俺看，只可不管的对。再者说，此处事情又不是你亲眼得见，你知道究竟是谁对是谁不对？便胡乱帮着人家动手，倘若帮得对还好，倘若一时错伤了好人，俺等便怎样回去？况且你又不知那方倒是些什么人物，如果再斗人家不过，又怎样回去见辛庄主？你我还是走路的好！"

丁立听了，更不向二当家再说什么，只向江通道："你们可曾听见吗？

这须不是俺不肯帮忙，你们但问这位华二庄主，可肯使俺来帮你们？说不得，俺还要赶路了哩！"说着便真个提起衣物要走。

这时江通却再也耐不得，便向大家一声喊道："诸位！现在要是让这几位走了，你我也都是个死，不如现在都死在他老人家面前，倒还干净些！"说着扯刀往咽喉便刺。

大家也都喊道："既是几位见死不肯相救，俺等也愿意一同死在几位面前！"

华二当家忙喊道："不可不可！俺等不走就是！"

丁立这时早已笑嘻嘻地站起，夺过江通手里的刀子道："俺那华庄主已然答应了你们，你还拿着刀吓人怎的？"江通也笑了。

华二当家道："既然是现在打算管这闲事，你大小便应有个准备。他们这里究竟有多少人，有多少器械，什么人领头，怎样和来人对敌，这事都应当细细问过。"

江通不等丁立再问，便向华二当家道："俺这村里，一共五十七家，新近又从鹰愁洞搬来有十几户，合并有七十余户，除去妇女老人幼童以外，能出来的不过有个五十多个人。俺这村里，本来都是种庄稼的人，哪里有什么合手的器械，只好是各人尽自己家里所有，谁有什么谁便拿什么，反正这都是为自己的事，倒也还凑了有个二三十把刀片儿，十来根枪杆儿，还有些庄稼人用的铁锄、铁镐、铁斧、木棍，也凑了些子。领头的人便是俺江通，因为比他们还稍知些，所以大家便都推了俺为个头脑，那时因为没有人，所以俺便答应下来，现在你老几位来了，便请你老几位，替俺主持这回事吧！因为俺是一个不识字的粗人，从来也不曾和人对敌过，哪里知道怎样和人对敌？便请你老几位，可怜俺庄上人则个……"说着便又磕头下去。

华二当家向丁立道："这却是你惹出来的事，你现在怎么倒不言语了呢？"

丁立向华二当家一笑道："庄主没的冤枉人，分明是自己答应了人家，却把这名推在俺的身上。"

华二当家也笑道："你这猴子倒会捉弄人，你把俺凭空地撮上去了，你倒来说便宜话。这个俺却不来问你，俺只问你对于这件事，你可有个什么主张？"

丁立道："俺一个小孩子，有什么主张？还是求庄主您给开个道儿，俺来走吧！"

华二当家啐了一口道："原来你也有不中用的时候。"便回头来向华大官人道："大哥看这件事应当怎样办法？"

华大官人早就有些嗔怪丁立多事，只是不好出口，现在见华二当家来问，便笑向华二当家道："这种事俺却不曾干过，不知怎样办法，最好还是你们自己斟酌吧！"

华二当家便知大官人有些不愿意，遂向丁立道："你去问问，他们这里可有个僻静的所在？大官人可以休息一会儿。"

丁立才待要问江通，江通早抢着说道："有，有，大官人随俺来！"于是丁立便引大官人往后面去安置好了，又走出来，便向华二当家道："大官人已安息了，便请庄主说明怎样对敌？以便去告知他们。"

华二当家道："这件事据俺看也没有什么大不了，那梅花龙绝不是什么大不了的人物，现在俺想吩咐你们几件事，你们必须要紧紧遵守！那时俺便保你们这里出不了岔子就是了。"江通等唯唯答应。华二当家道："俺想那梅花龙既是住在这庄子的北边，那么他们必是从北边来。这村口正道，却要一个能打的人，守在那里，等他们来了，打死他们几个，那时自然把他们镇住，不敢前进。"说着向金威一看道："这件事，便烦劳你吧！"金威连忙答应，华二当家又向金威道："你这个地方却是一股要道，必须要小心防守，拨给你二十个精力强壮，持器械的庄人，你只要不让他们从你那里走进庄里来，你的责任便尽了，他们如果后退，你就由他们走去吧，千万不可深追！仍然在那里把守，如果他们要是骂你诱你，你也千万忍住不要轻易离开自己防地，什么时候，听见里面有人来招呼你，你再回到里边来，谨记谨记！你这就去吧。"金威答应了，便选了二十个精壮的汉子去了。

华二当家又向江通道："你是这村里的人，却不可离开这里面，你只在这村里领着人四下巡逻一下，遇见有面生的人，慢慢地问人家一问，却必须和颜悦色，以免生出别的事来！"江通答应才待走去，华二当家又叫道："回来！"江通便走回来，华二当家道："还有一样事，你去叫他们那

199

些女人，全在家里把饭做好，便叫那些小孩子把饭送到庄前去，与防守的人去吃，就是这件事，你便快快去吩咐吧!"江通答应自去料理。

华二当家便向丁立道："这件事全是从你而起，你必须做出一些特别的事来，才可以服得住人，但不知你的武艺，比较金威如何?"

丁立道："这件事却是两个说法，要论力猛叉沉，俺却不如金威，要论细小绵软巧，俺却要比金威强些，但不知二庄主，问俺这些则甚?"

华二当家道："既然如此，那俺便有了主意了。你趁他们未来，便赶到前边去，见了他们的人，施展出两手硬功，叫他们望而生畏，便可以把他们镇住，那你还来之后，便可一举扬名天下知了，但不知你可有如此胆量?"

丁立听了，一笑道："原来二庄主有意成全小人，小人怎的不愿前去，要论胆子嘛也还有些哩!"

华二当家道："怎地时你便快去才好!"

丁立道："小人这便去如何?"说着辞了二当家往外就走，华二当家又叫他转来，吩咐他要处处小心，丁立答应道："小人自理会得!"提了朴刀，别了华二当家自去不提。

这里华二当家又拣了几个精壮汉子，在庄里四围随时打探，自己便也跟着瞭哨。忽地有一庄汉，跑来报道："回华二庄主得知，北林子外面金爷已和人交手了，请你老速派人前去救应。"

华二当家寻思道：怎的便这等快法？遂向庄汉道："你去告知金爷，加意防守，俺即刻派人赶到!"庄汉答应自去。

华二当家这里便向几个庄汉道："你们快去把江爷找回，叫他速到北林去接应金爷，俺先往前边去等。"说着便往北林子边走来，那庄汉也自去找寻江通不提。

单说金威领了些精壮庄汉，来到北林子外面，金威便向大家道："依俺看他们今天是'来者不善，善者不来'，俺等必须商量一个拒敌之策，使他一看便退才好!"

庄汉等道："全凭金爷吩咐，小人等谨遵就是。"

金威道："怎地时，你们大家便听俺吩咐，今天这个样子非得出一个'三龙阵'不能成功!"

庄汉等道："但不知怎样便是'三龙阵？'"

金威道："你们且分开站了，听俺来分派你们！"大家果然两排立了。

金威道："这个阵式第一要取首尾相连，虽然名叫三龙，其实领头的还是要看一条龙，一个龙头动，三个龙头跟着动，要取其首尾相应，彼此互助这点儿意思。例如俺现在是第一条龙的龙头，你们是第二条第三条的龙头，俺埋伏在半里地以前，第二条龙头埋伏在一箭路远近，第三条龙头就在此处。俺若远远地遇见那厮们来袭时，便暗中告诉龙身，龙身告知龙尾，龙尾便会告诉第二条龙头，龙头又依样告知龙身，照样儿再传给第三条，不到一刻工夫，全体便都知道了。第一条龙头如果有什么主张可以告知第二条第三条，大家当时便可得着主意，就可以有了准备，不至于临时前后没有接应，这是再好不过的一个阵法。只是这个阵法，却是人越多越好，人少了头尾便不会有那样活动，现在我们一则人少，二则大家又不熟习，最好我们临时不要告诉主张，最好现在就把今天怎样堵截来人的法儿说明，只要听得龙头一报，大家便照计而行，不怕他来的人再多些，只要中了这条计，管保他一时半会儿讨不了便宜去！"说完便向大家悄悄一说计策，大家当时拍手称妙。

金威道："那俺就当作第一条龙头，张大，李二，就当这第二第三两条龙头，等俺得了什么动静，告知你们，大家便一齐努力，千万不要被他们走过去才好！"大家答应在意，自去埋伏不提。

但说金威领了十来个稍长的汉子，走出有半里来路，便叫他们站住，大家便找了一个大树的后面，把身子藏了。不一时，只见从前面跑下两个人来。金威一看，急忙一扯身旁的那个汉子，那个汉子会意，便一径从树后跑下去了。这里金威更不怠慢，随即把自己衣裳一紧，提了五股叉，隐在背后，从树后转了出来。这时看看那两人来得已近，金威急忙从里面一个垫步纵了出来，横身拦住道："二位打算往哪里去，找什么人？说得清楚好放你们过去！"

那两个里头有一个大汉不耐道："老爷自有老爷的路，干你屁事，识时务的趁早休问，便宜多哩！"

金威也怒道："俺便不放你过去，你待怎的？"

那汉子益发怒道："泼厮怎敢无礼，休走！且吃俺一锤去！"说时一锤当头砸下。金威也喊一声"来得好！"闪身一撒步，背后五股叉已经迎出，兜胸膛便是一叉。那汉子让过叉头，进步当胸便是一锤。二人一来一往，果然一番好厮杀。

旁边却急坏了那个汉子，口里不住喊道："左二爷何必和他争斗，岂不耽搁了正事？"

那汉子杀得正勇，哪里听得见这些闲话，战了足足有一刻时间，两个人依然不见一点儿胜负。这时那汉子再也耐不住，便也摆动手里金背刀，抢上来去助战，金威喊一声越来得多越好，一叉抵住二人，兀自分不出谁上谁下。

正酣斗间，只听林子里一声喊道："何方草寇，敢来讨野火吃！金爷莫慌，俺来助你！"声到人到棍到。金威一看，原来正是江通，手里提了一条齐眉棍，飞跑来助战，精神益发抖擞，便撇了后来那个拿刀的汉子，独战那个拿锤的，江通便奔了那个使刀的，捉对儿厮杀。这时早已有几个汉子，得着了报告，便依着"三龙阵"式围了上来，离上三五步便有一个人站在那里，只要那两个汉子稍微一挨近，不是一刀，便是一枪，等那汉子要回手时，他们便又回到自己站的地方去了，金威和江通却又在后面追个不住，闹得那个使刀的汉子纳罕不已。又这样战了一个半时，依然是一点儿胜负不见。

正在此时，只听林子里面，又有人喊道："休得动手！都是自己人。"说着一人跑到，分开众人，来到里面。

那使锤的汉子见了叫道："华二当家，如何却在这里？叫小的们好找！"

华二当家笑道："有话请到里面去讲吧！"又向金威道："原来你也不相识，来来，俺和你们介绍介绍。"说着一指那个使锤的道："这位就是人称小霸王的左吉左二爷。"又一指那个使刀的道："这个便是为俺华某坏了事的许宏许都头。"又向许左二人替金江二人介绍过。

江通道："原来都是英雄们，恕俺不识，且请到庄里，容俺赔罪。"

大家才待要行，金威向众人道："众位且请到庄里待茶，俺却不能奉陪！"

众人才待要问是何缘故，华二当家早已哈哈笑了起来。大家便惊问所以，华二当家道："金威你此时却不要在这里等了，恐怕再不会有贼人到了。"遂把怎样派遣丁立去到"鹰愁涧"的话说了一遍。

金威头一个跳起来道："二当家这件事，你老可办得太大意了。想那丁立，年纪既轻，本事又属平常，此去若果无事还则罢了，倘若有些差错，俺是同他一路出来的人，叫俺却怎生回去？"

华二当家笑道："这事却不妨，俺看丁立虽然武艺比你差些，却一定不会吃亏，你等且到庄里再说。"金威哪里肯走，口口声声也要去到"鹰愁涧"，帮同丁立捉拿梅花龙。

许宏看了便上前向华二当家道："这件事依俺看来，还是让金家贤弟去的才是，最好俺同左二爷也一同去走一遭。丁家贤弟倘若能胜，固然更好，倘若不胜，俺等便去打个接应，也没有什么不可！不知华二当家以为如何？"

二当家道："恁地时便请速去速回，俺还有话问你们哩！"

许宏答应，便同了金左二人，一齐往北走下去了。这里华二当家带了庄丁，自回庄去，暂且不提。

单说金威等三个人，出了林子，一直跑了下来，正走之间，忽听金威喊道："二位可知往'鹰愁涧'是从哪条路去吗？"

许宏道："怎的，难道金爷不知道吗？"

金威道："俺要知道还问你们则甚？"

许宏道："且不要跑了，要照着这个样子，就是跑到天亮，恐怕也到不了'鹰愁涧'，且歇下来寻一个人问问再说。"

就在这个时候，只听左吉一声喊道："寻到了！"撒腿往前一跑，便从草窠里捉出一个人，那人便像杀猪般叫了起来！金许急忙赶过看时，只见左吉按着一个老头子，两人急忙过来，问他这是什么意思。左吉道："你们不是才说要找一个人问他'鹰愁涧'在什么去处吗？现在俺把他按住，你们不来问他，反来问俺怎的？"

金许两个一听，原来是这样一件事，不由得好笑起来，便一路笑一路向左吉道："你且把他放了，就问话也不应这样问法。"

左吉才把那老头子放了，看那老头子时，已然是一息奄奄，气息仅出了。金许两人，急忙把他搀起，在地上溜了几步，才缓醒过来，见金许两

203

搀着他，便先谢过了。金许两个见他已然醒转，便问他往"鹰愁涧"是怎样去法。

那老头子道："几位，你们却走错了。这'鹰愁涧'在这林子正西北，也不过十来里路，这边却是林子东边了。几位要上'鹰愁涧'，须从这里往西，见了一棵白杨树，再往北转，便可到了。"金许等向那老头子谢过，那老头子一瘸一点地去了。

这里金威向许宏道："要不是问了这个老人，恐怕要多走十几里路，现在敢是要快走一程，才好赶得上。"

许宏道："快一些走，恐怕赶到那里也晚了！"

左吉道："难道你们说说就可以到了？还不赶紧去追！"左吉说完，头一个便跑下去了，金许也只好随后跟着跑了下来。

不一时，便过了那棵白杨树，便往北一转，只见两旁是山，当间是一条小路，两边山势险峻已极，正待告诉左吉留神，只见左吉身子忽然往前一载摔倒在地，两个人急忙收步时，已然不及，也觉腿下一软，双双摔倒。便听耳边一阵锣声，从后面转过许多人来。

要知后事如何，且听下回分解。

第七回

丁立智取愁鹰涧
金威醉入打虎沟

话说金威、许宏、左吉，因探"鹰愁涧"，被人在山下埋伏陷坑摔倒，三个正待挣扎之际，只听一片锣声，从林子里拥出一班人来，到了这里，不容分说，四个人捆一个，一时捆好，便由这些人，吆吆喝喝，抬起来径往山里去了。这几个人既然挣扎不得，只好任凭他们去摆弄。抬着约莫也走了有个半里来路，便是一个山口，进了山口，气象便和外头不同了，一路上都是些持枪的喽啰们，一个个雄赳赳气昂昂，神气十足，全无一些紊乱之意。许宏不由暗喊罢了，看这神气，这寨子委实有人主持哩！依俺看这个样子，那先来的丁立，怕不早死在这里头了，谁知俺等却来垫背，但是事已如此，还说上什么不算来。想到这里，爽兴把两眼一闭，静候他们发落。又走不多时，便听抬的那些人喊道："把这几个牛子，先放在这里吧！"几个人答应一声，早把自己撂在就地。许宏这时却不得不睁眼一看，原来这里，却是大厅，一溜五间，极其宽敞，但是里面陈设，却非常破敝不堪。许宏心里又是一动，怪不得他们要到邻村去做那些无本生涯呢，原来这寨里却破败到这个样子，看起来这寨里就是有个能人，也不是什么出类拔萃的角色了。

正在这个时候，只听喽啰们喊道："大家站好，寨主就要升寨了！"于是喊喳一阵，然后才安静下去，许宏一看，忽然从阶下来了四个喽啰，到了临近，把自己身旁捆的金威、左吉抬起来便走，单单把自己一个留在这里。就在这一霎时，只听锣声一响，从这面走出两个人来，头一个长得足够八尺身材，一张油乎乎的黑脸，两只圆滚滚的乌珠，穿了一件半长的汗衫，头上绾了一个髻儿，恶狠狠地瞪了许宏一眼，便在大厅中间第一把大椅上坐了。第二个身材短小，还是一个小孩子打扮，雪白的一张脸儿，高高的鼻梁儿，梳着一条松辫，手里拿了一把折扇，摇摇摆摆笑笑嘻嘻地从许宏头里过去，就第二张椅子上坐了。许宏这时看了这样两个人，便益发地摸不着头脑。

这时只见那个大汉向那青年道："你看这个人，像不像是什么孙?"

那青年一笑道："果是像，不过，俺等却须问问他是从什么地方来的? 要往哪里去? 怎样被人们把他拿获，细细问一问才是?!"

那大汉道："贤弟说得是，待俺先把他叫上来问一问。"遂向喽啰们道："喂! 孩子们把他押上来。"大家应声过去，先把他捆脚的绳子放了，然后把他推到大厅上。

许宏来到大厅，只见那青年把手向他一指道："哦! 你这泼厮，是哪里人? 往哪道去? 怎的便会被本寨擒获? 讲!"

许宏微微一笑道："你要问你家老爷姓许单名一个宏字，现在是受了朋友之托，前往'鹦鹉林'去找一个朋友，不想来到你们这里，却中了你们诡计，任杀任砍，姓许的绝不含糊。不过俺想你们这班贼子，终日不做好事，恐怕有一天遇见对头，便要尔等狗命……"

许宏一言未完，那汉子早已从座上跃起，向旁边喽啰道："你们还在这里听什么? 快快把这厮推去斩了!"两旁喽啰答应一声，扯起许宏便往外边推，已然走到台阶下头，只听那个青年吆喝一声推回来，当时又把许宏推转。那青年向许宏一指道："你这汉子方才说什么'鹦鹉林'，再仔细说一遍，如若能够提出两个有头脸的，那时俺自能放你，如若一味造谣，那时便莫怪我等无情，定要追去尔的狗命! 讲。"

许宏哈哈一笑道："娃娃要杀就杀! 哪有许多话讲!"说完便再一言不发，直愣愣地站在那里。

青年向那汉子笑了一笑道："这汉子倒也倔强得很! 他愿意死，俺偏不叫他死。来! 把他给我押在后面，等问完了那两个再问他，你们再把那两个牛子给俺牵来!"这时早有喽啰把许宏推到后边去了。

另外又有一喽啰，跑到外面，向那几个看守喽兵一说，把左吉推了进来。左吉来到这里，一看上面坐着的青年和那汉子，便喊起来道："什么泼猢狲？坐在这里大模大样，要是好汉子，便把俺放开，给俺家伙，一手一式，战个三五百合，俺若战你们不过，虽死无怨。倘若只是倚仗诡计，把俺弄倒，你便算不了汉子！"

那汉子不等他说完便啐道："呸！你这汉子，既被俺捉获，便该说出受了什么人指使，到俺这里则甚？再央告央告你家寨主，寨主念你是条汉子，便收了你做个小喽啰也是有的，你怎敢这样出言放肆。来呀！推出斩了。"两边喽啰吆喝"是！"那青年却又过来拦住道："且慢！也把他推在后面，再问那一个。"那汉子便叫喽啰把左吉押下去，再把金威带上来。

金威上来一看，不由得便咦了一声。原来那少年不是别人，正是同自己护送华二当家的，现在急欲寻找的丁立。方要问他怎的会到此处，只见丁立向自己眼一挤，原为不知道他葫芦里卖的什么药，便低下头来，不则一声。这时丁立反向他问道："那个汉子，姓字名谁，到俺寨里则甚？讲得不错，放你回去，讲！"

金威假装哈哈一笑道："呸！你家老爷堂堂的汉子，哪有那些闲话和你去说，既中你们诡计，被你们捉住，任凭你等怎样发落便了！"

丁立笑向那汉子道："他们既都是一样说法，一定不是好人，后面必定还有余党，依俺之见，暂时把他等押在后面，以为钓鱼之饵，等到今天晚上再把他等一杀不晚，你看好吗？"

那汉子道："便依贤弟，吩咐他们好生看守罢了。"

且不提丁立，怎样去吩咐喽啰，但说金威被人押入后面，原来是三间土房，门外有几个喽啰兵把守着。金威刚刚走到门口，只听里面左吉骂道："泼强盗，把你家老爷弄在这里，杀也不杀，放也不放，真正把人急煞！"一见金威进来，便向金威喊道："你怎样也来了？为什么不痛痛快快地骂他一阵，也出出胸里恶气！"

金威向他低低说道："你不要乱骂了，俺保你今天晚上总可出去就是了！"

左吉听了便不则声。少时便有两个喽啰抬进一个食盒，放在大家面前，打开一看里面有酒有肉，有菜有饭，都取出来，又把三个人的捆手绳子解开，便请他们用饭。

左吉道："管他是祸是福呢，且吃饱了再说。"便也不等金许两个便先自吃喝起来。

一时，三人吃喝完毕，早有喽啰把饭具撤去，又把绳子捆好，这时天气已近黄昏，左吉向金威喊道："喂！是时候了吧？怎的还没有人来？"

一言未了，只听外面有人答应道："来了！"金威急忙看时，原来正是丁立，正待问他怎样时，只听左吉在那里骂道："泼小厮，有话怎的不讲？却这样鬼鬼祟祟？"

金威忙忙拦道："哥哥，都是自家人。"便问丁立道，"现在怎么样了？"

丁立道："还要等一会儿，才可以有办法。"说着便扒向金威耳边说了几句，金威只是把个头不住地点，丁立复又转身走出。

左吉看了，又骂道："才说是自家人，却拿出这副嘴脸来，搞什么劳什子鬼？"

金威却忙拦住，又慢慢悄声向他耳边说了几句，那左吉虽然不骂了，嘴里却还说道："一个梅花龙罢了，还有什么大不了得的地方？却还要这样做作，权不把俺放了。"

金威再三相拦，左吉才算不说，金威也向许宏说了，许宏点头会意。

不一时，已交初更，外面有人喊道："寨主升寨了，带今天那几个牛子！"便有几个喽啰把三个人依旧捆了出去。来到前寨一看，两旁站着几个喽啰兵，手里都拿着火把，那个汉子，依旧坐在那里，丁力却站在一旁。

那汉子向左吉一指道："先把那个牛子，捆过来，俺倒要问他个水落石出！"

喽啰把左吉推了进来，那汉子用手一拍案子道："你这牛子，姓字名谁，家住何处，因何至此，快快讲来！免得你家寨主动刑。"

左吉哈哈一笑道："你这蠢厮，还在这里浪张着，死在眼前你还不知！"

那汉子怒道："俺这'鹰愁涧'十里方圆，无有人迹，你等既然被获，还敢无礼，来呀！先把他推出去杀了，看看是谁死在眼前？"

丁立急忙上前拦住道："俺看此人虽然粗鲁，武艺想来是好的，这寨里正在缺人，不如用好言把他们收下，也好做个帮手，以为如何？"

那汉子道："俺却劝他们不来，这件事只好你来办一办吧！"

丁立道："怎地时，便听俺来劝他们！"遂向喽啰们说道，"你把他们三个一起带上来！"喽啰们答应，把三个人带了上来，丁立便向三个人道："依俺这寨里规矩，只要是有人暗探山寨，被这里捉获，即时枭首示众。俺家寨主，看你几个，都像是一条汉子，打算把你们放了，让你们搭入这个伙里，成桌分金，论斗分银，且胜似你这般飘荡着，依俺相劝，你们便答应了，自有你们的好处！"说着又把眼向三个人一瞟。

许宏首自会意，便先说道："要俺等归你却也不难，但只问你们寨主，把俺等怎样看待？"

丁立道："自是平位相待，岂肯屈尊三位。"

许宏向金左二人道："二位兄弟，听这寨主，意气也还诚恳，其实又亏负不了我们，我们便应了吧！"

左金二人道："但凭哥哥做主！"

许宏便向丁立道："俺等应便应了，难道就总是这样捆着俺等不成？"

丁立道："笑话！都是一家人了，哪有这样怠慢之理！"说着自己走下位来，把三个人的绳子解开，又向那汉子介绍道："寨主俺来替你见过，这位是兖州府有名的一家都头，姓许名宏，这个是'廖儿洼'有名的好汉左吉，外号人称小霸王的便是，这个是'青云渡'一家成名的好汉门徒金大力金威……"

话犹未完，那汉子早已一跃而起，大喊一声："好小辈，怎敢暗算于俺！"一拳早向丁立胸膛打来。

丁立急忙闪身躲开，双手直摆道："这是从哪里说起？"

那汉子飞起又是一脚道："从哪里说起，从你那里说起！自从捉了这几个牛子，你也没问过他们姓字名谁，他们自己也没有说过这几个牛子叫什么，你怎的便知道他们来踪去路，姓字名谁，什么英雄好汉？倒好像你跟他们几百年老相识一般，难道便不明白，你们是弄好圈子来捉弄俺吗？俺也不管你谁是英雄，哪个是好汉，今天且把你们全都拿住，然后挖了你们的心，肥肥地做一碗醒酒汤喝，也叫你们知道俺梅花龙的厉害！"说着一掌劈头砍下。

这时左金已然知道这个便是梅花龙，便再也不肯放松，正待上前帮着动手，只见许宏不住把头向二个人摇，两个便不好贸然过去。又听丁立喊道："原来如此！你且住手，听俺一言！"

梅花龙便抢个式子站住道："你讲。"

丁立道："方才不是你叫俺去送酒食的吗？俺因便问了他几句，才知道他们都是些有名的人物，故而劝你把他们收下，做一个臂膀，怎的你倒如此狐疑起来？看来也不是好相与的，俺便趁此告辞。"说着真个提起步往外就走。

再看梅花龙却急得脸上颜色都变了，一步跳上前，便把丁立扭住道："俺便错怪了贤弟，贤弟便怎的真个恼了，难道贤弟还看不出俺是个粗鲁的人吗？来来来！快替俺引见引见吧！"

丁立趁势收住脚步笑道："没看见这种急性子的人，一言不发，就动起手来，这幸亏是俺，对于武道略通门径，如果旁人，被打死了还不知怎样死的哩！岂不要冤枉几条人命？你便不想这几个人还是俺献计才拿来的，怎的便会是预先约好来算计你的哩！"说着向三个把手一招道："没的给列位见笑，这就是俺这里寨主梅花龙，向是这样毛色脾气，三位多包涵一些！"

就在这话尚未说完的时候，只听一个喽啰来报说："回寨主，外面人已然选齐了，只听寨主的令，便可以往'鹦鹉林'去了。"

梅花龙听了向丁立道："你看今天可以去不可以去呢？"

丁立道："依俺看时，今天已至深夜，不去便罢，还是等到天明再去不晚！"

梅花龙道："这话也说得是！"便向那报事的喽啰道："明天就是一清早吧！你去吩咐他们，务要小心留神，预备整齐，今晚还须加意防守，去吧！"那喽啰应声自去不提。

梅花龙便向丁立道："这三位屈尊了一天，你便陪到后面去休养休养，明天好有力气备战，俺也要歇息歇息了！"

丁立道："怎地时俺便同三位到后边去歇息了。"说着同了左许金三个走出大厅来。

左吉道："今天真要闷死人，方才依着俺便早把他拿了，却怎的许都头望着俺把个手不住地摆，俺却不知为什么不准俺动手，难道说俺等这些人还不是他的对手不成？"

丁立道："其实今天多亏了许大哥，不的时候还要弄出笑话来呢！"

许宏道："这是怎讲？"

丁立道："你们几位看梅花龙，不是一个粗鲁无识的人吗？却谁知他的本领，却兀自了得。他不单是拳脚精通，而且他还会一身硬功夫，童子功金钟罩铁布衫，使一条镔铁棍，足有八九十斤，使起来兀自风车相似，等闲中四五十个汉子，休想近得他的身，如果今天要是和他动起手来，恐怕未必能够得到便宜哩！"

左吉道："依你说时那厮便没有法子摆布他了？我们便回去了吧！"说着脸上露出一种不悦的神气。

丁立道："这里耳目甚多，且待明日自有计较。"又低声向几个人道："这厮却最好饮酒，便在这上面，就可以做倒了他了！"说着大家各自安歇不提。

第二日天色才亮，丁立等尚还未起，只听窗外有人喊道："丁头领，寨主已然升寨了，请几位到大寨议事哩！"

丁立等急忙起来，到了前寨一看，梅花龙已然坐在那里，向大家道："你们才起来？俺却在这里等候你们半天了，俺想趁着此时，便向'鹦鹉林'去！至迟到了正午也就完事了，你们道好吗？"

丁立道："这话说得是，不过我们也须有个安排。第一我们现在先要吃些酒食，然后才可以有力备战，第二什么人在先什么人在后，什么人打接应，什么人守大寨？然后才可以不致腹背受敌。"

梅花龙道："这话说得是，先吩咐他们预备出酒饭来，吃喝间便好商议了。"两边喽啰听了，自去预备。

不一时，酒饭已齐，大家坐了，梅花龙便推丁立做军师。丁立道："既然如是，不过一切都须听俺调遣。"

梅花龙道："这个自然，有不听的，便请他吃俺一棍，便是俺也要服你指令哩！"

丁立道："如此俺便有僭了！打前锋必须派一手里说得下去的人，俺素闻左兄武艺出众，便请左兄多劳。接应之人，必须心里灵活，能够随机

211

应变，俺看许大哥足当此任，便请许大哥帮忙吧！等三就非得主脑的人出马不可，便请寨主一行。至于催押粮草，传递令信，全有金威大哥，便可无虑！俺自己一则年纪太轻，二则本领又弱，倘若出去，一旦失机，反丧了军中锐气，俺只在这寨里静候佳音，杀猪宰羊替众位一贺！"

丁立说完，大家全都点头称善，梅花龙更是称赞不止。丁立见他喜欢，便趁势劝他吃酒，那梅花龙本来是大酒量，不让还要喝，况是有人再三相让，加之经丁立一番话，说得更是爽快十分，那酒便不自由地喝了一个畅快。大家见丁立让酒，便你也来让，我也来让，真是杯到酒干，喝得痛快淋漓，这酒便喝得有八成了。

这时一轮鲜红的太阳，已然露出山嘴，梅花龙把酒杯一推道："酒够了，我们便走吧！"大家也都推杯而起。

丁立道："且慢俺还有话说哩！"大家便止住脚步，丁立道，"三位今天才来到山寨，只恐路径不熟，回来反生舛错，而尤其最要紧的便是接应这一层，现在俺先带他们去巡视一遭，然后再起行如何？"

梅花龙道："这话说得是，只是要快一点儿才好！"

丁立答应，便同金威、许宏、左吉，走出大厅。不一时来到山口，丁立把跟来的喽啰散在旁边，便向许宏说道："现在这事情，便有八分把握了，到了'鹦鹉林'，可趁便把这种情形向二当家说知，也好做一准备。"又向许宏耳边说了几句，许宏点头称妙。丁立又向左吉嘱咐了几句，便又回到大厅，丁立便发动号令，众人一齐下山。丁立和金威将众人送出山口，然后才回来。丁立来到大厅，叫人把喽兵头目叫来，一时来了有十几个头目，丁立叫他们站在一旁，先问了他们姓名，然后才向他们说道："你们大家依俺看时，也都是些安善良民，怎的会来流落在此，无妨讲给俺听听！"

内中有一个叫王祥的便道："丁头领，若不是你老人家今天问到此处，俺也不敢瞎说一句。俺等全是经商之人，不想从此经过，便被这位大寨主将俺等掠逼上山，把俺等的本钱和货品，完全变换了兵器。有几个私自逃走的，被他寻了回来，便硬生生丢在山涧里，俺等哪里还敢逃走！自昨天俺看见了丁头领，便知比这寨主仁慈太多，今天头领既然问到这里，便请头领开天地之恩，把俺等放走，俺等家中俱有父母妻子，倘能从此得见一面，便感寨主天高地厚之德了！"说着便全都跪在就地。

丁立连忙叫他们起来，又向他们道："你等既是打算脱离此处，只要依俺之话，俺定能救你等出离此地！"大家异口同音，愿意听从丁头领指挥。丁立道："梅寨主现在已然下山，待俺把实话对你们全说了吧！"大家听了，便都起立。丁立向大家道："俺便是'青云渡'辛庄主手下的丁立丁永泰，和这位金威，都是一起的。那个姓许的名叫许宏，是兖州府头等捕快上班儿，那个左吉，也是'廖儿湮'成名的英雄。今天此来，正为攻打'鹰愁涧'，因为动力恐敌那梅花龙不过，才想出这'调虎出洞'之计。本打算来劝说你们自去投生，谁知你们倒先自觉悟了，恁地时，俺便告诉你们几句话儿，待会儿便照计而行，只要梅花龙能够成擒，俺自有法救你们出去！"说着又向那几个头目附耳说了一阵，众头目点头答应自去安排不提。

单说梅花龙领了喽啰，骑了一匹马，出得山口，因为自己是督后阵的，一心并不疾走，只缓辔而行。约莫走了才只有一半路，只见前面尘土飞扬，人声呐喊，才待催马，只见前面早跑过一个人来，定睛一看，原来正是自己寨里一个报事的小头目，只见他气急败坏地向前报道："寨寨……主……不好了！左头领深入阵地，不知去落，许头领接应，又吃人家用'绊马索'掀倒，对方兵马已然杀来了，请寨……快快快快准备……"

话犹未完，只听四面喊杀之声已近，梅花龙大怒，便用腿一磕座下马，口里喊一声："小子们随俺来。"一摆手中棍，早已向南冲下。及至到了里边，却没看见一个人。正在纳罕之间，只听后面杀声又起，梅花龙更怒，便兜转马头，向北杀回，却又是怪，北边依是一个人不见，南边却又一片喊杀起来。梅花龙忽然灵机一动，喊道一声："不好！"飞马向北逃去，辔头跑出足有二里多路，才慢慢走缓下来，心里不由寻思道：这幸亏俺听师父说过这诱敌之计，不然，岂不吃了大亏了！又寻思道：好笑姓左的和姓许的，说什么都是成了名的英雄，现在和人家还不曾见面，便都被获遭擒，真是替英雄丢人。忽地再寻思道：不好了，俺带去这许多人出来，打算痛抢'鹦鹉林'，现在只剩下俺一个回去，还有什么脸面可以见那姓丁的？想到这里不由一阵发燥，便想催马再行往南，却听背后有人马

213

之声，急忙回马看时，原来正是自己寨里的人马，领兵却是几个小头目，见了梅花龙，急忙下马说道："寨主，适才丁头领见寨主走后，忽然想起，前途没有村落，倘若一时取'鹦鹉林'不下，寨主便要找不出吃饭处所，便命俺等抬了些酒食赶来，不知寨主此时可用不？"

梅花龙一听，丁立果然心细，不由心中大喜，便向几个头目道："正好！正好！快些拿来，俺用完了还要去杀人哩！"头目答应，后边早有喽啰抬过食盒，里面有饭有菜，只是没酒。梅花龙看了向那头目道："怎的没带酒来？"

头目道："丁头领怕寨主吃多了酒误事，便不曾叫小人们送酒来。"

梅花龙道："呸！难道你们便不知道俺离开了酒办不了事吗？"

这时旁边转出一个喽兵道："寨主不要动气，小人这里藏得有酒。"

梅花龙道："你这厮倒也知趣，快些将酒来！"

那喽啰从身上取出一个尿包来，把嘴儿一打，里面倒出来好高烧酒，迎风一吹，香气喷鼻。梅花龙早耐不得，捧起碗来，就是一碗，才喊道一声："好酒！"正要去倒第二碗时，早已头重脚轻，身体一晕。自己也明白是中了人家计策，便要起来去抓那喽啰，这时药性已散，哪里还容得他还手，只觉头儿一碰，腿儿一软，眼儿一黑，登时摔倒在地。喽啰们见他已然晕倒，便向林子里面喊道："丁头领，俺等已然得手了！"丁立从后面转过，吩咐大家用绳子把他绑好，直抬往'鹦鹉林'而来。

这时许宏已然把始末缘由和华二当家说过，华二当家便吩咐照定丁立计策而行，只在林中虚设伏兵，惊退梅花龙，又叫人前去接应，恰好和丁立派来报事的碰在一起，便一同来见华二当家。华二当家便叫江通告诉丁立，不得伤害梅花龙一点儿，快快抬到这里再讲。江通答应出去，不一时，便同丁立来到。丁立先向华二当家述说此番到"鹰愁涧"，怎样见梅花龙，怎样入山寨，怎样下埋伏，怎样捉左许金，怎样劝左许金假意入伙，怎样调兵遣将，怎样酒醉梅花龙，从头至尾，细细说了一遍。华二当家笑道："这却辛苦了！"又吩咐把梅花龙抬上来。

大家答应把梅花龙抬了上来，用凉水往脸上一喷，只听梅花龙一声狂喊，绑绳全断，鲤鱼打挺便纵了起来，抢一步径奔华二当家。华二当家才喊得一声"不好"，一拳早到，幸得丁立在旁边看得清楚，忙喊一声："来得好！"飞脚向梅花龙腹部踹来。梅花龙急忙撤回双拳，躲过丁立一脚，恶狠狠地骂道："贼无赖，怎敢赚俺？且吃俺一拳去！"一拳又向丁立打下。这时华二当家早已躲进屋里去了，左吉看得不耐，便也举起双锤来助战。梅花龙哈哈一笑道："小子们怎敢以多为胜，待俺把你们都打发回去便了！"一人径敌两个，依然是毫不惧怯。左吉虽然使锤，却一点儿也占不到便宜。

许宏才待拉刀上前帮助，只听屋里华二当家，叫了一声许都头，许宏便赶紧走了进来。华二当家附着许宏耳朵说了几句，叫他照计而行，许宏答应出走，不一时又走了进来。再看左丁两人已然不是梅花龙对手，再要战将下去，便会败在人手，便站在门口一声喊道："丁贤弟何必跟他死战，把他带向陷坑里去，还怕他跑上天？"丁立一听虚晃一拳，向外就走。梅花龙哪里肯舍，急急在后面追来。许宏道："丁贤弟你且退后，待俺来会他一会。"便向前用单刀敌住梅花龙，换了丁立下来。许宏一边战一边喊道："梅花龙，你要是个汉子，可随俺到前边宽敞地方，战个三五百合，如若胆怯，怕中了俺陷坑之计，你既快快回去，不必再来。"说着虚晃一刀往外便走。

梅花龙大怒道："哪里走？俺倒要看看你陷坑是怎样埋法？"便也追了下来。刚刚绕出屋门，许宏便往左边一转，梅花龙便也追踪而至。许宏点手一招，梅花龙提棍便追。许宏正跑之际，忽地往前面一跃而过，梅花龙追得正急，打算也往上跳，已走不及，忽觉腿下一软喊一声不好，人已然跌在陷坑里。

陷坑并不甚深，梅花龙才待往起跳时，只见坑口站着许宏、丁立、左吉三个人，手里提了一个口袋喊道："梅花龙你若知好歹的，趁早倒下受绑，如若不然，恐怕你皮肉不得吃苦。你来看，这都是干石灰沫子，你若一动，俺等便要往下洒灰，迷瞎你的双眼，那时你悔也迟了。"

梅花龙本来打算往上跳，听见说便不敢再跳，这时两旁钩杆已到，早已搭住梅花龙衣裳，往上一提容梅花龙立起，便拥过十几个精壮大汉来，早用丝绳捆好。

左吉向丁立一伸舌头道："这家伙真结实，俺远远打了他三锤，他却丝毫未曾觉得，幸得许宏大哥想出这条坑人计来，不的时候，端须要费些手脚哩！"

这时华二当家已然吩咐人把梅花龙捆在明柱上，这才问他因何无故到此扰乱，梅花龙把眼一瞪道："入娘贼趁早闭了你鸟嘴，任杀任剐，俺却不惧，就是不准你唠唠叨叨，问个不歇。你若再问俺时，俺便要骂你上三代了。"

华二当家尚未答言，旁边早恼了左吉，喊一声："泼厮怎敢无礼，且吃俺一锤。"

华二当家方要喊一声使不得，只听对面房上喊道："左二弟且慢，都是自家人，待俺来给你们引见过。"说话间，便和燕子般从房上飞下一人来，用手钩隔开左吉手里锤，那只钩早将绑绳挑开。大家一看，原来正是苗二侉子。

大家正要问他从何处而来，只听梅花龙一声喊道："好丁立，两次三番，羞辱于俺，休走，且和俺见个三五百合再去。"说着抢一步便要和丁立厮拼。

苗二侉子急忙抢步上前拦住道："不要一错再错，且上屋里谈话，大家都是自己朋友。"说着一手挽了梅花龙，一手挽了丁立，走进屋里。

华二当家见了苗二侉子，急问道："苗二爷你从哪里来？"

苗二侉子道："且慢讲这些话，待俺来引见一个朋友给二当家。"说着用手一指梅花龙道，"这位就是俺的结义好友小金刚雷芳。来来来！俺也给你引见引见，这位就是华二当家，华纪文华二庄主。"大家在外面听得好生诧异，原来这人却不是什么梅花龙，又听苗二侉子道："雷大哥，你这是从什么地方来？要到什么地方去？怎的又会到了这里？却又怎的会和他们打了起来？"

雷芳咳了一声道："老弟再休提起，自从和你分别之后，本意到京里去找俺家大哥，和他要个主意，替俺想个出路，谁知走在路上，被人将我银钱衣物偷去，俺一时走不得路，便想出一个寻钱的法子。走在'鹰愁涧'便遇见了几个剪径的朋友，斗俺不过，便把俺约到山里，做他们一个头领。俺因一时找不出别的路来，只好答应他们。后来只为山里没有粮，便有人叫俺到这村子里来借，谁知俺还不曾来，便有这位姓丁的，假意到俺寨里投降，也是俺一时大意，便收留了这位姓丁的，姓丁的又叫俺到这里来怎样进手，谁知两次俱被计将俺捉住，这便是以往实情了。"

苗二侉子笑道："什么事都有缘在，这总是弟兄们有缘，所以才到这里来聚会哩！"

华二当家也笑道："果然都是有缘的，今天倒要聚会一下才好。"

许宏问道："苗二爷这是从哪里来？"

苗二侉子道："俺和皇子看见你们去了许久，还不回来，着实有些放心不得，因此便差俺再来看视一遭，你等怎会到得此处？"

许宏道："俺和左二哥领了皇子之命，去到'青云渡'迎接华二当家，谁知走到途中，走岔了路，碰见了这里这件事，便帮二当家把这事平复了，不想苗二爷也到了这里。"

苗二侉子道："俺临来之时，皇子吩咐俺快把华二当家请到，因为最近几天里头，皇子便要起身走哩。"

华二当家道："怎么要走！你可知道往哪里去吗？"

苗二侉子道："俺倒不知道要往哪里去，只是听说还要带华小官人一班人去哩！"

华二当家道："这就怪了，无论到什么地方去，带着一班小孩，有什么用处？"

苗二侉子道："现在这里事情已完，便请同了众家兄弟一同前去吧！"

华二当家道："就是二爷你不来，俺也正要去哩！俺家大爷现在也在这里。"又把华大官人请出来和众人见了。华二当家向丁立道："你去把江通叫来。"丁立答应，不时把江通叫来。华二当家道："江庄主你这里事体，总算办平复了，你便出去告诉你们乡里，好生打开门过日子吧，俺等在这里搅扰，就此谢过，俺等也要告辞了。"

江通道："怎么二当家这时就要走吗？俺这合村之人，全仗二当家救命之恩，正想留二当家多住几日，怎的说去便去？"

华二当家道："谢谢他们一番好意！等俺回来时再住吧。"江通便到外面通知众人进来谢了。华二当家又向雷芳道："雷贤弟，你现在还是占山为王呢，还是打算随俺等走呢？"

雷芳道："愿随二当家走开这里。"

华二当家道："好。"便叫许宏到外面，向众喽啰说知散伙，"鹰愁涧"之财物，可尽力取走。又吩咐苗二侉子左吉带领这里庄丁，到"鹰愁涧"把寨子焚了，大家这才起身。

刚刚走出庄门，丁立啊呀一声道："不好，金威怎的不见？"大家一时想起果然不见金威，丁立登时便急了，向众人道："俺和金威是奉了俺家师父之命，保送华二当家到'黑风岗'的，现在金大哥既然不知去向，俺只好去找他一遭，就烦众位先把华大官人和华二当家送往'黑风岗'，等俺寻着他时，便一齐转来去找寻众位便了。"

华二当家道："且慢，你方才从'鹰愁涧'走时，可曾看见他吗？"

丁立道："事先俺也曾告诉他，山寨事完，便速回这里来，此时他已绝不在山上，还是待俺去找他转来。"

华二当家道："就是要找他，也要想个计较才好，现在俺同苗二爷、雷二爷，到'黑风岗'，你此时便到'鹰愁涧'会同左许二位，寻找金威，如能在左近找着更好，如果不能，可快回'黑风岗'送信，俺等再做打算，你看好吗？"

丁立道："恁地时，华二当家便请先行，俺自去找他。"

当下华二当家一干人等，辞了江通，齐往"黑风岗"，江通自带庄丁回去不提。

且说丁立脚下如箭，直奔"鹰愁涧"，看看已到山门，恰好碰着许宏、左吉两个，见了丁立喊道："丁贤弟，不消来了！俺等已把山寨火焚喽兵散去了，你我一同回去罢了。"

丁立道："俺此来并非为了山寨之事，请问二位可曾看见俺那金威哥哥吗？"

许宏道："不曾见！不曾见！"

丁立便把金威的失踪，华二当家怎样派自己来找，又是怎样请他两个帮忙的话说了一遍，便请两个帮忙，两个人便应允。当下许宏道："这是朋友应有的义气，丁老弟这话未免过于客气了。但是你我既不知道他是到什么地方去，可向哪里去找？"

丁立道："俺想他既是没有回到'鹦鹉林'，一定是走差了路径，你我可以转过山头，到岔路上去寻，或者可以得到一些头绪。"

许宏道："现在也只好是这样办法。"于是丁立在前，许左在后，转过山头，径奔岔道而来，这且不提。

却说金威原是领了丁立假令，巡逻山寨，当一名大探子，后来看见大家都已下山，丁立也假作接应去了，自己一时闷不过，看见桌上排着有酒有菜，便自斟自饮起来了。本来没有偌大酒量，饮了不多酒，一时心里便感觉有些不受用起来，自己便顺着后寨，慢慢走了出去。一看离后山口不远，便是一片树林，吃醉了的人，一时分不清楚，不由叫道："咦！原来这里就可以通到'鹦鹉林'，早知如此，就从这里进来，岂不近便了许多？待俺先走到他们头前去再说。"便顺着山坡跑了下来，及至往近一看，才知道并不是"鹦鹉林"，有心转去，山头上起来却没有下去那样方便，况且方才吃了酒，酒气一涌，腿儿益发觉得懒洋洋的，便不敢再从旧路跑了回去，打算绕过山口再回山去。谁知转过山口，只见前面一片夹沟，既窄且长，如果打算绕过山口，却非从此经过不可，便信步走进沟中。

刚刚进沟不到一箭路，只听两旁上头有人喊嚷："哪里来的野人，胆敢入沟！"

金威抬头看时，只见山沟之上，站着许多喽啰，手里都拿了弓箭，齐都往下，做欲放射之势。金威心想，此时打算退出山沟，已是不易，身上又没有带着随身兵器，倘若惹动人家，自己反倒不好照应，便也向前面喊道："上面的清了，俺是'鹰愁涧'寨里的，误入山口，便请指引前面可能通到敝寨吗？"

金威之意，以为两山距离不远，自己提出"鹰愁涧"来，总可以有个面子。谁知不提还好，刚一说出"鹰愁涧"，已听上面喊道："原来这厮就是'鹰愁涧'的，小子们，莫要放走这厮。"大家应了一声，便如一个焦雷相仿，跟着就是一棒锣声，早从后面拥出一伙人来，手里都拿了一丈七八尺长的钩杆，搭住金威衣裳便拧。金威是进退不能，吃他们钩住便横拽地拖搭了上来，到了上面不容起立，便用绳子捆了。金威这时一声儿不语，任凭他们去弄，觉是被他们捆好抬了起来。睁眼一看，原来是一片平原，宽有二三十亩，长有四五十亩，正北面一溜十间大厅，大厅后面，仿佛还有房，但是看不清楚。

只觉那几个人把自己搭进厅来，往地下一撂，内中便有一个人道："你们到里边看看老庄主起来不曾？"

一个喽啰答应，去不多时回来道："老庄主不久便起，吩咐把对山的虫子先放在这里，老庄主便来发落。"

不一时，里边又有人传出话来："老庄主这就出来了，吩咐你们把捉住的人，带进大厅。"大家答应一声，便把金威抬进里面，依然撂在地下。

金威进了大厅，用眼一看，正中间是一张床，上面铺有靠褥垫，床前面便是一张花梨桌子，两旁是太师椅，桌上陈设全是些文墨之类，并没有一些武器，再往旁边屋里一看，也只是书画古玩之属，更看不出是怎样一个地处，就是那些人的装束和神气，也不像山寨喽啰一样。

正在心中纳罕，只听一阵咳嗽，从屏风后面转出一个老者，年纪在六十以上的样子，只是腰腿不软，脊背不弯，看那精神样子，也就在四十上下岁，就是一样瞒不过，头发和胡子都有许多白了，两只眼睛都和普通人不同，一闪一闭，烁烁放光。身躯却不甚高，也只有五尺长短，手里拿了杆旱烟袋，笑嘻嘻走了出来，便向那床上一坐，向大家道："方才捉住的那个孩子呢？把他带到这里俺看看他。"众人答应，又把金威从那边挪到这边来。那老者低头看了一看道："这不是挺好的一个小伙子，为什么要到那个山上去当强盗？又为什么私自来探俺这里？说得实实在在，俺念你年幼无知，把你放去，如果有半字蒙哄，那时莫怪俺对不住你了。"

金威一听，此时万不可再说是"鹰愁涧"，最好是趁此择开才好。想到这里，便向那老者道："你既如此说时，俺便对你实说了吧。俺叫金威，原是'青云渡'辛庄主的徒弟，只因奉了辛庄主之命，同俺师弟丁立两个，送一个姓华的到'黑风岗'，去访一个朋友，行经'鹦鹉林'，遇见庄里江通，说起'鹰愁涧'有一梅花龙，剪径劫财，就在今天要到'鹦鹉林'打劫，那姓华的便差俺同许都头丁立来到此山杀贼。丁立和姓许的把梅花龙诳下山去，俺便从后山走了出来，谁知误入此沟。这便全是实言，信不信任你发落好了。"

那老者一听忙问道："你说的哪一个许都头？"

金威道："便是兖州府首班都头。"

那老者道："你敢是说那许宏许都头？"

金威道："说的不是他，难道还有第二个？"

那老者一听，急忙说道："罪过罪过，你们快把金爷放起，这才是'大水冲了龙王庙，一家人不识一家人了'。"当时大家把金威绑绳放开，那老者又忙着让他坐，金威这时倒弄得有些糊糊涂涂的，便依实坐了。那老者又向金威道："不知者不怪罪，老弟千万不要怪罪才好。"

金威道："老庄主说哪里话？俺误扰贵庄，只求老庄主不见怪也就够了，老庄主这样使俺益发的不安了。只是有一件，老庄主怎会和许都头相识？"

那老者笑道："岂止相识，他还是俺救命的朋友哩！"

金威一听，急问道："这话是怎的说起？"

那老者道："提起这话却长了，金老弟，你且坐了，听俺慢慢向你讲！"

金威这时陡地想起，自己在这里坐了半天，还不曾问过人家姓名，便赶紧向老者道："还不曾请教老庄主贵姓？敢问……"

那老者笑道："真是俺也忘却告诉老弟俺的姓名。俺姓刁，草名一个凤字。"

老者话尚未完，金威急问道："老庄主敢是江湖人称'银钩将军'的刁二爷吗？"

刁凤道："正是，金老弟怎便得知愚下？"

金威道："你老再不要这样称呼了，俺比你老还矮着一辈哩！"

刁凤道："岂敢，岂敢。"

金威道："俺提一个人，你老一定是知道的。你老可认识有一位'小巨灵金大刀'吗？"

刁凤道："那怎的不知？俺和他还有同门之义哩！只是老弟怎么得知？"

金威道："如此说来，益发不是外人了，那是俺一个叔叔。俺自幼父

221

亲便死了，就和俺叔叔在一起，在家里时候，也曾听俺叔叔说过你老人家，只是未曾见过面，不期今天，在此相遇。先前听俺叔叔说过，还有一位'金钩将军'，刁龙刁大伯不知现在也在一起吗？"

刁凤一听，不由咳了一声道："休要提起，真使人伤心疾首，方才不是向你讲过吗？那许都头是俺救命之人，也就在此哩！"

金威正待往下问时，只见一个庄丁，跑进厅来报道："兖州府许都头同了一位姓丁的，来到沟口，声言要见老庄主，不知可让进来不？"

刁凤向金威笑道："刚说他，他便来了。"吩咐庄丁，快快去请，庄丁答应而去。

要知后事如何，且听下回分解。

第八回

汶上县一令施威
黑风岗双雄除虎

当时庄丁下沟迎接许宏等上来，一见金威，便向丁立道："如何？俺便说他除去这个地方不会再落在别处，你看俺这话说得可准吗？"丁立点头。许宏上前招呼刁凤道："老英雄多日不见，恕过今日搅扰！"

刁凤道："都头说哪里话？俺久想去见都头，叵耐有许多不便之处，还望都头恕过则个！"

金威在旁边听了道："两个都不是外人，最好把这些谦挚免了吧！来来来，俺给刁庄主引见一个朋友，这就是俺方才提的那位兄弟丁立。"

丁立上前见过，大家当时归座，丁立便向金威说起怎样捉住梅花龙，怎样便是苗二侉子的朋友，真名字叫作雷芳，怎样大家上"黑风岗"怎样不见了他，才同许宏来找的话，说了一遍，又问起金威怎生得到此处？金威也把自己怎样走出后山，怎样误入沟内被获，怎样提起许都头，怎样才被刁庄主款待，丁立复又向刁凤谢过。

依着丁立当时便要别过刁凤去到"黑风岗"，吃刁凤再三拦住道："几位都是有为的侠士，老朽非常钦佩，只是年老了，不能追随诸位做出一番事业，但愿诸位前途顺利，老朽只好预祝。今天总算有缘，在此遇见诸位，务必多住一宿，明天清早回去，谅也不致误事，这个小面子总是要给的。"

大家听了，只好答应下来。在酒饭之际，金威便又问起，刁凤怎样和许宏厮熟？又是怎样谈起二人特别投契，当时刁凤却说出一番话来，只说得许宏暗暗点头，金丁二人惊叹不已。

原来"黑风岗"在兖州西北，属汶上县管辖，方圆也有个三里多地，上面约莫也住着有个百十来户人家，其中有一家姓刁的，老弟兄两个哥哥刁龙兄弟刁凤，老伴儿都已去世，刁龙只有个女儿，全都不肯再娶。兄弟两个都自幼就练武艺，"黑风岗"向来多虎豹之属，两个便以打猎为生，倒也清闲无事。

一天吃饭以后，刁龙正待背弓出去，忽见刁凤从外面跑了进来向刁龙道："哥哥拿钩，和俺出去把那泼厮杀了！"说着摘下墙上双钩，便要跑了出去。

刁龙一把扯住道："老二你这是和谁怄了气？"

刁凤道："俺却未曾和谁怄气，俺只看不惯那厮欺人，哥哥不必拦俺，等俺出去杀了那厮再说。"

刁龙便叫女儿银姑把刁凤拦住，自己便走到外面去看个究竟。刚刚到了门口，只见有三五个邻居齐往自己跟前跑来，口里喊道："刁大哥，你老快去看看吧，周家的柱头，都快被他们打死了！"

刁龙此时，也不再问究竟，便随众人跑了过去。只见一群人围住狂喊，里面有人叫骂，还夹杂着一片哭喊之声。刁龙此时急将人们一分，自己挤进里面，只见里面两个戴红缨帽的官人，按着一个狂打，嘴里还不住乱骂，一看地下躺的正是那周家的柱头，已然被打得有声无气的了，自己赶紧上前用手一拍那官人道："上差们请了！"

不提防那个官人正打得高兴，忽然觉得有人拍他，却吃了一惊，不由转怒，回过头来，照定刁龙便一拳。刁龙是个惯家，哪里会被他打着，只用手一扯他手腕子喊一声"来得好"，轻轻一提，那个官人早已应声而起。只见刁龙把手往怀里一带，又轻轻一放，那个官人往后退了有五六步，仰天八叉摔倒地上。那一个见了，便丢了周家柱头，直奔刁龙，举拳便打。刁龙闪身让过，上面虚晃一拳，腰间用腿一点，那人吃不住，一个拨浪鼓身式，早往旁边跌倒。刁龙急忙上前拉起周柱头，这时两旁看热闹的人早已抢了过来，把周柱头抬起，送回家去。

这两个早已爬起，却不敢再行过来动手，只远远地站着，插着手骂道："你这厮敢是吃了熊心豹胆，怎敢薅恼你家老爷？"

刁龙赔着笑道："俺便是这里村长，不知他们怎样得罪上差，请你老指示俺，自去警治他们。"

那两个官人道："好，你既是这里村长，这话便好讲了。俺叫赵泰，他叫王平，便是这汶上县的上班，只因你这村子里，欠了不少钱粮，官儿派俺来催，叵耐来到头一家，便遇见周柱头这厮，不但是欠粮不缴，而且蛮横无理。俺正待敲打他两下，谁知你这厮反来助他来薅恼你家老爷，你既是村长，便请你随俺到县里去一趟，谁是谁非，便请官儿去公断，俺却不愿和你斗口齿哩！"

刁龙正待向他辩理，只见旁边走过一人，刁龙认得就是周柱头紧邻索老头儿。当下索老头儿道："刁老大，你切莫信这厮乱讲，俺却看得明明白白。他们来的时候，周柱头原没在家，他的媳妇出去开的门，谁知他们两个，开口便胡言乱语，满嘴乱讲起来。你老想，那柱头媳妇，也是好人家子女，岂肯容他调戏？"

话尤未了，刁龙早已怒从心起，喊一声泼无赖，举起巨灵似的巴掌，左右开弓脆生生便是两个嘴巴子，旁边看热闹的人，不由都喝一声彩。刁龙还待打时，那索老头儿拦住道："刁老大，你先不要打他，听俺把话说完，再一总发落这厮！"

刁龙把手往腰上一按道："你讲，你讲。"

索老头儿道："那周柱头家里的一时气愤，便骂了他们两个几句，谁知他们更是无法无天，欺他家里无人，便竟动起手来。周柱头家里正在喊挣之间，恰好周柱头从外面走了回来，还不曾向他们理论，他们倒以周柱头不该回来撞破好事一件，便也不由分说，扭住周柱头便是一顿好打，却口口声声说是周柱头欠粮不缴，幸得老大你赶到，才算救起周柱头。俺想此事便应举起村里几个有头脸的，把这厮送到官家，说明他们怎样不法，任凭官家去惩治他们，也省却他再来薅恼乡里，老大你说这话可是吗？"

刁龙道："你老人家这话怕说的不是，如是真个那样办时，却反便宜了这厮。他们官家难道不知道他们在外为非作歹，不过胳膊折了往里弯，他岂肯为我们伤了他的爪牙？况且俺听人说，现今俺这县里官儿叫作什么'王剥皮'，为人十分歹毒，难免不是他指使他们出来胡行霸道的哩！那俺等岂非自寻苦头。依俺时，趁着神不知鬼不觉，挖个坑，把这两个害人贼，活活埋了。"

索老头儿拦道："这样却使不得，再不好他身上总是披了这张虎皮的，真个做翻了他，究竟不大方便。况且，俺说一句冷话，大家虽然都在这里想处置这厮，其实这内中便难免藏着有跟官面相通的人，倘若因为要买官家的好脸子，就恐怕不向那方去献殷勤，那时候俺等都吃了人家当了礼物，那才大大值不得。依俺的心思，最好是叫他们两个具出甘结，不准他们再向这里来寻事，倘若再犯在这村人手里，那时再拿出他们具的甘结，一同去见官家。那官家虽然有心帮他，恐怕也就无力了，你们看这个法子可还使得吗？"

大家一齐称善，便由刁龙押定赵泰、王平，叫他两个写具甘结。两个虽然知道这张甘结写不得，却禁不起刁龙在旁边用拳头比着，不由得他们不写。两个人写完，刁龙便同村人把他们送到村口，向他们两个一指喊道："泼小厮，你回去对你那强盗官去讲，只俺刁龙今天便如此凌虐了你们，如果他有意替你们出气，便叫他来提俺，俺自去见他。就是你们两个不服时，也可以来找俺，俺自候你，只是把头儿练得坚实再来寻事。快快去吧。"说着用手只一搡，两个早跌摔出几步开外，爬起便跑，大家禁不住又是一阵喝彩，两个早已抱头鼠窜而去。

当下大众趱回村里鼓掌称快，那索老头儿却拦住大家高兴道："诸位且慢喜欢，虽然今天这厮们吃了苦楚，想他等也不是省油之辈，岂有竟吃哑巴苦子之理？必要有枝添叶，求寻蟆恼，俺等却不可不有个准备哩。"

大家一听，果然有理，便齐声说道："你老说得是，俺等便各自约束自己全不令他捉住把柄，谅他也就没有办法来纠缠俺这村子了。"

索老头道："但愿如此！"

当时大家散去，刁龙也趱转家中，刁凤便问起怎样办了？刁龙把情形一说，刁凤笑道："痛快！痛快！只是哥哥不应把俺留在家里，却自己去打他。"刁龙也自笑了。

果然第二天，村里便有人出来立了一个乡会，谁家钱粮未缴，急速去缴，如果一时拿不出，便由大户拿出来，替他缴清。一连三五个月光景，俱各相安无事，大家也都把心放下。

这一天刁凤向刁龙道："哥哥这一向只为防范官家寻蟆恼，便连打猎

226

之事也松懈了，俺看那厮既是怕这里威力，又找不出漏罅，恐怕他也不敢再寻报复。这两天听人家传说在山里现来了好大豹子，不趁此时去，恐怕便被人家弄了去了。依俺看，哥哥只在家里领着侄女保护村子，俺今夜便去东山料理那豹子，大约有三五日，也可趄回了，哥哥以为如何？"

刁龙自是答应，只吩咐他一路小心，有豹子打了便回，无豹子快快回来，刁凤答应，收拾猎具自去。

不提刁龙在家如何，且说刁凤到了东山，找熟识人家歇了，等到夜里，带好猎具，走进山里，东寻西找，却也不曾见着豹子的影儿。第二天又寻了一夜，依然没有寻着一点儿踪迹，只好趄回熟识人家，因而问起那朋友，山里是不是真有豹子。

那朋友笑道："哪里来的什么豹子？你却吃人家骗了。俺看你这两天进山，还以为你是寻些小獐小兔，你若早说出是寻豹子时，老早便不叫你进山了。"

刁凤听了，才知是受了人家欺骗，好在也不曾受了若许损失，便也不在意，便辞了那朋友回到"黑风岗"来。到了岗口，天气已然黑了上来，回家心急，走路未免慌忙，谁知正碰在对面一个人身上，那人大怒，也不发话兜胸便是一拳。刁凤也怒，急忙把身一闪，让过一拳，随手便用了"大卸甲"旗鼓，把那汉子撩翻在地，口里喊道："什么鸟汉子这样鲁莽？且吃俺两皮锤去！"

说着举拳才待打下，只听那人说道："慢打，慢打，刁二爷是俺是俺。"

刁凤低头一看道："俺道是谁？原来是柱头哥。这样慌里慌张，打算往什么地方去？"周柱头道："这里须说不得，且请二爷到俺家里去说话！"

刁凤笑道："什么事这样鬼鬼祟祟？难道去俺家里还讲不了吗？"

周柱头道："二爷快走吧，你老的家，此时已不属你老了。"

刁凤听说陡然吃了一惊道："柱头，你这话是真是假？"

柱头道："俺怎敢欺骗二爷……"

刁凤把手一挥道："既然如是，待俺且回去张张再说。"

说完便要走去，吃周柱头一把揪住道："二爷且慢，方才不听俺说吗？二爷的家已被人家占了，如果二爷贸然闯了回去，岂非自投罗网？"

刁凤道："那么俺哥哥和银姑现在也不在家吗？"

柱头道："二爷怎样这般不明白，房子都归了人家，大爷和小姑娘哪里还会在家里？且请同俺家去再讲。"说着拉了就走。

刁凤这时老大不得主意，便随着柱头一径来到柱头家里，却怪是柱头媳妇也不在家，门儿却是锁着。刁凤问道："柱头，你的媳妇呢？怎的这个时候，还不在家里？"

柱头道："且到里面再讲。"把门开了，刁凤跟着走了进去，柱头点着油灯，又让刁凤坐下。

刁凤再也忍耐不得，便急问他道："柱头，你快快说出俺家的事情吧。"

柱头道："俺说却不妨，只是二爷不要动气才好！二爷可知道那一天，俺家那口子和两个鸟官人在门口捣乱，还惹得二爷动怒的事吗？"

刁凤道："记却记得，只是这种没紧急要的事，提他则甚，你只把俺家哥哥和银姑到什么地方去了，俺家的房子，现在被什么人占住，你只把这话和俺讲了就罢了。"

柱头笑了一笑道："二爷以为俺说的都是些没要紧吗？其实二爷家里的事，还全是从这所起哩！"

刁凤道："这话是从什么地方说起？"

柱头道："二爷且慢急躁，听俺慢慢说出缘由。那两个鸟官人受了大爷折辱，全不道是自己做出错事，反以为是大爷不该羞辱他，也不知怎的在那'王剥皮'面前说了什么话儿，昨天清早，县里就派了一个人来，说是县里官儿请大爷到县里商议联防之事，大爷已仍早把话儿扔却一边，便毫不犹豫地随他们去了。谁知大爷去了可不多久，又有一个人来说是大爷走在半路，偶然厥倒，托人来接银姑娘去，银姑娘听了，便一路哭着拜托了街坊看守门户，随那人匆匆去了。到了吃午饭时候，忽地来了一些戴缨帽的官人，来到二爷家里，把请来看家的完全轰出去了，便在门口贴了一张告示，上面写的字，俺却不大认得，听他们念道说，'查刁龙、刁凤二犯，既通盗属实，仰即锁拿'……"

柱头话尚未说完，只听哎呀一声，刁凤早已晕厥过去。柱头赶忙上前呼救，好容易才把刁凤唤醒，刁凤猛地往起一跃道："这狗官既是寻到俺弟兄头上，便拼着大做一次，且待俺将那几个狗男女杀了再说。"

说着提起钩往外就走，却吃柱头一把拦住道："二爷且慢，俺还有话讲哩。"

刁凤一手拿着钩，一手扯住柱头道："什么话？你快讲！"

柱头道："俺等本来就打算约合几个人去看看大爷和银姑的，如今一看见这张告示才知道他们是有意和大爷为难，便商量把二爷找着再作计议。因而又想到那天闹事是因为俺们那口子所起，怕他们还要寻事，便把俺那口子送回家里去了。今天大家商议，四下寻找二爷，以便搭救大爷出险，不想此地恰遇二爷，便请二爷在此稍坐，待俺将他等找来，共商一策。二爷千万不可出去，他等耳目甚众，倘若被他们看见，虽然二爷不怕他们，究属有些不便，倘若再因言语失和，伤了他们，究竟他们是官家的人，终是仗势装威，那时大爷和银姑娘的事情，也就没有人管了。二爷你想俺这话说得可是？"

刁凤道："你这话说得却是，只是俺就看不过那些张狂相，再者俺哥哥一生未曾受过人家一口气，今天却叫他吃这样痛苦，他怎能受得了，就是俺家银姑，向例连大门都不曾出过，现在也受了这样拘束之苦，叫俺怎能忍得住气？"说着把手不住在胸间抚按。

柱头道："事已至此，抱怨也是无益，便说二爷在此略候，俺去招呼了他们来，再作计较。"

刁凤道："如此你便将他们找来吧。"

柱头又叮嘱不可出去，刁凤答应。柱头才待外走时，只听门口一阵乌乱，人声杂沓，门环大响。柱头噗地把灯吹灭，刁凤擎叉在手，柱头才慢慢地来到外面问道："什么人？"

外面有人说道："柱头你这人怎么这样没有紧慢哪？大家让你去到东山口找找二爷，人家为了你，家里遭了这样事，你也应有份人心哪，怎样藏在家里不出去，这是什么出息？还不快点儿开了门，真是年轻的人不着靠哩！"

柱头一听，原来是索老头儿带了乡里人们来叫门，便赶紧上前把门开了，也不言语，拖了索老头儿便扯，索老头儿急道："你扯俺则甚？"嘴里说着，上了年纪的人，究竟力气差了，脚下早已踉踉跄跄跟了进去，大家也便蜂拥而进。不防却撞在一个人的身上，那个人大喊一声道："什么鸟人敢来厮混，且吃俺一拳去！"

众人才发得一声喊，待往后退时，只听柱头儿一声喊道："二爷使不得！都是自家人，且待俺点了灯来讲话。"一撒手，索老头脚下站不住，直跌过去，恰好摔在刁凤身上，刁凤轻轻一拢，竟把索老头儿拦住。这时柱头已然把灯点上，大家才看见刁凤一手拿着索叉，一手扶定索老头儿，大家先过去把索老头儿扶开，然后这才惊问刁凤从哪里来，刁凤一说自己怎样碰见柱头，怎样才到这里，细细地说了一遍，大家这才明白。

索老头儿道："这件事真是有些天意在里头，倘若柱头早走一步，或是晚走一步，路上碰不见老二，若一径撞了回去，那岂不是送入虎口吗？"

刁凤道："这件事难道说就这样躲躲避避，便可以了事吗？"

索老头道："老二，这件事不是心急的事，大家总要从长想个计较。俺想那狗官既然给你兄弟加一个通匪罪名，自不肯随便干休，事已如此，免不得总要破费几文，就是你弟兄一时拿不出，俺等好歹也要替你们想个法子。你今天且到旁处躲避躲避，俺今天休息一宵，明天进城去打点这件事，俺府里还有一个熟朋友，也是一条汉子，待俺去和他商量商量，想一个法子，把他父女搭救出来，然后再想法子料理那狗官不迟。"

刁凤道："只是你老却多多劳苦了！"

索老头儿道："这却算不得什么，你只管去吧！"

刁凤道："俺弟兄虽然在此多年，却是没有亲戚，就是至靠的朋友，也没有多少，却叫俺躲往哪里？"

柱头道："怎么二爷没有熟识人家，俺倒有个去处，不知二爷可肯去。俺家那口子的娘家，就在这岗子的西北，地名叫'夹马沟'，地方确是僻静，轻易没有人知道那里，不知二爷可肯去吗？"

刁凤道："既有这个去所，俺正求之不得，哪有不去之理，只是俺问这沟不知在哪方？却怎生去得？"

柱头道："只要二爷肯去，俺愿送二爷进沟。"

索老头儿道："如此，事不宜迟，你们便这时就走吧！"刁凤当时谢过索老头和众乡里，便同柱头一同走了出来。当下索老头儿道："俺想为今之计，大家先凑出一笔款来，俺明天一清早便和柱头进城去。"大家答应各自把钱弄来，大概凑了也有五六十两银子，一齐交给索老头儿。索老头儿道："俺方才想起一件事来，那柱头送刁老二走了，明天谁能同俺进城去呢？"

这内中有一人道："既是柱头去了，待俺跟着你老一同进城，你老看可以使得吗？"

索老头儿一看，原来是乡里贾大户家的儿子贾明，便笑着说道："怎么贾老大打算跟俺去一趟吗？那就好极了。"

当下大家散去，索老头儿便在柱头家安歇。等到次日天色才亮，那贾明便来等候着动身，索老头儿略进饮食，便向街坊家托好，同了贾明，一同往城里而去。进城找了一家熟识店房住了，正打算叫贾明看家，自己去找许都头，方在要说未说之间，只听外面一阵噪乱，贾明便要往外面去看热闹，却被索老头儿喊着道："贾老大，你这就不是了，俺等出来是为人家办事的，岂可自己先好嬉戏……"

一言未了，只见店伙跑进来喊道："二位老客你老还不快出去看热闹去，大盗刁二凤被捕了，这个差事还真热闹，里头还有一个女的哩！"

索老头儿道："什么刁二凤？"

店伙道："你老怎么不知道，刁二凤还是你老一个村子哩！"

索老头一听，哎呀一声道："怎么刁二爷也被擒了吗？"那店伙一看索老头儿这种惊慌失措的样儿，方觉诧异，索老头儿忽地想起这句话有些露神露相，便急忙把脸子一整，牙齿一咬道："这个恶贼，不想也有被擒的时候，总算皇天有眼，活应俺姓索的报仇！"

店伙一听，才恍然大悟道："哦！原来你老也受过他的害呀？来来来，快和俺出去瞧瞧热闹，也让你老痛痛快快吧！"说着不由索老头做主，拉起就跑，贾明也在后面紧紧随着跑了出来。

这时门外已是人山人海拥挤不动，幸得店伙在前面挤出一条道路，索老头儿才得跟着挤将进去，只见一趟三个大车，四面围了无数官人。细看头一个车上，正是银钩将军刁凤，只见他蓬头猙发，手足被捆，那种狼狈样儿，实在难看得很。第二个车上正是祸头周柱头，猥猥琐琐躺在车板上，脸上已不是人色儿。第三辆车上，绑着的是一个女人，索老头儿上了年岁，离得远了看不清，又等那个车往前进了几步，来到临近，才看出来

231

是柱头的媳妇李氏，方哟了一声："她怎么也来了……"只觉后面有人一拍自己肩头道："哈哈，你的胆子真不小啊，你还敢在这里看热闹，来，跟俺走吧！"一言未了，索老头儿早已哎呀一声，摔在人群里面。

众人一惊异间，后面那个人，早把索老头儿扶起，搀进里面，索老头儿定神一看，原来不是别人，正是自己同来的贾明，不由动气道："贾老大你怎么这样冒失，险些把俺吓坏。"

贾明道："你老且慢埋怨，你老方才只顾出神，就不曾看见刁老二看着你老注目，就是刁老二不曾喊出来，那周柱头也难免喊将出来，那时大家面面相觑，你老应当怎样走掉，倘若吃他们做公的把你老也一起拴到官里，岂不是有口难分诉？因此俺才把你老扯了进来，怎的你老倒埋怨起俺冒失来了？"

索老头儿道："原来如此，倒是俺错怪了你了。只是，你说这事可怪吗？那刁老二和柱头不是上'夹马沟'去的吗，却怎生会被他们捉了呢？这样看起，此事不是益发的难办了吗？"

贾明道："这件事你老倒不必这样想，你老歇过一时，便去找那许都头，且去向官家替他们打点到了，免得他们在里面吃苦。方才俺在外面听见人说，今天大约不过堂，明天一早必过堂，那时俺挤在人群里，也听听堂上是怎样问的，他是怎样招的，打听明白之后，就着探探'王剥皮'他是什么意思。然后你老再找许都头，大家商量一个万全之策，然后再作计较，你老看是如何？"

索老头儿道："如此说时，事不宜迟，俺便先去，找姓许的，然后再商量其他办法。"说着径去找那许都头。

不一时，便又踅回，贾明才要问他怎样回来这样快，只见他把头不住摇道："世界上竟有这样巧事，真是姓刁的该倒霉便了！"

贾明急问道："你老倒是见着许都头没有啊？怎么回来这么快呀？"

索老头儿嘻了一声道："这事再休提起，世界上竟有这样巧事。俺方才到了府衙，向门上一问说要见许都头，那人向俺一笑道，'你老来得晚了一步，方才许都头奉了府台之命，西乡查案去了，头半个时辰来，都还可以得见，现在他确是出去了。'俺又问他什么时候可以回来，他说最早也要有两三天耽搁住，多了就许十天八天，却不敢说一定。你道这事怎么全被咱们遇着了，你看这不急死人吗?"

贾明道:"你老先歇一歇，再想旁的法子。"

索老头儿道:"也只是如此吧!"

正在这个时候，只见店伙从外面进来笑道:"二位老客可用饭吗？今天晚上，县里太爷还坐大堂哩，二位老客不去看看吗?"

索老头儿问道:"怎么这里县太爷问案还坐大堂吗?"

店伙道:"先前那个太爷，问案不坐大堂，也不曾有人吃板子；只在二堂上轻轻一问，就算了事。新换的这位太爷，就和先前那个太爷不一样了，不管什么案子，都是衙役三班大堂问话，还是在那白天没有坐过堂，都是夜里才审问。俺这店离衙门最近，每天一到夜深，时时便会听得有衙役喊堂声，皂班威吓声，老爷惊木声，竹板大响声，犯人小哭声，老爷大笑声，忽然一声全寂，那就是老爷退堂了，第二天你老去问吧，管保头天又问着好体面的案子哩！这还不算，更有一宗可怪的事哩!"

索老头儿问道:"还要什么说不下去的，难道'王剥皮'这厮还要吞吃人不成吗?"

店伙儿一笑道:"你老说的虽然差些，也就差不多了，你老道他是'王剥皮'，其实这厮差不多连人骨头都要吞下去了。就是有一天，衙门里风风火火地说是捉住强盗了，连夜价就坐起大堂，那时俺们这里人听说传出这个消息，谁不想去看看。那天天色将黑，大堂底下已然挤得一个人缝子都没有，他却一耗耗到快子时他才出来，堂上衙役一喊堂威，真个霹雳一般，震得人都是轰的一声，他就在威喊声中从里面摇摇摆摆踱了出来。一个不到四十岁人，却装扮得和一个七老八十的样子，一步三晃地走了出来。那时也不知怎的，俺看了他那样子兀自背上有些发麻。那时两旁衙役，就跟疯子一样，提了一根鞭子，就像和谁是有不解之仇一般，任意乱抽乱打，打得大家狼嚎鬼叫，却又不肯退后一步，依然在那里站着不动。经过这一阵乱，那'王剥皮'才开始把惊堂木一拍，一声高喊来呀，旁边早走过两个戴红缨帽的哥们儿，'嘛'，垂手侍立。'王剥皮'道，昨天东坝的案子，人犯都带齐了没有？底下答应，'嘛！带齐了!''王剥皮'又把眼一瞪道，还不快带上来！大家又是喊嚷'威武'二字，又接着一声长长的'带呀'，就听堂下也是接着一声'威武'，跟着唏唦哗啷一阵响，堂下带上几个人来，大家凝神一看，差一些没有喊出响来，就是连俺也大大吃了一惊，险些不曾把我心跳出口来……"

索老头儿道："想必是这个强盗长得特别凶狠，大家不曾见过，故而吃了一惊，可说得是吗？"

店伙道："你老再不会猜着，原来那个强盗不是别人，就是俺们东乡一个财主名字叫商半街的商老头子。要说商老头子，待人再是忠厚不过，凡是乡里出了什么事情，他总没有什么不忙着办的，他的家资，总在十来万，儿孙一大堆，他岂肯当什么强盗，你老想这大家有不吃惊吗？"

索老头儿急问道："那样以后便怎么样呢？"

店伙道："就在这大家一愣之间，堂上早已又喊起威武来了，那商老头子也便跟着这个声音，被几个衙役牵到堂上。那'王剥皮'把黑镜稍微推了一推，把惊堂木一拍道：'胆大商老，竟敢在本县治下，窝庇盗匪，分赃领首，今天既被本县把你办来，怎么见了本县，还是这么大模大样，跪都不跪？哦！本县也知道你眼睛里看不起本县，好，先把他掀翻了给我打他四十。'两旁差役'威武'一声，便要上前动手。这时俺等看热闹的人差不多都要喊出使不得来了，只听商老头儿道：'太爷你须打生员不得！'那'王剥皮'听了哈哈笑道：'你就仗了你那护身符才敢这样为非作歹，来呀！先把他名字送到学里把他功名革了再来回话。'差役答应一声自去。这里'王剥皮'向商老头儿道：'你这老奸巨猾，在别人手里，可以说得，犯在本县手里，须容你不得，早说实话，免得你皮肉受苦！'"

索老头儿道："一听这种口气，'王剥皮'一定是有什么把握了。"

店伙道："什么叫把握？简直就是侵害良民就结了。当下商老头子从容向'王剥皮'道：'既然是太爷道生员为非作歹，但不知从什么地方看了出来，是有人控告？还是太爷查着什么证据？说生员犯法，究竟是犯的什么法？此事还求太爷明白指下，生员也好明白。'你老那时没有看见'王剥皮'那个神气哩！嘿嘿一阵冷笑，跟着把眼睛一瞪道：'本县早已闻名你是刁民，今天看起果然是名下无虚啊，来呀！把东坝一案的魏老幺带上来跟他质对一下。'底下威武一声，早从堂下铁锁啷当地带上一个人来，囚首垢面，一头的乱发，哪里是什么新收进来的罪犯。堂威一喊，那人早已跪在地下。'王剥皮'道：'魏老幺，你说商志和你搭伙，在东镇黑夜打

234

劫，刀伤事主，现在本县已把商志带到，你可当堂和他质对，本县也好减轻你的罪名。'魏老幺答应一声，便扭回头来向商老头子道：'姓商的，想当先俺和你一同走黑道儿，得了金子银子，你分头一份儿，俺吃了官司，你连来看俺一看都不肯，俺实在有些受不过了，才把你姓商的找来见见朋友，你不要怨俺姓魏的无情无义，你只怨你太不懂得交朋友，没别的，你也认了吧啊，省得太爷动了怒，你身体也要受苦，坐大监也是男子汉常干的事，再说里头也有朋友，更不寂寞，你现在再认识认识俺姓魏的吧！'你老想那商老头子也是念过书的人，这些事有什么不明白，当时站在堂上，也不管'王剥皮'就在面前，迎面就是一口啐道：'俺把你这瞎了眼的狗强盗，你自祖上无德，身干国法，怎的想消遣起俺来了。俺与你素不相识，怎知你在外所做何事？依俺说，你趁早不要拉住好人，须知俺是不怕你这贼咬一口的。'你老说那时商老头子话还未曾说完，'王剥皮'知道学里已把商老头子功名开了，便毫不犹豫地连喊动用大刑。这时俺等在堂下看热闹的人，早已有几个口里喊起打的，人声方要嘈杂之间，只见从堂后转出一个尖嘴猴腮的汉子，向'王剥皮'也不知说了两句什么，那'王剥皮'便吆喝退堂，明日再问。大家只好走了出来，以为明天必定要继续审问，谁知从此音信杳然，忽然一天有人说商老头子已经放了出来，只是因为在监里染了病，回来不到三天，便死在家里了，你老说这事可怪不怪。后面仔细一打听，才知道'王剥皮'听说商老头子家里家私极大，几次托人示意，都被商老头子赶了出来，才想起这样一条妙计，买通盗匪魏老幺，重重弄他一笔，谁知商老头子偏偏不肯，认定人可以死钱不可拿。他又知道商老头子手眼通天，恐怕出去之后，反与自己不便，才想起这样一条毒计。你老方才可曾听见俺说那尖嘴猴腮的人吗？那就是汶上县一个刑房师爷，名字叫作黄其端，这条毒计就是他一个人想的。原来这厮看见，商老头子榨钱不出，又见大家对商老头子又都有些卫护的样子，知这件事弄得有些扎手了，但是想把商老头子放了出去，他知道商老头子也不是好惹的人物，恐怕他出去之后，反转来去向他们寻事，便一不做二不休地弄一些慢性毒药给商老头子夹在饭里吃了下去。那商老头子哪里知道他们下了毒手，头天回得家来，还自己拟了一个状子，打算去告那'王剥皮'，谁知到得第二天一清早，便喊起肚腹疼痛，一泻不止，想那商老头子，已是上了年纪的人，在监里收了许多天，已然是一息奄奄，兼之气怒之后，肝气不收，又吃了泻药，哪里还能有什么活命，出监不到三日，便一命呜呼了。你老说，'王剥皮'这狗官将来还会有好收场吗？"

索老头儿道："这件事你怎么知道这样详细哩？"

店伙道："不瞒你老说，俺有一个姑表哥哥就在这监里当了一名管监的，他不时地向这里走动。他虽在'王剥皮'手下做事，他却深不以'王剥皮'为然，因为这个缘故，所以俺才知道'王剥皮'这狗官，硬是个吞人骨的禽兽！"

索老头儿道："难道姓商的家里就没有人了吗？为什么不会继续去上告他？"

店伙道："说起来实在可怜，那商老头子，只有一个孩子，今年也不过才十五六岁，哪里还敢去惹他，就是有几个亲戚朋友，谁也不愿管这闲事。况且，上告也不是容易事，第一样官司输赢尚不可知，必须先要拿出一种费用，谁还愿意管这不干己身痛痒的事。"

索老头儿道："既是'王剥皮'这样行为不法，为什么本县里百姓不去联合告他？"

店伙道："说起这话来，就更讲不得了。'王剥皮'虽然这样贪财害民，但是在他来了之后，围县城一带，贼匪绝迹，商民虽然多加了一点儿担负，但是能够各安其业，大家也就不肯对他进步打算了。"

索老头儿道："原来如此，俺还问你……"

就在这个时候，只听外边一阵躁乱声音，店伙急忙跑了出去，不一时又走进来说道："老客快吃饭吧，方才已有许多人挤往县衙里面去了，大概不多时'王剥皮'就要坐堂了。"

索老头儿一听，急忙叫店伙预备饭食，和贾明两个把饭吃了，问明店里方向，这才直奔县衙而来。只见街上已然十分拥挤，还有几个妇女也杂在其内。不一时，来到县衙，只见高巍巍一座大门，从外面一直可以看见大堂，一路上都排"气死风"的大官灯，站着许多戴红缨帽的官人，手里提了一条鞭子，在里面来往逡巡。索老头儿和贾明两个，好容易才找着一个地方站好，这时也就将戌初时候，大堂上除去几个看堂以外，还没有一点儿动静。索老头儿往堂上偷偷一看，只见大堂之上，明亮亮地点着几盏大纱灯，屏风上面四个金字"公正廉明"，写得端正遒劲，屏风前面，摆上一张公案，上面放着许多笔墨签筒这些东西，几个官人站在那里发愣。四外里的人，虽然是挤得水泄不通，却连一个出声气的也没有。索老头儿心想，自己这样岁数，却为了乡里不平，跑到这里来担这样的惊恐，还不知道这件事要闹到什么地步才算完止。地方上出了这样父母官，乡里的罪恶，怕一时受不完，又一想刁家兄弟两个通身武艺，竟落到这个下场，倘然这样事情缓和以后他二人怎能和"王剥皮"就这样丢手，或者还许闹出其他的乱子，亦未可知，且看"王剥皮"少时坐堂，怎样问话，再作道理，但愿能够大事化小小事化无那就是乡里之幸了！

正然想到此处，只听里面有人喊起威武声音，当时人群一阵乱挤，几乎把自己一席地都被人家占了去，幸得贾明在前面，极力拥护，才得稳稳地站在那里，只见从屏风后面，先走出两对戴红缨大帽提着官灯的官人来，接着一声咳嗽，走出一个五短身材的知县来，约莫着也有个四十多岁，留着两撇小胡须，一步一晃地露出那种奸猾卑鄙神情来。"王剥皮"升了大堂，早有个书吏，把当天应问的案子一一送了过来，"王剥皮"先问了两件不要紧的案子，这时已经有子时初的时候，"王剥皮"又吃了一碗茶，然后才吩咐带刁龙、刁凤，就这一声，大家便像潮水一般，又往前拥进一层，虽然官人们在那里不住地抽赶，哪里轰得退三个五个，官人们无法，只得把住大堂口，不准看热闹人再行上来。索老头儿和贾明两个，已然被人拥挤到二层台阶上面，从人缝里极力睁眼睛往里看，只见这时堂上，已与方才大不相同，公案旁边一面都站着有十几个雄赳赳的汉子，手里都拿着夹棍板索，站在旁边，便和生龙活虎一般，索老头儿不由暗暗替刁家兄弟叫苦。这时只听堂下威武一声，"带呀"，便听见一阵稀里哗啦铁索声响，定睛一看，原来正是刁龙，虽然提到监里没有几天，可是脸上神情，便已大不如先，大概棒疮未愈，走路也显出没有从前健壮了，来至公案面前，站着不跪。

"王剥皮"随即把惊堂木一拍喝道："刁龙，你把你怎样在东坝和你兄弟明火执仗刀伤事主，从实快讲，本县念你是个汉子，还要从轻开脱你哩！如果不肯说出实话，本县自有别法问你话，只是到了那时，便不要怪本县无有做父母之心了！"

刁龙猛地把头一抬，呸地就是一口唾沫，啐在"王剥皮"脸上，口里喊道："狗官！"两旁官人才吆喝一声，只听刁龙一声喊道："俺把你们那一群狗仗人势万恶的泼徒！竟敢狐假虎威，欺压良民，除去俺兄弟今天死在狗官这里，算是罢休，只要俺一时不死，连狗官带你们休想活命！"

只听堂上啪的一声响，大家齐望堂上看时，只见"王剥皮"手里将着小胡子满脸都露着笑容，轻轻地把手向两旁官人道："你不要啰唆，听本县慢慢地问他。"遂笑着向刁龙道："刁龙，前天本县问你作案之事，你是一味白赖，今天你的兄弟刁凤，又被本县捉到，你就该实话实说才是道理，怎么本县用好话问你，你倒当堂咆哮，俺这县堂虽小，乃是国家的王法所在，难道俺还制你不得？来呀！"两旁官人答声，"王剥皮"这时笑意全收，把惊堂木一拍道："请过大刑！"两旁差役答应一声，"王剥皮"又向刁龙兄弟道："本县念其你等无知，打算开脱你等，你等休得执迷不悟，倘若怒恼本县，除了皮肉吃苦以外，免不得你还是要说实话。你要看本县说得这话是，你就快快招认，还是你的便宜……"

"王剥皮"话尤未了，只听刁龙一声断喊道："狗官，闭了你那鸟嘴，俺姓刁的住在汶上，已有几世从不曾做过一条犯法之事，你叫俺拿什么招，拿什么认……"

"王剥皮"砰地把桌子一拍道："刁龙，本县念其你是无知之人，不过是受了旁人指使，倘若你能供出主谋之人，本县自当设法开脱你。想本县纯以仁慈为怀，看待你们，便如自己子女一样，难道还有什么坏意，怎么你便这等执迷不悟，依本县相劝，你还是说了实话的好哩！"

刁龙尚未答话，只见刁凤猛地把头一抬，呸的一口浓唾，不歪不倚，正正啐在"王剥皮"脸上，抖丹田一声喝喊道："呸！狗官，瞎了你的狗眼，你把俺弟兄当作什等样人？想俺弟兄虽然乡野之人，不曾读过什么古书古字，又不曾花上几个臭钱，买一个芝麻官做，也不懂什么叫公法私法，更不会转弯骂人骗人，俺只知道俺爹妈生下俺来，便是来叫俺做人的，俺便要凭着俺的这点儿良心来对人处世。俺弟兄说大不大今年也活了四十多年了，从不曾说过一句谎话，从不曾做过一件坏事，从不曾办出一些见不过俺爹妈的事来。你这狗官，俺也不管你认识字不认识字，念过书不曾念过书，你也不过凭着几个臭钱，姐妹面上亲戚的提携，居然也穿起粉底官靴，做起什么官来了。俺虽不曾做过什么鸟官，不过俺想国家设官，正是打算便利人民的，无论哪一考哪一试，也不曾出过一个什么搜刮百姓的题目来给你们这班狗官做，你也是有人心的，你便不想一想自从你这狗官到任以来，可曾做出一件便利人民的事情出来？想这汶上县人民个个身受你的痛苦，只是敢怒不敢言，但愿你三年期满，高升他去，大家便忍个肚儿痛，有苦不说出，盼着下一任官不能像你也就念千声阿弥陀佛了！"

"王剥皮"一听，刁龙越骂越不像话，两旁站的除了自己几个亲丁之外，脸上都露出一种轻薄自己的神气，不由勃然大怒道："好刁凤，竟敢这样放肆，来，扯下去打！"

两旁威武一声，从旁边转过几个官人，三个人按一个，任是刁家兄弟气力大，怎耐身上全都被捆，使不出一些气力来，早已被人按倒。执刑的举起毛竹板子，眼睛望着"王剥皮"，只等他的签下传打，索老头儿一颗心，差不多要从胸口跳出来。那"王剥皮"却又微微一笑，向刁龙道："刁龙，到了这个时候，你还不说吗？"

刁龙把头往上一扬道："呸！狗官，要打便打，哪有许多闲话，难道俺弟兄没有口供，还怕你定了罪名不成？"

"王剥皮"把笑容一收，伸手抓过一把签来，向地下一掷道："这般不识抬举，与本县扯下去着实地打啊！"

两旁执刑的一喊威武，忙忙替刁龙、刁凤扯去中衣，扬起竹板，正待往下打时，只听堂下一阵呼喊，声音震荡，如同千军万马乱了营盘一般。"王剥皮"大大吃了一惊，急忙往堂下看时，只见从堂下走出三五十个汉子来，头上顶着一张黄纸，口里齐喊着："青天老大人救命！"

"王剥皮"才知道原与刁龙案子无关，忙把心神一定，高声喊道："你等怎么这样无知？本县在此坐堂问事，你等竟敢大声疾呼，真乃无知已极，就是有紧要之事，也应当找出一两个为头脑的人，到这里来和本县好说，怎敢如此无礼！本县如不念在你等无知，定要打折你们狗腿，还不快快安生退了下去！"

"王剥皮"原以为这几句话，一定把这些人吓回去，谁知这些人听了这话，不但不退，而且反倒拥了上来，口里齐声喊道："俺等为出了关系人命的事情，所以才来见大老爷，想求大老爷赏一个法子，也好安生度命，谁知一连三日，连大老爷的面也不曾见着，今天听大老爷审堂问事，小人们一时忍耐不得，才敢冒犯堂威。确是小人们一时粗心胆大，不该咆哮公堂，不过大老爷既是为民父母，就应问个青红皂白，也问问小人们是不是有可来哀告大老爷的地方，然后小人也就不觉冤枉了。怎么大老爷一句未问，便把小人们当作猪狗一般呵斥，要知小人们此来求见大老爷，原为救护小人们的性命，晚见一天，就不知道要多死若干人，现在候了三天，才得见着大老爷，大老爷依然替小人们想不出一点儿道理来，小人们进前也是死，退后也是死，就请大老爷把小人们打死在堂上吧，不然小人们也没有脸去见乡里托付的人们。"

说着一声喊，早已抢上堂来，堂上虽有几个官人，却都手无寸械，正在齐喊使不得之时，只见人群往两旁一分，从里面挤进一个人来，双手齐摇道："不可乱动！"

索老头儿正怕把事闹大，一见这人，当时喜出望外，恨不得喊了出来，原来那人正是自己寻找未遇的兖州府捕头许都头。只见许宏把众人一分，已到大堂上面，这时"王剥皮"已没有方才那样威武，一个脚早已离了座位，只把个屁股尖挨着座位，预备出一个要跑的架子，见了许宏上堂，才把伸出去的一条腿慢慢地又收了回来。只见许宏向"王剥皮"笑了一笑道："王老爷这里怎这样的热闹？但不知他们为了什么事故都会一齐拥到这里？"

"王剥皮"才待申说，只见堂下早已挤上一个老头子来，上前一把拖住许宏道："许老弟，你快救人吧！"

许宏一把扯住道："原来是索老哥，为何这般模样？"

索老头儿道："再休提起，老弟你请看！"说着用手向旁边一指。

许宏往旁边一看，只见地下跪着两个人，全身戴着刑具，低着头看不见一点儿面目，看了看不知什么意思，便向索老头儿道："俺不知什么意思，还是你老自己说了吧！"

索老头儿道："这件事这里头须说不得，歇一会儿再讲吧！"

许宏道："既然如此，这里是县堂，你老也不便在这里站立，待俺完了事再到别处去讲吧。"索老头儿答应一声，便依旧退了下去。许宏又向众人道："那么你们又为什么到县堂上这样搅扰呢?"

大家这时已不似方才那样杂乱，便推出两个上年纪的走了出来，向许宏深施一礼道："这位老爷救命吧!"

许宏道："你等且休啰唆，先把你等属于哪乡哪村，到此则甚，快快告诉，俺便转告太爷，也好替你们想个法子。"

那两个人听了道："小人名叫秦文琪，他叫李宗义，就是这汶上县西北'夹马沟'南秦楼的人。小人们乡里，总共有七十余户，全以耕种为生，倒也不曾受什么惊扰，只因前半月，就在这'夹马沟'地方，忽然发现了怪事，天天夜晚便常有东西进村扰乱，猪羊牲畜，天天总有失落，有胆大的夜里听见声响，出来一看，原来是三只白额大虫，在村里冲进冲出。第二天就又听得丢了几只猪羊，大家一计议，便在村外安好陷坑预备捉住除害，谁知不曾捉住什么大虫，反倒伤了俺村里好几名庄人。谁知那畜生吃人吃开了胃，便天天来薅恼乡里，近七八天里，也被它伤了十来个了，虽是想尽方法，却也伤不着它一些皮毛，因此大家情急，才约合了乡里的人，齐来太爷台前，跪求个法。谁知到了这里，一连三日，叩见太爷，都说被府里传去问话，还不曾回来，小人等情急无奈，听得今晚太爷在这里升堂理事，因此冒死上来跪求太爷想个办法，也好救全村人性命。谁知太爷不问原因，便要拖下去打，小人等才敢放肆无礼。你老来问，小人们不敢胡说，还求你老替俺乡里把这大害除了，就是真打小人们几下，小人们也是情甘领责的。"

许宏听了点点头问道："你们就有这等急事，也应当等太爷问完了案子，你们再说也不为晚，怎的便在这个时候，就喧哗咆哮起来了呢?"

秦文琪道："小人恐怕太爷问完了这个案子，便要退堂，那时小人们有话也说不及了。你老还不曾知道，就在这三天之内，俺乡里人们，不知又死了几个了，还求你老包涵小人们无礼!"

这时"王剥皮"见许宏已经把事情压住，胆子慢慢又壮了起来，听见秦文琪这番话不单没有点儿怜全之意，反倒勃然大怒，陡地把惊堂木一拍道："秦文琪，你既说你乡里出了这样事情，为什么不写禀帖上来，反倒说本县不见你，难道还有什么怕见你们不成，现在还敢咆哮公堂，真正是目无法纪。许都头，你且走过一边，待本县来处治他们!"

241

许宏听了心说你这人也就太难了，方才若不是俺姓许的经过此处，恐怕现在你早不敢坐在这里了，你倚仗着你的官势，便敢随意欺压良民，只怕这顶乌纱也就快戴不住了。但是这件事却不与自己相干，自己也不便多管闲事，便冷冷地向“王剥皮”一笑道：“是！但凭太爷高见，小的实在无礼了！”说着便趸转身走下堂去，一眼看见索老头儿站在人群里向自己招手，便分开众人找向索老头儿去了。

这里“王剥皮”见许宏已去，便向堂下一班官人们喊道：“来呀！来呀！”旁边官人齐喊一声威武，“王剥皮”道：“去两个人把县里小队子调二十八个人来，你们这时且把堂口扎住，不准再让他走上来一个，否则小心尔等狗腿。”

官人答应一声，当真便拿起皮鞭子把这些人一路好抽，一阵拥挤喊嚷，人便像潮水一般地退了下去，好一时才得安静。又不一时，小队子也到了，齐到堂上见过“王剥皮”，“王剥皮”便吩咐他们站在堂口左右，只要听见有人喊嚷，就把他抓住，小队子答应一声，也都两边排好。“王剥皮”才吩咐一声，带刁龙、刁凤，官人们应声就把刁家兄弟带到堂上。“王剥皮”把惊堂木一拍道：“哇！刁龙、刁凤，快快说了实话，免得皮肉受苦。”

刁龙、刁凤异口同音道：“呸，你这狗官，枉受皇家俸禄，枉为人民父母，不想安民，却想在俺兄弟头上来找事，想俺兄弟只是奉公守法，安善务农，从不曾做过一件昧良心之事，你这狗官，放着人民性命大事你不问，却来打算在俺弟兄头上起发，你岂不是瞎了你的狗眼。现在任你敲打，俺弟兄总不会怕了你这狗官，便会造出什么口供，上无以对去世的父母，下无以对妻子，中无以对良心。话已说完，你要打便打吧。”

“王剥皮”正要掣签喊打，只听堂下喊一声：“打不得！俺来了。”随着声音，早见一人分开众人，抢上堂来。“王剥皮”一看道：真讨厌，怎么他又来了。原来正是许宏。“王剥皮”一见不由带怒道：“许宏，本县须不曾错看你，你怎的三番五次地来搅扰本县公干。”

许宏听了，并不着恼，趋前一步便向“王剥皮”耳根道：“太爷休得动怒，小人有话讲。太爷适才审问的那刁龙、刁凤，小人素知他弟兄奉公守法，从不曾做过犯法的事，太爷此事干系甚重，须硬做不得。小人方才看见堂下有一个老头子，据他愤愤不平口气，似乎与刁家兄弟是有个素识，小人看他一边往外走，一边嘴里说是要上府里去喊告去，小人知道事干重大，不管有无事实，吵将出来，终属不便。承太爷一向看得起小人，小人怎敢知恩不报，因此小人将他拦住，带到小人下处，特来禀告太爷，想个上策把这件事消灭了才好。谁知赶到堂上，太爷要吩咐用刑，小人一时斗胆，才敢猛叫一声，致惹太爷动怒，这倒是小人多事了，太爷依然问吧，小人改日请罪。"

"王剥皮"这时也顾不得什么叫作官体，下座，一步把许宏扯住道："许都头，当真有人要上告本县吗？这事究竟应当怎样处置才好？"

许宏一笑道："太爷不嫌小人三番五次搅扰太爷公堂，小人便有个拙计献上。"

"王剥皮"轻轻向许宏也一笑道："你看你又来了。"

许宏见他真个有些急了，便转回身来悄向"王剥皮"道："太爷如按照小人话行时，小人倒有一个拙见在此。"

"王剥皮"一壁听一壁点头，听许宏说完，便连连说道："依你，依你。"

说到这里，又向两旁差役喊了一声道："来呀。"两旁官人齐答应了一声威武，"王剥皮"吩咐道："你们传话下去，把方才那一班人带上堂来，只是不许乱嚷，本县有话问他们。"

官人答应一声，把话传了出去，大家看见"王剥皮"一时把大家轰了下去，一时又叫大家上来，大家也摸不清他那葫芦里卖的是什么药，大家只好走上堂来。"王剥皮"这时又把笑容收转，向大家说道："你等方才说的话，虽是情形可怜，然而究竟是不是实在情形，本县现在还不知道，最好你等快把禀帖递上来，留两个人在这里听信，余下可先回去，加紧防备，本县这里就派人前去查勘，如果属实，定要派人前去帮你们捕拿，你们就快快去办吧。"

大家不料他忽地又会转变起来，便都齐声喊了一句："青天大老爷！"一齐退了下去。

"王剥皮"见这班人们已退，便向两旁官人道："来呀！把刁龙、刁凤和他女儿银姑，一齐带到二堂问话。"

堂下众人见已把刁龙、刁凤带进二堂，不能再追随进去，只得轰的一声散去，却是不住议论纷纷。有的说，据俺看这姓刁的弟兄，确像是被屈含冤，大概又是什么要钱或是借贷不遂挟嫌的差役们想出这法子收拾人的，这一带进二堂，只恐凶多吉少，可惜了这样两个汉子，只落得这般下场。又一个说道，老二你是阅历浅，眼里看不出人来，你当那家弟兄是什么好人吗，你不见方才他在堂上那个情形，那样强横霸道，难道还不像个强盗吗，要说这位王大人，虽然旁的本事没有，要说治理盗匪，就拿山东一块地说，便当推他为一能员了，据俺看这刁家兄弟一定不是什么安善之辈，不然这汶上县的人多得很，怎么单单就拿他不拿旁人呢。

你一言我一语，索老头儿和贾明完全听在心里，只是替刁家弟兄叫苦，原来索老头儿见着许宏，便悄悄地把以往情由，和自己怎样来找他，都向许宏说了，并求许宏设法。许宏答应替他去想主意，后来见"王剥皮"忽然把刁家弟兄和许宏都一齐带进二堂，心里便不由得啾咕起来。现在又听大家谈论，心里益发慌张，便同贾明两个，急急走回店房，店伙儿迎着问道："你老看见强盗什么样儿吗？那'王剥皮'问得神气十足吧？"

索老头儿道："你不是也去了吗，怎么翻转来问俺？"

店伙儿道："俺刚刚到了那里，就被俺这里老掌柜的给叫回来了，所以没得瞧见，老客既然看见，何妨向俺说一说哩。"

索老头儿这时心里已经乱到极点，哪里还有心情去和他兜搭，便无精打采地对付了两句，那店伙也就没有先前那样兴高采烈的样子，径自去了。索老头儿便像中了心病一样，一会儿躺下，一会儿爬起来，一会儿坐下，一会儿站起来，背着手儿在屋里那样走来走去，嘴里还不住地叨念着。

贾明看了便劝道："你老看现在天差不多都要快亮了，还是躺下歇一歇吧，没的为了他们还把自己累坏了，就是有法子，不是也要等到天亮才能去吗？"

索老头儿听了，唉了一声，也不曾言语便躺在床上，但是翻来覆去依然是睡不着，听得外面鸡都叫了，才觉得有点儿睡意，刚把眼睛一闭，只听店伙儿在窗外喊道："老客醒了吗？外面有人找哩。"

猛古丁地真把索老头儿吓了一跳，赶紧推醒贾明，一同下地，把门开

244

了，只见店伙怔怔呵呵地道："老客外头有个人儿找你。"

这句话不吃紧，直把索老头儿吓坏，刚要告诉店伙一声自己不在这里，早见从外面走进两个人来，当胸一把把索老头儿扯住道："你叫俺们找得好苦。"

索老头儿猛地抬头一看，不禁喜出望外，原来正是许宏和刁凤，便急问刁凤道："老二你怎样放出来了？官司完了没有？你们老大和你的侄女呢？"

刁凤道："这件事完全仗了许都头才得无事，这前前后后俺还有许多不大明白，请许都头总说了吧。"

许宏道："这件事早也算是碰着运气好，不然也就难免不出别的情形。俺这王大老爷原来有些中看不中吃，听见要去上告他，一总也慌了，便老老实实地依了俺和你老说的那一番话，便自己向刁家两位哥哥认了不是，又把原办的差役赵泰、王平一律革了，亲把二弟兄一同送了出来，还给了银姑许多首饰尺头之类，命周柱头和他媳妇送银姑回去。这位王大老爷也可以算是偷鸡不成反折了一把米了。"

索老头道："这就好了，但是'王剥皮'既然把他弟兄拿来，一定也有所为了，怎的倒这样悄悄地又把他弟兄这样放了呢？"

许宏道："他先前不过是听信赵泰、王平的蛊惑，说是'黑风岗'的首富，便要算是刁家弟兄，他本是个要财不要命的人，他哪里还顾及什么利害，便把他两个捉到官里。及至坐堂一问，也就看出神气不对来了，但是骑在虎背，欲下不能，才打算硬作一下，谁知偏偏又遇见刁家弟兄是全不听这一套，所以把事闹僵。后来经俺一说，他已然有了七分怕意，那时俺才又替他进了一个两全之计。"

索老头儿道："什么两全之计？"

许宏道："方才你老没有看见那些秦楼的庄稼人吗？声嚷着地方上出了大虫，伤了人畜性命，来求这王太爷想办法吗，俺便利用这个机会，说起不如请刁家兄弟前去替他们捉拿大虫，就说刁家弟兄本有应得之罪，现在念其尚是个知道悔改的汉子，便命他前去捕拿大虫，以赎前罪。俺向刁家弟兄再三申说，这件事就可借着这样收场，不然弄到将来，也不会找出什么便宜。承刁家弟兄看得起俺，便也应了，这件事第一步就算是这样办

245

了，你老看这可以算是两全之计吗？"

索老头说道："这实在不能不感激是老弟成全，只是刁老二，俺还有一句话要问你。你不是到'夹马沟'周柱家去的吗，怎又会吃他们捉了送到这里呢？"

刁凤道："这件事虽是怪俺粗鲁，也实是他们办得周密。俺同周柱刚刚到了'夹马沟'，才进山口，就听见前面隐隐有人喊俺道，前面来的敢是刁老二吗，俺不合一时大意答应了他一声，他们应声把俺围住了。那时俺刚刚往外一纵，谁知他在地下却摆布了许多绳子，俺稍一提脚，便被他们绊倒了，就连周柱头带俺，一同捆好，这时忽然灯火齐亮，原来正是这班小厮，最使俺生气不过的，就是头一次到庄上去的那个姓赵的，他却摆着周柱头的媳妇，做出些不堪的样子。"

索老头儿道："他们怎的会把周柱头的媳妇弄了去的呢？"

刁凤道："也不知怎的他们会打听出来周柱头丈人的家在'夹马沟'，又是怎生知道俺等就必去'夹马沟'，也是俺一时大意，就被他捉住。幸得你老和许都头热心援救，不然俺就难免当堂受辱。"

许宏道："大家都是自己弟兄，何必这样谦执。倒是到'夹马沟'捕拿大虫之事，却要从长计议一下哩。"

索老头儿从旁道："旁的俺不知道，要讲捉个大虫，那他兄弟便如同吃了家常便饭，管保是手到擒来哩，这件须不比再有什么计议了。"

刁凤不等许宏说话，便拦住索老头儿道："你老休要把这事看易了，你老方才没有看见公堂上那一班人吗，其中就很有几个了得的，又是他自己本村的事，他们尚且无可奈何，俺弟兄也不过凭了身上的武艺，手里的兵器，也未必便能准有什么把握，不过，俺弟兄却又有不同，俺弟兄宁愿死在大虫口内，落一个尸身干净，也不愿挨那狗板子一下儿。现在许都头既肯仗义帮助俺弟兄，俺弟兄愿听从指挥，也好与都头盖脸。"

许宏笑道："刁二哥这样说话，岂不使小弟难堪，你我既是道义相交，便要化出一切俗见，千万不要这样讲话……"

许宏话未说完，只听外面一人喊道："说得好，原该那样。"大家回头一看，原来正是刁龙。

刁龙先向许索两个谢过，索老头儿道："老大，你来得正好，你们老

246

二正和许都头商议怎样去捕捉大虫，你来了可以一路去了。”

刁龙道："方才俺走进来的时候，听俺家老二说，全听许都头指挥，那是一些都不错的，无论怎样说，都头总比俺弟兄多念几天书，见识总比俺弟兄高得许多。俺想都头既肯救俺弟兄于先，定能帮助于后，这件事还望始终成全才好。"

许宏笑道："二位真是好弟兄，怎样说出话来便像是先定好了的一样。俺想这件事，虽是俺帮腔上不了台，但是俺想一切布置，有官面出头，总可以好办一些，俺也不懂谦让，关于用人用东西，只要有你们二位说句话，俺一定可以去办。至于怎样调动，怎样布置，那就要请你们弟兄自己说一句，俺却不敢做一丝半毫主。"

刁龙、刁凤还待谦让，索老头儿早急了道："老大，老二，你们两个，也就不要尽量谦逊了，俺想就依许都头的话办吧，虽然说他字目上比你弟兄强些，可是要论起捉大虫这件事，都实有些不及你弟兄有经历了，难道还让他运用书本子把大家性命演一个'王小打老虎'吗?"

说到这里，大家哈哈笑了起来，贾明在旁边也跟着说了两句，刁龙、刁凤才向许宏谢过。这时店伙儿端进水来，大家洗了洗脸，又吃了一点儿东西，然后大家这才计谋怎样去。

许宏道："这件事不宜久迟，最好今天吃完饭就去，以免他们悬望。到了那里，问明情形，然后再打主意，你们看是如何?"

刁龙道："如此甚好，不过俺须先回家去一趟，一则可以安置安置，免得俺那女儿挂念，二来还须把俺弟兄手使的东西拿来应用。"

许宏道："这是该回去的，但是盼你老回到家里，速速安置妥帖，便到'夹马沟'，也免得刁二爷一人，不好动手。"

刁凤也向刁龙道："哥哥要带东西的时候，千万想着俺的弩箭和镖刀。"刁龙答应自去。

这里索老头儿道："其实到了这个时候，已然用俺两个不着，俺本应同贾明回去了，不过俺一向知道刁家弟兄能捉大虫，却始终未曾见过，俺也打算去看一看，就是死了，总算开过眼了。"因向贾明道，"你是娇生惯养长大的，吃了这两天辛苦，也就够了，现在事情已完，你就回去吧，免得你的家里悬念。再者这个捉大虫的要子，不是随便可以参加得的，倘或有些一差二错，叫俺怎样对你父亲……"

索老头儿话犹未完，贾明急忙拦住道："你老不用再往下说了，俺一向就想去看看这大虫怎样捉着，总也未得其便，今天幸面遇见这个当儿，正要开开眼界，怎的你老倒拦住不让俺去呢。再者说到那里也不过是跟在后面偷着看上一看，还能有什么危险，俺一定是要跟了去的。"

索老头还要讲时，许宏急忙拦住道："既然是贾老弟一定要去看看，亦无不可。不过到了那里，必要找一个远一点儿僻静一点儿的地方，总以不要出危险为是。"贾明也自答应了。

大家吃喝已毕，由许宏开付饭账，大家才奔"夹马沟"去走。出了汶上县东门一条净土大道，两旁种的都是些杨柳，遮没也有个三五里地，林子尽头便是一个土岗。

许宏道："转过这个岗子，便是'夹马沟'东沟，大家须要小心一二，不要在这个半路途中，弄出些茬子来，那就不好办了。"

刁龙道："不妨事，大虫向例白昼是不会出来的，这时不妨事，只是脚下要留神一些，因为过了这个岗子，便一路都是沙土地了。"

果然大家走过岗去，只见一片都是黄沙，脚下都觉有些吃力。好容易过去这一片沙地，才见了沟口。许宏道："这里大概就是'夹马沟'了。"

刁凤道："这里虽也叫'夹马沟'，却是后沟，前沟在'鹰愁涧'的后面大道上。你们不见这沟里并不十分狭窄吗，要是前沟，并排就走不过两个人去。这里俺却来过不少次，每次所得，也不过些獾兔之类，从不曾听说这里有什么大虫。在俺未遭此事先，还来过一次，也未有见过有什么大虫足迹，忽然会喧嚷这里出了大虫，真是可怪得很。"

大家一边说着，便往里走。只听沟上有人喊道："什么人这样大胆，休往前进找死！"

欲知沟上何人，请看第三集。

第 三 集

汶上县一令施威
黑风岗双雄除虎

　　大家抬头一看，只见沟帮子上面，站着三五个人，手里都拿着钢叉铁斧之类。许宏知道这一定是村里放哨瞭望的，便急向上面一拱手道："诸位不要动手，在下姓许，便是县里派俺来'夹马沟'，帮同捕捉大虫的。不知这里可是不是'夹马沟'，便烦指引则个。"

　　上面几个听了，慌忙还礼不迭道："原来是上差老爷，恕俺等有眼不识之罪。"说着用手往身后一指道，"这沟的北面，有一条碎石小道，可以走上沟来，这前面非走过三里路远近，无路上来，请老爷们多绕两步，便从这后面上来吧。"

　　许宏道也好，于是大家又绕到沟的后面，果然有一条碎石小道，不过底下有草，上面有树，若不是有人说破也就难上得很。大家循路上来，里面只有索老头儿上了几岁年纪，走路有些不方便，刁凤便一手扶了索老头儿，一手挽了贾明，走了上来。到了上面，只见平坦坦一片大地，上面有不少的小房子。

　　这时那几个人早已走了过来，迎着许宏又是一礼道："为了俺这村里事，却连累了诸老爷们吃苦。"

　　这时大家离得近，刁凤一眼望道："咦，这不是唐二哥吗？"

　　唐二也一诧异道："原来是刁二爷，怎的也得到此处？自从那天二爷走了之后，俺这里便出了这个祸害，原本打算去找二爷帮忙，谁知到了岗上，听说大爷和二爷为了什么事，都吃官拿了去了。俺等也曾设坑拿了那畜生几次，谁知那畜乖觉，几次被捉，都吃它挣蹦走了，还伤了几个人，这两天来益发的不妙了。"

许宏道："难道这两天还有什么不安静吗？"唐二点头望了许宏一眼，欲说又止住了。许宏道："怎的欲言又不言的，却是为了何事？"

唐二赔着笑道："原没什么，不过这两天的确又有些增加不安静了些。"

许宏见他不肯说，也就不再问了，便叫唐二在前引路。走了又有里许，才看见一片大庄子。唐二向许宏道："前面便是秦楼，等俺进去找他们为首的去。"

唐二正待往里走，却从里边跑出几个人来，愁眉苦脸地向唐二道："你怎么不去看守你自己的地方，跑回则甚？这时他们又正在发脾气呢，要说早，你这就进去，岂不是自寻霉气。"

唐二急忙向那人使个眼色道："俺比你理会得，这是县里的老爷，来帮俺这里捕捉大虫的。你自去干你的，俺要见秦庄主，不知可在里面。"说着向许宏一笑道，"老爷们请吧。"

许宏心里老大怀疑，便随唐二进来，却听背后那大汉隐隐说道："老爷，老爷不来还多活几天，老爷越来得多，这个村子完得越快些……"

许宏心里益发怀疑。只见正面是正房五间，屋里隐隐有人说话。

只听一个说道："姓秦的你又不是糊涂傻子，俺等虽说奉了堂谕，来替你们捕捉大虫的，但是你也该心里明白一点儿，你们与大虫沾亲，俺们也不和老虎带故，你怕大虫，难道俺就不怕大虫，俺们的命就是盐换来的？俺这弟兄刚刚和你说了一句玩话，你怎么便拿什么老爷压起俺们来了。他不错是官，难道俺们便不是个吏吗？出的那城圈子恐怕还由不了他哩。"

又听一个说道："老大偏你有这些闲话和他讲。俺现在决定准备回去报告太爷，就说连来二日，并不曾见着虎的踪迹，全是他们邻里一片谣言，故意搅扰公堂，混乱听闻的，看太爷怎生发落便了。"

又听一个说道："二位太爷休得这样急躁，他们是粗鲁人，不会讲话，难免有得罪老爷去处，二位有话尽可向老汉讲，老汉自有好意报答老爷们……"

许宏听到这里，已然听出八九，便向唐二道："什么人在屋里吵嚷，便烦通知一声，说俺许某来了。"

唐二知许宏和他们是一道的，哪里还怠慢，急忙进去向那两个一打横道："回老爷，县里许老爷已来到了……"

一句未完，脸上早生生地挨了一个嘴巴子，只听他破口骂道："俺把你们这班贼坏子，俺又不曾吃怕了你，要你这来骗俺，俺还不认得一个这样狗生的姓许的哩。"说着一腿又到，那唐二才待叫喊时候，外面早蹿进一个人来，左手一托手腕，用右手一绷，这位老爷连看不曾看清楚就躺在地下。那个往前一跳，仗着眼神好，看出打人的是许宏，赶紧把举起来的那只手，换了一个地方，落了下来，上前深深就是一安。

许宏照定他脸上一看，呸地就是一口唾道："俺当是什么了不得的英雄，背地叫骂于俺，原来是你这两个不值价的奴才。"说到这里，向外面点手叫道，"刁二弟进来，也该弟兄出出这口恶气了。"

刁风应声进来，两个一见爬起便要逃跑，早被刁风一脚踢翻一个。那个被许宏摔倒的，便躺在地下不肯起来。刁风一声怒叱道："狗奴才俺倒不想在这里又会遇见你们，你那贱样子都哪里去了，怎的不施展出来，俺就见不得你这鬼一般的人。"说着拳头便和雨点一般地打将下来，旁边众人一时愣住了，也不知是上前去劝的好，还是不劝好。就在这一耽搁，那两个早已杀猪般地喊叫起来。

到底是索老头儿上了几岁年纪，唯恐其闹出事来，大家都不便当，便向前拦住道："老二，打两下出出气也就是了，难道你还真要命不成，开放起他来好讲话。"

刁风把手撒开，心里依然是怒气不息，便向许宏道："方才你不是说，'王剥皮'已然把他们革了吗？怎的又跑到这里来害人？"

许宏陡地想起，知县确是当着自己革的，怎么一时又跑到这里来讹诈，猛地醒悟，道是了，遂向他两个道："你们既是奉了县里差委来的，那你们可以不可以把你们证件拿出来看看哩？"

原来这两个，正是赵泰、王平，在"黑风岗"因为调戏周柱头的媳妇，被刁风把他们赶跑，回去见了"王剥皮"，就惩地不明白事，便和师爷一商量，把刁家兄弟一锁拿官里。在王赵两个心里，一则可以弄几个外

253

水，二则可以出出这口气，谁知正在兴高采烈之际，半途上却撞出一个许宏来，无缘无故，把一件好事弄坏，偏偏知县又听了许宏的话，命刁家兄弟前去打虎赎罪。两个一想，正要辞差不干，知县早把他们两个革了，两个本是无恶不作的人，私下一计议，便商量趁着许宏他几个没到，先去榨一点儿油水，然后再去想他的法子。于是两个便计议好了，一同到了秦楼，见了秦文琪，便假充知县派他们去捉虎的，秦文琪自是好生款待，在酒席之间便向他要怎样捉虎之策，两个一路支吾着，一路便暗向秦文琪透过口风去，于是索酒要菜之外，还掖了他们两个几两。这两个吃出甜头，第二天便又说许多条件来，那秦文琪外边既要防御虎患，里面又添了两狼似的心病，反悔自己不该到官里来求助，越发弄得自己转不开身。

正在不可开交之时，忽然许宏赶到，进门就将刁凤叫了进来，大打之后，这才问他有什么凭据，这两个原是假的，哪里有什么凭据，刚一支吾，早吃刁凤一边一个扇了两个嘴巴，倒是许宏上前拦住道："刁老弟不必如此，既是他说奉了县官所差，那再好不过，今天夜晚，便叫他两个随同大家前去捉虎，他两个既奉了县官之命到此替人民除害，这件事当然是不会推辞的了。"

刁凤道："都头这话说得是。"

这时王赵两个哪还敢有半句支吾，便连连点头应了。许宏又向秦文琪说明自己来意，秦文琪才知道先来却是假官差，虽然有些着恼，看见许宏已有相当处治，便不好再说什么，便向许宏说了几句应酬话。这时外面有人进来说，外面又来了一个姓刁的，许宏知道刁龙到了，便叫他们让了进去。只见刁龙肩上手里都是些打猎的用具，见了许宏道："他们敢是来了好一阵了，计划得怎样？"

许宏道："俺们也正要等你来，大家商量个主意哩。"

大家坐定，吃过酒饭，天气差不多便快要黑下来了，大家才商量怎样埋伏捉拿之法。刁凤向秦文琪道："俺先向秦庄主说一句，这虎是不是每天出来？"

秦文琪道："每天必定出来。"

刁凤又道："每天什么时候？可有人看见是一个是两个，什么颜色皮毛，是大是小？"

秦文琪道："据他们放哨的人说，每天在戌时前后出现，看只看见一个，颜色却不曾看得清楚，据他们看见就是一个，但是在白天看那足迹，却不像一个。大小依稀看见，仿佛像水牛般大小，兀自凶猛得很。"

刁凤笑了笑道："那么它每次出来的时候怎样进沟，你们怎样设备，它见了人有点儿怕的意思没有？"

秦文琪道："它来的时候总是先起一阵怪风，然后便直越入沟。俺这里也无非是挖下陷坑，设下铁网，偏是那畜生十分乖觉，却从不曾着过一回道儿，见了人便像猫儿闻着腥物一样，喜还喜欢不迭，哪里还怕人，这畜生端的十分凶猛哩。"

刁凤道："既待如是，俺想还须借重你们这里弟兄相助一二。"

秦文琪道："你老这说实在太谦了，俺这一村里的人，哪一个不知你老的本事，谁又不盼望你老能够替俺这个村里除去大害，如有用着大家时候，只管吩咐一句，俺敢替众人答应下来。"

刁凤道："如此就好办了。俺想这事除去俺家弟兄之外，这里未必有精于此道的，不过因为久不干这营生便生疏了，俺也不敢自己托大，这件事让俺和俺哥哥去做，还要求诸位相助一肩才好。少时等到天交酉正，俺们便四下出发，这里用两个地理热习的，在前面当一个引导，哪里是虎的来路，哪里是虎的去路，哪里可以藏身，哪里可以防险，这就非求助力不可了。等俺弟兄埋伏既毕，大家便急速退去，听俺弟兄吹起响哨，大家便多预备锣梆之类，大声敲动，一齐呐喊，俺弟兄便好安心动手。如果有人愿意看个热闹，可以找大树或是土山后面，藏住身躯，千万不要出声或是移动，不然到时候，倘若出了舛错，俺却救顾不了。话已说明，天也差不多就到时候了，大家就可以预备了。"大家齐声答应。

索老头儿道："像你们这样摆布劲儿，俺大概去不成了吧？"

刁凤说道："要依俺说时，还是以不去的为是，一则你老这个年纪，倘若有个一差二错，就是碰伤了你老一根汗毛，俺也对你老不起……"

话尚未完，只听旁边有人说道："俺弟兄两个愿意保护他老人家前去，以便遮个羞脸儿。"

大家抬头一看，原来正是赵泰、王平，刁凤迎面就啐了一口道："快闭了你那鸟嘴，你大概还觉得是谁在稀罕你哩。"

许宏忙拦住道："二弟不要拦他，待俺来问他一问，不然把这样一个人还正没有地方安置，他要去也好，等到回来，再想旁的办法把他轰去也就是了，真格的，谁替他怄这气。"说着便向他两个道，"你两个既是愿意随去，须要死而不怨哪。"两个没口子地答应了。

秦文琪看看时计已然到了，便领了众人来到庄外，刁凤便向几个庄稼人道："这虎每天是不是从这里经过？"

庄稼人答道："是这里。"

刁凤便向刁龙道："哥哥，你我弟兄，一个伏在东，一个伏在西，他们大家便随他们自去隐藏，你我把住道边，倘若这畜生从南边过来，是偏着西，俺便在东边拿刀镖打，倘若是从北边偏着东来，哥哥就拿刀镖打。他若回头就跑，你我便在后面平排往前去赶，总之你我两个分作两边，一虚一实，总让它顾一边不能顾两边，那时或者能够占据上风。"又向众人说道，"你们看热闹，最好在俺弟兄的北面，找一个能够藏身的地方，不然的时候倘或出了岔子，俺弟兄却顾不了许多。"说着吹动哨角，往前走去。大家也都找好自己地方，便一个个都藏好了，秦文琪自回庄去。

这时也就是六月初旬天气，沿着沟帮满是青草，沟里还有未干的雨水，被星光照着，清碧碧的很有一番风味。刁凤把身上的东西从新又紧了一紧，便慢慢地往沟的西边走来，只见一片平阳，全无人迹，除却有几座坟墓，还有些断碑残碣，自己便找一块较大的碣石，把身子藏好。这时天气已有亥初时分，自己连连跑了两日，身体未免有些疲倦，坐在地下，原想稍微养一养神，再预备和虎厮斗，谁知刚一合眼，就觉得有一阵狂风吹过，不由得一机灵，用鼻一闻，风中果然有些腥味，心知是那话儿来了，忙把斧头擎在手内，正待往外张看，只听在刁龙那边，胡哨已然吹起，心说难道他那边也闻见了，自己便也吹动胡哨，应了一声。就在这一声胡哨未完的时候，只见远远地有两股绿光从前面直射过来，刁凤忙把钢斧一背，身子忙又藏在碣后，偷偷往前面一看。这时那虎距离石碣已近，格外看得明白，约莫总有水牛般大小，一步一嗅地慢慢地蹑了过来。刁凤看它业已临近，忙将刀镖摸出一支，对准虎眼嗖地就是一镖。那虎却十分乖觉，看见镖到，吼一声把身子向前一纵，那镖从虎背上打了过去，已是空了。刁凤看了，不由起火，随手又是一镖，向虎腹打去，随着自己一挺身子纵了出来，迎头就是一斧。那虎猛地把身子往后一挫，足足退下去有六七尺，先听当啷一声，镖刀落地，一个坐势，双足向起一跃，离地足有八尺，竟向刁凤头上扑来。刁凤一斜身，虎足落空，进步在虎尾巴股上就是一斧。那虎向后一蹲，斧子落空砍在地下，急忙再撤回斧子时，那虎早掉过头去，向刁凤就是一尾巴抽来。刁凤哎呀一声，竟被虎尾抽倒在地。那虎见刁凤倒在地下，却不急就过来，反而退回去有十几步，把眼睛瞪得和盏灯相似，嘴里不住呜呜着，一条尾巴在后面把地下石子抽得飞起多高。待了足有一盏茶时，见刁凤依然不动，方猛地吼了一声，跳起足有丈数多高，脚一落地尾巴一搅，抢上去向刁凤胸间就是一爪。说时迟，那时快，就在那虎爪离刁凤胸口不到三尺远近，只听唰的一声，刁凤双脚一并，陡地向后一撤，凭空里纵出有一丈，趁虎前爪落空，方一仰项之际，抖手就是一镖，喝声着，嘭的声正中虎项。虎一负痛，尽力向前一扑，刁凤趁这个时候，往前一迎，立手里钢斧，当胸就豁，实落落地扎入皮里，只听虎一声惨叫，又跳起五六尺，方才摔倒在地。刁凤上前看时，那虎已直挺挺倒在地下，刁凤还不敢就那样过去，又把斧头向前晃两晃个，见那虎是不动，方敢过去。到虎身上取那镖时，已不知落在哪里去了，借着星光一看，这虎躺在地下足有七八尺长，伸一伸舌头道了声惭愧道，俺今天若不是弄些狡狯，恐怕这样时间，许捉不了这个畜生。原来刁凤平时打虎，全仗手里斧头，见面只消三五斧，便可了账，今天见这虎较平常见的虎又壮又大，见面之后，见它又凶又狠，便不敢使用往日的法子，便用了一个"舍身吃肉"的招儿，才把这虎了结。遂在虎皮上把斧头抹了两抹，刚一转身，只听西边沟上一声惨叫，接着哭喊之声，成了一片。刁凤一听，猛地心头一动道，不好，方才明明说好，两边互相接应，怎么吹了一声胡哨之后，始终未见有人过来，俺在这里厮拼了这半天，难道他们便连一点儿都不知道，这幸亏是了结了那畜生，不然到时候，岂不要大吃其苦，却怎的他那边反倒厮喊起来了，且待俺上前去看个动静。想到这里，便提了斧头，准备好镖刀，一口气，从沟东直越沟西，再用耳朵一听，那声音益发嘈杂了，哭喊之声更大。自己急忙两纵身跑到临近，只见地上抛着些火把灯烛之类，借着光亮，只见许宏正举了一把单刀和一只水牛般的大虎在那里遮遮掩掩，看那神气，已是力尽筋疲，那虎却一步一步往前进步，嘴里

257

也不住地呜呜着吼叫。刁凤看到这里，明知事有蹊跷，趁那虎正往前赶人不顾后面的时候，对定虎尾抖手就是一镖，正中后胯。那虎知道后面有人暗算，便舍了许宏，窜出去又转回来，尾巴一搅，向刁凤扑来。

这时许宏已然看见刁凤，便喊一声道："二爷留心，这东西端的了得，这边倒有好几个人吃它的伤了。"

刁凤未及回话，那虎已到，刁凤往旁边一纵，那虎前爪落空，趁势一斧砍向腰里，恰好那虎往外一滚，吃它躲过，打算进步再加一斧，已是不及，那虎早已滚起，吼一声，猛向刁凤就扑。刁凤把身势一收，就地便躺，那虎用力太猛，早从刁凤身上过去，脚落实地，方一回头，刁凤一镖，早向虎眼打去。那虎正是个回势，躲闪不及，正中左眼，一声惨叫，跳起足有两丈高，跌在地下，一阵乱滚，把地滚了足有三五尺深的大坑，然后方直挺挺地死了。

刁凤才待向前问许宏怎的到此，只听许宏一声惊呼道："二爷，快回身！"刁凤急忙往前一纵，跳出足有五七尺远近，然后才扭转身来看时，原来离自己不到两丈地，又来了一只黑皮色的虎，嘴里却血淋淋地叼着一条人腿，竟往自己这边跑来。

又听许宏在后喊道："二爷，可了不得，这就是你家大爷方才追下去的那只虎，怎的它伤了人又跑回来了呢。"

刁凤一听，不由大吃一惊，心知刁龙凶多吉少，便忙把左手的斧交给右手，左手从镖囊里头取出三支刀镖，趁那虎正往前进，猛地一探身，照定虎眼又是一镖。这虎十分乖觉，看见镖已临近，把嘴里叼的一只人腿，撇出好远，又把身子往旁边只一闪，当啷一声，镖已落地。刁凤更不怠慢，看见头镖未中，跟手二镖就照虎腹打去。看看镖已临近，那虎把尾巴只一晃，一个跳跃，镖又落空，刁凤一进步，抖手向虎项又是一镖，跟身近去又是一斧，向虎头劈下。那虎左爪伏地，右爪屈起，那只镖又是当啷一声，跟着腰儿一伏，后腿一蹬，足足退下有十几步，那斧早已砍空，加之刁凤用力太猛，险些吃一前栽。正待换步时候，那虎猛地向前一扑，刁凤未曾防备，斧杆早已挫成两截。刁凤见势不好，急忙双足一进，倒退出去有一丈多远，然后才抹回身来向北跑去，看前面有一个很大碣石，自己赶紧两纵身，隐入碣后。那虎追到此处，忽然见不着人，便在那里狂吼两

258

声，正待转去，只听空通一响，石碣倒地，从里面又落出人来。那虎一见大喜，急忙把尾搅了两搅，一坐屁股，猛地向前扑来。刁凤见势不好，急忙向后扭身一纵，跳出有五七步远，再向正面看时，只见那虎早已把那个扑倒，一面呜呜作响，向那人项下就是一口。刁凤喊声不好，忽地想起身上带的药弩，急忙掏出，对准虎肚打下，那虎只顾撕撂那人，一箭正中腰胯，吼一声撇下那人，径奔刁凤而来。刁凤手里一些东西全无，喊一声不好，抹头便跑，虽是练过功夫的人，但是因为足足跑了有多半夜了，究竟脚力透软，再想这虎，明明中了药弩，却依然这样凶猛，着实可怕。一看前面恰好是一片树林，仗着自己的蹿越的功夫，或者能够上树逃险。想到这里，便脚下用力，急往前进，看看离树林也不过还有丈数来地，打算用力一挺身，就可以蹿进树林，谁知脚上才一用力，便觉腿下一软，连说不好都没有工夫，就掉在里面。那虎收脚不住，也翻身落阱。原来正是乡里人预备的捉虎的陷坑，自从设好陷坑以来，从也未曾有一个虎落下去，不想刁凤今天误触机关，掉在里面，幸喜坑里颇深，坑底又小，刁凤掉在底下，那虎却横在上面。原是那虎受毒已深，所以横在上面，一动也不动。刁凤一则不知老虎在上面是死是活，二则他一摸坑的四面，全是倒须铁钩，幸而方才是直着掉下来，不然自己也难免被铁钩所伤。坑里又深，离人又远，恐怕喊也不会听见，只好在里静候大家找来。

许宏看了刁凤被虎追了下去，心里十分着急，便提了刀一径追了下来，正走之间，碰见了三五个大汉，手里都拿了斧头钩枪之类，许宏便邀了他们，一同赶去。先前还看见刁凤的影子，这时连个影子也不见了，心里不由急躁，向那几个庄稼人道："这里还通什么去处？"

庄稼人道："这里已是'夹马沟'尽头处，再往那边去，便是'落凤湾'了。"

许宏一听大大吃了一惊，心里寻思道，难道刁凤真格犯了地名不成？想到这里，不由心里突突乱跳，正在没做理会处，只见前面又跑来两个庄稼人，一见许宏齐声喊道："大老爷可了不得了，你老同来的那位老爷，八成是完了。"

许宏一听，果不出自己所料，心里不由惨然下泪，便忙问道："你是怎生知道？"

那庄稼人道："方才俺们两个，从那边经过，不想腿碰着一个东西，打开亮子一看，可了不得，原来就是你老同来的那位老爷，动也不动，躺在地下。是俺再一看时，原来在颈项之上，被虎咬伤一个大洞，皮肉紧紧相连，一条大腿，已然不知去向，流了一地都是血，老爷你看这不是被虎咬伤了吗？"

许宏心里一想十分难过，这弟兄两个，全是自己约出，一个受重伤，不知生死，一个已然死于虎口，总怪自己不好，不该多此一举，不然的时候，这两个绝不至就弄到这个地步，倒是自己多事害了他们。想到这里，也就无法，正要同那庄稼人去看刁凤的死尸，只见飞也似的跑来一个人道："许老太爷大事不好了，你老同来的那个老爷，掉在陷坑，被大虫压在上头了。"

许宏一听，不由就是一愣，急忙问道："你看得可真？"

那个庄稼人道："小的怎敢说谎，小的看得确是千真万真，一点儿也不会错的。"

许宏向先前那个人道："你们看得可真吗？"

那两个庄家人道："怎的不真，小的再也不会看错。"

许宏道："这倒奇了，哪里会有两个被虎伤了的呢，既是如此说，待俺先看了这有生气的再说。"

随了这几个人，一同来到坑口，打着亮子往下一看，果然是一条黑虎倒在里面，再往下细一看时，谁道不是刁凤窝在下面。便赶紧从庄稼人手里拿过一根棍子来，在那虎身上戳了两戳，看那虎一动不动，才知那虎已然死了，便把钩杆放了下去，大家先把那虎搭起，然后许宏才向坑里喊道："二爷，二爷，俺许宏在这里。"庄稼人也帮着喊，半日只不见刁凤一些生气。许宏便叫一个庄稼人下去，用手摸了一摸，身上依然滚热，就是气息有些微了，便招了一个同伴下去，才把刁凤从里面抬了上来。许宏把他脸腿窝好，帮着撅叫，又一时，才听刁凤喊出了声气，慢慢地把眼也睁开了，见了许宏道声惭愧道："都头难为你了，俺的哥哥现在什么地方？请你替俺把他找来。"

许宏道："你是累过劲了，待俺扶你走几步，去找大爷便了。"说着许宏架着刁凤左手，两个庄稼人架着刁凤右手，一步一步往前走去。

忽地一个庄稼人道："老爷不看前面那块空场吗？同你老一路来的那位老爷便死在那里了。"

一言未了，只听刁凤呀的一声，凭空栽了下去。原来刁凤听那庄稼人的话，以为刁龙此时已经被虎害了，因此一急，竟至晕厥过去。许宏跟庄稼人赶忙控叫，刁凤苏醒过来，放声大哭。

许宏急忙拦住道："二爷且慢着急，先到那里看看再说。"

刁凤忍着眼泪，跟随许宏一同来到那个地方，远远地果然看见血肉狼藉在那里躺着一个人。许宏急忙从庄稼人手里取过一个灯笼来，仔细一照，见那尸身躺在血泊之中，果然颈项之上挨了一口，仅仅有些皮肉相连，但是细看却不是刁龙，刁龙穿的是蓝衣裳，这个却是白衣裳，刁龙身体长，足有七尺，这个人不过四尺，刁龙穿的是洒鞋，这个人却穿的是快靴。再一细看，正是那冒充官役的赵泰，浑身血污，若不是认清这衣服，简直真分辨不出来。

许宏既已看清，便回头向刁凤道："二爷不要着急了，这个并不是大爷，原来是赵泰被虎伤在此地。"

刁凤听了心里才放下一块石头，又临近看了一看，心里不由慨然，不住地把头点了几点。

许宏不知什么意思，便忙问道："二爷难道对于他还有什么过不去吗？"

刁凤叹了一口气道："都头哪里知道，这厮虽是死在虎口，却是情屈命不屈，也不知道这前生和俺结了什么冤仇，与俺那样苦苦作对。方才俺被虎追了下来，好容易找着一块碣石，正要藏在那里，谁知那厮意狠心毒，竟把石头推倒，他以为俺在他的前面，定然被虎所扑，亏了俺跳得快，才得免于虎口，谁想他却替俺死了，你道这岂不是上天不佑吗？"

许宏听了道："原来如此，这厮果然是情屈命不屈了。但是，还有那个王平呢？"

刁凤道："那厮还不趁乱逃走了。且不管他，先把来的人齐一齐再说。"当时一吹哨子，大家全都闻声跑来，刁凤和许宏一点，余人全在，只不见王平、索老头儿、贾明、刁龙四个。刁凤道："你们大家放心好了，这虎大概全已丧命，且去把三只死虎和那受伤的那个赵泰，一并抬进庄里，俺和许都头里面等你们。"大家答应，分头自去。

刁凤向许宏道："怎的这索老头儿和贾明都不见了，难道这里面又出了什么蹊跷之事？"

许宏道："且到庄里再说。"

当下两个一同走进庄里，只见大庭之上，明烛高烧，秦文琪、李宗义之外，端端正正坐着三个人，刁凤一见真是喜出望外，原来正是刁龙、贾明索、老头儿三个，一见两个人进来，便都起身道贺。

刁凤诧异向刁龙道："哥哥原不曾受伤，倒把俺大大吓一跳。"

刁龙道："二弟，你快谢秦庄主吧，若不是秦庄主舍死救俺，这命早已完了。"刁凤忙惊问所以，刁龙道："这都是慈心生祸害。那个万恶的王平，俺这条命差一点儿送在他手里。只因俺正在寻哨之际，忽闻一阵腥风，忙将胡哨吹起，只听你那边应了两声，却不见你有什么动静。俺隐在石后，等那畜生过去，在他尾后就是一斧，谁知那畜生十分乖觉，不等俺斧到，他便往前一纵，俺一斧已空。正待取势打镖，那畜生倒咆哮先到，俺劈头一斧，那畜生往旁一闪，趁斧头落空，就势在斧杆一爪，斧杆便弄折了。俺便向后撤身，往斜岔里跑去，那畜生却在后面连啸带追。俺只急你那时到哪里去了，怎的也不来接应一下？"

刁凤道："原来如此，这就难怪了。哥哥怪俺不过来，俺还怪哥哥怎样不过去哩，那时俺那里也是出了岔子。"

刁龙道："原来你那里也遇见大虫了。俺那时被那畜生追得无路，恰好那里有一棵大树，便紧跑两步，纵了上去，谁知才挨着，树上早有一个人喊道，姓刁的你也有今天吗，当着俺头就是一铁尺。俺那时一躲上面，底下便再逃不过去，只得往上硬撞，脚钩住树干，俺使手一分铁尺，趁势往下一送，那厮吃不住劲，便从上面掉了下来。你道这厮是谁，就是那累次要害俺弟兄的那个王平。这时那个黑虎已然赶到，它虽然乖觉，却未曾看清掉下来的是谁，它便上前用爪一蹬他的胸脯，照定那左腿就是一口，竟把一只左腿咬了下来，一路呜呜着跑了。只听王平一声惨叫，早已晕了过去。俺才跳下树来，正要往前再看动静时，索老哥和贾小哥也慌慌张张地赶到了，一见这样凶险，便劝俺暂且回庄，再作道理，因此俺回来了。"

刁凤一听这才明白，又把自己怎样力除三虎，怎样遭险，说了一遍，大家都咋舌不已。这时庄人已把三条死老虎和赵泰死尸抬到，内中只不见王平的尸身，大家也不在意。

第二日，许宏便带了刁家兄弟要走，秦文琪还待留住几天，许宏说起自己之来，原是激于义愤，并不是奉官，倘若知府问了下来，就不好回复上去了。秦文琪又送了许多东西，然后才送他们回去。"王剥皮"见刁氏兄弟把虎果然除了，心里也是一惊，便假要留刁氏兄弟在县里当份差事，两个再三辞了，又怕他再来寻事，便商量"黑风岗"的人一齐都搬到"夹马沟"去住，"夹马沟"的人自是十分的欢迎，并把地名改作"打虎沟"，和许宏仍是不时来往。

要知后事如何，且看下回分解。

第九回

走沧州一客首途
入抚衙二贼偷印

左吉、丁立和金威听了，方才恍然大悟，又忙着重新相见过。刁凤问起许宏，如何会到此处，许宏便把如何恶了府里，怎样被监，大家怎样把他救了出来，如何结识了华二当家，现在如何要到"黑风岗"去，怎的遇见梅花龙，便是雷芳，怎的破了"鹰愁涧"，如何寻觅金威，方到此地，细细说了一遍。

刁凤听了点头道："原来如此，俺只恨那些为官的，怎的心都是一样黑，难道做官的人，五脏便和平常的人不一样，非有了不同的肺腑然后才可以做官呢？可惜俺已这般年纪，不然的时候，俺却颇愿一见皇子和这位华二当家，现在俺却不奉陪了，诸位如果见着他老二位，便道俺刁凤这里问他老二位好哩。"

许宏道："恁地时，俺等也不多坐了，恐怕华大官人和华二官人等急了。因为才听苗二哥说起，皇子就在这一二日内，便要到别的地方去哩。"

刁凤道："如此说时，俺也不再挽留诸位，等皇子到了什么所在，如有用俺刁凤的时候，俺虽然筋力已竭，当个小使，还可胜任，只求诸位赏俺一信，必定赶到不误。"

许宏道："如此益发好了。"说完大家辞别出沟。

金威见刁凤已经进去，才把舌头一伸，做个鬼脸儿道："这个老头子真厉害，你只看他那眼，就端的有些怕人哩。"

许宏说道："你果然有些眼力，他兄弟自和俺相识，也有三十年了，那时俺也就像兄弟你们这般大的年纪，打虎以后，从来不曾缴过官家一天粮，助过官家一天饷，把个庄子练得和铁一般的结实，官家几次奈何不得，地方上又没有劣迹，所以只好由他，你道他兄弟可厉害不。"

金威呀了一声道："俺还忘记问他一句呢，他是银钩将军，还有那金钩将军刁龙，你老可知道他现在什么地方呢。俺虽然提了一个话头，他却说什么这件事也和都头有些关系哩。"

许宏道："这话提起，也真是使人长气。那刁龙自从吃了这场官司以后，便万事心灰，就在刁凤把大家搬到打虎沟的第三天，他便给刁凤留了一张字条，托他照看自己女儿，便一声儿不响地无踪了。刁凤虽曾三番两次地在外寻找，哪里寻得一点儿影子，也只得罢了。后来刁凤依着他的嘱咐，把他侄女给了一个什么镖行的人，至于刁龙却始终也不曾见他回来一趟。"

金威道："原来如此，实在是无缘得很。"

大家随走随说，一时便到了黑风岗，辛飞早得着了消息，同了几个庄人，迎了出来。

许宏便问王先生可在那里面，辛飞道："正在和华大官人谈话，你们几位，却多辛苦了。"

许宏道："不必客套，里面去谈吧。"

大家来到里面，华二当家见了金威问道，他上什么地方去了，怎的倒累大家找你。金威把怎误入打虎沟，被获遭擒碰见银钩将军刁凤的话细说了一遍。华二当家的听了喜道："这样英雄，怎的也使俺见他一见才好。"

华大官人道："你且慢想新朋友，俺们计议计议主子怎样进京，也好决定一下，因为主子就打算这一两天里面，就要起身哩。"

华二当家道："便请主爷先说一个办法，然后大家再行斟酌如何？"

皇十七子道："以后最好不要这样称呼才好，因为咱们既是处在一块儿，有个不错，以后用你们帮忙地方甚多，这样称呼，咱是应之有愧。况且这次进京，意思是想做出一番事业，一切能越机密越好，倘若张扬出来，大家都有些不便，并且于办事上也大有妨碍，以后总宜改过。咱自今天起，便改名王遁，你们仅以兄弟相称。"

华大官人在旁一听这个名字，便把眉毛一皱，向大家道："主爷这话说得极是，你们当应下才好。"大家便都异口同声应了。华大官人又问道："你老既是打算进京，不知内中还含有什么意思？"

皇十七子道："众位，咱承众位热心维持，咱便认众位是咱唯一知己，现在不妨把咱怎样出来，怎样打算回去，大略向众位申说一回。你们知道现在的主子吗，他本排行十四，老皇上驾崩的时候，明明传天下给皇四子，不想那时只十七子他恰恰在侧，他便把四字改作十四，窃取天下，又怕众皇家兄弟，和他作对，他便想尽办法，日日差遣血滴子，伤害皇家近族。咱若不是有人透露消息，只怕咱此时早已不在人世了，因此咱才逃走在外，直至今日已然有一年零廿多天了。近来听说益发不是人君了，黎民多受灾苦，咱想此时他已得志忘形，早已把咱忘了，谁知他倒秘传四方，搜咱踪迹，必欲得咱才能甘心。咱实在有些气他不过，才想联合大家，借众位的力量，剪除这万恶凶主。"

许宏插嘴道："如果打算进京时候，也应做一准备，难道说爷再说出旁的话来。"

华大官人道："话虽如此，究应问出个方向来，大家也好计议一下再进行，不然海里摸针，哪一点儿是个准头呢。现在既是已然明白此去的意思，最好大家便计议计议都是什么人去，什么人不去。"

话犹未了，只听辛飞说道，俺去。左吉也道，俺去。马龙、夏斌也道，俺也去。只听皇十七子道："众位盛意，咱已敬领，只是咱还有一句要说，却请诸位不必介意。咱此番进京，虽是事属秘密，但是也怕走漏风声，大家都有不好。咱想就带他们几个弟兄一同前去，一来可以遮蔽人家耳目，二来也可以使他们小弟兄阅历阅历，等咱此去一月以后，仍无信息来到，便请几位不要辞劳苦，进京探咱一探，咱却没有什么，也可探一探他们小兄弟下落。倘有危险，也好设法营救他们出来。"

华二当家道："这却是你老多虑了，你老既愿带他们出去增进阅历，那是再好不过，只是他们究属年岁太小，事故不清，一旦遇见事，恐怕未必能替你老帮忙。依俺的愚见，这金威、丁立两个，武学机警，都在这班孩子以上，最好把他们也都带去，或者倒能帮助你老一臂之力，就是遇见一点儿意外，也可以有个计议，你老看是如何？"

皇十七子道："如此也好，只是还有一件，小弟兄之中，还有小芳，一个女孩子，途中究属不便，还是求华二当家把她收下，等俺回来再说吧。"

华二当家才答一声说是，只见小芳立起道："二当家且慢答应。"

华二当家听了笑道："俺还不曾答应哩，你有什么话，快些和他老说吧。"

小芳道："俺也没有什么旁的说的，只求他老把俺带进京去。虽然不幸俺是女的，却自问不致有多少拖累他老之处……"

小芳话尚未完，皇十七子早已站起道："小芳你这弱小女子，居然能有这样志向，实在可敬得很。只是咱此番前去，实系有一种大事在身，倘若一旦事机不密，竟至拖累他们身上，他们究属是个男子，就是有个三好两歹的，俺至多不过对不起他们。要是换了你，那就使咱益发不好措置了。假若能够邀天之幸，此去能全首领，咱必是星夜赶回，那时自有相会之日，你还是在家里等咱的好。"

小芳听了正待说些什么，只觉后面有人用手一扯自己，回头一看，正是二侉子苗正义，向自己一挤眼睛，便连忙满脸堆下笑容来道："既是他老这样说，俺便不去了，只是他老千万给俺来封信，好知你老都在什么地方，干的什么事，也好叫俺痛快痛快。"

皇十七子笑道："这就是了，咱一定短不了会给你来信。"于是定规带的金威、丁立、方天玉、华梁、周大成五个。当日华二当家的便约合好了辛飞、许宏、苗正义、马龙、夏斌、左吉，在黑风岗摆了一桌筵席，替他们这一班人饯行，华二当家在酒席上对华梁这班小英雄，一个个都谆谆告诫，叫他处处小心谨慎，小英雄们一一应了。辛飞也向金丁两个说了几句，叫他们好生服侍的话。当夜无话。

第二天一清早，大家都起，华大官人、华二当家、辛飞、许宏、左吉、苗正义、曹小芳，把皇十七子等送至山口，互道一声珍重，皇十七子便兴致勃勃地带了五个小英雄，和金威、丁立，都扛了行李，慢慢往山下走去。华大官人等直待看不见人影了，方才慢慢走了回来。

单说皇十七子对大家道："你们几个，此次随咱进京，诸事都要谨慎，那京城乃辇毂之地，倘有舛错，大家都不便，此事务须记下。再者你我行路之上，为遮掩他人耳目，第一须要把这称呼改了，第二咱还得做出一个什么样人，才可以遮住人家耳目。"

周大成道："俺等可以装成买卖人吗？"

皇十七子还未答言，丁立道："那却不像，除去他老之外，连一个过二十岁的人都没有，哪里像做生意的，还是再想别的好。"

尤俊英道："俺倒有个办法，大家既都是练艺的，何妨便用这卖艺的岂不是好，况且大家身边又都带着兵器，就说做别的生意，恐怕也不会有人信的，不知你老说可用得不？"

皇十七子道："如此甚好，这样一来，这称呼上可有办法了。你们大家便称呼咱一声师父，你们大家便称呼师兄师弟，岂不更好。"大家便一齐答应。

有话即长无话即短，这一日来在沧州，大家找了一座店房住下。吃罢酒饭，皇十七子便把店里伙计叫来问道："请问一声，这个地方，什么所在热闹？俺带了几个徒弟，打算在这里立个场子，也赚几个盘费……"

话还未完，店里伙计把头摇了又摇道："这里地方虽大，可是没有一寸地可以能够摆场子卖艺的。依俺劝你在这里住一天趁早往北去，省得招出麻烦来。"

皇十七子惊问道："难道这个地方县官不准地面儿上有卖艺的人吗？"

店里伙计道："县官却不管，俺这是实话，你老趁早带着徒弟快往北去，免得闹出事来大家都有不便。"

皇十七子道："既非县官为难，那却为什么，不准在这里卖艺呢？"

店伙道："既是你老再三动问，俺看你老也是个外乡人，俺不妨对你老实说。离这县衙不远，有一个旧鼓楼大街，那街上住着一个本地人物，姓陈叫陈二太爷……"

皇十七子道："难道说这个人就没有真名字吗？"

店伙道："你老别忙，听俺慢慢说来。这个人原名叫裕泰，后来因为他的名头太大了，大家都称他叫二太爷。这个人原是京里一个破落户旗人，也不知怎样巴结上了六爷府，六爷便叫他到这里管六爷府里的地面。他一来的时候，倒还规矩，后来县官因为他是六爷府派来的人，便不时地和他应酬应酬，大家见县里待他如此，便不时地托他些事，县官便一一应了，从此他更张牙舞爪起来。先是还不过仅仅替人说说官司，从中弄个钱

268

用用，到后来和县官弄到一起，便无恶不作，什么栽赃诬控，增捐加税，抢掠妇女，重利盘剥，直到现在，便成了现在地方上一个第二知县了。地方上虽是受尽他们这样的蹂躏，却是敢怒不敢言。他又和县官商量了一个主意，凡是外方卖艺的人到此，必须先到他那里纳下税章，不然一概不准在这里摆场子。所以俺劝你老，趁早快离此地，实在是一点儿好意。"

皇十七子听了怒道："如此说来，这厮岂不成了当地来个恶霸了吗？"

店伙听了急忙拦住道："你老千万不要高声，他的耳目甚多，倘若被他们听去，那时大家都有不便。"

皇十七子道："既然如是，咱却偏要斗他一斗。店家且算了饭账，待咱去会他一会。"

店伙见了这个情形，也不敢再行动问，便把饭账算了，皇十七子带了几个徒弟一同走出店房。

皇十七子道："你们大家可曾听见店家说吗，那厮便是这样歹毒，咱们虽是上京有正经事，可是要见了这个，也不知怎的有些放他不过去。今天咱们故意去找他一些漏缝，那厮果然如店家所说，咱必本着剪恶安良的意思，把这恶霸除去，替这一方人除害，你等以为如何？"

大家还未答言，丁立站起道："就是俺等打算和他过不去，难道就非这样做不成吗？依俺的意思，你老只管把这件事交付俺等，你老只远远地瞭望，看着果然不得解决，然后你老再出头不迟。"

皇十七子道："如此也好，只是俺等不过为是探看他究竟是否像那店伙所说，此去必须慢慢引逗他们出来，看个仔细，千万不要鲁莽，误听店伙之言，屈枉了好人，这件事必须紧紧记下。"

丁立道："师父不必嘱咐，徒弟自理会得。"

当下各人把自己手使兵器全都预备好了，然后出了店房，一直便向县衙门这里走来。好在离县衙门前不远，便是一个广场，里面有不少做买做卖的，也有几个走江湖卖把式的。大家看得明白，丁立急忙找了一个空场，把大家的东西和兵器都放在一处，然后自己往中间一站，金威等也都站在一起。这时便有不少的人围拢过来，丁立就撮了一个罗圈揖道："列位，俺也不会说什么，人穷路头卖艺，虎瘦拦路伤人。弟兄几个走在这里，缺了盘费，自幼学几手看庄稼的拳棒，不敢说是卖艺，只是在这里献丑，求几位帮个盘缠，练得无论好坏，求众位多多包涵。俺也不会说江湖话，也不会别样交代，就请诸位帮忙吧。"说着向金威几个人道，"你们几个谁先来练一趟，请请本地师父。"

众人尚未答言，只听尤俊英道："待俺来先练一趟。"说着从里面跳了出来。大家抬头一看，只见跳出这个人，至大也就有十二三岁，身体也不过三尺来高，生得瘦小枯干，简直不像练把式的神气。只见往圈子当中一站，向大家就地一揖道：众位刚才俺师哥也曾交代过了，俺也不再废话，俺练这一趟拳脚，是俺庄稼人看田地的把式，练出来不怕笑掉了几位大牙。好在俺师父也曾向几位说过，俺们也只是求助几个盘缠而已，众位只当是一群要饭的小孩子，求诸位不用说是把式，你老就可怜可怜俺这一群无告的人吧。"

说着把身子往下一坐，拧身一纵，跳起足有五六尺高，往下一落，趁势就是一个旋风脚，跟着往起一进步，打起一套八仙拳，忽上忽下，忽左忽右，忽前忽后，只见人跟棉花团一样，跳起来像是全不着力，落下来毫无声响，练完悠然收住，仍在原处，面不更色，气不涌出，就地向大家又是一揖赔笑道："献丑献丑，请众位帮助一下吧。"

大家才待喝得一声彩时，只见从外面跳进一个人来，歪戴着一顶秋帽，手提了一条鞭子向大家喝道："喝什么鸟彩，还不快快散去。"看热闹的人，当时往旁边一闪。

丁立赶紧上前迎住道："原来是老爷，俺异乡卖艺人这里给你老行礼。"

那人把眼皮一翻道："要你见什么鸟礼。俺只问你们这伙人，难道说你们心瞎耳朵也聋了，便不打听打听这里归什么人管，竟敢在这里扯下场子就练，要是懂得事的趁早把这场子收了，是你们的便宜，如若再在这里耽延，那时不要说俺对你们不起，欺负你们异乡人了。"

丁立听了，毫不动气地笑道："俺们几个小孩子，初来贵地，原不知道贵地风俗，不想遇见你老，前来指引俺等，俺等再知情不过。你老既是肯来指引俺等，便请你老把这里场子规矩向俺等说了，俺等自无不照办，还求你老指引则个。"

那人听了登时脸上露出笑容道："你们倒是个识时务的，既是你们肯这样说，俺就看不了这个软棉花劲儿，俺便指引你一条明路。你顺着俺的手儿瞧，路南那条大路，拐过去就是一片路南的大红门，从左边往右边数，第三个大门，那里住着一个陈二太爷，凡是有来到这里卖艺的，必须先到那里见他老人家，他老人家只要点了头，那你们就在这里摆场子，摆个三年五载，也没有人敢问你们，如果有人出来搅了你们场子，他老人家还要出来替你们出口气。你们想这个便宜有多么大，你们就快快去吧。"

丁立听了谢道："多承指教，俺这就带了兄弟们前去。"说着叫大家收拾东西，又向看的大众说道："列位先看旁的吧，等俺见过二太爷再回来伺候众位吧。"

刚刚走不几步，只听后面的人议论道："可惜这几个孩子，手里还真不错，只怕这一去没有什么好处……"

只听又一个说道："老二不要瞎说了，留神让他们听见。"

丁立等听在心里，也不言语，一直径向那条大街走去。果然是一排路南大房，都是朱红大门，一看第三个大门门口，确是与那几个大门不同，大门两旁，一边十二棵龙抓槐，晃绳上还拴着许多牲口，大门道里，正当中挂着一盏门灯，两旁放着两个大门凳，凳上坐着三五个家丁。

丁立急忙走近一步道："列位，这里敢是陈府吗？"

那几个人看他这怯头怯脑的样子，连站都不站起来，只拉着长音道："不错，这里就姓陈，你是找厨房王二的吧，还是找马号李三的？你先往旁边站一站，等一会儿再叫他们来见你，这个地方你却站不得，倘若二太爷出来，那时不但孩子和你，就是俺也担不起。"

丁立心里说道，这店家的话八成是对了，他的家丁尚且如此，主子可知，俺今天若不是打算揍他的主子，就凭他这样子，现在俺就打发他回去。想到这里，把火往下压了一压，还是向那人笑道："既是陈府那就好极了，烦劳进去通禀一声，就说俺姓丁的弟兄七个，要参见陈二庄主。"

那几个一听，才觉有些差意，急忙站起身道："哦，原来是要见二太爷的，但不知几位从什么地方来，要见俺二太爷有什么事，可以说知俺们，俺们也好进去回报俺家二太爷。"

丁立道："俺等来此，并非为了别事，只因俺弟兄路过贵地，盘缠用尽，打算在这里立个场子卖艺……"

话犹未完，只听几个一声喝道："俺道你要见二太爷有什么正事，原来是一群走江湖卖把式的臭小子，这样事情也值得这样大呼小叫真是不知厉害，还不给俺一步一步地滚了下去。"

　　丁立依然赔着笑道："还是烦劳他老哥替俺回禀一声，俺弟兄也得早些攒得川资，实感念你老好处。"

　　那几个听到这里，早已十分不耐，都恶狠狠异口同音道："哇！哪有工夫和你这样絮絮叨叨，还不快快与俺走开这里。"说着把手向丁力胸前一推。

　　丁立这时再也忍耐不住，只喊一声慢动手，把步子往后一撤，双手一剪他的左臂往怀里一领，用脚一抽，那人躲闪不及，只听哎呀一声，摔倒在地。那几个一见齐声喊道："好啊，这小泼皮竟敢动起手来了，快来一齐上啊。"说着，便都扯了衣裳，齐奔丁立。丁立见事已如此，急忙一纵身，从街沿跳到街当心。几个恶奴早已赶上，齐喊一声泼小厮哪里走，且吃一拳去，说着拳脚齐上。丁立喊一声"来得好！"于是挥动双拳，指东打西，指南打北，不一时便都打得干干净净。金威和大家看了丁立如此顺手，便全都躲在一旁看热闹，这时并大声叫起好来。此时旁边已围了不少看热闹的人，都在暗夸丁立，年纪不大，居然能够有这样本事，旁边只急得皇十七子出来不得，不出来又不得。

　　正在这个时候，只听门里有人喊道："什么人在此搅扰？"大家往里一看，从里面走出一个人来，年纪已然有七十来岁光景，身高约在七尺，膀阔腰圆颇像一个外场人物。大家一见急忙退了下来，已不是先前那样紊乱了。

　　里面却走出一个人向那人道："没有什么事，只因这几个小孩子，打算要见二太爷，他们说是要在这里立个场子，练把式卖艺，俺等想他几个小孩子，能有什么本领，因此俺等在这里和他比试一下，不想这时教师出来了。"

　　那人听了噢了一声道："原来如此，想必这几个小孩子，不是你们对手，一定被你弄倒了。"

　　几个人脸一红道："实在没有看出，也是一时大意，反被他给摔倒了。"

那人又呀了一声道："噢，竟有这等事，只不知这几个小孩子，现在什么地方？"

那老者把手向丁立一指道："教师爷你老看，就是他。"

那人把丁立上下一看，脸上露出喜容道："你是从什么地方来的？既然打算在本地卖艺，怎敢在这里动手伤人，你到底是打算在这里来寻事的呀，还是真打算这里卖艺的？"

丁立看这人和颜悦色，全不是那几个豪奴的样子，心里先有一半痛快，又听他这样说法，分明是有意帮助自己，便满脸赔着笑道："你老问俺是从山东兖州府来的，俺师兄弟七个，打算进京找俺师父，不想走在路上，病了一家兄弟，把盘缠完全花净，是俺弟兄自幼练过几天看田的拳脚，一路之上，便仗着随地画个圈子，练个两趟拳脚哦，凑几个钱吃饭住店。不想今天来到贵处，刚刚拉下场子，有人不让练，说是在本地打算卖艺，必须先到这里见了二太爷，然后才能拉场子卖艺，因此俺兄弟几个，才来到贵府，见了这几位爷们儿，烦劳他们通禀一声，不知什么言语得罪这几位，扬拳便打，是俺一时躲得荒疏，这几位失神摔倒，因此才惊动你老。这一切全是实话，还是求你老替俺回禀二太爷一声，使俺弟兄能得早把场子立好，还了店账也好进京，找俺师父，还望你老人家多多可怜俺这异乡人吧。"

那老者听了把头一点道："这事俺都听明白了，都怪俺们几个不是，等俺回禀家主以后，定当责罚他们。只是你们既是说要立把式场子卖艺，想来你们手里都很有两手了，俺却不揣冒昧，打算当面领教领教，如果俺看着实在有个不错，那时也不必再回禀家主俺便敢做个主意，必使你们把把式场子立好，俺还替你们帮帮场子。如果你们没有什么特别出奇之处，那时俺便对你们几个不住，你们怎样打伤的人，还怎样挨了打再走。你们有什么看家的本领，何妨就在当面显露两手，也给俺见识见识。"说完又向丁立微微一笑。

这时这几个小弟兄里，差不多一口气都快挽不过来了，恨不得拉出兵刃，就势大杀一场。只见丁立全不在意地依然笑了笑道："老人家，想俺等不过井洼之水，未有多大花起，拿你老人家比俺等差了，怕不已有一倍，岂可与俺等一般见识。还求你老人家，千万行个方便，使俺等早进城去，得见俺等老师，俺等一辈子也忘不了你老人家好处，还是求你老人家行个方便吧。"

那老者听了哈哈一笑道："你这小娃子，真是长了一张利嘴，也罢，你既说到京城去找你师父，你且说出你师父是谁，倘若说出是个有名的人物，俺看着你师父的面子，俺便让了你们，如果你师父也是个无名之辈，那时你等休想再讨公道。你师父姓字名谁，快快地讲在当面。"

丁立一听，心里不由寻思道，这件事倒有些难了，如果说出俺师父就是王遁，一则江湖上人家不知道，二则一追问起来，也与进京之事不便；倘若说出就是辛远，又恐怕与他老人家惹事，但是除去这两个人之外，又应当说谁呢，这件事倒确是有些难了。忽地想起，这两天所谈，大约都是刁家兄弟，何妨说出是刁家徒弟既不致辱没自己，又不致坍了人家场面，岂不是好。想到这里，便满脸赔着笑道："你老要是问俺老师，俺老师名头也不大，不过江湖上略有微名，提起来你老也许知道，俺师父就是山东兖州府汶上县'打虎沟'银钩将军刁凤，曾经打虎成名，你老可知道吗？"

那老者听到这里，哈哈一笑说道："你这小孩子，越说越不靠题了。你说旁的英雄，老汉还有个不知道，唯独你要提到刁家，老汉是无一不知，无一不晓，你既说是刁凤的徒弟，俺来问你，刁家里原有什么人，现在还有什么人，刁凤今年什么年纪，他从多大岁数搬到'打虎沟'，你说给俺听听。"

丁立一听，心说不好，今天难免出丑，只是事已如此，说到哪里算哪里吧，实在说不下去，也就没有法子了。想到这里，便满脸依然赔着笑道："你老想是不信，世界上哪里有冒充人家徒弟的道理，你老听俺向你老说。俺师父原是亲兄弟两个，俺大师伯名叫金钩将军刁龙，俺还有一个师姐名叫银姑，后来不知为了什么事，俺师伯弃家外出，现在只剩下俺师父和俺师姐在家。俺师父是属鸡的，今年六十二岁，搬的时候，还没有俺小孩子呢，因此俺不知道，俺师父什么时候搬到'打虎沟'。不过俺也曾听俺师父说过，俺师父未搬来之先，'打虎沟'，还叫'夹马沟'哩，不知俺说得可是？"

那老者听了哈哈一笑道："果然一点儿不错，你的确是师侄到了，来来来，随俺到里边去吧。"丁立听了正在茫然不知所以，只听那老头子道：

"你不认识俺吧，俺就是你师父的亲哥哥刁龙，来来来，随俺来吧。"

丁立一听，这倒巧了，人家家里遍寻不遇，倒叫俺糊里糊涂地碰上了，遂向刁龙道："原来你老就是俺师伯，俺一向没有见过你老，请你老不要见罪于俺。"说着磕下头去，刁龙急忙扶起。丁立又向那边一招手道："你们大家快来，见过师伯。"

大家这时听得明白，谁也不敢不认这个师伯，便都赶紧跑了过来，齐向刁龙磕头。刁龙一一扶起，满脸含着笑容，随手拉着丁立道："走，走，你们大家把兵器交给他们拿着，都随俺进来吧。"丁立当真把兵器交给了方才那几个豪奴，随着刁龙走了进来。那几个豪奴不由互相一伸舌头，心里寻思道，怪不得手底下这样利落呢，原来和俺们这里教师是一个门里出来的，刚才这顿打，就算白挨了。

不说几个豪奴互相寻思，再说丁立等跟着刁龙走进大门，只见一进门是一片北房，院子非常宽敞，里面摆着许多兵器架子，架子上摆着许多明晃晃的刀枪之类。刁龙抢一步，把丁立拉进屋里，随着又跟着让道："来来来，你们大家，也跟着进来吧。"大家跟着来到屋里，一看这五间大厅，一边一间暗间，当中三间畅厅，屋里收拾得异常整洁，还挂了不少书画。

刁龙刚要让大家坐下，只听丁立喊道一声罪过，早已跪倒在地，大家不由得吃了一惊。刁龙急忙扶起道："什么事这样惊慌，有话只管讲就是。"

丁立道："如此师伯是恕过俺等了，那侄儿便要讲了。你老想方才在外面俺一时不合，打伤贵宅这几位管家，幸得说出俺家师父，才得你老人家认为师侄，但是哪有坐下半天之后，还不曾说清俺等几个姓字名谁，岂不是唐突大罪。"

刁龙听了哈哈一笑道："原来如此，这又算得了什么，你现在再为见过就是。"

丁立道："如此谢过师伯。"遂挨着引见过，大家才都落座。

刁龙便向丁立问道："你这是从什么地方来，要到什么地方去，怎么说起进京找你师父，难道说你师父现在已然不在山东了吗？那么他是什么时候离的山东，到了北京，住在什么地方，是他一个人去的，还是同了你那师姐一同去的？俺是急于一听。"

丁立一听，心说这可罢了俺啦，打算不说，绝计过不去，说要是听出谎来，这个老头子岂是好惹的人，那时恐怕难逃是非，如果现在再说实话，只怕已经嫌迟。忽然眉头一皱，计上心头，遂向刁龙笑道："师伯问俺的话，恐怕俺一时答应不了那般清楚。第一节俺等此番出来，原不是从俺师父家里，所以是俺师父一人走的，还是同俺师姐一同走的，俺是全不得知。俺等不过听人传说，俺师父现在北京某王府里充当教师，因此才进的京，俺等听说这个消息，也不曾再为访问，便一径地追下来，俺等虽不知俺师父住在什么地方，所以才一路打探而来……"

丁立话犹未完，只听刁龙哈哈一笑道："娃娃，你真正好大胆，竟敢在老汉面前闹玄虚。"

大家不由齐吃一惊，只见丁立依然不慌不忙地满脸赔着笑道："师伯从何说起？"

只见刁龙呸的一口啐道："谁是你师伯？还敢在这里胡言乱语。"

丁立笑道："世界上旁的可以蒙事，哪里还有冒认师父的道理，师伯你老何必这样动气呢。"

刁龙听了哈哈笑道："娃娃，俺若不说破你，恐怕你也不肯相认。你想你才既说跟着你师父学艺，忽然又说不是从你师父那里来，别的你还可以蒙哄俺，唯独这把式行，你须冤俺不得，哪里有从师父正在学艺的人，忽然不在师父的身边的道理，你想这岂不是前言不搭后语。你究竟是谁家的徒弟，到此则甚？快快说了，俺老汉也须放你们逃命，娃娃，你就快说实话吧。"

丁立一听，原来就是这一点儿破绽，不由又是一笑道："师伯你老是知其一不知其二，练把式规矩，自是没有师父徒弟擅自离开的道理，不过这件事却又当别论。忽然一天，俺师父把俺等叫到面前，说俺等离家日子已然不少，叫俺等都各自回家探望一下，准其半月再回来，因此俺等方离开师父。及至半月已过，大家才邀会好了一同回来，谁知走在半途，就遇俺师父村里的人，说俺师父进京找俺师伯你老来了，叫俺等赶快追赶，谁知走在半路，川资告尽，才打算在这里卖艺凑钱，不想辗转遇见你老。现在你老既是如此见疑，俺等情愿师父也不找了，把式也不练了，回转山东，等俺师父去了。"

正在大家一凝神的时候，只听外面有人喊道："教师爷和什么人在这里说笑？"随着声音，从外面走进一个人来。大家抬头一看，只见这人，身高不过四尺，一颗四愣头，上头小，底下大，一张削瘦的脸，两个圆圆的小母狗眼，断鼻梁，翻鼻孔，削薄的嘴唇皮，露着几个尖牙啊，四外仿佛还长着几根小胡子，纸片似的耳朵，全都朝着前，身上穿着一件土黄毛布的褂儿，穿着两只青布福字履鞋，满脸露出一股子讨厌劲儿，从外面跑了进来。

刁龙一见，急忙向大家引见道："来来来，俺给你们见见，这就是本宅的先生，姓朱叫朱不赤。朱先生俺也给你见见，这全是俺的师侄。"

大家听着刁龙吩咐，都向朱不赤行了一个礼，朱不赤只把头点了点道："罢啦，罢啦。真格的教师爷，你一来的时候，你不是说连一个亲人都没有吗，怎么今天你会又出了这么大的一个师侄呢？"说着眯缝着两只小母狗眼冲刁龙笑了一笑。

刁龙急忙笑道："俺说的没有亲人，难道连个师兄弟都不能有吗？这是俺师弟的徒弟，难道就不是师侄吗？"

朱不赤又笑了笑道："你老来了这些日子，俺也没听过你老说过你师弟是谁，今天要不是你这些师侄来，俺还不知道，你老何妨说给俺听听呢。"

刁龙听了不耐烦道："俺说有师弟就是有师弟，难道还有什么假话不成，提起俺师弟大概你也有个耳闻，久占太行山的大刀陈九宫那就是俺的嫡亲师弟。"

朱不赤哈哈一笑道："大刀陈九宫，俺却听说是有这样一个人，原来和你是师兄弟呀，失敬了。二太爷还派俺到南庄子有点儿事，回头再说吧。"说着向大家一笑，颠头播脑而去。

刁龙见他走了，才向大家说道："这个东西，委实可恨，一向只以欺侮乡里，扰害地方，再不做一些好事，大家都送他一个外号，叫猪不吃，他再坏不过。这里这个头脑，又偏肯信他的话，所以他在这里，实是一个奸坏奴才。"

金威道："师伯，他既然是这样的万恶，为什么不把他剪去。"

刁龙听了把眉头一皱道："你们哪里知道，俺自从'黑风岗'，受了那

277

贼官'王剥皮'的恶气，因此俺才一怒离了'打虎沟'往冀北而来，原意剪除赃官恶霸，一消心里恶气。谁知来到这里，就听见路人传说，此地住着这个泼皮陈裕泰，是个本地的大混混，结交官府殃害黎民，无恶不作，俺当时想把他除去，后来一看，这厮善恶尚未大分，便想就近一探，倘若他仍然是那样为非作歹俺再下手除他。正在无可近身之际，恰好俺有一个京城保镖的朋友，在街上路遇，因问因何至此，才说出他是在这里替陈裕泰保镖，俺便托他引见，也混在他的家里当了一名护院。前几天俺那朋友进京替他办事去了，俺便暂时替他。今天听得外面喊嚷，俺才出去，不想恰巧碰到你们，也是这恶贼当灭，你们且在这里住个三天五天，趁空便把事办了，然后再一同进京，去找你们师父，俺那兄弟，也好一同回家。"

丁立道："原来如此，但不知你老在这里已有多少天，可曾看出一些破绽？"

刁龙道："怎的没有看出来，大概外间传说，没有一句是假，不过这厮虽如此强梁，却还懂得江湖上的义气，对于俺们这一流人物，都还说得下去，尚无越礼之处。"

丁立才言道："这样一说，这里会把式的一定不少了。"

刁龙道："这里除去俺那朋友之外，还有一个老把式，就是陈家沟的大把式宋俊宋家海，却是一个老把式，余外再有也不过就是俺那朋友几个徒弟和几个练乡下把式的哥们儿了。"

丁立道："既然如是，何妨就在今晚剪去此贼替一方除难哩。"

刁龙道："这件事却不能这样鲁莽。一则此贼恶迹未著，除去之后本地方有人不服，二则在他家里也不好动手。听说七月十五本地举行盂兰大会，那厮每年必到那里骚扰，并且听说他还有抢掠人家妇女的举动，我想不如那天，大家借着看会为名，暗地前去查看，倘若那厮没有这种行为，那就再去查他旁的劣迹，倘若他当时有那种行为，俺等便大家动手，把他剪去，然后大家一走，你们看是好吗？"大家点头称是。

刁龙道："还有一件事，俺因来时，说是家中并无别人，故此说是你们是陈大刀的徒弟，少时见了他们，就依着俺说的说了上去，免得露出马脚，反为不美。"大家又齐声答应。刁龙又向大家道："你们且在这里等俺一等，待俺去看看他们回来了没有，也好替你们引见一下。"说着径向后

278

面去了。

这时大家便吩咐向丁立道："师哥你只这一时嘴头爽快，倘若这老头儿把事办完了之后，要叫你我去到京城找他兄弟，那时看你怎样应付。"

丁立道："俺怕不知道这些事？不过你要知道，箭在弦上，不得不发，不然眼前就难免出乖露丑，这也是混过一时再说一时。等到将来，难道就不会把许都头请了出来。"

丁立话犹未完，只听华梁说道："丁师哥你就顾了这些，你可忘了俺等真师父了。"

一经提起大家都想起来了，果然还有个皇十七子现在外面，不知如何。当时华梁便要出去寻找，丁立急忙拦住道："兄弟你先不要慌，方才俺等就说是俺兄弟几个，如果将实话向那老头儿一说，眼前这事，就要难办。凭俺想他老人家比俺等精明万倍，见俺等进了这个院里，自会找店休息，今夜大家警醒一点儿，定可会见他老人家，那时再向他老人家要个正经主意，你们道这个办法是不是？"大家只好点头。

正在这个时候，只见刁龙已然从外边走了进来，一路摇着头向大家道："偏来不凑巧。刚才俺到里面，一问他还不曾回来，据说是县里把他请了去了，一时不得回来。"

丁立道："等等也不要紧。"

刁龙道："你们不知道，方才俺听说县官大概是从府里才回来，半路上遇见一面生的京城口音男子，心里起了疑，便叫人一盘问，也不是怎的说是从身上搜出来什么东西来，便一锁锁到官里去了，那厮也正是为这事去的哩。"

大家一听不由大吃了一惊，丁立看大家神气，似乎已然有些耐不得了，恐怕当时就要闹出事来，便急向大家连使眼色，复又向刁龙笑道："这真是不凑巧得很，那只好等他回来再说吧。"

刁龙吩咐下人开上饭来，大家哪还吃得下去，胡乱地把饭吃完，丁立想起必须把大家去到外面，然后才有办法，想到这里便向刁龙道："师伯俺看那个主儿，一时不见得就能回来，这样长天老日的，在家里真有些闷得很，俺向师伯打听，这里可有什么热闹去处，俺打算同着他们出去绕看绕看再回来也就差不多了，你老看可以不？"

刁龙道："去是可以去，不过在街上务必要小心一点儿，免得到外面闹出事来，又要多费唇舌。出去这条东西的胡同，你们一直往南边走，那里有个城隍庙，里面却是非常热闹，但是千万小心，不要闹出事来才好。"

大家答应，辞了刁龙，走出门来。看看四外没有什么人，丁立才向大家道："好险哪，看你们方才那个神气，大有耐不得的意思，幸亏不曾闹出来，真是十分的险哪。"

金威道："你方才不曾听见吗，那厮所逢，不正是俺等师父吗？"

丁立道："不是师父还有谁。不过你们知道俺们这假师伯，究竟是不是顺着俺们这一边，现在还不得而知，倘若这边再出些毛病，俺等恐怕连一个也走不脱，那岂不是滚汤泼老鼠，一窝都是死吗。"

华梁道："既是师兄听出是师父遇事，便应从速想办法才好。"

丁立道："俺也是这个主意，俺想师父既是被收在县里，一时恐不会就解到旁处去，俺想今晚等到睡觉以后，大家一同往县衙走一遭，当时能够想出办法更好，要是当时不能得手，大家回来，再向俺等那假师伯说明原委，求他帮个忙儿，也好拿个主意，你们看是如何？"

华梁道："好自是好，不过县衙俺等又不曾去过，夜晚怎能进去？"

丁立道："这却不妨事，这时俺等便假借逛庙为名，探清县衙进路，到了晚间，自要能够进得去，便不愁没有法子探监，俺等现在先往庙里走一遭再说。"

大家说着，便都向城隍庙而来，确是不远，一时便到，果然做买做卖男男女女的是不少。大家来到庙门，抬头一看，只见上面写着"敕建府城隍庙"，当间山门没开，只走旁边两个山门。大家正往里面走时，只见从里边走出三个人来，大家一看，除去丁立、金威之外，大家全是一愣，那几个人看大家也是一愣，互相一低头走了过去。

丁立看见忙问道："你们敢是认识吗？"

华梁道："里面有两个，俺看却十分眼熟，只是一时想不起来了。"

张兴霸几个人道："俺等也是看着面熟，只是一时认他不出。"

丁立道："大概一定是在什么地方见过，一时又忘怀了。"

说着大家也不介意，便走到里面，瞎溜了一阵，又走了出来。出了庙门，往西一拐，就是县衙。大家从西边往东边走了一遭，看了一看地势，记在心里，又慢慢从东边走到西边，这才走回陈家。来到门外，向几个豪奴一说要见刁龙，这几个豪奴方才已然知道是刁龙的师侄，哪里还敢怠慢，一面说着他老请，一面报了进去。

大家刚刚进了二门，只见刁龙从里面迎了出来，照定丁立当胸就是一把："你好大胆子！"

丁立笑道："师伯为何这样发急？"

刁龙道："你们不是说就上城隍庙去溜达吗，怎的直到这个时候才回来？二太爷都已回来半日了，已然派人问了俺好几次，问你们都到什么地方去了，走，快快去见去吧。"说着不由分说拉了丁立就往里边走。

来到里面，只见五间一排的北上房，正中间挑着帘子，刁龙在前，大家在后，进得屋里。只见太师椅上坐着一个四十来岁的汉子，手里端着一只水烟袋，一边站着一个小孩子。刁龙急忙上前道："这就是俺几个师侄，来，快快上前见过庄主。"丁立等急忙上前见礼。

陈裕泰笑着一摆手道："罢了，坐下吧。孩子你们本事都很够瞧的，真是强将手下无弱兵，好，俺们总得多亲近亲近。"

丁立一时摸不着头脑，以为是方才在门外戏耍家丁已然被他知道，急忙赔着笑道："俺等初来贵地，不知道这里规矩，一时冒犯尊颜，千万你老恕俺小孩子无知。"

陈裕泰哈哈一笑道："这个是给俺们爷们儿露脸的事，咱爱你还爱不过来呢，哪里还能怪你。"说到这里向刁龙笑道，"刁师傅你这个师侄今年多大了，本事比您我还强哪，八成您横是不肯露那高的吧，不然俺怎么老没瞧见您那特别拿手的呢。"

刁龙心说，这也是各人有各人的缘，怎么他才一见面，就这样喜欢这几个呢，这却对不住，总要捧你句才好，遂笑着道："你老说的话，全是夸他们，他们一个小孩子懂得什么叫功夫。没别的总还要求你老抽个空儿指点指点他们，那就是这几个小孩子的小造化到了。"

陈裕泰哈哈一笑道："老刁你真是个老江湖。你这几位师侄，个个都有出奇制胜的本领，翻江倒海的功夫，你还拿这一套话来米汤我，你真是可以的。说真格的你们昨天这件事办得真叫严密呀，连我都给瞒在鼓里啦，实在不愧你们是能为出众，武艺高强，我也活了小半辈子了，还没瞅见过这样英雄。明天我还请你去听一天戏，一切全是我的事，谁要是一摇头，就跟骂我一样。可是有一节，你们也得把你们怎样成的名，怎样得的手，可得一点儿一点儿从头至尾，全都给我说一遍，我也给你们传传名。还有一节，我本来就跟那姓张的有点儿小不对，倘若是能够借着这个把他给挪一挪窝，那更再好没有啦。这里头怎样来怎样去，全都交给我一个人啦，别瞧论本事不如你们，要讲肚子里玩一点儿零碎小玩意儿，那你们哥们儿就不行了。老刁你说我这话说得痛快不痛快？"

陈裕泰大马金刀坐在左面说了一大套，大家全然不知所以，只一个看着脸发愣。陈裕泰笑道："怎么你们全不言语，咱们虽是初会，可以说是一见如故，难道大家还有什么疑忌咱的去处吗？我也不想问别的，只把你们几位昨天夜晚什么时候入的府衙，怎样盗的知府印信，怎样寄柬留刀，怎样入的县衙，怎样报告知县老刘，怎样拿的假王子，快快跟我说一遍，也叫我听着痛快痛快。"

大家一听，不由大大吃了一惊。刁龙急忙站起问道："你老说的这些话俺全摸不着头脑，请你老细细向俺说一遍。"

陈裕泰哈哈一笑道："老刁你这就不对了，咱们都是自己人，什么话不能说，干吗还这样藏藏掖掖？虽然俺对你有些失敬，没别的等到事完之后，咱必有份意思，你就痛痛快快说一遍，也叫俺痛痛快快。"

刁龙道："你老所说俺是确实不知，不如你老痛快说了，叫俺痛快痛快吧。"

陈裕泰把手向案上一拍勃然怒道："怎的俺再三用言开导你们，怎的全不知趣，真乃自讨无味。"说到这里把手向屋里一招道："来呀，你们把在知府衙门和县衙门墙上抄来的字据拿来给他们瞧瞧，瞧他们还有什么推诿没有了。"

家人在里面答应一声，从屋里拿出来两张纸条交给陈裕泰，陈裕泰拿了过来，交给刁龙道："你拿去看看，这不是你们办的，还有什么人，敢在咱的眼前闹这些火呼呼的事。"

刁龙本不认识字，便向丁立道："你们几个人里谁认识字，拿去念叨念叨，到底怎么回事。"

丁立便向华梁道："老兄弟你拿过来看看。"

华梁急忙接过看时，只见一张纸条，上面写的是四句似通非通的诗，字迹也是非常的恶劣，头一句是：东西南北逞英豪，方算男儿志气高，德政不修愧循吏，盗去金印警贪僚。再看第二张，上面也写着几句是：皇十七子刻藏东街天德店，速拿莫误，具报人华梁、张兴霸、尤俊英、方天玉、周大成等，现住西街陈裕泰家。

华梁一看，不由一阵心里发闷，胸口一阵突突乱跳，嘴里急忙喊道："怪道呀，怪道呀。"

陈裕泰急忙问道："这大概你们没有什么说的了吧，你们既然肯其做这个事，怎么到这个时候，反而不敢承认，咱瞧你们倒是有些怪道。"

刁龙见华梁看了半天，也没有说什么，只见一阵一阵脸上变颜变色，便急忙问道："到底是怎么件事，你倒是念出来俺也明白明白。"

华梁无奈，便念了一遍，当时大家全都吓了一愣，不由齐声叫怪。

刁龙道："如此说来是你们做出这样惊天动地的事了，可是这个皇十七子，是谁？你们怎么又知道他在这里，怎么又知道这里知府是个贪官呢？还有一样最可怪的事，你们昨天出去办的事，今天才见着我，怎的昨天就说住在俺这里呢？"

陈裕泰哈哈一笑道："真不怪你是姓刁，敢情你是真有点儿刁，事情都到了这个时候了，你还冲我装着玩，你可真是有点儿沉得住气。来呀，你们把他二位班头请进来，和他们见一见面吧。"

刁龙正在一愣之际，只听下人答应一声，不一时外面脚步杂沓，从外面走进两个班头，还跟着有十几个公役打扮模样的，一直走了进来。两个班头见了陈裕泰，急忙上前请安行礼，陈裕泰急忙一欠身道："二位头兄不用行礼了，来来来，这就是我们这里刁教师，这就是那几位寄束留刀的小英雄，我刚才曾向他们几位问了一问，谁知他们全然不认，我想也许这位不愿意在我这里说出真情，倒不如烦你们这几位同这几位到老爷公堂上把这事详细说明了，就请二位头儿辛苦一趟吧。"

二位头儿一听，就知这件事情有些扎手，可是不敢不答应，便急忙向刁龙一举手道："教师请了，俺姓邓名叫叔宝，这位是俺伙计，名叫陶定边，奉了本县刘太爷之命，到这里请盗印的英雄，既是你老至好，便请随俺等一行，见了知县，能把差事交代下去，免得我们弟兄几个腿上吃板子，便感激你老不尽来了。"说着又是一揖。

刁龙急忙还礼道："二位万万不可多礼，要说你们二位从老远来，俺

283

就该随着二位把这件事完了，无奈这件事俺姓刁的毫不知情，实在不能奉陪前去，还望二位恕过。"说着也是一揖。

邓叔宝尚未答话，只听那陶定边说道："大哥你老哪有那些话和他们说，俺等是奉命来的，难道还就这样白白让他说退了不成，兄弟们上啊！"

陶定边刚刚说完这句，只听身后一声喊道："这厮如此大胆，似来可恶，师伯闪开，让俺把他打发回去。"

刁龙回头一看，说话的正是张兴霸，急忙拦道："不可不可，俺等来慢慢问他。"遂笑着向邓陶两个道，"二位头儿既是打算叫俺等到县衙回话，你老也无妨好说，何必这样着急，俺虽然已上了几岁年纪，这班孩子却不怎样懂得事情，倘若一时激出事变，那时双方都不好……"

邓头儿还未答言，老陶把眼一瞪，哈哈一笑道："姓刁的，快快闭上你那破嘴，就凭这几个毛孩子还能怎样，俺今天便拿定了。"说着一摆手中铁尺，跳在当中道："来来来，谁敢和俺斗个三五回合。"

丁立一看这个样子，知道善说已是无效，便向金威耳边小声说了两句。金威应声道："待俺来会会你这不识时务的大把式。"说完这句并不站在屋里，只用脚尖轻轻一点，早就跳到屋外。

陶定边只好跟了出去，一摆手中铁尺，喊道："这里也好，来，快快受绑！"

金威微微一笑道："大把式就这样练吗？俺是个才学乍练，没有你老那个功夫，俺必须把身上衣裳脱下来，然后才能动手，请大把式也让俺一步。"说着把身上衣裳解开脱下，四下一找，只见院子正当中搁着一口绿釉太平荷花缸，缸上头扣着一个车轮般大的磨盘，两下合拢起来，足有七八百斤。

金威看了一看，向老陶笑道："俺是个乡下人，总是有些不开眼，倘若你我动手，俺要是打败了，那自不必说，同你当官的回话，衣裳不衣裳，那就不必再谈，不过倘要是俺打败了你，回头一找，衣裳也没有了，那可不行，最好俺先把它找个地方保存起来，然后再和大把式走两遭。"说着又一看那太平缸道，"就把它压在这个缸下吧。"说完向前一进步，用左手一扶太平缸沿，右手一伸托住缸底，喊道一声起，那缸便已离地，右手心一挫，左手离开缸沿，趁势用右手把衣裳放在地下，然后一推左手右手一托，把缸落平，气不喘，脸不红，笑嘻嘻地向老陶道："大把式请你老进招吧。"

这是不用说这两个，就是在场一里一外的，谁不把舌头伸出来长长的。还是邓叔宝是个老手，一看事情要僵，急忙挺身出场，把手向老陶后背一推道："俺就知道这几位都是英雄，手里头都有两下子，你偏一定要瞧瞧。如何，这手儿练得就叫不含糊，得啦，还是请他几位跟着咱们辛苦一趟吧。"说着向金威一抱拳笑道："你老这手千斤法，实在练得不软，没别的，你老就可怜可怜俺等，辛苦一趟吧。"

金威假作不知把头一摇道："俺是怯汉子，不懂得你老调侃儿，现在俺衣服是脱了，静候那位大把式赏个三招五招，也好叫俺们见识见识。"

邓头儿一听，心想这就不好办了，你说不动手吧，小孩是不依不饶，你说要是动手吧，大概齐不是这孩子的对手，况且那边还有好几个，准知道谁都会什么把式。到底是久站公门的人，心思来得快，一看今天这个神气，要不把身份低下去，恐怕是难出这个门儿。一捉摸，忽然计上心来，急忙撇开金威向刁龙一捧拳道："刁老英雄，俺等本是奉命前来，请那盗印的英雄，谁知一时言语间有些冒犯，二则俺看几位也决不是盗印之人，俺等实在鲁莽，还求老英雄和众位小英雄，恕过俺等冒失之罪，俺等便去回复太爷，任凭太爷发落。请了，回头见。"

说完这话，转身才待要走，只听身后有人喊道："邓都头，你既不知道谁是盗印贼人，待俺说知与你。"

大家回头一看，不由齐吃一惊。

要知后事如何，且听下回分解。

第十回

杀贪官侠客除奸
诛恶霸英雄结义

大家回头一看，原来说话的正是华梁，刁龙头一个向前道："你快说盗印的贼人现在何处？俺若拿着这厮，定要把他挖出他的心肝五脏看一看，倒要看看它有多大。"

陈裕泰看见事情已经闹到这个样子，知道今天自己难免羞辱，再看邓陶两个也是一样说不出所以然来，遂不得不自己出头，便赶紧抢出一步道："既是说起来这盗印的人有名有姓，那就何妨说将出来，也好叫大家知道知道。"

华梁微笑道："说出这个人来，俺却知道，不过也不是什么大不了的人物，俺等虽然和他没有什么深交，却是见过几次面，要讲凭能耐本事，大概他还说不上。这个人复姓东方，单名一个德字，不知众位可有认识这位英雄的？"

大家一听，全是一愣。陈裕泰心说，可是要了不得，怎么这个小孩子这样精明，他怎的没有见着人，他就知道这是谁呢，倒是不得不问。想到这里，便向华梁道："你从什么地方看出是东方德？"

华梁笑道："不单俺知道是东方德，而且俺还知道他有个帮手名叫吴七哩。"

这时刁龙都不觉有些诧异，遂向华梁问道："你是怎么知道的？"

华梁道："这不是明明贼人自己留下的名姓吗？"说着指着那首诗道，"这首诗名叫贯顶诗，每一句上头，头一个字，都是嵌在里头，东西南北，取一个东字，方算男儿用一个方字，德政不修，用一个德字，盗去金印，用一个盗字，合在一起便是'东方德盗'四个字。"

于是刁龙、陈裕泰、丁立、金威、华梁、方天玉、周大成、张兴霸、尤俊英都一齐走了出来，好在距离不远，不一时就到。

邓头笑着向刁龙道："刁老英雄和众位都请避屈，暂时在这里坐一坐，等俺先进去，回禀一声，然后再请诸位相见。"说着又向大家作了一揖，然后转身自去。

这时陈裕泰已然悄悄走去，这里只剩下刁龙和一班小弟兄，呆呆地坐在屋里。丁立一想，从今天早晨卖艺会见刁龙直到现在，始终还不曾向刁龙说清自己这班人的来历，倘若少时见了知县，一时问出破绽，恐怕于大家都有不利，不如把这件事从头至尾，全都说清，免得临时为难。想到这里，便偷偷往外面一看，只看虽然有几个皂役模样的人，却离这间房子很远，便慢慢走了过来，向刁龙道："师伯你老人家千万要饶过俺等才好。"跟着双膝跪下。

刁龙不由一愣道："什么事？快快请起。"

丁立道："你老人家当真信俺是你老的师侄吗？"

刁龙叱道："难道你们就不是俺兄弟的徒弟？"

丁立道："俺等实有欺妄你老人家之处，俺等实在不是你老的师侄，不过俺等却认识俺那刁二大爷，现在依然好生生地住在山东'打虎沟'，却未曾离开山东一步。俺此番进京，确是有事，不过不是找俺那刁二大爷，确是送俺真师父进京。"

刁龙急问道："你哪里又跑出一个师父来，端的姓字名谁？"

丁立道："方才你老人家不曾听人说吗，就是那身藏国宝的皇十七子呀。"

刁龙道："怎么这里又跑出一个皇十七子来？"

丁立向华梁道："你可把前前后后细细向他老人家说一遍吧。"华梁便把怎样认识的皇十七子，怎样恶了知府，怎样逃奔出来，以及此次进京之意，都细细说了一遍。

刁龙听了，哎呀一声道："不好了！"大家急忙惊问所以，刁龙道，"你们这几个娃娃，真是不晓事，既是同了这样人物进京，就该连夜走去

287

才是，怎么反到这里来寻薅恼，又不该见了这多时，竟不说出一句实话，到了现在，只怕是要闹得凶多吉少。"

丁立道："你老千万不要着急，俺自有法调理这件事……"

就在这个时候，只听里面一迭连声道："带，带，带。"从外面走进几个官役，向刁龙上下打量道："你就姓刁啊？"

刁龙道："俺姓刁你待怎的？"

那几个道："太爷传你们说话，你们要小心了。"

刁龙等随着他们出了大门来到大堂，只听一迭连声喊道："刁龙等带到。"

刁龙抬头往堂上一看，不由大吃一惊，原来堂上除去县官之外，旁边坐着一个，正是暂时自己的主人陈裕泰，就知这件事有些不好。正在犹疑之际，只听堂上喊道一声带刁龙，刁龙便急忙走了上堂。只见知县老刘用手一指道："刁龙你是怎样指示你徒弟夜入府衙，盗去知府印信，印信现在何处，盗印的共有几个？快快依实说来，免得你的皮肉受苦，说！"

刁龙这时已然明白这里是怎一件事，自然不肯承认，因向知县道："回老爷明察，俺这个徒弟，今天早晨才来，怎能做出此事，小人一概不知。"

老刘哈哈一笑道："他们各人都把名字写了出来，难道还有什么屈赖不成？"

刁龙道："请大人明察，如果真是俺那徒弟所做，他岂肯把自己名字写上替自己招祸，这明明是暗中有人陷害小人们。"

老刘道："既是你说你徒弟今天才来，怎的便会有人陷害你们，再说你可知道陷害你们的是哪一个？快说。"

刁龙道："那小人一时却说不清。"

老刘大怒道："胆大的刁龙，来到本县堂上，还敢这样狡展，来，看过大刑。"

两旁堂役正在喝喊堂威之时，只听堂下有人喊道一声冤枉，从下面跑上一人，堂役急忙上前拦住。老刘急忙往下看时，原来是一个二十来岁的少年，便赶紧向下问道："你这汉子，姓字名谁，有什么冤枉，因何搅闹本县公堂？讲。"

只听那少年道："小人名叫丁立，原籍山东汶上县，只听说师父刁龙，现在此处，因此小人们弟兄八个，来到此处，寻访师父。不想来到此地，天气已晚，又不知俺那师父住处，便落在街东天德店内。闻得人言，沧州知府，行为贪劣，因此小人便约会一家师兄，夜入府衙，盗去知府印信，墙上的字，是俺师兄所写，小人一概不知。今天早晨遇见熟人，才打听出俺家师父住处，便去投奔那里，不想俺那师兄竟自拐印逃走，小人们原要禀明师父，还不曾说得清楚，便吃太爷传讯到来。小人师父实不知情，此事全系小人与俺师兄所为，千万请求太爷不要为难俺那师父才好。"

大家不由齐吃一惊，心说这件事哪里能够这样轻完，只怕今天难逃公道。

又听知县道："既是你等盗印之后，就当逃走，怎的寄柬留字告发皇十七子，却是所因什么缘故呢？"

丁立道："这件事小人完全不知，这全是俺那师兄所为。"

知县道："那么你师兄现在什么地方，你可知道？"

丁立道："自从盗印回店，小人就不曾见着他，不知他到什么地方去了。不过小人想，此地他是人地生疏，也没有什么去处，说不定也就是住在店里。"

知县道："说了半天，你的师兄他叫什么名字呢？"

丁立道："他复姓东方，单名一个德字。"

大家听到这里，方才明白丁立这番用心。又听知县道："那样说来，这些事他们都不知道，仅有你和你们师兄他知道得详细，不过本县既然见不着你的师兄，便免不了要问你，你说这些事全是你师兄所做，可能找出什么凭据吗？"

丁立道："太爷不曾看见俺师兄留下那首诗吗，每一句头一个字里暗嵌着是东方德盗，难道还算不得凭据吗？"

知县听了，拿起那张纸条又看了一看，才点头道："果然不错，不过你师兄既然把印盗走，又何必留下名姓。"

丁立道："俺这个就不知了。"

知县道："这且放下不问，本县只问你现在这印在什么地方收着，快快献上来，然后本县去见知府，把你们罪名开脱不问，也就便宜你们了。"

丁立道："实在感谢太爷，只是这颗印，却不在小人手里了。"

知县道："现在什么地方？"

丁立道："俺师兄自从把印盗得到手里，他就不曾把印交到小人手里，半路上他说他要小解，谁知他从那里便私自走了，一总不知道他到什么地方去了。"

知县发焦道："如此说来，这颗印是不在这里了，但不知你师兄此处可有什么朋友，或是亲戚，在这里住。"

丁立道："一向不曾听说他有什么亲友在这里住。"

知县道："那么你可有什么法子把印可以找回来吗？"

丁立道："太爷如果把小人放了出去，小人们愿意在三天之内，把俺师兄东方德和印一并送到太爷堂上请罪，不知太爷可肯释放小人们出去。"

知县听到这里，不住地眼看着陈裕泰，只见陈裕泰微微一笑，低声向知县道："这件事却无不可，不过老父母不要把他们全都放出去，免得东西一头不着。"

知县点头会意，便向丁立道："既是如此说时，本县便准你同着你三个师弟和本县两个班头一同前去，余者均留在本衙内，俟等三天之后，寻着你那师兄，取印归还之后，再放你们一同回去。"

丁立知道再说无益，便向知县请求，愿带华梁、金威、周大成三人一同前去，知县答应。丁立便向刁龙道："师父，徒弟做事不明，连累你老，你老千万不要发燥，请你老暂时受屈，早晚徒弟还和你老相见。"说完带了华梁三个连同原办邓陶两个一同下堂去了。

知县看丁立已去，便向刁龙道："这件事虽然没有你的事，不过在事情尚未办明之前，你等暂不能先走，必须等事情办了个水落石出，本县自当放你们回去，这时却免不了要屈尊你们几个。来呀，把他们几个暂时寄在班房，不要过分难为他们。"知县说完退堂，刁龙等自随差人们走下堂去不提。

且说丁立等随着陶邓两个走出县衙门，丁立向邓叔宝一笑道："邓都头俺等虽是奉了县太爷之命，前去找俺师兄，不过此地俺等系初次到这里，人生地不熟，一切都要二位都头指教才好。"

邓叔宝道："这件事虽是太爷请诸位帮忙，其实还是俺等地面儿之事，大家不要客气，最好大家能把这事办完才好。"

一路说着一路走，忽地华梁咦的一声道："师兄和二位都头，快看前面来的是谁。"大家抬头看时，原来有两个人，正向自己这边走来，忽然间而又向回走去。华梁知道丁立不认识东方德，便忙向丁立道："俺看前面走的正是东方师哥，你我快快赶上前去。"

说着大家急急赶去，谁知拐过这条街，却是一个三岔路口，再找那两个人，已然是踪迹不见。丁立向华梁道："你方才果然看清楚是东方师哥吗？"

华梁道："那一点儿都不会错。"

丁立道："那就不用忙了，大概今天夜晚可以访个水落石出，此时可以先找一个地方吃些饭食，也好有力气办事。"

邓叔宝道："这话对，先找一个小饭铺吃点儿什么，就着也好休息休息。"

恰好眼前就是一个茶楼，字号是"满春楼"，里面带卖酒饭。于是邓叔宝在先，丁立、陶定边在后，一同走上楼来，大家找了靠楼窗的一间雅座坐下。

吃茶之际，丁立向邓叔宝道："邓都头俺向你老打听一下，这里除去像陈二太爷这样人物外，不知此处还有这样几家？"

邓叔宝道："此处像他老人家那样门户，并没有两三家，不知小壮士问这是什么意思？"

丁立道："既然没有，也就不必谈了。俺再向你问一句，这里可有什么素行不法的人在这里住吗？"

邓叔宝道："这句话虽然不知你是什么意思，不过俺想你这所问的话，一定以为是本地住有不法的人，窝藏土棍流氓，你们那师兄必定藏在那里，你是这个意思不是？"

丁立道："俺不过是问一问，也好寻访寻访。"

邓叔宝道："这里却是实在没有这类人物，只好再想别的办法吧。"

陶定边忽然向邓叔宝道："这件事这样说起来俺倒觉着有些眉目了。"

邓叔宝道："你从什么地方看出来的眉目呢？"

陶定边道："这话在昨天快黑的时候，俺奉命到西乡去查一个案子，回来时候，路过藤萝庄，在一个酒铺里吃饭，听得两个喝酒的说闲话，他们说起小白楼小阎王家里的事……"

邓叔宝道："那个小阎王，是不是那坐地大虫孙发？"

陶定边道："不是他还有哪个？"

邓叔宝道："他与这件事怎么又会发生关系呢？"

陶定边道："你听俺向你说。只听一个说，'老兄弟，这件事可不是我拦你高兴，这话你自可向我说，可千万别跟他们提，现在他们风是风火是火，要和那姓陈的较量下子，你趁早不用多话，倘若他们一反想，反而闹得不合适。这件事我也瞧开了，实在弄得没结果眼的时候，咱们趁早回北京也挨不了饿受不了冻，别跟着担这个险，老兄弟你说是不是。'又听一个说道，'大哥你这话说得一点儿也不差，不过我这个人你不知道，咱们是好朋友荐来的，别管怎么样，总得对得起朋友。凭姓吴的什么东西，他也敢跟咱们头里要谱儿。这话我可不该说，您瞧这两天，这个劲儿味儿的谁受得了啊，今个这不是大哥您说到这里了吗，我也不管他们了，我想明天一清早，赶回北京，我在这里，实在瞧不下去这些个。这也不是咱们哥们儿假充高眼的话，只要咱们哥们儿前脚一走，我就敢保他跟着塌架子，不就是他小阎王吗，准保连泥判官他都当不上了……''兄弟你小点儿声儿，虽然咱们哥们儿谁也不怕，可是倘或被人听见了，究属有些不便。'说到这里，就听不见人声儿了，俺也就回来了。当时俺也就不曾注意，现在这样一提起来，不是前后都像有些关系吗？"

丁立道："这样说起来，却是有眉目了，只不知小白楼离此多远，二位都头可以陪俺前去一趟不？"

陶定边道："去是没有什么不可以去，不过在未去之先，必须预备齐全，要知小阎王在此地也是一号，不要把他看轻，到临时闹得措手不及，吃了他们的亏才好。"

丁立道："要依俺拙见时，最好能在今晚，就到小白楼夜访小阎王，看看到底是不是这样一回事。如果二位都头怕到了那里出险，最好俺等到了那里，取个暗势，不必出头露面，自要把消息探清，便赶快回来，然后再想他法，不知二位都头以为如何？"

陶定边道："既如此说时，俺倒有个计较在此。离此不远地名关塘堡，那里住着俺一个好友，名叫朱大廷，从前也是一个吃江湖饭的，后来洗手不干了，就在关塘堡西里，种了一点儿地，度着老年，从前和俺很有个不差。俺知道他和小阎王一班人素来相识，并且小阎王对于他很有一番敬意，俺想那东方德倘若盗印投奔那里，托出朱大廷一说，定然可以有个面子，只要他们能够把东方德和印献了出来，俺等也可不必管他什么阎王小鬼，不知你们几位意下如何？"

丁立道："既是都头肯其这样帮忙，自是再好没有。不过俺等和姓朱的素未谋面，便求人家帮忙，恐怕这件事有些不妥吧？"

陶定边道："这件事却毫无妨碍，那朱大廷一则也是交朋友的人，二则这件事要和他一说，大小他还要生一点儿气，这件事无论冲哪一方面，他也不能不管。不过所虑的就是东方德没有在小白楼，那可就没有办法了。"

邓叔宝道："事已然到这里了，只好是走一步说一步吧。现在天已不早，最好赶快先到关塘堡，把这件事向朱大廷说明，看他是怎样说法，然后再作道理。"

丁立连忙会了饭账，大家从里面走了出来。这时已有定更天气，街上行人，依然十分稀少，大家随走随说，不觉到了关塘堡。

陶定边用手一指前边那片大树林道："你们看过去前边那个树林，就是关塘堡西头，朱大廷的房子，就在那石岗子以上……"刚刚说到这里，只听他哎呀一声不好，登时摔倒在地。大家齐吃一惊，连忙上前搀扶起来问道，都头想是什么绊了一下吗，陶定边道："可不是，净顾和你们说话，也没防备脚下被一块石头绊倒，真是笑话。"

丁立道："只要没有跌伤什么地方就好。"

说完又往前走，一时走出树林，果然是有一个土岗子，陶定边把手一指向大家道："诸位看见吗，那就是朱大廷他的家里。诸位请在这里站一站，待俺上去把他找出来，再和他讲话。"说着早已从一股小道跑了上去。眼见已然到了上边，只听他又是哎呀一声不好，早从上面滚球般滚了下来。

大家不由齐吃一惊，急忙上前问道："你老这是怎么了，不曾碰着什么地方没有？"

293

陶定边这时业已爬起来，连忙把身上土掸了一掸道："没有碰着什么地方，不过这件事情可太已可怪了，怎的平白地会跌了下来呢。"

丁立道："依俺说时，既是那位朱大廷住在这个土坡上，要是在这底下喊一声，大概一定可以听得见，俺想不如就在底下喊一声就可以行了。"

陶定边道："哪有黑天半夜，在这里狂喊乱叫的，总是得上去为是。"

丁立道："不然大家都一齐上去，静候你老去叫门如何？"

陶定边道："也好。"于是丁立在前，大家在后，都一齐走上坡来，平平整整的连一块小石头都没有，大家都好笑陶定边活见鬼，陶定边自己也觉不是意思，便向大家道："诸位在这里等一等，待俺去找他出来。"

大家便站在那里等着，陶定边便慢慢地走了过去，来到门前，轻轻把门拍了两下，只听里面有人答应，跟着出来把门开了。陶定边凝神一看，原来正是自己所要找的朱大廷，不由喜出望外道："朱大哥是我来找你老讨教一点儿事情，黑天半夜的惊动你老，实在不安得很。"

朱大廷道："我当是谁，原来是兄弟你。走吧，里面去说话去吧。"

陶定边道："俺那边还有几个朋友哩。"

朱大廷道："什么人？快快让过来。"

陶定边道："倒是自己朋友，不过黑天半夜恐有些不便吧。"

朱大廷道："老弟这话你都说透了，你的朋友，就是俺的朋友，何妨请进来谈谈呢。"

陶定边道："如此益发不安了。"便向那边把手一招道，"喂，请诸位到这边来。"

陶定边一一引见过了，朱大廷便把大家都让了进去，坐下之后，陶定边便大略着把来意说明，朱大廷听了，把头不住摇道："这件事恐其有些难办。俺和那坐地大虫孙庆，虽然相识，却从来不曾共过事，况且现在这件事，比不得细微末节，倘若这件事他完全知情，恐怕这件事是徒劳往返，甚至闹出许多麻烦。依俺看，这却不是俺推辞，恐怕俺去也办不出所以然来。"

陶定边道："话虽是这样说，不过你老要知道，这件事究竟是不是他们手下所为，这印信是不是果然落在这里，现在并不明白。最好还是请你老辛苦一趟，到那里看看，探一探虚实，俺等便好着手，这个论来你老定不会推辞了。"

朱大廷道："果然只为探听虚实，那说不得只好替众位走一遭，最好列位也随俺前去，就在他那村外等候，倘若真个落在那里，诸位也好就地想法。"大家答应，便一同从朱大廷家里出来。

这时已有二更多天，道路漆黑，大家都有点儿不辨方向，只随着朱大廷走。原来离着这里并不很远，一看前面是一片大树林，朱大廷道："诸位请看，过去这片树林，就是小白楼了。诸位出了树林，就请止步，待俺一人过去看看，诸位就在这里等俺好了。"

大家答应之间，已然过了树林，朱大廷向大家道了声稍候，直奔那前边村落而去，大家便在这里闲谈坐等。看看已然三更打过了，依然不见朱大廷转来，大家不由互相啾咕。

陶定边道："怎的还不回来，难道是出了什么岔子不成？不过朱大廷也是个响当当的人物，一些乌合之众，恐怕不见得能奈他何，但是怎的这半天还不见转来呢？"

邓叔宝道："也许是被他们留住，不放出来，因此耽搁住了，也是有的。"

金威道："这件事依俺看时，不须仍在此地等候，何妨大家一同进去看看如何？"

丁立道："这件事却鲁莽不得，总还是等一等好。"

大家无法，于是又在那里等了又有半个更次，依然不见朱大廷转来。大家几耐不得，便各自收拾自己兵器，一同蹑进村来。说来却是怪事，大家都已然到了村里，却仍然一个人未遇，一看路北是一个大红庄门，里面隐约犹有灯光。

陶定边悄悄地道："诸位看，这个大门，一定就是坐地大虫家里了，你我大家，不可齐从这里进去，恐防他人暗算，最好找一个僻静地方所在，从墙上过去。"于是陶定边在前，大家在后，一直勾奔庄门西头墙下，恰好那里有一个小土坡子。陶定边便向前一指道："从这里进去最好，不过可有一样，大家进去之后，最好不要再和俺走一起，免得被人家撞上，多有不便。"

大家齐声悄悄地答应，一齐上了土坡，往里瞧看，只见里面有的地方漆黑，有的地方还有灯亮。陶定边道声留神，自己一纵上了墙头，复又往下一跳。第二个就是丁立，也是往墙上一纵，才待往底下一跳时，只听陶定边在底下扑咚一声，哎哟一声像是摔倒在地，便急忙一提气，复又收回两腿。再往下一看，陶定边已然站了起来，便也一纵身跳了下去，大家也都跟着一同来在里面。

丁立向陶定边道："陶爷你老方才可是没有站稳吗，俺看你老似乎是摔了下子似的。"

陶定边唉了一声道："今天真是有点儿邪了，不知怎的三次都是腿一软，差一点儿没有摔坏了，真是有些怪异。"

丁立道："你老再走留一点儿神就好了。"

陶定边道："先不要说那些，俺还是来商量商量目下吧。你们看这院里虽有灯光，却不曾听得有人言语，恐怕其中出了什么舛错，大家各自务必留神才好。"

众人一想，果然听不见一点儿语声，便都点头称是。

丁立道："俺却有个主意在此，俺愿意第一个打头进去，不要一齐上前，等俺到了里面，看出没有什么危险，俺便从里边扔出一块石头子来，然后大家再跟踪前进。如果俺进去多时，仍然不见动静，诸位就另想别法，从旁处进去，搭救俺出险地。"

大家全都答应，丁立便把腰带紧了一紧，把兵器按了一按，才奔里面那屏风而来。踏着脚儿转过屏风门探头一看，把丁立大大吓了一跳。一看里方正厅五间，全都是明灯亮烛，照得和白天一样，最怪的是里面连一个人影儿都没有。急忙缩转身躯，来到外面，急向大众把手一招，众人急忙跑了过来。丁立把里边情形一说，大家也是一愣。

金威道："依俺说，这件事也可明明白白地从旁边打了进去，俺想凭着你我兄弟本领和二位都头又都是奉命出来查案子的，怕他什么，就是闹出事来，俺想也不要紧，岂不省却这样做贼似的，再吃他们用诡计算了，那更是丢个老大的人。"

大家一想，这话说得也是，陶定边道："既是如此说来，且待俺上前去通知他们。"果然陶定边在前，大家在后，一直走进屏风门。陶定边一顺手中铁尺，高声喊道："坐地大虫孙庆听着，俺陶定边，奉了县里太爷之命，前来捉你到案候质，你若是识时务，快快出来随俺等到县里去回话，如若迟延，免不起俺就对你不住了。”

陶定边嚷完之后，依然不见一点儿动静，陶定边道：“难道都死绝了不成？诸位随俺来。”说着大踏着步，晃进屋里，再仔细看，桌上摆了全份杯筷酒菜，像是个还没有吃完的样子，只是里面依然连个人影子都没有，众人不由一阵发愣。

陶定边道：“难道说是遇见鬼了，怎的连个人影子都不见呢。”

邓叔宝道：“这件事情我倒明白八九了。”

陶定边道：“你明白什么？”

邓叔宝道：“这件事俺想一定是朱大廷素与孙庆有个不错，虽然明着是答应俺等前来探访，暗中恐怕自己向这方露了消息，所以大家才都逃跑，你想这话是不是。”

陶定边道：“不能，不能，朱大廷虽然是曾经做绿林生意，不过此人颇侠气，绝不肯随和他们这班匪类，恐怕其中还有别情。”

大家正在思想之际，猛地听华梁喊道：“列位抬头看。”

大家抬头一看，只见在正梁上贴着一个红纸条儿，隐隐约约的上头似乎是有字，只是看不清上头写的是什么字。

邓叔宝道：“且把桌子拖进来，上去撕下来看看。”

丁立微微笑道：“这还用拖什么桌子，待俺来。”说到这里，把衣襟一掖，蹲下身去，就地一拧双脚一蹬，凭空起去，足有丈数多高，不上不下，恰恰把那张纸条撕了下来。大家见了，不由齐喝一声彩。丁立已然双脚落地，华梁接过来看时，只见上面写着：立威、华梁，速去万花堂，印保可得手，搭救你师王。

华梁看罢，不由连喊怪道。

丁立道：“上面写的什么，何妨念给大家听听。”

华梁道：“这字帖之上，叫俺赶快奔万花堂，谁知万花堂在什么地方。”

陶定边道：“万花堂，俺倒听说过，就在这孙庆家里。既是这上面是这样写着，俺等便去看看，虽然不知万花堂在什么地方，无妨进去满找一回，难道还有找不出吗？”

丁立道："现在也只好如此。"于是陶定边在前，丁立等在后一直勾奔后面，一看果然有一座花园，四面全是虎皮短墙，里面确是灯光未息。

陶定边道："这里差不多就是了吧，这次待俺进去看看，诸位在这里等候吧。"

丁立道："且慢，这次待俺和你老一同进去如何？"

陶定边道："那是再好不过，如此丁壮士请吧。"

于是丁立、陶定边两个一前一后，伏身而起，早已跳入园中。只见一溜北房，共是七大间，里面灯光大亮，却依然不见一个人影儿。借着灯光一看，在正中间这间大厅的迎面悬着一块匾，上面写着三个大字，陶定边认得是万花堂，便悄悄向丁立道："这里就是万花堂，怎的依然看不见一个人？"

丁立道："且把他们招呼进来再作计较。"说着复又跳了出去，向大家说明。

大家道："既然是万花堂在这里，总要进去看看才好。"于是大家全都跳进园来。

邓叔宝道："这屋里你们可曾进去过？"

丁立道："这个却还不曾。"

邓叔宝道："可曾从后窗户探望里面？"

丁立道："这个也不曾。"

邓叔宝道："今天这件事却十分蹊跷，总要特别留神，不然今天难免在这里出乖露丑。"

陶定边笑道："你又拿出那高眼来了。今天这件事，据俺看全算不了一回，不过是孙庆今天不易捕获到案，这其中一定是他听见俺等说话，他们知道不敌，便暗自后面跑了，这里头哪里还会出什么乖露什么丑，且待俺到里面看看是怎样一件事再说。"说着一迈步竟自走进屋里，邓叔宝才待要去扯他已是来不及了。

只见他才一迈进门槛，扑咚一声，早已摔倒在地。门外众人，急忙扯出兵刃，才待往里面一闯时，只见他早已翻身爬起，向大家一招手道："你们快来，他们都在这里了。"

华梁等来到里面一看，不单是东方德、吴七、吉二、冯利几个在内，地下还躺下一大堆，一个也不认得。再仔细一看，连那个帮着自己前来打探消息的那位朱大廷，也都倒在地下。

正在这个时候，只听周大成哎呀一声道："原来是他也来了。"

华梁忙问道："你说谁来了？"

周大成道："俺并没有说谁来了，不过大家知道这些人怎样被获遭擒的吗？"大家齐说不知。周大成道："你们仔细再看看他们这些人身上，可有什么绑的绳子，还是有些什么东西吗？"

大家仔细再一看时，原来身上什么东西都没有捆绑，只是每人都在小腿上顶着一根极细的针。

华梁这时已然有几分明白，便问周大成道："师兄，依俺看时，他们都是中了毒药暗器了，但不知道俺说得是不是。"

周大成道："一点儿也不错，是受了毒药暗器了。"

这时大家也都回过味来了，才明白怎样这些人一点儿没有捆绑就会起不来。

邓叔宝道："这一点也不错是被毒器所伤，不过不知道这种毒器叫什么名字，打上之后能够多少时候致命，可还有什么解救没有？"

周大成道："这种东西，名叫见血封喉梅花针，是纯钢所造，用毒药喂好，打上之后，子不见午，午不见子，一定准死。如果这时把针一拔，针眼受风，当时就死。解药一定有，不过这种解药，不是打毒药暗器的人，不会有这种东西。"

邓叔宝道："这样说来，这几个人一定必死了，一时哪里去找会打毒药暗器的人呢。"

华梁一笑道："这倒不难。"用手一指周大成道，"只俺这位哥哥他就会。"

邓叔宝一听，赶紧就是一揖道："恁的时便请小壮士快快把他们解救过来，也好询问他们这印信的下落。"

周大成道："这件事却忙不得，大家先把他捆好再说，不然一经解救过来，就又要多费手脚了。"

大家点头称是，于是大家动手，把地下诸人，一齐捆好，一数整整十五个。

丁立问陶定边道："陶爷你老这位朋友，怎么样，也要把他捆上吗？"

华梁道："这件事据俺看起来，似不和他有什么相干，依俺的意思不用捆绑，先用药把他救了过来。即或他有个什么不愿意，或是变卦，也不要紧，难道你我这些人还怕他跑了吗。"

大家点头称是，这时已有人把凉水取到，周大成用水把药化开，给朱大廷冲了下去，才取出针来，又替他上好药，不到三五分钟，只听朱大廷肚里一阵骨碌碌乱响，跟着翻身爬起一声喊道："好贼子，敢暗算你家老太爷，俺与你势不两立。"睁眼一看大家，不由诧异道，"你们怎么也都进来了？"

陶定边道："只因大家在外边久候多时，仍然不见你老出去，大家放心不下，才跟踪进来，不想你老果然困在此地。"

朱大廷把手一拍道："幸得你们进来，不然俺命休矣。"

陶定边道："这话是怎样一件事？"

朱大廷道："咳！也是俺太以自恃，心想这一群草包，没有把他们放在心上，谁知便着了他们道儿。俺方才一进来，便会见了孙庆，他见俺到来，却还以礼相待，俺便问起这盗印的贼人，是否落在此地，他竟一一认了，便劝俺喝几盅酒，等俺把酒喝完，他便同俺去捉拿盗印之人。谁知俺还未曾动身，便从俺对面来了一种暗器，俺虽然知道，只是已然躲之不及，竟自被它钉上肩头，俺觉得一麻，就知道不好，一定是受了毒药暗器了，以后是怎样，俺便全不知道了！"

这时周大成已然挨次把这些人全都救了，不一时全都醒来，一看自己已然全都被绑，便都闭目不语。

华梁从那边走过来道："东方德，你不要闭眼睛，俺有话要问你。"

东方德把眼睛一睁，看见华梁笑嘻嘻地站在自己面前，不由咬牙愤恨道："姓华的，俺和你是前世结下了对头，今生今世不能杀你，来世来生也必要寻你雪恨。也是俺一时不慎，误中你等奸计，以致被获遭擒，你等是个英雄，就应此时一刀将俺杀去，结个鬼缘，下世也好见面。你要打算拿俺到官讨功，俺东方德不会骂人，姓华的你就算不了英雄好汉，更不许你在俺面前这样絮絮叨叨。"说完又把眼睛闭上。

丁立一看华梁是一点儿台阶儿也没有，便急忙走了过来，把华梁一推道："兄弟躲开，等俺来看看这位朋友。"华梁往后一撒身，丁立便走上前去，向东方德道："朋友，请你和俺说几句话好吗？"

东方德复又把眼睁开，便向丁立道："姓丁的，俺看一路之上，就是你精明强干，俺颇愿意和你交一交，现在你既是要问俺话，俺却不拦你说，不过你要说些英雄话，不要说些肮脏话，你要不说英雄话，那就请你不要来啰唆，任凭你们发落好了。"

丁立道："俺虽不是英雄，却会说英雄话。你和姓华的结仇，虽然没有俺姓丁的在内，不过也曾听得他说过，至于这件事是非曲直，俺都完全不管。不过俺想你既然爱听英雄话，自然也是个英雄，不过既是英雄，就应当正大光明，做出些磊落之事。既和姓华的有仇，就应找到他的家里，明枪亮刀，大杀大砍，他的力量弱，被你杀了砍了，死而无怨，你的力量不及他，许你再练再来找他，那才是英雄所为，大丈夫所做，怎么明着你怕了人家，却暗中给人家栽赃做证，朋友，你还说你爱听英雄话，你却怎的不做英雄事啊？"

东方德听了一笑道："你这话俺还觉可听，不过你只说对了一半，那一半你却没有知道。俺和姓华的原无深仇，但是俺却为他把事情丢下。俺一路追踪前来，原是打算看看你们到底所作所为，是不是英雄的路子，后来才知道你们果然尚不失为正人一流，所以俺才一路悄悄地跟来此地，要不然的时候，你们还想活到现在吗？至于俺此次入府盗印，以及寄柬留刀，一则让你们看看，俺东方德也不是一点儿本事没有的人，二则是受了姓吉的和姓冯的再三苦劝，才做出此事。俺原想难为你们三两天，然后俺再把东西送回去，至于跟你们在一起的那个姓王的他究竟是个什么样人，俺就不信他是教拳棒的先生，所以俺才叫他去吃两天苦，俺来到这里，原是吴七同俺来的，不想反倒连累他们。"

丁立道："原来如此！你老果是英雄，俺先替俺师弟向你老谢过。"说着迎面就是一揖，跟着过来就把东方德的绑绳解了。

陶定边一见，急忙上前向丁立道："丁爷，这件事他可是个首犯，要是放了他啊，这件事可就不好办了！"

丁立哈哈一笑道："都头你老虽然久在公门，却是于人情上不大熟习，东方爷是英雄，岂肯逃走？你老只管万安吧了！"

这时华梁也赶紧过来，向东方德一揖到地道："只为俺姓华的，却连累了都头，现在无事，俺这里先向都头拜过！"

东方德也急忙还礼道："这个俺一向有眼不识正人，反劳公子这样，真是愧死人了。"

丁立道："好了，现在都已和好了，没别的，就请东方爷把盗的印信，交给俺等带回完案，绝不致连累你老！"

东方德道："这就不对了，既是承你们看得起，拿俺当个英雄，就应当把俺送官完案，如果这样一办，俺还成个什么英雄了？"

丁立道："这样说来，益见得你老是个英雄了，既然如是，你我事不宜迟，就赶快勾奔县衙，交印完案，也好救出俺家老师。"

华梁听到这里急忙上前拦住道："且慢！这件事据俺看时不是这样办法。俺等出来之时，便曾说起，东方爷是俺等师兄弟，说是出来只管找印，不能拿人，现在既已有了下落，并且俺等已向东方爷赔罪，如今再叫东方爷跟着投案打官司，那就不是意思了。依俺打算，最好请东方爷把印交付俺等，俺等回去见知县销案，就说是东方爷已逃避，请县官不要深究，那知县原意在得回印信，见了印信自然也就没有话说，俺等保出师父，大家也好走路。还有一节，就是吉二、冯利，他等虽然以小人之心对待俺等，俺等也不愿意与他等结怨，当着众位，把他等抖绳一放，任凭自去谋生。至于本地庄主，俺等并不知道他等声名如何，好歹也不与俺等相干，更不可闹到县衙，现在也可以放他们起来。不过有一样，俺却要问问贵庄既是这大的声势，怎么俺等进来半天，却没有看见一个下人？"

孙庆躺在地下喊道："这件事连俺都有些摸不清哩！俺这庄里多了没有，连庄家人带练把式的，差不多也有个一百五十多号人，不知怎的一个不见。"

丁立道："这些话都可以暂时不谈，方才俺华师弟的言语，大概东方爷也都听明白了，这件事不管怎样，总求东方爷行个方便吧！"

东方德长叹一声道："唉！你们诸位特英雄了，既是承情不叫俺到案打官司，俺还有什么说的，就请诸位把他们放开吧！"

华梁亲自动手，把大家放开，大家站起来，脸上都有些不是意思。这时东方德把手向腰里一摸，哎呀一声道："不好！这颗印明明放在俺的腰里，怎的不见了？"

大家一听不由齐吃一惊，陶定边道："这一定是你搁忘了地方，最好再仔细想一下，是不是放在别的地方了！"

东方德道："俺自从得了印信，始终未曾去身，怎会放在别处？不过这件事俺一时也说不清，怎的这印信便会不见？"

丁立道："俺来再问一句，方才众位中毒器的时候，什么人在先，什么人在后，当时是个什么情形？你老可以告诉俺一遍吗？"

东方德道："当时情形，是俺等正在饮酒之际，却听得屋檐一响，孙庄主才跳出去一看，就被毒器所伤。第二个就是俺了，也是将将走到门口，便被毒器伤在左腿上了，只觉得腿上一麻，便倒在地，以后的情形，俺就不知道了。"

丁立听了点点头道："这就是了。"遂走向冯利跟前道："这位就是冯爷吧？先前你老和姓华的怎样结的怨，俺不知道，如今话已说过，冤家宜解不宜结！请你老把印信拿了出来，交给姓华的投案打官司，绝不使你老为一点儿难，受一点儿委屈，这件事包在俺的身上，便请你老行个方便吧！"

冯利听了连连摇头道："丁爷你老这话说得太骂人，想俺姓冯的累次和姓华的为难，现在人家不但不念旧恨，反救俺毒药之伤，又肯开脱俺不使俺到当堂打官司，俺就土牛木马，也应当知道感激，怎肯藏起印信，和众位为难。再者，如果俺把印信既已弄到手内，焉能不远走高飞，反待在这里之理。这件事俺是实在不知，求你老再问旁人吧！"

丁立一听，实在不像是他所为，也就没了办法。

东方德道："丁爷，俺大胆叫你一声老兄弟，事已如此，也不必再问了，好在这件事是俺所为，大家都已深知，就请众位随俺到趟县衙，见了知县大人，俺愿一人领罪，救出令师便了。"

丁立道："事已如此，也只好是见了县太爷再说吧！"于是便向众人都道了一声得罪，请同往县衙里去一趟，大家此时，别无话说，只好是低了头跟着一同走了出来。这时天气已经快亮，东方似乎已然略现白色。

丁立向陶定边道："都头这件事还是有些不妥帖，你我大家，全都奔往县衙，这里连一个人都没有，也不像一回事，这里总要留下一两个人

303

才好！"

陶定边道："这件事说的却是，便是俺和华小爷在这里略候一时吧。"

丁立道："也好。"这时大家全都一齐走出门外，刚刚出了大门，只听陶定边一声怪叫，凭空地便跌了下去。这回丁立眼快，早看见台阶下蹲着一人，自己依然不露声色，假作去扶救陶定边，却凭空飞起一脚，喊一声"着"，竟把那人踢倒。丁立才待一上步踩住，那人就地一滚，已然躲过那一脚，趁势双脚一挺，早已凭空跃起。

丁立才要往前追时，只听身后有人喊："丁立不可莽撞！"

丁立一听说话声音好熟，急忙回头一看，原来正是王先生更名王遁的皇十七子，这一惊非同小可，急忙上前行礼道："你老人家怎的也来到这里？"

这时大家也都听出是王先生，便个个跑到跟前行礼，惊问怎样得到这里。王先生道："这话一时说不完，最好大家都上里边去再说吧！"遂又向那边一招道，"喂！你们也都过来吧！"

只听黑影里有人答应，腾腾跑过好几个来。大家一看，原来正是张兴霸、方天玉、尤俊英，余外还有两个，除去邓陶两个不认得，大家全都认得，一个苗正义苗二侉子，一个是自己师兄弟曹小芳，大家益发一愣。

当时大家在一愣之下，复又步进院来，一直到里面，华梁才要向前问苗二侉子，怎样到来，王先生却拦住道："这里没有工夫细谈一切，此处不出一个时辰，便会有人到这里来缉捕，最好是找一个僻静地方去谈一谈。"

丁立道："地方却有，恐怕不大方便，便是离这里不远关塘堡朱老英雄家。"

王先生才要问时，朱大廷急忙答话道："那有什么不可以，不过恐怕家人招待不周罢了。"

丁立道："事已如此，大家可免去这一切客套，既是朱老英雄，不以俺等冒昧为嫌，便请趁早头前引路。"

陶定边道："你老在前头走，千万要留神，不要也像俺一样，连摔直摔才好。"

丁立道："你老只管放心吧，俺保险以后决不会有这样事了。"说着向苗二侉子一笑。于是朱大廷在前，众人在后，出了小白楼直奔关塘堡。

朱大廷上前叫门，里面出来一个婆子把门开了，向大廷道："你老怎么深更半夜出去，直到这样晚才回来？叫人家等了这半天。"

朱大廷道："哪里有这些话说！"

那婆子道："不是啊，你老才走不多时，便来一个老人家，打听你老人家，俺说你老出去不在家，他说少时便回，一定要到里面去等，直到现在还没有走呢。"

朱大廷听了诧异道："俺哪里有这样一个老朋友？又怎的会深更半夜来到我家等我？待俺进去看看他是谁。"

大家随着朱大廷走了进去，朱大廷来到里面一看，果然坐着一个老头子，年纪似乎比自己还大，却是从未识面，正待过去请问姓氏，只见丁立笑道："咦！你老人家怎么倒先来到这里的呢？"

只听那个老头子把手向苗二侉子一指道："这事你们从头至尾都去问他吧！"

丁立便来问苗二侉子，苗二侉子笑道："你们大家都坐下，听俺从头慢慢地向诸位说。"大家便真个坐了。苗二侉子道："这件事提起来太长了，还是从头说起吧。自从你们大家分派定了，跟随王先生进京之后，俺这侄女便一定要跟了来，是俺当时把她拦住，等到你们动身之后，俺等便一路跟踪下来，路上便碰见了吴七爷、吉二爷、东方爷、冯爷四位，他们跟在你们背后，俺和小芳便跟在他们背后。一路之上，他们未肯动手伤害你们，俺等便也不肯伤害他们，小芳便随东方爷他们去了。在店里听小芳说起东方爷偷印得手，又是怎样到知府衙门，寄柬留刀，俺才带定小芳跟随东方爷下来。路上听见吴七爷说是勾奔小白楼孙家寨，俺又和小芳赶回城里。这时大家已然到了县衙，俺听说寻找东方德，看出贯顶诗，俺心里十分痛快，便命小芳跟随众位一路，俺便径奔小白楼。果然这时大家正在谈论盗印之事，俺正思忖怎还未提起此事，大家便要暗算朱爷，是俺和小芳商定，俺蹲在房檐上，做出声音，引众出去看，却叫小芳蹲在房角下打梅花药针，侥幸众位未曾看出，俺等才因之得手。"

丁立道："二叔真格做得神出鬼没，只是他们这些家人，都往什么地方去了呢？"

苗二侉子笑道："你先不要忙，俺自会慢慢地说到这里。俺和小芳既把众位用药针打了之后，俺便和小芳复入县城……"

华梁听到这里，急忙向苗二侉子道："你老这次进县城，俺却明白了，一定是还知府印信去了。"

苗二侉子把手一拍笑道："真个被你一句说着。俺本来预备到后头卖扣子的，没想到在这里被你一句说破，只好便宜你这个扣子吧。俺本打算把印信送回，救出你家先生，大家走路，也就散了，谁知俺和小芳行经县衙，入内一探，正赶上那官儿和陈裕泰两个在一起谈话。据他们所说，那官儿却和知府有些不和……"

刁龙急接过说道："不错，他两个一向不和，后来便怎样？"

苗二侉子道："俺听他们的意思，如果你等把印找回，他只说并无下落，便可以坏了那个知府，并且打算把你们一网打尽，俺听到这里，便想下去杀了那狗官……"说到这里，王先生急忙用手一肘苗二侉子。苗二侉子道："怎么？你老还怕这二位都头听了难堪吗？俺一路之上，早已认识了他们二位，俺若不看他二位老英雄时，说句斗胆的话，恐怕他二位也和那位知县大老爷升天好久了！"

王先生听到这里惊道："难道你真格做出来了不成？"

苗二侉子哈哈一笑道："你老是真不知道，还是假不知道？俺若不将他做翻时，你老几位难道就平平安安出来了？"

这时邓陶二个，脸上颜色，便是七月天气阴晴不定，青一阵，黄一阵，红一阵，好不懊恼哦，只是眼睁睁处在这种情势下，哪里还敢说什么，只好是愣在那里听苗二侉子说。

苗二侉子又道："当时小芳把俺拦住，说是不如先还印，然后杀他两个，再救大家。俺想她说得有理，便依着她的主意，到了府衙，把印送回，然后又到县衙，借重小芳的药针，赏了他们一人一针，一则有毒，二则又都是致命伤，恐怕也就不会幸免了，然后俺又和小芳去到监里，救出众位。"

丁立道："如此说来，你老又大闹了一次监狱了。"

苗二侉子道："这却不曾，这却是俺用的一个计策，俺拿针打伤那官儿时候，房内正好无人，俺便在他桌上，顺手扯了一根堂签，到了外班

306

房，就说是那官儿传他们到后堂问话，他们也是大意，便把他们几位交给了俺。好在这时正在半夜，刚刚转过大堂，俺便向他们几位说清来历，这才从墙上跑了出来。俺那时已知众位这里必定要审问究竟，俺才请刁老哥先到朱爷家等，俺等才投奔小白楼。这就是这始末根由了。"

这时朱大廷才知道方才那个老者就是刁龙，又急忙上前行过礼，王先生道："这件事却怪苗二弟做得大意了一点儿。那县官和陈裕泰，固然有取死之道，不过不必我们去杀他，至不济他也是国家一个命官，杀官岂不情同造反，这件事如今倒有些难以措置了！"

苗二侉子笑道："到底是你老和俺不同，俺就知道杀奸除恶，心里痛快，谁管他什么官不官。不错，俺现在已经把他杀了，俺却全没有往心里去一点儿，你老只管进你老的京，这里有什么样事，都有俺料理，这个也就没有什么难措置的了吧？"

王先生道："这话却不是这样说法，咱说的全是好话。固然，像这种赃官，亦可以把他杀了为民间除患，不过你要知道……"说到这里，用眼一看邓陶两位。

苗二侉子把头一点道："俺明白了，你老的意思一定以为这二位在差应役，如今听说他们顶头上司，被俺等就这样糊里糊涂杀了，他等定不会和俺等罢休，这有何难？待俺当时想个法儿，也就解了。"说着用手往背后一扎，咻的一声早把双钩扎出一只向邓陶二个把手一招道："二位都头，恕俺姓苗的斗胆了！"

王先生一看，益发的不是事了，便急忙抢上一步，拦住苗二侉子道："二弟你打算怎么样？"

这时大家也都赶过来拦住。苗二侉子哈哈向大家一笑道："诸位拦俺怎的？俺实有意结识这二都头。"

王先生道："二弟，你当真要这样一来，那就太不够英雄所为了。"

苗二侉子道："这有什么不够英雄！噢，原来诸位会错了意了，只因俺看二位都头，言谈动作，都不愧为人中豪杰，实是俺们一流人物，在那官儿手下，也是事非得已，如今那官儿已死，俺等行动，也全都被二位看透，俺想他二位这时回去，也非易事，况且跟在那种人手下，还能够干出什么大事？反不如同俺等一同进京一行，大家做个好朋友。因此俺举钩过来，和他二位商议，倘若二位有不相信时，俺愿滴血为誓，不料反致诸位动疑。"说着自己挽起左臂，用右手钩尖只一撩，当时鲜血便下来了。

邓陶二个，听了这一套话，心里本来就十分同情，如今又能这一举动，哪里还会说出不愿意来，急忙向前一进步，双双跪倒，齐称："苗二英雄，俺等一向不识英雄，今天方识尊严，如果不以俺二人先前所作为太坏，敢高攀一句，就请你老认俺两个做个兄弟吧！"

苗二侉子笑道："如何？果然是个英雄，俺也愿意收你们二位做个兄弟。"

话犹未了，只听旁边有人喊道："怎么要拜把子，请苗二爷把俺也算上，俺和你老认识还在先呢！"

要知说话者何人，且听下回分解。

第十一回

周大成大闹金友居
曹小芳夜探庆王府

大家回头一看，原来说话的，正是东方德，苗二侉子道："怎么你也打算交俺等吗？那再好没有的了！来来来，便请过来序个齿吧！"

东方德道："既承二爷不弃，俺还有一句不知进退的话，不知当讲不当讲？"

苗二侉子道："这里既没有外人，但讲何妨？"

东方德道："俺这朋友吴七，虽然本事不见高强，也还去得，人却十分端正，从不肯做出一些苟且之事，现在俺愿意请二爷多交一个朋友，便连俺这朋友也算在其内如何？"

苗二侉子道："既是东方爷这样说他，想来他一定是个好的，就请过来一同行个礼吧！"

东方德大喜，便忙招呼吴七过来，同向苗二侉子拜了，又向邓陶二个互相拜了，大家又都过来贺喜。

苗二侉子道："要依着俺们结拜规矩，像你们二个这样小人，就应了去替世上除害，无奈华小官人，不肯做出这样不义气的事，就请二位速离此地。至于以后，二位是打算报恩报怨，全凭二位自己天良，俺也不愿再说什么，二位请便吧！"

吉二道："苗二爷，俺只因一时不明，受了旁人蛊惑，以致落得如今，俺是追悔不及，现在蒙华小官人不念以往，放俺逃走，无奈这时，俺已是无家可归之人，还求二爷替俺美言一句，俺愿跟随诸位英雄，路上伺候个茶水，也免得俺漂流在外。"说到这里早已拜了下去。

苗二侉子道："快快起来！你既是肯这样改过自新，原不难把你收下，不过俺等此番上路，并非寻常，一路之上，多了你这样一个人，却多有不便。最好现在你暂寻别路，等将来华小官人回到山东，依然把你找了回来，绝不致把你漂流在外，这件事俺愿担保，你看好吗？"

吉二还要啰唆，旁边冯利用手一扯他道："这件事你还没有听明白吗？既是苗二爷说出此时带你不便，一定不会有错，你就依实地去另寻别路吧！"说着拉了吉二自去。

苗二侉子道："俺看姓吉的这条命，终究是要送在姓冯的手里。"大家也跟着叹息一阵。苗二侉子又向坐地大虫孙庆道："这回事却搅得你不轻，实在是得罪得很！现在事情已然至此，再说什么也是无益，你趁此时快快同众兄弟走吧！不过，千万不要再回小白楼，要紧！要紧！"

孙庆道："苗爷的话，俺已然听得明白，只是不知为什么回小白楼不得？"

苗二侉子道："俺说回去不得，待俺说个理你听。你想想知县被杀，这时早已有人知道，难道还不寻找都头，大家都知道都头已上小白楼，大家必去小白楼，到了那里，连个人影儿都不见，岂不生疑？你等这时回去，岂不是自投罗网？倘若再闹出些旁的岔子来，俺等越发地对诸位不过，所以不得不向诸位申说一下。"

孙庆一想，这话说得极是，便不好再说什么，只向吴七点了一点头道："七哥，俺姓孙的这份家业全交了你了。"

吴七道："兄弟，这件事委实是哥哥害了你，连这时哥哥也没有法子可以报答你，兄弟你走吧！哥哥日后自有对得起你的那一天。"

孙庆说了一个好，才待同大家走去，苗二侉子急忙喊道："且慢，俺还忘了一桩大事哩！"孙庆等复又站住，苗二侉子道，"不是你等这样一耽搁，俺倒忘了一桩大事。孙庄主，你可知道你家的下人，现在都在什么地方吗？"

孙庆道："这件事不但不知，而且还颇以为奇怪哩！"

苗二侉子道："这件事说出来，一些也不奇怪。是俺同小芳进庄的时候，就想到庄里庄丁一定是多的，倘若声张起来，一定多有不便，因此俺和小芳商议，在前边用药针打伤了一个庄丁，把他扛到前边树林里，又用解药把他救醒，问出他庄里有多少人，他们一伙有多少人，问清之后，俺便向他说出俺等来历，当时俺便告诉他去告知他们同伙，趁早散去，不然俺便要用药针将他等全都扎死。并且俺又告诉他，这回事完全不与他主人相干，你们主人也是被牵连在内，你等如果有卫护你家主人之意，可以把你家主人内眷诓出，送到你家主人或亲或友的家里，最好将家中细软东西运去更好，等到事定，快快去找你家庄主，不然的时候，恐怕你家主人闹个家产尽绝。你可以想想，你们在最近有什么亲戚或朋友，快快去找，一定可以见到孙庄主，去吧！"

孙庆听了大是感谢道："苗二爷你这番好意思，俺着实感激不过，容俺且自去寻找他们，改日再谢吧！"说着带了手下一班人自去不提。

苗二傀子道："好了！现在也没有外人了，待俺把心曲说知诸位。俺等这班人，除去邓陶两个兄弟外，只怕连东方兄弟也不见得全然知道俺等这次进京的意思，现在无妨再细说一遍。"遂把王先生的来历，和这番进京的意思，又细细说了一遍。邓陶两个才知道王先生就是皇十七子，大家不由起敬。苗二傀子道："这件事既然说知诸位，趁着今日天气不坏，就可以动身进京了。不过俺还有几句话说，那京城之内，乃辇毂之地，比不得别处好混，此番进京，大家必须严守行藏，免得叫别人起疑，最好大家到了京里，不要全住在一起，可以分别居住，倘若有了什么事故，然后再集拢一起，商量主意，切不可走漏一点儿风声，大家必须记下。"

丁立道："既是二叔这样说时，又何必非到北京再分着住呢？从今天起，大家就'分道扬镳'如何？"

苗二傀子道："那益发好不过，借着也可以熟练熟练。"

当下由苗二傀子分派，华梁、张兴霸、丁立、方天玉，跟着王先生在一起。尤俊英、东方德、吴七、陶定边、邓叔宝算一起。周大成、金威，刁字尚未说完，刁龙便急忙摆手道："不要算上俺，俺是不奉陪的。"

苗二傀子道："你老这是为了什么？"

刁龙道："并不是因为什么，俺现在极打算回去一趟，去看看家里，王爷这里有了这许多位英雄，谅来是不会有舛错的了。"

苗二傀子道："既是刁老英雄一定愿意回去一趟，俺等也不能十分挽

311

留，不过你老到家之后，倘若没有事故，你老人兴致如果还好时，便请再到京里去找俺等一趟。"

刁龙点头道："好吧！如果俺家老二肯其出来走着时，俺也须同他一道去趟京城哩！"于是刁龙别了众人自去回家不提。

苗二侉子这才告诉大家一同起身，朱大廷把大家直送出沧州边境，才自转去。这里苗二侉子一班人，一路上便真格大家离开，见了面全做不识，平平安安直到了天津。依着王先生便连夜要赶进京去，华梁再三相拦，说是既然到了天津，就不怕了，暂住天津安歇一宵，第二天再赶，王先生也就应了。

华梁住在店里，觉得十分无味，便带了几个钱出店闲遛着，见街上不少人手里都拿着金银纸锭，拥挤不动。华梁便找了一个人向他打听，街上怎的这样热闹？

那人一听向华梁一笑道："听你老这话，不像上咱们县里来过，怎么连咱们这娘娘宫都没听见说过吗，你老？今天是四月二十八，咱这里娘娘宫开放庙会，咱这里的人，差不多都要到庙里随喜，因为这个，今天比每天热闹。"

华梁道："原来如此，承教，承教！只是俺不知道娘娘宫离这里多远，你老可以同俺闲逛一遭吗？"

那人道："这娘娘宫，你老顺着俺手去看，从这里往西，拐过这条胡同，再往南一转，就可以看见庙门了。那里极好认，门前有雕子旗杆，庙门外栅栏牌坊，再说上头有三个字，是娘娘宫。咱不然陪你老去一趟，原不要紧，今天咱老妹子回家，咱得回去吃贴饽饽熬鱼，咱可不能同你老去了，再见吧你老！"说完向华梁把头一点，径自去了。

华梁一想，今天已然走不成，何妨到这娘娘宫去看一看呢？也好知道些天津风土人情。想到这里，遂依着那人指示的途径，一直往西走去。走到尽头，往南一拐，果然有一座大庙场，这时天气尚早，逛庙的人还不致十分拥挤。华梁来到里面一看，果然是建筑恢宏，十分壮丽。一直走到后面，只见一片空场上，还摆着许多茶座，上面盖着席棚，颇有些乡下风味。

里面的人看见华梁，急忙出来招呼道："爷台你老里边喝碗水吧？这里眼亮，得瞧得看啊，你老往里请吧！"

华梁一看里面也还干净，便不由得走了进去。里面的小茶博士，急忙拿过掸子来，把桌凳掸了，一路沏着茶，一路向华梁道："你老吃了吗？要是没吃，咱们这里隔壁就是酒饭馆，给你老随便叫点儿什么的……"

华梁道："不用，俺已经吃过饭了。"

小茶博士道："那你老就喝水吧！"说着又往日影一看道，"也不早了，大概灯会也快来了。"华梁听了也不在意，那小茶博士，便又招呼旁人去了。

华梁一壁喝着茶，一壁往四下一看，果然就在这座茶棚以后，还有几家卖饭的棚子，里面刀勺乱响，颇有一种特别气象。华梁一想，人真是有些说不定，谁会想到今天坐在这里吃饭呢？这番若不是自己认了那样一个先生，其能有今天这番事业？此去必须拿定脚步，做些轰轰烈烈的事情，也不枉学艺一场。

刚刚想到这里，只听大殿前面，一阵人声大乱，锣鼓齐鸣，一班茶座，全都站起往外就走。华梁不由把好奇心引起，忙问小茶博士，前面怎的这样热闹？小茶博士道："小爷台，你老大概是初到这里，不曾熟习，这里风俗，方才咱不是向你老说过吗？这就是那灯会到了，你老要愿意趁个热闹时，也无妨到前边去看看，然后再来喝茶。"

华梁道："他们可还到后边来吗？"

小茶博士道："他们在娘娘殿上献完了灯，还要到这后面来练艺，倒是还可瞧，就是咱这茶棚子，也仗着这个时候赚几个哩！"

华梁听到练艺心里十分高兴，便问小茶博士道："既然后边好看哩，俺就不往前边去了，你再去泡一点儿茶来俺用。"小茶博士答应去了。

华梁一壁吃茶，一壁听前面钟鼓齐鸣，磬声叮当，又是人声，果然是热闹非常。又待了一会儿，声音便沉静下去，钟鼓也不打了，人的声音也清静了，刚要叫小茶博士问他是怎样缘故，猛然就听得三声炮响，钟鼓复鸣。小茶博士猛地一声怪喊道："诸位留神自己的零碎儿！"再一听旁边的茶棚酒馆，也是照样喊了起来。华梁方一诧异时，只见前面已如潮水一般，拥进许多男男女女来，只一转眼，十几座茶棚已然人满座满，还有一张桌子上，拼了许多人的，还有许多人都在外面往里头探头。华梁方知小茶博士的话不假，再往外面看时，只见几个穿着号坎的官人，手里都提了五七尺长的皮梢鞭子，口里吆喝着轰赶闲人。又见一个身体高胖的一个汉子，上身穿了一件红绸子衫儿，露着两根短臂，手里捧了一个大拜匣，头上绾着空心髻儿，耳边颤巍巍插了一朵野茶花儿，赤着两个脚，一马当先地往前边一跑，口里喊道："碱水沽城隍献娘娘灯廿盏。"再往后面一看，一平排着十个稍长大汉，全都把发辫分在两边，中间还留着海发，脸上全都擦了一脸怪粉，嘴唇上还涂了不少胭脂，一个个都光着脚，穿着一件红绸子裤儿。最可怪的是每一个人右胳膊上全都挽了一张灯，这个灯并不是用手提着，只在那二棒儿上钻了一个不大不小的窟窿，那灯是一种牛角泡子，四面还挂了些红红绿绿的穗子，约莫也有三五斤重，在顶梁上有一个小铜钩子，钩在那肉上窟窿里，那肉坠下去都有三五寸长，他却依然是庄诚满脸，全不见半点儿痛苦之状。

华梁正在看得称奇，只见这十个一过去，后面跟着又上十个年轻少妇，个个都披散着头发，身上穿着红衣裤，个个都露出雪白的胳膊，上面也是照样挂着牛角灯，脸上是一点儿痛苦的样子都没有，华梁不由暗暗称奇。只见前面那个大汉，把手里拜匣，向大家打个照面道："咱是碱水沽十八间房村里献灯的，请诸位体念虔诚！"大家便真个喊了一个震天的彩声。

彩声未绝，只听后面又有人喊道："这喝什么鸟彩，且看咱这杨柳青的灯，献得可比你等大样！"华梁往后一看，只见一平排廿个少年，个个面白唇红，全是前发齐眉，后发披肩，一色儿穿的都是淡青衣裳，脚下全穿着撒尖鱼鳞洒鞋，左右两个胳膊，每一个上面全都挂了一个牛角泡子，也像先前那样大，不过在大泡子底，下又坠着有一串小牛角泡子，合计起来，要比方才那个牛角泡子，总要重上一倍的样子，并且他们拿法也跟方才不同，方才他们是手根往下坠着，这却完全是往上扬着，这个力量又要比先前的吃力一倍。再往后面看时，益发一愣，原来后面一平排站着廿个十七八岁的姑娘，身上也全都穿着一色淡青衣裳，雪白的两根藕棒似的胳膊，也全都穿着牛角泡子，并且每人顶上都扛了一架五七斤重的长枷，嘴里都喊着佛号。一个五短身材的汉子，赤着背，光着脚，绾着髻，举着手，手里捧了一个大拜匣，单腿向前一趄，口里喊道："杨柳青十八间献灯八十盏，娘娘体念虔诚！"两旁看热闹的人，早已一个震天彩声喊起，便如同一个焦雷相似。

这时先来的那个大汉，早已踅足转身来，向后面那个汉子道："对面的朋友，且道个'蔓儿'来！"

那汉子道："你问咱是杨柳青十八间房九条龙李天王手下大老半边山钱永钱七，对面的老外，也道个'蔓儿'来！"

那大汉听了哈哈一笑道："咱道是谁，原来是李盟主手下的钱老外。兄弟咱姓江，咱是碱水沽么家店神力托天么老寿么火办子手下大老外小重瞳江柱。既然你老是李盟主手下的老外，这话就好讲了！这个灯会，历年都是归俺碱水沽掌头一面锣，今年轮咱老档子，无论如何，今天还要把这点儿小面子成全了兄弟，咱日后自当到贵地去登门叩谢！咱是黑黄两道虽然不同，源流总是一家，千万不要驳了咱这小面子！"

钱永听了微微笑道："老道门子这话说得一点儿也不错，每年都是像你们碱水沽居先，不过今年形势有些不同，每年间天王都没有话，不准咱们兄弟到这里来伤和气，因此一直不敢得罪盟主，今年咱临走之时，咱天王便吩咐咱到这里看事行事，倘若能够把灯镖取回，掌了头锣，俺家天王还要赏咱呢！因此咱今年才想出这'双灯献圣'的这点儿意思来。如果有人把咱这着儿盖过，咱便请他掌头锣，扛镖灯，如若不然，咱杨柳青今年就要有些对不起诸位盟主，要斗胆占先一年了！老道门子你老的话，却要恕咱斗胆不从了。"

江柱听了一声怪叫道："噢！原来大老外是奉了命来掌灯的，这就是了。如果大老外肯其赏一个小面子，使兄弟今天还掌着头灯回去，兄弟日后自当报答大老外这番盛意。如果大老外今天一定要献艺掌灯，兄弟这里是毫无准备，情愿甘拜下风，把头灯让大老外掌回。"

钱永听了哈哈一笑道："原来大老外还打算让在下当众献丑吗？咱也吃人嘴短，拿人手短，咱天王既然让咱到这里来掌灯献势，就是没有你老外的吩咐，咱也要当众献丑。现在话已说到这里，咱爽得把话说开。今年献灯的也着实不少，其中也难免藏着好体面本事，趁着今天这个机会，可以大家抖露抖露，谁有特别的本事看家的玩意儿，都不妨露上一露，谁的玩得俊，谁的玩得高，谁就掌领头灯，这里不分大小，不分谁有名，谁没名，当场不认父，举手不留情，自问没有什么出奇可看的，也不必在这里献丑。话已说完，哪位愿意头一位掌领头灯？"

话刚刚说到这里，只听江柱一声叫道："什么人敢到这里来讨野火吃？真乃胆大无礼！"

钱永急忙顺着人群里看去，原来是个十三四岁的小孩子，站在那里，向自己这边几个女的，不住上下打量，心里也不由有些生气，只是那个小孩子，不便就说出什么不好听的话，只得忍着气，含着笑道："小朋友，这里站不住，倘若咱等献艺无眼，碰伤了你什么地方，大家都有些不便。"

在钱永自以为这番话说得再和蔼不过，谁知那个小孩子，把眼皮翻了一翻，冷冷地说道："什么？练把式的碰到人身上，这话俺倒是初次听见，这个是官家的地，凭你是谁，须没有让我挪动方寸的力量。"说完依然站在那里纹丝不动。

钱永见这小孩愣不买这笔账，这气不由又往上一撞，便把手向那小孩子指道："你这小孩子，怎的不懂好话！不错，这是官地，难道这人也是官人吗？要你这两只小眼贼在这里乱寻一阵……"

话犹未完，那小孩子益发大笑起来道："你这人也配出来当个什么头脑，可不要羞死人。你想你们是出来练艺的，还讲什么怕人看，要怕人看时，就应老实些躲在家里，不该到外头来出这个丑，现在你既把她们同到这个地方来，给大家开心，怎的你倒怕人看起来了？俺偏要多看几看，你便当怎样。"说着，果然把双眼不住地向那几个女子身上溜。

钱永这时已是怒不可遏，一声怪喊道："只咱就不让你看，你待怎的？"说着向那小孩子当胸就是一掌。那小孩子把身子一闪，一掌便空，那小孩子抬起右手，一晃左手，喊道一声着，两个里早倒了一个。

江柱一看，钱永已然吃了亏，便动了他们道中义气，便喊一声："休走！且吃咱一拳去！"说着当胸一拳早到，那小孩子喊道一声"来得好"，只把单臂向下一搪，迎面一指，江柱躲闪不及，只觉心口一痛，四肢一麻，喊道一声不好，三晃两晃，倒在就地。

这时两边灯客，见有人搅了场子，打了他们头目，便一个个怒从心上起，齐把灯钩摘下，扔在地上，停住了佛号，一个个摩拳擦掌，呐喊声，围了上来。那个小孩子看了哈哈一笑道："真乃无礼，尔等竟要以多为胜，来来来！待俺把你们都打发回去。"

说着才待挺身上去，说时迟，那时快，就在这声喊嚷未完之际，从上人群里面，又挤出一个小孩子来，把双手从两人当中把手一分喊道："周大哥，不可胡来。"原来华梁从先就看出来搅灯滋事的是周大成，看他迎面一掌钱永便倒，就知道他又在用梅花针打人，急切中又赶不过去，再看时江柱也吃他用梅花针打倒了，又看他要用梅花针伤群，便用足气力，从人堆里挤了过来，用手拉开周大成，才救了众人。

周大成见是华梁不由笑道："咦，你怎么也来了，快来帮俺打发他们这一群回去！"

华梁忙拦道："师兄不可鲁莽。论理说，师兄原不该搅闹人家会场，况且你我临来之际，师父也曾说过，一路之上，不得多事，现在师哥你又用梅花针把人伤了，倘若师父得知，恐你要吃罪不起，依俺劝时，快快替他们上了解药，你我快快走去，不要在这里闹出事来吧！"

周大成道："你总是这样婆婆气，你方才不曾见他们这群人的神气吗？一句和气话都不会说，那种目中无人的样子，可还装得下他们吗？这种人要不给他点儿厉害，他也不知道世上还有比他们高的人，趁着今天没事，何妨拿他们消遣消遣，老弟何妨也来跟着开开心呢？"

华梁道："这事万万不可鲁莽，倘若被师父追了下来，那时你我弟兄须吃罪不起！"

周大成道："如果你怕事时，你可以快快离开这里，免得被俺拖连在内，师父那里，除去你说坏话时候，恐怕有人叫他不知道。"

华梁听了哈哈一笑道："既是师哥愿意在这里献艺成名，俺不敢管，至于师父那里，俺也绝对不会去说，师兄请放宽心，俺只在这里不动，师哥总可以放心了。"说着往后一撤身，复又退回那座茶棚。

周大成见了，把大指一伸道："这才是俺的好师弟哩！且待俺来打发他们回去。"说着向大众喊道，"你们大家听着，俺想这献灯之事，不过是一番虔诚之意，谁先来谁就掌头灯，谁后到就让人家掌头灯，原无争夺之理。现在你们不惜拿自己的生命，做这种无谓的争执，并敢口出狂言，像俺这样一个小孩子，才一交手，他们已然不是对手，比俺高的还不知有多少，难道你们还惹得起吗？依俺良言相劝，快些把他抬回，不准再行滋

317

事，倘若不听俺的言语，恐怕你们找不出便宜去。"

一言未了，只听后边有人喊道："何方狂徒，胆敢无理取闹，搅咱这清净佛地。"

周大成一听，原来是个女子声音，急忙往后一看，果然是年轻女子，年纪不过也就在十七八岁，一条红绸手帕罩在头上，迎面系了三个大蝴蝶扣儿，身上也穿着一身红绸子裤褂儿，手里提了一条软棒，直奔自己而来，临近一看，长得十分美貌。周大成跟随王先生虽然日子不多，却是常听王先生说过，凡是走江湖闯绿林走黑道的朋友，就怕遇见僧尼出家人，或是老妇少女，或是老翁小孩子，都要特别留神，不可轻敌。今天一看这个女子，竟敢在自己打倒两个之后，毫无惧怯地赶了过来，就知道一定是个劲敌，急忙把身上十三节鞭紧了一紧，走上一步，微微一笑道："怎么闹来闹去，又出了女将军了。女将军请了，俺姓周，不错便是俺打倒他们二位，怎么姑娘也要来替他们挣脸吗？依俺劝时，还是不要多事的为是，倘若一时失手，你是一个女子，一则不是样子，二则俺和你一个女子较量，也要被人家耻笑，你快快走开吧！"

那女子听了微微一笑道："你倒说得好轻巧话儿，休走！且吃俺一棒去。"说时一棒迎头打下。

周大成往旁边一闪道："就是要动手，你说出个名字来，难道说就这样乱打一阵吗？"

那女子听了把棒一收道："难道还有什么不敢告诉你吗？你且站稳了，咱姓张，便是这静海县所管张家店人，咱叫张灵姑，咱今天是奉了咱爹爹之命，到此献灯求福，不想遇见你在这里，搅闹庙场，又打伤献灯同道，咱倒要看看你是什么人物，你可听明白了？快快受命。"

这时华梁早看出这个女子手底下不善！正待过去知会大成，不可轻敌时，只见那张灵姑，早已和大成动起手来，不二招，大成便又使出梅花针，哪知张灵姑的棒临头打到，急忙往外一闪，方待转身按针时，只见张灵姑棒已撤回，不容大成缓手，一棒又从脚下兜来，急忙往起一纵身，意思是打算跳过去，谁知张灵姑来得更是灵活，见大成双脚往上一跳，急忙不等他落下来，趁势往下一兜，大成不曾防备，兜个正着，兜住脚跟，往怀里一带，大成喊声不好，脚一起，凭空倒了下去。两旁的人，喊了一个震天彩。

大成正在打算起来，张灵姑早跳过去喊道："哪里走？且吃咱一棒去！"说时迟，那时快，就在这张灵姑一棒打下的时候，只见人群里挤出一个人来，喊道一声且慢，早把灵姑的棒儿格住。张灵姑一看也是一个小孩子，便忙把棒儿撒回问道："你又是什么人？敢来拦阻咱！"

华梁道："俺姓华，适才被姑娘打倒的，就是俺的师兄。方才多有冒犯，还求恕过俺师兄年轻，不要和他一般见识……"

华梁话犹未完，这时周大成早又从地下纵起，一抖十三节鞭，一声喊道："师弟闪开，哪里有这些话和她絮絮叨叨，叫她且吃咱三五鞭去！"说着抖开亮银鞭，没头没脸地打了下来。

那张灵姑一见喊一声："好，真乃不知死的小娃子，待咱今天把他双腿砸折！"说着一抖手里软棒，也便一招一式地还起手来。

华梁急忙喊道："不可，不可！"就在这时候，只见人群里飞也似的跑来一个人，只把双手向两下里一格，张灵姑和周大成往后便倒。华梁一看来人不由大喜，原来来者正是苗二侉子。周大成一看苗二侉子赶到，不由心里一愣，急忙收住兵器。

只听苗二侉子喊道："大成，你这不知长进的奴才，怎的一时不见，便走到这里来惹出这样的事？"又向张灵姑道，"这位姑娘，恕过这小孩子无知，不要和他一般见识，待俺带他回去，一定要严重责罚于他。"

张灵姑见苗二侉子服住周大成，就知苗二侉子是一号英雄，便不敢怠慢不理，便急忙答道："你老说话太谦了，只是这位兄弟不该欺侮咱这里没人，咱才敢斗胆冒犯，既是你老出头来管这回闲事，咱还有什么不愿意吗？只是有一节，这位兄弟用暗器打伤了两位朋友，现在昏迷不醒，还求你老施救则个，俺愿担保他们绝不敢和你无礼！"

苗二侉子听了向大成啐了一口道："俺和你师父怎样和你说的，叫你不要用毒器随意伤人，你怎的偏要用这毒器伤人？还不快快取出药来？"

当下周大成听了，也不敢再说什么，便急忙取出解药，又向茶馆里讨了一碗水，把药化了，给钱永、江柱两个送了下去。真是灵药，不到一碗茶的时候，只听江钱两个肚子里一阵咕噜乱响，业已苏醒过来，睁眼一看，见旁边无数的人，一时也摸不清头脑。

张灵姑急忙上前道："二位老外受惊了！"

江钱两个认得是张灵姑，便急问道："姑娘打从什么地方来？怎生救得咱两个？"

张灵姑道："只因咱奉了咱爹爹之命，到此献灯求福，刚刚来到这里，便见二位失手，咱便和这位小兄弟动手。原来这位小兄弟，和这位老师父是一路来的，这位老师父，便把这事解了，又拿药救了二位老外，二位老外，快快谢过这位老英雄吧！"

江钱两个，方才明白，便急向苗二侉子行礼，二侉子也急忙还礼道："二位，千万不要见怪，小徒无知，一时冒犯，现在二位打算怎样责罚于他，俺自当叫他领责！"

江钱两个道："都怪咱两个出言无状，怎怪得小英雄，老师父不见怪，咱就感激无尽了！"

苗二侉子急向周大成叱道："还不快过来拜谢二位。"

周大成过来，委委屈屈向钱永两个行了一礼道："求二位恕咱无知。"

江钱两个才待谦逊，张灵姑早已不服道："二位老外快不要啰唆了，咱看今天这灯也可以不献了，不如就请这老师父和这小兄弟，齐到咱门子里去坐一坐，不知二位老外以为如何？"

江钱两个，正觉得今天不好下场，听了自是欢喜，便不住地点头道："当依姑娘之命。"

张灵姑大喜，却见苗二侉子把手一摇道："且慢，承几位好意，俺本当遵命到寨赔罪，只因此时有要事就要进京一遭，大约至迟十天内，就可完事，那时俺自当竭诚拜访，今天却要恕俺不能奉陪了！"

张灵姑道："咱确是诚意请老师父到咱那里一谈，如果不是真有要事，还是请到咱寨中一叙。"

苗二侉子正色道："俺姓苗的从不曾怕过什么人，从不曾打过半句谎语。贵寨俺虽然未曾去过，想来也不是什么龙潭虎穴，难道俺便怕了不成？"

江钱两个正要答话，张灵姑一笑拦住道："老英雄的话，咱已听得明白，咱便等老英雄十天吧！"

苗二侉子道："这便才是，俺十天之后，定当到贵寨拜访。"说完互相道声请便，各自带领自己人走去，看热闹的人也便一哄而散。

路上苗二侉子便问周大成，怎的会到此处，周大成道："只因方才在店里，一时闷气不过，听得店里人说，这里娘娘宫十分热闹，便走到这里，意欲开心散闷。来到这里，就在那会友居里吃茶，不想恰遇江钱两个，在那里胡吹乱谤，因此一时忍耐不住，便和他们厮斗起来，不是先生赶到，恐怕还有危险。"

苗二侉子听了正色道："王先生时常背地和俺说，这些师兄弟里，只有你将来没有归宿，俺还常和他搬杠，不想你果然是这等顽皮，你不见大家都在这里，怎的单是你来？"

周大成把嘴一噘道："那华师弟还不是来了，不过师父不曾看见罢了。"

苗二侉子道："怎么他也来了吗？怎的俺却不曾见呢？"

周大成道："方才不是还在场的吗？"

苗二侉子道："现在他在什么地方？"

周大成道："谁知道他现在跑到什么地方去了。"

苗二侉子道："你总喜欢这样瞎造，谁又曾见着他来？总之你不是什么有出息的就是了。"

周大成听了也不敢则声，只好一路上听着苗二侉子数落走回店去。第二天，苗二侉子接着王先生暗中通知，清晨便由天津动身，一直勾奔北京。到了北京，王先生大家会了面，便商量住处，依着苗二侉子，还是大家分着住店，王先生却以为北京比不得天津，大班里弟兄们是多的，倘若被人家看出破绽，于大家进行上却有不利，再者大家分散各处，一旦有事，呼应不灵。忽然想出从前在北京时候，曾经交过一个朋友，倒是个血性汉子，便向苗二侉子暗地一商量，苗二侉子道："既是有这样朋友，何方前去找他一趟？"

王先生道："找是要找，不过这个人性情，与常人不同，如果要是直接去找他，带了这许多人，恐怕他倒要不收。依着俺的意思，最好今天大家先往店里找个宿处，明天一清早，咱们再去两个人找他，总要想出主意，不要让他拒绝收留才好！"

苗二侉子道："如此也好，那么俺等先想今天主意再讲吧！"

王先生道："咱从前从里头走出来的时候，住在打磨厂一个三元店里，那里店面也还干净，并且后面还有一个单院子，也还合乎我们居住。"

苗二侉子道："既有这样适当的住处，那就再好没有了，现在天气虽然不晚，最好还是事不宜迟，总是尽先布置好了的好。"

于是王先生便领了这一班人，一直勾奔三元店。来到店里，只见几个店伙都在门前瞭望，仿佛是在等什么人的样子。忽地看见王先生这一班人，急忙跑过来问道："这位大爷可是姓苗吗？"

王先生忙向后面一指道："咱不姓苗，这位姓苗。"

那个伙计听了大喜道："原来您就是苗二爷，您快往里请吧！"

苗二侉子急忙问道："你怎么认识俺？俺和你哪里见过？恕俺眼拙，一时却想不起了。"

那伙计道："您就不用问啦，反正就是我不认得您，也有人认得您，您就放心往里请吧。"

苗二侉子这时也说不出所以然来，只好同了大家，一同跟了进去。伙计们也没有等王先生们问，一直便引大家到了后院那所独房里，打上脸水，泡上茶来，极其殷勤周到。苗二侉子几次叫过来问他，那伙计只是笑而不言，苗二侉子心里虽然十分疑惑，却仍然装作没事一样。

一时伙计又开上饭来，席面也非常丰盛。苗二侉子向王先生一笑道："管他是谁，俺等先吃饱了再说。"

话犹未了，只听外面哈哈一笑，有人从外面昂然直入，大家抬头一看，却不相识，只见那人把手向大家一举道："列位英雄，恕咱简慢无礼了。"

王先生急忙站起向那人一举手道："这位朋友，还未请教您尊姓大名，倒先来叨扰，实在是对不起！"

那人微微一笑道："您不认识我，我倒认识您。从昨天天津卫送下信来说，是您同着诸位已来北京，并且暗中有人跟随您几位，今天听见您说要住三元店，人家就送来了信，所以我才告诉店里伙计，给您预备屋子。在下我名叫韩方，就是本地人。"

王先生忙问道："噢！您原来是韩大哥，久仰久仰。但不知您天津这位朋友，怎么称呼？"

韩方道："就是七十二沽坐大寨头一位，张当家的小姐张灵姑。"

王先生正在犹疑之际，只听苗二侉子把手一拍道："噢！原来是她！"

王先生急问道："你怎么和她相熟？"

苗二侉子便把在天津卫娘娘宫怎样看人家献灯练艺，怎样得识张灵姑，从头至尾细说了一遍，王先生这才明白。当下王先生向韩方道："多蒙款待，实在感激得紧，但不知张姑娘几时可到北京？"

韩方道："听他们来人说，大约今天不来，明天一定就到，并且叫我们跟众位说，无论用什么东西，或是有用人的时候，请众位只管说话，不准稍有简慢。就请诸位安心在这店里住下，等张灵姑到了之后，再去办正事不晚。我还有些闲事，不能久陪众位，等会再见。"说着便走了出去。

这里王先生和苗二侉子大家便计议此事，王先生便向苗二侉子道："张灵姑这人你究竟看她是什么路数？"

苗二侉子道："据我看时，大概也就是江湖朋友一流吧。"

王先生道："她怎么知道这样详细？而且又打算得这样周到，就是你和张灵姑在天津卫见过面，也不过是个初次，并谈不到什么交情，况且她又怎样能够看出咱们的行迹呢？这事倒不可不留神！"

苗二侉子点点头道："你老这话说得也是，依俺想今天晚上便可以着手进行此番进京的大事，管她什么张灵姑不张灵姑则甚。"

王先生道："这话说得是，我想也是事不宜迟，最好今天就出去打探个动静再说，您看如何？"

苗二侉子道："那是再好没有，只是这些人都是怎样分派，请你老说一句吧！"

王先生道："今天之去，不过为刺探的性质，万不可以去人太多，最好找一个善于走高处的去探听一下，只要知道里头一点儿情形，就赶快回来告诉我，千万不可招出人，追了下来，那时就多有不便了。"

王先生话犹未完，大家全都站起，异口同声说是愿去。王先生笑道："方才的话，难道你们没有听明吗？这一个暗探的事，哪能去那样多的人！"

苗二侉子急站起道："这样事不是这样办法，当然照你老这话一说，谁又好意思不去？其实只要你老看着他们谁行，就照直地分派谁去就行了。”

王先生道：“如此说时也好。”便向大家看了一看道，“丁立，曹小芳！”

丁曹急忙站起道：“伺候先生。”

王先生道：“方才的话大概你们也听见了，今天并不是叫你们到宫里去，只是让你们到一趟庆王府。那庆王府有一座花园，他们议事便都在那里，你们到了那里，千万要特别留神，因为庆王府里那个主儿时常来，里面戒备极严，千万不要中了人家毒手。”

丁立、小芳两个急忙应了。王先生又从身上取出一张地图，把庆王府的方向路线，全都向丁曹两个说明白了，丁曹两个又细细看了，然后大家才张罗吃饭。吃饭已毕，便一同送丁曹两个出来。这时天已定更，街上行人，已见稀少，王先生等把丁曹两个，一直送到庆王府的后墙外，道声珍重，各自回店。

单说丁曹两个，丁立见大家去了，便向小芳说道：“曹姑娘，俺是头次来到北京，一切全不熟习，还是曹姑娘看今天怎样办好吧？”

小芳道：“丁大哥怎的说起客气话来？大哥是头次进京，难道俺便不是头次进京？好在有师父给的地图在，俺等便按着地图所画，一步步走了进去，总会找着那花园所在，只要找着花园，以后的事自是易办，大哥道俺这话说得是吗？”

丁立道：“曹姑娘这话说得都是，只是若真格便那样走了进去，恐怕不是什么易事吧？一则王府里面太大，俺等是头一次来，二则他等既是常在这里商议要事，当然不能没有一点儿防备，俺等就这样进去，不要说是不易找到，就是找到，恐怕也不易下手。依俺之见，俺二人不可一路进去，最好是曹姑娘从前边进去，俺从后面进去，倘若能够找到花园，便好设法偷听，探听明白，便急速出园，速向三元店，把详情报告师父，倘若能够把此事办妥，才不负师父待俺等厚意，不知曹姑娘以为如何？”

小芳道：“这话甚是！事不宜迟，就此分途进去吧。”

丁立道：“依这个图势看起来，花园靠府墙，是从后边为近，曹姑娘就从后边进去吧！”

当时小芳答应，各自收拾停妥，互道一声小心，举手而别。

324

且说丁立，绕到前面，正待找个地处，往墙里头纵的时候，忽地寻思道："且慢，想俺丁立，自从跟随大众离家，一路之上王先生和苗师父都另眼看待，就拿今天这件事说，师兄弟甚多，单派俺和小芳两个，可见得他们二位老人家，实在是和俺不错。俺虽是和小芳同来，这场功劳，必须俺自己把它得到手里，也好对得起他二位老人家。"想到这里，正在一喜之际，忽地又一寻思道，"不对！想那小芳原是一个小女孩，此番被派，不过是叫她帮俺之意，倘若俺便真格自走一条路，如果小芳一时有失，那时俺怎对得住她。况且师父此番不派别人，单单派她，其中也定有缘故，俺若只顾贪功，把她陷在里面，那还了得？"想到这里，不由通身汗下，便急忙把靴子蹬了一蹬，腰带紧了一紧，扪了扪腰里竹节鞭，抛了前门，直往后墙跑来。来到后墙一看，哪里还有小芳的影子，心里这一急实非小可，便掏出飞抓，抓住了旁边一棵槐树，纵身上去。往里面一看，远远地有些灯光，再定神一看，原来自己站的这个地方，正是一个厨房，里面灯光虽然不亮，却还依稀听得有人说话，正要跳了下来，只听耳旁嗖的一声一个东西射到，急忙暗喊一声不好，闪身往旁边一躲，那东西便落在地下，听了一听，并不见有什么声音，便忙忙从树上纵了下来，又细细向四下看了一看，依然看不见个人影儿，复又低下头去，用手把方才落在脚下的东西捡起一看，原来并不是什么暗器，只是一个布包，里面有两个大个儿铜钱。心里不由一阵狐疑道："这才真是怪事，要说没有人，当然不会有这东西，要说是有人，为什么只打下这轻飘飘这样一个东西，一时真是想不出所以然来。"正在寻思之际，忽听远远更锣，已然打了三更，陡地想起，小芳这时早已进去，便顾不得再盘算什么，慢慢来到墙外，轻轻往里面一纵，早已越过墙头。原来旁边有土房三间，外面糊的全是白纸，里面依稀似有灯光，便蹑足潜踪来到窗外一站，只听里面有刀勺声音，原来不是厨房，却仿佛像个存花的屋子一样。

只听里面一个人道："今天也不是有什么事，怎么这个时候还没传车哪？"

只听又一个人道："什么事呀，刚才小三从头里来，你没听说吗？刚才正说要传车啦，也不是怎么着，听说绪经楼拿住贼了，还是一个女的，你说她这胆子，真可以吧！"

丁立听到这里，脚下一软，险些不曾摔了下去，明知小芳，业已遭了暗算，便不由得自己骂自己道："怎的做事这般怠懒，小芳明明是个女孩子，怎能叫她独自去涉险？要自己跟来则甚！总之是福不是祸，是祸拖不过，今天无论如何，救不了小芳，自己绝对不可回去。"想到这里，正待闯进那间屋子，问明了路径，进去搭救小芳，只听从背后有一个人，哼哼唧唧从那边走来，忙往下一伏身，趴在地下。

只见那人已到临近，嘴里喊道："孟把式，二张在这里不在？里头那里找了他好几回了。"

又听屋里说道："说呀，是三福子吗？张头儿没在这里，这里就是我跟二祥子，有什么事吗？找张头。"

只听院子里这个人道："怎么着？他没在这里呀？我找了好几个地方啦，您没听说吗？刚才绪经楼拿住一个女贼，主子说叫张头把她带在停云阁慢慢问一问，他这里没一会儿，也不是又钻到哪里去了？"

屋里那人道："他没上这里来，您到里边来坐坐吧？"

院子里那人道："不行，我还得赶紧走告诉主子去，回见吧！"说着扭转身复又往东走去。

丁立一听，心里十分高兴，便急忙纵起身来，跟随那人后面，一直往前边走去。忽然前面一座树林，树林过去，一道红墙，过去红墙，有一个小桥，走过小桥，是一个月亮门，进了月亮门，原来是一所绝大花园，只见里面灯烛辉煌，差不多和白天一样，便赶紧止住脚步，恰好旁边有一棵大桂树，赶紧藏在后面。

只见那人紧走几步，上了一个亭子，那亭子上坐了几个穿袍子马褂的爷们儿，一见那人便站起问道："三福子，张头儿都来了，你上什么地方去了？"

只见那人把头一点，向那几个爷们儿一阵啾咕，那几个爷们儿，也把头点了一点，复又走进路北一座大厅里面去了。不一时，又从里面走了出来，向那人道："主子知道了。"

那个便急忙退下，又听那几个爷们儿喊道："主子爷现在在东大厅问女贼，告诉大家特别留神一点儿。"

丁立一听，忙道一声不好，这一定是小芳被获遭擒了，自己倒是应当怎样好呢？就在这一刹那之间，只听四外一阵喊嚷，四外灯笼火把照得如同白昼一般。丁立正要找一个藏身之地，只听身后喊道："胆大奸细，竟敢偷入王府，休得逃走，且吃咱一家伙去！"说着一刀早已从头上砍下。丁立喊道一声不好，急忙往旁边一躲，让过一刀，忙用手里竹节鞭，往旁边一挡，进手就是一鞭。那人不曾防备丁立身手这样爽利，一鞭正中腰间，一个吃不住劲，早已倒退下有三五步。只听大家又是一阵喊嚷围住，当时围得水泄不通。

丁立一看，知道今天是凶多吉少，便忙把手里竹节鞭一顺，大声喊道："你们哪个不怕死的只管进前来找死！"

这时大家虽能团团围住，却没一个上前和丁立交手。只见那边大厅门一开，里边出来了几个穿长袍马褂的人，看见丁力这个样子，全都把头点了一点，回头向身后几个人，也不知说了几句什么。只见一个穿灰色大衫的汉子，向着那几个人请了一个安，走向自己这边来。大家见他来了，齐都往后一让，那人走进圈子向丁立一看道："这个小朋友，你是从什么地方来？到此是为了什么事？如果要是缺了盘费，你可以向我说，我必给你想个办法。请你把家伙搁下，咱们可以商量商量。"

丁立听了哈哈一笑道："你不要往下说了，咱又不是三岁两岁的小孩子，还会上了你这个圈套，你若是真交朋友，你也不用问俺是什么人，你只放俺走去。如果不然，且吃俺一鞭去。"说着一鞭当头打下。那人见了，并不躲闪，看看那鞭已然临近头顶，只见他往里面一进身，那鞭已然当不住劲，他左手一支，右手进身照丁立胸前轻轻就是一掌。丁立喊声不好，已是躲闪不及，只觉胸头一闷，两肋一涨，眼睛一黑，倒退五六步，收不住脚，竟自躺在地下。

及至苏醒过来，已然不是方才那个所在，睁眼一看，自己已然被绑在大厅里，上边有一个硬木床，床上面坐着一个，年约四十来岁的人，旁边还站着几个穿灰色大衫的人。看了一看，知道自己已然吃人捉住，便低了头，不再言语。

却听床上那个人道："你们问问他是从什么地方来的，到这来有什么事情？让他慢慢地说，不准难为他，咱倒怪喜欢他的。"

只听旁边噔了一声，便有一个人拍着自己肩头道："小朋友，你睁开眼，我要跟你谈谈。"

丁立睁眼一看，原来正是方才和自己动手的那个人，便向那人道："你有什么话，你只管说吧。"

那人笑道："小朋友，你既来到这里，你可知道这里是什么地方吗？"

丁立听了假装一摇头道："那俺有什么不知，左不过是个大财主吧？"

那人听了，微微一笑道："一点儿都不错，真被你看着了，是个大财主家，不过你到这里可干什么来了呢？"

丁立道："俺不过路过此处，缺乏盘费，打算从这里暂借几个，难道还有什么旁的吗？"

那人听了又向丁立一笑道："小朋友，不要看你年岁不大，你嘴里钢真不软那！据我看你也像个正门子出身，学的也是英雄艺业，怎的不敢说出你的真实行径呢？真是可惜得很！"

丁立听了把头一摇道："俺不懂得什么叫英雄，俺只是缺了盘费，打算从这里借几个，既然不幸，被你们拿住，你们是愿意送俺打官司，或是还有别的法子处置于俺，便任凭你们尊便吧！"

那人不由把脸色一变道："你这孩子，我瞧你年轻轻的必不敢到这里来，所以才跟我家主子爷说了一说，给你求了一个人情，你究竟被谁指使？到这里来干什么？你可以快快说了，我还想你是个小孩子，必定想主意开脱你，怎么你倒这样和俺为难起来了？你不是装傻充愣吗？听我告诉你，这里就是庆王府，我就是这里一个护院的，我姓毛，单名一个泰字，人送匪号叫铁掌赛达摩，你瞧见了没有？上边那位，就是府里的王爷。你就说你是小绺，我也就不便给你辩白了，我这就给你见王爷去。"

说完真个就向床上坐着那人深深一安，也不知他说了几句什么，只听那床上那人向毛泰道："既然他不认，也就不必问他了，先把他搁在西边。刚才不是拿住一个女贼吗？再把那个弄上来问她一问。"两旁答应一声，向外面去了。

丁立暗道一声不好，这要是小芳见了我，一定会现出真相，此时已然无法，只好听其自然。待了不大工夫，只听外面喊道："带进来！"丁立偷眼一看不由大吃一惊，原来进来的虽然也是女子，却不是曹小芳。只见这个女子，长得约莫也有二十来岁，长得却十分好看，穿着一身绛紫色的绸子裤褂，头上蒙了一块蓝色的帕子，脚下穿了一双小皮靴，脸无一点儿惧怕的颜色，手倒背着已然被捆。

床上那人见了便着向那毛泰道："你问问她是干什么的，咱瞧她长得怪俊的，昨天福晋还说要找人在府里伺候伺候，你去问她，她如果愿意，你可以到那里面去问一问福晋……"

那人话犹未完，只见那女子把眉毛一皱，眼睛一睁道："呸！我把你们这班杀不尽的胡奴，你把你家姑娘，当作什么样人，竟敢向你家姑娘这样无礼。我生虽不能食你这班胡奴之肉，死后也当夺你之魂，如果你等再敢胡言乱语，莫怪你们姑娘破口骂你。"

那人听了哈哈一笑道："小丫头，休得这样无礼。你想你乃是一个妇女之辈，夜静更深，竟敢身入王府，你想要把你送到衙门里去，还能够有你们的便宜吗？我看你年纪轻轻，不肯这样办你，你怎的倒这样口出不逊地骂起人来了！依我看你还是把气往下顺一顺，再细细想一想的好。"

那女子听了又是呸的一声道："胡奴！谅你也不知道你家姑娘是谁。我告诉你吧！你家姑娘就是黄河南北青莲寨第一寨的张灵姑……"

那人听了，还不曾怎样，旁边那几个穿灰色大衫的人，早已变颜变色，一齐走到那人面前，唧咕了几句。那人点了一点头，便把手一摆道："先把她带下去！"

丁立这时才知道她就是张灵姑，正在寻思之际，只听床上那人道："你们暂时把这小孩子带下去，等天亮了把他交给张二，再慢慢去问他。"说完后从床上下来，转入一个屏风后头去了。

当下有人把丁立从地下扶起，由两个人把他抬到后面一个空屋子里面，那几个穿灰色衣服的齐向丁立道："你这小孩子真是有些不通事务，既是王爷那样爱你，你就该说出实话，王爷看在你年纪小，绝不能加罪给你，碰巧了还许提拔提拔你呢！怎么你倒一句话不说，就是这么昏昏沉沉的哪？倘若把你交给张二，可不比我们哥儿几个，他是有名的懒驴愁，恐怕不容三言五语，你这要皮肉受苦。依我们好言相劝，趁早对我们哥儿个，把实话说一说，我们必能给你往好里一说，保你吃不了苦，你瞧怎么样？"

丁立听了，依然不作一声，那个毛泰早已立起身来，向那几个人道：

"哥几个歇歇吧！没那么大工夫跟他废话，等会儿张二来了，不怕她不说。真格的，大庆子那里，你们这两天都是谁去了？"

只听一个矮墩墩的人道："得啦，老毛，总算您是干这个就结了，大庆子那里除了您，别人谁还敢去呀？"

毛泰听了，微微一笑道："得啦，二那子，你冤我干什么？谁不知道就是你跑得勤哪？"

二那子刚要分辩，就听院里有人一笑道："什么人？跑到咱们这个塌塌里干什么来啦？"

毛泰一听，急忙答话道："张二哥吗？你快来吧！是我们哥几个等了您半天啦。"

再听外面，忽然扑咚一声，再听不见一点儿旁的声气，毛泰急问道："张二哥怎么了？八成又喝大发了吧？"说着一掀帘子往外一探身，只听哧的一声响，接着又是扑咚一声，毛泰整个从屋里摔到外边。

那子庆子几个一听，知道外头有了夜行人，噗的一声，先把桌上蜡烛吹灭。这时天气有些快亮，窗户上略现白色，似乎看见一个人影儿一晃，那子急忙向庆子一啾咕，大家先把毛泰从门口地下，拉死狗似的拉了进来。然后庆子来在窗台底下一蹲，嘴里骂道："什么无名小辈，胆敢扰乱王府，真乃狂妄无知。等我拾掇利落，我定要将他捉住送交王爷发落。"

原来庆子、那子这几个人本领全都不弱，不过人家打他们一个不防备，他们未免就吃点儿苦。那子一看毛泰还没有说话，就被人家弄倒，知道这一定被暗器所伤，如果大家一齐出去，恐怕也未必能躲得过，后来一看这间屋有后窗户，便向庆子一啾咕，叫他在前边窗台那里喊骂，自己和大家把后窗户推开，从窗上翻了出去。来到房上一看，隐隐地看见地下躺着一个，细一揣量身个，正是醉鬼张二，知道他也是中了暗器，再往四下一看，却不见半个人影子。正在略一寻思之际，只见正厅楼上忽然一阵火光四起，不知什么地方走了水。那子大喊一声不好，也顾不得再找仔细，告诉庆子一句话，便飞也似的齐往正厅跑去。这时屋里大庆子，喊了半天，以为他们一定到了前面，听一点儿声音都没有，忽然心里一想，喊道一声不好，他们这班小子可真说得下去，把我搁在这里挡横儿，他们都跑了。想到这里，赶紧从窗根儿底下爬起，慢慢走到后窗户，用手一推，跨腿支住，再往下一跳。忽然觉得脚下一滋，仿佛有人在自己腿弯子那里一点，腿一软往前一栽，一时吃不住劲，直冲出去有三五步远。正想回身之际，只见迎面有人往自己当胸一掌，急忙一缩身，不想背后喊道一声着，就觉自己背上刺得一痛，四肢一麻，当时摔倒在地昏迷过去。

这时院里连声击掌，两个人早到房门，又是轻轻把掌一击，屋里丁立听了，便急忙答话道："俺丁立现在屋里，哪一位到此？请进屋里把俺解开，这屋里现在没有人了。"

两个人从后窗跳入，前面那个，一晃火筒，照见丁立捆在地下，急忙过去把绳子挑了。这时丁立已经看出，前面拿火筒的，正是曹小芳，后头也是一个女的，正是那同时被擒的张灵姑。心里正在纳罕之际，已见小芳把手向张灵姑一招道："姐姐，俺来和你们引见一下，这是俺师兄丁立，这是店东所说的张灵姑姑娘。"

丁立急忙见过，小芳道："这里不可久待，少时他们便要回来的，到外边再走着说吧！"说着头前引路，甩灭火筒，跳出窗外，后面丁立、张灵姑也跟着跳了出去。再看正厅火势已经下去，小芳急忙一拉张灵姑道："快随俺来，他们就要来了！"丁立跟张灵姑同小芳急忙跳出这个院子，就听前边一阵乱嚷，小芳道："我们快走吧！不要二次涉险。"三个人寻出路径，看前边一带短墙，知道已到府墙的外墙，大家便都从里边跳了出去。

小芳道："这时天气已然大亮了，我们这样打扮，恐其不大方便，还是赶快回店才是，不知道可肯随俺同去吗？"

张灵姑道："事到如今，我还说什么呢？就跟你们先到店里去再说吧！"

丁立向小芳道："今天这件事可以说是劳而无功。"

小芳笑道："这倒不见得，不过今天若没有张灵姑和师哥，那就真要劳而无功了。"

丁立道："真是的，俺还忘了问你是怎样进去的？怎的会知道俺在前边失手，倒会救俺出去呢？"

小芳道："所以说今天全仗张姑娘和师兄才造成这场功劳哩。俺和师兄分手之后，原想找后墙，我便想到墙上往里边去望一望，恰好旁边有个碉楼，俺便纵上去往里面一看，原来靠墙是一道小河，河那边却有灯光，俺便从那里跳了下去，幸喜并没有人看见，不过俺却过不去河，只好沿着河沿慢慢往前边走。正好不远有个板桥，俺心里当时大喜，便往桥边走去，实指望平安过桥，谁知刚刚到了桥边，就听那里有人说话，俺心几乎不曾跳出来。只听一个说道，'这都是狗头师爷出的主意，却让咱们哥们儿跑这里堵这么个地方，这小子行事有损，将来反正好不了！'却又听一个人说，'狗军师这两天红得厉害，大概里头有意要重用他，所以他才这样吃香，反正这两天许有点儿事，不然怎么会这么吃紧呢？好在咱们干一样不干二样，落得舒服会儿，且比他们在里头一天提心吊胆的强得多。回头你先在这里看我上里边去把酒弄来，我今天煮了一只小鸡子，八成也烂了，咱们哥俩在这里一喝，一聊这个大天，我瞧倒是乐子。'只听那个又说，'什么乐子不乐子的，谁让吃这碗饭呢？这就叫作没法子，回头你要去，可是快点儿回来，不然就剩我一个人，要是真有点儿什么事，那我可有点儿玩不转。不然你趁这阵天还早哪，你先走一趟，回来再聊好不好？'只听那个人道，'这也可以，其实不要紧，如果有了动静，你旁边不是有锣吗？你一筛锣，里头不是就知道了吗？我这就去，你先在这里盯一盯吧。'俺就听得有一个过桥去了，俺一寻思，虽然是剩了一个人，他身旁却放着一面锣，倘若叫他看见，一时声张起来，岂不把俺的正事耽误了？忽然一急，想出一个道理来。俺等那人去远，俺便从身上取出药针，藏在手里，伏在地下慢慢往前。那桥并不怎样长大，虽然那厮，似乎没有听见，且喜已吃俺一针钉在他的肩上，俺便跑过去，把那厮拖过桥这边，放在一个草堆里头，俺又把他的锣轻轻放在水里，旁边还有两把刀，也被俺提来扔在水里。俺刚刚过桥，取酒的那个已经回转，那时俺却吃惊不浅，便赶紧纵将过去。也是那厮不曾防备，也吃俺一针打个正着，待俺也把他抱到草堆里，还有些零碎的东西，俺也把他弄清，然后俺才向这里边去来。虽然地图在俺身边，又不敢用火种去照，只好慢慢往前走去，谁知天假其便，他们今天做事都不在花园，都在什么绪经楼……"

丁立急问道："这件事，你却怎样知道这般详细哩？"

小芳道："所以说是俺时星高照哩。俺原不知道，这里就是什么绪经楼，不过因为俺走得寻不出路径，看见前面有个角门，并没有人守着，俺便掩身而入，谁知刚刚走进角门，就听见那边有人说，'二福子，你还不快点儿去把着，倘若趁着这个工夫，要是溜进一个人来，你瞧你该吃不了兜着走啦。'又听一个人笑道，'你不用尽给我念叨这些个，真要是有人进来，你也照样玩不转。说是说，我还真得瞧瞧去。'说着便真个走了过来。你们说是巧不巧？他们就在这时躲开一会儿！俺见他已走了过来，俺便偷偷从墙边溜了过去，一看里面一片大房，这里面却是灯烛辉煌，十分明亮。俺不敢直走过去，便顺着墙往前边绕，前面有的是大牛角宫灯，一看正面挂着一匾额，上面写着是绪经楼，只见里面来往的人非常之多。俺看那样子，像有很大的事似的，俺便拿定主意，先不寻那什么花园子，且在这里听听再说。谁知刚刚凑巧，竟被俺无心撞着，总也是有些天意在内。俺正在寻思怎样入内之时，只听一时云板大响，便有好些像老公般的人，打着宫灯，引进一个四十多岁的爷们儿来，后来听他们爷呀爷呀地叫，想必是那位什么庆王了。这时大家全都把这位爷们儿拥了进去，大概也许是他们一时忘记，外面竟自连一个人都没有留。俺一时得了这个机会，便冒着险纵上了台阶，幸喜那窗子上层，都糊着有纱，看得屋里是碧清的。俺借着亮光往上面一看，只见上面一根很粗的梁头，上面颇可容身，俺便轻轻纵了上去。上头还真极是宽阔，而且得看，只见屋里原来还坐着一位爷们儿，那位庆王却站在一边，大概床上坐的那位，就是里边那位了。俺这时原想打进一根针去，了结了他，后来一想，今天之来，原是奉了师父之命，到此暗探的，并不知道师父的意思，究竟怎样，倘若一旦冒昧，把事做错，那时恐怕是劳而无功了，因为有这一层，所以俺便忍住了。这时却见那个庆王向那床上的人道：'这两天不知里面可还安静吗？'只见床上那人把眉头一皱道：'咳！总怪咱们做事不狠，倘若在那时，就把他们一网打尽，这时岂不少了多少麻烦。现在他们在外头，虽然是没有什么举动，究竟心里总有些不安稳。昨天听见云氏兄弟说，山东兖州有人来说，大概那十七的现在那里。昨天我派那云氏兄弟，去到兖州办理，你看这事情怎能叫人放得下心哩！你们这两天，可想出一个办法吗？'那庆王正待回答之际，只听一阵噪杂，从外面跑进几个穿灰色长袍的爷们儿，见了庆王报告，说是在东花园捉住奸细。俺这一吓，庆王说是把那人带来时候，那爷们儿说捉住是女的，俺心里方才落平下去。这时庆王也不知向床上那人说了些什么，只见床上那人把头点了一点，那庆王便吩咐那几个爷们儿，把

333

捉住的女奸细带上来，那几个爷们儿答应了未往外走时，也不知这时怎的师兄你却来了，又不知怎的会被他们看见，忽地大家散开。那时俺倒吃了一惊，以为他们是张见了俺呢，后来才看出你在墙外那里藏着，俺又几乎不曾喊出声来。及至后来师兄打倒了一个，俺方心里一喜，谁知那姓毛的，竟自那般凶，师兄竟自吃了他的亏。后来看师兄和他们一意厮耍，俺又几乎不曾笑出来，后来他们又把张姑娘带上来，才知道张姑娘是张灵姑。俺原想等一时再下去救你们二位，只因一时寻不出下去的途径，俺便从那根房梁挪到第二根梁上，谁知这时竟会使俺发现了秘密！"

丁立道："难道他们又说了什么，被你听见了吗？"

小芳道："岂止是净听他们说呢？并且还看见了稀奇的事哩！原来那屏风之后，并不是门，却是一个很大的宝座，俺看那人到了后边，便向那庆王道，'我想五月初五咱们还是在这里说一说吧！这里比花园那边还机密些。'说完这话，只见人们把宝座一抬，原来底下竟是一个隧道，那人竟带了些老公似的人们从那里走了，你看这个可以算得一件机密吗？"

丁立道："这果然可算得机密，只不知你后来怎样下来，又是怎样来救俺二人出险？"

小芳道："提起这话，益发是我们有些造化！"

丁立道："怎的你又遇见什么机会？"

小芳道："俺心要从旁边找个所在下去，谁知不消俺急得，他们早已把人全都撤去，霎时间那个院子，寂静得一个人都没有了，俺真是出乎意料，便从上面跟了下来。说句不怕张姑娘吃恼的话，俺本意只想趁工夫把俺师兄救了，谁知鬼使神差追下来的却是张姑娘，大概他们也是把张姑娘看小了，所以才派了两个人追随着张姑娘。俺便不等他们到了屋里，俺便用针把他们两个打倒，才救得了张姑娘，是俺对张姑娘把话说清，多承张姑娘帮助俺才得救了师兄，如果不是走错，救了张姑娘，恐怕到这里也未必便能这样得手，你道这不是有天意在内吗？"

丁立道："果然是好机缘都被你遇着了！"

说话之间，已到三元店，苗二侉子等已然都起来在院子里说话了，见了小芳，个个脸上都露出喜色。

苗二侉子急忙过来问道："你们竟会平平安安地回来了。"又向张姑娘一看道，"怎么张姑娘你也来了？"

于是向大家一指引，大家才知道这是张灵姑。苗二侉子急忙向丁立道："你们是怎样进去的？可曾得着什么消息？"

丁立才要细细申说，只见王先生过来拦住道："你们先不要说这些不要紧的，咱只问你们曾见着周大成吗？"

丁立听了一愣道："什么！他也去了吗？"

王先生道："他不去，咱说这些干什么？"

苗二侉子忽地把手一拍道："可了不得了！俺等快快搬出这地方再作道理！"

不知因了何事，且听下回分解。

第十二回

误入歧途师生反目
再探王府兄弟操戈

当下王先生惊问所以，苗二侉子道："方才你们不曾见吗？大成那张字帖？"

丁立忙问道："什么字帖？"

王先生从怀里把字帖掏出，递给丁立，丁立接过来看时，只见上面写着是："字禀二位恩师，徒儿此时已去庆王府，倘能有所成功，即时赶回面禀。周大成。"丁立看了，也是一皱眉道："这个样子，的确他是去了，只是怎的会未曾看见他呢？"又向苗二侉子道，"就照这个字帖儿看，大成也不过背着你老二位，私探王府，为什么要搬家躲避？你老可以说吗？"

苗二侉子叹了一口气道："你虽然遇事精明，这件事你却未曾看透，大成这个孩子，虽然年纪不大，阅历不深，自己却是眼空四海，目中无人。前天走天津卫，就是他私自出去闹事，不然怎的会认识张姑娘。昨天俺看王先生派了你们之后，先时他脸上还有一些不愿意之色，后来你们两个走了之后，他依然是谈笑自若，俺还以为他真个想开了，便不曾留他的神，谁知他竟自半夜里跑出去了。不是王先生看见字条，大家还不知他上哪里去了呢。你们想京城里面，比不得旁处，地面儿非常之大，他又不知庆王府在什么地方，况且就是到了那里，里面能人是多的，就凭他一个，哪能找出便宜来？倘吃人家捉住，用刑法一收拾他，他可能吃得住？他一定会说出俺等住处，那时岂不是滚汤泼老鼠，一窝都是死吗？"

丁立还未曾答言，只见东方德把手一拍道："俺也想起来了，还是快

336

快搬了的好，还是快快搬了的好！"

王先生道："你们只晓得搬，我们究竟搬到什么地方去呢？"

正在这个时候，只见一个人从外面慌慌张张跑了进来，大家一看，原来正是招待大家的那个大汉韩光。

张灵姑见了，便向他喊道："韩光，你可是有什么事情吗？"

韩光见了，急忙过来行礼道："原来姑娘已然到了，我方才从街上来，却看见一件奇怪的事。就是昨天和众位在一起的那位小朋友，今天骑了一匹大白马，同着许多在官应役的爷们儿，一齐从这里过，往提督衙门去了。我不知道他究竟是怎样出去的，因为我是姑娘之命到这里伺候众位的，我故此赶了回来，报告大家知道。"

苗二侉子听了，急忙向王先生道："这一定是大成昨天误入什么地方，被人捉住，今天解往提督衙门。俺想大家还是先走的为是，倘若不然，他们要到了这里，虽然不见得就把俺等怎样，究属有些不便，依俺说时趁着大家尚不曾受甚玄虚，趁早走了的好！"

王先生急得把手一拍道："我倒想起一个去处来了，你们众位，就和俺走一遭吧！"于是叫过店家，告诉明白，倘若我等去后，有人到这里讯问时，你便说他们全回山东去了。店家答应，大家忙把东西收拾齐全，跟着王先生走了出来。刚刚拐出胡同，只见前面尘土飞扬，有十几匹马从前边跑了下来，苗二侉子急忙把大家衣裳一拉，全都贴墙站着，只见四五个做公的打扮，全都骑着马，随着周大成一齐进了胡同。

苗二侉子急向王先生道："俺等可以快快走了。"于是大家随着王先生一直走了下去，出了永定门，走过了岔路，苗二侉子便向王先生道："你到底到什么地方去，你可以说一下吗？"

王先生道："昨天我不是就向大家说过吗？我有一个很靠得住的朋友，就住在这边大红门，我想此时除去找他，更没有可找的人，不知你们以为怎样？"

苗二侉子道："事到如今，既有这样去处，那还说什么？只不知这个人可是我们道中人？"

王先生道："岂止是我道中人，并且可以说是我的救命恩人。"

苗二侉子道："既然如是，我们便快去再说吧！"

路上韩光向张灵姑道："不知昨天姑娘到那里是怎样一个情形？"张灵姑便把昨天晚上怎么进去，怎么出来，细细说了一遍。韩光听了向小芳看了一看道："这位姑娘，真可以说胆大心细，武艺出群了。那庆王府能人极多，像那个姓毛的，不过捏头一个小教习，然而要不是凭着药针打得准，恐怕三位打他一个也未必能够得手。听说里面本事最大的要算一个南边人，姓什么计，叫什么万年，幸亏这次没有遇见他，倘或要是他的话，恐怕就竟比这毒针厉害，也未便能收效……"

刚刚说到这里，只听王先生一声长叹道："倘若周大成有个三好两歹，怎样对得起他的父母家里人？"

韩光又向张灵姑道："不知怎的反倒走到咱的头里？这要不是老佛爷保佑，闹出点儿事来，咱怎样回去告诉老当家的？"

张灵姑听了脸上一红道："这件事都要怪我贪功，晚上大家在店说话的时候，我就在那里头窗户上听着，后来听了你们只派了丁立和曹姑娘两个，那是我心里就有些不痛快，虽然他二人就敢身入险地，岂不是白白地把他俩命断送？我想趁他们还未曾走之先，我先到庆王府走一遭，倘若能够先探些消息来，便可以拦着他们，不再容他们去。如果不曾见着他们，在那里出了什么险事，我也可以帮他们一帮，不致让他们吃亏。谁知事情偏偏相反，我到那里刚刚走到那边花园，一看里面黑洞洞的连一点儿灯亮都没有，那时我要不下去就对了，也是我一时大意，打算从那里打穿过去，谁知他们里面早有埋伏，再轻轻往下一跳，就吃他们用软网把我兜住，这要不是曹姑娘赶来救了我，那才真正要羞死人哩！"

正说话间，只听王先生说道："我们今天投奔这里，已是山穷水尽，倘若我所找的人，他要是不在家便当如何？"

苗二侉子道："如果他不在家的时候，那时俺等便先找个地方度过今天，明天再想办法就是了。"

王先生道："事已如此，也只好是这样办吧！"

说话之时，大家穿过了一个树林，忽然从林子里跳出一个人来，往前边一撞，大家不曾防备，邓叔宝竟被他撞出有十几步。抬头一看，只见这人身高在七尺开外，漆黑的一张面皮，赤着个膀子，露着一身漆黑的肉，底下穿了一件山东老串的单裤，光着脚穿了两只搬尖洒鞋，手里拿了一个蒲扇，年纪也就在三十上下岁的样子。苗二侉子见了，暗暗道了一声好个精壮汉子。

这时邓叔宝已然从地下起来，恶狠狠向那汉子道："你这厮怎的这般无礼！难道你这厮连'低头走路抬头看人'都不懂的吗，你怎的便把俺撞了一跤？"

那汉子听了哈哈笑道："你这才说得怪，你说我没有低头走道儿抬头看人，那么你就不是人？你怎么会撞到我的身上呢？既是你被人撞倒，你就该一声儿不语，爬起来各走各的路，你向我说理干吗？难道还要让我给你赔个不是怎么着？要依我说，你还是趁早走了强得多，不然恐怕这个地方，你许找不出便宜来！"

邓叔宝哪里还忍得住，便喊一声道："你这黑厮，真乃无礼，且吃俺一拳去！"说着当胸就是一拳，那汉子见了也不躲闪，只喊道一声好，身子一偏，叔宝一拳打空，因为用力太猛，连着自己身子都晃了一晃。那汉子身手更是来得快，轻轻地趔过手来，只往那叔宝腕子上一点，那叔宝登时觉得浑身一麻，四肢无力，当时摔倒在地。

那汉子看了哈哈一笑道："就凭你这样本事，也敢到这个地方来找便宜，你真是瞧得我们一点儿不值了！"说完又是一个畅笑。

这时怒恼了陶定边，狂喊一声道："黑奴怎敢伤俺弟兄，休走，且吃俺一拳去！"说着一拳当头打到。

那汉子一见，喊道一声"来得好！"那汉子哈哈一笑道："不要说是你，像你们这一群恐怕也未必找得出便宜去。"

陶定边一声狂喊道："黑厮休得拿大话欺人，且吃俺一拳去！"说着一拳当胸打到，那汉子往旁边一闪，左手往起一托陶定边右手，进步一拳，打在肋上，陶定边站不住脚，倒退五六步栽倒在地。

那汉子见了哈哈一笑道："哟！没摔着吗？快快起来吧！我说你不行，你一定要试试，你瞧怎么样？"

苗二侉子和王先生这时已然看出这个汉子不是等闲之人，并且不是和自己这班人真是为难，正待前去和他讲理，只见吴七早已托斧出去，往当场一站，高声喊道："黑小子，你休得张狂，且来和俺比试比试再说！"

那汉子见了把手一拍道："怪不得昨天老郝给我相面，说俺要走运了，今天果然走运了，打来打去，倒打出这样个大小子来！大小子，如果你要不上别处去，请你跟我走到我们家，叫咱爸爸瞧瞧你，你瞧好不好？"

吴七一听，呸的一声道："黑小子你休得满嘴胡说，且吃俺一斧去！"说着就是一斧砍下。

那汉子一见，往旁边一闪道："怎么？玩来玩去倒玩出家伙来了？我要是一动家伙，就算输给你了。"说着一转身让过斧头，轻轻把斧柄拢住，吴七虽然力大，却禁不住他这一揪，再想从他手里夺出，怎样用力，也休想动他分毫。那汉子哈哈一笑道："大小子你倒是用劲儿呀，咱们这不是玩那吗？"说着哈哈又是一笑。

吴七这时挣得脸红脖子粗，心里有气，嘴里说不出，只一个劲儿往回扯。苗二侉子刚要近前说话，谁知旁边小芳早已气愤不过，就趁两个正在用力回扯时，便喊叫一声着，随着把手一扬，一根药针早已打出。苗二侉子和王先生喊使不得，但是药针已然打了出去，就在这一刹那间，只见从树林子里头嗖的声纵出一人，横身一脚，照定那大汉踢去。那大汉本来和吴七正在拼命向后夺那把斧头，并不曾看见有人用药针打他，更不曾防备后面会有人踢他，这一脚踹个正着，一时吃力不住，身形往后一闪，退出足有十几步。就在他身形一晃的时候，那根药针恰恰打到，至多不差三五分远近，便会打中面门。苗二侉子和王先生大家见了，不由齐声喝了一个彩。那汉子还以为替他喝倒彩，便不由得大怒，睁眼一看，吴七早已拉开了斧头跑回，在那边擦汗，再往旁边一看，就在自己旁边，站了一个小矮子，大约至多不到三尺高，宽下里仿佛也有二尺多，留着长发，一脸滋泥！身上穿着一身布裤褂儿，脚下穿着两只洒鞋，背上背着一个小黄包袱，一把雨伞，龇着雪白的牙，向着他笑。

他哪里认得这是什么人，便把眼睛一瞪道："你这个地里丁，放着好生路不走，却怎的踢了我一脚，想是你活着不耐烦了。来吧，待我来成全成全你！"说着往前一探身，向那矮子就是一扫堂腿，那矮子见了微微一笑，往起一纵身，那汉子腿便扫空。矮子往前进步照定大汉站住的那只腿上，轻轻又是一扫，那大汉便咕咚一声，便像倒了半座山墙相似。

那矮子笑嘻嘻地往那里一站道："这不算，这不算，起来再比！"大家不由喝了一声好。

谁知那汉子便躺在地下骂道："你们叫什么好儿，回头我叫你们一个都不用活！"

那矮子向他点手道："你倒是起来呀，俺洛子不会打睡了地下的人！"

那大汉在地下喊道："想不到我今天会坏在你这么舍命不舍财的老西儿手里！"

那矮子道："洛子舍财不舍财，与你什么相干？你倒是站起来呀！"

那大汉在地下一躺道："我不能起来，你要是打算和我过不去，我就在这里等你！"

那矮子道："你因为什么不起来？"

那大汉道："我干吗起来？我起来也干不过你，还是躺下，还是你干脆就着在地下打吧！"

那矮子听了，不由哈哈一笑，苗二侉子等也跟着一笑。那矮子笑道："你只管起来，洛子也不和你打了。"那大汉听了才从地下爬了起来，愣呵呵地站在那里。那矮子问道："你姓什么？因为什么大清早晨和这一班人在这里打架？你要说得有理，洛子就放你过去，碰巧还许帮你一个忙儿，要是你没有理呀，你就怪不得洛子，就要打发你回去！"

那大汉道："你要问我姓李，我叫李大勇，人家送给一个小外号叫今世无霸。今天是我师父让我出去买点儿东西，不想走在这里，碰见了他们，他们自不小心，摔倒在地，却拦了我，不依不饶，这就是实话。你帮我个忙儿，咱们打个热闹的吧？"

那矮子又问道："你师父叫什么？"

李大勇道："你问我师父干什么？这个我可不能告诉你。"

矮子道："你告诉我，我好帮你打他们。"

李大勇道："因我师父告诉我，不许告诉别人，倘若背着他老人家说了，他要知道了，我就活不了了！"

矮子道："你只管告诉我，洛子不向你师父去说，你师父怎能知道？你只管向洛子说好了。"

李大勇又想一想道："你可不许跟我师父说，也不许跟别人说，你还得帮着我打他们。"

矮子道："全都依你，你就快说吧！"

李大勇道："我师父他也没有说出他是什么地方人，我就知道他外号叫铁壁老龙神。"

李大勇话犹未完，只见那矮子忽地把脸上一变道："你师父脸上可是有一个金钱大的疤痕？"

李大勇把手一拍道："对呀！你怎么知道？敢情你也认得他呀？得啦，你帮着我打他们吧！"

那矮子把脸色又一变道："好！你先带洛子去找你师父，回头真帮你打他们，你瞧怎么样？"

王先生把苗二侉子一拉道："你听见了没有，他们所说的铁壁老龙神，就是我所要找的那个朋友，看他这个神气，似乎是和他有仇一样，既然被我们遇见，我们便应帮他才是。只是有什么法子，可以把他们从中拦住？"

苗二侉子把眉头一皱忽然一笑道："有了！"

这时那李大勇道："你要不帮我，你就走你的吧！我也不能领你去找我师父。"

那矮子一听，忽地把眼一瞪，一阵冷笑道："怎么？你不领我去吗？那洛子就要对你不住，找不着你那师父，先拿你试试手也是好的！"说着，劈面就是一掌。

苗二侉子和王先生齐喊一声不好，就在这一刹那之间，只听树林子里一声狂喊慢动手，跟着由里面跳出一个人来，快得仿佛像个飞鸟一般，声到人到，竟到中间把李大勇和那矮子分开有个十来多步！大家抬头一看，只见这人身高足有七尺，细腰窄背，穿了一身蓝绸子裤褂，通红脸膛，在左额角有一块铜钱般大小的红疤，须发全白，看那神气，约有七十左右，手里拿了一个蒲扇，笑嘻嘻地往那里一站。

王先生看了，不由大喜道："喂！你们看见了没有？这个就是方才那个大汉子的师父，也就是我要领你们去找的那个铁壁老龙神，等我过去招呼他一下。"

苗二侉子急忙拦住道："你老先慢着，人家那里话还没有说完哩！"

王先生一看，那个矮子可不是正在和那老头子说话。听那个矮子道："姓娄的，今天洛子既然遇见了你，洛子就要报当年一掌之仇，你如果怕死在洛子手下，你就当着大家，跪在地下向洛子磕三个响头，洛子念其你这样年纪，饶你不死。如果不然，你就要和洛子较量较量，姓娄的你就快来领死吧！"说着往前一进步，迎面就是一掌。

只见那老头儿，果然身手不弱，轻轻往旁边一闪，那一掌便打在空处，双拳一抱，笑着向矮子道："党老弟，你怎么还是这样大的气性。俺现在老了，不能动手了，就是老弟一掌把俺打伤，也显不出老弟你的本事来了，如果肯其念俺年老，放俺师徒过去，俺一定择个日子，去向老弟赔礼！老弟，你就瞧俺一个年老糊涂吧！"

那矮子道："姓娄的，你不要倚老卖老，洛子不买你这本老账！且吃这一拳去！"说着一掌当胸又到。

苗二侉子急向王先生道："你看他们已然动起手来了。"

王先生道："这时就是要拦，恐怕也来不及了，且看看他们究竟怎样再说吧！"

这时只见那矮子一掌已劈面向那老头儿打去，老头儿也不闪躲，看见掌到面门，轻轻地把头一偏，矮子一掌便空，急忙收回掌来，往旁边一扫，进步一个穿掌，直往老头儿前胸打来。掌已临近，只见老头儿把胸口往里面一缩，矮子用力过猛，身子往前一欠，身形两晃，才得站住。

老头儿微微一笑道："俺已让你三招，你也可以收了吧！"

矮子把眼一睁，陡地往起一跳，足有七八尺高，一声狂喊道："谁要你让，你有什么只管使出来，今天不是，就是我！"说着，身形往下一矮，两个拳头便像雨点一般往前面打来。老头儿只是一味躲躲闪闪绝不还招，那矮子却只是有进无退，约莫着打了足有半个时辰，大家再看，那个矮子力气已然不似先前那样狂猛，老头儿却仍然脸色不红，气息不喘。

王先生向苗二侉子道："你看这才是真功夫哩！"

这时那李大勇忽的一声喊道："小矮子你别不害臊了，我师父让你这老半天，你还这样一个劲儿没结没完，难道你跳起来，谁就怕了你吗？"

话犹未完，只见那矮子就着往下一落的时候，竟从身后撒下那根破伞，趁势就往前一挤，那根伞竟根根立了起来。原来那根伞竟是铁的，使得和风车一般，直往那老头儿下三路攻来。

老头儿见了把眉毛一皱道："姓党的，你怎的还是这样愈懒，与俺这老迈无能的下此毒手，这就休怪俺要对你不起了！"一边说着，一边往后让，却从腰里取出一根不足一尺的烟袋来，随手随势地招架着他那根破伞，有了工夫，还要点那矮子腰里一下子，戳那矮子腿上一下子。工夫一大，只见那矮子两鬓汗流，眼睛瞪得有包子那样大，脚下步数，也透出乱无次序。

苗二侉子向王先生道："你看这矮子，大概要离输不远了。"

王先生道："那还用说，要不是那位娄老英雄让着他，只怕他这时早已输给人家了。"

正说着只见那矮子往里边一进身转过伞柄，对定老头儿胸前就扎，只见老头儿轻轻一闪，早已走在那矮子身后，就势用烟袋锅儿往外一兜，矮子那伞，便钩在老头儿烟袋上，休想再动得分毫。那矮子见弄不出自己兵器，不由仰天一声狂喊，撒手扔了手里伞柄，往后一退身，把眉毛一拧，一阵冷笑道："罢了！罢了！姓娄的，总算你的时气好，不该命丧洛子之手。想我洛子自从十二岁闯荡江湖，从不曾丢人现眼，却不想两次都现在你的手里，今天既是战你不过，将来这仇，恐怕也要报不成了，不如成全了你吧！"说着一弯腰从身上掏出一根锋薄雪亮的手叉子来，对定咽喉便刺。

那老头儿待要喊声使不得时已是不及，就在这一刹那间，忽地从老头儿身后飞来一支袖箭，不偏不倚，正正打在那矮子拿叉子那个手上，矮子觉得手背一麻，拿叉子那手，就吃不住劲一松手，叉子掉在地下，大家不由齐声喝了一个彩。

王先生知道是小芳所打，便回头向小芳道："你快跟我过去，看看怎么样吧！"

这时那老头儿也看见王先生，便哟了一声道："你什么时候来的？"

王先生道："我早就来了，您手里脚下可真可以呀！"

老头儿把头一摇道："别笑话人了，这还算是功夫？"

王先生道："我本打算造府相扰，却不想在此地相遇，不知你到这里来做什么？"

老头儿微微叹了一口气道："咳！都是为了这个孩子，才招出这些来！不瞒你说，自从那年俺与你分别之后，就有朋友给俺荐了这个徒弟，俺原想不收留，朋友再三说好话，俺不得已才把他收下，谁知这个孩子，天真烂漫，什么都不懂，好容易交了他几手功夫，叫他出外不要招事，谁知他今天偏又多事，倘若不是你们相助，岂不又使俺多层罪过？"

王先生当时向苗二侉子引见过："这位是苗正义，这位就是我向您常提的那位铁壁老龙神娄廷玉娄老英雄。"当下二人见过，王先生又替大家一一见过。

娄廷玉道："俺一向也曾听王爷对俺说过，打算到外省去访几位朋友，这才多少天的事，竟会引了这些人来，足见有志者事竟成了。"

王先生道："这位山西朋友，我看他武艺也还说得下去，只不知怎样当年结仇？"

娄廷玉道："说起结仇，真是不值一笑。当年俺在山西路上，也曾走过几年镖，仗着朋友们关照，却不曾出过丑。有一天也是合该出事，俺因同了一位朋友到河南少林寺去访铁杖长老，有一支镖，俺便派了一个徒弟二十名伙计押了下去。谁知这个徒弟，年纪太轻，不按镖行规矩，走到大同府就把一支镖失去，这位劫镖的朋友就是这位朋友了。这位朋友，那时在山西一带，大大有名，他姓党，他叫天罗伞党明，党德太，所有吃镖行饭的人，都要向他递个帖儿。他确是够得上一个朋友，凡是投过帖的镖行，从不曾在他管的地面儿里失过事。后来俺听见这个信息，便连夜赶到大同府去见他，谁知他闭门不见，却叫人传出话来，打算要回镖银，除非把他打倒。俺想'强龙不压地头蛇'，况且自己又是吃这碗饭，何必伤他，再者他又是一个了不得的角色，结识了他也方便些。于是俺又托出朋友来去和他说，谁知他竟执定前议。俺那时也是百十号人的一个头目，就是自己再能忍一些，恐怕旁人也不会答应，这才告诉他的日子，定期比试高下！二人见面之后，便当着大家说明，两人比试，谁都不许旁人动手，如果他要是把俺打败，俺便撕了镖旗砸了镖车，从此不再吃这碗镖行饭。他

345

要是被俺打败，从此收了他的局面，退还俺的镖车，偿还俺的镖银，并且还要到俺的家里，给俺磕头，拜俺为师。说完之后，两下里击了掌，这才开始动手。不是向老弟说句大话，那时俺实不曾把他姓党的放在心里，谁知道一动手之后，才知道他手里实在可以，那时俺便用尽全份力量和他对付，后来把两旁看的人，差不多全瞧愣了。俺那时一想，俺若不拿出看家本领，恐怕时间一长，还许败在他手，幸亏俺和铁杖禅师学过救命三掌，这时实在被迫无奈，才想起用掌法来。那时他也是不曾防备，吃俺一掌将他左肋打伤，当时俺又托出朋友来把镖车要出，向他告了罪，然后才回到北京。从那一回起，这山西一带的镖，俺就托给兴顺镖店柯云龙代走，就算是各不相犯了。这事大概也有十几年了，谁知他仍是怀恨在心，不肯放松于俺，恰恰今天便在此相遇，这一来倒越闹越深了！"

王先生道："依我说这件事没有什么难办，现在把他先扛到您的家里，然后我自有法子，总可以让您把这事化没了，您看如何？"

娄廷玉道："如果能够那样，是再好没有。不过，俺的住处太小，恐怕诸位受了委屈！"

王先生道："您说哪里话，我们现在已至穷无可归，只要有个地方安身，就感激不尽了，还说什么避屈不避屈，实在您是过谦了！"

大家过去把党明拉了起来，给李大勇背在背上，大家这才跟着娄廷玉走去。走了不远，前面有一座破庙，娄廷玉道："这里就是俺的住家了。"过去把门推开，大家来到里面一看，原来是座关帝庙，北殿三间，供着佛像，东西各三间配殿，院子里头，摆着许多刀石之类。娄廷玉道："请诸位到东间去坐吧！"大家进了东配殿，一看里面神像已然不见，正中间墙上挂着一对双钩，屋里除去几张长板凳之外，并没有什么摆设。

娄廷玉正在让座之际，只听院里扑咚地响了一声，急忙出去一看，原来是大个儿李大勇把党明已然扔在地下，娄廷玉急忙叫他把党明扛进屋里。娄廷玉便向王先生道："这姓党的想是受了毒药伤，不知你们哪位所打，身上可有解药？"

小芳听到这里，向前搭话道："老前辈，那人是俺用药针所伤，俺这里随身带有解药，请你老给找一碗凉水来吧！"

娄廷玉叫李大勇出去找来凉水，才待往里头灌时，只见王先生上前一把拦住道："且慢！"

娄廷玉急忙问道："不知王爷为何拦住？"

王先生道："方才我看他那神气，似乎和您有势不两立之意，倘若这时把他救醒，他要是还和您决斗，或是他自行短见，您可有什么法子吗？"

娄廷玉道："这话说得是，不知你老打算怎样？"

王先生道："要依我说，这位朋友，既不是什么下路不法之徒，不过和您全是意气之争，最好能够想个法子，把他劝好，能够让他和咱成了一气，这件事就好办了。"

娄廷玉点了点头，就见苗二侉子抢了过来道："这件事全在俺的身上，最好你们大家此时全都走了出去。"

大家答应，屋里只剩下苗二侉子，苗二侉子拿过解药和凉水，替党明送了下去，不一时，只听他肚腹之内，一阵作响，跟着一翻身，坐了起来，抬头一看，不由脸上显出一种惊愕之色，便向苗二侉子道："你是什么人？怎的把洛子弄到此地？"

苗二侉子笑了一笑道："朋友，你先别着急，听俺慢慢告诉你。俺姓苗，名字叫作正义。你方才不是和姓娄的在树林子争强来吗？俺是从此路过，看见你斗那姓娄的不过，正在拔刀自了的时候，俺见你实是一个英雄，所以俺才叫俺徒弟在你手背上打了一毒药针，救了你的性命。俺又向那姓娄的问，俺才知道你们当先结仇始末，俺一听他所说，你所作所为，全不失男子汉所为，俺一生只好交个血性男子，所以才把你救了过来，但是不知你现在的意思是怎样？"

党明听了，急忙站起向前一揖道："俺实不知这条命是你老所救，这里当面谢过。俺与姓娄的，原无深仇宿怨，只是为了争气，现在既是有了你老来了结，俺是无不依从。"

苗二侉子听了大喜，便急向窗外叫道："你们诸位都快进来吧！"大家听了，便急忙从外边走了进来。苗二侉子便向娄廷玉道："老龙王爷，你老快来吧！"

娄廷玉抢一步，上前就是一拱到地道："党兄，恕俺前番冒昧无礼！"

党明哈哈一笑道："不介意，不介意，先前还是俺洛子不是，要是碰在别人手里，俺老早不交代了吗？今天言出无度，从今以后，不准谁再提从前之事，谁要一说从前之事，谁就是妇人女子。"

大家听了，全都十分欢喜，苗二侉子又和大家介绍过，然后才落座谈话。娄廷玉道："这位党朋友，虽然和俺从前有些嫌隙，如今已然成为我道中人了，有什么话，也无妨直说，大家也可以想个办法。不知王爷此次到这里来，可有什么事吗？"

王先生这时还想不说，苗二侉子在旁边却早已耐不住，便不等王先生说话，站起道："这话说得是，有什么话，只管说吧！"苗二侉子便把王先生怎样由宫里出去，怎样到山东，结识大家，大家怎样计划，怎样昨天住在三元店，怎的去探庆王府，怎的失去周大成，一一说了一遍。

娄廷玉道："这件事依俺看时，今晚最好再有一人夜探庆王府便可知道端的，这个人总要找一个熟识京城情形的才好，不然恐怕又出了差错。"

说到这里，大家全都不语，只见党明站起道："俺姓党的今天不知自量，要在众位跟前，讨这个没脸，京城的地方，虽然不十分熟悉，却也还来过几次，此事俺想去一遭，不知众位可信得及不？"

娄廷玉不待大家答言便应道："如果党爷愿去，那是再好没有，就请辛苦一趟吧！"大家当下见娄廷玉已然答应他，便也不好再说什么。于是娄廷玉向大家道："这件事总算全说知了，俺却有一句话要问在当面，不知众位可肯说出原委吗？"

苗二侉子道："其实这话俺不当说，老英雄既和王先生是这样的交情，有话只管说出，其实又何必这样问哩？"

娄廷玉道："既然如是，俺便要斗胆了！诸位此番入京，究竟打算怎样？无妨说出，俺也可以拿个主意。"

王先生听了，不好作声，却把眼睛望着大家。苗二侉子便代言道："你老要问，这件事你老还有什么不明白吗？当今这个主儿，他那个座儿怎么来的，大概你老也必有个耳闻？"

娄廷玉道："这个倒不曾听说。"

苗二侉子道："既然你老不曾听说，俺不妨再向你老说一遍。"遂把宫内传诏，和改铁诏之事说了一遍。

娄廷玉道："原来这里面，还有这许多曲折，不过这件事与诸位进京，有何关系？可否再为说知？"

苗二侉子道："这位王爷就是从宫里走出的皇十七子，只要把现在那个主儿弄倒，别无话说。"

娄廷玉道："这件事虽是难办，却还可以进行。只是有一件，倘若把现在那个主儿弄倒，你可敢保你们便不再想旁的道路吗？"

苗二侉子道："这件事我却敢保，准保事成以后，全都急流勇退，决不至有别的希望。"

娄廷玉道："既然如是，俺愿帮忙到底，就连这位党朋友，想也一定协助的了？"

党明道："众位大义在先，俺洛子自当追随在后，如有用俺洛子之处，绝无推辞！

娄廷玉和大家听了全都十分欢喜，娄廷玉叫李大勇预备酒饭，大家吃喝已毕，二次到屋里落座谈话。

苗二侉子道："今夜党爷入王府，探听举动，固然是大事，还有一件不大吃紧的事，也求党爷格外留神。就是俺有一个徒弟，名叫周大成，只因前天暗探王府，到现在不见，倘若是王府遇见这样一个人，可以把他调出，告诉他俺等现在此处，叫他速到此处来找。"

苗二侉子话犹未完，王先生急忙拦住道："这话不是这样说法，依我看时，大成这孩子，似乎已归对方，倘若此时告诉清楚了你我的住处，那岂不是自找其苦？最好如果碰见这孩子，不必说明你老是从哪里来的，更不必说清和我等相识，且看清楚方向再说。"

娄廷玉在旁边听了道："王爷不是俺说，你的心也忒多了，自己的徒弟，这样这般信任不及，还是听苗爷的为是！"

党明道："俺自有理会得。"

大家又互相谈了些各地风土人情，不觉已至黄昏，复又饮酒吃饭。酒饭已毕，党明收拾好自己东西，向大家告辞，大家全都说完偏劳小心，党明点头答应自去。

再说娄廷玉一见党明一去，这才向王先生道："王爷这样这般心直口快，令徒周某，依俺看时，也一定归附对方，不过此时不必言明，要知那姓党的，和俺结仇已深，岂肯便这样轻轻地言归于好，一定是因为自己力量不及，才肯这样屈心俯就。此去如果见着令徒，俺想今夜此处定不得安生，见不着令徒，此地也不会平安过去，王爷还真去和他说心腹，那岂不是替他打算！"

王先生道："果然老英雄明见，只是这时候，除去这个地方，哪里还有地方可去？如果他们来时，岂不连累了老英雄师徒？"

娄廷玉哈哈一笑道："这却不妨事，俺若怕连累，也就不让诸位来了，今天正好趁着这机会，正好在诸位跟前献丑，只是要屈尊众位，恕俺斗胆要调动一切了！"说着先叫李大勇把庙门关了，这才向大家道："今天夜晚，便是紧要关头，俺却有个意见，如果不嫌俺造次时，俺便要斗胆了！"

王先生道："有话只管请讲，我可替大家答应全无二意。"

娄廷玉道："如此俺便要斗胆了！俺想党明此去，必不肯为俺等所用，定然要去告密，说要逃个去处，也不是没有，不过俺想纸里包不住火，既是打算在京城里做一番大事，就不能这样躲躲藏藏。俺想大家又都有艺业在身，也不怕他人多势众，不如大家一齐埋伏好，做个备而不用。倘若他们竟不来时，俺等只当在院里歇一宵，等待党明回来，再作计较。倘若他们来时，大家一齐便努力把他们全都拿住，斩草除根，便把他们全都杀了，以便再举大事！不知诸位以为如何？倘若不幸竟败在他人手内，那时俺自有逃生之路，绝不连累众位吃苦！"

苗二侉子道："如此就好，便请你老吩咐吧！"

娄廷玉道："此地名叫海子大红门，在这前边，名叫小红门。他们如果夜里出来，必定要从此处经过，这里最好去两位，一位要力大，一位要腿快，力大的可以带一根绊马索，一根拴在树上，一头用手揪好，倘若有人从此路过，便用力将他兜翻，腿快的便跑回来送信，这里大家便可做一准备。但不知哪二位愿意前去？"

大家尚未答言，旁边大个儿李大勇跑过来道："师父我去行吗？"

苗二侉子不等娄廷玉说话便道："行！你的力气俺是领教过的了。"

娄廷玉道："苗二爷夸奖，还要一位步下能行的？"

陶定边道："小可足下一个时辰，可以走七十多里，不知可以去得吗？"

娄廷玉道："足以去得。事不宜迟，大勇快些取那绊马索随陶爷一同前去！"

大勇答应，从东殿里找出一根大井绳，拉了一拉，不糟不朽，便同陶定边急急忙忙去了。

娄廷玉又道："这是第一拨，已经安排好了，这就该说预备里面了。这里至大方圆不到五亩地，倘若他们来的人多团团一围，那时可不好对付，依俺之见，这庙灯烛依然可以不灭，却不要全在庙内死等，最好大家分开，各自防备紧密，总叫他们得到庙前为是！现在大家便请听俺支配才好！"

苗二侉子道："不劳嘱咐，俺等自理会得。"

娄廷玉道："今夜他们来时，不见得一定便会由正门进庙，也许会从旁处进庙，俺等便可取一个四面八方式，一方有事，只要听见动静，四面一齐动手。此处俺最熟，俺愿独当头面……"

娄廷玉话犹未完，只听华梁向前深深施了一礼道："你老人家愿意自当头面，自是百无一失，不过俺是小孩子，初来这里，人地生疏，唯恐一时迷了路径，现在打算央求你老人家，把俺放在身边，一则省却俺临时心慌，二来也可跟你老人家长点儿见识，不知你老人家可肯使俺小孩子在旁边吗？"

娄廷玉道："便是这样吧！"

苗二侉子道："且慢！这件事要依俺说，还是俺和华梁站在前边的为是！一则娄老英雄虽然地熟，究竟年岁大了，不如俺的眼脚好使，二则俺在前面，倘若……"

苗二侉子话犹未完，只听旁边有人说道："你老二位不必争竞，依俺说还是俺和华师兄在此为是！"

大家看时，原来正是小芳。娄廷玉把眉头一皱道："这正中间是他们来的必由之路，倘若被他们抢了进来，这座庙就不能守了。俺若在此，虽不能说他等绝过去不得，究竟能够抵挡一阵，你等如何抵得住？"

苗二侉子见说道："依俺说时，可叫华梁跟着你老，俺同小芳另去别路如何？"

娄廷玉道："这便是了！苗爷可同小芳姑娘和张姑娘去到庙西树林藏了，如果见这边有什么动静，万不可来，这边自有俺一人承当。"苗二侉子答应，带了张灵姑和小芳自去了。

娄廷玉道："丁立，金威，你们二位同韩光可到东边树林藏起来，如果听见俺吹起哨子，便从后边迎头截住，不可有误。"丁金两个答应，同了韩光去了。

娄廷玉道："东方德、邓叔宝你们二位可同吴七爷藏在庙角坟后，倘

351

若俺等败下，众位可速来接应。"东方德、邓叔宝答应，带了吴七往庙后去了。

娄廷玉向王先生道："王爷，这四面已然安排妥了，请王爷随着俺来！"说时一拉王先生，走入正殿里来，娄廷玉一指佛像道："王爷你看，这佛像后面有一股地道，倘若听见外面事急，王爷可从此地道出去，这地道原是一口干井，直通后面坟地，俺等可以在那里见面，他们见不着王爷，也就没有题目了。"又向张兴霸、尤俊英道，"你们两个，可以保定王爷，不可距离此殿，下地道之时，海灯旁有火种，可以打亮下去。"

王先生道："如此却有累你老一人了！"

娄廷玉道："这件事原算不得什么，只愿今夜能够平安度过，也好再行别事，王爷千万谨记，外头怎样乱法，千万不可出来。"

王先生答应了，娄廷玉这才同了华梁走出殿来，到了院里，把庙门拴好，复又从墙上跳了出去，离开庙门一直奔正北，走出约有一里地，才叫华梁站住，找了一个树林，把衣裳和用的东西都预备好，听听天已交更，便偷偷向华梁道："要来也就是时候了，你且预备好！"华梁答应。这里暂时不提。

单说苗二侉子和小芳、张灵姑一直来到庙西，苗二侉子向小芳道："你的意思打算独当前面，俺却有几分明白，你可是为了大成师兄吗？"

小芳笑道："二叔说得是，俺总觉得俺师兄不至于那般糊涂，所以俺打算是在前面等他真个来时，俺打算当面问个究竟，倘若他要不像他们所说那样，岂不冤枉了他。俺的心思原是如此，不想老头子，偏不使俺在那里等，却又使俺到这里来，这时如果周师哥来时，岂不要闹出别事。只是现在已经没了办法。"

苗二侉子道："俺也是这样说，俺总说他不至于这样无礼！"

刚刚说到这里，只听张灵姑在旁边道："二位且慢说话，听那旁有了脚走之声向这边来了！"

苗二侉子急忙一拦小芳，才要往树林里躲时，只见一条黑影，早已由前面跑了下来。苗二侉子定睛一看，久在一起已然认清来的这个，正是探府未回的周大成，不由喜出望外，急忙抢一步截住去路道："前面来的敢是大成？"

那条黑影，立即站住答应道："正是，你老敢是苗二叔？"

苗二侉子一看，果然是周大成，心里真是说不出的欢喜，急便答道："正是俺。你这是从什么地方来？要到什么地方去？怎的知道俺等在此？"

周大成道："二叔，这话提起便长了，俺一时也说不清楚，简略一说吧！俺因为师父差了丁立、小芳二位去探王府，独不差俺等，俺想不如自身去探王府，倘若被俺探出事来，回来也可遮个羞脸。谁知路径不熟，入府被获，是府里再三相问，俺便说出大家踪迹，多蒙那王爷不肯降罪，反向俺说杀官如同造反，而况是背叛王家，岂不要灭门九族？叫俺带领府里护卫，到三元店拿获你老众位，可以将功折罪。俺一想这话说得也是，倘若办事不成，牵连在内，将来刨坟锯树，罪在不赦，反不如依着他们的话，一则可以减轻自己罪名，二则可以谋个出身，因此便答应了他们。谁知大家到了三元店，已然全都走尽，俺便去回复王爷，王爷也没有法子，只好听其自然。谁知方才俺正从堂檐前经过，听得上面有人声响，吃俺一针将他打了下来，谁知把他救醒以后，问起他的来由，他却说是要找俺，俺便把他推在一间小屋之内，细细盘问，才知道那人姓党，是师父派他去暗探王府的。俺又从他口内问出师父是在此处居住，便和王爷请了二十名壮兵，六名护卫，来到此地。俺想你老已然这般年纪，还和那姓王的胡乱什么，反不如随俺把姓王的拿获，回去见了王爷，保你老有个官做。"

苗二侉子听到这里，不由勃然大怒，哪里肯容他往下再说，便恶狠狠地呸了一口道："我把你这丧尽天良的小畜生！休走吃俺一钩！"说着一钩早已当头劈下。

大成往旁边一闪，哈哈一笑道："姓苗的，你倒是现钟不撞撞木钟，俺向你说，俺所以肯关照你时，不过是因为擒了你，也没有好大功劳，所以才不愿意拿你，你怎的反寻起孽恼来了。真的要不是你在姓王的面前说起俺在天津卫之事，他怎能这般看不起俺？说起来还是坏在你的手里，你反不依不饶，提钩便刺，你且休得张狂，且吃俺一锤去！"说着哗啷一响，一锤早到。

苗二侉子这时气得浑身乱抖，恨不得一钩把他劈死，心里才觉痛快。躲过一锤，进步一钩，用一个刀劈华山势，向大成顶上劈来，不等大成锤起，左手钩用个八方寻蛇势，向大成颈上扫来。大成刚刚躲过右手钩，一看左手钩又到，再想平平躲过哪里能够……

欲知周大成生死如何，请看第四集。

第 四 集

误入歧途师生反目
再探王府兄弟操戈

只得一狠心眉毛一皱，趁势往下一躺，左手已然把链子锤的挽手脱下，在镖囊里摸出针来藏在手内。

这时苗二侉子见大成栽倒，心里一阵大喜，口里喊道："你这忘恩负义的小畜生，还往哪里走？"往前一进身，举钩就劈。

只听周大成一声喊道："姓苗的休得欺人太甚！"只听哗啷一响，一个链子锤早已脱手飞出。苗二侉子喊声不好，用力止住脚步，往旁边一闪，好容易把链子锤躲过，不防备大成手里梅花针打出，一些声息没有地就着上了，觉得迎面骨上一凉，喊都不曾喊出，便摔倒在地。周大成哈哈一笑道："姓苗的，只知有己，不知有人，今天你也输在姓周的手里，休怪姓周的不仁，只怪你自己不义。俺还告诉你，俺用的是梅花针打的你，那梅花针便是你教给俺的，现在俺也不用问你，只等明日此时你自己了账，俺自有公干去了。"说着在地下摸着那把链子锤，把挽手套好，大踏步往里走去。

刚走出不到三五步，只听身后一声喊道："忘恩负义的周大成休走，且吃俺一剑、一刀去！"耳边带风，嗖，嗖，刀剑都到。

好大成，一边躲过刀剑，一边撤步转身，晃过自己双锤，往正面一看，仿佛是个女子，急忙问道："什么人敢拦俺的去路？"

只听前面一个女子口音道："周大成，你真算是利令智昏，怎的连俺的口音，都听不出来了？"

大成听得清楚，明明是小芳口音，心里寻思道惭愧，俺知道是姓苗的一个，才用药针把他打翻，谁知后面还有人在此，这件事说出去，大是难听！眉毛一皱道：有了！遂向小芳道："俺当是谁，原来是小芳姊，黑天半夜，在此则甚？"

小芳道："呸！你还待欺俺怎的？俺眼睁睁你把师父用药针打倒，你还敢在这里假作不知，休走，吃俺一剑！"

原来小芳在这几个师兄弟里，最和大成投契，所以大家说大成背叛，她心里委实不信，并且深恨娄廷玉，不该这样污蔑好人。及至来到此处，果见他真个来了，心里便起了三分狐疑，又听他和苗二侉子说了一片话，又添了三分焦急，再看到亮兵器动手，便有了七八分不快。又见大成摔倒，苗二侉子追了过去，提钩就劈，方喊一声使不得，凭空又见苗二侉子倒了下去，待要过去，又恐怕受了大成暗算。再看大成说完，转过要走，自己还待不追，一听张灵姑已喊出声来，便于万不得已喊了一声提剑跑了过来。原打算大成看见他们还不逃跑，谁知大成不但不跑，而且答话动手，心里虽不愿意，只是一时也没有旁的办法，心里还想灵姑过来协助，再回头一看灵姑早已不知去向，心里不由骂道：这个使促狭的，把人家喊了出来，她倒跑了！

正在动手之际，只听大成喊道："小芳你看你身后什么人？"小芳一时忘神，回头一看，大成趁势一梅花针正钉在她迎面骨上，小芳啊呀一声，倒在地下。周大成不由哈哈一笑道："姓曹的，休得怨俺手毒，等俺把他们弄倒之后，自来救你！"说完一抖手中双锤，大踏步向庙里走去。

刚刚来到庙墙，正在寻思从什么地方可以进去，只见眼前一晃，从墙上早已跳下两个人来。只听又是女子口音道："王爷你老快来，你老那位徒弟他来了！"

大成一听这个口音，十分耳熟，只是一时有些想不起，再一看那人已然来在自己身旁，刚要问声什么人，只听一声断喝道："周大成，我把你这丧尽天良的小畜生！你怎敢误听旁人言语，背反师徒义气，竟敢打伤你师叔师妹，你的天良何在？你便是忘了师徒之义，难道连当年你父亲把你跟我学艺这事情都忘了吗？你若是一时糊涂，应当快快醒悟，快快同我把你师叔师妹救醒再说别话！"

大成一听，不是自己师父是谁？原来张灵姑看小芳已然过去动手，明知小芳不易赢得大成，自己在天津已然吃过他的亏，便不肯跟他过去动手，仗着自己路熟，便趁小芳和大成动手之际，急忙撤步跑回。来到庙里，一看里边没人，心里十分焦急，便在院里喊了一声道："什么人在屋里？"

殿里王先生听见，急忙走出道："是我在此，张姑娘可有什么要紧事？"

灵姑一见王先生，急道："这就好了，就是你老那个徒弟，姓周的他来了。"遂把周大成怎样从庙西来，怎样苗二侉子拦住去路，怎样和他动手，怎样把他弄倒，他是怎样用药针把苗二侉子打倒，小芳怎样过去，也怎样被他用药针打倒，自己才怎样来送的信，一一说了。

王先生一听，不由勃然动怒，便向灵姑道："他现在哪里？"

灵姑道："他现在恐怕也要离这里不远了。"

王先生急忙从旁边抄起自己金背砍刀，向灵姑道："张姑娘头前带路，带我亲去见他。"张灵姑答应一声是，才往外走。

只见从黑影跑过两个人道："你老去不得！"

王先生回头一看，原来正是张兴霸和尤俊英。王先生问道："怎么去不得？"

张兴霸道："你老不曾听娄老英雄讲，只让你老在庙里，不要出去吗？"

王先生道："到了这个时候，哪里还顾这许多，你两个只在这里守好，我去去便回。"说完同了张灵姑，一直越过庙西墙，刚刚走出不到一箭地，只见前面一条黑影，迎面而来。

灵姑急忙一扯王先生道："王爷留神，他来了！"

王先生道："我自理会得！"遂立住脚步，按住砍刀，看那黑影已到面前，王先生把刀一轧喊道："前面来的可是大成？"

周大成正跑之间，听得有人喊嚷，急忙收住脚步一听口音，正是王先生。那大成虽是误听蜚言，丧了良心，然而究竟有些自己和自己道不下去，况且方才一打苗二侉子，二打小芳，那股戾气，已然下去许多，现在见王先生一问，不由一阵忐忑不安。继而一想，我今天是干什么来的，既然当面遇见，怎肯放过，遂把双锤一轧道："正是周大成，想你已知俺的来意，难道还不肯成全俺吗？"

王先生呸地啐了一口道："周大成你这小畜生，你只顾贪图一时荣利，你便忘了要受千人指骂，你就不想想你身从何处来？艺是哪个教？你就忘了你临行时候，你父亲在家里嘱咐你的话？你竟丧尽天良，打伤你的苗二师父，曹家师妹，你想想你的天良何在？要是依我良言相劝，趁早扔下兵器，快去把师叔师妹救醒，念其你父托付一场，我必使你得回山东，你倘若执迷不悟，那时我就顾不了许多，定要把你捉住，给那忘恩负义的做个警诫。你也不是什么糊涂人，你就快快说吧！"

大成反哈哈一笑道："姓王的，不要说那些啰唆话，你有本事把俺打倒，一切事情全都应你，如若你被俺打倒，俺也不懂这些，俺只拿你去献功请赏，就让你先动手吧！"

王先生听到这里，把心一横，举起金背砍山刀照定大成头上砍下，大成往旁边一闪，用双锤压住刀背，往前一进身，抖双锤便奔王先生胸膛。王先生侧身一让，双锤打空，进步偏刀就奔大成咽喉。大成往下蹲身，刀从顶上过去，方要起去甩锤，只见王先生刀从头上撤回，便不敢再往起进身，打算换个招数，从旁边甩起双锤，取王先生两肋。王先生不容他起去，把刀往回一轧，做个"剑劈华山"之势，大成顾不得再甩双锤，急忙侧身往左旁一偏。王先生趁势提起左腿，照定右胯就是一脚，大成不曾防备，退出有五六步，扔锤摔倒。

王先生刚要赶了过去，后面张灵姑一声喊道："王爷，追不得，留神他的暗器！"王先生也知道他毒药针厉害，收住脚步，再往前边一看，大成早已爬了起来，转身就跑。原来大成摔倒在地。只等王先生过来，好用么梅花针，谁知一按绷簧，已然发松，原来里面已然没了药针，心中这一惊，真是非同小可。再看王先生已然止住脚步，心里不由念声佛，急忙站起，转身就跑。

依着王先生，还要追赶，灵姑急忙拦住道："王爷，你老先不要追他，还是快看苗二爷和曹姑娘要紧！"

王先生一听，急忙止住脚步，同了灵姑，一直来到那边柳林里，一看苗二侉子和小芳仍然躺在那里，急忙上前扶起。王先生道："我想最好先

360

把他们背回庙去，再作打算！"

灵姑道："也只好如此。"

于是王先生背起苗二侉子，灵姑背起小芳，不一时，来到庙里，张兴霸和尤俊英一齐迎了出来。王先生道："啊呀不好，这件事依然是没有办法！"

灵姑道："什么没有办法？"

王先生道："那大成打的是药针，这解药虽是苗二爷所配，他身上却没有解药，这针打上之后，对时必死，你说这应怎样办法？"

灵姑听了笑道："你老真是爱忘事，你老想想，这药针除去周苗二位之外，还有谁会打？"

王先生低头一笑道："噢！我真是急糊涂了！"遂向灵姑道，"你就快去掏出来吧！"

灵姑过去从小芳袋里掏出一个药瓶，上面写着梅华丹，急忙取过凉水，给两个人服下。

王先生道："你们先在这里，我要到前边去看一看，如果他们醒了过来，不要就叫他们出去，我去看一看就来。"遂提了金背砍刀，一直走出庙门，听听前面并无一些声音，心里不由狐疑道：怎的连一点儿声息全没有？难道他们都杀得没人了？正在寻思之际，只见前边一道黑影，蛇行式地往前走来。王先生急忙把刀往后一背，掩着自己身体，看看那人离自己已然不远，只见地下那条黑影陡地从地下纵起，仿佛和一条箭相似，直奔自己面前而来。

王先生方喊道一声不好，只见那黑影早已站在自己面前，喊了一声道："师父你老怎会来到这里？"

王先生一听，原来说话的正是华梁，便急问道："你们这里可有什么动静吗？"

华梁道："这里一点儿动静都没有，你老那里有什么动静吗？"

王先生道："岂止是有动静，那周大成小畜生果然来了。"

华梁急问道："他现在什么地方？"

王先生道："你先不要忙，他此时已然去远了。"遂把大成怎样用药针打伤苗二侉子和小芳，灵姑怎样报信，自己怎样把他打倒，他是怎样逃

361

去，一一都说了。

华梁道："他怎么便真变成这种样子？先生不该放他走去的。"

王先生听了说道："他此时已经走了，说也无益，等到明天再讲吧！只是他说他们一共来了有个三十来人，怎么这边连一点儿声响都没有哩？"

华梁道："这件事难免又是他弄的鬼，从根上就不曾来那些人！"

王先生道："这话也说得是。还有一件，怎的这半天不曾见娄老英雄？"

华梁道："方才还在这里的，不知一时间哪里去了。师父且和俺向前走几步，寻了他们回去。"

王先生正和华梁向前来，只听前边一阵脚步声音。华梁急向王先生道："你老准备着，八成是来了！"

王先生急忙轧刀，华梁也扯出十三节亮银鞭来。看看已然临近，华梁眼快，急喊一声道："那旁来的除了娄老英雄之外，还有什么人？"

娄廷玉道："是俺同陶都头，和徒儿李大勇，怎的王爷你也来了？"王爷遂把方才之话，细说了一遍。娄廷玉恨道："怎的不让俺遇见这个无义的人！"

王先生道："似这种无义的人，良心依然丧尽，他能这样不义，我们不似他那样不仁，就是看见他，又能把他怎样？还是放他逃去为是。况且像他这种人，也绝不会落得好下场，任他自亡好了。"

娄廷玉道："那么今天除去他以外并没有旁人来，俺等也不必在此久候了，先回到庙里再谈吧！"

王先生道："多累娄爷又熬了半夜，回庙去再说吧！"

于是一行四人，齐回关帝庙，一看苗二侉子和小芳业已复旧如初，只是旁人全都仍然未回。娄廷玉向华梁道："你到东墙把他们全都叫回。"华梁答应一声去了。娄廷玉又向李大勇道："你也到庙后把众位请了回来。"李大勇也答应去了。

不一时，金威、丁立、吴七、东方德、邓叔宝、方天玉、韩光，都已来到庙里，彼此互道辛苦以后，落座吃茶。大家问起如何又叫撤回，娄廷玉便把周大成怎样以往经过，怎样针打苗二侉子和小芳，怎样王先生自己出来，打倒大成，大家怎样才退回庙来，细细说了一遍。

当下丁立听了道："既然如是，这件事却有些不大妙相，那大成既敢只身前来，必是已然知道俺等住在此地。千不该，万不该，师父不该将他放走，这要等到天明，他定会领了官面人等前来无礼，俺等此时，除去这里，又没个去处，这事岂不是弄拙了！"

娄廷玉道："这个却不妨事，俺倒还有个计较在此！"

正说到这里，只听苗二侉子道："你们可曾看见华梁？"大家听了一看，哪里还有华梁的影子！

王先生问东方德道："方才不是华梁去请你们几位回来的吗？"

东方德道："是的，华小官人找俺等回来，俺等便回来了，华小官人却向俺等说，还要去到后面去请别位，叫俺等先回，俺等便先回来了，却不知华小官人现上什么地方去了。"

王先生又向韩光道："你们可曾看见华梁吗？"

韩光道："不曾见，华小官人就不曾到我们这边来。"

王先生道："怎的这般时候还不曾回来？难道他也出了差错不成？"

苗二侉子道："这却绝不至于，不过要依俺想，他一定是进城去了。"

王先生道："他这小小年纪，城里地方又不熟，这趟去岂不又要惹出事来。"

苗二侉子道："这却不消多虑，倒是先想个法子，怎样能够躲过他们来寻薅恼才好。"

王先生道："此时除去这个庙里，我是别无去处，你叫我想什么法子！"

娄廷玉道："这个却不用焦急，俺倒有个办法。在此处往南不到三里地，地名大柳树，那里便是俺这徒弟家里，大家且到那里暂时躲避一天，只要今天白天这里不出事情，等到明天俺便可以想出方法进内行事，不知你们几位以为如何？"

王先生道："既是有这样去处，那真是再好没有，就请你老同我们去趟吧！"

娄廷玉道："同去却是不能，这庙除去俺师徒之外，并无旁人，如果俺师徒刚刚走去，那厮便引人来寻薅恼，虽然俺不怕他，恐怕地方上人知道俺藏在徒弟家，那时岂不连累了他李家。俺这徒弟的父亲，也是江湖上

363

义气的男子，最喜交友，如果叫俺徒弟同诸位回去，他自能有一份款待，并许能够保诸位无事。俺在庙里静候他们来到，想好话打发他们回去，绝不劳诸位放在心上。"

王先生道："如此又累了你老！"

娄廷玉道："这却算不得什么，大勇，来，这里有字条一个，拿回去交给你父亲，就说是俺所写，你却要急急赶了回来！"

李大勇答应同了大家，辞了娄廷玉，一直奔往大柳树，娄廷玉也自在关帝庙等周大成，暂时不提。

且说华梁，听王先生说周大成已经来过，并且把苗二侉子和小芳用药针打伤，不由自己寻思，周大成和自己要算第一个相识，又和自己十分投契，现在虽然不曾当面见他有什么举动，但是听大家所说，他已是做出不法的事情，倘若竟因为旁人蛊惑，弄得一败涂地，回家以后，怎样对得起他的父亲。看这种神气，也决不是一两句话可以闹得完的，不如自己亲自到王府去探大成一遭，见面以后可以把里面利害向他一说，倘若他能回心转意，自己拼着找个无趣，也要替他把这罪过拖到自己身上，等到事完，把他带回，交给他的父母，也免得人家说自己不义气。想到这里，便借着找东方德为名，便一直往北跑去。眼看天光大亮，才到城门，好在自己穿的又不是什么夜行衣靠，并不怎样惹人注目。一直来到城里，找了一个小店住下，好容易耗到天黑，店里关了门，自己听了听，院里没了人声，慢慢把屋门推开，走了出来，带好屋门，从墙上跳了出去，找个僻静所在，把自己衣服收拾好，把亮银鞭盘好在腰里，然后施展夜行术，直奔大城里。来到城里一看，已是路静人稀，虽然路途不熟，却喜看过地图，还记得方向，一直往北，听听已然交了二更，才来到庆王府，找着围墙，从上面跳了过去。一看里面黑黑沉沉，全看不出一些灯亮，探着步儿凝神一看，原来一片荒园，地下尽是些荆棘蒿草，知道自己进来错了，却又不愿再退了出去，便慢慢一步一步往前走去。走来走去，只见又是一座短墙拦住，看看那墙并不算甚高，便往后退出两步，一纵身从上面跳了过去。原来正是那绪经楼后院，里面虽然有灯却不见甚亮，听听里面似乎还有人说话，便蹑着脚步走到窗根儿底下一听。

只听里面一个人说道："别的不用说，就说这两天这个穷忙的劲，就够瞧的。我明天就得跟丁头儿说下子，要还是这样，就算吹了！"

只听又一个道："你先别这么发烦，昨天丁头儿不是跟你说了吗？只要过了十八，什么事咱们就全都不用管啦，好歹得先混过这几天再说吧！真格的，昨天那档子，怎么样了？"

那个说："什么怎么样了？"

"就是昨天逮着那个老西儿到底是谁，这事怎么样了？"

"不就是那个老西吗，他姓什么党啊？从哪里来的没听说，反正这件事有点儿不是头，大概没准就许出点儿毛病。就拿毛教师他们这班人说吧，会瞪着两个眼睛让人家把逮着的人给救走了？这要再过两天，还不把脑袋混没了啊？"

只听又一个道："可不是吗？你还没听说哪，那天老魏跟大叶两个人把着沁冷泉，会让人家给捆上扔在水里了。"

"你别瞎说啦，哪里是什么绳子给捆上的，一个人腿上来了一针，也不是什么喂的。第二天晚上，老魏跟大叶浑身都青了，就跟服了毒似的，连府里五福化毒散都给他上上了，也没见轻一点儿，后来要不是逮着那个小孩，只怕这阵他们两人早死了！"

只听一个道："敢情是这回事呀，反正我横是听见有这么句话吧！后来那个孩子也不是怎么样了。"

华梁听到这里，急忙又往前凑了凑身，把耳朵伏在窗户上往里听，谁知却大大失望！只听那个说道："你算了吧！没有像你这搬倒破缸问到底的，这个时候也可以了，你也该出去瞧瞧去了！"

华梁听到这里，知道那人就要出来，急忙一撤身，蹲在墙角下待了半天，并不见有点儿什么动静，重又慢慢凑到窗前，往屋里一听，那两个人二次又谈起来了。只听一个说道："别的不用说，就说这两天这个穷叨劲的就够瞧的，我明天就得跟丁头儿说一下子，要还是这样就算吹啦！"

只听又一个道："你先别这么老发烦，昨天丁头儿不是跟你说了吗……"两个依然照着前次的话又重说了一遍。

华梁心里忽地一动道：不好！恐怕要中他人诡计。急忙抽身再打算往墙上跳出去，已是来不及。只听身后一声喊道："华老弟，怎么才来吗？俺已等你多时了！"

华梁回头一看，四面俱是纸灯，中间照着一人，原来正是周大成，便急忙把拳一抱道："师哥，俺昨天听说你在这里失了手，所以特意来找你，你倒脱险了？"

周大成听了哈哈一笑道："华老弟，你这话说错了，俺在这里倒不曾失手，倒是在关帝庙失了手！老弟此来究竟什么意思？可以快快说出，就不必这样藏头露尾的了！"

华梁听了脸一红道："既是师兄这般说，俺也不便再行隐瞒了，只俺有几句话，师哥你可要听？"

周大成道："有话只管讲，只是不准说出耽误交情的话儿！"

华梁道："如此小弟大胆，师哥你听。想俺等在家村练艺时，若不是恩师尽心教授，怎有今日，师哥偏要伤害师父，要依俺说时，这是第一件大不是！"

周大成呸了一口道："什么叫作大不是？你再往下讲！"

华梁道："想你我弟兄，从前在乡里，不曾遇见师父他们时候，俺这话却不该说，那时师哥你有什么本领？你那时家里什么情形？这个大概总该记得呀！后来跟师父学了本事，大家才想做出一番事业，后来师父临要上京时候，也曾把我周伯父接到我家，说起要带师兄出来，周伯父自没有什么不乐意，可是曾向师哥说过，一路之上，必须遵从师父的训教，倘能得有所进取，也不枉期望一番的意思，并且又向师父拜了三拜，请师父一路之上管教师哥。谁知刚刚到了天津，师哥便不听师父嘱咐，险些不曾闹出事来，要不是苗二叔赶到娘娘宫，只怕师哥这场纠纷完不了。等到入京以后，又复不遵师父言语，背师他投，并敢带人捉拿师父及大家，幸喜大家得着耳报，方始未曾遭你毒手。你又夜探关帝庙对师动手，用药针打伤苗二叔和小芳师妹。师哥这些事却是做差了，俺今天此来，也不是奉了师命，俺想师兄弟之内，就是你我最为投契，我不忍见师哥你做无礼之人，才不惜一死，夜入王府，打算见着师哥，把话说开，劝师哥回去，师父跟前，自有俺一人保你无事。你不看在旁人身上，你只看在当先周伯父临行一片言语，望你听了俺良言相劝，随俺回去吧！"

周大成听到这里，哈哈一笑道："好师弟，多承你这一番好意，只是这话你说晚了，姓周的已然做出来，不能就这样收了回去。你今天身上也带着家伙，不如你我动手，倘若俺要败在你的手内，任凭你把俺带去，见那姓王的，姓王的放俺走，俺便转回山东，谢了父母，出家自了。如果姓王的怒俺行为，把俺碎尸万段，那时师弟念在弟兄情分，把俺尸骨带回一块埋在山东，便念师弟好处。倘若师弟一时失神，被俺打倒，俺也绝不伤你性命，自放你回去报信，叫他们预备俺来。话就说到这里，师弟有话不必再说了！"说着双手挽好套手，把双锤一磕道："师弟，来来，俺和你斗五十回合再去！"

华梁一看这种神气，知道善说已是无用，便向大成微微一笑道："师哥，既是不肯听俺良言相劝，俺自当奉陪师哥走两遭，只是一件，俺须向师哥求情，要凭武艺动手，俺若被师哥打倒，甚至被师哥把俺打死，俺只怨俺学艺不精，死而无悔。若是师哥有意取巧，用药针趁俺不防，把俺打倒，俺虽倒在地下，俺心里却不服师哥艺业。"

大成听了哈哈一笑道："兄弟你也太把俺看小了，俺今天同你动手，只凭俺手里锤，你掌中鞭，一上一下见个胜负，俺若用暗器伤你，便算俺不曾练过艺，俺不姓周，这你总该放心了吧！"

华梁道："如此承情了，还求师哥手下留情吧！"说完从腰里解下亮银鞭，双手一捧，各道一声请字，便都施展开来。大成左手锤一起，用个"托火烧天"势，径往华梁头上砸来，华梁喊声"来得好！"身体往左边一闪，让开锤，进步用个"白蛇吐芯"来取大成手腕。大成急甩右手锤，来锁华梁鞭尾，撤回左手锤。华梁让过锤头，单鞭往起一挑，用个"乌龙出洞"势，绞住锤链，往回就带。大成急忙左手松劲，甩右手锤，来取华梁头顶穴。华梁知道这势子名叫"力劈华山"，十分厉害，便往后一撤步，抖起手中鞭，往下便砸，这个名叫"扫帚赶月"，也是鞭中绝招。大成急忙撤回双手锤，坐腰一垫步，哗啷一响，双链子锤使出"枯树盘根"来取华梁单鞭，华梁急忙把鞭梢一立，封住下路，名叫"闭门推月"。大成见华梁护住下部，便双手一抖，撤回双锤，就势打出，直奔华梁二目，这名叫作"双龙对珠"。华梁见双锤来到，低头一闪，双锤从头上过去，华梁不等他再撤双锤，反手一鞭，砸住锤链，只一裹，大成便拿不出双锤，只好把挽手脱下，只听当啷一声，双锤落地。

华梁急忙抱鞭一站，赔着笑道："师哥留情，俺这里谢谢承让了！"说着也不等大成再来搭话，双脚一纵，早已上了绪经楼的正楼，正待回身说声告辞时，大成抬手就是一梅花针。华梁见他把手一抬，知道又是梅花针，黑暗里也看不清切，他这针打向哪路，想他平常打针，总是在人迎面骨居多，便把双脚一跳，意欲躲过再跑。谁知大成早已猜透，先前把手一抬，原是假招，趁他往起一纵，一针才出，正打在华梁右胯，华梁觉得大腿上又凉又麻，方喊得一声不好，趁势便倒了下去。大成准知道这一针打中，华梁必定会从上面掉将下来，谁知听完一声不好之后，再也听不见第二声，再等一等，更不见华梁掉将下来，心里好生怀疑，难道华梁不曾中了药针，吃他跑了？刚想起跳上楼去看一看，又一想不好，倘若华梁不曾受伤，在上面一等，自己上去，岂不受了他的暗算。想到这里便吩咐壮丁，先把绪经楼围起，然后把火种举高，往上面一照，四围全都看了，哪里有华梁什么影子？心里寻思道：果然吃他跑了，跑了也罢，拿住他也不能把他怎样，究竟有些不忍下手。遂吩咐大众把火熄了，天色已然不早，可以歇息了。

正要把火种灭去，只听绪经楼上有人喊道："周大成，洛子把你这忘恩负义驴球养的！良言不信，反将你师弟用药针打伤，真是禽兽之行，洛子今天不得闲，明天洛子再来取你狗头，洛子去了。"说话时候，大家看得清清楚楚，绪经楼上这人，正是昨天用药针打倒拿获的那个山西人。只见他把话说完，轻轻向后一跳，周大成哪里还忍得住，喊一声哪里走，纵身而上。到了上边一看，哪里还有山西人，心里不由一阵发怔。再听楼下，忽然一阵喧嚷起来。

不知因了何事，且听下回分解。

第十三回

计万年智赚方天玉
娄廷玉力斗周大成

话说周大成跳上绪经楼，一看哪里还有人影子，便知道事情不好，一定是有人把华梁救去，便不敢再行怠慢，从楼上跳了下来，向大家把手一招道："诸位随俺去见总护师去吧！"大家应声，便全都灭了火种，跟随大成来见总护师。这总护师，姓计，名字叫作万年，原籍扬州人，练得一手好铁砂掌，并且有一身极好软功夫，人送外号铁掌老龙。这人生性最喜诙谐，无论走到什么地方，总是喜欢说说笑笑，却是天生一副侠肝义胆，专好雪洗人间不平，一向在江南以采买药品为业。只因有个结义弟兄，名叫云翔，别号人称云中雁，在这庆王府里充当护师，写信邀他前来相帮，因为一则情不可却，二则久闻京中繁华，打算来看一看热闹。及至到了京里一找云中雁，云中雁却受了差遣往山东去了，自己一时不便就走，便住在府里。庆王听说，只道是云中雁邀来的朋友，便托旁人说请他在府里充当一名总教师，先前他尚是不肯，后来庆王又叫人向他说，暂时在府里等候云中雁，俟云中雁回来便放他走，他才答应。住了几天，细细一扫听，这府里所作所为，全是仰承宫里的意思，专以杀害亲近宗族为事，心里便老大的不以为然，只是因为云中雁尚未回来，一时不能便行走去。那天恰好周大成负气，夜探庆王府，误入东府，被计万年把他拿住，一看他相貌十分清秀，武艺也还可以说得过去，后来很想试验他的心术一下，便劝他归顺王府拿王先生立功。谁知周大成竟为利禄所动，情愿拿王先生等立功，计万年不由暗暗点头，心说，想不到这样一个体面人，竟会这样不明大体，真是可惜，遂点了点头，假许应允把他收下，又恐怕他其中有诈，第二天便叫他带人到三元店做眼线。谁知到了那里，扑了一个空，计万年一看，他果然是忘恩负义，便想等到云中雁回来，那时自己一走，临走时候，把周大成用铁砂掌打伤，使他不致为害。想到这里，便和大成说明，让他出外访查王先生住在什么地方，可以带人去拿，只要把王先生他们拿住，便可以替他回明补他一个护师，大成听了，自是欢喜。

谁知当天夜晚，便来了个党明，无心之中，腿上吃了大成一梅花针，把他拿住，大成原不认得他，他也不认得大成，大成用药救醒之后，一问他的名字，到此作甚？党明说出是受朋友所托，到此来找姓周的。大成一听，知道他果然是和自己师父一路的，心中好生欢喜，方要问他王先生都住在什么地方，忽然一想，这样问他，他必不肯说，那时反倒没了主意。陡地心里一道，俺何不这样，一定可以打听出来他们真实所在。便赶紧过去把党明绑绳解开，又把旁边站的轰了出去。

党明一见，一时摸不清头脑，便向大成问道："你是什么人？怎的如此待我洛子？"

大成急忙附向耳根道："俺姓周，请问党老英雄到此何事？"

党明虽然机警，怎耐一时懵住，见大成这般亲热，十分大喜，便向大成道："原来你就是周大成，你怎的连夜不回，藏在这里，意欲何为？"

大成道："说给党老英雄得知，只因俺师父和俺苗二叔，此番进京，原有一番事业，想你老已早知道，俺因打探王府消息，才假作归顺王府……"

刚说到这里，只听窗户，咔嚓一响，周大成急忙一推党明，从桌上拿了双锤，来到院里，跳上房去，一看后院，并不见一个人影，心里好生纳罕，便又走进屋来，向党明道："俺此番在这府里的意思，老英雄想也明白了，俺想再在这里多待上两天，便要回去，见俺师父，请您替俺说明此意吧！现在天已不早，便请党老英雄快快回去吧，倘若等到天明，便有许多不便了！"

党明道："既是如此，洛子便和你告辞了。"又向大成道，"你可知道，你师父他们住在什么所在吗？"

大成道："那俺怎的不知，不是住在三元店吗？"

370

党明道："你看是不是？这要不是俺洛子想起问你这一句，岂不把事弄错了！你师父现在已不住在三元店了。"

大成故作不知道："不住在三元店，却搬在哪里？"

党明道："现搬在永定门外大红门三道庄关帝庙里去了。你要去时，却要记清，那里为头的叫作娄廷玉，你师父和众师兄弟都在那里。你在这里也不要住久了，只要看清形势，便可快快回去，因为你师父他们心里十分盼你呢！"

大成道："俺自理会得，老英雄你就请吧！"

党明答应一声，提了包袱，来到院里，一纵身跳上墙去，把双手一拱。党明哪里防备，一梅花针正打中党明迎面骨，觉得腿上一麻，站立不住，从墙上掉了下来。大成哈哈一笑，刚要喊声来人，只听后面有人向他肩头一拍道："好！你真办得好！"大成回头一看，原来正是计万年，不由得心里一怔，心想他是什么时候来的呢？

原来计万年这两日处处留着心，今天早就听见人说，大成用药针拿住探府之人，自己便走到这边来，看他们是怎么个办法？便在窗户后面偷听，听到他说是到府里来探消息的，真把老计吓了一跳，心说他要是真到这里来探消息的，那俺才真是被小孩子赚了呢。不想心里一动，竟自砸动窗板响了一声，当时急忙把双腿一纵跳到墙外，找了一个僻静所在一蹲，等了一回，不见大成出来，便又跳过墙去，再到窗前偷听。直到党明出去要走，心里才明白大成果然是来探听消息的，正要等他把党明放走之后，自己出去，把他问住，收他做个徒弟，谁知党明方一拱手，只见大成回手向腰里一摸，就知他要下毒手，喊都不曾喊得及，就见他已然把党明用药针打了下来。不由吸了一口凉气，心里寻思，这个孩子，手里可也太歹毒了！想不到这样的孩子，竟会这样促气，这要是不把他除去，恐怕将来为害不小。只是自己答应收他，不便做出出乎反乎的事来，再想个旁的法子，使他死在旁人之手才好。想到这里，遂从房上轻轻跳下，用手一拍大成道："你果然办得好，不是这般时，恐怕不容易问出他们的住址。我想事不宜迟，最好你趁他们不备，到那里把他们全都捉住，回来之后，我定要保你做个护师。你可知道此去的路径？待我去找张地图来，一看便可以明白了！这个人你可以交给我，我自有办法。"大成答应，叫人把党明用药救治过来，送到计万年的屋里。计万年又向大成道："这次前去，必须多多带人，方可成功。你看地图，自管先去，我这里再派人前去接应，所有府里的护师，叫他们全都前去，另外再多带二十名壮勇，我想也就够了。"大成答应，把地图看清，出府去了。计万年却不曾更调动一人，在计万年心里，他这一去，和他师父师叔动手，当然不会讨得便宜，他师父师叔一恨此子无良，也许会把他置之死地，那时岂不省了多少事？

遂又把党明绑绳松了，一和党明谈话，知道党明也是成了名的英雄，遂把事情前后说了一遍。党明大骂大成无良，更问计万年说把他放了回去，免得大家全都受了他的暗算。计万年把他拦住说，等大成明天早晨不回，自放他回去，党明只好在这里等着。

谁知第二天一清早，周大成回来便说出怎样到了关帝庙，怎样遇见苗二侉子，怎样和他动手，怎样用药针伤他，怎样曹小芳过来拦住，怎样又用药针把他打伤，怎样遇见王先生，怎样和王先生动手，怎样被王先生打倒，自己怎样逃回，细细说了一遍。又问计万年派去的人，可曾回来？

计万年道："提起这事可真气死人！昨天你走之后，我便派他们前去，你猜他们说些什么？他们说，他们来时，只言下在这府里充当护师，这外面的事，他等管不着。再者说我不过暂时替我朋友在此应卯，也没有调动他们的权力，你道这话可气死人吗？且喜你此番前去，虽然不曾把他们全数捉回，也打伤了他们两个人，足以镇住他们大胆，你且到外面歇息歇息再说吧！"

大成哪知就里，谢了计万年，来到外面，对手下几个说道："今天夜晚必定有人前来暗探，且依俺吩咐，做一准备，遂找了两个精明些的，告诉他们一片言辞，并且告诉他们，屋里点上灯，你们便找一个黑地方，从屋里往外看，只要看见院子里有人进来，你们便把俺教的那套话儿，慢慢地说，俺自理会得来拿暗探之人。"大家听得明白，便照他嘱咐埋伏好了。

果然到了二更，华梁来到，大成和华梁一动手，早有人报知计万年，计万年便把党明请了出来，叫他一同去看他们动手。党明跟了计万年到那里藏在房上，一看这两个人动手，不由心里爱惜，后来见华梁一鞭，把周大成双锤抽去，不由一声差些喊出好来。又见华梁并不进攻，只一纵跳上房去，又爱华梁心地忠厚。正在这时，只见大成把手一扬，知道他又不践前言，打出暗器。党明这时哪里还耐得住，便要跳下，却吃计万年拦住道："且慢！还是救人要紧！"

说时迟，那时快，就在华梁挨了一针，要倒未倒之际，计万年便和风一般快，早把他拦腰夹住腿用力一蹬，早已离开那房有十来步远近。党明不由暗地挑挑大拇指，心里又是一动，正待追下计万年，只见大成早已跳上房来，党明赶紧往下一蹲，幸喜不曾被大成看见。再看大成望了两望，依然跳了下去，知道不曾看见自己，便急忙轻身一纵，从旁边小屋上，已然跳到楼上，喊了两声，又是一纵，用"燕子三点水"跳到墙外，见着计万年。

计万年悄悄向党明道："你趁着他不曾追来，你快快背了他顺此往西，跳出府墙，先去找一小店，把你们这个朋友送到那里，先去买一些白面，调了鸡蛋清，糊在伤口，免得受了风，你再用绿豆粉护住他的心口，免得毒气侵入。你赶到天亮，快快出城，和你们那班朋友商议，怎样救活你这个朋友，至于这里事情，自有俺在里面替你们留意！那个姓周的，无论在什么地方见着，都可以下毒手把他打死，我已经再三考察，这人心术已然坏极，不可救药，决劝不过来了，否则将来必受他的大害！"党明听到这里，真是千恩万谢，背了华梁，踱出墙去，这且不提。

只说计万年，放走党明，急忙由后面跑了进去，恰好这时周大成已带人从旁边走了进来，计万年一见大成便道："你来得正好，我正要派人去找你。你知道昨天拿的姓党的，我想他既是与你师父们没有深厚交情，我想不如把你找了出来，和他商议，倘若他能协助我们，不是与我们大有利益吗？"

大成听了诧异道："怎么？你老还不知道吗？那姓党的方才俺已经看见，八成此时他已跑了。"

计万年故作不知道："你怎么知道？"

周大成道："方才因为前面又来了奸细，俺刚刚用药针打倒在房上，再上房去看时，那奸细已然不见了。一听房上有人喊嚷，俺抬头看时，正是俺拿获的那个山西人姓党的，他在上面说了几句无礼的话之后，他也就那样走了，这是俺方才亲眼得见的，所以看得清楚。谅来那姓党的，一定是有人先把他救了，然后他又到前面去救了他们一路的。"

计万年道："我怎的一点儿不知？你们快到里面看看姓党的可还在里面？"

旁边的人答应了，一时回来道："果然是没有了。"

计万年道："既然丢去，也就罢了，只是有一件，像他们这样随来随去，全不费事，恐怕以后他们还要有人来暗探，总要多加小心才好！"

大成答应，刚要退了下去，只听外面忽然锣声四起，人声鼎沸，计万年说声不好，便叫他们赶快打探什么地方锣响。这里人答应还不曾出去，只见外面已然有人报了进来，说是绪经楼又有人前来暗探。计万年道："难道毛教师他们就都不在不成？"

来人道："毛教师他们早就去了，只因来的那两个人，十分骁勇，一个强似一个，并且有一个会用暗器，庆教师和恩教师全都被他们用药针打伤，只剩毛教师在那里和他们厮斗，恐怕再要是时候大了，毛教师也要不敌，请总教师快去接应去吧！"

计万年听了，把手一摆道："我知道了，你们快快前去传知他们，叫他们先把兵壮散开，不要让他们逃出圈去，我随后就到。"

大成在旁边道："这事不宜迟，俺便先去吧！"

计万年道："也好，只是千万小心，不可受了他人暗算。"

大成答应，转身便走。心里寻思道：这回来的一定又是小芳无疑，那一个又是何人呢，便怎的骁勇？正想之间，只听前面一片喊杀之声，原来已到绪经楼，大成急忙纵上墙头，向里面一看，只见毛泰正在和一个人交手，仔细一看，却看出是方天玉，不由纳罕道，怎的他倒会来了。再往方天玉身后一看，苗二侉子提了一对双钩气昂昂地站在那里，心里这才明白，原来打暗器的就是苗二侉子，准知道自己过去，也绝对找不出便宜，不过自己已然到了这里，哪有不去之理，遂喊叫一声毛老英雄闪开，待俺来！

毛泰此时已然觉得有些不甚得力，忽然听见这一声，真是快活不过，急忙一撒手里单刀，退下步来喊道："你来得正好，俺让你成功吧！"

大成抢一步上前抖双锤架住天玉双拐，向天玉笑道："方兄弟，你怎的也来了？难道说兄弟还非和俺见个三五十合不成？依俺劝时，兄弟还是趁早回去，免得伤了你我弟兄和气！"

方天玉一瞪双睛啐道："呸！哪个与你是兄弟？像你这无君无父忘恩叛道不知礼义的人，怎配和俺姓方的呼兄唤弟？今天俺姓方的来到这里，第一你须将华家师哥放出，还有一位党老英雄，你也该快快放了出来，那时俺还念当年弟兄一师之义，不再和你动手，你若有一样不这样办，休怪俺手下无情，当时就要结果你的性命，与世界上人除害。话仅于此，还要你自己忖度忖度吧！"

大成听了，不由勃然大怒道："方天玉俺不念在当年大家相好一场，所以才不惜苦口劝你，怎的你这样不知好歹，竟敢破口伤人，这却休怪俺姓周的不义。不要走，先把命留在这里再讲！"说时，一锤早已当头打下。

天玉正待还招，只听身后喊道："玉儿你且退下，待俺来拿这无义畜生！"方天玉往旁边一闪，只见苗二侉子把双钩一摆，往上一进步喊道："大成往哪里走？"

大成一见，急忙一拱双拳道："原来是苗二叔，昨天是俺一时失手，不想伤了二叔，只是要怪二叔不该拦住俺的去路，在俺这方面，以为此事不与二叔相干，所以虽然趁二叔不备，把二叔用药针伤了，俺那时却连头都不曾回，便走去了，二叔可知俺是不打算与二叔为难吗？今天二叔之来，想还是为了姓王的，依俺劝时，二叔先要明白这里面是非曲折，然后再和俺动手不迟。二叔你想，那姓王的虽是自己说是天满贵胄，俺等却又不曾见着他什么真凭实据，不过是听他自己说说，即便他是与皇室沾上一些亲，也绝不是正经支派，俺等跟他们这样大明大闹，究属站在黑暗地方，倘若官家知道，真个按名搜捕，岂能逃脱法网，那时不止是功名富贵不见，恐怕自己生命难保。再者说现钟不撞倒去撞木钟，世界上哪里有这样傻人，依俺劝时，趁此未被官家知晓，二叔快快去通知师兄弟们，大家快快散伙，不要再和姓王的在一起，倘若能够帮助官府，把姓王的拿获送到这里，俺愿在这里总护师面前，把二叔名字写了上去，管保二叔有个大大官做，二叔你想……"

大成话犹未完，只听苗二侉子一声断喝道："畜生！快快住口！似你这贪图荣利，不顾信义，竟敢陷师害友，小畜生，也配和俺来讲话，今天就是你命尽之日，休走，且吃俺一钩去。"说着迎头就是一钩。

大成急忙往旁一闪，也便怒道："姓苗的，前次饶你不死，怎的今天

375

又来自寻蘑恼，休走，也吃俺一锤再去!"说着一锤裹住单钩，一锤早已向苗二侉子迎面打来。苗二侉子喊一声"来得好!"进步一钩，钩住锤链，只听咔哧哗啦一响，链子锤竟被钩刃咬折。苗二侉子往前一进步，双手往怀里一带，抬起左腿，照大成膀上一踢，大成掌不住劲，倒退两三步，摔倒在地。苗二侉子抢一步，举钩就劈。

就在这个时候，只听身后一声喊嚷道:"慢动手!"随着声音，一阵风到。苗二侉子便知身后有人，急忙一闪身，大成早已爬了出去，站在一旁喘气。苗二侉子回头一看，只见这人身高不到五尺秃着个头，脸色通红，红中透亮，手里拿了一杆旱烟袋，满脸是笑地在那里一站。苗二侉子急忙把钩一顺，拱了一拱手道:"尊驾何人? 为何拦俺动手?"

计万年微微一笑道:"在下姓计，在这府里有护院的责任。你这人深更半夜，竟敢持械深入王府，还敢和这府里动手，你怎么倒问起我为什么拦你来了?"

苗二侉子一听，原来此人就是计万年，知道此人武艺十分高强，看他这样子又不像要和自己动手的样子，便也急忙赔着笑道:"尊驾原来就是计老英雄，俺一向闻名，今日方得幸会。老英雄问起俺怎样持械深入王府，俺天胆也不敢，更不敢在这里无故动手，只因这里面有些曲折，不得不告诉老英雄。方才和俺动手之人，原来是俺的一个徒儿，俺从南方把他带到这里，原为让他开开眼界，叫他增长一些知识，谁知他来到这里，竟敢背俺偷跑，俺几次叫旁的徒儿来唤他，他又把旁的徒儿打了，便是俺也还吃了他一药针。似这等忘恩背义之徒，老英雄就是收留他又有什么益处? 俺想请老英雄，恕俺一切狂妄之罪，准俺把逆徒捉住，俺便着实感激大德!"说着又是一恭到地。

计万年听了把头点了点道:"你这人倒还知道情理，只是有一件，你从前收徒弟时候，为什么不先考察明白他的行为，就胡乱地把他收下，知道他不好，就该把他除了，为什么又纵容他到这步田地。现在，你打算把他除了，这件事你是本应如此做法，不过，在我这府里，你却拿不了他去。我倒有个法子，你既身带武器，又敢授徒，必定手里来得，我要领教三五手，倘若赢得我时，我便帮你把他拿了，如果你也败给我时，你就快

376

快逃命去吧!"

苗二侉子一听,就知道事情有些难办,只好是暂时耐下性子,便笑着向计万年道:"计老英雄,俺方才也曾向你老说过,俺此番前来,全是为了俺这背恩负义的徒弟,不然天大胆子也不敢贸进王府,你老想俺这话说得可是?此时俺只望你老能够把俺那不肖的交给俺把他带回,至于怎样冒犯老英雄之罪,俺必来领受。若教俺此时便和老英雄面前献丑,俺是天胆也不敢,还是老英雄行个方便!"

计万年听了微微一笑说:"看你这个样子,也像是个英雄,怎的说出来恁般没力气,你今日如果不肯赏教两手时,恐怕打算出这个门就不易了!"

苗二侉子知道计万年是有意激动自己,正要想出一番话来,怎样去回复他,谁知道这时方天玉早已忍耐不住,扯双拐在身后,一声喝喊道:"师父哪里有那些话和他啰唆,待俺把他打发回去再讲!"苗二侉子刚要喊一声不可以时,方天玉已然扯双拐抢了上去。苗二侉子知道再说什么也是无益了,便退在一旁,看着他过去动手。

只见计万年哈哈一笑道:"究竟小的比老的有火性些,来来来,且斗个三五合看一看!"

方天玉一声喊道:"姓计的,你不必倚老卖老,难道倚老还能把人压倒吗?"说时一偏左手拐用了一个"枯树盘龙"式,直取计万年上头。计万年一看见拐已临脑门,身子往旁边一闪,拐从面前削过。方天玉见左拐打空,抢一步右手拐用个"李铁拐飘海式",从肘下一掏,往计万年肋边打来。计万年喊声"来得好!"举起手里大烟袋,轻轻往拐上一搭,说声走,那根拐便似粘在大烟袋上一样,休想再动得分毫,方天玉虽是用尽气力,哪里弄得动。就在方天玉用力往回一撤时候,计万年陡地把烟袋一松,方天玉身不由己倒退了有十来步,才用双拐拄地站住,计万年却仍然行若无事地站在那里。

苗二侉子知道计万年用的是气功,方天玉自然不是人家对手,便急忙用手中钩向天玉一指道:"天玉,你怎敢这样大胆,竟敢和老前辈动手,若不是老前辈体让于你,只怕你这条命已然多时不在了!还不快快退下!"

方天玉知道这时苗二侉子给的台阶儿，便急忙顺坡而下，跑到苗二侉子身后发愣。苗二侉子抱定双钩，笑着向计万年道："小徒无知，竟敢冒犯老英雄，多承老英雄让他是个小孩子，不曾运混元气伤他，他虽无知，俺姓苗的却深知感激，只是今天的事，还是求老英雄不要见怪俺等，把俺的那个孽徒交给俺带了回去，俺日后自当想法报答你这番意思！"

计万年道："就凭你这样一说，这件事岂能就完。我现在倒有一个法子，今天在我这里，你我也不必动手，最好你我明天定规一个地方，大家比试比试，倘若你果有能力，我自把你徒弟交给你，任凭你们去处置，如果你要不是我的对手，那时不但你的徒弟你要不回去，恐怕连你们这班人也未必能够找出便宜去。你说这话可说得是吗？"

苗二侉子一想这个神气，未必能占上风，倒是依了他的主意，明天和他再比较也好。想到这里，遂向计万年道："这件事要依俺说，还是不要这样办才好，只是老英雄既是愿意和俺那班弟兄见见面，也没有什么不可，却要请问老英雄，明天在什么地方见面的好？"

计万年冲口而出道："关帝庙何如？"

苗二侉子遂即答应道："就是那样吧！只是有一件，俺要跟老英雄打听打听，俺还有一个朋友姓党的，据说也被老英雄把他拿了，不知可否把他放走？因为他不过是来替俺打听消息的，这里头一切，全不与他相干。"

计万年道："这件事你不消问了，那姓党的已被你一个姓华的方才来此救了去了，你快回去告诉你们的人，在今夜子时前夜，我必同周大成前去和你们一较短长，你们快快去吧！"

苗二侉子知道是华梁已然把党明救走，心中先放心一半，便忙答应道："是吧！俺便通知他们大家在那里候你老英雄来吧！"说完，带了方天玉，便纵上墙头向计万年道请，遂即越墙出去。

方天玉向苗二侉子道："师叔，你老人家为什么不在这里动手，却同他约定关帝庙，这岂不是给人家姓娄的找不自在？"

苗二侉子道："俺岂不知道在这里动手，却有两层不便。第一，凭你我的本事，未必能赢得了姓计的，即使碰运气赢了姓计的，他们府里有的是人，也不一定会使俺等得了便宜，那时你我又应当怎样措置？再说，依俺看时，这姓计的，也不像在王府里做什么事的，言谈之间，大有助俺之意。这里说话，大有许多不便，如果在关帝庙，就可以全都说清，所以俺才不曾和他动手。要依俺看时，就是那党明被救也不一定是华梁所为，好在少时见了华梁，便可问个明白，到了今天夜晚，看个动静再说！"

一壁说一壁走，两个人全不留意，不想方天玉竟走在一个人身上，只听那人骂道："什么人走路不望路，却不知踏了你洛子的脚。"

苗二侉子一听，便急叫道："党大哥莫骂，是小弟苗正义在此！"

原来正是党明。只因党明把华梁背出园外，幸喜街上尚没有什么人，党明知道附近有一个小客店，这个店里，只有父女两个，也卖些酒菜之类，党明因素日欢喜吃酒，所以到这里来过两次。今天一想，别处又远，也未必能有这里安静，不如且投这里再讲，把华梁背到这里。好容易把店叫开，店里老头子先时有些不肯，后来党明便说起自己是怎样带了华梁投亲，怎样投亲未遇，直找了半夜，华梁受了暑，所以才到这店里来，请店里行个方便。老头一看，他说得可怜，便让他们进来。

党明把华梁放在炕上睡好之后，便向老头子道："烦老掌柜的多照顾一眼，俺出去买一些药来。"

老头子答应，又告诉了他这些东西都在什么地方买，党明答应，走了出来。一路寻思，哪里去弄些解药来？不然，恐怕华梁性命不保，只是关帝庙离这里极远，往返之间，毒气一散，恐怕这病就不容易治了。如果不到关帝庙，倘若华梁竟因此而死，他究属是个小孩子，怎样对得过王苗两个？正在寻思之际，不想一脚正踩上苗二侉子。党明一见苗二侉子，心里十分高兴，便笑着向苗二侉子道："二爷什么时候来的？意欲往哪里去？"

苗二侉子这时碰见党明，也是事出意料之外，便急答道："只因俺等着党爷一夜未回，恐有什么不测，所以俺才带了方天玉来到这里，不想却在这里碰见党爷。只是天到这般时候党爷怎的还在街上，不知是意欲往哪里去？"

党明一拉苗二侉子道："苗二爷你一来就好了，只是此处不是讲话的地方，苗二爷，你们爷两个，且随俺洛子来！说时拉了苗二侉子就走。

三个人一壁说，党明便把昨天自己到这里来，怎样被周大成用药针打伤被获，怎样碰见里面总教师计万年，把自己救了，今天夜晚华梁怎样和大成动手，怎样得胜，华梁怎样仁义，怎样不忍伤害大成，大成怎样发出暗器，打伤华梁，计万年如何放了华梁，又放自己逃去，细细说了一遍。

苗二侉子听了不住点头向方天玉道："你看如何？俺就看出这姓计的不是和俺等为难的了！只是这时华梁现在何处？党爷又何往？"

党明道："那位姓计的，临放俺出来之时，曾向俺洛子说，华梁受的是毒器所伤，如果工夫大了，恐怕毒器归了内，叫俺洛子出来，先买些散毒的药替华梁敷上，天亮再背回关帝庙救治，故此俺洛子把华梁送到一个就近的小店里，俺是出来买药的，但天已然这般时候，俺洛子还在这里寻思不知什么地方可以去买药呢？不想倒遇见了苗二爷，总是华梁的人正直，该当有救，想您身上一定带有解毒药品，快快同俺洛子到店里去吧！"

苗二侉子也把自己怎样放心不下，才带了方天玉来到这里暗探，怎样到了王府，遇见周大成，怎样和他动手，怎样把他弄倒，怎样计万年出来拦住，怎样和自己约定明日在关帝庙比试，细细说了一遍。

党明道："看这神气，这姓计的未必便是真心帮助王府，并且意思之间，还似有和大成为难之意，不知苗二爷可曾有些看出吗？"

苗二侉子道："方才俺和方天玉也是这样说，但愿他是真心吧。且待俺快去治好华梁，赶回南苑，那时打算怎样办法再说吧！"

说时不觉已然来到小店，党明过去把门叫开，向那老头儿说明，这两个人就是自己所要找的亲戚，不想在路上遇着，所以同了来的，老头儿深信不疑。苗二侉子来到屋里一看，只见华梁躺在床上，已然人事不知，不由好生嗟叹，忙叫老头儿舀过一碗凉水，苗二侉子用水把药化开，一半给华梁敷上，一半把华梁牙关拨开，用水送下。工夫不大，只听华梁肚里一阵碌碌作响，猛然一声喊叫："痛杀俺了！"惊得那老头子急忙来看时，见华梁已然端正坐在了床上。

老头子失口说道："真个是好药！难道你老就是个神仙，药便这般灵？这位爷的药如果还有时，赏给我一些，倘或俺将来也受了暑，也好拿这药来偿命！"

苗二侉子笑了一笑道："这药其实不值钱，如果你要用时，明日俺便替你送些来，只是今天带的不多，已然用完无有了！"

不一时，华梁精神已然复原，便急忙给苗二侉子磕头道："有劳二叔救俺一命！"

苗二侉子道："你不要谢俺，你快快谢谢党老英雄救你这一条小命吧！"

华梁听了，果然又向党明磕头称谢，党明急忙拦住说道："大家既然都在一起，这等小节，大可不必拘束。你此时可觉得复原不曾？如果能走的话，还是回去才是。"

华梁道："俺这时已然不觉得什么痛苦了，要回去时，俺自走得。"

党明道："此时最好趁天不亮赶了回去。"遂把店里老头子叫过来向他说道，"俺洛子的侄子病已好了，俺亲戚劝俺洛子到他家里去住，俺趁着天色不亮，路间凉爽俺便要去了，在此打扰一夜，实在非礼，这里有二两银子，掌柜的买一杯茶吃吧！"说着把银子递了过去。

老头子见了喜欢得真是无可不可，嘴里一面谦逊着，如何使你老这般破费，可是手里早已把银子接了过去。于是华梁、苗二侉子、方天玉、党明，一直走出那家小客店，直往永定门而来。来到城墙下大家搭好飞抓，爬上城墙，出城之后，各人施展夜行术，不一时已然来到关帝庙，一看娄廷玉和王先生等众人俱在，便急忙上前把礼行过。大家一见党明，还以为是苗二侉子和华梁把他救出来的，后来听苗二侉子一说，不单不是华梁救的党明，反是党明救的华梁，大家不由一齐连称怪事！

娄廷玉道："谁把谁救出来，这件事还不要紧，还是预备明天那姓计的来要紧！"

王先生道："依我听苗二爷所说，似乎这姓计的，原不是要和我为难，并且还有暗中助力你的意思，不知大家以为如何？"

娄廷玉道："这话我也是这样说，还有一节，我看明天他明着说是来和俺等比武，暗中却像是他要把大成送到我们这里，使我们自己惩罚他的意思。依我说，这件事倒是要细心支配一下才好，倘若人家是番好意，我们把事办错，不但对不起人家这番好心，并且还要受人家耻笑。如果我们真把人家当作完全是好心，倘若人家暗有用意，大家便要遭他毒手。这件事总要能够布置周密，既要让他看我们这班人里头确是正经人物，并且不全是鸡毛蒜皮，叫他心服口服，愿意和俺等交个朋友，自动地把大成拿住送到我们这里，就是他有些真变动，我们也有一定准备，不致遭了他人毒手，如果能办到这样，才可以算是上上之策。不知哪位都有什么意思？只管当面讲来，大家也好做一商量！"

苗二侉子向娄廷玉道："娄老英雄，你老这话未尝说得不是，只是有一件，这个地方，俺等都是初次来到，人情地理，全不熟悉。娄老英雄既是为力于先，何妨救人救彻，倘若能够助王爷成功，也不枉俺等往返这一遭。依俺看，还是你老支派的为是，况且你老既说出这番道理，当然自有一番计划，就请你老分派吧！"

娄廷玉道："苗二爷又来做成我了，那天虽是我出了半天主意，却一些也不曾用着，真个今天还要俺出丑不成？只是今天这件事，也算义不容辞，我便再出一次丑，还求众位恕我无礼！"

大家一齐站起向娄廷玉道："娄老英雄你老特谦了！就求你老分派吧！"

娄廷玉道："如此恕我无礼！我想那计万年既肯说出到这里来，他是必来无疑，只是这人对于我们当然没有什么仇怨，再者看他肯其释放党爷，大有助力我们之意。在这内情不明的时候，最好是取一个备而不用的法子来，应付这件事。我想他如果真是帮助王府，也可以看得出来，他来的时候，定然带的人少，我们看见他带的人少，那时我们便应有一种暗地服他之意，处处都要让他过得去，那时他必定会为我们所用。如果他是真心前来立功，那时他带的人必定人多，我们万万不可逞强向他动手，只要慢慢保守秘密，往后退去，自可安然无虑，倘若有人不听我言上前和他动手，一个有失，大家受累，千万要牢牢记住。还有一件，大家见了大成，不准过去和他动手，我自有法把他拿了回来。现在要派四个人打探四方，都是什么人？有多少？——探清，急速回报，这里方好准备。韩光正北，吴七正西，金威正东，丁立正南，探听不明，不可回报，探听已明不可不报。还有一件，王爷这里也用你不着，最好你还是带了张兴霸、尤俊英，守住地道，如果有些失手，也好从此他去，另作别谋这件事最要紧！"

王先生道："依我说我在这里不妨事，累次搅扰娄老英雄，我却实在不忍！"

娄廷玉哈哈一笑道："王爷这话说差了，莫说从前待我有份好处，就是半路交个朋友，事到如今他也要管些事，王爷你自听我所说好了！"王先生点点头答应了。娄廷玉道："这时天气已然不早，大家都可休息休息，待到天亮再听分派吧！"

就在这个时候，方天玉一扯华梁衣襟，华梁会意跟随方天玉来在外面，方天玉看看四外无人，便向华梁道："师弟，你可曾看见这个事吗？想当初大家在山东时候，是何等亲爱？事到如今，周大成不知确是为何，抛了你我弟兄，独自投到王府，照现在这个时候看起来，不要说是旁人，就是你我原来几个师兄弟里，也都是看你我弟兄不起，说起来你我弟兄也实在太无能为，以致寸功未立，并为他人耻笑。那金威、丁立原是你我一路之人，就是和俺等平起平行，却把你我弟兄置诸脑后。俺想明天早晨，那计万年会同大成师哥到此，你我现在不要说知师父和苗二叔，便先去路上要截好了，不容那计万年赶到此地，在路上先把他们去解决了。俺那大成师哥，不过一时的想不开，才肯做出那样事，如今凭着你我弟兄这番苦口，要把他劝得心回意转，只不知师弟你以为如何？"

华梁道："师兄这话，原是不错，只是一件，那大成师兄此次之事，俺先也兀自不信，谁知这次在王府见他之后，他不但不念一些师兄弟情义，反将俺用药针打伤，不是党大爷相救，只怕这条命早已没了多时。师兄这番意思，恐怕大成师兄未必能领，那时反劳师兄不悦。况且，此事既由师父拜托娄老英雄，那娄老英雄既不肯差使俺等，也自有一番用意，那计万年非比等闲之人，俺等岂能是他人对手，倘若有个一差二错，那时岂不更要惹大家耻笑，招师父不愿意，师兄你想这话说得可是？"

方天玉还待分辩时，只听后面有人喊道："你们两个又跑到这里说些什么？师父那里唤你们哩！"

二人回头看时，原来正是张兴霸，华梁道："俺两个在这里讲几句话，不知师父唤俺等什么事？"

张兴霸道："什么事俺不知道，俺只听得师父说，你们两个特煞好事，叫俺把你们两个叫回。"

华梁向方天玉道："俺说如何？快快同俺去见师父吧！"

方天玉也不再作声，便跟了张兴霸回到庙里。

只见王先生满面怒容地道："你两个怎样？敢也是看着大成眼热吗？怎的这里说话还没有说完，你俩便又跑了。今天我和你们说，你们哪个不听我的指挥，你们哪个便先自走去，不要再认我当先生，这话你们可以听清记明，今天如果见着大成，不准你们过去和他答话，也不准你们和他动手，不经娄老英雄指名叫出，不得擅自出来。不管你们哪一个，有一个不听，从此不要认我为师，你们要记下了！"

王先生把话说完，苗二侉子过来道："这时天气已然不早，你们趁早还可以歇一歇儿！"大家答应一声，一齐走进大殿，各自找地方去休息。

且说方天玉坐在那里寻思，自从跟随师父以来，和俺等瞪眼说话，今天还是头一次，固然不该俺等胆大妄为，不过师父今天也就不顾情面？想俺方天玉，今年不过十八岁，倘能施展本领，藏在半道之上，等他们来时，俺便用计把他们拿着，回来见了师父，看他还说些什么？如果俺的计策不行，那时俺便讨要，也要转回山东，想到这里，又细细听了一遍，只听耳旁鼾声四起，不由心里大喜道，这才是天助俺成功挣脸哩！迈步出了大殿，不敢走前面，来到后殿墙，拧身纵出墙去，幸喜四外无人，转过庙墙，一直往正北跑下。一路跑，一路想，心说这番我跑出来，就要办出一个厉害给他们看看，只是韩光来时，不知在这前后左右，最好总要走到他的前边去，不然倘若被他听见，岂不反美不美。想到这里，又着实地跑了一程，立脚一看，这块地方，两旁都是树林，中间一条大道，道上十分平坦，确是一个好所在。逼俺找了一个树林，走了进去，找了一块石头坐下，又把自己身上衣服紧了一紧，把自己兵器，全都齐好，闭目养精，静听林外响动。

这时天气已然要亮，远远已然听得鸡叫声音，就在这个时候，只听树林前面，便好像有人走路声音，急忙起身，把手中双拐扯了出来。这时，脚步声音，已然临近，正要外出探看一下，却好两个人走路说话。只听一个道："总护师，你老总还是多加防备为是，那个姓苗的却十分歹毒，像你老这样毫不经意地走，倘若他们暗中用了毒手，岂不是要上他们的当吗？"

方天玉听了大喜，知道果然是周大成和计万年，心里说道：这幸亏我来得早，这要全依着那姓娄的支配时，岂不全都误了？

正要出去再想再听听计万年说些什么，急忙收住脚步，只听又一个人道："你这又是瞎虑了！你想他们这时就是腿快，也不过是刚到了关帝庙，哪里便会派人出来？我所以要提前从府里跑出来，只因俺想这城外树林之内，定然特别凉爽，我同你且在这树林里找个干净道儿，睡个觉儿，养足精神再走，你看好不好？"

只听大成道："你老这话虽是这般说法，俺想总还是不歇，早些赶到的好！"

只听那个人说道："既然是你愿早到，最好你先走一程，到前边去等我，我自在这里歇一觉，再去找你，你便等俺一同进庙如何？"

只听大成又道："如此时，总护师您便先在这里歇一歇，待俺先赶了去。"

听得大成往南跑下去了，又听那个人道："这个娃娃，恁般没福气，这里歇歇，不远胜那府里热鸡笼一般，且待我歇一觉再说！"

方天玉听到这里，止住脚步，心里寻思道：这倒是个俏当儿，俺正不愿和大成相见，如今正合俺意，再者这姓计的放着道路不走，却要在这里打睡，这一半是这姓计的合当命尽，二则是老天有意助俺成功，且俟那厮睡熟，俺乘其不备，将他打伤，等俺把他扛回庙去，也叫师父知道俺也有两手功夫。再听东边树林一阵声响，猜着一定是那姓计的窜入里边去了，又候了有一顿饭工夫，才慢慢地从树林里走了出来。好容易蹑到那边林外，听听里面，一点儿声音都没有。这时天光已亮，林子里面，已然看得清清楚楚，只不见里面有人睡觉，方天玉纳闷道：难道他不曾在这树林子里睡？遂又往旁的林子里面，找了一遍，依然是连点儿影子都没有，忽地心里醒悟道：哎呀，不好！俺中了这姓计的计了！分明他从旁处看见俺藏在树林里，他才使出来的诈语，说要在树林里睡觉，这分明是让俺在这里候着他，他好扯空子从这旁跑了，也是俺一时大意，却上了他这一当。不

385

过，就是他躺在这里，以他这般机警，恐怕也未必是他的对手，那时保不住还许吃他一些亏哩！只是这番不听师父嘱咐，轻举妄动，跑回庙去，一定还要遭师父责斥，真是无趣得紧。忽地又一想，把手一拍道：有了，俺何不追上前去，想他一定吃韩光拦住了！想到这里，甩开脚步，一直往南跑去。一口气跑了总有十来里，定神一看，眼前已是关帝庙，心中不由一阵纳罕道：怪呀！怎么连韩光也不见了？难道他也吃姓计的赚了不成？这一来只怕凶多吉少，恐怕见着师父，少不了要受这一顿好骂了！只是事已至此，还说些什么？且进庙去看看再说吧！慢慢地踱到庙门外边，听了听里面似乎是有人说话的声音，扒着门缝往里边一看，心里着实地吓了一跳。只见王先生、苗二侉子、金威、丁立、娄廷玉、李大勇、吴七、韩光、东方德、张兴霸、华梁、尤俊英、邓叔宝、陶定边、曹小芳、张灵姑，一个不少，都坐在那里。最可怪的是那王府里的总护师计万年，也和大家坐在一起，再往那边一看，尤其可怪，原来周大成直挺挺地跪在地下。心里知道不好，倘若自己从正门进去，一定会使王先生看出自己的行为，定然会闹个大大的没脸，倒不如自己绕到后面仍然从那里进去，就说自己出去解手去的，或者可以挡过当时。想到这里，便轻着脚步绕到庙后，纵身从上面进去，幸喜不曾被之听见，忙将双拐藏在殿后立柱上，把身上衣服也脱了裹在一起，然后才慢慢往前边走来。

只见王先生怒容满面地道："方天玉你往哪里去了？"

方天玉道："俺因吃多了凉水，一时走动去来……"

话犹未完，只听王先生一声喝道："你竟在我面前乱讲，还不快快和大成一齐跪了？"

方天玉看见王先生真个动怒，不由一阵心下十分难过，心想自从跟随师父以来，向来不曾见着师父发过这般怒，今天总怪自己不好，不该做出这样事，使师父生气，当着这班人，却闹了个大没脸，心里十分无趣，委委屈屈的才待走过去往那里跪下，只听那计万年向王先生道："王爷，这件事固然要怨令徒草率行事，不遵师命，然而他究竟有上进好强之心，总比你们这位令徒强得多了。再者据我看，他这次私自出去，他还是有些师兄弟情肠，才肯这样，就是有错，也是好的。并且，我看这个孩子，天资十分聪颖，性质也还温和，最好能够教给他一种特殊的本事，也好使他在江湖上有个立脚之地，才不负他一番求进之意。今天看着俺的薄面，饶过他这一次吧！"

王先生道："既是计老英雄如此抬爱他，我自当使他起来，只是便宜了他！"说着遂向方天玉喝道，"若依你今日这行为，便该把你和周大成一同处罚，却是计老英雄讲情，便宜了你，你下次如果还是这般不听嘱咐时，我一定把你轰出，不认你这徒弟。还不快快过去谢谢计老英雄？"

方天玉满面含羞走过去向计万年行了一个礼，计万年哈哈笑道："好孩子，难为你跑了半夜，你在树林子里可曾看见有睡觉的？"说完哈哈又是一笑。

大家不知道，方天玉自己心里明白，便笑着向计万年道："俺万分无知，你老不要再和我一般见识吧！"

计万年也一笑道："你先到那边去，等事情完了，我还有话要和你说。"华梁向方天玉使了个眼色，方天玉急忙走了过去，华梁刚要向方天玉诉说这里情委，只听王先生向两边一望道："你们暂时不要说话，听我说一句话。想俺王某自从逃难到山东，遇见那华二当家起，一切全仗华二当家收留照顾，才有今日，那时承华二当家不以我为被罪之人，十分青眼，并且肯把他的公子和一班小孩子叫我教练他们功夫。其实我哪里有那种功夫去教给他们，一则因为华二当家盛情难却，二则我看他们这一班小孩子，也全都大有作为，倘若能够学成本事，将来也可以有些作为。幸喜他们大家都肯听我说话，虽然说不上是有功夫，不过大家都不曾白学，这总算对得起我这一番心血。至于此次进京，原不想把他们同来，后来因为是苗二爷再三这样说着，说是把他们带了出来，正可以让他们长长见识，也好明白一些江湖上的情形，倘若到京，有用人的地方，大家也可帮助一些，我因推脱不下，方把他们带了出来。谁知刚刚到了京城，这周大成竟自把心变了，暗投王府，意欲泄底，致大家死命，谁知老天有眼，偏偏遇见计老英雄，看出他的行径，才把他诓骗到此，由娄老英雄把他拿住。我想他一次带人搜店，二次单人探庙，竟敢用针打伤师叔和师妹，三次又把党老英雄和华梁用药针打伤，实属忘恩背义，不容一死。今天当着大家，我要请教一个法子，对于他究应怎样才好？"

大家一听王先生这番话，再一看周大成那种挺眉立目，全无一点儿羞惧的意思，都觉得这种人死有余辜，谁也不愿意来多说一这一句话。苗二侉子知道今天这件事情，如果自己不肯过去说两句，恐怕都不会上前说话的，想到这里，便走到前面，向王先生道："王爷的话，大家也都听明白了，这总怪大成这孩子不知上进。论理像大成这样孩子，就是把他杀了，也是该的，一则可以替世上除一大患，二则也可以让他知道作恶的下场，就是他父母将来知道了，总怪他儿子，也怨不上谁来。不过像你我既把他收之在先，如今要把他正法于后，恐怕世人要笑你我既无识人之力，又无宽宏之量。事到如今，最好使他不仁，不可使我辈无义，今天当着大家把他放去，他以后如若仍是那样不仁不信，将来自有人把他除去，总比叫他死在我辈手里的为是，只不知王爷以为如何？"

王先生听了一皱眉道："话虽这样说，足见二爷不究其既往，许其自新，可称大仁大义。只是一件，我们这时，正要行事，倘或把他放去，他依然投奔那方，和我们作对，只怕那时再找不出第二个计老英雄来了，那时只怕是后悔不及！"

苗二侉子道："这却不妨事，这次放他，当然不能还叫他逗留北京，和俺等为难，只要王爷肯其把他放去，俺却有个大好主意，可以找一个精明强干的朋友，把他送回山东原籍，交给他父母，并且把这话说明，也可以使他父母明白此次把他送回山东的意思。俺想这件事，如此一办，既可免去落个不仁之名，而且也不至于妨碍俺等的事，俺想此事，王爷总可以点头了！"

王先生道："想我这次得以进京，全是苗二爷之力居多，况且，这次周大成，得罪苗二爷地方居多，既是苗二爷这般说时，我还一定能说有什么不肯，不过却太便宜这个奴才了。并且还有一节，就是找送他回去这人，也就很难找，有本事的，这里正要借重，没有本事的，只怕不能把他送到地头，二爷你道这话说得可是有这一层吗？"

苗二侉子道："这个倒须多虑，俺想这班人里，一定有愿意送他回去的……"

话言未了，只见党明站起道："苗二爷和王爷，都不要进虑，俺洛子愿意送周大成回去。"

苗二侉子道："这里正用人时候，像你老这样的，万不能去。"

党明道："这话不是这样说法，就是王爷不叫俺洛子送周大成回去，俺在这里也坐不住。因为俺此次到京城，原是有一些旁的小事，不想在路上却碰见了娄老英雄，才有现在这番聚会，现在俺洛子送他回去，俺洛子自应替王爷效劳，如果王爷另有别人，俺洛子也不敢勉强，只这一件，俺洛子依然要走。至于这里事，在俺洛子山东约会以后，不便为了这方却失了那方朋友的义气，俺洛子这时把话说开，是叫俺洛子走，俺洛子走，不叫俺洛子走，俺洛子也是要走，还请王爷和众位恕俺洛子无礼！"

苗二侉子道："既是党爷这样说时，俺也就不便留了，至于大成这个孩子，也请你老顺便把他送回山东，交给他父母。只是一件，这个孩子，性质十分恶劣，还求党爷在路上多多留神，不要出了舛错反致贻害你老。还有一件，此次你老帮了俺等不少的忙，受了许多的累，现在既是要走，俺等也应当再聚一聚，再者，现在又承情老英雄暗中帮助，才得无事，也应一同畅饮，借花献佛，谢谢他老这番美意的才是！"

东方德、陶定边这一干人，起初看见王先生动怒，大家都不好过去说话，现在看见事已缓和，又见苗二侉子这般说法，大家便都过来凑个高兴，帮着来留党明。党明笑道："既是众位这般抬爱，俺洛子便依实了。"

娄廷玉道："且慢！你们只顾让党爷在这里欢聚，你们却不知我这里情形。第一节我这庙里，没有许多家具，二则又没有个厨子，把党爷留在这里，却给他什么东西吃？"

苗二侉子道："这个却不妨，好在大家都不讲什么客套，只要是能够有地方能弄半只猪来，就可以有个办法。"

李大勇在旁边听了道："这个我能弄得了来，弄上半只猪，三十斤大馒头，提上几十斤酒，我想也就够吃了。就是一样，这些东西，我一个拿不来，谁能帮我去一趟就成。"

华梁道："在什么地方，俺可以跟你去。"

方天玉道："你们两个人，恐怕还是不行，俺也可以跟了你们去。"

娄廷玉道："真是我便忘了，既然如是，爽得让金威、丁立两个也跟了你们一起去。"

当下华梁、李大勇、方天玉、金威、丁立，一同走出庙门，华梁问李大勇道："到底是上哪里拿去？"

李大勇道："上我们的家里拿去。"

大家走路之间，金威向丁立道："想不到周大成今天会受这么大的折辱，虽是娄老英雄十分气恨，究竟也要怪大成不该先下毒手，所以才招出娄老英雄下此毒手。"

华梁道："只是娄老英雄这一掌也太厉害些，恐怕这一来大成要歇个五七日。"

方天玉向华梁道："你们说得这样热闹，俺却一点儿也不知道，你可以再向俺细说一遍吗？"

华梁道："说说那有什么不可。自从师父分派大家以后，也就有半个时辰，便看见韩光跑了回来，说是姓计的和周大成已然来了。大家迎出去看时，只见大成在前，姓计的在后，苗二叔一看见大成就要过去，却被娄老英雄拦住。娄老英雄自己出去，向姓计的问他来意，据姓计的说，此番前来，原为会王某人，如果旁人真有什么切实功夫，也可以前去较量，只要这里有人能够赢得一拳，他愿甘拜下风，从此不来多事，如果没有人能够赢得了他，他就要把这一干人同到府里治罪。这时师父和娄老英雄尚未答话，就是这位李大勇大哥，已然跳了过去。谁知大成早有准备，趁李大哥尚未站稳，照胸头就是一药针，也是李大哥未曾防备，吃他一针打中，跌倒地下。张兴霸师哥出去，也被他用药针打伤，他便益发耀武扬威，大肆张狂。娄老英雄十分看不过，这才过去，要和他讲理，叫他不要用暗器伤人，谁知娄老英雄尚未到得跟前，大成一针早已打出，那一针虽然打在娄老英雄身上，谁知那娄老英雄依然没事人似的，缓步而前。这时大成要是乖觉的，他就应当心里明白，这里已然遇见劲敌，赶快逃走才是，谁知他仗着他艺高人胆大，不但毫无畏惧，依然又是三针分上中下三路打出，这回大家都替娄老英雄担一大悬心！"

金威道："要不是因为这两针，娄老英雄还不至于出那样大的火哩！"

390

方天玉道："你不要扰他，让他自己说吧！"

华梁道："当下娄老英雄见他连打二针，不由有些动火，却不好意思和他脸上动怒，又见他当时，还在那里耀武扬威，娄老英雄也知道大成的性子，必须要大大地受下折辱，他才能够知道世人还有比他高的人。遂向着大成哈哈笑道，'姓周的看你虽然长个人形儿，却没有长来人心。你想你这身艺业从何处得来？倘若不是你姓王的师父，姓苗的师叔，只怕你还在乡下锄地吧！你受了人家教育之恩，不想报答，反而贪图利禄，竟敢改投旁人，来和自己师父为难。第一次带人搜店未遇，第二次竟敢把帮忙的朋友党老英雄用暗器打伤，二次又敢来探俺关帝庙，用药针打伤教你用药针的师叔，又用药针打伤你们同门学艺的亲师妹，你还敢假借王府势力打伤师弟华梁！你想我们这种仗着闯江湖吃饭的人，第一要讲究义气当先，似你这样行为，义字何在？你与李大勇今天还是头次见面，你竟一言不发，趁人不备，用暗器伤人，幸我这副老架子挨得起，不然一世声名，岂不坏在你手？要依着我的心思，当时便当把你用掌劈死，只是一节，事事可许你不仁，不可使我们无义。今天当着你们这位计总护师，你却不要屈赖，这些话可有一件是屈枉你的？其实这些话我本可以不必跟你说，不过我不忍看你这样糊涂而死。话已说完，你方才这两药针不是未能把我打伤吗？你还有什么高明招儿，惊人的绝艺，都使出两手来，我也领教领教！'"

华梁刚刚说到这里，只听李大勇一声喊道："你们还不快走，这样慢腾腾的什么时候能到家里？"

华梁道："你总是欢喜这样打岔，俺这里一路走，一路说话，也不至于就耽误了时候，偏要你这样上紧。"

方天玉道："你先不要跟他说废话，你只管说你的不完了？"

华梁接着说道："你看大成可是晕了？他听见娄老英雄这样说话，心里毫不觉乎，竟敢抖手里双锤向娄老英雄当头砸下，就说大成力气不大，总也有百十来斤力气，加着双锤，怎样也要有个一百四五十斤。娄老英雄见他双锤来到，并不躲闪，只立定了用头向上一顶，当啷一声，不但是把双锤碰回，并且因为大成不知道有这一手，没有脱去挽手，竟被双锤后带出有五六步，才摔倒在地，谁知竟被双锤把双臂甩折，躺在地下再起不来。你道娄老英雄这一手功夫，可以说压倒这一班人了吧？"

方天玉道："果然，这手功夫，听苗二叔说过，叫作什么'油锤灌顶'，是一种气功，非童子功不能练到这个样子，不过却不曾见人练过，娄老英雄果然可以压倒这班人了！"

华梁道："哼！你哪里知道？这才是背后有能人哩！你恰好没有说着，那大成躺在地下，不但不怕，而且反谩骂不休。"

方天玉道："你们大家难道也就这样看着不成？"

华梁道："不看着，依你还是过去救他，还是和娄老英雄较量较量呢？这个时候，不要说是俺等不敢则声，就是苗二叔和师父也就是看着不能说话。谁知这时那位计爷看了哈哈一笑道，'果然是名不虚传真正好俊功夫。只是一件，我今天来意早已说明，现在既是这位娄老英雄把大成当场打倒，我自当践约而行，并且我还有几句话，要当面跟你们众位声明一下，不知可以使得吗？'当下师父们异口同音说，请讲！那个姓计的便笑着向师父说，'我今天来意，虽然说了，却不见得就是实情实讲，至于我今天真正的来意，虽然没有说明，不过像娄老英雄，似乎不能不曾向众位申说一二。这话现在不妨这样说，如果娄老英雄再不肯把他过来拿住时，我也就要把他除治了。实对众位说，我虽然名为王府总教习其实一些也不相干，我不过来寻找我的朋友，恰值我的朋友不在，才被他们把我留下。那天我见着周大成，只因我看他十分聪明，很乐意把他收下，所以虽然把他留在王府，却不曾说给王爷知道，谁知越看他的心术越不正，我早已想把他除去。'"

方天玉道："这么俺却听明白了。原来是计老英雄早就打算把大成除治了，只是这又和能人有什么关系呢？"

华梁道："你先莫问，俺自会慢慢地说。那计老英雄说到这里，又向大家一笑道，'方才看见娄老英雄，把他打倒，我心里真是说不出来的痛快，我便应当转头走去才是。不过有一件事，我还要跟众位说一说，方才娄老英雄练的这一手功夫，名叫混元一气童子功，不要说像周大成这样的不是老英雄的对手，恐怕说句大话，像我这样也未必是老英雄的对手。只是有一件，娄老英雄，既然施展出来这样一种功夫，能够把周大成打成这种样子，我要是转身一走，不要说众位笑我无能，恐怕连周大成也要十分骂我哩！但是，话要说回来，我虽有意在此献丑，却不是安心和谁为难，只要大家能够知道我姓计的并不是脓包无用，我便好走路了。'那姓计的刚刚说到这里，娄老英雄急忙拦住说，'这是万万不可。我不过是因为周大成年幼无知，目中无人，所以我才让他明白明白，世上还有比他高上之人，却不防得罪了计老英雄，只怪我一时鲁莽，千万不可见怪，我这里当面赔礼了！'说着早深深一安请了下去。"

方天玉道："难道这位计老英雄见了这样台阶儿还不肯下吗?"

华梁道："这除非像你我之辈，才会觉得这是台阶儿，像那计老英雄身怀绝技，哪里肯说了不算。他说完那话之后，又向大家一笑说，'今天我要在众位行家面前献丑，只是众位却不要怪我无礼，这只是遮个羞脸而已，如果有个不到的地方，还求众位多多指教我。'他说完这话，把衣服甩去，露出一身稀松稀松的肉来，当然，你想大家看了这种样子，可还有不乐的吗？哪里像个什么练过功夫的人，身上的皮，差不多都要离了骨头掉下来的一样，你说大家怎能看得起他?"

方天玉道："这话却也说不定，怎能够因为人家皮肉发松，就可以断定人家没有练过功夫。大概这一来，你们一定着了人家的手了?"

华梁道："着手倒不曾着手，却是出乎大家意料之外的都吓了一跳。"

要知计万年怎样把大家吓了一跳，且听下回分解。

第十四回

灭巨憝一王走国
正明器众士逃刑

华梁道："你道怎样可怕？说起时只怕你也要有些不信哩。你道那计老英雄的肚皮，却不要吓坏人，方才明明看见他的肚皮是瘪的，谁知道这时再一细看，已然迥乎不同，只见他浑身肉皮，没有一处不是隆起，那神气就仿佛得了气涨一样，就是那脸皮之上，也显着高出了许多。更有一样，方才脸上是又黄又青，这时再一细看，真是又粉又白，便和那十六七岁的小姑娘一样好看，你说这事可怪不可怪。这时他往那里一站，痰咳一声，便和打钟相似，笑向大家道，'我只练了这样一点儿功夫，请你们不拘什么人，哪位带有兵刃暗器，都可以往我身上随便剁砍，只要有人能伤了我一些，便自怪我学艺不精，却与众位无干。并且还要求众位恕我狂妄无知，哪位能把我踢倒弄倒，我愿拜他为师，绝无反悔。众位手下留情，只捡我身上肉厚的地方扎砍两下试试。'说完，真个站在那里纹丝不动。师父和苗二叔刚要过去，看那个神气，是意欲求计老英雄收了这一套似的，这时众家弟兄哪里还忍耐得住，便齐喊声，俺等领教领教，张兴霸的叉，东方德的尺，吴七的斧，曹小芳的剑，张灵姑的刀，韩光的鞭，尤俊英的棍，都一齐砍扎下来。就在娄老英雄喊一声使不得言还未了的时候，只听扑咚咚一阵响，过去动手的倒了一片。还告诉你一件怪事，大家这一班兵器全都扎在计老英雄的肉上，如同陷了进去一样，你说这事可以说得是怪事吗？"

方天玉道："这种情形，似乎俺也听见说过，这种功夫叫作什么'蛤蟆气'。练这种功夫的非要内家拳到家，不能深造这种功夫。"

华梁道："这件事你只说到了一半，你且听俺慢慢向你说吧。那时大家全都摔在地下，动弹不得，娄老英雄急忙过来向计老英雄道：'你老这一手功夫，实在让我们开眼。你老这手功夫，我虽不会练，我可听人家说过，这手功夫名叫'金刚大拿法'，能够软如棉，硬似铁，刀枪不入，今天实在有幸，得看见你老这手绝艺。不过你老所练这一手的意思，只是为了避免示弱，现在大家已然领教了，还是求你老把兵器赏给他们吧！'你道那计老英雄怎样？只哈哈一笑，身上陷的兵器，全都掉在地下，再看那计老英雄，依然是个瘦小枯干的小老头子，你道这件事可以算得一件怪事吗？"

方天玉道："这样一说，俺便全听明白了，这一定后来计老英雄和娄老英雄全说好了，俺回去时候，赶上正是末一节吧！"

华梁道："大概也就是那样，所差的还有救治受伤的大家一层，后来大家便到里面谈起来了，俺也曾问过东方德怎样打人及被人家打出来了？据东方德说，他这还是第一次吃这个苦呢！原来他们铁尺砍到计老英雄身上，便觉得砍在棉花上一个样，及至自己觉得不好，再打算往后撤时，已是来不及，就觉得顺着铁尺，过来了一股力气，直贯到自己手上，当时浑身便像添了几十百斤的气力一样，身不由己地往后颠去。你说这种功夫怎样练的？"

李大勇在一旁不耐烦道："你们的话真多，还不快快走，等一会儿回去晚了，又该受我师父责骂了。"

金威、丁立也说道："还是快点儿走吧，大家把东西弄回来之后，再大大畅谈。据俺等说，虽是大成这次行事有悖义气，在师兄弟一场，大家也不可过于冷淡他，不要让江湖上人说俺等也是无义之辈，最好大家回去见了师父，格外替他说些好话，反正是罚了不打，打了不罚，现在既是说要送他回去了，就不要再极力羞辱他，却不知你们以为如何？"

华梁道："二位是后来的，尚且这样顾全信义，俺等和他从小长大，难道还有什么不愿意吗？不过却有一节，这次师父十分动气，就是昨天对于俺的那种神气，也是历来所无，恐怕把话说上去，弄不出好来，反而给周大哥添上许多麻烦，俺想还不如不说的好。"

方天玉道："这话不是这样说法，虽然师父痛恨周师哥，其实心里还更是喜欢他，现在，当然成了骑虎之势，自然自己不好出乎反乎，如果现在有人替他说几句好话，俺想师父不但是能够不再责他，或者竟把这件罪过忘去，亦未可知。最好能够恳求娄老英雄计老英雄，或是党老英雄，能够从中一泄这些邪火，必定可成，你说俺这话可是？"

华梁道："恁的时便快去取了东西，急速回去。"说时却不禁自加快起来。

李大勇笑道："到都到了他倒忙起来了！"

华梁已经来过一次，现在听李大勇一说，一抬头看时，果然是到了，当下大勇带了众人进去，把一干要的东西，全用箩筐盛好，大家抬好，一直赶了回去。这回路上已然无话可说，走得极快，不一时便已回到关帝庙。

刚刚到了门口，只见陶定边已然站在那里，见了华梁道："你们去这大工夫，娄老英雄已然问了好几次了。"

华梁道："问了几次也是不中用，总要一步一步走回来。"当下大家把东西抬了进去。

华梁见王先生，问是什么时候才吃？王先生道："现在天气又热，还是能够早吃的为是。"

华梁答应，忙招呼众人，把殿里的桌子搬了出来，在一棵大树下摆了，随着把碟筷都预备好。华梁刚要过来请王先生让座，王先生早已看出这种情形，便急忙喊道："华梁难道你糊涂了不成？这里须不是你我的家，你怎么不去找娄老英雄，却来问我？"

华梁这时想起果然是自己错了，便急忙又来找娄廷玉，娄廷玉道："王爷也太谦了，既然全都意气相投，这种小节有什么关系？不过，既然派到我这里，我便替王爷当一个知客吧！"说着，一手拿了酒壶，一手向大家让座。

计万年道："老英雄慢来慢来，今天这桌席面，我等虽然在这里搅扰，却是幸陪末座，主座还是党老英雄和周大成，最好不要把题目看错。还是请党老英雄和周大成上座，我们也好敬酒相陪。"

娄廷玉道："这话说得极是，便请党老英雄来上座吧！"

王先生道："我先拦二位高兴，若说替党老英雄饯行，请党老英雄上座，这话我想大家谁也是这样说，不过有一节，像周大成这样的人，那般无仁无义，不忠不信，如果不是大家这样说好话时，我早已把他除治了，现在看在大家面上，饶了他这死罪，放他回去，已是格外容情，倘若再把他让在同座，岂不益发叫他不知怕惧了！这是万万不可！"

计万年笑了一笑道："这话不是这样说法，那周大成原是你老的徒弟，虽然现在他这般不懂得上进，未免有失师徒之义，不过，话要说回来，究属当初你老有些不明不是？现在已然罚了他，也就是了，若再要往下说时，也就未免过分了。况且，大家这一点儿面子，你老还好意思都驳吗？来来来，待我与你们师徒解和解和吧！"说时，也不等娄廷玉再让，便一手拿了酒壶，一手拖了大成，往座上就按。这时大成已然后悔莫及，计万年拖他坐，他哪里敢坐。

华梁等大家见了，便急忙趁机会过来道："师哥你就坐下吧！大家也好再亲热亲热！"说时，眼泪已然夺眶而出，大成也不觉有些抽搭起来。

娄廷玉道："你们几位也都坐下，也就好坐下了。"

王先生心里也十分恻然，便和苗二侉子向大家让了一让，全坐下了，大家也都跟着坐好。只见周大成猛的一下跪了下去，哇的一声哭了起来，大家当时一齐愣住。

娄廷玉道："你有什么话，只管说，何必这样悲苦？"

大成哭着说道："俺周大成受了师父这样天高地厚之恩，不曾答报，反因一时不明，倒要毁害师父大事，几次三番，想下师父们毒手，幸亏遇见计老英雄，心里明白，才不致闹出大事。然而俺这不忠不孝不仁不义，虽一死不足蔽其罪，今天虽蒙师父们十分宽宥，饶其一死，不过问起良心，岂能坐在这里，与师父们一同吃酒用饭。想俺周大成自从跟随师父学艺以来，并无别样过错，只是求功心盛，所以才落到这般光景，此番回得家去，少不得有人问起情由，俺拿什么脸去向人说。如果师父肯其恕过已往，使俺仍然跟随师父，从今以后，俺再不多说一句话，多走一步路，不知师父可肯恕其已往，许其自新吗？"说着复又痛哭起来。

大家听了，心中也觉得有些凄惶，都拿眼看着王先生。王先生平常就喜欢周大成，比较别人总是另眼看待，如今大成闹出这样事，自己纵然护着他，心里却是说不出来，就是这次让他回去，心里也是着实不舍，不过若不如此，叫大家看了，未免人心涣散。现在见他这样一哭，心里益发难过，不过拘在面子上，这话一时却说不出口，只好闭住了口一声不发。

娄廷玉忍不住说道："依我说这件事虽是大成一时错误，然而可以恕他一个年岁小，没有知识，大可以把这件事揭了过去，仍许他跟随着王爷。人心都是肉长的，他未必不能补报于将来，就是党爷暂时可以不走，等过了这用人之际，再说如何？"

王先生只是不理。周大成见王先生不肯答应，登时哈哈一笑，收住眼泪道："好，既然师父不肯留俺，总怪俺不该把事做错，如今旁话不说，愿随党老英雄一同回转山东，反正无论如何，周大成一定会领受师父这番诚意的。只是诸位弟兄，以后千万拿大成做个榜样，切不可再学大成，忘师背反，落到这般光景。"说着站起又把酒壶拿到手里向大家道："倒不要因了俺这一点儿小事，耽误了众位吃酒。来来来，待俺各奉三大杯，吃个告别酒儿吧！"说时虽然强挣笑容，声音却已有些哽咽了。

大成这样一来，大家实在都出乎意外，不由一个个全都发起愣来了。计万年不由暗暗点了点头道，质美未琢，真正可惜得很！华梁大家本来想替大成央求央求，后来一碴儿就过去了，现在见势成僵局，便又想起从前计划，由华梁领头向大家一使眼色，大家便全都跪下了。

王先生道："你们这是什么意思？"

华梁道："只求师父饶了我们师兄，许他仍然跟着你老人家，俺等全都起去，如果你老人家不肯答应，那时俺等便跪死在此地了！"

王先生道："你们不必替他哀求，像他这样无礼之人，难道这样处置他，还多了吗？"

在王先生的意思，这句话说完之后，等华梁大家再商量进一步，那时便好答应。谁知这时大成忽地把华梁一把扯起道："兄弟，你们这份意思，俺已心领了，只怪俺没有这种福气，不能和兄弟们朝夕厮守，此时俺已追悔不及，你们也不必再和师父求了，俺走之后，你们千万要拿俺当一警诫，切不可再入歧途。那时俺就是不在师父旁边，也可以稍掩以前之过，此时就是师父不肯追其既往，许俺自新，仍然把俺收留，俺也绝不在这里了！兄弟们，你们还是起来吃酒吧！"这几句话，说得情尽义绝，不但是出乎王先生意料之外，就是华梁大家也是意料不及，大家便都站起来在那里愣愣呵呵。

计万年一个人心里明白，知道这件事，再说也是没有用处，遂向大家道："既是他这般说时，你们也就不必再往下说了，反是叫他随党老英雄去的为是。倘他此番回到山东，追悔他从前所作所为，肯其归入正道，倒是一件好事。天气已然不早，大家快来喝酒，少时，我也该回去了。"

苗二侉子本来也最喜爱大成，今天弄成这种神气，自己要说不好说，不说自己有些难受。这时才要说话，只见计万年不住摇头使眼色，便隐忍不说。当下华梁见大成执意如此，知道他向来是有这种性气，便也不敢再说，只端了酒杯发愣，反是大成一杯酒一块肉地吃了起来。大家虽然也都吃着喝着，只觉得心里茫茫，说不出这一层难过，大家一句话都没有。

不一时把酒饭吃罢，党明道："趁着天早还不热，俺洛子便走了吧！"

大成也说是早点儿走的好，当时走到王先生眼前，扑咚一声跪下道："师父，不孝的徒弟周大成走了！愿你老忘了你这不孝的徒弟吧！"

王先生此时恨不得说出还把大成留下的话来，只是一时间，有些说不出口，只含着眼泪说了一声前途你要一意上进，眼泪已然流下来了！华梁大家更是悲痛万分。大成站起又向苗二侉子磕了一个头，一声话也没有说，站起来拉了党明便走。王先生狠着心肠，托了党明几句照应的话，党明答应，便同大成走了出来。

王先生和大家一齐相送，直送出有一里路远近，还是计万年拦住道："这样送去，他也是要走的，倒是大家回去的好，也免得大家心里难过。"大成也劝大家回去，大家这才止住脚步，站在那里，直待望不见他们的影子，大家这才走了回去。

王先生一路之上，十分懊丧，计万年道："他的资质原是极好的，只怪没有受着好引导，所以落得这般结果。"

王先生道："唯恐他不肯这样甘心，半路上又闹出别的岔子来！"

娄廷玉道："我也想到这层，恐怕党老英雄未必能够制得他住。"

计万年道："这个地方却是娄老英雄观察未清了。虽然这个孩子有些异性，但是以他这几天跟我在一起，和今天说话这种神情说，他绝不是反复无常之人，只怕到不了家中，路上就要出一种惨不忍闻之事的。若说他半路上再出其他情形，这话我是绝不肯信的！"

华梁插嘴道："这样说时，不是他要去入死的那一途了吗？"

计万年道："你说得一些儿也不错。"

华梁急道："那怎能看他去死？待俺追他转来！"

计万年道："此时你去追他，恐怕已然不及了，再说，你就是能够把他追上，你也未必能够把他叫转回来，只怕你一时勒逼情急，那时就许当场出事，亦未可知，我看你还是不去的为是。"华梁听了，只得止步不追，但是脸上未免露出苦恼之色，大家也都快快不快。计万年道："这件事总算完结了，我们还是说些要紧的吧！"

王先生道："好！且回到庙中再说吧！"

不一时，来到庙里，王先生向计万年道谢了，又谢过娄廷玉。计万年道："王爷太谦了，我要不是看你们是成了名的英雄，知你们办事正大，我绝不会管你们闲事了。我姓计的为人，虽然大家不曾会见过几次，却敢保心口如一，决不会出乎反乎的。就以此次的事说，一则因为周大成不该卖师求荣，二则我原不是在官应役之人，所以才肯为此做法，至于谢不谢这一层，我想大可以免去，还是谈正经事吧！"

娄廷玉道："这话说得极是，我也是看素常和王爷的感情，才肯管这样闲事，不然的时候，我是绝不肯管这种事的，最好王爷还是免去客套，商量正经的事好。"

王先生道："如此我就大胆了！"遂叫金威、丁立两个往庙墙外探看清楚，四外全无过往之人，然后把庙门关好，大家便全都坐在那里，听王先生说话。王先生道："自从我从里面跑了出来，一直到现在，全赖诸位协助我，今天已然快到末一步了，有几句话，不得不向大家说一下。第一，我这次回到京城，虽然是打算深入大内，去掉盗取明器之人，不过，我却不是打算把他去掉了，我自己要做一番事业，这件事却是对天可表，只要大家能够助我一臂之力，我愿成功之后，随同大家海走天涯。只是怎生入内，怎样得着机会下手，这就全在计老英雄了！"

计万年道："你老这话说得极是，能够在功成之后，飘然远走，那才不愧是人中俊杰，摆脱得富贵，不负大家追随这番诚意。至于说到我帮忙这一层，我自当竭力去办，若说到机会，现在却有一些影子，就是这个二

400

十四，听说府里请那个主儿，开什么会，原定是我的朋友云中雁，负责看守的责任，不过这个日子，恐怕他未必能回得来，这个事情，只怕要靠在我的身上，倘若是归我管理时候，那就好做手脚了！至于这边的怎样办理，我也得听个下落，方好做一准备。总之这件事，办就要把它办理妥帖，免得后来再生其他枝节，那时就不好再办了！"

娄廷玉道："我想这件事，最好先商量出一个办法来，谁该管什么，谁管什么，免得临时措手不及。"

计万年道："这话说得是，我想这件事，虽然不会把里面完全看清，大约也知道了八九。那天他们的秘密处，说是不在绪经楼了，因为前两天绪经楼进去了人，至于现在挪到什么地方，我却还不知道哩。"

苗二侉子道："俺想这件事，最要紧的还是要把他们开会的地方找出来，不然的时候，海里摸针，恐怕还是一点儿办法没有，不知计老英雄可知道他们究竟在什么地方说话吗？"

计万年道："我虽然不知道十分详细，昨天却听见传出这样一句话来，二十三晚上在东花园庆春堂警备。"

苗二侉子不等说完便问道："你老可知道庆春堂是不是也有地道？"

计万年道："这个倒未曾听见他们说起。我想这个事情，有个办法，在二十三的晚上，你们便全都混进城去，只在府的四周等候，那时我自会出来通知大家，只要能够混得进去，总可以有法子想。只是有一件，大家在这几天里，千万不要再闹出旁的事来，恐怕错过这个机会，以后就不好设法了。我这时就要回府里去，如果中间没有什么特别要紧的事，我就不再来了，只等二十四再见。切记切记，不要在外头再惹出事来。"

王先生道："一切全仗大力帮助！"

当下计万年辞了众人，一直回到庆王府去，自去打探消息。

且说王先生见计万年已去，不由心里十分难过，想起大成跟随自己一场，只落得这般结果，真正令人心灰。大家见王先生没有精神，也知道是为了大成，全都闷闷无言。

苗二侉子向王先生道："王爷，俺看你这种神气，分明是又在想念那周大成，俺劝你死了心吧！这个时候，恐怕他已完了多时了！"

娄廷玉道："王爷，今天听计老英雄之言，想此事定能成功，好在为日无多，把这里事完了，便急速赶回山东。我想那周大成一路之上既有党老英雄看守，必不至于出什么事，何必这样发愁？"

王先生道："你老这话说得是，我想我此次出走，到了山东，多承姓华的十分帮助，才得有今日，不想大成这个孩子，忽然误入歧途，只落得这般光景，此番回去，见了姓华的，那姓华的不知他的错处，岂不要怪咱太无情肠，用完了人便这样发落，岂不使咱伤心！这话还是往好里说，如果在半路之上，再出些意想不到的事，怎对得起姓华的和姓周的父母！"

娄廷玉道："话虽是这样说，哪里便会有这件事，总还是往好里想的好。"说完又安慰两句，便走出外面，吩咐李大勇和大家："都好好在这里，不可任性乱去，倘或再闹出其他的事来，便益发的不好办了！谨记！谨记！我这是要先回到李家去看看了。"李大勇连连答应。

这时苗二侉子、东方德、吴七、韩光、邓叔宝、陶定边，大家全都坐在东边配殿里养神，外头只剩下华梁、方天玉、张兴霸、尤俊英、张灵姑、曹小芳、金威、丁立、李大勇，大家坐在院里，说些拳棒之事。

且说王先生坐在那里心里一阵发闷，不觉沉沉欲睡，正在昏迷之际，只见眼前一晃，急忙抬头一看，原来正是周大成，不由心里一阵大喜，急忙站起来道："怎么你回来了？那党老英雄呢？"

只见大成满面都是愁戚之容，全无一点儿乐色。王先生过去待要拉他的手时，他只是往后退去。王先生不由焦急，脚下一用力站起身来就追，不防脚下一绊凭空一跤，摔在地下。这一惊非同小可，猛地惊醒，方知是一梦，心口突突乱跳，定神一想，大成一定凶多吉少，不由心里一阵难过。

就在这个时候，只听院里一个人喊道："姓张的，你说些什么大话，你便当着我不明白你们这一份意思呢？我也知道你们那个师父将来要是当了皇上，你们就是大官老爷，可是，你没想到，你师父到了那个时候，心里还有你们没有你们呢？"

只听又有一个喊道："呸！姓李的，谁和你说这些废话，你要知道姓张的却不是好惹的！"

只听那个又喊道："你不是好惹的，难道姓李的就是好惹的？来！来！来！且和你较量较量再说！"

再听旁边便有许多拦住的声音。自己便急走出来看时，只见苗二侉子等也正从东配殿跑出来，跑到那里一看，原来是李大勇和张兴霸两个，都粗了脖子红了筋地在那里跳着喊，华梁大家在那里又是拉，又是劝。王先生急喊张兴霸道："张兴霸，你们为什么事这样吵闹？你可知道咱们现在是在人家吗？"

张兴霸还未及回言，只听李大勇把手一拍道："着哇，还是你师父比你明白多了。吃着我们，喝着我们，还敢跟我们瞪眼，你想想你不也太厉害一点儿吗？"

王先生听了心里十分不受用，却又知道他是浑人，不便再跟他说什么，并且这时娄廷玉又不在这里，倘若要闹出点儿事来，不但是对不起娄廷玉，就是他这样大嚷特嚷，被人家听见，也就有许多不便。想到这里，便忍了一口气，打算把张兴霸叫开，也就完了。

谁知李大勇哈哈一笑道："到底是要做皇上的人，和普通人不同，真有这般宽宏大量。姓张的，你可还敢斗狠吗？"

王先生刚要说嚷不得，只听庙门哐啷一响，庙门分为左右，从外面跳进一人，直奔王先生，当胸一把揪住，王先生急切里也看不清来的是什么人，就是大家也都是一愣。华梁眼快，看出来的这人，正是那山西人党明，就知大成不好，赶紧上前扯住道："党老英雄，你老怎么回来了？难道是周大成又闹出事情来了吗？"

党明喘吁吁地道："你们且慢着急，听洛子慢慢地说。"

苗二侉子看见他这个样子，怕是他再急出什么病来，便急过来说道："你老不用忙，先到那边喝一碗水，喘过这口气来再说。"说完便把党明拉进在配殿里坐下，去倒过一碗水来，让党明喝着。这时大家也全都挤进东配殿里听王先生讲话，李大勇和张兴霸也顾不得再吵了。

党明把茶喝完，又喘了一口气道："俺洛子这才算活过来！"

苗二侉子见他已然歇过这口气来，便问他道："党老英雄，你老不用着急，你老只把大成怎么样了告诉俺一下，大家便好放心了。"

党明道："你们还说什么不放心的话吗？俺洛子实对你们说吧，那周大成他已经死了！"

这句话刚刚说出来，只见王先生哎呀一声，早已晕了过去。华梁大家虽是十分伤心，看见王先生这样，倒不敢十分悲伤。大家过去一齐撼叫，好容易才把王先生唤醒过来，不住地喊道："这却是我害了他！"说着复又啼哭起来。

苗二侉子这时只好止住自己的悲痛，向前劝道："天气这般热，不要哭坏了自己身体。虽然是大成死在外头，究属是他自己不振作，才有今日。好在大家都是在场看见的，谁也没有什么对不起他。倒是问问党老英雄，他是怎样死的，现在什么地方？总要想法子把他弄到家里去，才是道理，如今就是再哭得痛些，俺想也是一点儿益处也没有，不知王爷以俺这话为然否？"

王先生道："苗二爷说得是，难道我还有什么不明白的，不过大成跟我们出来一场，只落得这般下场，不免使人心里难受。"遂止住泪道："党老英雄既说他是死了，他究竟死在什么地方？怎样死的？还求党老英雄说明，大家也好去看一看。"

党明叹了一口气道："这件事实怪俺洛子办事不明，不然也出不了这样事。俺洛子跟你们分手之后，俺和他便上了大道，一直勾奔蔡村。谁知刚刚到了蔡村村口，他便向俺洛子道，'你老先走一步，俺随后解个小手就来。'那时俺洛子怕他借着尿遁逃走，便要跟着他进树林子。"

王先生道："他进了林子，便又怎样呢？"

党明道："他见俺跟他进林子，他就不进去了，站在林子外边，向俺一阵狂笑说，'姓党的你也太小看人了，难道说俺已然走到这里，还肯逃跑不成，俺如果肯那般做时，俺此时倒不来了。'俺洛子听他说了这样一片话，哪里还好在后面跟随着他，只是陪着他笑了一声说，'这事却休怪俺洛子，实在俺洛子也是奉了朋友之托，不得不如此吧。既是周小英雄这般说时，俺洛子只在这里等候便了！'谁知他进树林了许久，却不见他出来，俺洛子就知道事情不好，先前还以为他是走了，及至急忙跑进林子里看时，只见大成早已直挺挺地躺在地下。他进树林子时候，分明不曾见他身上带着什么兵刃暗器，说他中恶，当然是谁也不肯信的，说他自戕，却又找不出伤处来。俺洛子过去仔细一看，方看出咽喉上钉着五根梅花针，原来他身上还有梅花针，俺洛子却不曾防备，谁知他竟用这个自戕了！那时俺洛子还做万一之想，知道他身上带有解药，倘若能解救过来，岂非好事？谁知在他身上搜寻殆遍，也不曾寻出解药。后来在他身底下，看见有一个小口袋，俺洛子以为是解药犹在，心里着实一喜，谁知拿起一看，原来口袋却是空的，你们道他死心坚决不坚决。俺洛子有意把他扛回来，一则天气太热，恐怕到不了这里，就会尸体变坏，但是把他放在那里，俺洛子却又有些不放心，后来俺洛子便在树林子里面，刨了一个大坑，暂时把他埋了，急速赶回，报告你们大家，快快想个什么法子，去把他埋葬起来才好！"

党明说到这里，苗二侉子头一个哭道："这全是俺害了他了！"

王先生急忙拦住道："苗二爷，这事也不是哭的事，这是最好先找两位，跟随党老英雄急赶蔡村，买口棺材把大成尸首先成殓起来，等到事情完毕，然后再把他运回山东方是合理。"

韩光道："这蔡村我倒去过几次，如果党老英雄去时，我愿随了去。"

东方德道："俺虽地理不熟，如果要是愿意俺去时，俺倒无妨走一趟。"

王先生道："如此甚好，就烦二位同党老英雄去一趟吧！"又向党明道，"党老英雄同他们把事情办理完毕，还是请党老英雄回到这里来，因为就在这两天里，非常地需用人，总求党老英雄协助到底才好。"

党明道："事到如今俺洛子事也不能办了，自当竭力帮忙。"

王先生道："事不宜迟，三位拿上用费就走吧！"

当下苗二侉子从里屋把钱拿出来，交给东方德，东方德收好，同了党明、韩光自去。

再说王先生吩咐华梁道："你去跟兴霸他们大家说，我们现在住在人家地方，一切不可不遵守规则，切不可和李大勇再行一般见识，如果敢故意不听，漫道我不念师徒之情，当面要斥责了！"

华梁答应，去告诉张兴霸等，大家答应。就在这个时候，庙门一响，娄廷玉从外面走了进来，王先生见了，急忙把方才党明回来的话，细细说了一遍，娄廷玉听了，也着实叹惜不止。

苗二侉子道："俺看今晚如果没有什么特别动静，明天便好进城，后天就可以办事了。"

王先生道："但愿把这件事弄清楚吧！"又说了些闲话，又叫他们在院里收拾东西。

当日无事，次日天亮，党明、东方德，业已由蔡村赶回，见了王先生，便说买妥棺木，已然埋葬在那里，王先生忙向二人道了谢，苗二侉子和华梁这一班也全过来谢了。党明便问起何时进城办事？王先生道："计老英雄已经说过，二十四日便可得手，二十三就要进城探听消息，今日已是二十二，明天便好进城了。"

娄廷玉道："我想这件事，不比寻常，最好预先分派一下，谁人管些什么，免得临时失措。"

王先生道："我也想到这层，只是究竟应当怎样分派，因为不知道里面情形如何，这时实在没有法子断定。"

苗二侉子道："话虽如此，俺想这大事依然可以分派分派，就是见了计老英雄，俺想也不会大有更改的。"

王先生道："如此说时大家商议商议也好。"

苗二侉子道："俺想明天这件事，有两件必须要办的事，并且是极重要的事。第一，这传递消息，万不可以无人，这个人必须要精明强干，能够随意应变，而且手下也要能够去得才妥。"

王先生道："这件事我想最好就是叫丁立和东方德去的为最妥。"

苗二侉子道："若论机警，他两个足可去得，只是一件，北京城里地方，恐怕他们不熟吧？"

王先生道："那便怎样的好？"

苗二侉子道："俺想丁立不好差他去另做别事，最好是派韩光同东方德两个吧？"

王先生道："这话也说得是，就是这样吧。还有那一样呢？"

苗二侉子道："传达信息，固然是一件要紧的事，还有一件，比这件却还要紧些。明天进去行事，当然不能杂乱无章，挨个下去，必须要找出两个能耐特别说得下去的辛苦一次，方可办到，这两个却着实难寻哩！"

王先生道："这个有什么难寻，最好便烦娄老英雄和党老英雄辛苦一次就是了。"

王先生话犹未完，只听娄廷玉道：王爷慢来，若论我和王爷的交情，莫说一点儿小事，就是再大些的事，我也应当即刻就去，只是一件，这件事我却不能前去。一则我的本领，自问并不甚高，倘若到了那里，能够手到成功，就是担个名儿，也没有什么关系，如果到了那里，因为本领不济，岂不耽误了王爷大事。至于我一人之身，就是死了也没有什么关系，这件事还是请王爷另派别人吧！

党明也在旁边也道："既是娄老英雄不肯前去，俺洛子的本领还不如娄老英雄，益发地不能去了！"

王先生知道娄廷玉的脾气，向来是有些古怪的，这一定是听了苗二侉子方才的话，心里有些不愿意，所以才这样推脱。不过这时正在用人之际，如果他们两个不去，这里面却实挑不出能够有比他们两个还好的。心里正在寻思，只见方天玉走过来道："师父，既是娄老英雄和党老英雄不肯前去，俺想倒也不可勉强，一则他老二位，已是成了名的英雄，倘或有个不得手，岂不是一世英名付与流水。再者那计老英雄确实诡计多端，嘴里虽然说是帮助师父，究竟葫芦里卖的什么药，谁也不知道，这句话却不怕他二位吃恼，要真闹到翻脸时候，恐怕他二位全未必能是他对手。这句话要依俺说时，不如径派俺和华梁前去，倘若到了那里，能够侥天之幸，得以成功，自是不负师父这番教养之恩，就是不幸，死在他们刀剑之下，俺也死而无悔，师父你老看是如何？"

王先生还未及答应，娄廷玉早已站起，向方天玉用手一指道："你这点点年纪的小孩子，竟敢在大人跟前这般无礼！这里哪有你说话的地方？还不快快退去！"

方天玉听了，却仍然不动，只把脸儿扬一扬道："娄老英雄，你老这话又说差了。虽然你老是俺师父的朋友，比俺大了一辈，不过说话也要合合在理不在理。你老想今天已然到了什么时候，俺师父用人是何等急要，你老既是俺师父的朋友，应当怎样替他出力？谁知求到你老跟前，竟遭你老拒绝。至于你老究竟为何这样拒绝，俺等年幼，自然是不知底细，不过你老既不肯助俺师父之力，俺等当徒弟的，自应竭力上前，虽死不悔，怎的你老反当着俺家师父，这样辱骂起俺等来了……"

方天玉话犹未完，旁边恼了李大勇，走过来一拍胸脯子说："姓方的，你有多大本领，敢在我们爷儿面前撒野？趁早儿磕头赔罪，饶你无事，不然，你且来和俺斗三五百合回去。"

方天玉听了也怒道："真是强将手下无弱兵，你也敢出来和俺较量？"

李大勇道："出来就出来，哪个还怕你不成？"

两个刚要走时，只听苗二侉子一声断喝道："你们两个却都住了手，俺有话对你们讲！"方天玉、李大勇果真站在那里不动。苗二侉子却向娄廷玉道："娄老英雄，俺看这件事还是你老应许了吧！"

娄廷玉把牙一咬道："姓娄的实不愿背叛皇家，今天看在他姓方的面上，我却应允了！只是一件……"

王先生道："哪一件？"

娄廷玉道："我去是可以去，只是有一件，我只管进到大内去办事，却是不能使我出名。二则事成之后，或是不幸失败，我全不能出头露面，万一到了那时，我远引他去，你们切不可再行留我。再者还有一节，我这次行这样非法之事，全是听了王爷一句话，至于究竟应当怎样再去调查一下，我也就不便去干了，不过有一节，事成之后，千万不要王爷再蹈故辙，速速离开这个是非之场的才是，如果王爷不践前言，那时我便益发的又不是了！"

王先生听到这里，急向娄廷玉道："娄老英雄所说，我愿样样依从，如果还有难凭信时，娄老英雄和众位来看。"说着从香炉里拿出一把长香撅成两节道，"如果我有二意，便跟这香一般！"那香便长短不齐扔在地下。

娄廷玉和党明见了一齐把手一拍道："怎的时，我们便替王爷死了也甘心！"

苗二侉子道："除去这两件大事之外，也就没有什么事情，要商量的了。"

刚刚说到这里，王先生道："还有一件事，也是很要紧的哩！"

苗二侉子道："这件事既做出来之后，旁人免不了就要知道，我们便应当把他们怎样施展诡计，盗窃明器这些话，都应当写出来，告诉他们知道才对，不然的时候，大家还不知是什么人，因为什么办的。这件事必须在事成之后，原原本本地写了出来，叫他们大家知道知道。只是有一件，这个人必须文才深，手下快，然后才行，不然的时候，恐怕他事情办完了大家走不出来。苗二爷看看什么人可以去得？"

苗二侉子道："果然是一件要紧的事，只是这个人却太难找了，一则要笔下快，二则手下快。这些人里，俺虽知华梁文字上不坏，不过他手底下不快，到了那时，恐怕不免迟慢，那时岂不把事请耽误？还是请王爷看看谁可以去吧？"

王先生看了半天，依然想不出人来，忽然这时张灵姑走过来道："这件事你老不必这样为难，我有一个出嫁胞姊，她的小姑子，或者可以办这事？"苗二侉子急问是哪一个？张灵姑道："这个人姓吕名琬，因为行四，人称吕四娘。此人文墨极好，而且性情慷慨，倘若把她约了出来，这件事便益发的好办了！"

苗二侉子道："这姓吕的现在什么地方住？可有法子能够把她找了来？"

旁边娄廷玉道："张姑娘说得虽是，只是还有一件，必须问个清楚，那吕姑娘虽是文武都可以去得，只是她对于我们这边内容，全不知道，她怎肯无缘无故，帮我们做这样大事？张姑娘还是要谨慎一点儿，走漏风声，恐怕大家都有不便。"

张灵姑道："娄老英雄说得极是，不过娄老英雄却不明白这底里深情，那吕四姑娘原与大内主子有不共戴天之仇，就是没有我们这事，也免不了要入内报仇，我不过打算做个一举两便罢了。"

王先生听了急问道："那吕四姑娘与里头怎样有偌大的深仇呢？"

张灵姑道："这件事要细说便长了，容到事后再为细说。王爷可晓得吕晚村一案吗？这个吕四姑娘就是抽查未见的吕莹呀！"

王先生听了道："原来就是她，我只听说她文章甚好，却不晓得她还精于武事哩！"

张灵姑道："不知这个人可以找她吗？"

苗二侉子道："如果有这种人，当然求都求不着，只是有一件，这位吕四姑娘住在什么地方？在这两天之内，可以把她找来，大家谈一谈吗？"

张灵姑道："若说起她住的地方，离这里却非常之远，要找她一个往来，非半月不可。不过这两天找她，却非常容易，我想就同曹姑娘前去找她一趟，她能来固然最好，她如果不能来，或者把这件事向她说明，叫她就手把事办了，我想也未为不可。"

苗二侉子道："最好还是能够把她请来谈一谈的好，如果实在不能，那也就无法，回来再商议吧！"张灵姑当时答应，邀了小芳，一同走了出去。苗二侉子向王先生道："这件事情，据我看时，这吕四娘绝不肯来，最好还是另想别策的好！"

王先生道："依二爷之见，谁可以去得？"

苗二侉子道："俺们这班人里头，大概要以华梁的文字最深了，俺想不如就叫华梁和方天玉跟随娄党两位老英雄一同前去。倘或那吕四娘也来时，人多总不会有亏吃，不知王爷以为何如？"

王先生道："如此也好，就叫他们两个也跟了去吧！"

苗二侉子道："俺想大致也就是这样了，还有旁的事情，也只好是等明天见了计老英雄再说吧！"

当夜晚张灵姑和小芳回来说："吕四娘也有两天未回了。"

苗二侉子道："如何？幸亏俺先有准备。"便把怎样已然派了华梁和方天玉同去的话告诉了两个一遍，然后又叫她们早早歇息，明天好进城行事。

当下大家安歇一夜无事，直到次日清早，大家老早起来，各人所用兵器等件，全都备好。李大勇和吴七、韩光把饭备齐，大家吃喝已毕，便要起身。

王先生当下把大家集在一起道："今天大家进城，我想必须先找好一个所在，大家定好，在那里会面，然后大家才好在那里聚齐。"

刚刚说到这里，苗二侉子哎呀一声道："不好！却忘了一件大事！"

王先生道："什么事这般惊慌？"

苗二侉子道："那天计老英雄临走之时，可曾说过到城里什么地方见面吗？想那王府，又非等闲之地，况且这两天又正值有事的时候，当然更要谨慎，俺等怎能去找计老英雄？"

王先生道："这话果然，倘若见不着计老英雄，这一切事便得不着一个办法，这件事倒是忘怀了！"说时不住焦急。

党明见了道："这件事俺想倒可不必过虑，那天俺曾听见计老英雄说过，计老英雄每天吃过早饭之后，便在那府后有个小茶馆，每天必到那去吃茶，俺洛子想大家进城之后，可以找一个所在，大家先隐起身来，然后

410

再派一个人去和计老英雄见面，此事一定可以成功。"

王先生道："能够这样最好，还有一节，这城里什么地方可以存得这些人住？娄老英雄，京城最熟，可有这样去处？"

娄廷玉道："存身之处却有一个，只是不知人家肯其留这些人不肯？"

王先生道："什么地方？"

娄廷玉道："就在那东长安牌楼方近，有一座大庙，名叫普陀寺，寺里和尚，也是武道惯家，名字叫作一静，他那里却有好大房屋。只是这和尚生性古怪，恐怕他未必肯留大家在那里住。"

王先生道："既然有这样一个地方，现在去先看看再说，如果一静大师，不许我们容留时，到了那时再作计较，我想也无不可。"

苗二侉子道："事到如今，也只好先进城，然后再作计较。"

娄廷玉道："大家这时进城，既然不能全在一起，最好我倒有一个法子，在这西城根有个槐抱椿树庵，那庙里地方虽然不大，只是大家暂时到那里落个脚也就没有别处了，我们这里可以分出几拨走进城去。这里地方，李大勇也还熟识，便叫他引一拨人去，党老英雄常走这里的镖，城里的地方，大概也还熟识，便请党老英雄也带一拨人进去。据我看韩光大概也还认识城里路，便叫韩光也引一拨人进去。我同王爷随后，你们进城之后，先到椿树庵等我，切不可在路上多事，这李大勇却有许多不明白的地方，无论如何，大家不要和他讲话，免得再生其他枝节。等我到了之后，有什么话再说。"

苗二侉子道："就是这样说，也要大家分派分派谁和谁一路再走。"

王先生道："既是娄老英雄说李大勇性情不好，那就请苗二爷同李大勇在一起吧！"

苗二侉子道："这般说时，就是俺和李大勇、张灵姑、曹小芳一同走吧！"

王先生道："华梁。方天玉、东方德、金威、丁立，同党老英雄一齐走。陶定边、邓叔宝、吴七，可和韩光一齐走。如此便不会有什么舛错了。"

当时大家分派既定，大家便都辞了王先生娄廷玉，一同走出关帝庙。苗二侉子道："俺虽然同了你们出来，俺却不识路径，如果俺前去时，却有许多不便，最好你们大家先走，俺随后便来。不过你们走在街上，也不要成群结伙，总也是单走的为是，免得惹人注目。"当时大家答应，全都往城里慢慢走去，且自不提。

先说娄廷玉见大家走了，向王先生道："今天事情，必可顺手，只是一件，得手之后，王爷可急速把人齐集，快快离开这里，否则恐怕又生其他变故，就与此行不利了。"

王先生道："这话一点儿也不错，现在我们也可以走了吧！"

娄廷玉道："王爷且慢，我所以不和他们去的缘故，还未曾向王爷说明。普陀寺一静和尚，确系我的至好，我们投奔他时，他哪有不收之理。不过，事先不曾跟他说过，猛古丁地去许多人，难免他要起疑。所以我想趁他们去后，我同王爷先到普陀寺去一趟，到那里去跟他当面说明，或者他还许助王爷一臂之力哩！"

王先生道："既然如此，我便和娄老英雄去一趟吧！"

娄廷玉道："好在此时还早，王爷倒可不必过忙，等他们都已去远，再走不迟。"

王先生又和娄廷玉说了半天话，然后才一同由庙里起身，一口气走了七八里地，看看离城已然不算甚远，娄廷玉道："王爷，我们先找个树林子歇歇吧！"

王先生道："也好！"

恰巧眼前就是一座树林，刚刚来到林外，只听里面有人说话声音，王先生和娄廷玉急忙止住脚步，只听里面说话的人十分耳熟，再细听时，原来正是苗二侉子和张灵姑、曹小芳几个，不由得便立定了，再细听一听。只听曹小芳道："苗二叔虽是这样说，只恐怕未必可信，你只看他对于大成全无一切师徒之情，还要说到什么旁的事情吗？只怕他到了那时，更要施行他那狠毒的手段了。"

又听苗二侉子道："依俺看或者不致如此，他那人虽则手段有些狠毒，尚不至贪恋富贵，况且，他在庙里也曾折香为誓，岂有更蹈故辙，这件事你尽可放心的。"

只听曹小芳道："折香算得了什么？要变还不是依然要变。不过俺却不怕他，如果他一旦改更初志，那时俺便还以其人之道，施诸其人之身，恐怕他也就是空欢喜一场而已。"

只听张灵姑道："我看二位还是不要讲这些，倘若被人听去，岂不有些不便。"

苗二侉子道："这话说得是，只是大勇他往什么地方去解手？怎么还不见来？"

王先生听到这里，不由出了一身冷汗，心说，他们怎样这般信我不及，这事倒不可大意了！回头一看娄廷玉仍然站在那边大道上，便连忙跑了过去道："娄老英雄，想已歇过乏来了吧？我们可以快快赶进城去吧！"

说着话二人一同进得城来，幸喜未曾盘问，直奔长安牌楼普陀寺而来。不一时来至普陀寺外，见那庙门紧闭，娄廷玉用手敲了敲门环，只见庙门开了一扇，走出来一个小沙弥。娄廷玉上前问讯说："烦劳通禀一静方丈一声，就说有一娄廷玉求见。"

不一会儿，只见一个慈眉善目，年约六十开外的老和尚迎了出来。娄廷玉赶忙上前见礼，一静道："数年不见，老弟一向可好，今天是什么风儿，来到小寺？"

娄廷玉道："现因同一好友来京有点儿勾留，一来看望上人，二来尚有些事相烦。"于是同了王先生一同进庙，落座之后，娄廷玉便将此番进京与王先生来意，并想在此间勾留数日的话，与一静方丈说了。一静道："方才听娄老英雄讲过，原来王爷有意除去大奸，正定明器，这件事确是一件紧要之事。惜乎和尚方外之人，不便加入这种事里，不然的时候，和尚我倒是极愿效力的。至于王爷所有来的人，意欲在此落脚的话，我想那事却无妨碍，好在这里地方也大，又无闲杂人等，不过有一件事，必须和王爷说在前头。王爷事成或是事败，只能把这里做一下脚之地，至多在三天之内，就要离开此地，否则和尚不敢担保这里不出意外，倘若到了那时，不但是于王爷之事不利，就是这庙里也惹了无妄之灾，和尚也是要担罪的，这节总求王爷格外体谅才好！"

王先生道："这件事当然一一遵守上人所说，决不至多行耽延，也就是了。"

娄廷玉道："既然如是，王爷在此稍坐，我便去把他们找来如何？"

王先生道："如此又多累娄老英雄了！"

娄廷玉道："这事却值不得挂齿，和尚且陪王爷坐坐，我去去就来。"说时辞了一静走了出去，这时一静自陪王先生说话不提。

且说娄廷玉走出庙门，一直径向椿树庵走去，好在娄廷玉对于道路十分熟识，不一时便已来到。这椿树庵也是坐北朝南的一个小庙，来到临近一看，庙门虚掩，便推门而进，来到里头一看，东方德、党明、方天玉、华梁、张兴霸、尤俊英、丁威、金立、吴七、韩光、陶定边、邓叔宝，都已来到，只是不见苗二侉子、张灵姑、曹小芳、李大勇这几个，不由心里诧异，便向大家说道："你们什么时候来的？可曾见过苗二爷？"

大家齐说道："我们已然来了半天，却不曾见苗二爷来。"

娄廷玉道："这事又怪了！他们是先走的，怎么倒走在你们后头去了？难道是路上又出了什么岔子不成。"

党明道："这只问俺，俺还不曾问你，这个王爷，你弄到什么地方去了？怎的这般时候，还不见他到来？难道你们不是一路同来的？"

娄廷玉便把怎样和王先生到了一趟普陀寺，怎样和庙里已经说好，王先生现在便在那里的话，全都说了一遍，党明这才明白。

东方德道："既是苗二爷这时不来，一定是出了岔子，俺想在这里久候也是无益，不如大家先到普陀寺，那里总比这里严密得多，这里究属有些不便。方才已然有几个人很注意到这里了，倘若再不走时，恐怕又要生出其他的枝节来了。"

娄廷玉道："话虽是这样说，倘若我们走了之后，那苗二爷来了，岂不是大大不便。"

东方德道："难道大家便因了他还不走吗？"

正说之间，只听庙门当的一响，大家不由齐吃一惊，站起来看时，原来正是李大勇，慌慌张张满头是汗地从外面跑了进来。

娄廷玉道："你怎么这个样子，那苗二爷他们呢？"

李大勇一路擦面上的汗，一路说道："师父，今天可罢了我了！我和那姓苗的从庙里出来以后，他就不愿意和我一块儿走，好容易走得过了沙子口儿，他们就不走了。可巧那个时候，我憋了一泡屎，非去不可，我就找了一个僻静处去解手儿，等我回来的时候，那个姓苗的怪我去的工夫太大了，他罚我把他们的家伙归我拿着。我想拿着就拿着，谁知他们刚一进城，就叫把门的把门拦住了，说是昨天晚上宫里进去女贼，搅了半夜，今天各门加班，搜查匪人。我也没等他们说些什么，我就跑下来了，他们的家伙我也不敢扔，真快把我给累坏了。"

华梁道："既是有这样事，俺想赶快去到城门那里探望才是。"

娄廷玉道："那却使不得，如果我们到了那里，人家倘或再要看出形迹可疑，那反倒越弄越不成功了。依我的意思，你们大家可以把个人家伙全都藏好，跟随党老英雄慢慢地后面走到普陀寺去，我这时便去迎接他们，倘若能够接着更好，便一同走到普陀寺去，如果接不着的时候，我也赶到普陀寺去。你们一路之上，千万要特别小心，万不可再生出其他枝节，便益发的不好办了，一切的事，都等我见着王爷再说。"

东方德跟大家一听，也只好如此，当下大家收拾齐毕，一齐走出庙门。娄廷玉自行东去，出了顺治门，脚下用力，顺着河沿，一直到了西沿的东口，然后方奔永定门走来。刚刚走到珠市口，突见迎面来了一伙人，一看原是几个地面儿上的巡兵，押着几人，仔细一看，正是苗二侉子、张灵姑、曹小芳，不由大吃一惊。可巧这时苗二侉子也看见娄廷玉，便急向那几个巡兵道："你们看，这不是俺说要找的亲戚来了，你看俺这话说得大约不假吧！"

娄廷玉便也趁着机会道："那不是那谁吗？你们什么时候来的，我刚才还在家里念叨你们半天呢！走吧！快跟我家去吧。"

那几个巡丁便急来拦住道："你们干什么的，你知他们怎么回事不知道？昨天晚上，宫里进去女贼，搅闹宫廷，皇上有旨，今天搜查可疑之人。他们从门前经过，我们看他几个行色慌张，所以才拦住一问，谁知他们竟是言辞慌忽，他们说是来投亲戚的，我们问他们投的亲戚姓什么，叫什么，他们也说不上，你想他们既是来投亲戚，哪里有不知道人家姓什么叫什么的，你想他还不是歹人是什么？我们要不看你是这么大的岁数，今天非把你也弄走不可！"

当下娄廷玉还未答言，苗二侉子急说道："老乡，俺向你说，俺的亲戚姓娄，就在那普陀寺当一名长工，俺因一时忘记，所以说不上来了，几位老爷难道看不出俺等是乡下人来？再说也曾把俺都搜查过，可曾从俺等身上搜出什么东西来吗？如果俺等都是歹人，岂有身上寸铁不带，就能为

415

非作歹之理。俺等实系头次进京，哪里知道什么王府不王府，这个还求几位老爷把俺等放了吧！"说着当头就是一揖。

娄廷玉也趁着这个机会向那个人道："几位头儿，这个却是我的亲戚，只因多日没见，所以见面有些不相识了，还是求几位头儿行个方便吧！"

这时街上已然围了一大圈子人，看见这种神气，便也都来看热闹，看见这件事，似乎不是娄廷玉和苗二侉子故意造作出来的，便也齐来解劝。这几个官人，一看心里也去了好大的疑心，便向娄廷玉道："既然是这么说，你就领他们去吧！这京城里头，比不得外头那些小地方，倘若一下要闹出一点儿什么事来，那时候再打算解脱可就不容易了。走吧，走吧！"说着轰散闲人径自去了。

娄廷玉见人已去远，便一拉苗二侉子赶紧进了蒋家街，一气足足走出一里多地，走在一个避静地方，娄廷玉缓过一口气来，向苗二侉子道："险哪！几乎不曾闹出大事来，幸喜遇着这几个人，还不甚干练，否则就要不堪设想了！"

苗二侉子道："可不是！要是娄老英雄再晚来一步，恐怕这件事就没有这样好了。只是方才他们口口声声说，昨天夜晚宫里进去了人，却不知是怎样一件事情，听他们说话的口气，不像是被他们拿住了的样子，那方也未曾得手。不过这样一来，对于俺等这件事，似乎又多一层的难了！宫里既然受了一场虚惊，自然要从这里加紧防备，这样一来，确是与俺等进行之事不利了。"

娄廷玉道："这个暂时可以不说，等到少时见了计老英雄，自可知道详情，倒是现在有一件要紧的事，不可不注意。"

苗二侉子道："什么要紧的事？"

娄廷玉道："从这里到普陀寺，还要进一道城，方才外城那样严密，内城更当加紧，必须要想好言辞，不要闹到临时措手不及才好！"

苗二侉子道："俺当是什么事？原来是为的这个，方才俺是不曾防备，所以才闹得张口结舌，这如今已然知道底细，难道还有什么怕他的地方？俺只说俺是领她两个一同来看亲戚也就过去了。"

娄廷玉道："苗二爷，你老怎么还是那套？方才若不是遇见外城那几个人，只怕不容易就混进城去。你老想想，如果真是从山东来探亲戚的，头上没土，脸上没泥，手里没有拿着东西，尤其最容易使人家疑心的，怎么这么大的两个姑娘，从山东到这边连个车都没有坐，你老想这不是处处都是毛病吗？"

说得苗二侉子也觉得好笑，便向娄廷玉道："果然依俺的话，确是毛病太多，请问娄老英雄，该当如何？"

娄廷玉道："这件事说起来，却也不难，只要这般这般，准可安然过去，绝不致被人家拦住。"

苗二侉子点头称善，便向娄廷玉道："既是这般，娄老英雄先请吧！"

娄廷玉把手一拱道声回头见，竟自往前边去了。

这里苗二侉子带了张灵姑、曹小芳也一同慢慢地往城里走去。刚刚来到城门口，只见前面果然拥过几个人来，上前截住去路，叱道："站住！什么人？往哪里去？"

苗二侉子这时胸有成竹，便不似先前那样慌张，便慢条斯理地道："几位问俺吗？俺是要往庆王府去的。"

那几个人道："上庆王府干什么？"

苗二侉子道："你要问俺，俺也不知道干什么去。"

那几个听了便有些不悦道："你不知道，难道我们知道？你趁早说出是要到什么地方去，是你的便宜，不然少不得要对不起你！"

苗二侉子听了，故意怄他道："你要对不起俺，俺倒要看看你是怎样一个办法？"

那几个看见苗二侉子，这样土头土脑，哪里看得出来他是什么人，便一齐动了怒，一拥上前道："你这汉子，既然不肯说出实话，自然不能放你们过去。来来来！且把他推进去再说。"说着便要过来动手。

就在这个时候，只见城里跑出来一个人道："慢动手！慢动手！"顺着这个声音，早把两个看城的推得闪了一跤。大家一看，原来是须发皆白的老头子，大家不由迁怒道："你是什么人？竟敢横冲直撞！走道儿不瞧着人，这里有王法的所在，你又不是瞎子！"

那老头子哈哈一笑道："几位头儿多担待一点儿，恕我上了几岁年纪，又是有急事在身吧！"

那几个哪里知道他们是故意做好了圈套来要他们的，见他老迈可欺，便一齐叱他道："你是做什么的，便是有急事，也不该这样乱闯！"

娄廷玉到了这时，才慢慢地向他说道："几位要问，在下姓娄，在庆王府当着一名跑道儿的差事，只因昨天夜里，宫里进去了贼人，搅扰了一夜，里头派府里上紧查拿可疑之人，府里王爷派总护师计老英雄通知各处，一体上紧严拿。计总护师恐怕自己力量不够，才托人到京东请了他两个朋友来，到此帮助他，谁知他这个朋友，从今天早晨到这个时候还没有来，计总护师十分焦急。因为我的脚力还可以走得动，并且又跟那位英雄见过一面，有些熟识，所以才派我去迎一趟。谁知行路慌张，不想冲撞了几位，恕过我有急事，让我过去，免得误了事吧！"

这几个一听，恰和方才苗二侉子所说针锋相对，就知道事情不好，便急忙改赔笑脸道："原来是娄二爷，哥几个不知道，多有得罪了，这也是奉上差遣，概不由自己的事，娄二爷请吧！"

娄廷玉也笑着说："几位别这么说，全是官事，请吧，回头见！"

说完，假作提步要走，苗二侉子一声喊道："那边是娄二吗？"

娄廷玉假作往那边一看道："哟！我的爷，你老怎么这般时候才来？险些不曾把我们总护师急坏了。"

苗二侉子道："俺早就来了，怎耐他们几个拦住俺不准俺进去，所以才耽延到现在。"

娄廷玉听了便翻过脸来道："你们这几个当的好差事！走，一同见总护师去吧！"说着拉了那几个就走。那几个人一听，正要向娄廷玉分辩，娄廷玉却早已走了过来，一手揪住一个道："你们哪里走？且去见王爷再说吧！"

苗二侉子却来作好作歹地道："娄二你不必要和他们废话，且和俺去见你家护师去吧！"

娄廷玉道："你老的车，却不曾在这里，且随我到那边，再去坐车吧。"

苗二侉子道："也好。"说着同了张灵姑、曹小芳缓步走进城去。

娄廷玉却向那几个人道："哥儿们，不是我碎烦你们，其实你们这件事办得太大意了！我若不那般说时，被他说出来就不好办了。"

几个人一想，这话果然不错，便齐向娄廷玉道："这个全亏你老了！

你老到这边厅儿上喝碗茶吧!"

娄廷玉还不曾答话,只听城里头喊一声:"娄二!"娄廷玉便急忙抢步走了进去了。不说这里几个门军,闲谈这件事,却说娄廷玉进城赶上了苗二侉子等,大家相视一笑,苗二侉子道:"娄老英雄,果然好计!"

娄廷玉道:"这算什么好计,不过大家装着玩玩罢了。"说时早已穿过了几条胡同,不一时,来到普陀寺,娄廷玉径引苗二侉子进去,来到里面,只见大家业已到齐,便都向前见过。

王先生道:"你们若是再不来,我真要急了。"

一静也问道:"娄居士怎样耽延这样半天?"

娄廷玉便把苗二侉子两次遇见他们盘查了两次,所以才耽延了工夫的话,细细地说了一遍。一静这时早已吩咐庙里,把饭食做好,请大家坐定。

娄廷玉向王先生道:"方才我们听他们的兵士说,这所以吃紧的缘故,就是因为昨天夜里宫里进去了人,搅扰了一宵所以才这般吃紧。"

王先生道:"难道是那位吕姑娘去了?不知是不是已经吃他们拿住了?"

娄廷玉道:"据他们的口调,不像是得了手。至于是不是吕姑娘,更是不得而知。方才在路上也曾和苗二爷说到这层,苗二爷的意思想去见一趟计老英雄,打听个确实下落,我想这件事,也是去一趟的好。"

王先生道:"我想去是可以去一趟,最好就请你老亲自走一遭。因为旁人去的时候,难免不又生出其他枝节,只是这样一来,老英雄却太辛苦了!"

娄廷玉道:"这个事倒无所谓辛苦,趁着时候还早,我便和丁立去一趟吧?"

一时大家吃罢酒饭,娄廷玉带了丁立,自去不提。当下一静和尚看见娄廷玉已经去远,便向王先生道:"众位既是不肯嫌弃,赏脸来在这小庙里,和尚自是特别欢迎,不过和尚有一句不知忖量的话,不得不和众位说一下。这个普陀寺,虽是一个小庙,可是等闲人绝不敢贸然来此,就是在这里住个十天半月,也不曾有什么舛错,只是有一件,这北京城里,比不得僻村小县,人是多的,耳目是众的,总求众位不可无事远处,倘若生出

419

他事，连累和尚不便，这件事还求众位特别赏个面子才好！"

王先生道："这件事不劳师父嘱咐，我们自当谨守就是。"

一静道："如此甚好！"

再说娄廷玉带了丁立，一直来到那庆王府后面，一看果然有一座茶棚，是三间小北房，外面高搭凉棚，棚上有匾，写着是双顺轩，棚底下坐着几个卖苦力的汉子，都坐在那里喝茶。娄廷玉看了一看，里面并不见计万年，知道他还不曾来，便和丁立找了一个座位进去坐了。一个老头儿过来沏上了一壶茶，娄廷玉和丁立两个一边喝着茶，一边往外看着。工夫不大，只见计万年托着一管水烟袋，从外边走来。

娄廷玉才要上前招呼，计万年却早已把手一拱道："张二哥今天怎么这样闲在？却跑到这里来吃茶。"

娄廷玉便也顺着他的口音说道："今天一则因为无事，要出来走走，二则因为我们这个新从外乡来，要我陪着他走走，还有一件，就是你老前者托我看的那所房子，现在已然空出来了，特意来给你老送个信，请你老有便时候，去看一看。"

计万年道："既然如此，今天我便有工夫，何妨张二哥陪我去一趟，回头再来吃茶也是一样。"

娄廷玉道："也好，先去看看再说。"说时付了茶钱，三个人一同走出双顺轩。

拐了两个弯子，一看这个地方，却很是僻静。计万年往四下里看了一看，看四外全无行路之人，这才向娄廷玉道："娄老英雄真是胆子不小啊！怎生知道我就在此地啊？他们可都来了吗？"

娄廷玉也小声音说道："他们来是已经来了，现在暂时都在普陀寺里，只等见着你老就可以做个准备了。"

计万年道："依我看，这个二十四恐怕不能成功了！只因昨天宫里进去了人，在里头搅了一夜，听说里头那位，因为受了一点儿小惊恐，今天有点儿不舒适了，恐怕明天也不会到这里来了。这个普陀寺在什么地方？娄老英雄可以告诉我，今天夜晚，无论如何，我总是可以去一趟的，等着见了众位，再定计较吧！今天街上，特别严备，二位还是快点儿回去的好，免得被他们查了出来，多有不便！"

420

娄廷玉听了这话，便把普陀寺方向，一一向计万年说了，又叮咛定准夜晚一定在那里见面，然后才各分别。娄廷玉带了丁立，赶紧回到普陀寺，见了王先生，把遇见计万年之话说了一遍。王先生听了道："这件事恐怕要有些不顺手，不然怎么会有这么多的不利？"

一静道："这件事我想此时可以不必着念，且等今天晚上再说吧。"

王先生道："也只好如此。"

一直等到夜晚，果然计万年来到，刚一见面，还不曾向一静介绍过，计万年便喊道："这件事有些糟了，不但是日子改了，而且连地方也改到里面去了。还有一件要紧的事，就是我那朋友云中雁已于昨天回来了，自今天以后，恐怕这府里的事，就都要归他管了，我便不能知道这里消息，这便如何是好？"

王先生道："那云中雁既是计老英雄至好，何妨由计老英雄，把这话对他说明，请他把这件事协助成功，我想或者倒许不至再有什么问题吧？"

计万年道："王爷这话，是只知其一，不知其二，我与那云中雁虽是朋友，却不是敬爱结交，只因我对于他有不得不认识他这个朋友的地方，其实，我们两个绝对道路不同。况且宫里那个主子，在不曾进宫之先，就和他在一起联络，他们都是气味相投，如果我要把实话向他一说，只怕反与王爷之事有碍了。"

王先生道："这样说时，难道就这样罢手不成？"

计万年道："罢手当然不可以，不过这事却有些扎手了。事到如今，我还要有个办法，不过日子却要多耽搁一两天了。"

王先生道："如果要是在一两天里，想出办法，也还可以，因为我们已然和一静上人商量好了。什么办法？便请你老说吧！"

当下大家都站了起来向计万年道："计老英雄，有什么办法，无妨请讲，我等自当尊示而行。"

计万年道："诸位请坐，我说这个办法，并不甚难，不过能够生效力不能，也没有把握哦，不过大家可以姑妄试试，这个就要看大家的福气了。那云中雁是今天才回来的，不见得今天就能够干事，在他不接事之先，自然还是我代办，我想定下一条计策，把他哄到这里来，大家把他拿住，软禁起来再说，等将事完之后，再把他请了出来。大家的面子，和他把话说明，我想这件事只要没有他在里面，一切的事情，都要好办得多得多，真要是这样做法，我想或者能够能成，现在只要把这人，能够哄到这里来，就可以有办法。"

王先生道："果然如此，真个让计老英雄多受辛苦了。"

苗二侉子忽然站起来道："俺却想到了一计，只不知好使不好使。"

计万年道："苗二爷何妨说出来，大家可以参酌参酌。"

娄廷玉也急问道："苗二爷有什么好计策，何妨说出来，大家参酌参酌。"

苗二侉子道："俺想那云中雁，既是跟你老交朋友，又是在王府里当差，一定对于武功，也很是名家了，俺想凡是练艺之家，总没有不爱好武器的，你老无妨就说这庙里有一种镇庙武器，实为稀世之珍，俺想那云中雁一定要求你老一同前来，那时俺等便好做手脚了，不知你老以为如何？"

计万年道："这话如果向旁人说时，或者可以骗得动，只有这云中雁却不好使，因为这个人，比普通人还要精明，他又是久走江湖的朋友，这种圈套恐怕他一看就破，那时反美不美了。"

王先生道："依你老之见该当如何？"

计万年道："我这里却有一个意思，不过办了出来，似乎对不住这里和尚……"

一静道："这位老英雄，我虽不曾和你老说过话，既是你老能够到这里来，总也不是外人。想你我学武的，全凭的是义气两个字，只要朋友在先，自己吃亏在后，既是你老有好主意，可以办这回事，你老只管请讲，和尚虽然不能帮助众位，只要能够为力的地方，和尚也决不推让，就请你老说吧！"

计万年听了，把手掌一鼓道："真罢了，我倒不曾料到会在这里遇见像师父这样一位的英雄！"

娄廷玉也在旁边道："计老英雄有什么话只管讲吧！我知一静师父是从来不打诳语的。"

计万年道："我想这个主意，或者可以使得上。那云中雁平常人极狂傲，并且贪功心盛，如果今天便借着昨天宫里闹事的话，对他说明，便说出这庙里却有不妥之意，激他今天夜晚前来窥探，或者他能够中了这个圈套，不知众位以为如何？"

王先生道："计倒不错，只是太累了一静师父了。"

一静道："这个倒不妨事，只是一件，如果计老英雄向那云中雁说出这话时，却怕云中雁一时信以为真，便禀了王爷围庙搜拿，那时恐怕那便要有许多不便了。"

计万年道："这件事却不消多虑，只要这边能够布置妥当，我管保那云中雁，绝不会带第二个人来就是了。这时天已不早，我就要赶快回去了，你们如认为可以办时，就赶快预备起来吧！"

王先生道："这件事却要问一静师父一句了！"

一静道："这件事无须乎再商量，只要计老英雄能够担保庙中不受惊扰也就可以了。"

计万年道："如此诸位就准备吧！我先告辞了。"说罢把手一拱，道一声请，王先生还待留他吃一杯茶，再去看时，已然不见了。

娄廷玉道："据我看时，他虽说是明天夜晚，我想不如今天夜晚大家便都准备整齐，他们明天来，我们自可无患，就是他今天来，我们也可以不至于弄个措手不及，不知你们以为意下如何？"

王先生和苗二传子才要答话，只见一静站起来道："我也正想到这一层，我恐怕此时离天明尚早，难免计老英雄回去对他一说，他便逞兴前先，虽然他来了大家准备不晚，究属不如早预备的为是。况且，他究竟是一个人来，还是同着旁人一路同来，这时也还一点儿说不定。倘若他一人前来，还不妨事，如果他带了官兵同来，那时就有许多不便了。不知道娄老英雄打算怎样防备？"

娄廷玉道："我不过是这么一句话，如果一静师父，认为也应当时，我想便请师父尽力调动一下子。"

一静道："防备自是比不防备的好，如果叫和尚支配的话，一则诸位到此是客，和尚不敢，二则和尚是出家人，像这路事件一项也不曾干过，也绝不敢冒昧从事，还是求诸位商量好了，如有分派，和尚我是无不依从。"

王先生道："师父，我等来到这里，全仗师父庇佑，如果师父不肯见外时，便请助我们一臂之力，我们自是感激不尽。况且这个地方，师父又

423

是久居，第一样地理先熟，总比派一个不谙地理的强，这件事情，我想师父，看在娄老英雄面上，也要应许助力吧！"

一静道："不是和尚不答应，只恐怕误了事，对不起众位，既是王爷和娄老英雄这般说时，和尚我就要放肆了。只是还要求众位赏我和尚一个面子，如果有不对的地方，还是求众位尽力指教才好！"

大家一齐应声道："大师父千万不要这般客气，有话只管分派就是。"

一静道："众位，我想我们现在处的地位，是在暗中，他们却在明处，我们总以不要出头露面的为是，所以最好现在大家万不可以多动粗鲁，必须要慢慢着手，方可没有失闪。方才听那位计老英雄之言，那云中雁虽然脾气狂傲，想他那本领一定是很高的，我们对于这一层也应当极力注意。倘若能够使他们连我们这方面一个人都看不见才好，如果逼得实在走不开时，无妨自己量力，快快过得一二招，千万不可被他得手才好。再者我们这里，人也太多，绝不可全部藏在庙里，出去的人是越多越好。最好王爷不要藏在庙里，因为倘若他真格来了时，却有许多不便。我们庙里有个下处，就在这庙旁夹道，王爷可先到那里去躲一躲，至于这里，人是够用，王爷自可安心。如果他来了之后，究竟怎样，明天一早，必去找王爷报告，事不宜迟，王爷就先请吧！"

王先生道此时尚欲推让，一静早喊了一个小和尚开了后门，送王先生出去。王先生只好说了一句"众位偏劳"，便随那小和尚去了。

一静又向苗二侉子道："我们今天的事，却全要仗着苗二爷了。"

苗二侉子道："这话是怎样一个说法？"

一静道："我们原与云中雁毫无仇隙，今天之事，不过是为了王爷之事，恐怕他在里头为难，所以才把他诳到这里来，想主意把他软锁住，只要他不能够脱身，便可与事无碍，并不打算把他弄死，所以现在我们第一要紧的事，就是怎样能够把他困住。那云中雁既是身为王府总护师，手下本领，自是特别，怕的这一班人里头，未必能有一个是他的对手，倘或真个和他对了手，决不能找出一些便宜来，这就不得不仰仗苗二爷的暗器了。我的意思，大家可以四下散开埋伏，等到他身入庙宇，然后大家便把他包围起来，苗二爷可以找个鲜明一点儿的地方等着他，他如果来到切近时，便可以找他那不致命的地方，钉他一针，只要能够把他打倒，这以后的事，就好办了。"

一静刚刚说到这里，只见曹小芳上前说道："若这般时，俺愿藏在二叔旁边，帮同苗二叔一齐暗放梅花针，不知大师父以为如何？"

一静听了道："若能得小姑娘协力，更是再好没有。那么最好小姑娘，同苗二爷藏在大殿旁边一边一个，如果不看他进来，万不可先行动手，免得打草惊蛇。"

苗二侉子道："话虽如此，却还有一件，那云中雁既是本领了得，难免没有硬功夫护身，倘若到了那时，针打不入，便当如何？"

一静道："果真到了那时，我自有法，决不致使云中雁逃出就是。"

苗二侉子道："如此俺便和曹姑娘去了。"说着苗二侉子，同了曹小芳走去。

一静又向娄廷玉道："这里地方，比较上你要熟些，今天的事，第一要灵要快，我想这跑路报信之事，就全仗你了。你可同了丁立、华梁，藏在普陀寺西夹道，如果看见他们有人到来，可快回来送信，不可和他们动手，最好能够派一个人回来，还留一个人在那里伴同照看，不要全跑回来，免得他们再有人来，我们不及知道，受了他们的暗算！"

娄廷玉道："就是，就是！这个差事却太清闲了，这里事情，就全仗着你老了。"说完带了丁立、华梁一同走去。

一静又向党明道："党老英雄，你老这里地方也还熟识，就请你老也辛苦一趟吧！你老可同东方德、陶爷、邓爷藏在普陀寺东夹道，如果见了他们有人到来，可赶紧报回一个信来，就是不要让他们看出形迹，并且万不可和他们动手。"

党明道："俺洛子理会得。"便招呼东方德、邓叔宝、陶定边一同去了。

一静又向韩光道："前里两个地方，虽是吃紧，还不是特别重要之地，这庙的后身和王府最近，我想他们来的时候，一定是要从这里来，这个地方，却极其要紧！我想烦劳你老同尤俊英、张灵姑、方天玉，藏在这普陀寺后胡同，如果看见有人来了，你们可以随机应变，把他绊住，再快快跑回一个人来报信，这好准备。只是一件，千万不要和他认真动手使他看出马脚来才好！"

一静见韩光也答应去了，这才向大家道："众位没有什么事的，并不是我不烦劳，只因有这些人已经够了，多去了不止没有用，反而许再生出事来，岂不是大有不便。不过闲下来的众位，也都不要闲着，可以分藏在东西两配殿里面，等到苗二爷暗器不见功的时候，还要求众位极力来把那云中雁包围住，千万不可放他走去。还有一节，大家出来，千万不可大声喊叫，免得惹人家听见，再弄出其他的枝节来。切记！切记！"

吴七等答应了，也各自分藏在东西配殿里面去了，这里一静也自去安置自己的东西不提。

且说计万年从普陀寺出来，一路寻思道："我必须怎样才能把那云中雁诳到那里去，况且那云中雁手中十分去得，只怕这班人里，未必有几个能是他的对手，倘若弄假成真，恐怕那时便要反美不美了，不止是对不住这班朋友，也枉了自己走南闯北的英雄的名字。"忽然低头一想道："有了！我何不如此如此？"想到这里，便转回王府。

恰巧云中雁正见了王爷下来，一见计万年道："计大哥你却是受了辛苦了！王爷十分夸你，你这是上哪里去了？"

计万年便趁机道："怎么！王爷还在夸我吗？真是羞也被人羞死了！"说着计万年故作惊讶之色道，"我正在找你，你怎么到这个时候才出来？"

云中雁道："有什么要紧事？"

计万年道："你可知道昨天大内里闹出了事？"

云中雁道："那个怎的不知？方才王爷还吩咐我叫我留意去搜访一下呢！难道现在你来是对于这件事有什么耳闻吗？"

计万年道："正是为了这件事。方才我到府后头去喝茶，看见几个人行踪诡秘，是我跟在后面，听他们说了几句，却与此事大大有关。"

云中雁道："怎样与这件事有关？"

计万年道："那一行人里头，有两个老头子、两个小孩子，这话是听那个小孩子说的。据他说昨夜之事，似乎与他们有关，我正要听个究竟时，却吃那老头子拦住说他们道，'你们总是喜欢这样乱讲，须知这里离王府极近，倘若被人听见，岂不与我们大事有碍！'却又听那个孩子说，'你老人家总是喜欢这说，难道王府还能大过……'刚刚说到这里，却吃那老头子把他们拉起走了。你想这比王府大的不是宫里还有什么地方？你

426

道可是有些玄乎？"

云中雁急问道："果然有些相似，只是你可曾看见他们往哪里去了？"

计万年道："这个却不曾听得他们说。"

云中雁道："你为什么不去追踪他的呢？"

计万年道："怎么我没有追踪？我刚看见他们，走出胡同，我便在后面紧紧地跟随，一直走到一个大庙后面，忽地就不见了，却不知道他在什么地方去了。"

云中雁急说道："这一定是藏在庙里去了，你可曾赶进庙去看一看不曾？"

计万年道："这个我却不曾。"

云中雁道："这个却要怪你的不是了，为什么看他这样，还不进去看看？"

计万年道："你不要抱怨我，只怕就是你到了那里，也未必敢进去。"

云中雁道："我为什么不敢进去？我现在就去，难道他们还敢把我怎样不成？"

计万年道："你现在去，当然是不费事不害怕，府里有的是兵，一句话调上百八十个，到那里把庙一围，自然是你占据上风，这个我却不敢和你比。"

云中雁道："我只要用了第二个帮忙的，我就算是不曾学过艺。"

计万年道："这件事，你却不要鲁莽，倘若一时大意，到了那里，受了他人暗算，你我弟兄的名声，似乎有些不好，这件事还是思量思量的好。"

云中雁道："我云中雁今天说句狂话，除去你之外，大约在这北方，也不见得还会有人能打倒我！"

计万年道："就是这样，等到明天再去也还不迟。"

云中雁道："要去就去，何必明天，一夜甚长，倘有变动，岂不把事误了！我这就去了。"说着拿了兵器一对护手月牙轮，竟自去了。

计万年一看云中雁已经走去，不由心里一喜，终不免着了自己的道儿。又一想，却又有些不妥，倘若他们那里还认定是明天去，丝毫不曾预备，只怕大家免不了这个要着了他的手，只怕那时反而不易办了，这个却

427

非要自己走一趟不可。想到这里，刚要往外走时，只听里面一迭连声地有人喊出来说："王爷传云中雁即时进去说话。"

计万年道："他刚刚出去了，这便怎样好？"

不一时里面又传出话来道："王爷说云中雁既经出去了，就传计护师上去说话。"

计万年不知道里面有什么事，赶紧匆匆走进里面。只见庆王说道："云中雁才从这里出去，他上什么地方去了？"

计万年道："这个却不曾听他说。"

庆王道："现在有了要紧事，怎么他偏偏不在，这个只好先对你说了吧。昨天宫里闹事，这件事当然你知道了？里面主子原定明天到咱府里来商量一点儿事儿，不想里面出了岔子，明天的事，打算暂缓，并且挪到里头去。没想到主子刚才又传出话来，依然是明天到咱这府里来。我想这件事情，干系很大，所以要把你和云中雁叫进来计议计议，又不想他偏偏又出去了。"

计万年道："依着王爷意欲怎样办理？"

庆王道："我想昨天既有匪徒胆敢闯进宫阙，虽然未能得逞，恐怕他们心下未必甘服，所以说在咱们府里议论事情，虽是不如宫里，可是比宫里倒许安静些个。方才听主子说，明天打算在挹翠楼摆驾，我想这件事，总以越谨慎越严密才好。刚才云中雁进来说，他从南边约来了血滴子十弟兄，个个都有精奇本领，足可护卫，偏偏这么一会儿工夫，他就出去了，这个只好等他回来再说吧。我想新来的人，究竟不如在里面干过事的，你虽然来的日子不多，可是你究属比外边来的人要清楚些，明天挹翠楼的事，我想派你带着咱们府里的人，先行保护，再叫云中雁带着血滴子弟兄防在外面，我想这事一定不会再出舛错了。另是一件，这时候我还不曾见着云中雁，这里面的话，怎样回复上去呢？"

计万年听到这里，心中暗暗捏了一把汗说："王爷你老只管回禀上去，请圣躬自管摆驾前来，莫说还有云中雁，就是没有云中雁，仅仅剩我一人，我想也不至于有什么特别舛错。再说云中雁不过是暂时出去，难道他还不会回来吗？明天的事，当然不致有误，就请你老回禀上去吧！不过，还有一件，血滴子十弟兄现在什么地方，王爷可知道？如果能先去找他们

428

说一说，就是云中雁回来晚一点儿，也没有什么。"

庆王道："这个我倒没问他，既是你这样说着，我就先去回复主子，你们也就去预备预备吧！"

计万年答应一声退了下来。计万年到了外头，心里一想，今天这件事却是有些难办，云中雁刚刚去到庙里，还不知道究竟怎样，这里又出了这样的事。既然是里面交派下来，当然要去把这事稍微布置一下才是。要说这现在却是个机会，如果王先生他们那里，能够把这番意思，知道详细，明天早晨大家便走进这里来，一定可以得手，这是还好一点儿，如果云中雁看破机密，恐怕弄到不好的时候，还许把自己说了出来，那时大家更不好办了。想到这里不由一阵心急燥起来。忽地决定想往普陀寺去看一遭，到了那里，如果王先生他们得了手，这事还从长设法，否则这个事情，不但是不容易得手，或者还许闹出事来。想到这里赶紧收拾整齐，直奔普陀寺。

刚刚来到后墙，只见前面一个人影子一晃，计万年赶紧往后一撤身，定睛一看，原来正是韩光。韩光也看出来是计万年，便急向计万年道："是计老英雄吗？"

计万年便也赶紧答道："正是。怎么样了？可曾看见有人过去？"

韩光道："已经进去半天了。"

计万年道："可有人跟随进去？"

韩光道："张姑娘进去报的信。"

计万年道："如此我也进去看看。"

当下计万年来到后墙临近，赶紧纵身跳上墙去，细细一听，里面声息全无，不由心内纳罕道："怪呀！难道说那云中雁还不曾进来不成？"跳下墙来，蹑足潜踪，往里面走去。刚刚转到殿前，只听里面有说话声音，贯注耳神一听，正是苗二侉子讲话说："今天幸亏大师父想到这一层，不然的时候，方才这件事，真要弄个措手不及，只怕这件还真要糟了呢！还有一节，方才若不是一静师父赶到，只怕那时俺和小芳早已遭了他的毒手，亦未可知。只是师父用什么法子，把他制倒，这话可以跟俺说一说可不可以？"

计万年听到这里，知道云中雁已然失手，不由心下大喜，赶紧一步跳到屋里道："这一来就好！"

一静等哪里知道，全都吓了一跳，及至一看，原来是计万年，不由齐都诧异道："计老英雄什么时候来的？怎么我们一点儿全不曾理会？"

计万年道："我也是刚来，众位可得了手了吗？"

苗二侉子道："得手虽然得了手，如果要是一静师父不帮忙，不但是得不了手，而且还要有意外失闪。"

计万年道：你们怎样知道他今天会来？便会布置得这样严密，又是怎样把他捉住的？

苗二侉子道："这些事一切一切，全仗着一静师父了，如果今天不是一静师父，先前预料他今天要来，大家谁也不曾想到。要说起他的本事，确是十分了得，俺和小芳两个，藏在大殿左右，看见他进了大殿，才一回头张的时候，俺和小芳连珠式打出十二支药针，不曾想到这针打在他身上，便同未曾打着他一样，纷纷地落在地下，连丝毫也不曾伤着他一点儿。那时俺和小芳，实在无奈，来双拼他一个，谁知刚刚和他斗了十个回合，一些也得不着他的便宜，而且小芳的兵器，也被他用空手夺了去，就在俺一疏神时候，险些不曾被他把俺的家伙也弄了去。这时俺又不敢高声喊人帮助，计老英雄，你说这个可以算得难到极点了吧？"

计万年道："想必这时候一静师父来解了围？"

苗二侉子道："谁说不是！就在俺才往回退时，恰好一静师父来到，也不知用的什么东西，竟把云中雁制住。"

计万年道："苗二爷可曾见过这位朋友吗？"

苗二侉子道："只闻其名，却不曾见过。"

计万年道："那么二爷怎么就知道他是云中雁呢？"

苗二侉子道："先前俺也想到这一层，唯恐其有了错误，后来把他弄到屋子里去了之后，听他说话，确是云中雁了。"

计万年道："他用的什么家伙？"

苗二侉子道："用的是护手轮。"

计万年道："那就是了，现在他在什么地方？"

苗二侉子道："已经送到一静师父他们下处去了。不知计老英雄，还要见他一见吗？"

计万年道："这时候倒无须见他，倒有一件事，就请苗二爷赶快把王爷连诸位均快请到这里来，可以大家商议商议。"

苗二侉子赶紧答应一声，便叫张兴霸赶紧把大家请了回来。

就在这个时候，计万年向一静道："不想大师父有这样高技，恕过我眼拙，不识高明。请问师父，方才用什么功夫赢的云中雁？不知可以见教一二吗？"

一静急忙合掌道："计老英雄太谦了！出家人哪里会什么功夫，怎敢班门弄斧。至于方才云中雁所以败在我手，因为太大意了，所以我才趁空得手，说出来实不值诸位一笑。方才这手笨招式，名叫钟馗笔，用的是大点穴之法得手，然而如果不是云中雁看不起人，也不至吃这种亏，计老英雄未免的话太谦了。"

计万年道："原来大师父有这样本领，恕我失敬了。"

一静还待谦逊，只听院里一阵脚步声，大家一看，原来正是娄廷玉、王先生一干人走了回来，见了计万年，全都齐声致谢。

计万年道："这件事无须谢我，只谢苗二爷和一静师父好了！"

苗二侉子道："没的臊人，若不是一静师父助俺，这时俺已经遭了毒手多时了。今天这件事，第一要算计老英雄送信的好处，第二要算一静师父肯破戒伤人，至于俺是绝对不敢居功的。"

王先生这时忙忙走了过来，向着大家一揖道："诸位谁都不要过谦，诸位总是帮了我。"

娄廷玉道："这个时候，不是讲客套的时候，现在最好还是问问计老英雄，底下又该办些什么才是正理。"

苗二侉子道："这话说得是，方才还是计老英雄叫俺去把诸位请回来的，想必一定有事，何妨请计老英雄说出来，大家听一听？也好商量个办法。"

计万年道："这话说得是，我也没有多大工夫，不一时便要转去的。"遂把自己怎样把云中雁激了来的，怎样里面传自己进去，怎样吩咐的话，细细说了一遍。

大家一听道："这件事果然闹大了，怎的会惹起这血滴子的事来？听人传说这血滴子十分厉害，真个要是他们都来了，这件事倒有些棘手呢！

依着计老英雄，应当怎样办法？"

娄廷玉道："这件事依着计老英雄，是怎样一个办法呢？"

计万年道："我想那血滴子虽则十分了得，所幸尚不曾走进王府，现在既已被我们绊住，一时当然他走不回去，明天这府里的事，自然还是我一人担待，到了那时，事情在我手内，哪怕没有办法。现在所要说的，就是明天都是谁到里边去？用什么暗号？怎样下手？大事完毕之后，大家勾奔什么所在？这件事却不可不留一些神在里头。"

娄廷玉道："这话果然说得是，要依我说时，这事还是求你老一人支配才好。"

计万年道："这个只怕使不得，诸位英雄全在这里，我岂敢这般冒昧？"

娄廷玉道："这话却不是这样说法，一则这件事现在重要的担子，全在你老肩上，二则府里之事，外人摸不着头绪，就是有人肯去坐，只怕事事都不会顺手，最好由你老一人支派，大家无不尽力，这件事你老就无须乎再推辞了。"

一静和尚道："这件事据我看计老英雄可以不必太谦了，你老想在关帝庙时候，全是娄老英雄一人做主，来到这庙里，全是我一人做主，这现轮到府里的事了，自然是计老英雄做主了。"

计万年道："既是众位这般抬爱，如果再三推诿，反倒显出我的不诚来了。不过有一件，做主我可以做主，只是有不对的地方，还要求你们大家指出，再加讨论，千万不要存了客套之意，那不但是于事无补，而且是很会弄得对不住大家这番英雄豪气。话已说在头里，还是求众位特别原谅。"

大家一口同意道："计老英雄所说，还是太客气了，你老人家有什么话只管讲吧！我等自当恭听。"

计万年道："我想明天之事，只要大家抱定初志，不要改变本心，一定可以成功。大内里头虽然有兵有将，不过不能随便告诉他们这里面内情，既不能告诉他们内里内情，他们自不肯特别出力，就是护驾也不过是寻常一句话而已，里头决不会有出色人物，所指着的不过就是王府这一班人而已。现在王府里，除了我和云中雁之外，别人似乎不足为惧，虽说有

432

十个血滴子，他们现在是蛇无头不行，我想关于人这一方面，大可放心，绝不致有不敌之势。"

说到这里，王先生道："话虽是这样说法，我们却不可不十分细心慎重，倘若临时出了岔子，事情不成，还在其次，倘若再闹出旁的事来，那就有些不值了。"

计万年道："王爷这话说得是，我也是这样想。我想这事第一就是动手要紧，虽然说这是暗中的事，却等于明的一样，这是有目共睹的事，最好能够使个迅雷不及掩耳，就把事情成功才好，如果打草惊蛇，不但是今天不会成功，恐怕从此以后，也再不会有成功的那一天了。第一动手的人，必须要找一位说得出办得出的来，才能行事……"

王先生道："其实要论本事，比我强的人太多了，绝对不该轮到我，如果照着这回事上说，却非我不可，一则是这件事全是我一个说出来的，二则若使我亲自下手，也有亲手替我家祖宗正家法之义，我想这件事就是我去的对。"

计万年道："若照王爷这话，果然是王爷去的好，不过有一件，这件事虽是王爷的事，王爷却去不得，倘若王爷到了能够得手，这事自然再好没有，倘若王爷小小有个失闪，这件事就没有首领了。我想王爷还是另寻一样旁的事才好。"

娄廷玉不等再说下去也过来道："这件事王爷还是不去的好。"

王先生道："这件事我想去是一定要去，如果成功更好，就是不成功，众位可以自奔前途，不要管我才好。"

计万年道："如果这样说时，王爷既然一定要去，还是要依着我的法子才好。王爷此番进入大内，既然存心为的明器，那么这进去一层，也只好听从王爷，不过王爷一人进去，虽说随身武艺，不致闹出舛错，然而究竟没有一个人跟着进去，究属人单势孤，我想最好请苗二爷和娄老英雄暗地跟随，虽不见一定便生什么特效，然而有备无患，总比没有人跟去的好。"

王先生道："这个法子倒也不错，便照着计老英雄这样分派吧。"

话犹未了，只听旁边有人说道："师父如果进宫，俺等也要跟了进去。"

王先生回头一看，原来正是华梁、方天玉、张兴霸、金威、尤俊英、丁立、曹小芳几个。

王先生道："这个如何使得？不要说到里边去，用不了这许多的人，就是用得了，像你们这般本领，进去之后，倘有舛错，叫我心里怎样难过？这件事我想无论如何，你们总是不能去的。"

华梁道："难道俺等这些人，便都一点儿事情没有不成？"

计万年道："这件事用人之处甚少，因为这是暗地行事，万不能张明较着，叫人家看出形迹可疑，那时便与我们这事无利了，所以据我的意思，进宫里面去的，除去苗二爷和娄老英雄之外，余人都可不必进去，就是宫里有了准备，我们去的人少，或者也不至于被人家看出破绽，至于众位去实属无益，反不如在这庙里多歇一天，倒可以免去许多闲事。"

华梁还要说话，丁立在旁边用手点了一下，华梁便不言语，大家见华梁不说话，也就全都没有话说了。

计万年道："我们虽说去的是宫里，其实还是在府里，方才在里头听说，明天已然定好是在抱翠楼，大约时间总还是在夜晚。苗二爷和王爷去的时候，最好能在定更以后，我就可以在里面打接应了。不过得手后，就要赶快走去，不可多行耽延，倘若惊动大班和提督衙门，虽然不见得就怕他们，终属有些不便，这件事，务必要记在心上。还有一节，王爷既是为着正明器，如果在这里把他去掉，恐怕也要发生旁的不利，我想有一个极好的办法，王爷在府里行事，宫里仍旧要去两个人，做一声东击西之法，也好使大家不疑，不知王爷以为如何？"

王先生道："真的，我还忘了这一层，果然这是一件很要紧的事。不过这要找什么人去才好？"

计万年把手向党明和一静一指道："就是这二位，若肯辛苦一趟，便再好没有了。"

娄廷玉道："最好能够多去两位才好。"

计万年道："多去固然是好，不过里面却用着，一则此去原不是有什么目的，不过是打算到里面去留个记号，让人家知道我们这次是什么人，什么意思，才做出来的这件事。所以请这二位去的意思，一则二位本领在我们这班人里，足可以算得数一数二，不至于到了那里吃了人家的亏，受

434

了人家暗算，并且事情又看得清，一切的事情都可以随时应断。二则二位里头，党老英雄，我不知道，至于一静上人，我想文墨一定要高的，到了那里，并不要显什么本领，弄出什么手段，只要能够把我们这次所以进宫的本意说出来，使大家知道知道，也就是了。"

一静道："这件事还要斟酌斟酌。我也有个道理，一则我并没有什么本领，进宫比不得上寻常地方去，倘若闹出一些小事来，大家面子上，都有些不好看，而且还耽误了王爷的正事。二则我并没有念过什么书，肚子里原没有什么文才，这件事情又是一件很不容易代白的，既要说得富丽堂皇，又要简明扼要，倘若说得毫不透彻，那时又要辜负计老英雄推荐之意。再者我究属是个方外之人，混入这些事里，于佛门之道，也有些不合。我想这里英雄很多，请计老英雄再另请一位高明吧！至于我也绝不偷闲，那个云中雁放在我们下处，虽说没有危险，究竟也还放心不下，我想众位走后，这个看护云中雁之责全交给我就是了。"

娄廷玉道："一静师父这个话却说过了，你老虽说是方外之人，也是熟心的侠士，我想无论是僧是俗，总以礼义当先。我和这位王爷，既非亲，更非故，其实要按着礼上说，就是这回到庙里来搅扰，也就是很对不住的一件事。不过我想我和师父既是朋友，我的朋友，也就是师父的朋友，所以才肯到这里来打搅。如果要照着师父这样一说，岂不是连我们到庙里来也有不对吗？再说就是这一班人里，我想也没有一个人，不是被义气所激到这里的。就拿计老英雄说，不要说和王爷没有深交，就是素常连面也不曾见过一次，况且计老英雄在王府做事，又和王爷站在对面地位，现在只凭大家这一点儿义气，便甘为大家帮这样一个大忙，反而要和王府作对，你老想这岂不是一个明证吗？再者说，计老英雄托付师父办的事，又不是要去冲锋打仗，不过因为师父武艺高强，办这路事一定可以办得爽利，所以才来恳托师父，现在师父这样一推脱，倘若惹起旁人反想，那时岂不把这件事完全坏在师父一个人身上？"

一静不等娄廷玉把话说完，急忙不住把手乱摇道："算了算了！你不用说出来这么大套，既是大家都为是义气，说不得我也去一遭吧。"大家听了，不由一阵大笑。

苗二侉子道："俺看事不宜迟，大家还是快快想个办法进去才好！何必在这里为这一点儿小事，迟疑不决。"

计万年道："我看就是这样决定了。明天夜里，定更天气，大家全都赶到王府，那时我自想法子来接应你们。"

王先生道："既然如此，我看这时大家就歇息歇息吧。明天事毕之后，大家还要赶紧离开这块地呢。"

计万年道："这话说得是，我也就回去了。大家便明天准时见面吧。"说着又嘱咐东方德等严密看守云中雁，千万不要他逃去才好！往外走时，一眼看见方天玉，便向他一招手道："你到这里来！"又向苗二侉子道："我想把他带了回去！不知可以不可以？"

苗二侉子道："这有什么不可以，就叫他随计老英雄去吧。"遂又向方天玉道，"你便随计老英雄去吧，一路之上，务必要谨慎遵从计老英雄，不可惹计老英雄生气才是。"方天玉答应，随同计万年去了。

苗二侉子道："这件事人家那方面总算是完全计划成功，这该看我们这一方面的了。"

王先生道："这里现在人很多，有什么分派，请苗二爷自管分派好了。"

苗二侉子道："俺并不是打算怎样分派谁，俺想这里人是多的，并且又都在年轻，倘若一旦之间，大家一点儿事情没得做，难免不闹出旁的事故来，所以俺的意思，在大家全都没去之先，总要找出人人有事干着方不至于再生出其他枝节，这件事是应当注意的。"

王先生道："这话却说得不错，方才计老英雄走时也曾吩咐过，这件事用不了许多人，人多了不但于事无补，并且还许有害，我们这里人虽多，我想大家都是明白事体的，谁也不肯胡作非为，耽误了这大事，这一件二爷可以不必劳心了。"

苗二侉子道："既然如是，这却怪俺多虑了。"

娄廷玉怕是两个把话说岔，赶急上前拿话岔过道："二位不必再往下说了，依我看苗二爷这话说得也不错，恐怕这些位年轻的兄弟，沉不住气，到外边闹出事来，现在我倒有一个办法……"

一静道："什么办法？"

娄廷玉道："这不是现在没有走吗？可以当着大家问一问，哪位心里有什么话，无妨说一说，可以办的，当然一定要办。如果众位现在没有话说，那就是心里并没有存着意见，等到我们走了之后，大家务必要避匿在这里静候一夜，等到我们回来，再定行止。"说完拿眼一巡视众人，众人全都面面相观，不则一声。

娄廷玉道："既然众位全不说话，我想那一定对于这件事是没有意见了，既是这样，众位便去休息休息吧！就等功成之后，再作计较吧。"

大众听了，正要退去，王先生忽地又把东方德叫过来道："我想这云中雁虽然被我们困住，我们却与他毫无冤仇，现在所以不敢放他，却怕他回去之后，要和我们作对，所以现在他虽然在这里被困，我们却不可有一些伤害于他。不过这云中雁，也不是什么无名之辈，他交的朋友，也个个了得，他虽被我们困住，却要防他伤好之后，力图逃窜，倘若一时他竟自去了，那时我们的事情，就完全失计了。所以现在我在大家未走之先，我有几句话说。一则这个普陀寺本是一静上人的一个清净禅林，竟被我们闹得这样乌烟瘴气，一静上人，本是一尘不染的禅师，也被我们拉入旋涡之内，还要帮我们去干事，你们想这不是一件十分对不住人的事吗？其实要说，这庙里所有小师父们，也全都是好本领，原用不着我们在这里加意防护，不过在师们这边说，却不得不稍尽一点儿人心。现在我就请你同吴七爷同韩光在下处看守云中雁，不可擅自离开，致生他害，这庙里我就拜托陶爷，邓爷带着李大勇、金威、张兴霸，加意防守，我想他们几位一定是没有什么推脱的了？"大家听了，齐声答应。

华梁在旁边道："娄老英雄既然全都派了，还有俺和尤俊英可还有些什么事没有呢？"

娄廷玉道："怎么华小英雄倒有些急了，我还没有想到这里呢，现在他们完了，就该我们的了。我想在从前在没有见着计老英雄之先，大家原说的是请你和张灵姑、曹小芳、尤俊英，几位英雄一同去的，现在这进宫之事，虽然有党爷和一静师父，答应一同前去，然而方才听他们的话调，却有些不愿担负全责的意思。这话其实也难说，在我们这方面，有的因为是跟王爷是朋友，有的因为是徒弟，所以大家才肯那样卖力气，虽然卖命，心里也不难过。至于党爷和一静师父，虽然不能不算是朋友，然而究属是个初交，没有到里面卖命去的必要，我想现在不如还是由党爷和一静

437

师父当个首领，你们也可以跟着一齐进去。不过有一件，方才计老英雄说过，这进宫的事，原用不着许多的人，如今我叫你们跟随进去，你们务必小心，千万不要略存大意，致生其他不便，这话你们可听明白了！"

华梁等一齐答应，计万年道："我看大家也可以去歇息吧。"大家答应，一齐散去，自去歇息。

第二天，娄廷玉把一静和尚叫在一旁，两个人背地一商议，娄廷玉道："一静，咱们总是至好，可以说是无话不说了，今天这件事，追本穷源，全是我一个人所致，事已至此，我也不便再说什么客套话，一切便请你竭力帮忙吧！不过话要分开说，这件事要是我个人的事，当然要请你替我出死力协助，在你就明知无益，也应当帮我，现在这个事，却又当别论。王爷虽然是我的朋友，却与你是一点儿相干没有，至于这进宫的事情，在计老英雄方面，虽然认为是着着有理，毫无遗算，据那样看起来，似乎是百无一失，可是这话要在我看起来，却不能这样容易。第一宫里能人除去计万年之外，未必没有能人，倘若人家已有预备，我们到了那里，也未必准得上风，如果事败，在他们这一班人，自然是远走异乡，毫无危险，这时却恐怕就是你老要吃最大的亏了。所以我现在叫华梁他们几个跟了进去，也就是这个意思，如果事情成功，你老也不在这区区小名，自可让给他们，倘若事败，你老也可留个退身步儿。还有一节，你老这庙里头，那些小师父，手里可还去得？护卫这庙可以放心吗？"

一静听了微微一笑道："娄爷你这话太外道了！你的朋友就是我的朋友，原不分什么远近，你们能干的事，我也能干，我既然答应在先，绝不能反悔在后，这件事你老自管放心。至于我这庙里，我的成败，也不与他们相干，这件事你更可不必担心。"

娄廷玉道："既然如此，我就放心了，那么我们现在去看看他们吧？"

来到客堂一看，只见大家都已到齐。王先生道："你们二位来得正好，我们今天总算到了快成功的一天了，我有几句话，要和大家声明一下。今天这件事，总算为了我一个人，以致诸位受了这样大的累，论情理上说，我真是十二分对不过诸位，可是这种话到了这个时候，也就不必说了，那么说今天所要说的，就是我本身上的事。我们这次进宫办这回事，最大的主因，便是因为当今这个主子，不是先帝本心传位给他的，是他矫诏天下，篡夺王位，按着祖宗制法，早该明正典法，把他去掉，不过那样一来，难免闹得给百姓知道，岂不是家丑外扬。所以那时我便出宫在外，原想访求明师，本身练出本领，然后再回到京城，把他剪去。不想走在山东，便遇见这位苗二爷，十分投契，偏巧那时，地方上对我已然注了意，几次三番想下我的手，全被大家帮忙救出危险，后来向大家说明这番意思，又承大家体谅，才约好上京来进行这件事。原想进京就可以把事情办好，谁知事多周折，反把我一个徒弟周大成送在里头，幸亏计老英雄，念在事正名顺，肯其协力，才想出这二次进攻办法。事情办到这步地步，全是大家义气援助所致，所以我今天要说的这两句话，也正是大家所要听的话，不得不说一说。我这次进宫，纯是为祖宗明正家法，绝无其他二意，如果得手之后，绝随诸位远走天涯，倘有三心二意，神明不容……"

当下大家听了道："王爷何必这样说话，俺等既是肯从山东追随而来，自当遵从王爷成就大事，俺等如果疑心王爷也就不肯来了。"

娄廷玉道："这话说得也是，有了王爷这番交代，大家益发心里镇静了。话已说过，但愿天助成功之后，王爷更能始终如一吧！"

当下大家吃饭歇息，一天无事。直到夜晚，大家全都收拾齐备，来到客堂，娄廷玉吩咐大家，各人紧守自己职务，千万不要格外生枝，免得再出旁的枝节来，大家全都答应。

一静道："你们到府里去的可以早走一步，我们进宫去的，可以在后头晚一些去。"

苗二侉子和王先生、娄廷玉都齐声答应，把各人兵器带好，向大家道声辛苦，出离普陀寺直奔庆王府而去，这且不表。

再说庙里这些人，一看见苗二侉子和王先生娄廷玉已去，大家便都把兵器收拾整齐，又待了一顿饭的工夫，一静这才向党明道："我们也可以走了。"党明复又招呼华梁、尤俊英、张灵姑、曹小芳，一同走了出来，直奔大内。

来到桶子河旁边，看了看地势，党明向一静道："师父你看这里宫墙外围，外头还有一条河，我们从什么地方过去？"

一静道："这里地势我也不很熟习，我想这次到这里来，原没有一定什么方向，我们可以随便找个地方进去，到了里面，只要所到地方，就可以给他们留下一个记号，我们差事可就完了。现在我们可以勾奔西华门，想法子从那里进去，不知党爷以为如何？"

于是大家顺着河沿，直奔西华门，幸喜一路之上，并没碰见盘查之人。来到西华门临近一看，只见有几个兵都扛着兵器来回在那里走着，余外并不见有什么人。

一静向党明道："党爷你看这里或者可以进去吧？"

党明道："俺洛子也看这里可以进去，且待俺洛子先试一试再说。"说完一掌手里铁伞，走着"蛇行式"来到桥边，只把身子一纵，早见他燕子一般，从河梁上纵了过去，再看那几个兵，依然在那里走着，像是毫无理会的样子。

一静就知道从这里进去一定可以成功了，便回头向华梁道："你们几个可能这样纵了过去吗？"

华梁道："俺和俊英、小芳都从王师父学过'燕子三点水'纵法，却不曾用过，若像方才党老英雄那样纵法，俺等却未曾学过，不知俺等所学能用不能用？"

一静道："方才党老英雄这手功夫，叫作'撒地锦'又叫'缩云缎'，在纵跳功夫里，原是上等身法，你们这样岁数，当然练不到。至于'燕子三点水'，在纵法里虽然谈不到高尚，然而准许能够练得气体如一，也就很难得了。不过今天这个地方，却有些走不开，因为练'燕子三点水'最宜于宽阔场所，它的出手低，落的势子也低，如果地方狭窄，过去之后，其势必要收不住，出声音还在其次，最可怕收脚太急，自己还许吃亏。我今天教给你们一手练法，过去就要容易多了。"

华梁急道："只怕俺等一时学不会！"

一静道："要讲这种功夫，说起来并不好练，要是生手，最少也要三个月工夫，像你们原练过'燕子三点水'再练这种功夫，就很容易了。这手功夫，名字叫作'穿云纵'，又叫'一鹤冲天'，站在地下，单脚用力，就仿佛跟'燕子点水'起势一样，左手背后，右手向前单举过顶，蹬左脚，蜷右脚，用'斜飞势'纵出去，腰上垫力，左手往前推，就势用力，就能够过去。你们哪个先来试试？"

华梁道："俺来试一试。"说着照着一静所说用力向城根纵去，果然比

"燕子点水"省力得多，轻飘飘地便落在地下，毫无声息。尤俊英、曹小芳，也都照样纵了过去，这边只剩下张灵姑。一静才想起方才忘了问张灵姑，倒觉得自己有些大意了，因为他们原不是一道的。正要来问一声姑娘可会纵法，只见张灵姑把身子往后退了一步，平地一纵，便如同一支急箭相仿，早已纵了过去。一静不由暗吃一惊！心想这倒看她不出，她居然会么家店的"云龙纵法"！幸亏方才我不曾说出旁的话来，真是人后有人，不可大意。想到这里，把自己僧衣往手里一掠，大袖一拂，身子便随风而起，只把脚儿一点，早已落在对岸。

只见党明过来把手一拍道："师父练得好纵法，这是'踢云一气纵'，俺洛子连这次还是第二次得见哩！"

一静道："党爷莫取笑，我这个远不及你老那手'缩云法'了。"华梁等也过来谢一静指点之意。一静道："我看这时天气还早，他们也还未必得了手，我们不如先找个地方歇息歇息再走。"

党明道："我们趁着时候，何妨到里面去开开眼界？"

一静道："这个也未为不可。"随即招呼了华梁等大家，一路往里边走来。

先时大家还都小心慢慢地走着，恐怕遇见盘问之人，谁知走了一路，也没碰见一个盘查的人，党明道："怎么宫禁这般松弛？"

一静道："也须知道今天府里忙，这边没有事，所以才肯这样懈怠。"

党明道："这话也不尽然，方才那几个守门的，难道大师父不曾看见？俺等从他身旁纵过，他都不曾理会，也就可以看出他们是怎样人物了。"

一静道："话虽如此，总还是小心一点儿的好，再者我们这次来的意思，千万不要弄错，我们不过是打算，替他们留个记号在这里，并不打算叫我们成功立业。现在最好大家，先进去把事办完，然后再开眼界，却也不晚。"

党明道："这话说得是。"说时已到墙根以下，党明道："这次还是先看我的。"说时把铁伞一张，腰儿一弯，喝声请，只见他已纵身而起，便如同走路一般，走了上去。

一静赞党爷好功夫，便向华梁道："你们三个怎样上去？"

华梁道："我们都带有飞抓。"

一静道："那么你们搭抓上去吧。"

华梁等各人答应，从腰里扯出丝绳，抖手一扔，就是墙头之上，双手一扯，两脚一蹬，便跟猴子爬杆一样，一纵已然上去。

这里一静也喊一声好俊梭子功夫，然后问张灵姑道："大姑娘先请吧！"

张灵姑道："俺对于这上高儿的事情，还未曾干过，今天且来试一试，还求师父指教。"

一静道："姑娘功夫自是好的，何必太谦，姑娘请吧！"

张灵姑听到这里，便把双手向一静一拱道："献丑了。"说时只见她把双手向左右一分，单腿一纵，已然立在墙上，一级一级，便如同登台阶一般，早已拾级而上，不一时已到墙顶。

一静在下面点头道："果然功夫不错，没想到她居然会练'平步登云'法，今天我倒不得不练两手特别功夫给他们看看。"想到这里把大袖往后一背，撒步一拧腰，平地起去，早到墙上，看见张灵姑道："姑娘真好俊身手。"

张灵姑一笑道："还是师父这手'一声雷'使得好。"

党明在旁边道："俺洛子便不会像你们这般谦，这又不是武场考试夺状元，要现什么身手？"

一静也借此收科一笑道："果然天气不早了，我们不要只管说闲话，倒不要误了正事。"

党明道："俺等正好借着这个地方，辨辨里头方向，也好从什么地方下手。"

一静道："这里头我们又没有来过，知道方向，也是无用。"

党明道："俺想不如找一个最亮的地方走去，绝不会错。"说时抬头一看。

一静道："这个却说得不错，党爷你顺着我的手来看，那边那一片灯光亮的地方，我们就奔那一方去吧！"

党明顺着一静指示的地方一看，果然前面一片灯光，比旁处都亮，遂向一静道："师父请吧！"

一静道："我们现在是六个人，可以分成四路前去，到了那里，如果看见那边可以下手，无妨就下去一个，把事办了。倘若到了那里，一看不是能够下手的地方，我们可以回来大家聚齐，再想旁的法子，党爷看怎么样？"

党明道："这话说得是。俺六个人，怎样分四路？"

一静道："我走正北，党爷走正南，华梁、尤俊英，可以走正东，张姑娘和曹姑娘，可以走正西。"

党明道："就是吧！还是俺先走。"说着纵身跳了下去，华梁、尤俊英也跟着跳了下去。张灵姑向一静把手一拱道："俺们也走吧。"说罢向一静道了一声请，早已一跳而下。一静见大家全已跳下，便也一跳而下，跟着一塌身儿，直奔那火亮的地方的正北。

单说华梁、尤俊英两个，从上面跳了下来，直奔正东一路跑着，华梁向尤俊英道："锁儿弟，你慢慢走，听俺跟你说句话。"

尤俊英听了，便慢慢地缓了下来，问华梁道："大官哥哥有什么话？快说知俺。"

华梁道："今天这话却不得不说，好在俺这话说出你也没有妨碍，这也要说给旁人知道，便要有人说俺的不是了。想你我兄弟从前在家里时候，那个时候也不曾想到会有今日，那时你我学艺的本旨，原为替国效力，可以得一官半职，博得堂上欢喜，谁知事到如今，全非初愿所及，现在所作所为，无异弑君造反，情同叛逆。此事如果做成，幸而不破，你我这条命虽然留下，也等于废物一样，绝不能再出来找些事业做，如果事情不成，再不幸被获遭擒，恐怕不止自身受罪而已，那时恐怕想落到周大成师兄那样都不可能。这些事还全在话外，我们既然跟姓王的学了艺，一日为师，终身是师父，我们不管落到什么地步，总算是对得起他收俺等一回。依俺看时，今晚之事，定能成功，不过却有一样事，比不成还要厉害，这件事倒不可不虑。"

尤俊英道："还有什么事，能够比这件事还大呢？"

华梁道："这个俺倒有个办法在这里。现在不是俺们到这里有事吗？你要知道那一静师父原是方外之人，绝不肯帮助大家做这样事，你昨天不曾看见在庙里那个样子吗？今天他虽然跟我们来到这里，他也是迫不得已，至于让他怎样办出来，俺想那一定是不成的。还有党老英雄，也是被娄老英雄面子所拘，不得不这样来一下。俺们今天来到这里，虽然我们是跟他们来的，其实我们倒可以把事办了，并且还有一事，我们到了那里，只要有下手的工夫，我们就去下手，免得叫他们把这件事情做去，俺们便要劳而无功了，这还在其次，如果俺等把事情做成，无妨把那话儿写得重重的，也免得他再做出旁的手脚来。"

正说之际，只听前面一阵人声喧嚷，华梁急忙一扯尤俊英道："俺等快快去吧！不要叫他们也做了手脚。"

尤俊英答应，紧提双钩，直奔正东而去，来到临近一听，那些声音，反倒小了。华梁道："锁儿你听现在声音反而没有方才大了，你我必须特别留神才好。"

尤俊英道："俺自理会得。"

说着二人来到墙下，不敢遽然登墙，恰好墙外有棵大柏树，华梁一拉尤俊英，尤俊英会意，二人赶紧纵上树去。往里面一看，灯光明亮，如同白昼，只见里面是一进大殿，上头匾额影影绰绰写着"文华殿"。华梁向尤俊英道："原来这里就是文华殿了。"再往里面看时，只见大殿开敞，里面并没有人，从抱柱两旁，左右都站着有四五十个人，全是一色打扮，头戴凉帽，身穿纱袍，足登官靴，腰里都跨有太平刀，两旁肃立，毫无声息。再往阶下一看，只见也是一色齐二百多人，全是灰布大褂，凉苇帽，青缎靴，兵器却不一样，再往下看，全是掌灯的也有四十来个，却不见一点儿动静。

华梁向尤俊英道："怎么一点儿动作都没有？难道俺等就跟他在这里厮守一夜不成？"

正说时，只听树下一阵脚步声音，华尤两个急忙回头看时，原来是两个人飞跑而入。只见他们进去园门，当时脚步便走得慢了，一直走上台阶，冲着廊子上站的那些人都挨次行了礼，然后往后一退，向那个为头的说了几句，只因地方离得远，却听不出他们说些什么。他把话说完，又往阶下一退，也站在那阶一群人里面去了。却又见方才那个侍卫打扮的人，向着大家也不知说了几句什么，却见那些戴凉帽的那些人，全都一个个摩拳擦掌，预备像个要往外走的样子。

只见方才那个侍卫模样那个人，在大殿前面高声喊道："内大班传话，所有乾清门带刀侍卫连同内班人员，一同快到庆王府说话。"阶下应了一声，当时打灯的在前，戴苇帽的在后，这些跨刀的在末，直走向园外而去。霎时殿上灯熄火灭，冷清清只剩下三五个老头子在那廊下依然站着。

华梁忙把尤俊英一扯道："锁头弟，你可曾听见？他们原来也有预备！这个神气，他们那边，似乎已经得手了，俺们在这里，事不宜迟，也要快点儿下去才好。"

尤俊英道："俺等如果下去之后，把事办完，那边还不曾把事办妥，那时岂不要把事情弄拙了。"

华梁道："这个俺等却管不了那许多，俺等有俺等的事，倘若俺等这里，恐怕误事不肯下手，他们那边把事办完，俺等反而误了。俺想最好还是各自办各自的事，就是出了岔子，他们只好怨他们不是。"

尤俊英道："就是这样。俺等应当从什么地方下手？"

华梁道："你随俺来。"

正在这个时候，只听那几个老家伙道："平老爷您瞅见了没有？人家是都走了，就剩下咱们哥儿几个了，眼瞅着人家都找出道儿来了，咱们算是任什么不用说，就等着完吧。"

只听又一个道："得啦，继老，您怕什么？您的少爷现在也顶上劲了，您这份儿事，还不就是汤汤水水有一搭无一搭吗？像我跟庆二爷比你们哥儿几个都苦，上头有老的比我们还老，底下有小的，比小的还小，我们这就叫作青黄不接，再苦不过了，当着这份儿差事，风里来，雨里到，挣不起家，立不起业，有这份儿事就受罪，没这份儿事更是糟，不干，一家子就得扛着。您瞧大伙儿，谁不是人？救得分出有薄有厚来。刚才这个事，咱们哥们儿也未必干不了，至大不就是死在人家手里吗？其实死又算得了什么？准要死在刀枪架子上，至不济还许给点儿恤典呢，不是人活百岁，到头不是也得死吗？想开了那算得了什么？架不住人家不用，这可真是人老珠黄，不值钱了啦。"

他还待往下说去时，旁边又一个道："平老爷八成儿又喝了几盅吧？哪里来的那么些个牢骚？他不让咱们去更好，刀枪没有眼睛，就凭咱们哥儿几个这点儿道行，到了那里，也是白白送死，死了虽说有恤典，也轮不到自己高乐，那是何必哪？依我说，咱们还是看守这里的好。"

两个听到这里，知道底下也听不出什么要紧的话来，华梁一揪尤俊英道："锁儿弟随俺来！"华梁跟尤俊英两个人从树上跳了下来，来到墙边，华梁道："俺看这里就大可下手，想那几个老弱残兵，一定不至于阻碍俺等进行。"

尤俊英道："这件事据俺看有些蹊跷。"

华梁道："有什么蹊跷？"

尤俊英道："方才俺等从城上下来的时候，他们在俺等前面，俺等又在后面，说了许多话，到了这里，又在树上说了半天，时候不算少了，怎么他们还没有来？难道他们没有往这边来吗？"

华梁道："这话说得也是，不过有一节，这个时候我们到什么地方去找他们？如把他们找着之后再动手，也许没有工夫了。再说他们叫俺等到这里来，可是到了这里，他们又不见面了，就是俺等把事情做出之后，只怕他们也怨不上俺等来。"

尤俊英道："事到如今，也只好是这么办一下吧！可是俺等应当怎样进去？从什么地方下手？"

华梁道："你先随俺到这里来。"华梁来到墙后，向尤俊英道："俺想从这里进去动手，你可以在这里等着俺，或是替俺寻寻风。"

尤俊英道："你进去之后，你打算怎样举动？"

华梁道："俺想进去之后，寻着笔墨，给他在墙上题上几个字，把这事的始末缘由，全都写在上面，然后俺等就可以去了。"

尤俊英道："这件事却有些不妥。虽然那几个人全是老迈年高，但是你在里面，要费那些手续，只怕他们倘或一时撞了进去，声张出来，你的事情既然未曾办完，那时便应当怎样？依俺之见，你先在殿角上藏一藏，俺想个法子，把他们逗了出来，那时你再进去动手，得手之后便赶快奔回庙里，不可延误，俺想那时也就都到庙里了。"

华梁道："果然是你想得到，便依你这样办去吧。"说着华梁顺着墙山纵了上去，然后又从墙角，跳进院里。来到后殿一看，果然没人防备，又复纵身跳上殿阶，从阶上拧腰用手抓住殿角椽头，稍微一停气，双腿一飘钩住瓦垄，再一停气用"鹞子翻身"式，把腰一挺，已到殿上，蹲在那里稍微停了一停，然后这才爬过脊去。用眼往四下一看，全然漆黑，只有这院里，还有一点儿灯亮，心里寻思道：今天若不是和俊英同来，只怕还许想不到这些了，倒是自家弟兄在一起有些义气。复又想起大成，这次若不是身败名裂，只怕今天这件事，还免不了要他来干。寻思一会儿，依然不见动静，心里不由焦急道：怎么他还连动静没有，只怕这事要出什么舛错吧？

刚刚想到这里，只听殿前有人喧嚷起来，只听一个说道："平老爷，你看见了没有？前面九龙壁上，怎么尽是火光啊，这玩意儿可不是闹着玩的，别再混进歹人来，咱们这里没人，再闹出点儿事来，咱们可就有点儿担不起了。您跟庆老爷出去辛苦一趟怎么样？"

只听又一个道："继老爷，您别瞎支配了，混进歹人来，就是我跟庆老爷就办得了吗？您平常不是常说你能够'百步打拳'吗？何妨您今天练下子让我们开开眼哪。"

又听先前那个道："平老爷真是越来越老练了，就是这么点儿事，也值当门心功儿。干脆，据我说咱们谁也别偷懒，大伙儿去瞧一趟，不怕没有事咱们再回来，倘或有点儿事，咱们趁早知会东大班，可别给误了事。"

只听那个又说道："这话还像一点儿。可是，咱们都离开这里，倘屋里再出点儿什么舛错，那个时候咱们怎么办呢？"

又听那个说道："那就提不了那许多了，哥儿几个来吧！"

说着只听一阵脚步响，华梁又往前爬了爬，看得逼真，只见他们几个，全都举着太平刀，打着灯笼，一直径奔外面而去。华梁心里大喜，急忙来到前檐，双腿一飘，落在地下，纵上台阶，往殿里一看，四下漆黑，只有屋檐上仿佛有些灯光透入，抬头一看，屋檐上挂着两个大牛角泡子灯。又细细听了一听，四下毫无动静，这才蹑足潜踪来到殿门，轻身蹓进殿去。屋里虽然有些灯亮，却看不甚清，找不着这屋里什么地方放着文房四宝，也不知什么地方可以写，急忙用手在百宝囊中一摸，摸着火筒扯出一甩，用光一照哦，只见迎门一张龙书案，上边放着朱笔朱砚，不由心里大喜，再往上细细一看，只见上面朱墨尚然未干，心里说道，这倒是替俺预备下了。急忙一进身，把砚台端起又用火筒一晃，只见前面一段白墙，不由心里大喜道，俺何妨就替他写在这里墙上呢？说时一纵身上了龙书案，用手一拿朱笔，才待往上面写时，只见影影绰绰仿佛是有什么画在上

447

面似的，不由吃了一惊。急忙晃火筒看时，吓得不由呆了，只见上面朱砂所写，尚然未干，写的是："四子不仁，改诏欺君，人神共愤，天理难容。为正明器，特到都京，剪去叛逆，以彰祖训。十七子题。"华梁呆了半天，险些不曾从上面掉了下来，心想怪呀！这是什么人干的事，手脚这样伶俐，倒走在俺的前头。好在事已干了，管他是谁干的，快快赶上尤俊英，问他一问，或者他许也见着一些什么，亦未可知。想到这里，急忙跳下案来，放下笔砚，揣好火筒，刚刚走出殿门，只听那边出去的几个，已经回来了。华梁赶紧一纵身，跳上墙去，只听他们又是一阵喧嚷。

只听一个说道："平老爷您说今天这是怪事不是？明明看见外头是一团火光，怎么出去就会不见了呢？"

只听又一个道："继老爷，八成儿也许是您眼花了，没事瞎嚷一阵，这幸亏咱没给班上送信，这要是惊师动众地来上好些人，临完一点儿事都没有，那才真是笑话呢。"

只听又一个说道："平老爷您也别这么说，今天这事，也不是继老爷一个人看见的，我想这里头地方太大，也许是狐仙老爷子跟咱们闹着玩呢……"

华梁听到这里，不愿再往下听，急忙一飘身，从里头跳了出来，四下张了一张，全是漆黑，不见一个人影，便又蹑足潜踪，顺着旧道，跑到城墙边，搭上抓纵上城去。又往里面看了一看，依然不见一点儿影子，心想俊英一定是先回去了，正待搭绒绳再跳下去，忽地一想，一同来的是六个人，现在旁人一个没有，单单自己跑了去，倘若他回去了，这还不说，倘若他们都在里面，单是俺一个人回去，岂不要惹人耻笑？且待俺在此等他们一等。想到这里，把绒绳又复收起。站在墙上，一路寻思，一路里边看着，又等了一个更次。心想着他们一定是不打算从这边走了，自己若再不走，恐怕再等一刻，天光大亮，连俺自己也走不脱了。想到这里，把绒绳掐搭上钩头，双脚一蹬，早已从城墙上一跃而下了。一看那几个侍卫，依然在那里扛着兵器，来回走个不住，心里不觉好笑道："还在这瞎晃些什么？真要是指着你们在这里尽保卫之责，怕不连人都丢了？"来到河沿，复用方才一静所教的纵法纵了过去。到了那边，依然不见人来，遂慢慢转回普陀寺来。

走进殿里，只见里面大亮，人声杂乱，赶紧进殿一看，不由大吃一惊，只见里面不但是尤俊英、党明、一静、曹小芳、张灵姑俱已回来，就是那去府里的王先生、方天玉、苗二侉子、娄廷玉、计万年也都已回来。还有一件，就是在府里和自己这边作对的云中雁，也都高高在座，心里好生不解。

恰好王先生这时已然看见他进来，便急招呼他道："你不是随党老英雄他们一路走的吗？怎么你回来在大众之后呢？"

华梁便把自己怎样走进去，怎样和一静等分开，怎样和尤俊英一同进去的话，细细说了一遍。

苗二侉子听了喜道："这样说来，一定是你进去把这事办的了？你是怎样进去的，怎样写的，写的都是什么？快快说来。"

华梁一看，这时屋里的没有一个不是用眼关着自己的，心想这事情，真要是俺做的，这该如何光彩？可惜这件事，并不是自己做的，这时如果说出是自己做的，固然是件光彩事，不过在这个时候，自己准知道不是自己干的，倘若刚在自己说完之后，忽然又出来一个说是他自己干的，这个跟头可是栽不起，干脆不用说是自己干的。想到这里便向苗二侉子道："原来俺进去时候，本打算是做这回事的，可是谁知俺进去之后，刚刚找着白墙，打算要往上写，谁知那墙上已然端端正正地写在那里了……"

大家听了不由齐都吃了一惊。苗二侉子道："怎么，已然有人写在那里了？写些什么，你可还记得？"

华梁道："写的俺倒还说得。"遂把墙上所写的那几句都说了出来。

苗二侉子听到这里，忽地一回头向党明和一静道："这件事一定是二位办的了！"

党明道："二爷不要夸俺洛子吧，俺洛子不要是说是不会写字，连认识也不认识，这岂不是二爷夸俺了吗？"

一静也忙说道："这件事看这神气，一定是华尤两个所做，却故意不肯担这个名，所以才这样的，我劝众位倒不要这样相信他们二位吧！"

苗二侉子道："如此说来，不是二位做的了？不过，还有一件事，二位却脱赖不过去。二位既是答应进宫去，怎么连里面都不曾进去就回来了，又是怎样能够知道他们两个准得手便先自回来了，这岂不是大大的一个矛盾吗？"

一静听了笑道："二爷真是厉害！竟会想到这一层上，既然二爷不相信我们两个说话时，请二爷便问两位姑娘如何？"

苗二侉子一想这话说得是，便向小芳道："你和张姑娘怎样进去的？快快说来。"

小芳道："不敢欺二叔的话，委实俺和张姑娘不曾进去，只因俺等跳过城墙，原想和华大官进去一同做番手脚时，忽然被这二位师父把俺二人喊住，便向俺说起这回进宫之事，实是一件成名之事，可是，一个人办这件事就可成名，人要多了，反倒没有什么意思了，我们看你这姓华的师哥，颇愿借此成名，俺想不如就成全了他一个，你们既是他的师兄弟，我想你们也一定愿意成全他。你们且跟我们藏在后面，看着他们两个举动，如果能够成功，自不必说，倘若不能成功，到了那个时候，我们再下手帮他不迟。俺和张姑娘听了这话，随定二位师父藏在一旁，果然候了不久，便见大官哥和锁儿哥，从那边慢慢走了过来。"华梁听了不由一愣，原来人家跟在自己背后，自己竟会不知，真是荒疏之至。又听小芳说道："俺等跟在他们后面，来到那座殿前，俺和张姑娘跟着他们二位一同纵上殿脊，谁知里面灯壁辉煌，侍卫很多。俺等正在着急之际，一静师父便向俺等说一声，且看他们两个怎样动手？就在这个时候，只见那些侍卫，全已走了出去，只剩下几个老弱残兵，这时却还不见他们二位动静。又待了一会儿，只见九龙壁起火，再一看大官哥从后面跳上来了，俺等赶紧伏在一旁，等着大官哥过去，然后才立起身来。一静师父却向俺等说道，'我们可以回去了。他这时已然进去，一定成功，里面又无埋伏，绝无危险，我等可以赶快走出，免得他们来了，大家见面之后，反倒不是意思。'并且嘱俺等，无论如何，不要说出这番经过，于是俺等便回来了。方才若不是一静师父叫俺等说，俺等还不说哩。"

苗二侉子听到这里，便问华梁道："你们两个，到底是怎样进去做的手脚？快快说。"

华梁道："这件事的确不是俺等做的，却叫俺说什么？"

苗二侉子道："果真的不是你们所做？这件事倒有些怪了！"

刚刚说到这里，只听窗外头有人哈哈一笑道："苗二哥休得难为华尤

450

二位，这进宫题字是俺所为。"说时只听后面窗子一响，大家抬头一看，原来是一个须鬓皆白的老头儿。

苗二侉子喊一声道："老哥哥从什么地方来？"

大家全都抬头看时，有认得的有不认得的，原来正是金钩将军刁龙。苗二侉子和王先生急忙迎起来道："原来是刁老英雄，从什么地方来？怎知我等现在此处？"

刁龙道："且慢，二位先给俺介绍介绍，然后再谈。"

苗二侉子遂一一引见过了，大家全都互道企慕之意。落座之后，刁龙这才说起，刁凤怎样回到山东，说起大家现在京城，俺才追踪而至。来到这里，原属大海茫茫，没有法子可以探听出你们诸位下落，不想俺今天月夜之间，打算进到里面去开一开眼界，不想刚刚来到这筒子河边，便看见他们几位下来，俺与小芳姑娘几位离了不久，所以虽然月夜，却仍然可以看认出来。再一看那二位却不相识，又不知他们是到什么地方去，故此也不惊动他们几位，俺便跟在后面，一直到了里头。听见这位大师父说起，俺才知道是这样一回事，及至跟到里面，看见华梁把那几个官儿调了出去，俺便趁这时跑了进去，拿起笔来，替他胡乱抹了，跟踪至此，这才得见诸位。

众人听了，这才恍然大悟。一静一听，这倒不错，自己藏在人家身后，人家又藏在自己身后，自己不知，反被他人把事情做去，真是"强中自有强中手，能人背后有能人"，可见得自己这种功夫是不如人家了。

苗二侉子听到这里，方知道进宫题字是刁龙所为，便向刁龙谢过。苗二侉子又向刁龙道："刁老英雄这次能赶到京城，帮助大家，立了这番事业，实在是一件幸事，俺还要替刁老英雄介绍一位顶天立地的英雄。"说着用手一指云中雁道，"这位姓云名鹏，别号人称云中雁，大江南北，可称奇侠，只因被朋友所荐投身庆王府，并约请血滴子十弟兄帮助王府。是俺等恐怕与俺等之事有碍，遂把他用计骗到这庙里，将他稳住，今天事成之后，打算请他出来谢罪。谁知云老英雄，先前并不知道府里是怎样形状，现在才得明白，反嗔俺等先前为何不明白相告？你老看这样英雄，可以说得顶天立地的汉子吗？"

刁龙道："果然算得当今第一英雄，俺刁龙今日得以见着，总算三生之幸。"

云中雁急忙拦住道："二位歇一歇吧，我总是见事不明，才落得替那样人做奴隶，若不是今天诸位说明，只怕俺现在还不得明白哩。已过之事，可不必提了，为今之计，大事已完，这京城里却万万不能够安身，大家快快想出走的道路才好。"

王先生道："我此时已如断梗漂萍，漫无所主，谁有好法子请说出来，我是无不依从。"

苗二侉子道："俺想当初大家见面，是在山东华二当家家里，现在大家还应同去才是。"

王先生道："如回山东也好，第一样大成的死耗，他们家里直到现在尚然不知，我们总回去告诉他们的父母。可是再者从前二当家不是那样维持，我也怕没有今天，这番大事既毕，也应当回去看华二当家才是，这到山东之事，我是非常乐从的。"

王先生话犹未完，只听计万年道："王爷既是打算回山东，这件事是对的，不过不见得全要上山东，最好是各人谁愿意到什么地方，任凭自己最好，其实可以不必勉强，以我个人说，我就不会到山东去的。"

计万年才说出这样一句话，只听当时屋中便嘈杂一片，头一个就是党明说道："俺洛子是山西人，到山东俺洛子是不去的。我在北京虽然没有什么事，不过到山东去，益发没有事干，且待我把这个徒弟送到他家，等到事情完了之后，我再上山东去奉访诸位。"

一静道："我这座庙，原不归这顺天府管，现在出了这件事，虽然没有什么妨碍，究竟若被官家查出，也有许多不是处，我想趁这个时候，我也回到四川去一趟。这山东之行，俺却不能奉陪了。"

计万年道："我和云兄两个还有私事未了，暂时也就不能去了。"

苗二侉子细细算了算，所有回山东去的人，还全是从前由山东来的人，内中只少了一个周大成，心里不胜感慨。

这时只听王先生道："既是众位协助在先，分别在即，我又是一个无家无国之人，也不能有一毫敬意，真是使我惭愧无地，就借着香茶一杯，祝众位康泰无量吧。"

计万年道："我还有一件事，就是这方天玉，我看他天资十分聪颖，我打算把他带走，教他两手功夫，不知二爷以为如何？"

苗二侉子道："果得计老英雄抬爱，岂不是他一生造化？不过他出门时候，是跟我出来的，现在回去如果没了他，恐怕对不起他的父母。俺想等他回去见了他的父母，再叫他去找计老英雄受教，想计老英雄必不怪俺多话吧？"

计万年道："二爷这话说得是，等我把南方事办完，再到山东，来拜访诸位，那时再议此事吧。"

说话之时，天色已然大亮，一静预备下饭食，大家用过，然后各人收拾自己东西，互相道声再见，大家同出庙门。苗二侉子道："俺等如果成群结伙，恐怕过去不易，还是大家分开走的是。"大家点头，便一齐散开去。一路之上，幸喜不曾被人查问，到了蔡村，大家见面，一同直奔大路。经过天津，张灵姑、韩光辞了回去，曹小芳倒有些依依不舍，坚定后期而别。

一路无事，直到山东见了华二当家，大家自有一番欢聚。王先生和苗二侉子便住在华梁家里，教授拳法，后来计万年果然从南方转来，也在华家庄住下，立起把式场子来。方天玉后来尽得师传，拳法冠于侪辈。王先生死了之后，华二当家便把他埋在华家庄的正南一块地上，有人问起，华二当家遂说是一个外乡人死在此地，谁知三尺孤坟，里头埋的却是这样一个人物哩。

图书在版编目（CIP）数据

逃刑传／徐春羽著. — 北京：中国文史出版社，
2018.6

（民国武侠小说典藏文库·徐春羽卷）

ISBN 978 - 7 - 5034 - 9967 - 8

Ⅰ．①逃… Ⅱ．①徐… Ⅲ．①侠义小说 – 中国 – 现代

Ⅳ．①I246.5

中国版本图书馆 CIP 数据核字（2018）第 010033 号

整　　理：卢　军　卢　斌　金文君

责任编辑：薛媛媛

出版发行：**中国文史出版社**

社　　址：北京市西城区太平桥大街 23 号　邮编：100811

电　　话：010 - 66173572　66168268　66192736（发行部）

传　　真：010 - 66192703

印　　装：廊坊市海涛印刷有限公司

经　　销：全国新华书店

开　　本：720×1020　1/16

印　　张：29.5　　　　字数：411 千字

版　　次：2018 年 6 月第 1 版

印　　次：2018 年 7 月第 1 次印刷

定　　价：89.80 元